Senhor das Sombras

Obras da autora publicadas pela Editora Record:

Série **Os Instrumentos Mortais**

Cidade dos ossos
Cidade das cinzas
Cidade de vidro
Cidade dos anjos caídos
Cidade das almas perdidas
Cidade do fogo celestial

Série **As Peças Infernais**

Anjo mecânico
Príncipe mecânico
Princesa mecânica

Série **Os Artifícios das Trevas**

Dama da meia-noite
Senhor das sombras
Rainha do ar e da escuridão

Série **As Maldições Ancestrais**

Os pergaminhos vermelhos da magia

O códex dos Caçadores de Sombras
As crônicas de Bane
Uma história de notáveis Caçadores de Sombras e Seres do Submundo:
Contada na linguagem das flores
Contos da Academia dos Caçadores de Sombras
Fantasmas do Mercado das Sombras

CASSANDRA CLARE

OS ARTIFÍCIOS DAS TREVAS
Senhor das Sombras

Tradução
Rita Sussekind
Ana Resende

6ª edição

RIO DE JANEIRO
2020

CIP-BRASIL. CATALOGAÇÃO NA PUBLICAÇÃO
SINDICATO NACIONAL DOS EDITORES DE LIVROS, RJ

C541s
6ª. ed.
Clare, Cassandra, 1973-
Senhor das sombras / Cassandra Clare; tradução Rita Sussekind, Ana Resende. – 6ª ed. – Rio de Janeiro: Galera, 2020.
(Artifícios das trevas ; 2)

Tradução de: Lord of shadows
Sequência de: Dama da meia-noite
ISBN 978-85-01-40107-6

1. Ficção juvenil americana. I. Sussekind, Rita. II. Resende, Ana. III. Título. IV. Série.

17-43125
CDD: 028.5
CDU: 087.5

Título original em inglês:
The Dark Artifices: Lord of Shadows

Copyright © 2017 by Cassandra Clare, LLC

Publicado mediante acordo com a autora a/c BAROR INTERNATIONAL, INC., Armonk, Nova York, EUA.

Todos os direitos reservados.
Proibida a reprodução, no todo ou em parte, através de quaisquer meios.
Os direitos morais do autor foram assegurados.

Texto revisado segundo o novo Acordo Ortográfico da Língua Portuguesa.

Editoração eletrônica: Abreu's System

Direitos exclusivos de publicação em língua portuguesa somente para o Brasil adquiridos pela
EDITORA RECORD LTDA.
Rua Argentina, 171 – Rio de Janeiro, RJ – 20921-380 – Tel.: (21) 2585-2000,
que se reserva a propriedade literária desta tradução.

Impresso no Brasil

ISBN 978-85-01-40107-6

Seja um leitor preferencial Record.
Cadastre-se e receba informações sobre nossos
lançamentos e nossas promoções.

Atendimento e venda direta ao leitor:
sac@record.com.br

Para Jim Hill

Eu disse: Dor e tristeza
Ele disse: Aguente firme. A ferida é o
lugar por onde a Luz entra em você.
— Rumi

Parte Um
Terra dos Sonhos

Terra dos Sonhos
Edgar Allan Poe

Por uma rota obscura e solitária,
Assombrado apenas por anjos doentes,
Onde um Fantasma, chamado Noite,
Em um trono negro, reina erguido,
Eu alcancei essas terras há tempos,
De uma escuridão completa de Thule —
De um clima selvagem e estranho que está, sublime,
Fora do Espaço — fora o Tempo.

Vales sem fim e cheias sem limites,
E abismos, cavernas e bosques titãs,
Com formas que nenhum homem pode descobrir
Pois os orvalhos pingam de todos os lados;
Montanhas ruindo cada vez mais
Em mares sem costas;
Mares, que aspiram inquietos,
Ondulando em céus de fogo;
Lagos, que se estendem infinitamente
Suas águas solitárias — solitárias e mortas —
Suas águas paradas — paradas e geladas
Com as neves do lírio.
Perto dos lagos que então se espalham
Suas águas solitárias, solitárias e mortas —
Suas águas tristes, tristes e frias
Com as neves do lírio caído —

Nas montanhas — perto do rio,
Murmurando humildemente, murmurando eternamente —
Perto dos bosques cinzentos — perto do pântano,
Onde o sapo e a salamandra acampam —
Perto dos lagos sombrios e piscinas
Onde habitam os Espíritos, —
Em cada pedaço, o mais maldito —
Em cada canto, mais melancolia —

Lá o viajante encontra, horrorizado,
Lembranças cobertas do Passado —
Formas cobertas que se assustam e suspiram
Ao passarem pelo errante —
Formas cobertas de vestes brancas, de amigos que se foram,
Em agonia, para a Terra — e para o Céu.

Para o coração, cujos infortúnios são incontáveis
É uma região pacífica e calmante —
Para o espírito, que caminha em sombra
É — ah, é um Eldorado!
Mas o viajante, atravessando-a,
Não pode — não ousa — olhar abertamente;
Nunca seus mistérios são expostos
Ao frágil olho humano;
Assim deseja o seu Rei, que proibiu
Que se abrisse a tampa;
E assim a triste Alma que aqui passa
Suporta através de vidros escuros.
Por uma rota escura e solitária
Assombrado apenas por anjos doentes
Onde um Fantasma, chamado Noite,
Em um trono negro, reina erguido,
Voltei para casa há muito tempo
Desta completa escuridão de Thule.

1

Águas Paradas

Kit tinha acabado de descobrir o que era um mangual, e agora havia uma prateleira cheia deles sobre sua cabeça, brilhantes, afiados e mortais.

Ele nunca tinha visto nada como a sala das armas do Instituto de Los Angeles. As paredes e o chão eram de granito branco prateados, e ilhas de pedra se erguiam a intervalos pela sala, fazendo com que todo o lugar parecesse uma exposição de armas e armaduras em um museu. Havia cassetetes e maças, bengalas, colares, sapatos e casacos acolchoados, engenhosamente desenhados, que escondiam lâminas finas e achatadas para apunhalar e arremessar. Estrelas da manhã, cobertas por terríveis espinhos, e bestas de todos os tipos e tamanhos.

As ilhas de granito eram cobertas por pilhas de instrumentos brilhantes talhados em adamas, a substância similar a quartzo que os Caçadores de Sombras extraíam da terra e que só eles sabiam como transformar em espadas, lâminas e estelas. O que havia de mais interessante para Kit era a prateleira com as adagas.

Não que ele nutrisse qualquer interesse específico em aprender a usar uma adaga — nada além do interesse geral que achava que a maioria dos adolescentes tinha em armas mortais, mas, mesmo assim, ele preferiria receber uma metralhadora ou um lança-chamas. Mas as adagas eram obras de arte, com seus cabos cravejados de ouro, prata e pedras preciosas — safiras azuis, cabochões de rubi, gravações brilhantes de espinhos, marcadas em platina e diamantes negros.

Ele conseguia pensar em, pelo menos, três pessoas no Mercado das Sombras que as comprariam por um bom dinheiro, sem fazer perguntas.

Talvez quatro.

Kit retirou a jaqueta jeans que estava usando — ele não sabia a qual dos Blackthorn ela tinha pertencido; acordou na manhã seguinte à chegada ao Instituto e encontrou uma pilha de roupas recém-lavadas ao pé da cama — e vestiu um casaco acolchoado. Ele se viu no espelho, na outra ponta do quarto. Cabelos louros sem corte, hematomas desbotados na pele pálida. Abriu o zíper do bolso interno do casaco e começou a encher o forro com adagas, escolhendo as de cabo mais bonito.

A porta da sala das armas se abriu. Kit deixou a adaga que estava segurando cair na prateleira e se virou apressadamente. Ele achou que tinha saído do quarto sem ser notado, mas se tinha uma coisa que ele aprendera durante a curta estadia no Instituto foi que Julian Blackthorn notava tudo, e seus irmãos não ficavam muito atrás.

Mas não era Julian. Era um jovem que Kit nunca tinha visto, apesar de alguma coisa nele ser familiar. Ele era alto, tinha cabelos louros bagunçados e corpo de Caçador de Sombras — ombros largos, braços musculosos, e as linhas negras das Marcas com as quais se protegiam apareciam por baixo do colarinho e dos punhos da camisa.

Seus olhos tinham uma cor dourada escura e incomum. Ele usava um anel de prata pesado em um dedo, como muitos Caçadores de Sombra faziam. E ergueu uma sobrancelha para Kit.

— Você gosta de armas, certo? — falou.

— São legais. — Kit recuou um pouco em direção a uma das mesas, torcendo para que as adagas no bolso interno não chacoalhassem.

O rapaz foi até a prateleira onde Kit estava mexendo e pegou a adaga que ele tinha largado.

— Esta foi uma boa escolha. Viu a inscrição no cabo? — perguntou ele.

Kit não viu.

— Foi feita por um dos descendentes de Wayland, o Ferreiro, que fez a Durendal e a Cortana. — O rapaz girou a adaga entre os dedos antes de colocá-la de volta na prateleira. — Não é tão extraordinária quanto Cortana, mas adagas assim sempre voltam para a sua mão depois que você as arremessa. Conveniente.

Kit deu um pigarro.

— Deve valer muito — observou ele.

— Duvido que os Blackthorn estejam interessados em vender — retrucou o outro secamente. — Eu sou Jace, a propósito. Jace Herondale.

Ele fez uma pausa. Parecia esperar uma reação, que Kit estava determinado a não dar. Ele conhecia o nome Herondale, sim. Era a única palavra que todos lhe diziam fazia duas semanas. Mas isso não significava que ele quisesse dar ao sujeito — a Jace — a satisfação que ele claramente estava procurando.

Jace pareceu inabalado pelo silêncio de Kit.

— E você é Christopher Herondale.

— Como sabe disso? — quis saber Kit, mantendo o tom de voz neutro. Ele detestava o nome Herondale. Ele detestava a *palavra*.

— Semelhança de família — disse Jace. — Nós somos parecidos. Aliás, você se parece com os desenhos de muitos dos Herondale que já vi. — Nova pausa. — Além disso, Emma me mandou uma foto sua pelo celular.

Emma. Emma Carstairs tinha salvado a vida de Kit. Mas eles não tinham se falado muito desde então — logo após a morte de Malcolm Fade, o Alto Feiticeiro de Los Angeles, tudo foi um caos. Ele não tinha sido a prioridade de ninguém, e, além disso, tinha a sensação de que ela o considerava uma criança.

— Tudo bem. Sou Kit Herondale. As pessoas não param de me dizer isso, mas para mim não significa nada. — Kit trincou o queixo. — Eu sou um Rook. Kit Rook.

— Eu sei o que seu pai te disse. Mas você é um Herondale. E isso tem importância.

— Qual? Qual importância? — quis saber Kit.

Jace se inclinou para trás contra a parede da sala das armas, sob uma coleção de pesadas espadas claymores. Kit torceu para que uma delas caísse em sua cabeça.

— Sei que você sabe sobre os Caçadores de Sombras — falou ele. — Muitas pessoas sabem, principalmente integrantes do Submundo e mundanos com Visão. Que é o que você achava que fosse, certo?

— Nunca achei que eu fosse um *mundano* — disse Kit. Os Caçadores de Sombras não sabiam como soava quando eles usavam essa palavra?

Mas Jace o ignorou.

— A história e a sociedade dos Caçadores de Sombras não são coisas sobre as quais quem não é Nephilim saiba. O mundo dos Caçadores de Sombras é feito de famílias, e cada uma tem um nome que estima. Cada família tem uma história que passamos às gerações seguintes. Carregamos as glórias e os fardos dos nossos nomes; o bem e o mal que nossos ancestrais fizeram, por todas as nossas vidas. Tentamos viver à altura dos nossos nomes, para que os que nos sucedem possam carregar fardos menores. — Jace cruzou os braços. Seus pulsos eram cobertos por Marcas; tinha uma que parecia um olho aberto nas costas da mão esquerda. Kit havia notado que todos os Caçadores de Sombras tinham esta mesma Marca. — Entre os Caçadores de Sombras, seu sobrenome é muito importante. Os Herondale são uma família que moldou os destinos dos Caçadores de Sombras por muitas gerações. Não restam muitos de nós; todos achavam que eu era o último. Só Jem e Tessa tinham fé de que *você* existisse. Eles o procuraram por um longo tempo.

Jem e Tessa. Junto com Emma, eles ajudaram Kit a escapar dos demônios que mataram seu pai. E lhe contaram uma história: a história de um Herondale que traiu seus amigos e fugiu, iniciando uma nova vida longe de outros Nephilim. Uma nova vida e uma nova linhagem.

— Eu ouvi falar de Tobias Herondale — disse. — Sou o descendente de um grande covarde então.

— As pessoas têm defeitos — comentou Jace. — Nem todo integrante da sua família vai ser incrível. Mas quando você encontrar Tessa outra vez, e você vai, ela pode te contar sobre Will Herondale. E James Herondale. E sobre mim, é claro — acrescentou ele, modestamente. — No que se refere aos Caçadores de Sombras, eu sou muito importante, mas não quero te intimidar.

— Não estou intimidado — disse Kit, se perguntando se esse sujeito era assim mesmo. Havia um brilho no olhar de Jace quando ele falava, que indicava que talvez não levasse a sério nada do que estava dizendo, mas era difícil ter certeza. — Estou com vontade de ficar sozinho.

— Sei que é muita coisa para digerir — falou Jace. Ele esticou o braço para afagar as costas do garoto. — Mas eu e Clary ficaremos aqui pelo tempo que você precisar que a gente...

O tapinha nas costas deslocou um das adagas no bolso de Kit. Ela caiu no chão entre eles, cintilado no chão de granito como se fosse um olho acusador.

— Ora — falou Jace. — Então você está roubando armas.

Kit, que sabia que não adiantava nada negar o óbvio, não disse uma única palavra.

— Muito bem, veja, eu sei que seu pai era trapaceiro, mas você é um Caçador de Sombras agora e... espera, o que mais tem aí? — quis saber Jace. Ele fez uma coisa complicada com o pé esquerdo, chutando a adaga para o ar para então a segurar; os rubis no cabo espalharam luz. — Tire o casaco.

Silenciosamente, Kit tirou o casaco e o jogou sobre a mesa. Jace o virou do avesso e abriu o bolso interno. Ambos ficaram olhando silenciosamente para o brilho das lâminas e das pedras preciosas.

— Então. Você estava planejando fugir, suponho?

— Por que eu deveria ficar? — Kit explodiu. Ele sabia que não devia, mas não conseguiu evitar; era demais: a perda do pai, seu ódio ao Instituto, a arrogância dos Nephilim, a exigência de que ele aceitasse um sobrenome com o qual não se importava, nem queria se importar. — Meu lugar não é aqui. Você pode me falar todas essas coisas sobre o meu nome, mas não significa nada para mim. Sou filho de Johnny Rook. Passei a vida treinando para ser como meu pai, não para ser como *você*. Não preciso de você. Não preciso de nenhum de vocês. Preciso é de um pouco de dinheiro para começar, e posso ter minha própria tenda no Mercado das Sombras.

Os olhos dourados de Jace se estreitaram, e pela primeira vez Kit viu, sob a fachada arrogante e brincalhona, o brilho de uma inteligência aguda.

— E vender o quê? Seu pai vendia informações. Ele demorou anos, e precisou de muita magia ruim para criar essas conexões. Você quer vender sua alma assim? Para poder viver às sombras do Submundo? E quanto ao que matou seu pai? Você o viu morrer, não viu?

— Demônios...

— Sim, mas alguém os enviou. O Guardião pode estar morto, mas isso não significa que não tenha alguém te procurando. Você tem quinze anos. Pode achar que quer morrer, mas acredite em mim: você não quer.

Kit engoliu em seco. Ele tentou se imaginar atrás do balcão de uma tenda no Marcado das Sombras, como havia feito nos últimos dias. Mas a verdade é que sempre esteve seguro no Mercado por causa do pai. Porque as pessoas temiam Johnny Rook. O que aconteceria com ele sem a proteção do pai?

— Mas eu não sou um Caçador de Sombras — falou. Ele olhou em volta, para os milhões de armas, as pilhas de *adamas*, os uniformes de luta e os cintos de armas. Era ridículo. Ele não era um ninja. — Eu não saberia nem como começar a ser um.

— Espere mais uma semana — pediu Jace. — Mais uma semana aqui no Instituto. Se dê uma chance. Emma me contou que você lutou contra aqueles demônios que mataram seu pai. Só um Caçador de Sombras poderia ter feito isso.

Kit mal se lembrava de ter combatido os demônios na casa do pai, mas sabia que tinha feito. Seu corpo tinha assumido, e ele lutou. E, de um jeito pequeno e estranho, escondido, até gostou.

— Isso é o que você é — falou Jace. — Você é um Caçador de Sombras. Você é parte anjo. Tem o sangue de anjos nas veias. É um Herondale. O que, por sinal, significa que você não só é parte de uma família absurdamente atraente, mas também é parte de uma família que possui *muitos* bens valiosos, inclusive uma casa em Londres e uma mansão em Idris, à qual você provavelmente tem algum direito. Sabe, se tiver interesse.

Kit olhou para o anel na mão esquerda de Jace. Era prateado, pesado. Parecia antigo. E valioso.

— Estou ouvindo.

— Só estou dizendo para esperar uma semana. Afinal, os Herondale não resistem a um desafio. — Jace sorriu.

— Um demônio Teuthida? — falou Julian ao telefone, erguendo as sobrancelhas. — É basicamente uma lula, certo?

A resposta foi inaudível: Emma ouviu a voz de Ty, mas não suas palavras.

— Sim, estamos no píer — prosseguiu Julian. — Ainda não vimos nada, mas acabamos de chegar. Que pena que não existem vagas para Caçadores de Sombras aqui...

Com a mente apenas parcialmente concentrada na voz de Julian, Emma olhou em volta. O sol tinha acabado de se pôr. Desde pequena, ela sempre adorou o píer de Santa Mônica; seus pais a traziam aqui para jogar pebolim e andar no carrossel. Ela adorava a comida — hambúrgueres e milk-shakes, mariscos fritos e pirulitos gigantes — e o Pacific Park, o parque de diversões no final do píer, com vista para o Oceano Pacífico.

Os mundanos gastaram milhões de dólares para reformarem o píer e transformarem-no em uma atração turística ao longo dos anos. O Pacific Park estava cheio de brinquedos novos e luminosos; os velhos carrinhos de churros tinham desaparecido, substituídos por sorvete artesanal e bandejas de lagosta. Mas os tacos sob os pés de Emma ainda estavam tortos e desbotados por anos de sol e sal. O ar ainda cheirava a açúcar e alga. O carrossel ainda girava sua música mecânica para o ar. Ainda havia brincadeiras nas quais, em troca de uma moeda, você poderia ganhar um panda de pelúcia gigante. E ainda havia espaços escuros embaixo do píer, onde mundanos sem rumo se reuniam e, às vezes, coisas mais sinistras.

Ser Caçadora de Sombras era isso, Emma pensou, olhando para a roda-gigante imensa decorada com luzes de LED. Uma fila de mundanos ansiosos para entrar se estendia pelo píer; depois das grades, ela podia ver o mar azul-escuro com a ponta branca onde as ondas quebravam. Caçadores de Sombras enxergavam a beleza em coisas que os mundanos criavam — as luzes da roda-gigante refletindo tão brilhantes no oceano, que parecia que alguém estava soltando fogos embaixo d'água: vermelho, azul, verde, roxo e dourado — mas eles também viam a escuridão, o perigo e a podridão.

— O que foi? — perguntou Julian. Ele tinha guardado o telefone no bolso do casaco do uniforme. O vento — sempre ventava no píer, o vento que soprava sem trégua do oceano, cheirando a sal e a lugares distantes — suspendia as ondas suaves de seu cabelo castanho, fazendo com que beijassem suas bochechas e têmporas.

Pensamentos sombrios, Emma queria dizer. Mas não conseguia. Julian outrora tinha sido a pessoa para quem ela podia contar tudo. Agora ele era a única pessoa para quem não podia contar nada.

Em vez disso, ela evitou o seu olhar.

— Onde estão Mark e Cristina?

— Ali. — Ele apontou. — Perto do arremesso de argolas.

Emma seguiu o olhar dele até a barraca colorida onde as pessoas competiam para ver quem conseguia arremessar uma argola de plástico e acertá-la em volta do gargalo de uma das doze garrafas enfileiradas. Ela tentou não se sentir superior pelo fato de que aparentemente isso era algo que os mundanos achavam difícil.

O meio-irmão de Julian, Mark, estava com três argolas de plástico na mão. Cristina, com os cabelos escuros presos em um coque arrumado, estava ao lado dele, comendo pipoca doce e rindo. Mark arremessou as argolas: as três de uma vez. Cada uma girou em uma direção diferente e aterrissou no gargalo de uma garrafa.

Julian suspirou.

— Lá se vai a discrição.

Uma mistura de aplausos e murmúrios incrédulos emergiu dos mundanos com o arremesso das argolas. Felizmente, não havia muitos deles. Mark pôde pegar o prêmio — alguma coisa em um saco de plástico — e escapar com o mínimo de alvoroço.

Ele voltou ao lado de Cristina. As pontas das pontudas orelhas apareciam através dos cachos do cabelo claro. Mas ele estava disfarçado para que os mundanos não pudessem vê-las. Mark era parte fada, e seu sangue do Submundo se apresentava na delicadeza de suas feições, nas pontas de suas orelhas, e no ângulo dos olhos e das maçãs do rosto.

— Então é um demônio lula? — repetiu Emma, essencialmente para ter algo a dizer e preencher o silêncio recorrente entre ela e Julian. Fazia apenas duas semanas que tudo havia mudado, mas ela sentia a diferença profundamente, em seus ossos. Ela sentia a distância dele, apesar de ele nunca ter sido nada além de escrupulosamente educado e gentil, desde que ela contou sobre o namoro com Mark.

— Aparentemente — falou Julian. Mark e Cristina se aproximaram a ponto de ouvir a conversa; a pipoca doce de Cristina estava acabando e a garota olhava triste para o saco, como se torcesse para aparecer mais. Emma entendia. Enquanto isso, Mark olhava para o prêmio. — Ele sobe pela lateral do píer e agarra pessoas; principalmente, crianças e qualquer um que se incline para tirar uma foto noturna. Mas ele está ficando mais corajoso. Aparentemente alguém o viu na área de jogos perto do pebolim... isso é um *peixinho dourado?*

Mark levantou o saco plástico. Dentro dele, havia um pequeno peixe de cor laranja, nadando em círculos.

— Essa foi a melhor patrulha que já fizemos — falou. — Eu nunca tinha ganhado um peixe antes.

Emma suspirou internamente. Mark tinha passado os últimos anos da vida com a Caçada Selvagem, as fadas mais anárquicas e ferozes de todas. Eles cavalgavam pelo céu em todo o tipo de coisas encantadas — motos, cavalos, cervos, cachorros imensos e bravos — e saqueavam campos de batalhas, levando objetos de valor dos corpos dos mortos e oferecendo-os como tributos para as Cortes das Fadas.

Mark estava se adaptando bem ao retorno à família de Caçadores de Sombras, mas ainda havia momentos em que a vida comum parecia pegá-lo de surpresa. Agora ele notou que todos o fitavam com sobrancelhas erguidas. Pareceu alarmado e colocou um braço cauteloso em volta do ombro de Emma, segurando o saco com a outra mão.

— Eu ganhei um peixe para você, minha bela — falou, e lhe deu um beijo na bochecha.

Foi um beijo doce, gentil e suave, e Mark estava com o cheiro de sempre: como o ar frio do lado de fora de casa e coisas verdes que cresciam. E fazia todo o sentido, Emma pensou, que Mark imaginasse que todos estavam espantados porque esperavam que ele desse o prêmio para ela. Afinal, ela era a namorada dele.

Ela trocou um olhar preocupado com Cristina, cujos olhos escuros tinham se arregalado. Julian parecia prestes a vomitar sangue. Foi apenas um breve olhar antes de ele se controlar e assumir uma nova expressão de indiferença, mas Emma se afastou de Mark, sorrindo para ele como se pedisse desculpas.

— Eu não conseguiria manter um peixe vivo — disse ela. — Eu mato plantas só de olhar para elas.

— Desconfio que eu teria o mesmo problema — retrucou Mark, olhando para o peixe. — É uma pena; eu ia chamá-lo de Magnus, porque ele tem escamas brilhantes.

Ao ouvir isso, Cristina riu. Magnus Bane era o Alto Feiticeiro do Brooklyn, e ele tinha uma atração por brilho.

— Suponho que seja melhor libertá-lo — concluiu Mark. Antes que alguém pudesse dizer alguma coisa, ele foi para a grade do píer e esvaziou o saco, com peixe e tudo, no mar.

— Alguém quer contar para ele que peixinhos dourados são peixes de água doce e não sobrevivem no mar? — perguntou Julian baixinho.

— Eu não — disse Cristina.

— Ele acabou mesmo de matar o Magnus? — perguntou Emma, mas antes que Julian pudesse responder, Mark se virou.

Todo o humor tinha deixado a expressão dele.

— Acabei de ver alguma coisa subindo em um dos pilares embaixo do píer. Uma coisa nada humana.

Emma sentiu um leve tremor pela pele. Os demônios que faziam do oceano a sua morada raramente eram vistos na terra. Às vezes, ela tinha pesadelos em que o oceano se revirava e vomitava seu conteúdo na praia: criaturas escuras, espinhosas, gosmentas e cheias de tentáculos, semiesmagadas pelo peso da água.

Em segundos, cada um dos Caçadores de Sombras tinha uma arma na mão — Emma segurava Cortana, sua espada de lâmina dourada que tinha ganhado dos pais. Julian estava com uma lâmina serafim e Cristina empunhava seu canivete.

— Para que lado a coisa foi? — perguntou Julian.

— Para o final do píer — disse Mark; só ele não tinha alcançado uma arma, mas Emma sabia o quanto era rápido. Seu apelido na Caçada Selvagem era *tiro de elfo*, pois ele era veloz e preciso com o arco e flecha ou uma lâmina de arremesso. — Na direção do parque de diversão.

— Eu vou por ali — disse Emma. — Tentar afastá-lo da beira do píer. Mark, Cristina, vocês vão por baixo; peguem-no se ele tentar voltar para a água.

Eles mal tiveram tempo de assentir, e Emma já tinha saído correndo. O vento soprou suas tranças enquanto ela costurava pela multidão até o parque iluminado no final do píer. Cortana estava quente e sólida em sua mão, e seus pés voavam pelos tacos de madeira. Ela se sentiu livre, com as preocupações deixadas de lado, tudo na sua mente e no seu corpo concentrado na tarefa em mãos.

Ela conseguia ouvir os passos ao seu lado. Não precisava olhar para saber que era Jules. Os passos dele tinham estado ao seu lado durante todos os anos em que ela foi uma Caçadora de Sombras combatente. Ele havia sangrado quando ela sangrara. Ele salvara a vida dela, e ela, a dele. Ele era parte da vida guerreira dela.

— Ali. — Ela o ouviu dizer, mas já tinha visto: uma forma escura e corcunda subindo pela estrutura de suporte da roda-gigante. Os carrinhos continuavam girando, os passageiros gritando e se divertindo, sem saber de nada.

Emma chegou à fila da roda-gigante e começou a abrir caminho, empurrando as pessoas. Ela e Julian tinham aplicado Marcas de disfarce antes de chegarem ao píer e estavam invisíveis aos olhos mundanos. Mas isso não significava que não pudessem fazer sua presença ser sentida. Mundanos na fila xingaram e gritaram quando ela tropeçou nos pés deles e deu cotoveladas para avançar.

Um carrinho estava passando e um casal — uma garota comendo algodão-doce roxo e seu namorado magrelo, vestido de preto — estava prestes a entrar. Olhando para cima, Emma viu um brilho quando o demônio Teuthida deslizou sobre o topo do suporte da roda. Xingando, Emma passou o casal, quase os derrubou pro lado, e entrou no carrinho. Era octogonal, um banco corria por toda a extensão interna, com muito espaço para ficar de pé. Ela ouviu gritos de surpresa quando o carrinho levantou, levando-a para longe da cena de caos que ela tinha criado abaixo, pois o casal que ia entrar estava gritando com a pessoa que recolhia os ingressos, e as pessoas da fila berravam umas com as outras.

O carrinho balançou sob seus pés quando Julian entrou ao lado dela. Ele esticou o pescoço.

— Está vendo?

Emma forçou a vista. Ela *tinha* visto o demônio, tinha certeza disso, mas ele parecia ter desaparecido. Desse ângulo, a roda-gigante era uma confusão de luzes brilhantes, barras giratórias e as de ferro pintadas de branco. Os dois carrinhos abaixo dela e de Julian estavam vazios; a fila provavelmente ainda estava se organizando.

Ótimo, Emma pensou. Quanto menos gente entrasse na roda-gigante, melhor.

— Pare. — Ela sentiu a mão de Julian em seu braço, virando-a. O corpo dela ficou todo tenso. — Marcas — falou ele rispidamente, e ela percebeu que ele estava segurando a estela com a mão livre.

O carrinho continuava subindo. Emma conseguia ver a praia abaixo, a água escura entornava na areia e as colinas do Palisades Park se erguiam verticalmente sobre a rodovia, coroadas por uma franja de árvores e de plantas verdes.

As estrelas brilhavam com luz fraca, porém, eram visíveis, além das luzes claras do píer. Julian segurou o braço dela de um jeito que não foi nem duro, nem delicado, mas mantinha certa distância calculada. Ele o virou, a estela fazendo movimentos rápidos sobre o pulso, desenhando símbolos de proteção ali, símbolos de velocidade, agilidade e de audição aumentada.

Isso era o mais próximo que Emma tinha estado de Jules em duas semanas. Ela se sentiu tonta e um pouco inebriada. A cabeça dele estava abaixada, os olhos fixos na tarefa que estava executando, e ela aproveitou a oportunidade para assimilar a imagem dele.

As luzes da roda-gigante tinham adquirido tons de âmbar e amarelo e salpicavam a pele bronzeada de Jules com brilho dourado. O cabelo dele estava caído, ondas finas sobre sua testa. Ela sabia como a pele nos cantos de sua boca era suave, e como era tocar os ombros dele com as mãos; eram fortes, duros e vibrantes. Seus cílios eram longos e grossos, tão escuros que pareciam ter sido pintados com carvão; ela quase esperava que deixassem uma marca de poeira negra sobre as maçãs do rosto quando ele piscava.

Ele era lindo. Sempre foi lindo, mas ela demorou muito para perceber. E agora ela mantinha as mãos coladas nas laterais do próprio corpo, e doía não poder tocá-lo. Ela nunca mais poderia tocá-lo.

Ele terminou o que estava fazendo e girou a estela de modo que o cabo ficasse voltado para ela. Ela pegou sem uma palavra quando ele puxou o colarinho da camisa, sob o casaco do uniforme. A pele ali era um tom mais pálido do que a pele bronzeada do rosto e das mãos, cheia de Marcas brancas desbotadas de símbolos que já tinham sido usados e gastos.

Ela teve que se aproximar mais um passo para Marcá-lo. Os símbolos floresciam sob a ponta da estela: agilidade, visão noturna. A cabeça dela batia no queixo dele. Ela estava olhando diretamente para a sua garganta e o viu engolir em seco.

— Diga — falou. — Apenas diga que ele te faz feliz. Que Mark te faz feliz.

Ela levantou a cabeça. Tinha acabado de desenhar; ele esticou o braço para pegar a estela da mão parada de Emma. Pela primeira vez, no que parecia uma eternidade, ele olhava diretamente para ela, e seus olhos estavam azul-escuros, transformados pelas cores do céu noturno e do mar, se espalhando ao seu redor à medida que se aproximavam do topo da roda.

— Estou feliz, Jules — falou ela. O que era mais uma mentira no meio de tantas outras? Ela nunca tinha mentido com facilidade, mas estava aprendendo. Quando a segurança das pessoas que amava dependia disso, ela havia descoberto que conseguia mentir. — Isso é... isso é mais inteligente, mais seguro para nós dois.

Contorno suave da boca de Jules enrijeceu.

— Isso não é...

Ela engasgou. Uma forma contorcida se levantou por trás dele — era da cor de uma mancha de óleo, e seus tentáculos de franja se prendiam à roda. A boca estava bem aberta, um círculo perfeito, cheio de dentes.

— *Jules!* — gritou Emma e se jogou do carrinho, segurando em uma das barras finas de ferro que passavam entre as barras giratórias. Pendurada por uma das mãos, ela atacou com Cortana, acertando o Teuthida quando ele recuou. Ele gritou, e icor esguichou; Emma gritou quando respingou no seu pescoço, queimando sua pele.

Uma faca se enterrou no corpo redondo e anelado do demônio. Subindo para uma barra giratória, Emma olhou para baixo e viu Julian empoleirado na beirada do carrinho, com outra faca já na mão. Ele abaixou o braço, deixou a segunda faca voar...

Ela bateu no fundo de um carrinho vazio. O Teuthida, incrivelmente veloz, tinha saído de seu campo de visão. Emma conseguia ouvi-lo descendo pelo emaranhado de barras de metal que formavam o interior da roda.

Emma guardou Cortana e começou a descer pela barra giratória, indo até o fundo da roda. Luzes de LED explodiam ao seu redor em roxo e dourado.

Havia icor e sangue em suas mãos, tornando a descida mais escorregadia. Ao contrário do que se poderia imaginar, a vista da roda era linda, o mar e a areia se abriam diante dela em todas as direções, como se ela estivesse pendurada na beira do mundo.

Ela sentia o gosto do sangue e de sal. Abaixo, conseguia ver Julian, que tinha saído do carrinho e estava percorrendo uma barra giratória mais embaixo. Ele olhou para ela e apontou; ela seguiu a linha da sua mão e viu o Teuthida quase no centro da roda.

Seus tentáculos estavam chicoteando em volta do corpo, atingindo o centro do brinquedo. Emma sentia as reverberações pelos ossos. Ela esticou o pescoço para ver o que ele estava fazendo e ficou gelada — o centro da roda era um parafuso gigantesco, que a mantinha presa em seus suportes estruturais. O Teuthida estava puxando o parafuso, tentando arrancá-lo. Se o demônio fosse bem-sucedido na tarefa, toda a estrutura se desmontaria e rolaria para fora do píer, como uma roda de bicicleta solta.

Emma não fingiu acreditar que alguém na roda ou perto dela fosse sobreviver. A estrutura ia se desfazer e destruir qualquer um embaixo. Demônios se deleitavam com destruição, com a energia da morte. Ele teria um banquete.

A roda-gigante sacudiu. O Teuthida estava com os tentáculos firmemente presos no parafuso de metal em seu centro e começava a girá-lo. Emma dobrou a velocidade, mas ela estava longe demais. Julian estava mais próximo, mas ela sabia quais armas ele carregava: duas facas, que já tinha arremessado, e lâminas serafim, que não eram longas o suficiente para alcançarem o demônio.

Ele olhou para ela no alto ao esticar o corpo pela barra de ferro, enrolou o braço esquerdo para se apoiar e esticou o outro braço, com a mão estendida.

Ela soube, imediatamente, sem ter que se perguntar, o que ele estava pensando. Ela respirou fundo e soltou a barra giratória.

Emma caiu, na direção de Julian, esticando a mão para alcançar a dele. Eles se seguraram e apertaram com força, e ela o ouviu arfar ao sustentar seu peso. Ela balançou para a frente e para baixo, com o braço esquerdo preso no direito de Julian, e com a outra mão desembainhou Cortana. O peso de sua queda a carregou para a frente, balançando-a para o meio da roda.

O demônio Teuthida levantou a cabeça quando ela voou na direção dele, e, pela primeira vez, Emma viu os olhos da criatura — eram ovais, cobertos por uma capa protetora espelhada. Quase pareceram se arregalar como olhos humanos quando ela empunhou Cortana para a frente, enfiando-a na cabeça do demônio em direção ao seu cérebro.

Seus tentáculos balançaram — um último espasmo de morte quando o corpo se livrou da lâmina e foi caindo, rolando por uma das barras giratórias que desciam pela roda. Ele chegou ao fim e caiu.

Ao longe, Emma achou ter ouvido um *splash*. Mas não havia tempo para pensar nisso. A mão de Julian apertava a dela com mais força, e ele a puxou para cima. Ela guardou Cortana de volta na bainha quando ele a puxou para a barra onde estava deitado, de modo que ela caiu sem jeito, meio em cima dele.

Ele ainda estava agarrado à mão dela, respirando pesado. Os olhos encontraram os de Emma, só por um segundo. Em volta deles, a roda girava, baixando-os de volta para o chão. Ela podia ver grupos de mundanos na praia, o brilho da água na costa, até mesmo uma cabeça escura e outra clara, que poderiam ser Mark e Cristina...

— Bom trabalho em equipe — disse Julian afinal.

— Eu sei — falou Emma, e ela sabia mesmo. Isso era o pior: o fato de que ele estava certo, que eles ainda trabalhavam perfeitamente juntos como *parabatai*. Como parceiros guerreiros. Como um par combinado de soldados que nunca, jamais, poderia ser separado.

Mark e Cristina estavam esperando por eles embaixo do píer. Mark tinha tirado os sapatos e estava com parte do corpo na água. Cristina dobrava o canivete. Aos seus pés, um pedaço de areia gosmenta que estava secando.

— Viram aquela coisa lulesca caindo da roda-gigante? — perguntou Emma enquanto ela e Julian se aproximavam.

Cristina fez que sim com a cabeça.

— Ela caiu no raso. Não estava totalmente morta, então Mark a arrastou para a praia e terminamos o serviço. — Ela chutou a areia na frente dela. — Foi muito nojento. Mark se sujou de meleca.

— Eu me sujei de icor — disse Emma, olhando para baixo, para o uniforme manchado. — Esse foi um demônio bem trabalhoso.

— Você continua muito linda — disse Mark com um sorriso galante.

Emma sorriu de volta para ele o quanto conseguiu. Ela era incrivelmente grata a Mark, que estava desempenhando seu papel nessa história sem uma queixa, apesar de provavelmente achar tudo estranho. Na opinião de Cristina, Mark estava ganhando alguma coisa com isso, mas Emma não imaginava o quê. Não era como se ele gostasse de mentir — tinha passado tanto tempo entre fadas, que eram incapazes de inverdades, que ele não achava isso normal.

Julian tinha se afastado deles e estava novamente ao telefone, falando baixo. Mark saiu da água e calçou as botas com os pés molhados. Nem ele, nem Cristina estavam totalmente disfarçados, e Emma notou os olhares de passantes mundanos quando ele veio na direção dela — porque ele era alto, lindo, e tinha olhos que brilhavam mais do que as luzes da roda-gigante. E porque um de seus olhos era azul, e o outro dourado.

E porque havia alguma coisa nele, alguma coisa indefinidamente estranha, um traço do espírito selvagem das Fadas que sempre fazia Emma pensar em espaços amplos de liberdade e anarquia. *Eu sou um garoto perdido*, seus olhos pareciam dizer. *Encontre-me.*

Alcançando Emma, ele levantou a mão para afastar uma mecha de cabelo dela. Uma onda de sentimentos passou por ela — tristeza e empolgação, um desejo de alguma coisa, apesar de ela não saber o quê.

— Era Diana — disse Julian, e, mesmo sem olhar para ele, Emma conseguia imaginar seu rosto enquanto ele falava; gravidade, consideração, uma análise cuidadosa da situação, não importa qual fosse. — Jace e Clary chegaram com uma mensagem do Cônsul. Estão fazendo uma reunião no Instituto, e nos querem lá agora.

2
Cheias sem Limites

Os quatro atravessaram o Instituto direto para a biblioteca, sem parar para trocarem de roupa. Só quando entraram na sala, e Emma percebeu que ela, Mark, Cristina e Julian estavam os quatro sujos de icor grudento de demônio, foi que ela parou para pensar se talvez devessem ter tomado um banho antes.

O teto da biblioteca tinha sido danificado há duas semanas, e consertado às pressas, a claraboia de vitral substituída por vidro liso, o teto elaboradamente decorado agora estava coberto por uma camada de madeira de sorveira Marcada.

A madeira das sorveiras era protetora: mantinha a magia negra afastada. Também tinha um efeito sobre fadas — Emma viu Mark fazer uma careta e olhar para cima ao entrarem na sala. Ele havia dito a ela que proximidade com uma grande quantidade da madeira fazia com que ele se sentisse como se a pele estivesse coberta por pequenas centelhas de fogo. Ela ficou imaginando qual seria o efeito em uma fada de puro sangue.

— Fico feliz em vê-los aqui — cumprimentou Diana. Ela estava sentada à cabeceira de uma das compridas mesas da biblioteca, com o cabelo preso em um coque. Uma corrente grossa de ouro brilhava contra sua pele. Seu vestido preto e branco estava, como sempre, perfeito e sem qualquer amassado.

Ao lado dela estava Diego Rocio Rosales, notável pela Clave por ser um Centurião altamente treinado e para os Blackthorn por ter o apelido Diego

Perfeito. Ele *era* irritantemente perfeito — ridiculamente bonito, um combatente espetacular, inteligente e absurdamente educado. Ele também tinha partido o coração de Cristina antes de ela sair do México, o que significava que normalmente Emma estaria planejando a morte dele, mas não podia porque ele e Cristina tinham voltado a namorar há duas semanas.

Ele sorriu para Cristina agora, seus dentes brancos e retos brilhando. O broche de Centurião brilhava em seu ombro, as palavras *Primi Ordines* visíveis contra a prata. Ele não era apenas um Centurião, ele era um dos da Primeira Companhia, o que tinha de melhor na turma que se formou pela Scholomance. Porque, é claro, ele era perfeito.

Em frente a Diana e Diego sentavam-se duas figuras muito familiares para Emma: Jace Herondale e Clary Fairchild, os diretores do Instituto de Nova York, apesar de que quando Emma os conheceu, eles eram adolescentes da idade que ela tem agora. Jace era pura beleza dourada e despenteada, uma aparência que só melhorou com o tempo. Clary tinha cabelo ruivo, olhos verdes teimosos, e um rosto enganadoramente delicado. Ela tinha uma vontade de ferro, como Emma tinha bons motivos para saber.

Clary se levantou, com o rosto iluminado, enquanto Jace se inclinava na cadeira com um sorriso.

— Vocês voltaram! — exclamou ela, correndo para Emma. Estava de calça jeans e uma camiseta puída que dizia MADE IN BROOKLYN, que provavelmente tinha sido de seu melhor amigo, Simon. Parecia gasta e macia, exatamente o tipo de camiseta que Emma costumava pegar de Julian e se recusava a devolver. — Como foi com o demônio lula?

Emma não conseguiu responder por causa do abraço apertado de Clary.

— Bem — disse Mark. — Muito bem. São tão cheias de líquidos, as lulas.

Ele realmente parecia satisfeito com o fato.

Clary soltou Emma e franziu o rosto para o icor, a água do mar, e a gosma não identificada que tinham sujado a camisa dela.

— Estou vendo.

— Eu só vou dar as boas-vindas a todos vocês daqui mesmo — disse Jace, acenando. — Tem um cheiro perturbador de lula vindo de vocês.

Ouviu-se uma risada, rapidamente abafada. Emma olhou para cima e viu pernas penduradas entre as grades da galeria superior. Entretida, ela reconheceu os membros longos de Ty e as meias estampadas de Livvy. Havia cantos na galeria de cima que eram perfeitos para bisbilhotar — ela perdeu a conta de quantas reuniões de Andrew Blackthorn ela e Julian espiaram quando criança, absorvendo o conhecimento e o senso de relevância que estar presente a uma reunião de Conclave trazia.

Ela olhou de esguelha para Julian, vendo-o notar a presença de Ty e Livvy, sabendo o instante em que ele decidiu, como ela o fez, não comentar nada a respeito. Todo o processo de pensamento dele era visível para ela na curva do seu sorriso — estranho o quão transparente ele era nesses momentos sem reservas, e quão pouco ela sabia o que ele estava pensando quando ele escolhia esconder.

Cristina foi até Diego, tocando gentilmente em seu ombro. Ele a beijou no pulso. Emma viu Mark olhar para eles, com expressão ilegível. Mark tinha falado com ela sobre muitas coisas nas últimas semanas, mas não sobre Cristina. Nunca sobre Cristina.

— Então já são quantos demônios marinhos? — perguntou Diana. — Ao todo? — Ela gesticulou para que todos tomassem seus assentos ao redor da mesa. Eles se sentaram, se apertando um pouco, Emma ao lado de Mark, mas em frente a Julian. Ele respondeu a Diana calmamente, como se não estivesse pingando icor no chão polido.

— Alguns menores nesta última semana — disse Julian —, mas isso é normal quando há tempestade. Eles encalham na praia. Fizemos algumas patrulhas; os Ashdown fizeram outras mais ao sul. Acho que conseguimos pegar todos eles.

— Esse foi o primeiro realmente grande — disse Emma. — Quer dizer, eu só vi alguns grandes daquele jeito na vida. Eles normalmente não saem do mar.

Jace e Clary trocaram um olhar.

— Tem alguma coisa que precisamos saber? — perguntou Emma. — Vocês estão colecionando demônios marinhos bem grandes para decorar o Instituto ou coisa parecida?

Jace se inclinou para a frente, com os cotovelos sobre a mesa. Ele tinha um semblante calmo, semelhante ao de um felino, e olhos cor de âmbar ilegíveis. Clary falou que, na primeira vez que o viu, achou que ele se parecia com um leão. Emma entendia: leões pareciam muito calmos e quase preguiçosos até explodirem em ação.

— Talvez devêssemos contar por que estamos aqui — falou.

— Pensei que estivessem aqui por causa de Kit — disse Julian. — Por ele ser um Herondale e tudo o mais.

Ouviram um movimento em cima e um murmúrio baixo. Ty vinha dormindo na frente da porta de Kit nas últimas noites, um comportamento estranho que ninguém mencionou. Emma supôs que Ty achasse Kit incomum e interessante, como, às vezes, achava abelhas e lagartos incomuns e interessantes.

— Também — disse Jace. — Acabamos de voltar de uma reunião do Conselho em Idris. Foi por isso que demoramos tanto para chegar aqui, apesar de querer vir o mais rápido possível assim que soube de Kit. — Ele se reclinou e colocou um braço atrás da própria cadeira. — Vocês não ficarão surpresos em saber que houve muita discussão sobre a situação de Malcolm.

— Você quer dizer sobre a situação em que o Alto Feiticeiro de Los Angeles se revelou um assassino e um necromante? — disse Julian. Havia claras camadas de insinuação em sua voz: a Clave não tinha desconfiado de Malcolm, tinha aprovado sua indicação para Alto Feiticeiro, não tinha feito nada para impedir os assassinatos que ele cometeu. Foram os Blackthorn que fizeram isso.

Ouviu-se mais uma risadinha de cima. Diana tossiu para esconder um sorriso.

— Desculpem — falou para Jace e Clary. — Acho que temos ratos.

— Eu não ouvi nada — disse Jace.

— Só estamos surpresos que a reunião do Conselho tenha terminado tão depressa — disse Emma. — Achamos que talvez fôssemos ter que testemunhar. Sobre Malcolm e tudo que aconteceu.

Emma e os Blackthorn já tinham testemunhado perante o Conselho antes. Anos antes, após a Guerra Maligna. Não foi uma experiência que Emma estivesse empolgada para repetir, mas teria sido uma chance de contar a sua versão dos fatos. De explicar por que trabalharam em conjunto com as fadas, contradizendo diretamente as Leis da Paz Fria. Por que tinham investigado o Alto Feiticeiro de Los Angeles, Malcolm Fade, sem avisar à Clave que estavam fazendo isso; o que fizeram quando descobriram que ele era culpado de crimes hediondos.

Por que Emma o matou.

— Você já contou a Robert, o Inquisidor — disse Clary. — Ele acreditou em você. Ele testemunhou em seu nome.

Julian ergueu uma sobrancelha. Robert Lightwood, o Inquisidor da Clave, não era um homem caloroso e amigável. Contaram a ele o que aconteceu porque foram forçados a isso, mas ele não era o tipo de pessoa que você conseguiria imaginar lhe fazendo favores.

— Robert não é tão ruim assim — disse Jace. — Sério. Ele amoleceu depois que se tornou avô. Além disso, a Clave estava menos interessada em vocês do que no Volume Negro.

— Aparentemente ninguém percebeu que ele já esteve na biblioteca daqui — disse Clary. — O Instituto da Cornualha é famoso por ter uma seleção consideravelmente ampla de livros sobre magia negra: o *Malleus Malefica-*

rum original, o *Demonatia*. Todo mundo achou que estivesse lá, devidamente trancado.

— Os Blackthorn dirigiam o Instituto da Cornualha — disse Julian. — Talvez meu pai tenha trazido com ele quando foi nomeado para cuidar do Instituto daqui — ele parecia perturbado. — Mas não sei por que ele ia querer fazer isso.

— Talvez Arthur tenha trazido — sugeriu Cristina. — Ele sempre foi fascinado por livros antigos.

Emma balançou a cabeça.

— Não pode ser. O Livro tinha que estar aqui quando Sebastian atacou o Instituto. Antes de Arthur vir.

— Quanto do fato de não nos quererem lá para testemunhar teve a ver com eles discutirem se eu deveria poder ficar? — perguntou Mark.

— Uma boa parte — disse Clary, olhando nos olhos dele. — Mas, Mark, nós nunca permitiríamos que o fizessem voltar para a Caçada. *Todo mundo teria se manifestado.*

Diego assentiu.

— A Clave deliberou, e eles concordam que Mark fique aqui com a família. A ordem original só proibia que Caçadores de Sombras procurassem por ele, mas ele veio até vocês, então a ordem não foi desrespeitada.

Mark assentiu, muito formal. Ele nunca pareceu gostar do Diego Perfeito.

— E, acreditem em mim — acrescentou Clary —, eles ficaram muito felizes por usarem essa brecha. Acho que até os que mais odeiam fadas ali sentem pelo que Mark passou.

— Mas não pelo que Helen passou? — disse Julian. — Alguma coisa sobre a volta dela?

— Nada — respondeu Jace. — Sinto muito. Não quiseram nem ouvir falar.

A expressão de Mark endureceu. Naquele momento, Emma pôde ver o guerreiro nele, a sombra escura dos campos de batalha que a Caçada Selvagem rondava, o caminhante entre os corpos dos mortos.

— Vamos continuar insistindo — disse Diana. — Tê-lo de volta é uma vitória, Mark, e vamos pressionar essa vitória. Mas agora...

— O que é que está acontecendo agora? — Mark quis saber. — A crise não acabou?

— Somos Caçadores de Sombras — disse Jace. — Você vai ver que a crise nunca acaba.

— Agora — prosseguiu Diana —, o Conselho acabou de discutir o fato de que grandes demônios marinhos foram vistos por toda a costa da Califórnia.

Em número recorde. Mais deles foram vistos na última semana do que na última década. Aquele Teuthida que combateram não foi um demônio isolado.

— Achamos que é porque o corpo de Malcolm e o Volume Negro ainda estão no mar — disse Clary. — E achamos que pode ser por causa dos feitiços que Malcolm realizou durante a vida.

— Mas os feitiços de um feiticeiro desaparecem quando ele morre — protestou Emma. Ela pensou em Kit. As barreiras que Malcolm colocou em torno da casa dos Rook caíram quando ele morreu. Demônios atacaram em uma questão de horas. — Nós fomos até a casa dele depois que ele morreu, para procurar provas do que ele vinha fazendo. O lugar tinha se desintegrado totalmente.

Jace tinha desaparecido sob a mesa. Ele apareceu um instante depois, segurando Church, o gato de meio período do Instituto. Church estava com as patas esticadas e tinha um olhar de satisfação no rosto.

— Pensamos a mesma coisa — disse Jace, colocando o gato no colo. — Mas, aparentemente, segundo Magnus, há feitiços que podem ser construídos para serem *ativados* pela morte de um feiticeiro.

Emma olhou para Church. Ela sabia que o gato já tinha morado no Instituto de Nova York, mas parecia grosseiro demonstrar uma preferência assim tão descarada. O gato estava deitado de costas no colo de Jace, ronronando e ignorando-a.

— Como um alarme — disse Julian —, que dispara quando você abre uma porta?

— Sim, mas nesse caso a morte é a porta aberta — disse Diana.

— Então qual é a solução? — perguntou Emma.

— Provavelmente precisamos que o corpo dele desligue o feitiço, por assim dizer — respondeu Jace. — E uma pista de como ele fez isso seria uma boa.

— As ruínas da convergência foram verificadas com grande cuidado — disse Clary. — Mas vamos checar a casa de Malcolm amanhã, só para garantir.

— São só destroços — alertou Julian.

— Destroços que terão que ser limpos em breve, antes que os mundanos percebam — disse Diana. — Disfarçados por feitiço, mas é temporário. Isso significa que o local só estará intacto por mais alguns dias.

— E não há mal nenhum em dar uma última olhada — disse Jace. — Principalmente porque Magnus nos deu uma ideia do que *procurar* — ele afagou a orelha de Church, mas não falou mais sobre o assunto.

— O Volume Negro é um objeto necromântico poderoso — disse Diego Perfeito. — Pode estar causando perturbações que nem imaginamos. Fazer os demônios marinhos das maiores profundezas emergirem para as nossas praias significa que os mundanos correm perigo; alguns já desapareceram do Píer.

— Então — disse Jace. — Uma equipe de centuriões vai chegar amanhã...

— Centuriões? — O pânico passou pelos olhos de Julian, um olhar de medo e vulnerabilidade que Emma supôs que fosse visível apenas para ela. Desapareceu quase instantaneamente. — Por quê?

Centuriões. Caçadores de Sombras de elite, treinados na Scholomance, uma escola esculpida nas paredes de pedra das Montanhas Cárpatos, cercada por um lago gelado. Eles estudavam ciência esotérica e eram especialistas em fadas e na Paz Fria.

E, aparentemente, em demônios marinhos.

— Excelente notícia — disse Diego Perfeito. Ele *diria* isso, Emma pensou. Presunçosamente, o rapaz tocou o broche no ombro. — Eles vão conseguir encontrar o corpo e o livro.

— Espero que sim — concluiu Clary.

— Mas vocês já estão aqui, Clary — disse Julian, com a voz enganosamente calma. — Você e Jace... se trouxessem Simon e Isabelle, e Alec e Magnus, aposto que conseguiriam encontrar o corpo de cara.

Ele não quer estranhos aqui, Emma pensou. Pessoas que espionariam os assuntos do Instituto, que pediriam para falar com o tio Arthur. Ele conseguiu preservar os segredos do Instituto mesmo com tudo o que aconteceu com Malcolm. E agora estavam sendo ameaçados novamente por Centuriões desconhecidos.

— Clary e eu estamos de passagem — disse Jace. — Não podemos ficar e procurar, por mais que quiséssemos. Estamos em uma missão do Conselho.

— Que tipo de missão? — perguntou Emma. Que missão poderia ser mais importante do que recuperar o Volume Negro e limpar a bagunça que Malcolm causou de uma vez por todas?

Mas ela pôde perceber, pelo olhar que Jace e Clary trocaram, que havia um mundo de coisas mais importantes lá fora, coisas que ela não podia imaginar. Emma não pôde conter uma pequena explosão de amargura por dentro, o desejo de ser só um pouquinho mais velha, de poder ser igual a Jace e Clary, de conhecer seus segredos e os segredos do Conselho.

— Sinto muito — falou Clary. — Não podemos falar.

— Então não vão nem ficar aqui? — insistiu Emma. — Enquanto tudo isso acontece, e nosso Instituto é invadido...

— Emma — disse Jace. — Sabemos que vocês estão acostumados a ficarem sozinhos e a não serem incomodados aqui. A só terem que responder a Arthur.

Se, ao menos, ele soubesse. Mas isso era impossível.

Ele prosseguiu:

— Mas o propósito de um Instituto não é só centralizar atividades da Clave, mas abrigar Caçadores de Sombras que precisam ser acomodados em uma cidade onde não moram. Tem cinquenta quartos aqui que ninguém está usando. Então, a não ser que haja um motivo sério para que não venham...

As palavras ficaram pairando no ar. Diego olhou para as próprias mãos. O centurião não sabia toda a verdade sobre Arthur, mas Emma supôs que ele desconfiasse.

— Podem nos contar — disse Clary. — Manteremos segredo absoluto.

Mas não era um segredo de Emma para revelar. Ela se conteve de olhar para Mark ou Cristina, Diana ou Julian, os únicos à mesa que sabiam a verdade sobre quem realmente comandava o Instituto. Uma verdade que teria que ser escondida dos Centuriões, que teriam a obrigação de reportá-la ao Conselho.

— O tio Arthur não anda bem, como imagino que saibam — falou Julian, gesticulando para a cadeira vazia onde o diretor do Instituto normalmente sentaria. — Fiquei preocupado que os Centuriões pudessem piorar as condições dele, mas, dada a importância dessa missão, vamos recebê-los com o maior conforto possível.

— Desde a Guerra Maligna, Arthur tem sido suscetível a enxaquecas e dores em velhos ferimentos — acrescentou Diana. — Eu farei a ponte entre ele e os Centuriões até que ele esteja melhor.

— Realmente não há com o que se preocupar — disse Diego. — Eles são Centuriões: soldados educados e disciplinados. Não vão dar festas nem fazer pedidos descabidos. — Ele colocou um braço em volta de Cristina. — Vou ficar feliz por você conhecer alguns dos meus amigos.

Cristina sorriu de volta para ele. Emma não pôde deixar de olhar para Mark, para ver se ele estava olhando para Cristina e Diego como costumava fazer — uma maneira que a fazia imaginar como Julian podia não perceber. Um dia ele notaria, e haveria perguntas desconfortáveis para responder.

Mas esse dia não seria hoje, porque em algum momento nos últimos minutos Mark tinha saído furtivamente da biblioteca. Ele não estava lá.

Mark associava diferentes cômodos do Instituto a diferentes sentimentos, a maioria novos desde a sua volta. A biblioteca feita de madeira de sorveira o deixava tenso. A entrada, onde ele havia enfrentado Sebastian Morgenstern há tantos anos, fazia sua pele arder e seu sangue esquentar.

Em seu próprio quarto, ele se sentia sozinho. No quarto dos gêmeos, e no de Dru ou Tavvy, ele podia se perder no papel de irmão mais velho. No quarto de Emma, ele se sentia seguro. O quarto de Cristina era proibido para ele. No quarto de Julian, ele se sentia culpado. E, na sala de treinamento, ele se sentia como um Caçador de Sombras.

Ele tinha se dirigido inconscientemente à sala de treinamento assim que saiu da biblioteca. Ainda era demais para Mark o jeito como Caçadores de Sombras escondiam suas emoções. Como conseguiam suportar um mundo onde Helen vivia exilada? Ele mal conseguia aguentar; sentia saudade da irmã todos os dias. E mesmo assim todos o teriam olhado surpresos se ele tivesse gritado de tristeza ou se ajoelhado. Jules, ele sabia, não queria os Centuriões lá, mas sua expressão mal se alterou. Fadas podiam fazer enigmas, trapacear e conspirar, mas não escondiam sua dor verdadeira.

Foi o bastante para mandá-lo para a prateleira de armas, tateando com as mãos até encontrar qualquer coisa que o permitisse se perder no treino. Diana já tivera uma loja de armas em Idris uma vez, e sempre havia uma variedade impecável de belas armas dispostas para eles treinarem: *machaeras* gregas com suas pontas de fio único. *Spathas* vikings, claymores e Zweihänder, para serem usadas com as duas mãos, e *bokken* japoneses, de madeira, usadas apenas para treino.

Ele pensou nas armas das fadas. Na espada que carregava durante a Caçada Selvagem. As fadas não usavam nada de ferro, pois armas e ferramentas de ferro faziam mal para eles. A espada que ele levava na Caçada era feita de osso, e era leve em suas mãos. Leve como as flechas de elfo que ele atirava com seu arco. Leve como o vento sob as patas do seu cavalo, como o ar ao seu redor quando cavalgava.

Mark tirou uma espada claymore da prateleira, e a virou cautelosamente na mão. Dava para sentir que era de aço — não era exatamente ferro, mas uma liga de ferro — apesar de ele não ter a reação que fadas de puro sangue tinham a ferro.

Ela pesava em sua mão. Mas tanta coisa era pesada desde que ele voltou para casa. O peso da expectativa era pesado. O peso do amor que sentia pela família era pesado.

Até o peso do seu envolvimento com Emma era pesado. Ele confiava em Emma. Não questionava se o que ela estava fazendo era a coisa certa; se ela acreditava nisso, ele acreditava nela.

Mas mentir não era fácil para ele, e ele detestava fazer isso com a família, acima de qualquer coisa.

— Mark? — Era Clary, seguida por Jace. A reunião na biblioteca devia ter acabado. Os dois tinham se trocado e estavam de uniforme de combate; os cabelos ruivos de Clary eram muito luminosos, como um esguicho de sangue contra suas roupas escuras.

— Estou aqui — falou Mark, devolvendo a espada que segurava ao seu lugar. A lua cheia estava alta, e a luz branca era filtrada pelas janelas. A lua traçava um tipo de estrada pelo mar onde beijava o horizonte à beira da praia.

Jace ainda não tinha dito nada; ele observava Mark com seus olhos dourados, como um falcão. Mark não conseguia deixar de se lembrar de como Clary e Jace eram logo depois que a Caçada o levou. Ele estava escondido nos túneis perto da Corte Seelie quando eles vieram andando em sua direção, e seu coração doeu e se partiu ao vê-los. Caçadores de Sombras, vagando pelos perigos do Reino das Fadas, com a cabeça erguida. Não estavam perdidos; não estavam fugindo. Não tinham medo.

Ele já tinha se perguntando se teria esse orgulho de novo, essa falta de medo. Mesmo enquanto Jace segurava a luz enfeitiçada na mão, mesmo ao dizer *mostre a eles do que é feito um Caçador de Sombras, mostre a eles que você não tem medo*, Mark morreu de medo.

Não por ele. Pela família. Como ficariam em um mundo em guerra, sem ele para protegê-los?

Surpreendentemente bem, foi a resposta. Não precisaram dele, afinal. Tinham Jules.

Jace se sentou em um parapeito. Ele era maior do que na primeira vez em que Mark o viu, é claro. Mais alto, ombros mais largos, mas ainda gracioso. Rumores diziam que até a Rainha Seelie se impressionou com a aparência e a postura dele, e fadas nobres raramente se impressionavam com humanos. Mesmo os Caçadores de Sombras.

Mas, às vezes, sim. Mark supunha que sua própria existência fosse prova disso. Sua mãe, Lady Nerissa, da Corte Seelie, se apaixonou por seu pai Caçador de Sombras.

— Julian não quer os Centuriões aqui — indagou Jace. — Quer?

Mark olhou desconfiado para os dois.

— Eu não saberia.

— Mark não nos contaria os segredos do irmão, Jace — disse Clary. — Você contaria os de Alec?

A janela atrás de Jace se erguia alta e clara, tão clara que Mark, às vezes, imaginava que poderia voar dali.

— Talvez se fosse pelo bem dele — argumentou Jace.

Clary emitiu um ruído deselegante de dúvida.

— Mark — falou ela. — Precisamos da sua ajuda. Temos algumas perguntas sobre o Reino das Fadas e as Cortes, a disposição física delas, e não parece haver respostas, nem do Labirinto Espiral, nem da Scholomance.

— E, para falar a verdade — disse Jace —, não queremos que pareça muito que estamos investigando, porque nossa missão é secreta.

— Sua missão é no Reino das Fadas? — Mark supôs.

Ambos fizeram que sim com a cabeça.

Mark ficou surpreso. Caçadores de Sombras nunca se sentiram confortáveis nas terras do Reino das Fadas, e, desde a Paz Fria, as evitavam como veneno.

— Por quê? — Ele se voltou rapidamente para a claymore. — É alguma espécie de missão de vingança? Porque Iarlarth e alguns dos outros colaboraram com Malcolm? Ou... por causa do que aconteceu com Emma?

Emma, às vezes, ainda precisava de ajuda com o que restara dos curativos. Toda vez que Mark olhava para as linhas vermelhas que cruzavam sua pele, ele se sentia culpado e nauseado. Eram como uma rede de fios sangrentos que o mantinham preso à mentira que os dois estavam perpetrando.

Os olhos de Clary eram gentis.

— Não estamos planejando machucar ninguém — falou. — Não existe vingança em curso aqui. É estritamente uma questão de informação.

— Vocês acham que estou preocupado com Kieran. — Mark percebeu. O nome entalava na garganta como um pedaço de osso quebrado. Ele tinha amado Kieran e Kieran o traíra, e voltara para a Caçada; sempre que Mark pensava nele, parecia que estava sangrando por dentro em algum lugar. — Não estou — falou — preocupado com Kieran.

— Então você não se importaria se falássemos com ele — insistiu Jace.

— Eu não me preocuparia com ele — disse Mark. — Eu poderia me preocupar com vocês.

Clary esboçou um sorriso.

— Obrigada, Mark.

— Ele é o filho do Rei da Corte Unseelie — disse Mark. — O Rei tem cinquenta filhos. Todos eles disputam o trono. O Rei está cansado deles. Ele devia um favor a Gwyn, então deu Kieran a ele como pagamento. Como o presente de uma espada ou um cachorro.

— Pelo que entendo — falou Jace —, Kieran veio até você, e ofereceu ajuda contra os desejos das fadas. Ele se colocou em grande perigo para auxiliá-lo.

Mark supunha que não deveria se surpreender por Jace saber disso. Emma frequentemente conversava com Clary.

— Ele me devia. Foi graças a ele que as pessoas que eu amo se feriram gravemente.

— Mesmo assim — disse Jace —, existe chance de que ele se prove acessível às nossas perguntas. Principalmente se pudéssemos dizer que temos o seu apoio.

Mark não disse nada. Clary deu um beijo na bochecha de Jace e murmurou alguma coisa em seu ouvido antes de se retirar da sala. Jace a observou sair, com a expressão momentaneamente suave. Mark sentiu uma pontada aguda de inveja. Ele ficou imaginando se algum dia teria isso com alguém: a maneira como eles pareciam combinar, as brincadeiras gentis de Clary, e a força e o sarcasmo de Jace. Ele ficou imaginando se algum dia tinha combinado com Kieran. Se teria combinado com Cristina, se as coisas tivessem sido diferentes.

— O que vocês querem perguntar a Kieran? — indagou.

— Algumas coisas sobre a Rainha e sobre o Rei — respondeu Jace. Notando o movimento impaciente de Mark, ele emendou: — Eu conto um pouco, e lembre-se de que eu não deveria dizer nada. A Clave cortaria a minha cabeça por isso. — Ele suspirou. — Sebastian Morgenstern deixou uma arma com uma das Cortes do Reino das Fadas — falou. — Uma arma que pode destruir a todos nós, destruir todos os Nephilim.

— O que a arma faz? — perguntou Mark.

— Eu não sei. Isso é parte do que temos que descobrir. Mas sabemos que é letal.

Mark fez que sim com a cabeça.

— Acho que Kieran pode ajudar — observou. — E eu posso dar uma lista de nomes no Reino das Fadas que podem ser solidários à sua causa, porque não será uma causa popular. Acho que vocês não sabem o quanto eles os odeiam. Se eles têm uma arma, espero que vocês encontrem, pois não hesitarão em usá-la e não terão compaixão por vocês.

Jace o olhou através dos cílios dourados que eram muito parecidos com os de Kit. Seu olhar estava atento e fixo.

— Compaixão por *nós*? — repetiu. — Você é um de nós.

— Isso parece depender de a quem você pergunta — disse Mark. — Você tem papel e caneta? Vou começar a listar os nomes...

Já fazia muito tempo que o tio Arthur não saía do quarto do sótão onde dormia, comia e trabalhava. Julian franziu o nariz quando ele e Diana subiram as escadas estreitas — o ar estava mais seco do que o normal, rançoso, com comida velha e suor. As sombras eram densas. O próprio Arthur era uma sombra, curvado sobre a mesa, uma luz enfeitiçada queimando em um prato no parapeito acima. Ele não reagiu à presença de Julian e Diana.

— Arthur — começou Diana —, precisamos falar com você.

Arthur se virou lentamente na cadeira. Julian sentiu o olhar do tio vagar para Diana e depois para ele.

— Srta. Wrayburn — disse ele, afinal. — O que posso fazer por você?

Diana já tinha acompanhado Julian em idas ao sótão antes, mas foram poucas. Agora que a verdade sobre sua situação era conhecida por Mark e Emma, Julian tinha conseguido reconhecer para Diana o que eles sempre souberam, mas nunca discutiram.

Durante muito tempo, desde que ele tinha doze anos, Julian carregou sozinho o conhecimento de que seu tio Arthur era louco, que sua mente tinha sido destruída durante a prisão na Corte Seelie. Ele tinha períodos de lucidez, ajudado pelo remédio que Malcolm Fade lhe dava, mas nunca duravam muito.

Se a Clave soubesse a verdade, teriam deposto Arthur de sua posição como diretor do Instituto em instantes. Era bem provável que ele acabasse trancado em Basilias, proibido de sair ou receber visitas. Em sua ausência, sem nenhum Blackthorn adulto para dirigir o Instituto, as crianças seriam separadas, mandadas para a Academia em Idris, espalhadas pelo mundo. A determinação de Julian de jamais permitir que isso acontecesse tinha resultado em cinco anos de segredos, cinco anos escondendo Arthur do mundo, e o mundo, de Arthur.

Às vezes, ele ficava imaginando se estava fazendo a coisa certa para o tio. Mas isso tinha alguma importância? De qualquer forma, ele protegeria os irmãos e irmãs. Sacrificaria Arthur por eles, se precisasse, e se as consequências morais o despertassem no meio da noite de vez em quando, em pânico e engasgando, então ele viveria com isso.

Ele se lembrou dos olhos afiados de fada de Kieran nele: *você tem um coração cruel.*

Talvez fosse verdade. Nesse momento o coração de Julian parecia morto no peito, um nó inchado e sem batimentos. Tudo parecia acontecer de longe — ele até se sentia como se estivesse se movendo mais lentamente pelo mundo, como se estivesse avançando pela água.

Mesmo assim, era um alívio ter Diana ao lado. Arthur frequentemente confundia Julian com seu pai ou seu avô mortos, mas Diana não fazia parte do seu passado, e ele não parecia ter escolha a não ser reconhecê-la.

— O remédio que Malcolm fazia para você — disse Diana. — Alguma vez ele falou com você sobre isso? Sobre o que tinha na composição?

Arthur balançou a cabeça de forma apologética.

— O menino não sabe?

Julian sabia que estava falando dele.

— Não — respondeu ele. — Malcolm nunca falou sobre isso comigo.

Arthur franziu o rosto.

— Existem borras, sobras que possam ser analisadas?

— Eu usei todas as gotas que encontrei há duas semanas. — Julian tinha dopado o tio com um poderoso coquetel do remédio de Malcolm na última vez em que Jace, Clary e o Inquisidor estiveram no Instituto. Ele não ousou correr o risco de que Arthur pudesse estar de qualquer jeito que não firme e lúcido, tanto quanto fosse possível.

Julian tinha quase certeza de que Jace e Clary dariam cobertura se soubessem das condições de Arthur. Mas era um fardo injusto a impor, e, além disso — ele não confiava no Inquisidor, Robert Lightwood. Não confiava nele desde quando Robert o fez passar por um julgamento brutal com a Espada Mortal há cinco anos, porque não acreditou que Julian fosse falar a verdade.

— Você não guardou nada, Arthur? — perguntou Diana. — Escondido em algum lugar?

Arthur balançou a cabeça outra vez. À sombra da pouca luz enfeitiçada ele parecia velho — muito mais velho do que era, seus cabelos cheios de fios grisalhos, seus olhos desbotados como o mar nas primeiras horas da manhã. Seu corpo sob o roupão cinza frouxo era muito magro, a ponta do osso do ombro, visível através do tecido.

— Eu não sabia que Malcolm acabaria revelando ser quem era — lamentou. *Um assassino, um matador, um traidor.* — Além disso, eu dependia do menino. — Ele limpou a garganta. — Julian.

— Eu também não sabia sobre Malcolm — disse Julian. — A questão é que vamos receber hóspedes. Centuriões.

— *Kentarchs* — murmurou Arthur, abrindo uma das gavetas de sua mesa como se quisesse procurar alguma coisa ali dentro. — Era assim que eram chamados no exército bizantino. Mas um centurião sempre foi o pilar do exército. Ele comandava cem homens. Um centurião podia impor a um cidadão romano uma punição da qual a lei normalmente os protegia. Centuriões estão acima da lei.

Julian não sabia ao certo quanto os centuriões originais de Roma e os Centuriões da Scholomance tinham em comum. Mas ele achava que estava entendendo o argumento do tio assim mesmo.

— Certo, então isso significa que teremos que ser especialmente cuidadosos. Com o nosso comportamento diante deles. Com o modo como você deverá agir.

Arthur colocou os dedos nas têmporas.

— Estou muito cansado — murmurou. — Podemos não... se pudéssemos pedir um pouco mais de remédio a Malcolm...

— Malcolm está morto — disse Julian. Seu tio tinha sido informado, mas não parecia ter assimilado ainda. E era exatamente o tipo de erro que ele não poderia cometer na presença de estranhos.

— Existem remédios mundanos — disse Diana, após um instante de hesitação.

— Mas a Clave — disse Julian. — A punição por procurar tratamento mundano é...

— Eu sei qual é — falou Diana, surpreendentemente ríspida. — Mas estamos desesperados.

— Mas não fazemos ideia da dosagem nem do remédio. Não fazemos ideia de como os mundanos tratam doenças como essa.

— Eu não estou *doente*. — Arthur fechou violentamente a gaveta da mesa. — As fadas destruíram a minha mente. Eu *senti* quebrar. Nenhum mundano poderia entender isso.

Diana trocou um olhar preocupado com Julian.

— Bem, há diversos caminhos que podemos explorar. Vamos deixá-lo sozinho, Arthur, e vamos discuti-los. Sabemos como o seu trabalho é importante.

— Sim — murmurou o tio de Julian. — Meu trabalho... — E se inclinou novamente sobre seus papéis, no mesmo instante, esquecendo Diana e Julian. Enquanto Julian seguia Diana para fora do recinto, não pôde deixar de imaginar que refúgio seu tio encontrava em velhas histórias de deuses e heróis, de uma época mais antiga do mundo, um tempo em que tapar os ouvidos e se recusar a escutar o barulho da música das sirenes poderia salvá-lo da loucura.

Ao pé da escada Diana se voltou para Julian e falou baixinho:

— Você terá que ir ao Mercado das Sombras hoje à noite.

— Quê? — Julian ficou espantado. O Mercado das Sombras era proibido para os Nephilim, a não ser que estivessem em missão, e era sempre proibido para Caçadores de Sombras menores de idade. — Com você?

Diana balançou a cabeça.

— Eu não posso ir lá.

Julian não perguntou. Era uma questão não pronunciada entre eles que Diana tinha segredos e que Julian não podia perguntar sobre o assunto.

— Mas há feiticeiros — falou ela. — Feiticeiros que não conhecemos e que ficarão calados por um preço. Feiticeiros que não conhecem seu rosto. E fadas. Essa é uma loucura causada por fadas, afinal, não é um estado natural. Talvez saibam como reverter. — Ela ficou em silêncio por um instante, pensando. — Leve Kit com você — emendou. — Ele conhece o Mercado das Sombras melhor do que ninguém, e os membros do Submundo lá confiam nele.

— Ele é só um garoto. — Julian se opôs. — E ele não saiu do Instituto desde que o pai morreu. — *Foi morto, na verdade. Destruído em pedacinhos diante de seus olhos.* — Pode ser difícil para ele.

— Ele terá que se acostumar com coisas sendo difíceis para ele — disse Diana, com a expressão dura. — Ele é um Caçador de Sombras agora.

3
Onde os Fantasmas Habitam

O trânsito horroroso significou que Julian e Kit levaram uma hora de Malibu a antiga Pasadena. Quando acharam vaga para o carro, Julian estava com uma dor de cabeça brutal, e Kit mal ter falado com ele desde que deixaram o Instituto não ajudou em nada.

Mesmo tanto tempo após o pôr do sol, o céu a oeste estava marcado por pinceladas vermelhas e pretas. O vento soprava do leste, o que significava que mesmo no meio da cidade, você podia sentir o cheiro do deserto: areia e arenito, cactos e coiotes, o aroma queimado de sálvia.

Kit saltou do carro no instante em que Julian desligou o motor, como se não suportasse passar mais um minuto ao lado dele. Quando tinham passado pela saída que ia para a velha casa dos Rook, Kit perguntou se poderiam ir até lá para ele buscar algumas roupas. Julian negou, disse que não era seguro, principalmente à noite. O garoto olhou para ele como se Julian o tivesse apunhalado pelas costas.

Julian estava acostumado a insistências, cara amarrada e reclamações de que alguém o odiava. Ele tinha quatro irmãos mais novos. Mas havia uma arte especial no olhar de Kit. Ele realmente falou sério.

Agora, enquanto Julian trancava o carro atrás deles, Kit bufou.

— Você parece um Caçador de Sombras.

Julian olhou para si mesmo. Jeans, botas, um blazer vintage, que tinha sido presente de Emma. Como feitiços de disfarce não eram muito úteis no mercado, ele teve que recorrer a puxar a manga para esconder o símbolo de Claravidência e a levantar o colarinho para esconder as pontas de Marcas, que de outra forma apareceriam por baixo da camisa.

— O quê? — indagou ele. — Não dá para ver nenhuma Marca.

— Não precisa — disse Kit, com voz entediada. — Você parece um policial. Todos vocês sempre se parecem com policiais.

A dor de cabeça de Julian piorou.

— E o que você sugere?

— Deixe que eu vá sozinho — disse Kit. — Eles me conhecem, confiam em mim. Vão responder minhas perguntas e me vender o que eu quiser. — Ele estendeu a mão. — Vou precisar de dinheiro, é claro.

Julian o encarou, incrédulo.

— Você não acreditou de fato que isso fosse funcionar, acreditou?

Kit deu de ombros e recolheu a mão.

— Poderia ter funcionado.

Julian começou a andar para o beco que levava à entrada do Mercado das Sombras. Ele só tinha estado lá uma vez, há anos, mas se lembrava bem. Mercados das Sombras tinham surgido após a Paz Fria, uma forma dos integrantes do Submundo fazerem negócios longe dos holofotes das novas Leis.

— Então, deixe-me adivinhar. Seu plano era tirar dinheiro de mim, fingir que ia para o Mercado das Sombras, e entrar em um ônibus para fora da cidade?

— Na verdade, meu plano era tirar dinheiro de você, fingir que ia pro Mercado das Sombras, e entrar no Metrolink — respondeu Kit. — Há trens que saem da cidade agora. Um desenvolvimento e tanto, eu sei. Você deveria tentar acompanhar essas coisas.

Julian ficou imaginando rapidamente o que Jace faria se ele estrangulasse Kit. Ele cogitou pensar alto, mas eles já tinham chegado ao fim do beco, onde um leve brilho no ar era visível. Ele pegou Kit pelo braço, fazendo os dois atravessarem ao mesmo tempo.

Eles emergiram do outro lado, no coração do Mercado. Luz brilhava ao redor deles, ofuscando as estrelas no céu. Até a lua parecia uma casca pálida.

Julian ainda estava agarrando o braço de Kit, mas Kit não dava sinal de que ia correr. Ele olhava em volta com uma nostalgia que o fazia parecer jovem — às vezes, Julian tinha dificuldade de lembrar que o outro tinha a idade de Ty. Seus olhos azuis — claros e da cor do céu, sem o tom verde que caracterizava os olhos dos Blackthorn — percorriam o Mercado, assimilando-o.

Filas de barracas eram iluminadas por tochas, cujo fogo brilhava em dourado, azul e verde. Treliças de flores mais ricas e com aromas mais doces do que botões de oleandro branco ou flores de jacarandá desciam pelas laterais das barracas. Belos meninos e meninas fadas dançavam ao som da música de cordas e gaitas. Por todos os lados, vozes clamavam para eles: *venham comprar, venham comprar*. Havia armas em exibição, joias, e frascos de poções e pós.

— Por aqui — indicou Kit, soltando-se do aperto de Julian.

Julian foi atrás. Podia sentir os olhos neles, e ficou imaginando se seriam porque Kit tinha razão: ele parecia um policial, ou, pelo menos, a versão sobrenatural deles. Ele era um Caçador de Sombras, sempre foi um Caçador de Sombras. Não tinha como esconder a sua natureza.

Chegaram a uma das bordas do Mercado, onde a luz era mais fraca, e era possível ver as linhas brancas pintadas no asfalto debaixo deles, que revelavam que, durante o dia, esse local era um estacionamento.

Kit foi para a barraca mais próxima, onde uma fada estava sentada na frente de uma placa que anunciava previsão do futuro e poções do amor. Ela olhou com um sorriso alegre enquanto ele se aproximava.

— Kit! — exclamou. Ela estava com um trapo de vestido branco que ressaltava sua pele azul-clara, e as orelhas pontudas apareciam através do cabelo cor de lavanda. Correntes finas de ouro e prata se penduravam em volta do seu pescoço e pendiam dos seus pulsos. Ela olhou para Julian. — O que é que ele está fazendo aqui?

— O Nephilim é legal, Hyacinth — disse Kit. — Eu garanto. Ele só quer comprar uma coisa.

— Não é o que todos querem? — murmurou ela e lançou um olhar astuto a Julian. — Você é bem bonito — falou. — Seus olhos são quase da minha cor.

Julian se aproximou da barraca. Era em momentos como esse que ele gostaria de ter talento para flerte. Não tinha. Nunca na vida sentiu o menor desejo por menina alguma que não fosse Emma, então tratava-se de algo que ele nunca tinha aprendido a fazer.

— Estou procurando uma poção para curar loucura em um Caçador de Sombras — disse ele. — Ou, pelo menos, parar os sintomas por um tempo.

— Que tipo de loucura?

— Ele foi torturado nas Cortes — falou Julian bruscamente. — A mente dele foi quebrada por alucinações e poções que o obrigaram a tomar.

— Um Caçador de Sombras com loucura causada por fadas? Minha nossa — falou ela, e havia ceticismo em seu tom. Julian começou a explicar sobre o tio Arthur, sem usar o nome dele: sua situação e sua condição. O fato de que seus períodos de lucidez iam e vinham, e, às vezes, suas variações de humor o deixavam sombrio e cruel. Que ele só reconhecia a própria família em parte do tempo. Ele descreveu a poção que Malcolm fazia para Arthur, quando confiavam em Malcolm e achavam que ele fosse um amigo.

Não que ele tenha citado o nome de Malcolm.

A mulher fada balançou a cabeça quando ele terminou de falar.

— Você deveria perguntar a um feiticeiro — falou. — Eles lidam com Caçadores de Sombras. Eu não. Não tenho a menor vontade de contrariar as Cortes ou a Clave.

— Ninguém precisa saber — disse Julian. — Eu pago bem.

— Criança — havia um tom de pena em sua voz —, você acha que pode manter segredos de todo o Submundo? Você acha que o Mercado não está em rebuliço com as notícias sobre a queda do Guardião e a morte de Johnny Rook? O fato de não termos mais um Alto Feiticeiro? O desaparecimento de Anselm Nightshade, apesar de ele ser um homem terrível... — Ela balançou a cabeça. — Você nunca deveria ter vindo até aqui — advertiu. — Não é seguro para nenhum de vocês.

Kit pareceu espantado.

— Você está falando dele — disse ele, indicando Julian com um aceno de cabeça. — Não é seguro para *ele*.

— Nem pra você, garotinho — disse uma voz grave atrás de Julian e Kit.

Os dois se viraram. Um homem baixo estava na frente deles. Era pálido, a pela tinha um tom uniforme e adoentado. Vestia um terno cinza de três peças, de lã, que devia estar fervendo naquele clima quente. Seus cabelos e barba eram escuros e cuidadosamente aparados.

— Barnabas — disse Kit, piscando os olhos. Julian notou Hyacinth se encolhendo levemente na barraca. Uma pequena multidão tinha se juntado atrás de Barnabas.

O homem baixo deu um passo para a frente.

— Barnabas Hale — falou, estendendo a mão. Assim que seus dedos se fecharam sobre os de Julian, este sentiu seus músculos enrijecerem. Só a afinidade de Ty por cobras e lagartos, e o fato de que, mais de uma vez, ele já os tirara do Instituto e os jogara no gramado dos fundos impediu Julian de puxar a mão.

A pele de Barnabas não era exatamente descorada. Era uma malha de escamas esbranquiçadas sobrepostas. Seus olhos eram amarelos, e olhavam, entretidos, para Julian, como se esperassem que ele fosse recolher a mão. As escamas contra a pele do rapaz eram como pedras lisas e frias; não eram gosmentas, mas pareciam ter que ser. Julian manteve o aperto de mão por vários minutos antes de abaixar o braço.

— Você é um feiticeiro — disse.

— Nunca falei que era outra coisa — disse Barnabas. — E você é um Caçador de Sombras.

Julian suspirou e puxou a manga de volta para o lugar.

— Suponho que não haja muita utilidade em tentar disfarçar.

— Nenhuma — disse Barnabas. — A maioria de nós consegue reconhecer um Nephilim só de olhar, e, além disso, o jovem Sr. Rook tem sido o assunto da cidade. — Ele voltou seus olhos de pupila comprida para Kit. — Sinto muito sobre seu pai.

Kit recebeu o comentário com um leve aceno de cabeça.

— Barnabas é o dono do Mercado das Sombras. Pelo menos, é dono do terreno onde fica o Mercado, e ele recebe aluguel das barracas.

— Isso é verdade — disse Barnabas. — Então entenderão que falo sério quando peço que os dois se retirem.

— Não estamos causando transtorno — disse Julian. — Viemos aqui para fazer negócios.

— Nephilim não fazem negócios no Mercado das Sombras — disse Barnabas.

— Acho que descobrirá que fazem sim — disse Julian. — Um amigo meu comprou algumas flechas aqui há pouco tempo. Elas estavam envenenadas. Alguma ideia sobre isso?

Barnabas apontou um dedo curto para ele.

— É disso que estou falando — observou. — Mesmo que queiram, vocês não conseguem desligar esse pensamento de que podem fazer perguntas e estabelecer regras.

— Eles fazem as regras — disse Kit.

— Kit — falou Julian com o canto da boca. — Você não está ajudando.

— Um amigo *meu* desapareceu outro dia — disse Barnabas. — Malcolm Fade. Alguma ideia sobre *isso*?

Ouviu-se um murmúrio baixinho na multidão atrás dele. Julian abriu e fechou as mãos na lateral do corpo. Se ele estivesse sozinho, não teria se preocupado — poderia ter se retirado com facilidade e voltado para o carro. Mas com Kit para proteger, seria mais difícil.

— Viu só? — disse Barnabas. — Para cada segredo que você acha que sabe, nós sabemos outro. Eu sei o que aconteceu com Malcolm.

— Você sabe o que ele fez? — perguntou Julian, controlando cuidadosamente a voz. Malcolm era um assassino, um assassino em massa. Ele tinha matado integrantes do Submundo, assim como mundanos. Certamente os Blackthorn não podiam ser culpados por sua morte. — Você sabe *por que* aconteceu?

— Vejo apenas mais um integrante do Submundo, morto pelas mãos dos Nephilim. E Anselm Nightshade também, aprisionado por um simples uso de mágica. O que mais? — Ele cuspiu no chão aos seus pés. — Pode ter havido um tempo em que tolerei Caçadores de Sombras no Mercado. Estava disposto a receber o dinheiro deles. Mas esse tempo acabou. — O olhar do feiticeiro desviou para Kit. — Vá — ordenou ele. — E leve seu amigo Nephilim junto.

— Ele não é meu amigo — disse Kit. — E eu não sou como ele, sou como você...

Barnabas balançava a cabeça. Hyacinth observava, as mãos azuis sob o queixo, os olhos arregalados.

— Um período sombrio se aproxima para os Caçadores de Sombras — disse Barnabas. — Um período terrível. O poder deles será esmagado, sua vontade jogada na lama, e seu sangue correrá como água pelos rios do mundo.

— Basta — falou Julian irritado. — Pare de tentar assustá-lo.

— Vocês vão pagar pela Paz Fria — disse o feiticeiro. — A escuridão está vindo, e você fará muito bem, Christopher Herondale, em ficar longe dos Institutos e dos Caçadores de Sombras. Esconda-se como seu pai fez e o pai dele também. Só assim você ficará a salvo.

— Como você sabe quem eu sou? — quis saber Kit. — Como sabe meu verdadeiro nome?

Foi a primeira vez que Julian o ouviu admitir que Herondale era seu verdadeiro nome.

— Todo mundo sabe — disse Barnabas. — É só o que se fala no Mercado há dias. Não viu todo mundo encarando quando você entrou?

Então não estavam olhando para Julian. Ou, pelo menos, não só para Julian. Não era muito reconfortante, no entanto, Jules pensou, não quando Kit estava com aquela expressão no rosto.

— Achei que eu pudesse voltar aqui — disse Kit. — Assumir a barraca do meu pai. Trabalhar no Mercado.

Uma língua forquilhada apareceu por entre os lábios de Barnabas.

— Nascido um Caçador de Sombras, sempre um Caçador de Sombras — recitou ele. — Você não pode lavar a mancha do seu sangue. Estou lhe dizendo pela última vez, menino: saia do Mercado. E não volte mais.

Kit recuou, olhando em volta — vendo, como que pela primeira vez, os rostos virados para ele, a maioria vazios e não amistosos, muitos, curiosos.

— Kit... — começou Julian, estendendo a mão.

Mas Kit já tinha corrido.

Julian levou apenas alguns instantes para alcançá-lo — o menino não estava realmente tentando fugir; ele só estava atravessando as multidões a esmo, sem destino, e tinha parado na frente de uma barraca enorme que parecia estar sendo destruída.

Não passavam de tábuas entrelaçadas agora. Parecia que alguém a tinha destruído com as próprias mãos. Pedaços quebrados de madeira se espalhavam sobre o topo preto. Uma placa dependurava-se torta do topo da barraca, impressa com as palavras parte sobrenatural? VOCÊ NÃO É O ÚNICO. OS SEGUIDORES DO GUARDIÃO QUEREM QUE VOCÊ SE INSCREVA NA LOTERIA DO FAVOR! DEIXE QUE A SORTE ENTRE EM SUA VIDA!

— O Guardião! — disse Kit. — Era Malcolm Fade?

Julian fez que sim com a cabeça.

— Foi ele que fez meu pai se envolver com toda aquela história dos Seguidores e do Teatro da Meia-Noite — disse Kit, seu tom quase pensativo. — Ele morreu por culpa de Malcolm.

Julian não falou nada. Johnny Rook não valia muita coisa, mas era pai de Kit. Todo mundo só tem um pai. E Kit não estava errado.

Kit então se moveu, acertando o punho com a máxima força possível na placa. Ela caiu no chão com um barulho. Um minuto antes que Kit retirasse a mão, franzindo o rosto, Julian viu um lampejo do Caçador de Sombras que havia nele. Se Malcolm já não estivesse morto, Julian acreditava sinceramente que Kit o teria matado.

Uma pequena multidão os havia seguido da barraca de Hyacinth, encarando. Julian colocou a mão nas costas de Kit, e o menino não fez nada para tentar afastá-lo.

— Vamos — falou.

Emma tomou banho cuidadosamente — a parte ruim de ter cabelos compridos quando se é Caçadora de Sombras é nunca saber se depois de uma luta você vai ter icor neles. Uma vez a nuca dela ficou verde por uma semana.

Quando ela entrou no quarto, vestindo calça de moletom e uma camiseta e secando o cabelo com uma toalha verde, viu Mark encolhido ao pé da cama, lendo *Alice no País das Maravilhas*.

Mark vestia uma calça de pijama que Emma tinha comprado por três dólares de um vendedor no acostamento da Rodovia da Costa do Pacífico. Ele gostava da peça por ser estranhamente parecida com o tecido leve e macio das calças que eles usavam no Reino das Fadas. E se a estampa de trevos verdes com as palavras BOA SORTE o incomodava, ele não demonstrava. O garoto se sentou quando Emma entrou, passando a mão pelo cabelo, e sorriu para ela.

Mark tinha um sorriso capaz de partir seu coração. Parecia dominar todo o seu rosto e iluminar seus olhos, faiscando azul e dourado por dentro.

— Uma noite estranha, em verdade — disse ele.

— Não me venha com "em verdade". — Ela se sentou na cama ao lado dele. Ele não dormia na cama, mas não parecia se importar de usar o colchão como uma espécie de sofá gigante. Pousou o livro e se apoiou contra o encosto do pé da cama. — Você sabe as regras sobre "em verdade" no meu quarto. E também o uso dos termos "não obstante", "bem dia" e "ai de mim".

— E quanto a "macacos me mordam"?

— O castigo por "macacos me mordam" é severo — falou Emma. — Você vai ter que correr nu para o mar na frente dos Centuriões.

Mark pareceu confuso.

— E depois?

Ela suspirou.

— Desculpe, esqueci. A maioria de nós tem problemas com ficar pelado na frente de estranhos. Pode acreditar.

— Sério? Você nunca nadou nua no mar?

— Essa pergunta é um pouco diferente, mas não, nunca fiz isso. — Ela foi para o lado dele.

— Deveríamos fazer isso um dia — falou ele. — Todos nós.

— Não consigo imaginar o Diego Perfeito arrancando as roupas e pulando na água na nossa frente. Talvez só na frente de Cristina. Talvez.

Mark saltou da cama para a pilha de cobertores que ela tinha arrumado para ele no chão.

— Duvido. Aposto que ele nada todo vestido. Do contrário, teria que tirar o broche de Centurião.

Ela riu e Mark deu um sorriso em resposta, apesar de parecer cansado. Ela entendia. Não eram as atividades normais de Caçadores de Sombras que a estavam cansando. Era a mentira. Talvez fizesse sentido que ela e Mark só conseguissem relaxar à noite um com o outro, considerando que só assim não tinham que mentir.

Foram os únicos momentos em que ela tinha relaxado desde que Jem lhe contou sobre a maldição *parabatai*, sobre como *parabatai* que se apaixonavam ficavam loucos e se destruíam e a todos que amavam.

Ela soube imediatamente que não podia permitir que isso acontecesse. Não com Julian nem com a família dele, que ela também amava. Ela não podia deixar de amá-lo. Era impossível. Então ela tinha que fazer Jules deixar de amá-la.

O próprio Julian tinha lhe dado a ideia, poucos dias antes. Palavras, sussurradas para ela em um raro momento de vulnerabilidade. Ele tinha ciúme de Mark. Ciúme por Mark conseguir falar com ela, flertar com ela facilmente, enquanto ele sempre tinha que esconder o que sentia.

Mark estava apoiado no pé da cama, ao lado dela agora, com os olhos semicerrados. Luas de cor sob suas pálpebras, os cílios um tom mais escuro que o cabelo. Ela se lembrava de ter pedido que ele fosse até o quarto dela. *Preciso que finja que estamos namorando. Que estamos nos apaixonando.*

Ele estendera a mão para ela, e ela vira a tempestade em seus olhos. A ferocidade que a fazia se lembrar que o Reino das Fadas era mais do que grama verde e festas. Que era uma crueldade selvagem e dura, lágrimas e sangue, raios que cortavam o céu noturno como uma faca.

Por que mentir?, ele lhe perguntara.

Por um instante, ela havia imaginado que ele tivesse perguntado *por que você quer contar essa mentira?*, mas não foi isso. Ele estava perguntando *por que mentir quando podemos transformar em verdade essa coisa entre nós?*

Ela ficara na frente dele, com muita dor, da cabeça aos pés, em todos os lugares de onde arrancou Julian de si, como se tivesse arrancado um membro.

Diziam que homens se juntavam à Caçada Selvagem quando sofriam alguma grande perda, preferindo uivar sua dor aos céus a sofrer em silêncio em suas vidas comuns. Ela se lembrava de ter voado pelo céu com Mark, os braços dele em torno de sua cintura: ela tinha deixado o vento levar seus gritos de empolgação, deleitando-se com a liberdade do céu onde não havia dor, nem preocupação, apenas esquecimento.

E cá estava Mark, lindo como o céu noturno, oferecendo a ela essa mesma liberdade com o braço estendido. *E se eu pudesse amar Mark?*, pensou. *E se eu pudesse transformar essa mentira em verdade?*

Então não haveria mentira. Se ela pudesse amá-lo, o perigo acabaria. Julian estaria seguro.

Ela concordou. E estendeu a mão para Mark.

Ela se permitiu lembrar daquela noite no quarto, do olhar nos olhos dele quando ele perguntou para ela: *Por que mentir?* Ela se lembrou da mão quente, dos dedos de Mark circulando seus pulsos. Como eles quase tropeçaram na pressa de se aproximarem um do outro, colidindo quase sem jeito, como se estivessem dançando e tivessem errado um passo. Ela tinha agarrado Mark pelos ombros e se esticado para beijá-lo.

Ele era rijo por causa da Caçada, mas não era musculoso como Julian, os ossos de sua clavícula e ombros eram pontudos sob as mãos dela. Mas ele tinha a pele macia onde ela passou a mão pela gola da camisa, tocando o topo da espinha. E a boca dele era quente na dela.

Ele tinha um gosto agridoce, e estava quente, como se tivesse febre. Ela foi instintivamente para perto dele; não tinha percebido que estava tremendo, mas estava. A boca de Mark se abriu sobre a dela; ele explorou os lábios de Emma, enviando-lhe ondas lentas de calor pelo corpo. E a beijou no canto da boca, roçando os lábios por sua mandíbula e pela bochecha.

E recuou.

— Em — falou, parecendo confuso. — Você está com gosto de sal.

Ela tirou a mão direita da nuca dele. Tocou o próprio rosto. Estava molhado. Ela tinha chorado.

Ele franziu o rosto.

— Não entendo. Você quer que o mundo acredite que somos um casal, mas está chorando como se eu tivesse te machucado. Machuquei? Julian nunca vai me perdoar.

A menção ao nome de Julian quase a desfez. Ela afundou ao pé da cama, agarrando os joelhos.

— Julian tem tanto com que lidar — falou ela. — Não posso deixar que ele se preocupe comigo. Com meu relacionamento com Cameron.

Silenciosamente ela pediu desculpas a Cameron Ashdown, que realmente não tinha feito nada de errado.

— Não é um bom relacionamento — continuou ela. — Não é saudável. Mas toda vez que termina, eu acabo caindo nele outra vez. Preciso romper esse padrão. E preciso que Julian não fique ansioso com isso. Já tem muita coisa acontecendo: a Clave vai investigar a morte de Malcolm, nosso envolvimento com a Corte...

— Calma — falou Mark, sentando ao lado dela. — Eu entendo.

Ele esticou a mão e puxou o cobertor da cama. Emma o observou, surpresa, enquanto ele cobria os dois, prendendo a coberta em volta dos ombros deles.

Ela então pensou na Caçada Selvagem, em como ele devia ser com Kieran, se aconchegando em abrigos, ambos se embrulhando nas próprias capas para se proteger do frio.

Ele traçou a linha da mandíbula dela com os dedos, mas foi um gesto de amizade. O calor do beijo tinha acabado. E Emma estava satisfeita com isso. Parecia errado sentir aquilo, mesmo que apenas a sombra daquilo, com qualquer pessoa que não fosse Julian.

— Aqueles que não são fadas encontram conforto na mentira — disse ele.
— Não posso julgar. Não farei isso com você, Emma. Não vou abandoná-la.

Ela se apoiou no ombro dele. O alívio a fez se sentir leve.

— Mas você tem que contar para Cristina — emendou. — Ela é sua melhor amiga; você não pode esconder tanto dela.

Emma assentiu. Ela sempre planejara contar para Cristina. Cristina era a única que sabia sobre seus sentimentos por Julian, e ela jamais acreditaria que Emma, de repente, tinha se apaixonado por Mark. Ela teria que saber por uma questão prática, e Emma estava feliz com isso.

— Eu confio plenamente nela — falou. — Agora me conte sobre a Caçada Selvagem.

Ele começou a falar, tecendo a história de uma vida vivida nas nuvens e nos lugares desertos e perdidos do mundo. Cidades ocas no fundo de desfiladeiros de cobre. A casca de Oradour-sur-Glane, onde ele e Kieran dormiram em um palheiro semiqueimado. A areia e o cheiro do mar em Chipre, em uma cidade de férias vazia, onde árvores cresciam através dos chãos de grandes hotéis abandonados.

Lentamente Emma pegou no sono, e Mark a segurou e sussurrou histórias. Para surpresa dela, ele voltara na noite seguinte — ajudaria a fazer a relação deles parecer convincente, ele dissera, mas ela tinha visto nos olhos dele que ele gostara de sua companhia, assim como ela gostara da dele.

E então passaram todas as noites juntos desde então, deitados nas cobertas empilhadas no chão, contando histórias; Emma falou sobre a Guerra Maligna, e sobre como, às vezes, ela se sentia perdida agora que não estava mais procurando pela pessoa que tinha matado seus pais, e Mark falava sobre os irmãos e irmãs, sobre como ele e Ty discutiram, e ele teve medo de ter feito o irmão mais novo se sentir como se não pudesse contar com ele, como se ele pudesse ir embora a qualquer instante.

— Diga que você pode ir embora, mas que sempre voltará para ele — falou Emma. — Diga que sente muito se algum dia o fez se sentir diferente.

Ele apenas fez que sim com a cabeça. Ele não contou a ela se seguiu seu conselho, mas ela seguira o dele e contara tudo para Cristina. Fora um alívio enorme, e ela tinha chorado nos braços de Cristina durante horas. Até obteve a permissão de Julian para contar a Cristina uma versão resumida da situação com Arthur — o suficiente para deixar claro o quão necessário Julian era no Instituto, com sua família. Ela pedira autorização a Julian para compartilhar a informação; uma conversa extremamente desconfortável, mas ele quase parecera aliviado por mais alguém saber.

Ela queria perguntar a ele se em breve ele contaria ao restante da família a verdade sobre Arthur. Mas não podia. Muros se ergueram em volta de Jules, e pareciam tão impenetráveis quanto os espinhos em torno do castelo da Bela Adormecida. Ela ficou imaginando se Mark teria percebido, se algum dos outros teria percebido ou se só ela conseguia ver.

Agora ela se virou para olhar para Mark. Ele estava dormindo no chão, a bochecha apoiada na mão. Ela saiu da cama, se ajeitando entre cobertores e travesseiros, e se deitou ao lado dele.

Mark dormia melhor quando estava com ela — ele tinha dito isso, e ela acreditava. Ele vinha se alimentando melhor, estava ganhando músculos rapidamente, as cicatrizes estavam desbotando, as cores tinham voltado à sua bochecha. Emma estava feliz com isso. Podia se sentir como se estivesse morrendo por dentro todos os dias, mas isso era problema dela — ela lidaria com ele. Ninguém lhe devia ajuda, e, de certa forma, ela recebia bem a dor. Significava que Julian não estava sofrendo sozinho, ainda que ele próprio acreditasse nisso.

E se ela pudesse ajudar Mark, então, já era alguma coisa. Ela o amava, do jeito que deveria amar Julian: o tio Arthur chamaria de *philia*, o amor entre amigos. E mesmo sem nunca poder contar a Julian sobre como ela e Mark estavam se ajudando, pelo menos, isso era algo que ela sentia que podia fazer por ele: fazer seu irmão feliz.

Mesmo que ele nunca soubesse.

Uma batida na porta a arrancou de seu devaneio. Ela se levantou; o quarto estava escuro, mas ela conseguiu identificar cabelos ruivos luminosos e o rosto curioso de Clary olhando pela beirada da porta.

— Emma? Você está acordada? Está no *chão*?

Emma olhou para Mark. Ele dormia feito pedra, embrulhado em cobertas, fora do alcance visual de Clary. Ela levantou dois dedos para Clary, que fez que sim com a cabeça e fechou a porta; em dois minutos Emma estava no corredor, fechando o zíper de um moletom.

— Tem algum lugar onde possamos conversar? — perguntou Clary. Ela ainda era tão pequena, Emma pensou, às vezes, era difícil acreditar que tinha vinte e poucos anos. Seus cabelos estavam presos em tranças, e isso fazia com que parecesse ainda mais nova.

— No telhado — decidiu Emma. — Eu mostro.

Ela levou Clary pelos degraus, pela escada de madeira e pelo alçapão, e depois para a extensão escura do telhado. Ela mesma não ia lá desde a noite em que subira com Mark. Parecia que fazia anos, apesar de ela saber que tinha sido há apenas algumas semanas.

O calor do dia tinha deixado o telhado de ardósia preta grudento e quente. Mas a noite estava fresca — as noites do deserto sempre o eram, a temperatura caía como uma pedra assim que o sol se punha — e a brisa do oceano balançou os cabelos úmidos de Emma.

Ela cruzou o telhado, com Clary logo atrás, para o seu canto favorito: uma vista clara do mar abaixo, a rodovia dobrando para a colina abaixo do Instituto, montanhas se erguendo atrás de picos sombreados.

Emma se sentou na beirada, com os joelhos levantados, permitindo que o ar desértico acariciasse sua pele e o cabelo. A luz do luar prateava suas cicatrizes, principalmente a grossa na parte interna do antebraço direito. Ela fora feita em Idris, quando acordara gritando e chamando os pais, e Julian, sabendo do que ela precisava, colocou Cortana em seus braços.

Clary se ajeitou facilmente ao lado de Emma, com a cabeça inclinada, como se estivesse escutando o leve rugido do mar, que ia e vinha suavemente.

— Bem, em termos de vista, vocês definitivamente ganham do Instituto de Nova York. Tudo que vejo do telhado lá é o Brooklyn. — Ela olhou para Emma. — Jem Carstairs e Tessa Gray mandaram lembranças.

— Foram eles que contaram sobre Kit? — perguntou Emma. Jem era um parente muito distante, muito velho de Emma: apesar de ter aparência de vinte e cinco anos, ele estava mais para cento e vinte e cinco. Tessa era sua esposa, uma feiticeira poderosa. Eles tinham descoberto a existência de Kit e de seu pai, bem a tempo de Johnny Rook ser destruído por demônios.

Clary fez que sim com a cabeça.

— Eles estão em uma missão; não contaram nem para mim o que procuram.

— Achei que estivessem procurando o Volume Negro?

— Pode ser. Sei que iam primeiro para o Labirinto Espiral. — Clary se reclinou, apoiada nas mãos. — Sei que Jem gostaria de estar perto de você. Alguém com quem você pudesse conversar. Eu disse a ele que você sempre poderia conversar comigo, mas desde a noite após a morte de Malcolm que você não liga...

— Ele não morreu. Eu o *matei* — interrompeu Emma. Ela tinha que ficar lembrando a si própria constantemente que tinha matado Malcolm, enfiado Cortana em suas entranhas, porque parecia muito improvável. E doía, do jeito que esbarrar subitamente em arame farpado doía: uma dor surpreendente que vinha do nada. Apesar de ele ter merecido, doía. — Eu não deveria me sentir mal, certo? — falou Emma. — Ele era uma pessoa terrível e eu tive que fazer.

— Sim, e sim — respondeu Clary. — Mas isso nem sempre conserta as coisas. — Ela esticou a mão e colocou o dedo sob o queixo da menina, virando o rosto para ela. — Olha, se alguém entende disso, sou eu. Eu matei Sebastian. Meu irmão. Pus uma faca nele. — Por um instante Clary pareceu muito mais nova do que, de fato, era; por um instante, pareceu ter a idade de Emma. — Ainda penso nisso, sonho com isso. Ele tinha coisas boas: poucas, um pedacinho mínimo, mas isso me assombra. O potencial mínimo que eu destruí.

— Ele era um monstro — falou Emma, horrorizada. — Um assassino, pior do que Valentim, pior do que qualquer pessoa. Você tinha que matá-lo. Se não tivesse feito, ele literalmente teria destruído o mundo.

— Eu sei. — Clary abaixou a mão. — Nunca houve nada como chance de redenção para Sebastian. Mas isso não impede os sonhos, impede? Nos meus sonhos, às vezes, ainda vejo o irmão que eu poderia ter tido, em algum outro mundo. O de olhos verdes. E você talvez veja o amigo que achava que tinha em Malcolm. Quando as pessoas morrem, o sonho do que elas poderiam ter sido morre com elas. Mesmo que as mãos que encerram esses sonhos sejam as nossas.

— Achei que eu fosse ficar feliz — disse Emma. — Por todos esses anos, tudo que sempre quis foi vingança. Vingança contra quem matou meus pais. Agora sei o que aconteceu com eles, e matei Malcolm. Mas o que sinto é... vazio.

— Eu senti a mesma coisa depois da Guerra Maligna — falou Clary. — Passei tanto tempo fugindo e lutando, desesperada. E depois as coisas ficaram normais. Eu não acreditava. A gente se acostuma a viver de um jeito, mesmo que seja um jeito ruim ou difícil. Quando isso acaba, fica um vazio a ser preenchido. Está na nossa natureza tentar preenchê-lo com ansiedades e medos. Pode levar tempo para conseguir preenchê-lo com coisas boas.

Por um instante, Emma enxergou o passado através da expressão de Clary, lembrando-se da garota que corria atrás dela para uma sala pequena em Gard, que se recusava a deixá-la sozinha sofrendo, que tinha lhe dito que *heróis nem sempre são os que vencem. Que, às vezes, são os que perdem. Mas que continuam lutando, continuam voltando. Não desistem.*

É isso que faz deles heróis.

As palavras que conduziram Emma por alguns dos piores momentos da sua vida.

— Clary — disse ela. — Posso perguntar uma coisa?

— Claro. Qualquer coisa.

— Nightshade. O vampiro, você sabe...

Clary pareceu surpresa.

— O vampiro líder de Los Angeles? O que vocês descobriram usando magia negra?

— Era verdade, certo? Ele realmente estava usando magia ilegal?
Clary assentiu.
— Sim, claro. Tudo no restaurante dele foi testado. Certamente estava. Ele não estaria preso agora, se não estivesse! — Ela colocou a mão sobre a de Emma com leveza. — Sei que a Clave é péssima, às vezes — falou. — Mas há muitas pessoas lá que tentam ser justas. Anselm realmente era um cara ruim.

Emma fez que sim com a cabeça, sem falar nada. Não era de Anselm que estava duvidando, afinal.

Era Julian.

A boca de Clary se curvou em um sorriso.

— Muito bem, chega se assuntos chatos — sugeriu. — Conte alguma coisa boa. Você não me fala sobre a sua vida amorosa há séculos. Ainda está namorando aquele Cameron Ashdown?

Emma balançou a cabeça.

— Eu... estou namorando Mark.

— Mark? — Clary parecia ter recebido um lagarto de duas cabeças. — Mark Blackthorn?

— Não, *outro* Mark. Sim, Mark Blackthorn. — Um tom de defesa surgiu na voz de Emma. — Por que não?

— Eu só... nunca imaginaria vocês dois juntos. — Clary parecia verdadeiramente espantada.

— Bem, com quem você me imaginava? Com Cameron?

— Não, com ele não. — Clary dobrou as pernas para o peito e apoiou o queixo nos joelhos. — É essa a questão — falou. — Eu... quero dizer, a pessoa com quem te imagino não faz o menor sentido. — Ela encontrou o olhar confuso de Emma ao abaixar os olhos. — Acho que não era nada. Se está feliz com Mark, fico feliz por você.

— Clary, o que você não está me contando?

Fez-se um longo silêncio. Clary olhou para a água escura. Finalmente falou:

— Jace me pediu em casamento.

— Ah! — Emma já tinha começado a abrir os braços para abraçar Clary quando viu sua expressão. Ela congelou. — *Qual é o problema?*

— Eu disse não.

— Você disse *não?* — Emma abaixou os braços. — Mas vocês estão aqui... juntos... não estão mais...?

Clary se levantou. Ficou na beirada do telhado, fitando o mar.

— Ainda estamos juntos — disse ela. — Eu falei que precisava de mais tempo para pensar. Tenho certeza de que ele acha que estou maluca, ou... bem, não sei o que ele pensa.

— Precisa? — perguntou Emma. — De mais tempo?

— Para decidir se quero casar com Jace? Não. — A voz de Clary estava tensa com uma emoção que Emma não conseguia decifrar. — Não. Eu sei a resposta. Claro que quero. Nunca vai haver mais ninguém para mim. É um simples fato.

Alguma coisa na naturalidade da voz de Clary fez Emma estremecer. *Nunca vai haver mais ninguém para mim.* Havia um reconhecimento naquele calafrio, e um pouco de medo.

— Então por que você disse isso?

— Eu costumava ter sonhos — respondeu Clary. Ela estava olhando para a trilha que a lua deixava na água escura, como um rasgo branco dividindo uma tela preta. — Quando eu tinha a sua idade. Sonhos com coisas que iam acontecer, sonhos com anjos e profecias. Depois que a Guerra Maligna acabou, eles pararam. Achei que nunca mais fossem voltar, mas, nos últimos seis meses, eles voltaram.

Emma se sentiu um pouco perdida.

— Sonhos?

— Não são mais tão claros quanto costumavam ser. Mas tem uma sensação... uma certeza de que algo terrível está por vir. Como uma parede de escuridão e sangue. Uma sombra que se espalha pelo mundo e mancha tudo. — Ela engoliu em seco. — Mas tem mais. Não é tanto uma imagem de alguma coisa acontecendo, mas a certeza.

Emma se levantou. Queria colocar a mão no ombro de Clary, mas alguma coisa a conteve. Esta não era Clary, a menina que a tinha confortado quando seus pais morreram. Esta era a Clary que tinha ido ao reino demoníaco de Edom e matado Sebastian Morgenstern. Clary que tinha encarado Raziel.

— Uma certeza de quê?

— De que eu vou morrer — respondeu Clary. — E não falta muito. Em breve.

— Isso é por causa da sua missão? Acha que vai acontecer alguma coisa com você?

— Não... não, nada assim — disse Clary. — É difícil explicar. É uma certeza de que vai acontecer, mas não exatamente quando ou como.

— Todo mundo tem medo de morrer — disse Emma.

— Nem todo mundo tem — falou Clary —, e eu não tenho, mas tenho medo de deixar Jace. Tenho medo do que isso faria com ele. E acho que sendo casada é pior. O casamento muda as coisas. É uma promessa de ficar com alguém. Mas eu não poderia prometer ficar por muito tempo. — Ela olhou para baixo. — Sei que soa ridículo. Mas sei o que sei.

Fez-se um longo silêncio. O som do oceano corria sob a quietude entre elas e o som do vento no deserto.

— Você contou para ele? — perguntou Emma.

— Não contei a ninguém além de você. — Clary virou e olhou ansiosa para Emma. — Estou pedindo um favor. Um favor enorme. — Ela respirou fundo. — Se eu morrer, quero que você diga a eles... a Jace e aos outros, que eu sabia. Eu sabia que ia morrer e não tinha medo. E diga a Jace que foi por isso que eu disse não.

— Eu... mas por que eu?

— Não existe mais ninguém a quem eu possa contar isso sem que a pessoa tenha um ataque ou pense que eu estou tendo um colapso e preciso de terapia... bem, no caso de Simon é isso que ele diria. — Os olhos de Clary ficaram suspeitamente claros quando ela falou o nome do seu *parabatai*. — E eu confio em você, Emma.

— Pode deixar — respondeu Emma. — E claro que pode confiar em mim, não vou contar para ninguém, mas...

— Não estava falando que confio em você para guardar segredo — disse Clary. — Embora eu confie. Nos meus sonhos, eu a vejo com Cortana na mão. — Ela se esticou, praticamente na ponta do pé, e beijou a testa de Emma. Foi quase um gesto maternal. — Confio que você sempre continuará lutando, Emma. Confio que nunca vá desistir.

Só quando voltaram para o carro foi que Kit notou que as juntas de seus dedos estavam sangrando. Ele não sentiu dor quando socou a placa, mas estava sentindo agora.

Julian, prestes a ligar o carro, hesitou.

— Posso curá-lo — disse ele. — Com um *iratze*.

— Um o quê?

— Uma Marca de cura — disse Julian. — É uma das mais fracas. Então faz sentido que seja sua primeira.

Milhares de comentários sarcásticos passaram pela cabeça de Kit, mas ele estava cansado demais para dizê-los em voz alta.

— Não me cutuque com nenhuma das suas varinhas mágicas esquisitas — falou. — Só quero ir embora — ele quase completou com *para casa*, mas se conteve — daqui.

Enquanto seguiam de carro, Kit foi em silêncio, olhando pela janela. A rodovia estava quase vazia, e se esticava à frente deles, cinza e deserta. Placas para Crenshaw e Fairfax passaram brilhando. Esta não era a bela Los Angeles de montanhas e praias, grama verde e mansões. Esta era a Los Angeles de asfalto quebrado, árvores morrendo e céu manchado de poluição.

Sempre foi o lar de Kit, mas ele agora se sentia desligado ao olhar. Como se os Caçadores de Sombras já os estivessem afastando de tudo que ele conhecia, levando-o para sua estranha órbita.

— E o que acontece comigo? — perguntou de súbito, rompendo o silêncio.

— Quê? — Julian franziu o rosto para o trânsito no espelho retrovisor. Kit pôde ver seus olhos, o azul-esverdeado deles. Era uma cor quase impressionante, e todos os Blackthorn pareciam tê-la — bem, Mark tinha uma — exceto Ty.

— Então Jace é minha família de fato — falou Kit. — Mas não posso morar com ele, porque ele e a namorada gata vão partir em uma espécie de missão secreta.

— Suponho que vocês, Herondale, tenham um tipo — murmurou Julian.

— Quê?

— O nome dela é Clary. Mas, em resumo, sim. Ele não pode levá-lo agora, então você fica conosco. Não é um problema. Caçadores de Sombras recebem Caçadores de Sombras. É o que fazemos.

— Você realmente acha uma boa ideia? — disse Kit. — Quero dizer, sua casa é bem ferrada, com o tio agorafóbico e seu irmão estranho.

As mãos de Julian apertaram o volante, mas a única coisa que ele disse foi:

— Ty não é estranho.

— Eu estava falando de Mark — disse Kit. Fez-se uma pausa estranha. — Ty *não* é estranho — acrescentou Kit. — Ele só é autista.

A pausa se estendeu um pouco mais. Kit ficou imaginando se tinha ofendido Julian de algum jeito.

— Não é um problema grave — falou, afinal. — Quando eu estudava em escola mundana eu conheci algumas crianças que estavam no espectro. Ty tem algumas coisas em comum com eles.

— Que espectro?

Kit o olhou surpreso.

— Você realmente não sabe do que estou falando?

Julian balançou a cabeça.

— Você pode não ter notado, mas não nos envolvemos muito com cultura mundana.

— Não é cultura mundana. É... — *Neurobiologia. Ciência. Medicina.*— Vocês não têm raios X? Antibióticos?

— Não — disse Julian. — Para pequenas coisas, como dores de cabeça, símbolos de cura funcionam. Para coisas maiores, os Irmãos do Silêncio são nossos médicos. Medicina mundana é estritamente proibida. Mas se existe alguma coisa que você ache que eu deva saber sobre Ty...

— Kit queria detestar Julian, às vezes. Realmente queria. Julian parecia adorar regras; ele era inabalável, irritantemente calmo, e tão desprovido de emoções quanto todos sempre disseram que os Caçadores de Sombras eram. Exceto que não era, de verdade. O amor, que se percebia em sua voz, quando ele dizia o nome do irmão deixava isso claro.

De repente, Kit sentiu um aperto pelo corpo. Falar com Jace tinha acalmado parte da ansiedade que ele vinha sentindo desde a morte do pai. Jace fez parecer que tudo seria fácil. Como se ainda estivessem em um mundo onde você podia dar oportunidades às coisas e ver como elas se encaminhariam.

Agora, olhando para a rodovia cinza à frente dele, estava imaginando como poderia achar que viveria em um mundo onde tudo que ele sabia era considerado conhecimento errado, onde cada um de seus valores — tais como eram, tendo crescido com um pai que tinha o apelido de Rook, o Trapaceiro — era o inverso.

Onde se associar às pessoas às quais seu sangue lhe dizia que ele pertencia significava que as pessoas com as quais ele cresceu o detestariam.

— Esquece — falou. — Não quis dizer nada em relação a Ty. Só coisas mundanas sem importância.

— Sinto muito, Kit — disse Julian. Eles já tinham chegado na autoestrada da costa. A água se estendia ao longe, a lua, alta e redonda, projetava uma trilha branca perfeita no centro do mar. — Pelo que aconteceu no Mercado.

— Eles agora me odeiam — disse Kit. — Todos que eu conhecia.

— Não — negou Julian. — Eles têm medo de você. Existe uma diferença.

Talvez existisse, Kit pensou. Mas nesse momento, ele não tinha certeza se isso importava.

4
Um Clima Estranho e Selvagem

Cristina estava no topo da colina onde antes ficava a casa de Malcolm Fade e olhou ao redor, para as ruínas.

Malcolm Fade. Ela não o havia conhecido como os Blackthorn. Ele tinha sido amigo deles, ou era o que pensavam, por cinco anos, morando a apenas alguns quilômetros em sua bela casa de vidro e aço nas colinas secas de Malibu. Cristina o visitara uma vez, com Diana, e ficou encantada com a desenvoltura e bom humor do feiticeiro. E se flagrou desejando que o Alto Feiticeiro da Cidade do México fosse como Malcolm, jovem e charmoso, em vez de uma senhora mal-humorada, com orelhas imensas, que vivia no Parque Lincoln.

Depois, Malcolm acabou se revelando um assassino, e tudo se desfez. As mentiras foram reveladas, a fé que tinham nele foi destruída, e a segurança de Tavvy esteve em risco até conseguirem pegá-lo de volta e Emma despachá-lo com uma espada nas entranhas.

Cristina ouvia som de carros na rodovia abaixo. Eles tinham subido a lateral da colina para chegar até aqui, e ela estava suada e se coçando. Clary Fairchild estava no topo de entulhos da casa de Malcolm, segurando um objeto estranho que parecia uma mistura de lâmina serafim e uma daquelas máquinas mundanas utilizadas para encontrar metal escondido sob a areia.

Mark, Julian e Emma estavam em diferentes partes da casa em ruínas, revirando metais e vidro.

Jace preferira passar o dia com Kit na sala de treinamento do Instituto. Cristina admirou a atitude. Ela tinha sido criada com o ensinamento de que nada é mais importante do que a família, e Kit e Jace eram os únicos Caçadores de Sombras da linhagem Herondale vivos no mundo. Além disso, o menino precisava de amigos — ele era estranho. Novo demais pra ser bonito, mas com grandes olhos azuis que faziam com que você quisesse confiar nele mesmo enquanto ele roubava a sua carteira. Ele tinha um ar de travessura, um pouco como Jaime, seu melhor amigo de infância, um dia teve — do tipo que facilmente poderia se converter em criminalidade.

— ¿En que piensas? — perguntou Diego, se aproximando dela. Ele estava de calça jeans e coturnos. Cristina não queria se irritar com o fato de que ele insistia em usar seu distintivo de Centurião mesmo na manga de uma camiseta preta totalmente normal.

Ele era muito bonito. Muito mais bonito do que Mark, na verdade, se você for totalmente objetiva. Suas feições eram mais regulares, sua mandíbula mais quadrada, o tórax e os ombros mais largos.

Cristina jogou de lado pedaços do reboco de gesso pintado. Ela e Diego ficaram encarregados da parte leste da casa, que ela tinha quase certeza de ser onde ficavam o quarto e o closet de Malcolm. Ela não parava de achar pedaços de roupas.

— Estava pensando em Jaime, para falar a verdade.

— Ah. — Seus olhos escuros eram solidários. — Não tem problema sentir a falta dele. Eu também sinto.

— Então você deveria falar com ele. — Cristina sabia que tinha soado ríspida. Não conseguia evitar. Ela não sabia ao certo por que Diego a estava enlouquecendo, e não era de um jeito bom. Talvez fosse por ela tê-lo culpado por tanto tempo por tê-la traído que era difícil se desfazer da raiva. Talvez fosse porque não culpá-lo significaria mais culpa para Jaime, o que parecia injusto, considerando que Jaime não estava perto para se defender.

— Não sei onde ele está — disse Diego.

— Nem ideia? Não sabe onde ele está no mundo, ou como entrar em contato? — Por alguma razão, Cristina tinha perdido essa parte. Provavelmente porque Diego não tinha mencionado.

— Ele não quer ser incomodado por mim — disse Diego. — Todas as minhas mensagens pelo fogo voltam bloqueadas. Ele não fala nem com nosso pai. — A mãe deles tinha morrido. — Ou com os nossos primos.

— Como sabe que ele sequer está vivo? — perguntou Cristina, e imediatamente se arrependeu. Os olhos de Diego brilharam.

— Ele continua sendo meu irmão caçula — falou. — Eu saberia se ele estivesse morto.

— Centurião! — foi Clary que falou, gesticulando para o topo da colina. Diego começou a correr sobre as ruínas em direção a ela sem olhar para trás. Cristina sabia que ela o chateara, encheu-se de culpa e chutou um pedaço pesado de gesso, com um parafuso de vergalhão preso como um palito.

O reboco rolou para o lado. Ela piscou ao ver o objeto revelado embaixo dele, depois se abaixou para pegar. Uma luva — uma luva masculina, de couro, macia como seda, mas mil vezes mais dura. No couro estava impressa a imagem de uma coroa dourada cortada ao meio.

— Mark! — chamou ela. — ¡Necesito que veas algo!

Um instante depois Cristina percebeu que tinha ficado tão espantada que chamou em espanhol, mas isso não pareceu ter importância. Mark tinha vindo saltitando pelas pedras até ela. Ele estava logo em cima, o vento levantando seus cachos claros das pontas das orelhas. Ele parecia alarmado.

— O que foi?

Ela entregou a luva a ele.

— Esse não é o emblema de uma das Cortes das Fadas?

Mark virou a luva na mão.

— A coroa quebrada é o símbolo do Rei Unseelie — murmurou. — Ele acredita que é o verdadeiro Rei das duas Cortes, Seelie e Unseelie, e, até governar ambas, a coroa permanecerá cortada ao meio. — Ele inclinou a cabeça para o lado como um pássaro estudando um gato a uma distância segura. — Mas esse tipo de luva... Kieran tinha quando chegou à Caçada. São bem trabalhadas. Poucos além da nobreza as usavam. Aliás, poucos, além dos filhos de Rei, as usariam.

— Você não acha que é de Kieran? — perguntou Cristina.

Mark balançou a cabeça.

— As dele foram... destruídas. Na Caçada. Mas significa que quem quer que tenha visitado Malcolm aqui e deixado essa luva tem alta patente na corte ou então foi o próprio Rei.

Cristina franziu o rosto.

— É muito estranho que esteja aqui.

Seus cabelos tinham escapulido das tranças e sopravam em longos cachos ao redor do seu rosto. Mark esticou o braço para colocar uma mecha atrás da orelha dela e seus dedos a tocaram na bochecha. Os olhos estavam sonhadores, distantes. Ela estremeceu um pouco com a intimidade do gesto.

— Mark — falou. — Não.

Ele abaixou a mão. Não parecia irritado, como muitos meninos tendiam a ficar quando uma garota pedia que não a tocasse. Ele pareceu confuso e um pouco triste.

— Por causa de Diego?

— E Emma — emendou ela, com a voz bem baixa.

Sua confusão aumentou.

— Mas você *sabe* que...

— Mark! Cristina! — Era Emma, chamando de onde ela e Julian tinham se juntado a Diego e Clary. Cristina ficou feliz por não ter que responder a Mark; ela correu pela pilha de pedras e vidro, grata por suas botas de Caçadora de Sombras e seu uniforme a terem protegido contra pontas agudas perdidas.

— Encontraram alguma coisa? — perguntou Cristina ao se aproximar do pequeno grupo.

— Vocês já quiseram ver de muito perto um tentáculo nojento? — perguntou Emma.

— Não — retrucou Cristina, se aproximando com cuidado. Clary, de fato, parecia ter alguma coisa desagradavelmente flácida espetada na ponta de sua estranha arma. A coisa se balançava um pouco, exibindo ventosas cor-de-rosa contra uma pele verde pintada.

— Ninguém nunca parece dizer sim a essa pergunta — falou Emma com tristeza.

— Certa vez Magnus me apresentou a um feiticeiro com tentáculos como esse — falou Clary. — O nome dele era Marvin.

— Imagino que estes não sejam os restos mortais de Marvin — falou Julian.

— Não tenho certeza de que são os restos mortais de quem quer que seja — retrucou Clary. — Para comandar demônios marinhos seria preciso ter o Cálice Mortal ou algo assim: um pedaço de um demônio poderoso que você possa enfeitiçar. Acho que temos evidências definitivas de que a morte de Malcolm está relacionada aos recentes ataques Teuthida.

— E agora? — perguntou Emma, olhando o tentáculo com o rabo do olho. Ela não era muito fã do oceano ou dos monstros que nele habitavam, embora fosse capaz de lutar contra qualquer um ou qualquer coisa em terra firme.

— Agora voltamos para o Instituto — disse Clary —, e decidimos qual será o próximo passo. Quem quer levar o tentáculo?

Ninguém se ofereceu.

* * *

— Você só pode estar brincando — disse Kit. — Não tem a menor possibilidade de eu pular daqui.

— Apenas considere. — Jace se inclinou para baixo de uma viga. — É surpreendentemente fácil.

— Tente — gritou Emma. Ela tinha ido para a sala de treinamento quando voltaram da casa de Malcolm, curiosa para ver como as coisas estavam indo. Tinha encontrado Ty e Livvy sentados no chão, observando Jace tentar convencer Kit a arremessar algumas facas (o que ele se dispôs a fazer) e depois a aprender a pular e cair (o que não se dispôs).

— Meu pai me alertou que vocês tentariam me matar — falou Kit.

Jace suspirou. Ele estava com o uniforme de treinamento, equilibrado em uma das elaboradas redes de vigas que cortavam o interior do telhado da sala. Variavam entre seis e nove metros do chão. Emma tinha aprendido sozinha a cair daquelas mesmas vigas ao longo dos anos, às vezes, quebrando alguns ossos.

Um Caçador de Sombras tinha que saber escalar — demônios eram rápidos e frequentemente tinham muitas pernas, subindo pelas laterais de prédios como aranhas. Mas aprender a cair era tão importante quanto.

— Você consegue — disse Emma agora.

— É? E o que acontece se eu me espatifar todo? — perguntou Kit.

— Você terá um funeral com honras — retrucou Emma. — Colocaremos o seu corpo em um barco e o jogaremos por uma cachoeira como um viking.

Kit a encarou.

— Isso é de um filme.

Ela deu de ombros.

— Talvez.

Jace, perdendo a paciência, se lançou da viga mais alta. Ele saltou graciosamente pelo ar antes de aterrissar agachado sem fazer barulho. Ele se esticou e deu uma piscadela para Kit.

Emma escondeu um sorriso. Ela era totalmente apaixonada por Jace aos doze anos. Mais tarde, isso se transformou em querer ser Jace — o melhor que havia: melhor lutador, melhor sobrevivente, melhor Caçador de Sombras.

Ela ainda não tinha chegado lá, mas ainda não tinha parado de tentar.

Kit pareceu impressionado, apesar de tudo, mas depois franziu o rosto outra vez. Ele parecia muito pequeno perto de Jace. Tinha mais ou menos a mesma altura de Ty, apesar de não estar tão em forma. A força potencial de

Caçador de Sombras estava lá, contudo, na forma de seus braços e ombros. Emma o vira lutar quando esteve em perigo. Ela sabia do que ele era capaz.

— Você vai conseguir fazer isso — falou Jace, apontando para a viga, e depois para Kit. — Assim que quiser.

Emma reconheceu o olhar de Kit. *Eu talvez nunca queira.*

— Qual é mesmo o lema Nephilim?

— Somos pó e sombras — disse Ty, sem levantar o olhar do livro que lia.

— Alguns de nós somos pós muito bonitos — acrescentou Jace, quando a porta abriu e Clary botou a cabeça para dentro.

— Venham para a biblioteca — anunciou. — O tentáculo está começando a se dissolver.

— Você me enlouquece quando fala sacanagem para mim — disse Jace, vestindo o casaco do uniforme.

— *Adultos* — disse Kit, com um pouco de nojo, e saiu da sala. Para divertimento de Emma, Ty e Livvy, e se levantaram instantaneamente e o seguiram. Emma ficou imaginando o que exatamente teria despertado o interesse deles em Kit, será que era só por ele ter a mesma idade? Jace, ela imaginava, creditaria ao famoso carisma Herondale, apesar de que, pelo que ela sabia, os Herondale da geração anterior a ele tinham muito pouco.

A biblioteca estava meio caótica. O tentáculo *estava* começando a dissolver, formando uma poça grudenta de meleca verde e rosa que fazia Emma pensar em balas de goma derretidas. Conforme Diana havia observado, isso significava que o tempo restante para identificar o demônio diminuía rapidamente. Como Magnus não atendia o telefone e ninguém queria envolver a Clave, o que restava era a boa e velha pesquisa nos livros. Todos receberam uma pilha de tomos grossos sobre criaturas marinhas e se dispersaram para várias partes da biblioteca para examinar pinturas, desenhos, esboços e ocasionalmente fotos.

Em algum momento durante as horas que se passavam, Jace decidiu que precisavam de comida chinesa. Aparentemente frango kung pao e yakissoba com molho de feijão-preto eram um pré-requisito toda vez que a equipe do Instituto de Nova York se reunia para pesquisar. Ele puxou Clary até um escritório vazio para abrirem um Portal — coisa que nenhum Caçador de Sombras além dela conseguia fazer —, prometendo a eles a melhor comida chinesa de Manhattan.

— Consegui! — anunciou Cristina, cerca de vinte minutos após a porta se fechar atrás de Jace e Clary. Ela levantou uma cópia enorme da *Carta Marina.*

O restante deles se agrupou em torno da mesa principal enquanto Diana confirmava que o tentáculo pertencia à espécie marítima de demônio Makara, que, segundo os desenhos entre os mapas da *Carta Marina*, parecia parte polvo, parte lesma com uma enorme cabeça de abelha.

— O perturbador não é que seja um demônio marinho — disse Diana, franzindo o rosto. — É que restos de demônios Makara só sobrevivem em terra por um ou dois dias.

Jace abriu as portas da biblioteca. Ele e Clary estavam carregados de caixas verdes e brancas que diziam JADE WOLF.

— Uma ajudinha aqui?

A equipe de pesquisa se separou brevemente para ajeitar a comida nas mesas longas da biblioteca. Tinha yakissoba, o prometido frango kung pao, mapo tofu, *zhajiangmian*, arroz primavera, e deliciosos bolinhos chineses que pareciam bala quente.

Todos pegaram um prato de plástico, até mesmo Tavvy, que estava organizando soldadinhos de brinquedo atrás de uma estante. Diego e Cristina compartilhavam uma cadeira e Jace e Clary, no chão, dividindo yakissoba. As crianças Blackthorn estavam amontoadas sobre o frango, exceto Mark, que tentava descobrir como usar os palitinhos. Emma supôs que aquilo não existia no Reino das Fadas. Julian estava sentado à mesa em frente a Livvy e Ty, franzindo o rosto para o tentáculo quase dissolvido. Surpreendentemente, aquilo não parecia afetar seu apetite.

— Vocês são amigos do grande Magnus Bane, não são? — perguntou Diego a Clary e Jace, após alguns minutos de todo mundo mastigando.

— O *grande* Magnus Bane? — Jace engasgou com o arroz primavera. Church estava acomodado aos seus pés, alerta a qualquer sinal de frango caindo no chão.

— Somos amigos dele, sim — respondeu Clary, com a boca se curvando no canto. — Por quê?

Jace estava ficando roxo. Clary lhe deu um tapinha nas costas. Church caiu no sono, com as patas balançando no ar.

— Eu gostaria de entrevistá-lo — respondeu Diego. — Acho que ele renderia um bom assunto para um texto sobre o Labirinto Espiral.

— Ele está muito ocupado agora, com Max e Rafael — disse Clary. — Quero dizer, você poderia perguntar...

— Quem é Rafael? — perguntou Livvy.

— O segundo filho deles — respondeu Jace. — Acabaram de adotar um garotinho argentino. Um Caçador de Sombras que perdeu os pais na Guerra Maligna.

— Em Buenos Aires! — Emma exclamou, voltando-se para Julian. — Quando encontramos Magnus na casa de Malcolm, ele disse que Alec estava em Buenos Aires e que ele iria encontrá-lo. Devia ser isso que estavam fazendo.

Julian apenas fez que sim com a cabeça, mas não levantou o olhar para reconhecer a lembrança compartilhada. Ela não deveria esperar que ele o fizesse, Emma lembrou a si mesma. Julian não voltaria a ser como ela se lembrava por um bom tempo, se é que voltaria.

Ela se sentiu enrubescendo, apesar de ninguém ter parecido notar, exceto Cristina, que lhe deu um olhar cheio de preocupação. Diego estava com os braços em volta dela, mas suas mãos longas estavam apoiadas no colo. Ela acenou de leve para Emma, mais com os dedos do que com a mão.

— Talvez devêssemos voltar a discutir a questão que temos em mãos — sugeriu Diana. — Se Makara só resiste por um ou dois dias na terra...

— Então esse demônio esteve na casa de Malcolm muito recentemente — disse Livvy. — Tipo muito depois que ele morreu.

— O que é estranho — falou Julian, olhando para o livro. — É um demônio do fundo de mar, muito mortal e bem grande. É de se pensar que alguém teria notado. Além disso, ele não podia querer nada de uma casa em ruínas.

— Quem sabe quais são os desejos de um demônio marinho? — falou Mark.

— Presumindo que ele não estivesse em busca da coleção de meiões de tentáculos de Malcolm — falou Julian —, temos que imaginar que provavelmente foi invocado. Demônios Makara não aparecem simplesmente na terra. Eles ficam no fundo do oceano e, às vezes, puxam navios para baixo.

— Outro feiticeiro, então? — sugeriu Jace. — Alguém com quem Malcolm estava trabalhando?

— Catarina não acha que Malcolm tenha trabalhado com mais ninguém — disse Diana. — Ele era amigo de Magnus, mas fora isso, era solitário... por motivos óbvios, agora.

— Se ele *estava* trabalhando com outro feiticeiro, provavelmente não teria anunciado o fato, no entanto — disse Diego.

— Certamente parece que Malcolm estava determinado a aprontar do túmulo se alguma coisa acontecesse a ele — concluiu Diana.

— Bem, o tentáculo não foi a única coisa que encontramos — disse Cristina. — Mark, mostre a eles a luva.

Emma já tinha visto, na volta da casa de Malcolm, mas ela se inclinou para a frente junto com todo mundo enquanto Mark a pegava do bolso do casaco e botava na mesa.

— O símbolo do Rei Unseelie — falou ele. — Uma luva dessas é rara. Kieran tinha uma quando chegou à Caçada. Eu conseguia identificar seus irmãos, às vezes, em festas, pelas capas e luvas ou manoplas como essa.

— Então é estranho que Malcolm tenha uma — observou Livvy.

Emma não viu Ty ao lado dela; será que ele tinha ido para as pilhas de livros?

— Nenhum príncipe fada se separaria disso por vontade própria — explicou Mark. — Exceto por uma marca ou favor especial, ou para selar uma promessa.

Diana franziu o rosto.

— Sabemos que Malcolm estava trabalhando com Iarlath.

— Mas ele não era príncipe. Sequer era nobre — disse Mark. — Isso indicaria que Malcolm tinha alguma espécie de barganha com o próprio Rei da Corte Unseelie.

— Sabemos que ele foi se encontrar com o Rei Unseelie há muitos anos — falou Emma. — Foi o Rei que deu a ele a rima que ele deveria usar para reerguer Annabel. — Primeiro o fogo, e depois a tempestade...

— "No fim, é sangue Blackthorn" — concluiu Julian por ela.

E quase aconteceu. Para ressuscitar Annabel, Malcolm precisava do sacrifício e do sangue de um Blackthorn. Ele tinha sequestrado Tavvy, e quase o matou. Só de lembrar, Emma tremia.

— Mas esse não era o símbolo do Rei há tanto tempo — falou Mark. — Isso data do início da Paz Fria. O tempo trabalha diferente no Reino das Fadas, mas... — Ele balançou a cabeça, como se quisesse dizer *não tão diferente assim*. — Eu temo.

Jace e Clary trocaram um olhar. Eles estavam indo ao Reino das Fadas, não estavam, para procurar uma arma? Emma se inclinou para a frente, com a intenção de perguntar a eles o que sabiam, mas antes que pudesse dizer as palavras, a campainha do Instituto tocou, ecoando pela casa.

Todos se olharam, surpresos. Mas foi Tavvy que falou primeiro, olhando do canto onde estava brincando.

— Quem está aqui?

Se tinha uma coisa que Kit fazia bem, era sair de lugares sem ser notado. Ele vinha fazendo isso ao longo de toda a vida, enquanto seu pai fazia reuniões na sala com feiticeiros impacientes ou lobisomens inquietos.

Então não foi difícil sair da biblioteca quando todos conversavam e comiam comida chinesa. Clary estava imitando uma pessoa chamada Inquisidor, e todos riam. Kit ficou imaginando se ocorria a eles que era estranho endossar uma posição governamental que soava como se fosse sobre tortura.

Ele já tinha estado na cozinha algumas vezes antes. Era um dos seus cômodos preferidos na casa — aconchegante, com suas paredes azuis e pia grande. A geladeira também não era mal estocada. Ele supôs que Caçadores de Sombras sentissem fome com regularidade, considerando o quanto malhavam.

Ficou imaginando se também teria que treinar tanto tempo assim, caso se tornasse um Caçador de Sombras. Ficou imaginando se ganharia músculos e abdômen definido, essas coisas, como Julian e Jace. No momento, ele estava mais para magrelo, como Mark. Levantou a camisa e por um instante olhou para a barriga lisa e sem definição. Ele não tinha mesmo um abdômen.

Deixou a camisa descer e pegou um Tupperware de biscoitos da geladeira. Talvez pudesse frustrar os Caçadores de Sombras se recusando a malhar e passando o tempo sentado, comendo carboidratos. *Eu os desafio, Caçadores de Sombras*, pensou, abrindo a tampa do pote e colocando um biscoito na boca. *Zombo de vocês comendo açúcar.*

Ele deixou a porta da geladeira fechar, e quase gritou. Reflexivamente engoliu o biscoito e encarou.

Ty Blackthorn estava no meio da cozinha, com os fones pendurados no pescoço, as mãos enfiadas nos bolsos.

— São muito bons — falou —, mas prefiro os de caramelo.

Pensamentos sobre a rebeldia com biscoitos voaram para fora da cabeça de Kit. Apesar de dormir no quarto em frente ao seu, Ty quase nunca tinha falado com ele antes. O máximo que provavelmente disse na vida foi uma vez quando estava ameaçando Kit com uma faca na casa dos Rook, e Kit não considerava aquilo interação social.

Kit pousou o Tupperware na bancada. Ele estava novamente ciente da sensação de que Ty o estava estudando, talvez fazendo uma lista de prós e contras, ou coisa do tipo. Se Ty fosse outra pessoa, Kit teria tentado capturar seu olhar, mas sabia que o outro garoto não olharia diretamente para ele. Era um pouco tranquilizante não ter que se preocupar com isso.

— Você tem sangue na mão — disse Ty. — Notei mais cedo.

— Ah. Sim. — Kit olhou para as juntas cortadas. — Machuquei a mão no Mercado das Sombras.

— Como? — perguntou Ty, se apoiando na beira da bancada.

— Soquei uma placa — retrucou Kit. — Eu estava zangado.

As sobrancelhas de Ty se ergueram. Ele tinha sobrancelhas interessantes, ligeiramente pontudas no alto, como Vs invertidos, e muito escuras.

— Você se sentiu melhor?
— Não — admitiu Kit.
— Eu posso resolver isso — falou Ty, pegando um dos lápis mágicos dos Caçadores de Sombras do bolso da calça. Estelas, eram chamadas. Ele estendeu a mão.

Kit supôs que pudesse ter recusado a oferta, como o fez quando Julian sugeriu curá-lo no carro. Mas aceitou. Estendeu o braço, confiante, com o pulso virado para cima, de modo que as veias azuis ficassem expostas ao menino que tinha colocado uma faca na sua garganta há não muito tempo.

Os dedos de Ty eram frios e cuidadosos enquanto pegava o braço de Kit para deixá-lo firme. Ele tinha dedos longos — todos os Caçadores de Sombras tinham, Kit tinha notado. Talvez tivesse alguma coisa a ver com a necessidade de lidar com uma variedade de armas. Kit estava ocupado demais pensando, de modo que só se encolheu um pouquinho quando a estela se moveu pelo seu antebraço, deixando uma sensação de calor, como se sua pele tivesse passado sobre uma chama de vela.

A cabeça de Ty estava abaixada. Seus cabelos negros caídos sobre o rosto. Ele puxou a estela de volta quando terminou, soltando Kit.

— Olhe para a sua mão — falou.

Kit virou a mão e assistiu aos cortes nos nós dos dedos se fecharem, as partes vermelhas voltando a ser pele macia. Olhou para a marca preta que se espalhava pelo antebraço. Ficou imaginando quando começaria a desbotar. Aquilo o perturbou, uma prova incontestável de que era tudo verdade. Ele realmente era um Caçador de Sombras.

— Bem legal — admitiu. — Vocês conseguem curar literalmente qualquer coisa? Tipo diabete e câncer?

— Algumas doenças. Nem sempre câncer. Minha mãe morreu disso. — Ty guardou a estela. — E a sua mãe? Ela também era Caçadora de Sombras?

— Acho que não — disse Kit. Seu pai tinha dito algumas vezes que a mãe era uma dançarina de Las Vegas que tinha fugido depois que ele nasceu, mas nas últimas duas semanas lhe ocorreu que o pai talvez não tenha sido totalmente honesto em relação a isso. Ele certamente não tinha sido honesto em relação a nada. — Ela morreu — acrescentou, não por achar que esse fosse o caso mais provável, mas por ter percebido que não queria falar sobre o assunto.

— Então nós dois temos mães mortas — disse Ty. — Você acha que vai querer ficar aqui? E se tornar um Caçador de Sombras?

Kit abriu a boca para responder — e parou, quando um ruído baixo e doce, que parecia de um sino, ecoou pela casa.

— O que é isso?

Ty levantou a cabeça. Kit viu como um flash a cor dos seus olhos: cinza de verdade, aquele cinza que era quase prateado.

Antes que pudesse responder, a porta da cozinha se abriu. Era Livvy, com uma lata de refrigerante na mão esquerda. Ela não pareceu surpresa em ver Kit e Ty; passando entre eles, pulou sobre a mesa, cruzando as pernas longas.

— Os Centuriões estão aqui — falou. — Estão todos correndo feito galinhas sem cabeça. Diana foi recebê-los, Julian parece querer matar alguém...

— E você quer saber se eu quero ir espiar com você — disse Ty. — Certo?

Ela fez que sim com a cabeça.

— Eu sugeriria algum lugar onde não seremos vistos, porque se Diana nos pegar, vamos ter que fazer as camas e dobrar as toalhas para os Centuriões pelas próximas duas horas.

Isso pareceu decidir as coisas; Ty assentiu e foi para a porta da cozinha. Livvy saltou da mesa e o seguiu.

Ela parou com a mão na porta, olhando por cima do ombro para Kit.

— Você vem?

Ele ergueu as sobrancelhas.

— Tem certeza de que quer que eu vá? — Não tinha ocorrido a ele se convidar; os gêmeos pareciam uma unidade tão perfeita, como se não precisassem de mais ninguém além deles mesmos.

Ela sorriu. Ele retribuiu o sorriso, hesitante; estava bastante acostumado a meninas, até mesmo a meninas bonitas, mas alguma coisa em Livvy o deixava nervoso.

— Claro — falou. — Só um alerta: comentários grosseiros e maldosos sobre as pessoas que espionamos são um requisito. Exceto pelos integrantes da nossa família, é claro.

— Se fizer Livvy rir, você ganha o dobro dos pontos — acrescentou Ty do corredor.

— Bem, nesse caso... — Kit foi atrás deles. O que foi que Jace tinha dito, afinal? Os Herondale não resistiam a um desafio.

Cristina olhou espantada para o grupo de mais ou menos vinte Centuriões cruzando a imensa entrada do Instituto. Ela tinha tido pouco tempo para se preparar para a ideia de conhecer os amigos de Scholomance de Diego, e certamente não tinha planejado fazer isso com um uniforme de combate empoeirado e o cabelo preso em tranças.

Enfim. Ela esticou as costas. O trabalho de Caçador de Sombras costumava ser sujo; certamente não esperariam vê-la em condições impecáveis. Mas, ela percebeu ao olhar em volta, eles certamente estavam. Seus uniformes eram como uniformes normais, mas com casacos estilo militar por cima, brilhantes com botões metálicos e faixas com um desenho de bastões de centurião. As costas de cada casaco traziam o símbolo do nome da família do Centurião: um menino de cabelo cor de areia tinha um lobo nas costas, uma menina de pele escura exibia um círculo de estrelas. Os meninos usavam cabelos curtos; as meninas usavam tranças ou rabos de cavalo. Pareciam limpos, eficientes, e um pouco assustadores.

Diana estava conversando com dois Centuriões perto da porta do Santuário: um menino de pele escura com um emblema *Primi Ordines* e o menino com o casaco de lobo. Eles se viraram para acenar para Diego enquanto o rapaz descia as escadas, seguido por Cristina e os outros.

— Não posso acreditar que já estão aqui — murmurou Emma.

— Sejam graciosos — pediu Diana com a voz baixa, olhando para todos. Para ela era fácil falar, Cristina pensou. *Ela* não estava coberta de poeira. Diana pegou Emma pelo pulso, puxou Julian com a outra mão, e marchou para se misturarem aos Centuriões, empurrando Julian para perto de uma menina indiana bonita com um piercing de ouro no nariz, e deixando Emma na frente de um casal de cabelos escuros, claramente gêmeos, que a olharam com sobrancelhas arqueadas.

Vê-los fez Cristina pensar em Livvy e Ty, no entanto, e ela olhou em volta para ver se eles estavam espiando do segundo andar como normalmente faziam. Se estivessem, ela não conseguia vê-los; eles provavelmente tinham se escondido, e ela não os culpava. Bagagens foram arrastadas pelo chão: alguém teria que levar os Centuriões aos quartos, recebê-los, descobrir como alimentá-los...

— Não me dei conta — disse Mark.

— Não se deu conta do quê? — perguntou Diego; ele tinha voltado a cumprimentar os dois meninos que estavam conversando com Diana antes. Os meninos atravessaram a sala em direção a eles.

— O quão parecidos com soldados são os Centuriões — respondeu Mark. — Suponho que os tivesse imaginando como estudantes.

— Nós *somos* estudantes — respondeu Diego, afiado. — Mesmo depois que nos formamos, continuamos acadêmicos. — Os outros dois Centuriões chegaram antes que Mark pudesse falar qualquer outra coisa; Diego deu um tapinha nas costas de ambos e se virou para apresentá-los. — Manuel, Rayan. Estes são Cristina e Mark.

— *Gracias* — disse o menino de cabelo claro; era castanho-claro, marcado e manchado pelo sol. Ele tinha um sorriso tranquilo e lateral. — *Un placer conocerte.*

Cristina se espantou.

— Você fala espanhol?

— *Es mi lengua materna.* — Manuel riu. — Nasci em Madri e cresci no Instituto de lá.

Ele *tinha* o que Cristina achou ser um sotaque espanhol — a suavização do som de c, o jeito como *gracias* soava como *grathiath* quando agradeceu a ela. Era charmoso.

Do outro lado do recinto, ela viu Dru, segurando Tavvy pela mão — eles tinham pedido a ela para ficar na biblioteca cuidando dele, mas ela queria ver os Centuriões —, ir até Emma e sussurrar alguma coisa ao seu ouvido.

Cristina sorriu para Manuel.

— Quase fiz meu intercâmbio em Madri.

— Mas as praias daqui são melhores. — Ele deu uma piscadela.

Com o canto do olho, Cristina viu Emma ir até Julian e cutucá-lo desconfortavelmente no ombro. Ela disse alguma coisa para ele que o fez fazer sinal positivo com a cabeça e segui-la para fora da sala. Onde estavam indo? Ela estava louca para segui-los, para não ficar aqui conversando com os amigos de Diego, mesmo que eles fossem legais.

— Eu quis o desafio de ter que falar inglês o tempo todo — começou Cristina, e viu a expressão de Manuel mudar, depois Rayan a pegou pela manga e tirou-a do caminho quando alguém foi até Diego e o pegou pelo braço. Era uma menina branca, pálida e com as bochechas redondas, com cabelos castanhos espessos presos em um coque firme.

Ela colidiu contra o peito dele, e Diego adquiriu uma coloração meio aguada, como se todo o sangue tivesse drenado de seu rosto.

— Zara?

— Surpresa! — A garota o beijou na bochecha.

Cristina estava começando a ficar um pouco tonta. Talvez tivesse tomado muito sol na casa de Malcolm. Mas, na verdade, não tinha sido *tanto* sol assim.

— Não achei que você fosse vir — disse Diego. Ele ainda parecia verdadeiramente chocado. Rayan e Manuel estavam começando a aparentar desconforto. — Você disse... você disse que estaria na Hungria...

— Ah, isso. — Zara descartou a Hungria com um aceno. — No fim das contas, era uma coisa totalmente ridícula. Um bando de Nephilim alegando que suas estelas e lâminas serafim estavam com defeito; na verdade, foi só incompetência. Tanta coisa mais importante por aqui! — Ela deu o braço para Diego e se virou para Cristina e Mark, sorrindo alegremente. Estava com a mão apoiada no cotovelo de Diego, mas o sorriso no seu rosto tinha ficado tenso quando Cristina e Mark a encararam em silêncio; Diego parecia cada vez mais prestes a vomitar.

— Sou Zara Dearborn — disse, afinal, revirando os olhos. — Tenho certeza de que ouviram falar de mim. Sou a noiva de Diego.

5

Terra e Céu

Emma conduziu Julian pelo prédio, através de corredores familiares a ambos mesmo no escuro. Foram em silêncio. As tranças dela balançavam enquanto andava. Julian se concentrou nelas por um instante, pensando nas milhares de vezes em que tinha caminhado ao lado de Emma saindo do Instituto, carregando suas armas, rindo, conversando e fazendo planos para quem quer que fossem encarar.

A forma como seu coração sempre ficava mais leve quando saíam do Instituto, prontos para entrar no carro, dirigir veloz pela rodovia, com vento no cabelo, gosto de sal na pele. A lembrança era como um peso contra o peito agora ao saírem pela área plana e arenosa atrás do Instituto.

Jace e Clary esperavam por eles. Ambos vestiam os casacos do uniforme e carregavam sacos de pano. Estavam conversando, concentrados, as cabeças inclinadas juntas. Suas sombras, projetadas com precisão pela luz de fim de tarde pareciam se fundir em uma.

Emma limpou a garganta, e os dois se afastaram.

— Sentimos muito por ter que sair assim — falou Clary, um pouco inquieta. — Achamos que seria melhor evitar perguntas dos Centuriões sobre nossa missão. — Ela olhou em volta. — Onde está Kit?

— Acho que está com Livvy e Ty — respondeu Emma. — Pedi para Drusilla chamá-lo.

— Estou aqui. — Kit, uma sombra loura com as mãos nos bolsos, abriu a porta dos fundos do Instituto com o ombro. Passos leves, Julian pensou. Uma característica natural dos Caçadores de Sombras. Seu pai foi um ladrão e um mentiroso. Esses também tinham passos leves.

— Temos algo para você, Christopher — disse Jace, estranhamente sombrio. — Pelo menos, Clary tem.

— Tome. — Clary deu um passo à frente e deixou cair um objeto brilhante e prateado nas mãos abertas de Kit. — Esse é um anel da família Herondale. Pertenceu a James Herondale antes de ser de Jace. James foi próximo de muitos Blackthorn quando era vivo.

O rosto de Kit era ilegível. Ele fechou os dedos em volta do anel e fez que sim com a cabeça. Clary colocou a mão na bochecha dele. Foi uma espécie de gesto maternal, e por um instante Julian teve a impressão de ter enxergado vulnerabilidade passar pela expressão de Kit.

Se o menino tinha mãe, Julian percebeu, nenhum deles sabia nada sobre ela.

— Obrigado — disse Kit. Ele colocou o anel no dedo, parecendo surpreso quando coube. Anéis de família de Caçadores de Sombras sempre cabem; era parte da magia deles.

— Se está pensando em vender — disse Jace —, eu não faria isso.

— Por que não? — Kit levantou o rosto; olhos azuis olharam para o dourado. Tinham olhos de cor diferente, mas o formato era o mesmo: a forma das pálpebras, as maças do rosto afiadas e os ângulos atentos de suas faces.

— Eu simplesmente não o faria — disse Jace, com muita ênfase; Kit deu de ombros, fez que sim com a cabeça, entrou de volta no Instituto e desapareceu.

— Você estava tentando assustá-lo? — quis saber Emma, assim que a porta se fechou atrás dele.

Jace apenas sorriu de lado para ela.

— Agradeça ao Mark pela ajuda — falou, abraçando Emma e afagando-a no cabelo. Os momentos seguintes foram uma confusão de abraços e despedidas; Clary prometeu que mandaria uma mensagem de fogo quando pudesse e Jace se certificou de que eles tivessem o telefone de Alec e Magnus, caso se encrencassem.

Ninguém mencionou que tecnicamente, tinham a Clave, caso tivessem algum problema. Mas Clary e Jace tinham aprendido a ter cautela com a Clave quando eram mais novos, e, ao que parecia, crescer não diminuíra suas desconfianças.

— Lembre-se do que falei no telhado — Clary disse a Emma com a voz baixa, e as mãos nos ombros da menina. — Do que me prometeu.

Emma fez que sim com a cabeça, parecendo incomumente séria. Clary virou-se de costas para ela, levantando a estela, se preparando para abrir um Portal para o Reino das Fadas. Quando as formas começaram a fluir sob suas mãos, a porta começou a brilhar contra o ar seco, a porta do Instituto se abriu novamente.

Desta vez foi Dru; seu rosto redondo estava ansioso. Ela enrolava uma das tranças no dedo.

— Emma, é melhor você vir — falou. — Aconteceu uma coisa com Cristina.

Ele não ia jogar aquele jogo idiota de espiões, pensou Kit. Independente do quanto os gêmeos pareciam estar se divertindo, escondidos em um canto da galeria do segundo andar, e olhando para a entrada principal, protegidos dos olhos alheios pela grade.

Essencialmente o jogo envolvia tentar entender o que as pessoas estavam falando umas para as outras através da linguagem corporal, ou pela forma como gesticulavam. Livvy era infinitamente criativa, capaz de imaginar cenários dramáticos entre pessoas que provavelmente só estavam conversando sobre o tempo — ela já tinha decidido que a menina bonita do sul da Ásia com estrelas no casaco estava apaixonada por Julian, e que dois dos outros Centuriões eram espiões secretos da Clave.

Ty se pronunciava menos, mas Kit desconfiava que as coisas que ele falava tinham mais chance de estarem certas. Ele era bom em observar pequenas coisas, como qual símbolo de família estava nas costas de um casaco, e o que aquilo significava sobre o local de origem deles.

— O que você acha do Diego Perfeito? — Livvy perguntou a Kit, quando ele voltou da despedida de Clary e Jace. Estava com os joelhos levantados, os braços abraçando as pernas longas. Seu rabo de cavalo ondulado caía sobre os ombros.

— É um idiota metido — disse Kit. — O cabelo dele é bom demais. Não confio em pessoas com cabelo tão bom assim.

— Acho que aquela garota de coque está brava com ele — disse Ty, se inclinando mais para perto da grade. Seu rosto delicado era todo cheio de pontas e ângulos. Kit seguiu o seu olhar para baixo e viu Diego conversando seriamente com uma menina de pele clara, cujas mãos gesticulavam muito enquanto falava.

— O anel. — Livvy pegou a mão de Kit, virando-a. O anel Herondale brilhava em seu dedo. Ele já tinha notado o desenho delicado de pássaros no anel. — Jace te deu isso?

Ele balançou a cabeça.

— Clary. Ela disse que pertencia a James Herondale.

— James... — Livvy parecia estar se esforçando para lembrar de alguma coisa. Ela chiou e soltou a mão dele quando uma sombra se ergueu diante dela.

Era Emma.

— Muito bem, pequenos espiões — falou. — Onde está Cristina? Já procurei no quarto dela.

— Livvy apontou para cima. Kit franziu o rosto; ele não achava que houvesse nada além do sótão acima do terceiro andar.

— Ah — disse Emma. — Obrigada. — Ela balançou as mãos nas laterais do corpo. — Quando eu puser as mãos em Diego...

Ouviu-se uma exclamação alta lá de baixo. Todos os quatro esticaram as cabeças para a frente para verem a garota pálida dar um tapa forte na cara de Diego.

— O quê...? — Emma pareceu espantada, depois furiosa outra vez. Ela girou e foi para a escada.

Ty sorriu, parecendo um querubim pintado numa parede de igreja, com os cachos e com os olhos claros.

Kit riu.

O céu acima do Instituto brilhava colorido: rosa vibrante, vermelho-sangue, dourado profundo. O sol estava se pondo, e o deserto estava banhado em brilho. O próprio Instituto brilhava, e a água também, lá longe onde esperava o sol cair.

Cristina estava exatamente onde Emma supôs que estaria: sentada como sempre, com as pernas cruzadas, e o casaco do uniforme esticado sobre as telhas embaixo dela.

— Ele não veio atrás de mim — falou, quando Emma se aproximou. Seus cabelos negros se moviam e levantavam com a brisa, as pérolas em suas orelhas cintilavam. O pingente no pescoço também, as palavras nele destacadas pelo sol: *Abençoado seja o Anjo, minha força, que guia minhas mãos na guerra e meus dedos na luta.*

Emma sentou no telhado ao lado da amiga, o mais próximo que conseguia chegar. Ela esticou o braço e pegou a mão de Cristina, apertando-a com força.

— Está falando de Diego?

Cristina fez que sim com a cabeça. Não havia marcas de lágrimas em seu rosto; ela parecia surpreendentemente serena, levando tudo em conta.

— Aquela garota chegou e disse que era noiva dele — disse Cristina. — E eu achei que devia ser alguma espécie de engano. Mesmo quando virei e saí da sala, achei que fosse um engano e que ele viria atrás de mim explicar. Mas ele não veio, o que significa que ele ficou por ela. Porque ela realmente é sua noiva e é mais importante para ele do que eu.

— Não sei como ele poderia fazer isso — disse Emma. — É bizarro. Ele te ama tanto... ele veio para cá por sua causa.

Cristina soltou um ruído abafado.

— Você nem gosta dele!

— Eu gosto dele... bem, gostava dele... às vezes — disse Emma. — A coisa de ser perfeito era um pouco irritante. Mas o jeito como olhava para você. Não tem como fingir isso.

— Ele tem uma noiva, Emma. Não é nem só uma namorada. Uma noiva. Quem sabe há quanto tempo ele está noivo? *Noivo*. Para se *casar*.

— Eu invado o casamento — sugeriu Emma. — Pulo do bolo, mas não de um jeito sexy. Tipo, com granadas.

Cristina riu, depois virou o rosto.

— Estou me sentindo muito *burra* — falou. — Ele mentiu para mim e eu perdoei, e depois ele mentiu de novo... que espécie de idiota sou eu? Por que achei que ele fosse confiável?

— Porque você queria — falou Emma. — Você o conhece há muito tempo, Tina, e isso faz diferença. Quando alguém faz parte da sua vida há tanto tempo, cortá-lo é como cortar as raízes de uma planta.

Cristina ficou em silêncio por um longo instante.

— Eu sei — disse ela. — Sei que você entende.

Emma sentiu a ardência ácida da amargura no fundo da garganta e engoliu em seco. Ela precisava apoiar Cristina agora, e não pensar nas próprias preocupações.

— Quando era pequena — falou —, eu e Jules costumávamos vir aqui juntos no pôr do sol praticamente toda noite para esperar o clarão verde.

— O quê?

— O clarão verde. Quando o sol se põe, exatamente quando desaparece, você vê um clarão de luz verde. — As duas olharam para a água. O sol estava desaparecendo abaixo do horizonte, o céu manchado de vermelho e preto. — Se você fizer um desejo, ele se realiza.

— Realiza? — perguntou Cristina suavemente, com os olhos no horizonte junto com os de Emma.

— Não sei — disse Emma. — Já fiz muitos desejos. — O sol desceu mais alguns milímetros. Emma tentou pensar no que poderia desejar. Mesmo quando era mais nova, ela de algum jeito entendia que havia coisas que não podia desejar: paz no mundo, a volta dos pais mortos. O universo não podia virar do avesso por sua causa. Desejos só traziam pequenas bênçãos: sono sem pesadelo, a segurança do seu melhor amigo por um dia, um dia de sol no seu aniversário.

— Você se lembra — disse Emma —, antes de reencontrar Diego, você disse que deveríamos ir juntas para o México? Passar um ano de viagem lá?

Cristina fez que sim com a cabeça.

— Levaria um tempo até eu poder ir — disse Emma. — Eu só faço dezoito no inverno. Mas quando fizer...

Deixar Los Angeles. Passar um ano com Cristina, aprendendo, treinando, e viajando.

Sem Jules. Emma engoliu em seco a dor que o pensamento causava. Era uma dor com a qual teria que aprender a viver.

— Eu gostaria — falou Cristina. O sol era só uma borda dourada agora.

— Vou desejar isso. E talvez desejar esquecer Diego também.

— Mas aí você precisa esquecer as coisas boas assim como as ruins. Eu sei que tiveram coisas boas. — Emma entrelaçou os dedos nos de Cristina. — Ele não é a pessoa certa para você. Ele não é forte o suficiente. Ele vive te decepcionando. Sei que ele te ama, mas isso não basta.

— Aparentemente não sou a única que ele ama.

— Talvez ele tenha começado a namorá-la para tentar te esquecer — falou Emma. — E depois vocês voltaram, mesmo sem ele esperar, e ele não sabia como contar para ela.

— Que idiota — disse Cristina. — Quero dizer, se isso fosse verdade, o que não é.

Emma riu.

— Tudo bem, eu sei, também não acredito. — Ela se inclinou para a frente. — Então, deixa eu dar uma surra nele por você. Você vai se sentir muito melhor.

— Emma, não. Não encoste uma mão nele. É sério.

— Posso bater nele com os pés — sugeriu Emma. — Eles são registrados como armas letais. — Ela os balançou.

— Você tem que prometer que não vai encostar nele. — Cristina a encarou com tanta severidade que Emma levantou a mão, submissa.

— Tudo bem, tudo bem, eu prometo — falou. — Não encostarei no Diego Perfeito.

— E também não pode gritar com Zara — disse Cristina. — Não é culpa dela. Tenho certeza de que ela não faz ideia de que eu existo.

— Então tenho pena dela — disse Emma. — Porque você é uma das melhores pessoas que eu conheço.

Cristina começou a sorrir. O sol quase tinha baixado completamente agora. Um ano com Cristina, Emma pensou. Um ano longe de tudo, de todos que lembravam Jules. Um ano para esquecer. Se ela aguentasse.

Cristina engasgou de leve.

— Veja, ali está!

O céu brilhou em verde. Emma fechou os olhos e desejou.

Quando Emma voltou para o quarto se surpreendeu ao ver que Mark e Julian já estavam lá, cada qual de um lado da cama, os braços cruzados sobre o peito.

— Como ela está? — perguntou Mark assim que a porta se fechou. — Cristina, quero dizer.

Seu olhar estava ansioso. O de Julian era mais insensível; ele parecia neutro e autocrático, o que Emma sabia que significava que ele estava irritado.

— Ela está chateada?

— Claro que está chateada — retrucou Emma. — Acho que não tanto por ele ter voltado a namorá-la por algumas semanas, mas porque se conhecem há muito tempo. Eles têm vidas completamente entrelaçadas.

— Onde ela está agora? — perguntou Mark.

— Ajudando Diana e os outros a arrumarem os quartos para os Centuriões — disse Emma. — Ninguém imaginaria que carregar lençóis e toalhas alegraria alguém, mas ela jura que vai.

— No Reino das Fadas, eu desafiaria Rosales para um duelo por isso — disse Mark. — Ele quebrou sua promessa, e uma promessa de amor, ainda por cima. Ele lutaria comigo, se Cristina concordasse que eu fosse seu representante.

— Bem, sem sorte nesse quesito — falou Emma. — Cristina me fez prometer que eu não encostaria a mão nele, e aposto que o mesmo vale para vocês dois.

— Então está dizendo que não há nada que possamos fazer? — Mark fez uma careta, uma careta igual à de Julian. Há alguma coisa neles dois, Emma pensou, por mais luz e sombra que fossem; nesse momento pareciam mais irmãos do que em muito tempo.

— Podemos ir ajudar a preparar os quartos para Cristina poder dormir — falou Emma. — Diego está trancado em um dos escritórios com Zara, então não é como se ela fosse se encontrar com ele, mas seria bom para ela descansar.

— Vamos nos vingar de Diego dobrando as toalhas dele? — falou Julian.

— Tecnicamente não são toalhas dele — observou Emma. — São toalhas dos amigos dele.

Ela foi para a porta, e os dois meninos a seguiram relutantemente. Era evidente que eles preferiam um combate mortal na grama a arrumarem as camas para os Centuriões. A própria Emma não estava animada para isso. Julian era muito melhor em fazer camas e lavar roupa do que ela.

— Eu posso cuidar de Tavvy — sugeriu ela. Mark estava à frente dela no corredor, e ela se viu caminhando ao lado de Julian.

— Ele está dormindo — respondeu Jules. Ele não falou como encontrou tempo de colocar Tavvy para dormir com tanta coisa acontecendo. Julian era assim. Ele achava tempo. — Sabe o que acho estranho?

— O quê? — perguntou Emma.

— Diego devia saber que a máscara ia cair — disse Julian. — Mesmo que não estivesse esperando que Zara viesse com os outros Centuriões hoje, todos eles sabem sobre ela. Um deles teria mencionado a noiva ou o noivado.

— Bem pensado. Diego pode ser desonesto, mas não é idiota.

— Tem formas de machucá-lo sem tocar nele — falou Julian. Falou baixo, de modo que só Emma pudesse escutá-lo; e havia algo sombrio em sua voz, algo que a fez tremer. Ela se virou para responder, mas viu Diana vindo pelo corredor em direção a eles, e sua expressão era a de alguém que pegou pessoas matando aula.

Ela os despachou para diferentes partes do Instituto: Julian para o sótão para verificar como Arthur estava, Mark para a cozinha e Emma para a biblioteca para ajudar na arrumação com os gêmeos. Kit tinha desaparecido.

— Ele não fugiu — informou Ty solicitamente. — Ele só não queria arrumar camas.

Já era tarde quando terminaram de limpar tudo, escolheram que quarto ficaria com cada Centurião, e providenciaram entrega de comida para o dia seguinte. Também organizaram uma patrulha para vigiar o Instituto em turnos durante a noite, caso demônios marinhos rebeldes resolvessem aparecer.

Percorrendo o corredor para o seu quarto, Emma notou que uma luz estava acesa no quarto de Julian. Aliás, a porta não estava totalmente fechada; música vazava para o corredor.

Sem vontade consciente, ela se viu na frente do quarto dele, a mão levantada para bater na porta. Inclusive, ela *tinha* batido. E abaixou a mão, meio em choque, mas ele já tinha aberto.

Ela piscou para ele. Ele estava com uma calça velha de pijama e uma toalha no ombro, com um pincel na mão. Havia tinta no peito nu dele, e um pouco no cabelo.

Apesar de ele não estar encostando nela, ela tinha consciência do corpo de Julian, do seu calor. As Marcas pretas em espiral descendo pelo tronco, como vinhas entrelaçadas em um pilar. Ela mesma tinha feito algumas, na época em que tocá-lo não fazia com que suas mãos tremessem.

— Você quer alguma coisa? — perguntou. — Está tarde, e Mark provavelmente está esperando você.

— Mark? — Ela quase tinha se esquecido de Mark por um instante.

— Eu o vi entrar no seu quarto. — Tinta pingava do pincel, salpicando o chão. Ela conseguia enxergar além dele dentro do quarto: não entrava ali há uma eternidade. Havia plástico cobrindo parte do chão, e ela podia ver pontos claros na parede onde ele evidentemente estava retocando o mural que ocupava metade do quarto.

Ela se lembrava de quando ele tinha pintado, depois que voltaram de Idris. Depois da Guerra Maligna. Eles estavam deitados, acordados na cama, como frequentemente faziam quando crianças. Emma estava falando sobre ter encontrado um livro de contos de fadas na biblioteca, do tipo que os mundanos liam há centenas de anos: eram cheios de sangue, assassinato e tristeza. Ela falou sobre o castelo da Bela Adormecida, cercado por espinhos, e sobre como a história dizia que centenas de príncipes tentaram romper a barreira, mas todos foram espetados até a morte pelos espinhos, seus corpos largados para se decomporem até virarem osso no sol.

No dia seguinte, Julian pintou o quarto: o castelo e o muro de espinhos, o brilho de osso e o príncipe triste, com a espada quebrada ao seu lado. Emma tinha ficado impressionada, apesar de eles terem tido que dormir no quarto dela por uma semana até a tinta secar.

Ela nunca perguntou por que a imagem e a história o marcaram. Sempre soube que se ele quisesse contar para ela, ele contaria.

Emma limpou a garganta.

— Você disse que eu poderia machucar Diego sem encostar nele. O que quis dizer?

Ele passou a mão livre pelo cabelo. Estava desgrenhado — e tão lindo que doía.

— Provavelmente é melhor eu não contar.

— Ele magoou Cristina — falou Emma. — E acho que ele nem liga.

Ele esticou o braço para esfregar a nuca. Os músculos no peito e na barriga se moveram quando ele se esticou, e ela sempre tinha consciência da textura da pele dele, e desejava desesperadamente poder de algum jeito voltar no tempo para ser novamente a pessoa que não se destroçava ao ver Julian —

com quem ela tinha crescido, a quem já tinha visto seminu milhões de vezes — sem camisa.
— Eu vi o rosto dele quando Cristina correu da entrada — disse ele. — Acho que não precisa se preocupar com a hipótese de ele não estar sofrendo. — E colocou a mão na maçaneta. — Ninguém consegue ler a mente alheia ou conhecer seus motivos — falou. — Nem mesmo você, Emma.
Ele fechou a porta na cara dela.

Mark estava deitado no chão ao pé da cama de Emma. Estava descalço; parcialmente enrolado em uma coberta.
Parecia adormecido, seus olhos como luas crescentes escuras contra a pele clara, mas ele abriu parte do azul quando ela entrou.
— Ela realmente está bem?
— Cristina? Está. — Emma se sentou no chão ao lado dele, se apoiando no pé da cama. — É péssimo, mas ela vai ficar bem.
— Seria difícil, eu acho — falou ele com sua voz engrossada pelo sono —, merecê-la.
— Você gosta dela — falou Emma. — Não gosta?
Ele rolou para o lado e olhou para ela com aquele olhar de fada que a fazia se sentir como se estivesse sozinha em um campo, observando o vento soprar a grama.
— Claro que gosto.
Emma maldisse a intensidade da língua das fadas — gostar não significava nada para eles: viviam em um mundo de amor ou ódio, desprezo ou adoração.
— Seu coração sente alguma coisa por ela — falou.
Mark se sentou.
— Ela não sentiria, eu acho... isso por mim.
— Por que não? — disse Emma. — Ela certamente não tem problemas com fadas, você sabe disso. Ela gosta de você...
— Ela é gentil, bondosa, tem um coração generoso. Sensata, profunda, gentil...
— Você já disse "gentil".
Mark a olhou fixamente.
— Ela não é nada como eu.
— Você não tem que ser como alguém para amar a pessoa — disse Emma. — Veja eu e você. Somos bem parecidos, e não temos esses sentimentos um pelo outro.

— Só porque você está envolvida com outra pessoa — falou Mark com naturalidade, mas Emma o olhou surpresa. *Ele sabe sobre Jules*, pensou ela, por um instante de pânico, antes de se lembrar de sua mentira sobre Cameron.

— Uma pena, não é — respondeu ela suavemente, tentando impedir que o coração batesse acelerado. — Você e eu, juntos, teria sido... tão fácil.

— Paixão não é fácil. Nem a falta dela. — Mark se apoiou nela. Seu ombro era quente contra o dela. Ela se lembrou do beijo, pensou em seus dedos passando pelos cabelos macios dele. Seu corpo contra o dela, ativo e forte.

Mas mesmo ao tentar se apegar a essa imagem, ela escorregava por entre os dedos como areia seca. Como a areia da praia na vez em que ficou com Julian, a única noite que tiveram juntos.

— Você parece triste — disse Mark. — Sinto muito por ter tocado no assunto amor. — Ele a tocou na bochecha. — Em outra vida, talvez. Você e eu.

Emma deixou a cabeça cair para trás contra o pé da cama.

— Em outra vida.

6
Lá o Viajante

Como a cozinha era pequena demais para receber os moradores do Instituto, mais os vinte Centuriões, o café da manhã foi servido na sala de jantar. Retratos dos Blackthorn do passado fitavam pratos de ovo e bacon e pilhas de torrada. Cristina passou discretamente pela multidão, tentando não ser vista. Ela certamente não teria descido se não estivesse tão desesperada por café.

Procurou em volta Emma e Mark, mas nenhum dos dois tinha descido ainda. Emma não acordava cedo, e Mark ainda tendia a ser noturno. Julian estava lá, servindo comida, mas ele tinha a expressão agradável e neutra que sempre usava na presença de estranhos.

Estranho, pensou, que ela conhecesse Julian bem o suficiente para saber disso. Eles tinham uma espécie de laço, ambos amavam Emma, mas eram separados pelo conhecimento que Julian não sabia que ela tinha. Ele tentava esconder que amava Emma, e Cristina tentava esconder que sabia disso. Ela gostaria de poder oferecer alguma solidariedade, mas ele se encolheria horrorizado...

— Cristina.

Ela quase derrubou o café. Era Diego. Ele parecia péssimo — o rosto fatigado, olheiras, cabelo emaranhado. Estava com um uniforme normal e parecia ter perdido o distintivo de Centurião.

Ela levantou a mão.

— *Aléjate de mí*, Diego.

— Apenas me ouça...

Alguém passou entre eles. O menino espanhol com cabelos louros — Manuel.

— Você ouviu — falou, em inglês. Mais ninguém estava olhando para eles ainda; estavam todos ocupados com as próprias conversas. — Deixe-a em paz.

Cristina virou e se retirou.

Ela manteve a coluna ereta. Recusou-se a correr pelos degraus — por ninguém. Ela era uma Rosales. Não queria a piedade dos Centuriões.

Cristina passou pela porta da frente e desceu as escadas. Queria que Emma estivesse acordada. Poderiam ir para a sala de treinamento chutar e socar as próprias frustrações.

Ela continuou marchando sem ver nada até quase colidir contra a sorveira que ainda crescia na grama desbotada na frente do Instituto. Tinha sido posta ali por fadas — uma árvore de chicotada, para castigo. Permaneceu ali mesmo após o fim do castigo, quando a chuva tinha limpado o sangue de Emma da grama e das pedras.

— Cristina, *por favor*. — Ela se virou. Diego estava lá, aparentemente tinha decidido ignorar Manuel. Ele realmente parecia péssimo. As olheiras sob seus olhos pareciam ter sido esculpidas ali.

Ele a tinha carregado pela grama, ela lembrou, há apenas duas semanas, quando ela se machucara. Ele a segurou firme, sussurrando seu nome sem parar. E o tempo todo, estava noivo de outra pessoa.

Ela se apoiou no tronco da árvore.

— Você realmente não entende por que não quero vê-lo?

— Claro que entendo — falou ele. — Mas não é o que você pensa.

— Sério? Você *não* está noivo? Você não vai se casar com Zara?

— Ela é minha noiva — disse ele. — Mas... Cristina... é mais complicado do que parece.

— Eu realmente não vejo como pode ser.

— Eu escrevi para ela — falou. — Depois que a gente voltou. Eu disse a ela que tinha acabado.

— Acho que ela não recebeu a sua carta — retrucou Cristina.

Diego passou as mãos no cabelo.

— Não, ela recebeu. Ela me disse que leu, e foi por isso que veio até aqui. Sinceramente, nunca achei que fosse vir. Achei que tinha terminado quando não recebi notícias dela. Achei... eu realmente achei que estivesse livre.

— Então terminou com ela ontem?

Ele hesitou, e naquele instante de indecisão, qualquer pensamento que Cristina cultivasse nos recessos mais ocultos de seu coração, qualquer esperança remota de que tudo não passava de um engano se desfez como bruma queimada pelo sol.

— Não — disse ele. — Não posso.

— Mas você acabou de dizer que terminou por carta...

— As coisas são diferentes agora — falou. — Cristina, você precisa confiar em mim.

— Não — respondeu ela. — Não confio. Já confiei, apesar das provas que meus próprios ouvidos tinham. Não sei se algo do que você disse antes era verdade. Não sei se as coisas que você disse sobre Jaime eram verdade. Onde ele está?

Diego abaixou as mãos para as laterais do corpo. Parecia derrotado.

— Existem coisas que eu não posso contar. Gostaria que você pudesse acreditar em mim.

— O que está acontecendo? — A voz alta e clara de Zara cortou o ar seco; ela vinha na direção deles, seu broche de Centurião brilhando sob o sol.

Diego olhou para ela, com uma expressão de dor no rosto.

— Eu estava conversando com Cristina.

— Estou vendo. — A boca de Zara estava firme em um pequeno sorriso, um olhar que não parecia deixar seu rosto. Ela olhou para Cristina e colocou a mão no ombro de Diego. — Volte para dentro — ordenou. — Estamos decidindo quais redes vamos investigar hoje. Você conhece bem a área. Hora de ajudar. Tique-taque. — Ela tocou o relógio.

Diego olhou para Cristina, depois voltou-se para a noiva.

— Tudo bem.

Com um último olhar superior, Zara deu a mão para Diego e foi meio que o arrastando de volta para o Instituto. Cristina os acompanhou com o olhar, e o café que tinha tomado revirou no estômago como ácido.

Para decepção de Emma, os Centuriões se recusaram a deixar que um dos Blackthorn os acompanhasse na busca pelo corpo de Malcolm.

— Não, obrigada — disse Zara, que parecia ter se nomeado líder não oficial dos Centuriões. — Nós treinamos para isso, e ter que lidar com Caçadores de Sombras menos experientes nessas situações atrapalha.

Emma encarou Diego, que estava ao lado de Zara. Ele desviou o olhar.

Eles passaram quase todo o dia fora e voltaram a tempo do jantar, que os Blackthorn acabaram preparando. Foi espaguete — muito espaguete.

— Sinto falta da pizza vampiresca — murmurou Emma, olhando para uma vasilha enorme de molho de tomate.

Julian bufou. Ele estava perto de uma panela de água fervente; o vapor subia e ondulava seu cabelo em cachos úmidos.

— Talvez pelo menos nos digam se encontraram alguma coisa.

— Duvido — disse Ty, que estava preparando a mesa. Era uma atividade da qual ele gostava desde pequeno; adorava colocar cada utensílio em uma ordem precisa e repetida. Livvy o ajudava; Kit tinha se retirado e ninguém sabia onde estava. Ele era o que mais parecia detestar a intrusão dos Centuriões. Emma realmente não podia culpá-lo; ele mal estava se adaptando ao Instituto do jeito que estava, quando, de repente, chegaram essas pessoas que esperavam que ele as servisse.

Ty estava certo. O jantar era um momento grandioso e animado; Zara de algum jeito tinha conseguido sentar na cabeceira, expulsando Diana, e passou a eles um breve resumo do dia — partes do oceano que tinham sido vasculhadas, nada significativo encontrado, embora o rastreamento de elementos de magia negra tenha indicado um ponto mais distante no oceano onde demônios marinhos se agrupavam.

— Vamos investigar amanhã — falou ela, espetando elegantemente o espaguete.

— Como estão procurando? — perguntou Emma, sua ansiedade por saber mais sobre técnicas avançadas dos Caçadores de Sombras se sobrepondo à antipatia por Zara. Afinal, como Cristina havia dito mais cedo, a situação não era culpa de Zara; era de Diego. — Vocês têm uniformes especiais?

— Infelizmente, essa informação é propriedade da Scholomance — retrucou Zara com um sorriso frio. — Até mesmo para alguém que supostamente é a *melhor* Caçadora de Sombras da sua geração.

Emma enrubesceu e se recostou na cadeira.

— O que isso quer dizer?

— Você sabe como as pessoas falam sobre você em Idris — disse Zara. Seu tom era descuidado, mas os olhos cor de âmbar estavam afiados. — Como se você fosse o novo Jace Herondale.

— Mas ainda temos o velho Jace Herondale — disse Ty, confuso.

— É um modo de falar — disse Julian, com a voz baixa. — Significa que uma pessoa é tão boa quanto a outra.

Normalmente ele teria dito: *Vou desenhar para você, Ty*. Representações visuais de expressões que, às vezes, eram confusas, como "ele morreu de rir" ou "se morder de raiva" resultavam em ilustrações hilárias feitas por Julian com bilhetes explicativos sobre o verdadeiro significado da expressão.

O fato de que ele não disse isso fez com que Emma o observasse com um pouco mais de atenção. Ele estava estressado por causa dos Centuriões, e ela não o culpava. Quando Julian não confiava em alguém, todos os seus instintos protetores entravam em ação: esconder o amor de Livvy por computadores, a forma incomum como Ty processava informações, os filmes de terror de Dru. As transgressões de Emma.

Jules ergueu seu copo de água com um sorriso brilhantemente artificial.

— As informações dos Nephilim não deviam ser compartilhadas? Combatemos os mesmos demônios. Se um núcleo dos Nephilim tem uma vantagem, isso não é injusto?

— Não necessariamente — disse Samantha Larkspear, a menina dos gêmeos Centuriões que Emma conhecera na véspera. O nome do seu irmão era Dane; eles tinham o mesmo rosto fino e magro, a mesma pele clara e os cabelos escuros e lisos. — Nem todo mundo tem o preparo para usar todas as ferramentas, e uma arma que você não sabe brandir é desperdiçada.

— Todo mundo pode aprender — disse Mark.

— Então talvez um dia você frequente a Scholomance e treine — disse a Centurião de Mumbai. Seu nome era Divya Joshi.

— É improvável que a Scholomance aceite alguém com sangue de fada — disse Zara.

— A Clave é intransigente — disse Diego. — Isso é verdade.

— Não gosto da palavra "intransigente" — falou Zara. — O que eles são é tradicionais. Buscam restaurar as separações que sempre existiram entre os integrantes do Submundo e os Caçadores de Sombras. Misturar gera confusão.

— Quer dizer, vejam o que aconteceu com Alec Lightwood e Magnus Bane — disse Samantha, acenando com o garfo. — Todo mundo sabe que Magnus usa sua influência com os Lightwood para fazer o Inquisidor pegar leve com os integrantes do Submundo. Mesmo em questões como assassinato.

— Magnus jamais faria isso — disse Emma. Ela tinha parado de comer, apesar de ter se sentado faminta.

— E o Inquisidor não julga membros do Submundo; só Caçadores de Sombras — disse Julian. — Robert Lightwood não poderia "pegar leve com integrantes do Submundo" nem que quisesse.

— Tanto faz — disse Jessica Beausejours, uma Centurião com um singelo sotaque francês e anéis em todos os dedos. — A Aliança entre Submundo e Caçadores de Sombras em breve vai acabar.

— Ninguém vai acabar com ela — disse Cristina, e sua boca estava tensa.

— Isso é boato.

— Por falar em boatos — disse Samantha —, ouvi dizer que Bane fez Alec Lightwood se apaixonar por ele usando um feitiço. — Seus olhos brilhavam, como se não conseguisse decidir se a ideia era interessante ou nojenta.

— Isso não é verdade — disse Emma, com o coração acelerado. — É mentira.

Manuel ergueu uma sobrancelha para ela. Dane riu.

— Fico imaginando o que vai acontecer quando o feitiço passar, nesse caso — disse ele. — Será péssimo para os integrantes do Submundo, se o Inquisidor não for simpatizante.

Ty parecia espantado. Emma mal podia culpá-lo. Ninguém do círculo de Zara parecia se importar com fatos.

— Não ouviram o que Julian disse? — insistiu ele. — O Inquisidor não supervisiona casos em que os membros do Submundo violaram os Acordos. Ele não...

Livvy colocou a mão no pulso dele.

— Todos nós apoiamos os Acordos aqui — disse Manuel, se ajeitando na cadeira.

— Os Acordos foram uma boa ideia — falou Zara. — Mas toda ferramenta precisa ser afiada. Os Acordos precisam de melhorias. Feiticeiros deveriam ser regulados, por exemplo. São poderosos demais, e independentes demais. Meu pai planeja sugerir um registro de feiticeiros ao Conselho. Todo feiticeiro deve dar suas informações à Clave e ser rastreado. Se isso der certo, será estendido a todos do Submundo. Não podemos permitir que andem soltos por aí sem que saibamos por onde eles andam. Vejam o que aconteceu com Malcolm Fade.

— Zara, você está falando bobagem — disse Jon Cartwright, um dos Centuriões mais velhos, cerca de vinte e dois anos, Emma chutou. Da idade de Clary e Jace. A única coisa que Emma se lembrava a respeito dele era que tinha uma namorada, Marisol. — Como uma integrante anciã do Conselho, com medo de mudanças.

— De acordo — disse Rayan. — Somos estudantes e combatentes, e não legisladores. O que quer que seu pai esteja fazendo, não é relevante para a Scholomance.

Zara pareceu indignada.

— É só um registro...

— Eu sou o único que leu *X-Men* e entendo por que isso é má ideia? — perguntou Kit. Emma não fazia ideia de quando ele tinha voltado, mas lá estava ele, enrolando macarrão no garfo descuidadamente.

Zara começou a franzir o rosto, depois se alegrou.

— Você é Kit Herondale — disse ela. — O Herondale perdido.

— Não sabia que estava perdido — retrucou Kit. — Eu nunca me *senti* perdido.

— Deve ser empolgante, de repente, descobrir ser um Herondale — falou Zara. Emma conteve o impulso de observar que se a pessoa não sabia muito sobre os Caçadores de Sombras, descobrir que é um Herondale era tão empolgante quanto descobrir que você fazia parte de uma nova espécie de lesmas. — Conheci Jace Herondale uma vez.

Ela olhou em volta, cheia de expectativa.

— Uau — disse Kit. Ele realmente *era* um Herondale, pensou Emma. Conseguia incorporar indiferença e sarcasmo nível Jace em uma palavra.

— Aposto que você mal pode esperar para entrar na Academia — disse Zara. — Como você é um Herondale, certamente vai se sair bem. Eu poderia falar bem de você.

Kit ficou em silêncio. Diana limpou a garganta.

— E quais são os seus planos para amanhã, Zara, Diego? O Instituto pode fazer alguma coisa para ajudar?

— Já que tocou no assunto — respondeu Zara —, seria muito útil...

Todos, inclusive Kit, se inclinaram para a frente com interesse.

— Se enquanto estivermos fora durante o dia vocês pudessem lavar as nossas roupas. Água do mar estraga o tecido rápido, não acham?

A noite caiu com a rapidez das sombras no deserto, mas, apesar do ruído de ondas que entrava pela janela, Cristina não conseguia dormir.

Doía pensar em sua casa. Na mãe, nos primos. Dias melhores, que ficaram no passado, com Diego e Jaime; ela se lembrava de um fim de semana que tinha passado com eles, rastreando um demônio na cidade-fantasma em ruínas de Guerrero Viejo. A paisagem que parecia um sonho ao redor deles: casas parcialmente inundadas, grama fofa, construções há muito desbotadas pela água. Ela tinha deitado em uma pedra com Jaime sob incontáveis estrelas, e eles tinham contado um ao outro o que mais queriam no mundo: ela, encerrar a Paz Fria; ele, devolver a honra à família.

Exasperada, ela saiu da cama e desceu, tendo apenas luz enfeitiçada para iluminar seus passos. As escadas estavam escuras e silenciosas, e ela conseguiu sair pela porta dos fundos do Instituto fazendo pouco barulho.

A luz do luar iluminava um pequeno trecho de terra onde o carro do Instituto estava estacionado. Atrás da área, havia um jardim, onde estátuas brancas clássicas de mármore brotavam incongruentemente da areia do deserto.

De repente, Cristina sentiu uma saudade imensa do jardim de rosas de sua mãe. Do cheiro das flores, mais doce do que sálvia do deserto; sua mãe caminhando entre as fileiras organizadas. Ela costumava brincar que a mãe devia ter ajuda de um feiticeiro para manter as flores brotando mesmo no mais quente verão.

Ela se afastou ainda mais da casa, em direção às fileiras de cerejeiras e amieiros. Ao se aproximar, viu uma sombra e congelou, se dando conta de que estava desarmada. *Burra*, pensou Cristina — o deserto era cheio de perigos, nem todos sobrenaturais. Leões da montanha não sabiam a diferença entre humanos e Nephilim.

Não era um leão da montanha. A sombra se aproximou; ela ficou tensa, depois, relaxou. Era Mark.

A luz do luar deixava o cabelo branco dele prateado. Seus pés estavam descalços sob a bainha da calça jeans. Ao vê-la, o espanto cruzou o rosto dele; depois, foi até ela sem hesitar e a tocou na bochecha.

— Estou imaginando você aqui? — perguntou Mark. — Eu estava pensando em você, e agora você está aqui.

Era uma frase tão Mark, uma declaração tão aberta de suas emoções. Porque fadas não podiam mentir, ela pensou, e ele tinha crescido com elas, e aprendido a falar sobre amor e carinho com Kieran, que era orgulhoso e arrogante, mas sempre verdadeiro. Fadas não associavam verdade à fraqueza e vulnerabilidade, como fazem os humanos.

Isso fez com que Cristina se sentisse mais corajosa.

— Eu também estava pensando em você.

Mark passou o polegar na maçã do rosto dela. A palma dele estava morna na pele dela, apoiando sua cabeça.

— O quê?

— No olhar no seu rosto quando Zara e os amigos estavam falando sobre integrantes do Submundo no jantar. Sua dor...

Ele riu sem humor.

— Eu devia ter esperado. Se eu tivesse sido um Caçador de Sombras atuante nos últimos cinco anos, sem dúvida, estaria mais acostumado a essas conversas.

— Por causa da Paz Fria?

Ele fez que sim com a cabeça.

— Quando uma decisão como essa é tomada por um governo, encoraja aqueles que já são preconceituosos a verbalizarem seus pensamentos mais profundos de ódio. Eles supõem que são simplesmente corajosos o suficiente para falarem o que todos realmente pensam.

— Mark...
— Na cabeça de Zara, eu sou odiado — disse Mark. Seus olhos estavam sombrios. — Tenho certeza de que o pai dela faz parte daquele grupo que exige que Helen permaneça presa na Ilha de Wrangel.
— Ela vai voltar — disse Cristina. — Agora que você voltou para casa e lutou com tanta lealdade ao lado dos Caçadores de Sombras, certamente vão libertá-la.
Mark balançou a cabeça, mas tudo que disse foi:
— Sinto muito por Diego.
Ela esticou o braço e colocou a mão sobre a dele, seus dedos leves e frios como galhos de salgueiros. De repente, queria tocá-lo mais, queria testar a sensação da pele dele sob a camisa, a textura da mandíbula, onde ele claramente nunca tinha barbeado e nunca tinha precisado.
— Não — disse ela. — Não sente, não de verdade. Sente?
— Cristina. — Mark respirou, um pouco desamparado. — Posso...?
Cristina balançou a cabeça — se ela deixasse que ele perguntasse, ela nunca conseguiria dizer não.
— Não podemos — falou. — Emma.
— Você sabe que não é real — disse Mark. — Eu a amo, mas não assim.
— Mas é importante o que ela está fazendo. — Ela se afastou dele. — Julian tem que acreditar.
Ele a olhou confuso e ela se lembrou: Mark não sabia. Nem sobre a maldição, nem que Julian amava Emma ou que Emma o amava.
— Todo mundo tem que acreditar. E, além disso — acrescentou ela apressadamente —, tem Kieran. Você acabou de terminar com ele. E eu acabei de terminar com Diego.
Ele só pareceu mais confuso. Ela supôs que as fadas não adotassem as ideias humanas de dar espaço e tempo para superar relacionamentos.
E talvez fossem ideias tolas. Talvez amor fosse amor e as pessoas devessem aceitar quando encontrassem. Certamente seu corpo estava gritando com sua mente para que calasse a boca: ela queria envolver Mark em seus braços, queria segurá-lo como ele a segurou, sentir seu peito no dela ao expandir com ar.
Alguma coisa ecoou na escuridão. Pareceu o estalo de um galho enorme, seguido por um ruído lento e arrastado. Cristina girou, para alcançar seu canivete, mas novamente esquecera que ele estava lá dentro, na cabeceira.
— Acha que é a patrulha noturna dos Centuriões? — sussurrou ela para Mark.
Ele também fitava a escuridão, com os olhos semicerrados.

— Não. Não foi um ruído humano. — Ele pegou duas lâminas serafim e entregou uma a ela. — Nem animal.

O peso da lâmina na mão de Cristina era familiar e reconfortante. Após um instante de pausa para aplicar um símbolo de Visão Noturna, ela seguiu Mark para as sombras do deserto.

Kit abriu uma fresta da porta do quarto e espiou.

O corredor estava deserto. Nada de Ty sentado do lado de fora do quarto, lendo ou deitado com os fones nos ouvidos. Nada de luz transbordando por baixo das outras portas. Apenas o brilho fraco das fileiras de luz branca que corriam pelo teto.

Ele quase esperava que alarmes soassem quando se esgueirou pela casa silenciosa e abriu a porta da frente do Instituto, uma espécie de assobio chiado ou explosões de luz. Mas nada aconteceu — só o som de uma porta pesada comum abrindo e fechando atrás dele.

Ele estava do lado de fora. Na varanda sobre os degraus que levavam ao gramado na frente do Instituto, e, em seguida, à estrada para a rodovia. A vista sobre o penhasco para o mar estava banhada em luar, prata e preto, com uma trilha branca sobre a água.

Era lindo, Kit pensou, colocando a bolsa de pano sobre o ombro. Mas não era lindo o suficiente para que ele ficasse. Não dava para trocar a liberdade por uma vista para o mar.

Ele começou a descer as escadas. Seu pé tocou o primeiro degrau e se ergueu quando ele foi empurrado para trás. A bolsa de pano voou. Uma mão o agarrava pelo ombro, com força; Kit foi para o lado, quase caindo da escada, e balançou o braço, acertando alguma coisa sólida. Ele ouviu um rosnado abafado — era um vulto, que mal se via, só uma sombra entre as sombras, erguendo-se sobre ele, bloqueando a lua.

Um segundo depois, os dois estavam caindo, Kit batendo de costas na varanda, a sombra escura por cima dele. Ele sentiu joelhos afiados e cotovelos o cutucarem e logo depois uma luz fraca acendeu: uma daquelas pedras idiotas que eles chamavam de luz enfeitiçada.

— Kit — disse uma voz acima dele; a voz de Tiberius. — Pare de se debater. — Ty balançou a cabeça escura. Estava ajoelhado sobre Kit — basicamente sentado em seu plexo solar, o que dificultava a respiração —, todo vestido de preto, como os Caçadores de Sombras quando iam lutar. Só as mãos e o rosto estavam descobertos, muito brancos na escuridão.

— Você estava fugindo? — perguntou.

— Eu ia dar uma volta — respondeu Kit.

— Não, você está mentindo — falou o outro garoto, olhando a sacola de Kit. — Você estava fugindo.

Kit suspirou e deixou a cabeça cair para trás com uma batida.

— Por que você se importa com o que eu faço?

— Sou um Caçador de Sombras. Nós ajudamos as pessoas.

— Agora você está mentindo — afirmou Kit, com convicção.

Ty sorriu. Foi espontâneo, um sorriso do tipo que ilumina o rosto, e fez com que Kit se lembrasse de quando conheceu Ty. Na ocasião, Ty não estava sentado sobre ele, mas estava com uma faca em sua garganta.

Kit tinha olhado para ele e se esquecido da faca e pensado, *Lindo*.

Lindo como todos os Caçadores de Sombras, como luz do luar brilhando das bordas de vidros quebrados: adoráveis e mortais. Criaturas lindas, criaturas cruéis, cruéis de um jeito que só pessoas que realmente acreditavam na razão de sua causa podiam ser.

— Preciso de você — disse Ty. — Você pode se surpreender em ouvir isso.

— Sim — concordou Kit. Ficou imaginando se mais alguém apareceria correndo. Não estava ouvindo passos nem vozes se aproximando.

— O que aconteceu com a patrulha noturna? — quis saber.

— Provavelmente estão a oitocentos metros daqui — respondeu Ty. — Tentando impedir que os demônios se aproximem do Instituto, e não que você saia. Agora quer saber por que preciso de você ou não?

Quase contra a vontade, Kit estava curioso. Ele se apoiou nos cotovelos e fez que sim com a cabeça. Ty estava sentado casualmente, como se ele fosse um sofá, mas seus dedos — dedos longos e rápidos, ágeis com uma faca, conforme Kit se lembrava — passaram sobre o cinto de armas.

— Você é um criminoso — disse Ty. — Seu pai era um trapaceiro e você queria ser como ele. Sua sacola provavelmente está cheia de coisas que roubou do Instituto.

— Tal... — Kit começou e parou quando Ty esticou a mão, puxou o zíper da bolsa, e viu o monte de adagas roubadas, caixas, bainhas, castiçais, e tudo mais que Kit tinha roubado se revelou à luz da lua. — ... vez — concluiu Kit. — O que isso tem a ver com você? Nada disso é seu.

— Eu quero desvendar crimes — disse Ty. — Ser um detetive. Mas ninguém aqui se importa com esse tipo de coisa.

— Vocês todos não acabaram de pegar um assassino?

— Malcolm mandou um bilhete — disse Ty, em tom fatigado, como se estivesse decepcionado pelo feiticeiro ter arruinado o trabalho de detetive com sua confissão. — E depois *admitiu* o que fez.

— Isso realmente reduz a lista de suspeitos — falou Kit. — Veja, se precisar de mim para poder me prender por diversão, devo observar que é o tipo de coisa que você só pode fazer uma vez.

— Não quero prendê-lo. Quero um parceiro. Alguém que sabe sobre crimes e sobre as pessoas que os cometem para me ajudar.

Uma lâmpada acendeu na cabeça de Kit.

— Você quer... espere, você tem dormido na porta do meu quarto porque quer um Watson para o seu Sherlock Holmes?

Os olhos de Ty brilharam. Continuavam se movendo incansáveis por Kit, como se o estivesse lendo, examinando, sem nunca encontrar seu olhar, mas isso não diminuiu o brilho.

— Você conhece eles?

Todo mundo no mundo conhece eles, Kit quase falou, mas em vez disso apenas disse:

— Não vou ser o Watson de ninguém. Não quero resolver crimes. Não me importo com crimes. Não ligo se estão sendo cometidos, ou se não estão...

— Não pense neles como crimes. Encare como mistérios. Além disso, o que mais vai fazer? Fugir? E ir para onde?

— Não ligo...

— Liga sim — disse Ty. — Você quer viver. Assim como todo mundo. Não quer ficar preso, só isso — ele inclinou a cabeça para o lado, seus olhos eram de uma profundeza quase branca à luz enfeitiçada. A lua tinha ido para trás de uma nuvem, e era a única iluminação.

— Como você sabia que eu ia fugir hoje?

— Porque você estava se acostumando a ficar aqui — respondeu Ty. — Estava se acostumando conosco. Mas os Centuriões, você não gosta deles. Livvy notou antes. E depois do que Zara disse hoje sobre você ir para a Academia... você deve achar que não terá escolha quanto ao que fizer depois disso.

Era verdade, surpreendentemente. Kit não conseguia encontrar as palavras que explicassem como ele tinha se sentido à mesa de jantar. Como se o fato de tornar-se um Caçador de Sombras significasse ser jogado em uma máquina que o mastigaria e cuspiria um Centurião.

— Eu olho para eles — falou —, e penso, "não posso ser como eles, e eles não suportam ninguém diferente".

— Você não precisa ir para a Academia — falou Ty. — Pode ficar conosco pelo tempo que quiser.

Kit duvidava que o outro garoto tivesse autoridade para fazer esse tipo de promessa, mas apreciou ainda assim.

— Contanto que eu ajude a resolver mistérios — falou. — Com que frequência vocês têm mistérios a resolver ou eu tenho que esperar até outro feiticeiro enlouquecer?

Ty se apoiou contra um dos pilares. Suas mãos batiam nas laterais do corpo como borboletas noturnas.

— Na verdade, tem um mistério acontecendo agora.

Kit ficou intrigado, apesar de tudo.

— Qual?

— Acho que eles não estão aqui pelo motivo que alegam estar. Acho que estão tramando alguma — disse Ty. — E definitivamente estão mentindo para nós.

— Quem está mentindo?

Os olhos de Ty faiscaram.

— Os Centuriões, é claro.

O dia seguinte estava muito quente, um daqueles raros dias em que o ar parecia ficar parado e a proximidade com o mar não oferecia nenhum alívio. Quando Emma chegou, atrasada, para o café na sala de jantar, os ventiladores de teto que raramente eram utilizados estavam girando a toda.

— Foi um demônio de areia? — Dane Larkspear estava perguntando a Cristina. — Akvan e Iblis são demônios comuns no deserto.

— Sabemos disso — respondeu Julian. — Mark já disse que foi um demônio marinho.

— Ele saiu deslizando assim que acendemos a luz enfeitiçada em cima dele — falou Mark. — Mas deixou para trás um fedor de água salgada e areia molhada.

— Não posso acreditar que não haja barreiras de perímetro aqui — disse Zara. — Por que ninguém nunca cuidou disso? Tenho que perguntar ao Sr. Blackthorn...

— As barreiras perimetrais fracassaram em manter Sebastian Morgenstern afastado — disse Diana. — Não foram mais usadas depois disso. Barreiras de perímetro raramente funcionam.

Ela soou como se estivesse se esforçando para manter o controle. Emma não podia culpá-la.

Zara olhou para ela com uma espécie de pena superior.

— Bem, com todos esses demônios marinhos se arrastando para fora do oceano... o que não estariam fazendo se o corpo de Malcolm Fade não estivesse lá em algum lugar, vocês sabem... acho que são necessárias. Concordam?

Houve um murmúrio de vozes: a maioria dos Centuriões, exceto por Diego, Jon e Rayan, parecia de acordo. Enquanto faziam planos para armarem as barreiras naquela manhã, Emma tentou capturar o olhar de Julian e compartilhar a irritação dele, mas ele estava olhando para longe dela, na direção de Mark e Cristina.

— O que vocês dois estavam fazendo do lado de fora ontem, afinal?

— Não conseguíamos dormir — respondeu Mark. — Acabamos nos esbarrando.

Zara sorriu.

— Claro que se esbarraram. — Ela virou para sussurrar alguma coisa ao ouvido de Samantha. Ambas riram.

Cristina enrubesceu, irritada. Emma viu a mão de Julian apertar em volta do garfo. Ele o pousou lentamente ao lado do prato.

Emma mordeu o lábio. Se Mark e Cristina quisessem namorar, ela daria sua bênção. Fingiria um tipo de término com Mark; a "relação" deles já tinha feito quase tudo que precisava. Julian mal conseguia olhar para ela, e era isso que ela queria, não era?

Mas ele não parecia feliz com a ideia de que ela e Mark pudessem terminar. Nem um pouquinho. Se estivesse pensando nisso. Houve um tempo em que ela sempre soube o que Julian estava pensando. Agora ela só conseguia ler a superfície de seus pensamentos: seus sentimentos mais profundos estavam escondidos.

Diego olhou de Mark para Cristina e se levantou, empurrando a cadeira para trás. Ele se retirou da sala. Após um instante, Emma jogou o guardanapo no prato e também saiu.

Ele batera os pés até a porta dos fundos e fora para o estacionamento antes de perceber que ela o estava seguindo — um forte indício de que ele estava irritado, considerando o grau de treinamento de Diego. Ele virou para olhar para ela, seus olhos escuros brilhando.

— Emma — falou. — Entendo que queira me repreender. Há dias que quer fazer isso. Mas não é uma boa hora.

— E quando seria? Quer anotar na sua agenda no dia de São Nunca? — Ela ergueu uma sobrancelha. — Foi o que pensei. Vamos.

Ela deu a volta na Instituto, e Diego a seguiu relutantemente. Eles chegaram a um local onde um pequeno monte de terra surgia entre cactos, familiar a Emma por experiência.

— Você fica aqui — disse ela, apontando. Ele a olhou incrédulo. — Para não sermos vistos das janelas — explicou ela, e, mesmo emburrado, ele a obedeceu e cruzou os braços sobre o peito musculoso.

— Emma — começou ele. — Você não entende e não pode entender, e eu não posso explicar...

— Aposto que não pode — falou ela. — Ouça, você sabe que nunca fui sua grande fã, mas eu tinha uma opinião bem melhor sobre você.

Um músculo tremeu no rosto dele. A mandíbula estava rígida.

— Como eu disse. Você não pode entender, e não posso explicar.

— Uma coisa — disse Emma — era você só estar traindo, o que eu ainda acharia desprezível, mas... Zara? É por sua causa que ela está aqui. Você *sabe* que não somos... você sabe que Julian tem que ser cauteloso.

— Ele não deve se preocupar demais — disse Diego calmamente. — Zara só se interessa pelo que pode lucrar. Acho que ela não tem o menor interesse nos segredos de Arthur, só quer a atenção do Conselho por completar essa missão com sucesso.

— Para você é fácil supor essas coisas.

— Tenho motivos para tudo que faço, Emma — falou. — Cristina pode não conhecê-los agora, mas um dia conhecerá.

— Diego, *todo mundo* tem motivo para tudo que faz. *Malcolm* tinha motivos para fazer o que fez.

A boca de Diego se encolheu em uma linha fina.

— Não me compare a Malcolm Fade.

— Porque ele era um feiticeiro? — A voz de Emma era baixa, perigosa. — Porque você pensa como a sua noiva? Sobre a Paz Fria? Sobre feiticeiros e fadas? Sobre *Mark*?

— Porque ele era um assassino — respondeu Diego entre dentes. — O que quer que pense sobre mim, Emma, não sou um babaca insensato. Não acho que integrantes do Submundo sejam inferiores, nem que devam ser registrados ou torturados...

— Mas admite que Zara acha — falou Emma.

— Eu nunca contei nada a ela — disse ele.

— Talvez você possa entender por que estou imaginando como você pode preferi-la a Cristina — disse Emma.

Diego ficou tenso — e gritou. Emma tinha se esquecido da velocidade com que ele podia se mover, apesar do tamanho: ele saltou para trás, praguejando e dando chutes com o pé esquerdo. Murmurando de dor, tirou o sapato. Filas de formigas marchavam pelo seu tornozelo, subindo pela perna.

— Ah, céus — falou Emma. — Você deve ter pisado em um formigueiro de formigas vermelhas. Sabe, acidentalmente.

Diego estapeou as formigas, ainda praguejando. Ele tinha chutado a parte de cima do formigueiro, e as formigas transbordavam dele.

Emma deu um passo para trás.

— Não se preocupe — disse ela. — Não são venenosas.

— Você armou para que eu pisasse em um formigueiro? — Ele calçou novamente o sapato, mas Emma sabia que as mordidas iam coçar durante dias a não ser que usasse um *iratze*.

— Cristina me fez prometer que eu não encostaria em você, então tive que ser criativa — respondeu ela. — Você não devia ter mentido para a minha melhor amiga. *Desgraciado mentiroso.*

Ele a encarou. Emma suspirou.

— Espero que isso signifique o que eu acho que significa. Detestaria ter acabado de te chamar de balde enferrujado ou coisa do tipo.

— Não — disse ele. Para surpresa de Emma, ele parecia ligeiramente entretido. — Significa o que você acha.

— Ótimo. — Emma voltou para a casa. Estava quase fora do alcance quando ele a chamou. Ela virou e o viu parado onde o tinha deixado, aparentemente ignorando as formigas e o sol quente que batia em seus ombros.

— Acredite em mim, Emma — disse ele, alto o bastante para que ela o escutasse —, ninguém me odeia mais do que eu mesmo nesse momento.

— Você *realmente* acha isso? — perguntou ela. Emma não gritou, mas sabia que as palavras tinham viajado até ele. Ele a fitou por um longo instante em silêncio antes de ela se retirar.

O dia permaneceu quente até o fim da tarde, quando uma tempestade armou sobre o mar. Os Centuriões tinham saído antes do meio-dia, e Emma não conseguia deixar de olhar ansiosa pelas janelas enquanto o sol se punha atrás de uma massa de nuvens cinza e negras no horizonte, penetradas por raios de calor.

— Acha que eles vão ficar bem? — perguntou Dru, com as mãos nervosas no cabo da faca de arremesso. — Eles não saíram em um barco? Parece uma tempestade feia.

— Não sabemos *o que* estão fazendo — disse Emma. Ela quase acrescentou que graças ao desejo esnobe dos Centuriões de esconderem suas atividades dos Caçadores de Sombras do Instituto, seria muito difícil resgatá-los, caso alguma coisa perigosa *de fato* acontecesse, mas ela viu a expressão no rosto de Dru e não disse nada. Dru praticamente idolatrava Diego como um herói; apesar de tudo, provavelmente ainda gostava dele.

Emma se sentiu brevemente culpada pelas formigas.

— Eles vão ficar bem — afirmou Cristina para tranquilizá-la. — Centuriões são muito cautelosos.

Livvy chamou Dru para lutar com espadas contra ela, e Dru foi até onde Ty, Kit e Livvy estavam juntos em um tatame. De algum jeito, Kit tinha sido convencido a vestir uniforme de treinamento. Ele parecia um Jace em miniatura, Emma pensou, divertida, com seus cachos louros e maçãs do rosto angulosas.

Atrás deles, Diana mostrava a Mark uma posição de treino. Emma piscou os olhos — Julian tinha estado ali há um instante. Ela tinha certeza disso.

— Ele foi ver seu tio — disse Cristina. — Alguma coisa sobre ele não gostar de tempestades.

— Não, é Tavvy que não gosta... — A voz de Emma se interrompeu. Tavvy estava sentado em um canto da sala de treinamento, lendo um livro. Ela se lembrou de todas as vezes em que Julian tinha desaparecido durante as tempestades, alegando que Tavvy tinha medo delas.

Ela guardou Cortana na bainha.

— Já volto.

Cristina a observou saindo com olhos perturbados. Mais ninguém pareceu notar quando ela passou pela porta da sala de treinamento e seguiu pelo corredor. As janelas imensas e espaçadas do corredor permitiam a entrada de uma luz cinza peculiar, marcada com pontas prateadas.

Ela alcançou a porta do sótão e subiu as escadas correndo; apesar de não ter tido o cuidado de disfarçar o barulho de suas pisadas, nem Arthur, nem Julian pareceram notar quando ela entrou na sala principal do sótão.

As janelas estavam bem fechadas e vedadas com jornal, todas menos uma, sobre a mesa onde Arthur sentava. O jornal tinha sido rasgado dela, mostrando nuvens correndo pelo céu, colidindo e se desenrolando como bolas espessas de fios cinza e pretos.

Bandejas de comidas intocadas se espalhavam sobre as muitas mesas de Arthur. A sala tinha cheiro de podridão e mofo. Emma engoliu em seco, imaginando se teria errado em vir.

Arthur estava encolhido na cadeira, cabelos ralos caindo sobre os olhos.

— Quero que saiam — dizia ele. — Não gosto de tê-los aqui.

— Eu sei. — Julian falava com uma suavidade que surpreendeu Emma. Como ele podia não estar furioso? Ela estava furiosa, furiosa com tudo que fazia Julian crescer rápido demais. Que o havia privado da infância. Como ele podia olhar para Arthur e não pensar isso? — Também quero que saiam, mas não há nada que eu possa fazer para mandá-los embora. Temos que ter paciência.

— Preciso do meu remédio — sussurrou Arthur. — Onde está Malcolm?

Emma fez uma careta ao ver a expressão de Julian — e Arthur, de repente, pareceu notá-la. Ele levantou os olhos, fixando-os nela — não, não nela, na espada.

— Cortana — disse ele. — Feita por Wayland, o Ferreiro, o lendário ferreiro de Excalibur e Durendal. Dizem que escolhe o dono. Quando Ogier a ergueu para matar o filho de Carlos Magno no campo, um anjo veio, quebrou a espada e disse a ele: "piedade é melhor do que vingança".

Emma olhou para Julian. Era escuro no sótão, mas ela conseguiu ver que as mãos dele estavam cerradas nas laterais. Será que estava bravo por ela tê-lo seguido?

— Mas Cortana nunca foi quebrada — disse ela.

— É só uma história — falou Julian.

— Existe verdade nas histórias — disse Arthur. — Existe verdade em uma de suas pinturas, menino, ou em um pôr do sol, ou em um verso de Homero. Ficção é verdade, mesmo que não seja fato. Se você só acredita em fatos e se esquece das histórias, seu cérebro vive, mas seu coração morre.

— Eu entendo, tio — falou Julian, com voz cansada. — Volto mais tarde. Por favor, coma alguma coisa. Está bem?

Arthur abaixou o rosto para as mãos, balançando a cabeça. Julian começou atravessar o recinto para as escadas; no meio do caminho, pegou o curso de Emma, puxando-a atrás de si.

Ele não fez nenhuma força, mas ela o seguiu assim mesmo, obedecendo em choque simplesmente pela sensação física da mão dele em seu pulso. Atualmente ele só encostava nela para fazer Marcas — ela sentia falta daqueles toques amigáveis aos quais estava acostumada pelos anos de amizade: uma mão acariciando seu braço, um tapinha no ombro. Sua forma secreta de comunicação: dedos desenhando palavras e letras na pele um do outro, de forma silenciosa e invisível a todos os outros.

Parecia uma eternidade. E agora faíscas percorriam seu braço a partir daquele ponto de contato, deixando-a com o corpo quente, formigando, e confuso. Os dedos dele envolveram o pulso dela enquanto saíam pela porta da frente.

Quando se fechou atrás deles, ele soltou, virando-se para encará-la. O ar parecia pesado e denso, pressionando a pele de Emma. Bruma obscurecia a rodovia. Ela enxergava as superfícies ondulantes e cinzentas batendo na costa; daqui, cada uma parecia tão grande quanto uma baleia jubarte. Ela via a lua, lutando para aparecer entre nuvens.

Julian estava arfando, como se tivesse corrido quilômetros sem parar. A umidade do ar grudou sua camisa no peito quando ele se apoiou na parede do Instituto.

— Por que você foi até o sótão? — perguntou.
— Desculpa — falou ela, séria. Ela detestava ficar tensa perto de Jules. Eles raramente tinham uma briga que não terminasse com um pedido casual de desculpas ou em uma piada. *Eu tive a sensação de que você precisava de mim, e não pude deixar de vir.* — Entendo se você está bravo...
— Não estou bravo. — Um raio brilhou sobre a água, clareando brevemente o céu. — Essa é a desgraça da situação, eu não posso ficar bravo, posso? Mark não sabe nada sobre nós dois, ele não está tentando me machucar, nada disso é culpa dele. E você, você fez a coisa certa. Não posso te odiar por isso. — Ele se afastou da parede, e deu alguns passos inquietos. A energia dessa tempestade que ele guardara parecia irradiar da sua pele. — Mas não suporto. O que eu faço, Emma? — Julian passou as mãos pelo cabelo; a umidade estava fazendo com que ondulasse em cachos que se prendiam aos dedos. — Não podemos viver assim.
— Eu sei — falou. — Eu vou embora. São só mais alguns meses. Vou fazer dezoito anos. Tiraremos nosso ano de viagem longe um do outro. Vamos esquecer.
— Vamos? — A boca de Jules se curvou em um sorriso impossível.
— Temos que esquecer. — Emma tinha começado a tremer; estava frio, as nuvens acima deles se reviravam como a fumaça de um céu queimado.
— Eu nunca deveria ter tocado em você — falou. Ele tinha se aproximado dela, ou talvez ela dele, querendo pegá-lo pelas mãos, como sempre fazia. — Nunca achei que o que a gente tinha pudesse se quebrar com tanta facilidade.
— Não está quebrado — sussurrou ela. — Nós erramos, mas o erro não foi ficarmos juntos.
— A maioria das pessoas pode errar, Emma. Isso não precisa arruinar a vida delas.
Ela fechou os olhos, mas ainda conseguia vê-lo. Senti-lo, a poucos centímetros dela, o calor do seu corpo, o cheiro de cravo em sua roupa e no cabelo. Aquilo a estava enlouquecendo, fazendo seus joelhos tremerem como se ela tivesse acabado de sair de uma montanha-russa.
— Nossas vidas não estão arruinadas.
Ele a abraçou. Por um instante, ela pensou em resistir, mas estava tão cansada — tão cansada de lutar contra o que queria. Ela achava que nunca mais teria isso, Jules em seus braços novamente, magro e musculoso, tenso, mãos fortes de pintor alisando suas costas, seus dedos traçando letras, palavras em sua pele.
E-U E-S-T-O-U A-R-R-U-I-N-A-D-O.

Ela abriu os olhos, assustada. O rosto dele estava tão próximo que era quase um borrão de luz e sombra.

— Emma — falou, com os braços em volta dela, puxando-a para perto.

E então ele a estava beijando; eles estavam se beijando. Ele a puxou para perto; encaixou o corpo dela no dele, curvas e entradas, músculos e suavidade. Sua boca estava aberta sobre a dela, a língua passando suavemente pelos lábios.

O trovão explodiu em volta deles, um raio caiu contra as montanhas, inflamando uma trilha de calor seco no interior das pálpebras de Emma.

Ela abriu a boca sob a dele, se encostou ainda mais contra o seu corpo, envolvendo os braços no pescoço de Julian. Ele tinha gosto de fogo, gosto de especiaria. Ele passou as mãos pelas laterais do corpo dela, pelos quadris. Puxou-a mais firme contra si ao mesmo tempo que emitia um ruído baixo na garganta, uma espécie de som angustiado de desejo.

Pareceu uma eternidade. Pareceu não durar nada. As mãos dele contornaram as omoplatas dela, a curva do seu corpo sob as costelas, os polegares arqueando sobre os quadris. Ele a levantou contra si, como se eles coubessem nos espaços vazios um do outro, enquanto palavras jorravam da boca dele: frenético, apressado.

— Emma... eu preciso de você, sempre, sempre penso em você, eu estava desejando que você estivesse comigo naquele maldito sótão e aí virei e você estava lá, como se tivesse me escutado, como sempre está presente quando eu preciso...

Um raio caiu outra vez, iluminando o mundo: Emma então viu suas mãos na barra da camisa de Julian... que diabos ela estava pensando, estava planejando que ela e Julian se despissem na varanda da frente do Instituto? A realidade bateu; ela se afastou, o coração acelerado no peito.

— Em? — Ele a encarou, espantado, seus olhos sonolentos, quentes e desejosos. Fez com que ela engolisse em seco. Mas as palavras dele ecoavam em sua mente: ele a quis, e foi como se ela tivesse ouvido Julian chamar, ela tinha sentido, sabido, e não conseguiu se conter.

Todas aquelas semanas insistindo para si mesma que o laço *parabatai* estava enfraquecendo, e agora ele estava dizendo para ela que eles praticamente leram a mente um do outro.

— Mark — disse ela, e foi só uma palavra, mas era *a* palavra, o lembrete mais brutal da situação deles. O olhar sonolento deixou o rosto dele; ele empalideceu, espantado. Levantou a mão como se quisesse dizer alguma coisa; explicar, pedir desculpas, e o céu pareceu se cortar no meio.

Os dois viraram para olhar as nuvens diretamente acima deles se partirem. Uma sombra cresceu no ar, escurecendo ao se aproximar deles: a figura de um homem, enorme e vestido de armadura, montado em um cavalo sem sela, de olhos vermelhos e malhado em preto e cinza, como as nuvens da tempestade acima deles.

Julian se moveu como que para empurrar Emma atrás dele, mas ela não se mexeu. Ela simplesmente encarou enquanto o cavalo parou relinchando, ao pé da escada do Instituto. O homem olhou para eles.

Seus olhos, como os de Mark, tinham duas cores diferentes; no caso dele, eram azul e preto. Seu rosto era assustadoramente familiar. Era Gwyn ap Nudd, o lorde e líder da Caçada Selvagem. E ele não parecia satisfeito.

7

Mares Sem Costas

Antes que Julian ou Emma pudessem falar, a porta da frente do Instituto se abriu com força. Diana estava lá, com Mark logo atrás, ainda com as roupas de treinamento. Ela, de terno branco, estava bonita e elegante como sempre.

O imenso cavalo malhado de Gwyn empinou quando Mark se aproximou do topo da escada. Ao ver Emma e Jules andando em sua direção, Mark pareceu mais do que surpreso. Emma sentiu as bochechas ardendo, mas ao olhar para Julian, ele tinha a aparência serena e tranquila de sempre.

Eles se juntaram a Mark quando Diana alcançou o topo da escada. Os quatro Nephilim encararam o Caçador — os olhos do cavalo de Gwyn eram vermelhos como sangue, assim como a armadura que ele portava: couro duro escarlate, rasgada aqui e ali por marcas de garras e cortes feitos por armas.

— Por causa da Paz Fria, não posso lhe dar as boas-vindas — falou Diana. — Por que está aqui, Gwyn Caçador?

O olhar ancião de Gwyn percorreu Diana de cima a baixo; não havia malícia ou arrogância nele, apenas a apreciação das fadas pela beleza.

— Adorável dama — falou ele —, acredito que não nos conhecemos.

Por um instante, Diana pareceu confusa.

— Diana Wrayburn. Sou a tutora aqui.

— Aqueles que ensinam são honrados na Terra Sob a Colina — disse Gwyn. Debaixo do braço, ele segurava um enorme capacete decorado com as galhadas de um cervo. O chifre de caça estava apoiado na sela.

Emma se admirou: será que Gwyn estava *dando em cima* de Diana? Ela não sabia como fadas faziam isso exatamente, mas ouviu Mark emitir um ruído exasperado.

— Gwyn — falou o menino. — Dou-lhe as boas-vindas. Meu coração se alegra em vê-lo.

Emma não pôde deixar de imaginar se alguma parte da fala era verdade. Ela sabia que Mark tinha sentimentos complicados em relação a Gwyn. Ele já tinha falado sobre isso algumas vezes, durante as noites no quarto dela, com a cabeça apoiada na mão. Agora ela tinha uma imagem mais clara da Caçada Selvagem do que jamais tivera, de suas alegrias e horrores, do caminho estranho que Mark tinha sido forçado a abrir para si mesmo entre as estrelas.

— Gostaria de poder dizer o mesmo — disse Gwyn. — Trago notícias ruins da Corte Unseelie. Kieran, do seu coração...

— Ele não é mais do meu coração. — Mark o interrompeu. Era uma expressão das fadas: "do meu coração" era o mais próximo que podiam chegar de dizer "namorada" ou "namorado".

— Kieran Caçador foi declarado culpado pelo assassinato de Iarlath. — Gwyn informou. — Ele foi julgado pela Corte Unseelie, mas foi um julgamento breve.

Mark ficou vermelho e tenso.

— E a sentença?

— Morte — respondeu Gwyn. — Ele vai morrer ao nascer da lua, amanhã à noite, se não houver intervenção.

Mark não se mexeu. Emma pensou se deveria fazer alguma coisa — ir para perto dele, oferecer conforto, uma mão amiga? Mas ela não conseguiu interpretar a expressão no rosto dele — se era de pesar, não reconheceu. Se era de raiva, era diferente de qualquer raiva que ele já tivesse demonstrado antes.

— É uma notícia triste — falou Mark, afinal.

Foi Julian quem se moveu, indo para o lado do irmão. Ele pôs a mão no ombro de Mark, e Emma sentiu o alívio tomar conta dela.

— Só isso? — perguntou Gwyn. — Você não tem mais nada para dizer?

Mark balançou a cabeça. Ele parecia frágil, Emma pensou, preocupada. Como se ela conseguisse enxergar até os ossos sob sua pele.

— Kieran me traiu — falou. — Ele não é nada para mim agora.

Gwyn olhou incrédulo para Mark.

— Ele o amava. E ele o perdeu, e tentou tê-lo de volta — falou o Caçador. — Ele queria que você cavalgasse com a Caçada outra vez. E eu também. Você era um dos nossos melhores. Isso é tão ruim assim?

— Você viu o que aconteceu. — Mark soou irritado agora, e Emma acabou se lembrando da árvore torta na qual se apoiou quando Iarlath chicoteou Julian e depois ela, sob os olhares de Kieran, Mark e Gwyn. A dor e o sangue, os açoites que pareciam fogo sobre sua pele, apesar de nada ter doído tanto quanto ver Julian sendo machucado. — Iarlath açoitou minha família, minha amiga. Por causa de Kieran. Ele chicoteou Emma e Julian.

— E agora você abriu mão da Caçada por eles — disse Gwyn, os olhos bicolores desviando para Emma —, e então, eis a sua vingança, se você a desejava. Mas onde está sua compaixão?

— O que você quer do meu irmão? — quis saber Julian, com a mão ainda no ombro de Mark. — Você quer vê-lo sofrer para seu entretenimento? Foi por isso que veio?

— Mortais — disse Gwyn. — Vocês acham que sabem tanto, mas sabem tão pouco. — A mão grande do Caçador apertou com mais força o capacete. — Não quero que sofra por Kieran. Quero que o salve, Mark Caçador.

Trovões roncavam ao longe, mas na frente do Instituto havia apenas silêncio, profundo como um grito.

Até Diana parecia sem fala. No silêncio, Emma conseguia ouvir os sons de Livvy e dos outros na sala de treinamento, as vozes e as risadas.

Jules estava sem expressão, mas calculava alguma coisa. Agora a mão no ombro de Mark apertava com força. *Quero que o salve, Mark Caçador.*

A raiva cresceu rapidamente dentro de Emma; ao contrário de Julian, ela não se controlou.

— Mark não é mais da Caçada Selvagem — falou com veemência. — Ele não é mais um "Caçador"; não o chame assim.

— Ele é Caçador de Sombras, não é? — perguntou Gwyn. Agora que ele já tinha feito o pedido bizarro, parecia mais relaxado. — Uma vez caçador, sempre caçador de algum tipo.

— E agora você quer que eu vá caçar para Kieran? — falou Mark com um tom estranho e hesitante, como se estivesse com dificuldade de falar as palavras por causa da raiva. — Por que eu, Gwyn? Por que não você? Por que não qualquer um de vocês?

— Você não me ouviu? — perguntou Gwyn. — O pai o prendeu. O próprio Rei Unseelie, nas profundezas da Corte.

— E então Mark é indestrutível? Você acha que ele consegue vencer a Corte Unseelie, se a Caçada Selvagem não consegue? — Foi Diana; ela tinha descido um degrau, e os cabelos escuros voavam ao vento do deserto.

— Seu nome é famoso, Gwyn ap Nudd. Você cavalga com a Caçada Selvagem há centenas de anos mortais. Há muitas histórias sobre você. Mesmo assim eu nunca soube que o líder da Caçada Selvagem tinha sucumbido à loucura.

— A Caçada Selvagem não está sujeita ao comando das Cortes — explicou Gwyn. — Mas nós as tememos. Seria loucura *não* temer. Quando levaram Kieran, eu e todos os meus Caçadores fomos forçados a jurar que não questionaríamos o julgamento ou sua sentença. Tentar resgatar Kieran agora seria a nossa morte.

— Por isso veio atrás de mim. Porque eu não jurei. Porque mesmo que tivesse jurado, posso mentir. Um ladrão mentiroso é o que você quer — disse Mark.

— O que eu queria era alguém em quem pudesse confiar — disse Gwyn. — Alguém que não tivesse jurado, alguém que desafiasse a Corte.

— Não queremos problemas com você — retrucou Julian, mantendo a voz calma com um esforço que Emma desconfiava que só ela podia sentir. — Mas você deve saber que Mark não pode fazer o que está pedindo. É perigoso demais.

— Nós, do Povo do Ar, não tememos perigo, nem morte — interveio Gwyn.

— Se não temem a morte — disse Julian —, então deixem que Kieran a encontre.

Gwyn recuou diante da frieza na voz de Julian.

— Kieran não tem nem vinte anos.

— Nem Mark — disse Julian. — Se acham que temos medo de você, tem razão. Seríamos tolos se não tivéssemos. Sei quem *você* é, Gwyn, sei que já fez um homem comer o coração do próprio pai. Sei que tomou a Caçada de Herne na batalha por Cadair Idris. Sei de coisas que o surpreenderiam. Mas sou irmão de Mark. E não vou deixar que ele se arrisque no Reino das Fadas outra vez.

— A Caçada Selvagem também é uma irmandade — disse Gwyn. — Se não consegue ajudar Kieran por amor, Mark, faça por amizade.

— Chega! — Diana se irritou. — Nós o respeitamos aqui, Gwyn Caçador, mas acabou a discussão. Mark não será tirado de nós.

A voz de Gwyn era grave como um baixo.

— E se ele escolher ir?

Todos olharam para Mark. Até Julian se virou, tirando a mão lentamente do ombro do irmão. Emma viu o medo em seus olhos e imaginou que se refletia nos dela. Se Mark ainda amava Kieran — ainda que minimamente...

— Eu não escolho — disse Mark. — Eu não escolho, Gwyn.

O rosto de Gwyn ficou tenso.

— Você não tem honra.

Um raio atravessou os espaços entre as nuvens acima deles. A tempestade se movia em direção às montanhas, e a iluminação cinzenta obscurecia os olhos de Mark, deixando-os ilegíveis.

— Achei que você fosse meu amigo — falou Mark, e depois se virou e cambaleou de volta para o Instituto, a porta se fechando atrás dele.

Gwyn começou a desmontar, mas Diana ergueu a mão com a palma para fora.

— Você sabe que não pode entrar no Instituto — retrucou ela.

Gwyn recuou. Por um instante, ao encarar Diana, seu rosto pareceu enrugado e velho, apesar de Emma saber que ele não aparentava a idade.

— Kieran não tem nem vinte anos — repetiu ele. — É só um menino.

O rosto de Diana suavizou, mas antes que ela pudesse falar, o cavalo de Gwyn empinou. Alguma coisa voou da mão dele e pousou no degrau abaixo dos pés de Diana. Gwyn se inclinou para a frente, e o cavalo partiu com um movimento brusco. A crina e o rabo viraram um borrão, como uma única chama branca, que disparou na direção do céu e desapareceu, sumindo nas nuvens que ornamentavam a noite.

Julian abriu a porta do Instituto com o ombro.

— Mark? Mark!

A entrada vazia girou ao seu redor quando ele virou. O medo pelo irmão era como pressão sob a pele, apertando suas veias, desacelerando a circulação. Não era um medo que ele pudesse nomear — Gwyn tinha ido embora; Mark estava seguro. Foi um pedido, não um sequestro.

— Jules? — Mark veio da direção do armário embaixo da escada, e dava para notar que ele tinha acabado de pendurar o casaco. Seus cabelos louros estavam emaranhados, a expressão confusa. — Ele já foi?

— Foi — disse Emma, que tinha entrado atrás de Julian. Diana, um passo atrás dela, estava fechando a porta da frente. Mark cruzou a sala e só parou diante de Emma, passando os braços em volta dela.

O ciúme que ardeu em Julian o deixou sem fôlego.

Ele achava que já tinha se acostumado a ver Emma e Mark assim. Não eram um casal particularmente exibido. Não se beijavam nem se abraçavam na frente dos outros. Emma não faria isso, pensava Julian. Ela não era assim. Era determinada, prática, e faria o que tivesse que ser feito. Mas não era cruel.

Era Mark que esticava o braço para tocá-la normalmente; para as coisas pequenas e silenciosas: a mão no ombro, a retirada de um cílio, um rápido abraço. Havia uma dor profunda em ver isso, mais do que doeria vê-los se abraçando apaixonadamente. Afinal, quando você morre de sede, você sonha com o gole de água, não com o reservatório inteiro.

Mas agora — a sensação de segurar Emma estava tão próxima, o gosto dela ainda estava em sua boca, o cheiro de água de rosas, ainda nas roupas dele. Ele reviveria a cena do beijo muitas e muitas vezes na mente, sabia disso, até ela se desbotar, se fragmentar e se desfazer, como uma foto dobrada e desdobrada muitas vezes.

Mas agora estava perto demais, como um ferimento recém-aberto. E ver Emma nos braços de Mark era um esguicho de ácido em carne viva. Um lembrete brutal: ele não dava conta de ser sentimental, nem de pensar nela como dele, nem mesmo em um futuro imaginário. Considerar as possibilidades era se abrir para a dor. A realidade tinha que ser seu foco — a realidade e suas responsabilidades familiares. Do contrário, ele enlouqueceria.

— Você acha que ele vai voltar? — Emma se afastou de Mark. Julian teve a impressão de que ela tinha lançado um olhar ansioso de lado, mas não tinha certeza. E não havia motivo para imaginar. Ele esmagou sua curiosidade brutalmente.

— Gwyn? — disse Mark. — Não. Eu recusei. Ele não vai implorar e não vai voltar.

— Tem certeza? — perguntou Julian.

Mark o olhou com uma expressão irônica.

— Não deixe Gwyn enganá-lo — falou. — Se eu não ajudar, ele encontrará quem o faça ou ele mesmo o fará. Nada acontecerá a Kieran.

Emma deu um suspiro aliviado. Julian não disse nada — ele também estava pensando em Kieran. Ele se lembrava de como o menino fada tinha feito Emma sangrar com os açoites, e de como ele tinha partido o coração de Mark. E também se lembrava de como Kieran os ajudara a derrotar Malcolm. Sem ele, não teriam tido chance alguma.

E se lembrava do que Kieran tinha dito antes da batalha com Malcolm. *Você não é gentil. Você tem um coração implacável.*

Se ele pudesse salvar Kieran arriscando a própria segurança, teria feito. Mas não arriscaria seu irmão. Se isso fazia dele impiedoso, que fosse. Se Mark tivesse razão, Kieran ficaria bem de qualquer jeito.

— Diana — chamou Emma. A tutora deles estava se apoiando na porta fechada, olhando para a própria palma. — O que foi que Gwyn jogou em você?

Diana estendeu a mão; brilhando sobre a pele escura via-se uma pequena bolota dourada.

Mark pareceu surpreso.

— É um belo presente — falou. — Se você abrir a bolota, convocará Gwyn para ajudá-la.

— Por que ele daria algo assim para Diana? — perguntou Emma.

O esboço de um sorriso moveu a boca de Mark quando ele começou a subir as escadas.

— Ele a admirou — disse. — Raramente vi Gwyn gostar de uma mulher antes. Achei que talvez seu coração estivesse fechado para esse tipo de coisa.

— Gwyn *gostou* de Diana? — insistiu Emma; seus olhos escuros brilhando. — Quero dizer, não que você não seja muito atraente, Diana, só me parece inesperado.

— Fadas são assim — disse Julian. Ele quase teve pena de Diana; nunca a tinha visto tão confusa. Ela estava mordendo o lábio inferior, e Julian se lembrou de que Diana não era muito velha, tinha apenas vinte e oito ou coisa assim. Não era tão mais velha do que Jace e Clary.

— Não significa nada — retrucou ela. — E, além disso, temos coisas mais importantes para pensar!

Ela soltou a bolota na mão de Mark no mesmo instante que a porta da frente se abriu, e os Centuriões entraram. Pareciam desalinhados pelo vento e estavam encharcados, todos eles. Diana, parecendo aliviada por não estar mais discutindo a sua vida amorosa, foi buscar cobertores e toalhas (símbolos de secagem funcionavam bem na pele, mas não faziam muito pelas roupas).

— Encontraram alguma coisa? — perguntou Emma.

— Acho que localizamos o provável ponto onde o corpo afundou — respondeu Manuel. — Mas o mar estava revolto demais para mergulharmos. Tentaremos outra vez amanhã.

— *Manuel* — falou Zara em tom de alerta, como se ele tivesse revelado a senha secreta que abriria os portões do Inferno sob seus pés.

Manuel e Rayan reviraram os olhos.

— Não é como se eles não soubessem o que estamos procurando, Zara.

— Os métodos da Scholomance são secretos. — Zara jogou o casaco molhado nos braços de Diego e virou-se para Emma e Julian. — Muito bem. O que tem para jantar? — falou.

* * *

— Não sei distinguir nenhum deles — disse Kit. — São os uniformes. Faz com que todos pareçam iguais para mim. Como formigas.

— Formigas não parecem iguais — disse Ty.

Eles estavam sentados na beira da galeria do segundo andar, olhando para a entrada principal do Instituto embaixo. Centuriões molhados iam de um lado para o outro; Kit viu Julian e Emma, junto com Diana, tentando puxar papo com os que não tinham ido para a sala de jantar, onde se localizava a lareira, para se aquecerem.

— Quem é todo mundo mesmo? — perguntou Kit. — E de onde são?

— Dane e Samantha Larkspear — falou Livvy, indicando dois Centuriões de cabelos escuros. — Atlanta.

— Gêmeos — disse Ty.

— Como ousam — emendou Livvy, com um sorriso. Kit receou que ela não fosse se animar com o plano de Ty de integrá-lo aos seus planos de detetive, mas ela apenas sorriu quando eles foram procurá-la na sala de treinamento e disse: "bem-vindo ao clube".

Livvy apontou.

— Manuel Casales Villalobos. De Madri. Rayan Maduabuchi, Instituto de Lagos. Divya Joshi, Instituto de Mumbai. Mas nem todo mundo é ligado a um Instituto. Diego não é, Zara também não, nem sua amiga Jessica, que é francesa, eu acho. E tem Jon Cartwright, Gen Whitelaw e Thomas Aldertree, todos formados pela Academia. — Ela inclinou a cabeça. — Nem um deles tem o bom senso de sair da chuva.

— Diga-me de novo por que você acha que estão tramando alguma coisa? — perguntou Kit.

— Muito bem — respondeu Ty. Kit tinha percebido que Ty respondia diretamente ao que lhe era dito, sem passar muito no tom ou entonação. Não que ele não fosse se beneficiar de um lembrete sobre por que estavam no alto, olhando para um bando de idiotas. — Eu estava sentado na frente do seu quarto hoje de manhã quando vi Zara entrando no escritório de Diana. Quando eu a segui, vi que ela estava vasculhando alguns papéis lá.

— Ela pode ter tido algum motivo — comentou Kit.

— Para vasculhar sorrateiramente os papéis de Diana? Qual motivo? — perguntou Livvy, com tanta firmeza que Kit teve que admitir que, se parecia indecente, provavelmente era indecente.

— Eu mandei uma mensagem para Simon Lewis, perguntando sobre Cartwright, Whitelaw e Aldertree — explicou Livvy, apoiando o queixo na barra mais baixa da grade. — Ele disse que Gen e Thomas são legais, e Cartwright é meio grambão, mas basicamente inofensivo.

— Pode ser que não estejam todos envolvidos — disse Ty. — Temos que descobrir quais deles estão e o que querem.

— O que é um grambão? — perguntou Kit.

— Uma mistura entre grande e bobão, eu acho. Tipo, grande, mas não muito inteligente. — Livvy deu seu sorrisinho rápido quando uma sombra se ergueu sobre eles: Cristina, com as mãos na cintura, sobrancelhas franzidas.

— O que vocês três estão fazendo? — perguntou ela. Kit tinha um respeito saudável por Cristina Rosales. Por mais doce que ela parecesse, ele já a tinha visto lançar uma faca a quinze metros de distância e acertar o alvo com precisão.

— Nada — disse Kit.

— Fazendo comentários maldosos sobre os Centuriões — respondeu Livvy.

Por um instante, Kit achou que Cristina fosse brigar com eles. Em vez disso, ela se sentou ao lado de Livvy, com a boca se curvando em um sorriso.

— Estou dentro — falou.

Ty estava apoiando os braços na barra. Ele desviou seus olhos cinzentos, cor de tempestade, para Kit.

— Amanhã — falou baixinho — nós os seguiremos para ver aonde vão.

Kit ficou surpreso ao constatar que estava ansioso por isso.

Foi uma noite desagradável — os Centuriões, mesmo após se secarem, estavam exaustos e relutavam em falar sobre o que tinham feito durante o dia. Em vez disso, devoraram a comida servida na sala de jantar como lobos esfomeados.

Kit, Ty e Livvy não estavam em parte alguma. Emma não os culpava. As refeições com os Centuriões eram eventos cada vez mais aborrecidos. Apesar de Divya, Rayan e Jon Cartwright terem feito o melhor que podiam para manterem uma conversa amistosa sobre onde cada um pretendia passar seu ano de intercâmbio, Zara logo os interrompeu com uma longa descrição do que ela estava fazendo na Hungria antes de chegar ao Instituto.

— Vários Caçadores de Sombras reclamando que suas estelas e lâminas serafim pararam de funcionar durante uma briga com algumas fadas — disse Zara, revirando os olhos. — Falamos que foi só uma ilusão; fadas jogam sujo, e alguém devia ensinar isso na Academia.

— Fadas não jogam sujo, na verdade — disse Mark. — Jogam notavelmente limpo. Elas têm um severo código de honra.

— Honra? — Samantha e Dane riram ao mesmo tempo. — Duvido que você saiba o que isso significa, mes...

Eles se calaram. Era Dane quem estava falando, mas foi Samantha que ruborizou. A palavra solta pairou pelo ar. *Mestiço.*

Mark empurrou a cadeira para trás e se retirou.

— Lamento — falou Zara no silêncio após a saída do menino —, mas ele não deveria ser tão sensível. Vai ouvir coisa muito pior se for a Alicante, principalmente a uma reunião de Conselho.

Emma a encarou, incrédula.

— Isso não justifica nada — retrucou. — Só porque ele vai ouvir absurdos dos intolerantes do Conselho, isso não significa que tenha que ouvir antes em casa.

— Ou em qualquer momento em casa — disse Cristina, cujas bochechas ficaram muito vermelhas.

— Parem de tentar nos fazer sentir culpados. — Samantha se irritou. — Nós é que passamos o dia fora tentando limpar a bagunça que *vocês* fizeram confiando em Malcolm Fade, como se fosse possível confiar em um membro do Submundo. Vocês não aprenderam nada com a Guerra Maligna? As fadas nos apunhalaram pelas costas. É isso que o povo do Submundo faz, e Mark e Helen farão o mesmo com vocês também, se não tomarem cuidado.

— Você não sabe nada sobre o meu irmão, nem sobre a minha irmã — interveio Julian. — Por favor, não toque no nome deles.

Diego estava sentado ao lado de Zara, em silêncio. E quando finalmente falou, seus lábios mal se moveram:

— Um ódio tão cego não dá crédito ao ofício ou ao uniforme dos Centuriões.

Zara levantou a taça, os dedos apertando o cabo fino.

— Eu não odeio membros do Submundo — falou, e havia uma convicção fria em sua voz. Por alguma razão, era mais fria do que a paixão teria sido. — Os Acordos não funcionaram. A Paz Fria não funciona. Os integrantes do Submundo não seguem nossas regras, nem quaisquer regras que não tenham interesse em seguir. Eles rompem a Paz Fria sempre que sentem vontade. Nós somos guerreiros. Demônios devem nos temer. E integrantes do Submundo devem nos temer. Antigamente fomos grandiosos; fomos temidos e governávamos. Agora somos uma sombra do que costumávamos ser. Só estou dizendo que, quando os sistemas não funcionam, quando nos trouxeram ao estágio em que estamos agora, precisamos de um novo sistema. Melhor.

Zara sorriu, ajeitou uma mecha rebelde em seu coque perfeito, e tomou um gole de água. Os Centuriões terminaram o jantar em silêncio.

* * *

— Ela está mentindo. Ela fica sentada ali e mente, como se suas opiniões fossem fatos — falou Emma, furiosa. Depois do jantar ela tinha ido para o quarto de Cristina e agora ambas estavam sentadas na cama, a amiga passava os dedos pelos cabelos escuros.

— Acho que são fatos para ela e para quem a segue — disse Cristina. — Mas não devemos perder tempo com Zara. Enquanto subíamos você disse que tinha uma coisa para me contar, não foi?

Da forma mais resumida possível, Emma relatou a visita de Gwyn. Enquanto falava, o rosto de Cristina foi ficando cada vez mais preocupado.

— Mark está bem?

— Acho que sim... às vezes, é difícil saber.

— Ele é uma dessas pessoas cheias de coisas na cabeça — disse Cristina. — Ele já perguntou... sobre você e Julian?

Emma balançou a cabeça com força.

— Acho que jamais passaria pela cabeça dele que pudéssemos ter quaisquer sentimentos que não fossem os de *parabatai* um pelo outro. Eu e Jules nos conhecemos há tanto tempo. — Ela esfregou as têmporas. — Mark imagina que Julian se sinta da mesma maneira que ele em relação a mim: como um irmão.

— São estranhas as coisas que nos cegam — disse Cristina. Ela levantou os joelhos e os abraçou.

— Você tentou entrar em contato com Jaime? — perguntou Emma.

Cristina apoiou a bochecha sobre os joelhos.

— Mandei uma mensagem de fogo, mas ainda não tive resposta.

— Ele era seu melhor amigo — disse Emma. — Ele vai responder. — Ela torceu um pedaço do cobertor de Cristina entre os dedos. — Sabe o que mais sinto falta? Em Jules? Só de... ser *parabatai*. De sermos Emma e Julian. Sinto falta do meu melhor amigo. Sinto falta da pessoa a quem eu contava tudo o tempo todo. Da pessoa que sabia tudo sobre mim. As coisas boas e as ruins.

— Ao falar, ela conseguia ver Julian em sua mente; o jeito como ele era na Guerra Maligna, com ombros angulosos e olhos determinados.

O ruído de uma batida na porta ecoou pelo quarto. Emma olhou para Cristina — será que ela estava esperando alguém? —, mas a amiga parecia tão surpresa quanto.

— *Pasa* — chamou Cristina.

Era Julian. Emma o observou surpresa, o Julian mais jovem de sua lembrança virou um borrão e voltou a ser o Julian na frente dela: um Julian quase adulto, alto e musculoso, com cachos rebeldes e um esboço de barbicha aparecendo no queixo.

— Vocês sabem onde está o Mark? — perguntou, sem rodeios.

— Mark não está no quarto? — retrucou Emma. — Ele saiu durante o jantar, então pensei...

Julian balançou a cabeça.

— Não está lá. Será que pode estar no seu quarto?

Ele precisou de um esforço visível para perguntar, Emma pensou. Ela viu Cristina morder o lábio e rezou para que Julian não notasse. Ele jamais poderia descobrir o quanto Cristina sabia.

— Não — disse Emma. — Eu tranquei a porta. — Ela deu de ombros. — Não confio nos Centuriões.

Julian passou a mão distraidamente pelo cabelo.

— Olha... Estou preocupado com Mark. Venham comigo que eu vou mostrar o que quero dizer.

Cristina e Emma seguiram Julian até o quarto de Mark; a porta estava escancarada. Julian entrou primeiro, depois Emma e Cristina, ambas olhando cuidadosamente ao redor como se Mark pudesse ser encontrado escondido em um dos armários.

O quarto de Mark tinha mudado muito desde que ele voltou do Reino das Fadas. Naquela época, era um quarto empoeirado e era evidente que não estava sendo usado, mas que o mantinham vazio por causa das lembranças. Todas as coisas dele tinham sido retiradas e guardadas, e as cortinas, cobertas de pó, viviam fechadas.

Estava bem diferente agora. Mark tinha dobrado as roupas em pilhas organizadas ao pé da cama; uma vez, ele disse a Emma que não via razão para ter um guarda-roupa ou uma cômoda, considerando que essas coisas só serviam para esconder as roupas dos donos.

Os parapeitos estavam cobertos com pequenos itens da natureza: flores secas, em vários estágios, folhas e agulhas de cactos, conchas da praia. A cama estava arrumada; dava para notar que ele nunca tinha dormido nela.

Julian desviou o olhar da cama feita.

— As botas dele sumiram — falou. — Ele só tinha aquele par. Era para terem mandado mais de Idris, mas ainda não fizeram isso.

— O casaco também — disse Emma. Era o único pesado dele, jeans forrado com pele de carneiro. — A bolsa... ele tinha uma bolsa de pano, não?

Cristina engoliu o ar com força. Emma e Julian se viraram e a viram pegar um pedaço de papel que tinha acabado de aparecer, flutuando na altura do ombro. Símbolos brilhantes o fechavam; eles desapareceram quando ela pegou a mensagem de fogo no ar.

— É do Mark. — Os olhos dela examinaram o papel; suas bochechas empalideceram, e ela entregou a mensagem sem dizer nada.

Julian pegou o recado e Emma leu por cima do ombro dele enquanto ele o examinava.

> *Minha querida Cristina,*
> *Sei que você mostrará isso para as pessoas certas, no momento certo. Sempre posso confiar em você para fazer o que é necessário quando precisa ser feito.*
> *A essa altura você já sabe o que aconteceu com a prisão de Kieran. Apesar de as coisas terem terminado mal entre nós, ele foi meu protetor durante muitos anos no Reino das Fadas. Eu devo a ele e não posso permitir que morra na Corte sombria de seu pai. Pego a estrada da lua para o Reino hoje à noite. Diga aos meus irmãos e irmãs que voltarei assim que puder. Diga a Emma que voltarei. Voltei para eles da Terra Sob a Colina uma vez. E eu vou fazer isso de novo.*
> *Mark Blackthorn*

Julian amassou o papel com raiva entre os dedos trêmulos.

— Eu vou atrás dele.

Emma se adiantou para pegar o braço dele antes de se lembrar e abaixar a mão para a lateral do corpo.

— Eu vou com você.

— Não — disse Julian. — Você entende o que Mark está tentando fazer? Ele não pode invadir a Corte Unseelie sozinho. O Rei das Sombras vai matá-lo antes que ele consiga piscar.

— Claro que eu entendo — retrucou Emma. — Por isso temos que encontrá-lo antes que ele chegue à entrada do Reino das Fadas. Depois que ele entrar no Reino das Fadas, será praticamente impossível interceptá-lo.

— Também tem a questão do tempo — disse Cristina. — Depois que ele cruzar a fronteira, o tempo será diferente para ele. Ele poderia voltar em três dias ou três semanas...

— Ou três anos — falou Emma sombriamente.

— Por isso devo ir atrás dele agora — disse Julian. — Antes que ele chegue ao Reino das Fadas e o tempo se transforme em nosso inimigo...

— Eu posso ajudar com isso — disse Cristina.

Quando era mais nova, as fadas foram o tema de estudo de Cristina. Uma vez ela confessou a Emma que isso fora em parte por causa de Mark, e o que ela tinha ouvido falar sobre ele quando era criança. Ele a fascinava, o menino Caçador de Sombras levado por fadas durante a Guerra Maligna.

Cristina tocou o pingente dourado em seu pescoço, que tinha uma imagem de Raziel.

— Este é um pingente encantado por fadas. Minha família tem... — Ela hesitou. — Muitos deles. Anos atrás, eles eram próximos do Povo das Fadas. Ainda temos muitos objetos deles. Mas falamos pouco disso, considerando que a postura da Clave em relação àqueles que são amigos do Povo das Fadas é... — Ela olhou em volta do quarto de Mark. — É como vocês sabem.

— O que o pingente faz? — perguntou Emma.

— Impede que o tempo passe rápido demais para mortais no reino das fadas. — Cristina segurou o pingente entre os dedos, olhando para Jules com uma pergunta silenciosa como se quisesse dizer que ainda tinha muitas surpresas na manga, caso ele quisesse ouvir.

— É só um pingente — disse Julian. — Como pode proteger a todos nós?

— Se eu entrar usando no reino, a proteção se estenderá a você e Emma, e a Mark também, desde que ele não se afaste muito.

Julian se apoiou contra a parede e suspirou.

— E eu suponho que você não vai me dar para eu usar ao entrar no Reino das Fadas? Sozinho?

— Absolutamente não — respondeu Cristina, cerimoniosa. — É uma herança de família.

Emma poderia ter beijado Cristina, mas se contentou em dar uma piscadela. O canto da boca de Cristina se curvou levemente para cima.

— Então vamos os três — disse Emma, e Julian pareceu perceber que não adiantava discordar. Ele concordou com a cabeça para ela, e havia um pouquinho do antigo olhar *parabatai* na expressão de Julian, o olhar que dizia que ele esperava que os dois fossem embarcar rumo ao perigo. Juntos.

— O pingente também permitirá que tomemos a estrada da lua — disse Cristina. — Normalmente só quem tem sangue de fada consegue. — Ela esticou os ombros. — Mark não imagina que a gente possa ir atrás dele; por isso mandou o bilhete.

— A estrada da lua? — perguntou Julian. — O que é isso, exatamente?

Ao ouvir a pergunta, Cristina sorriu. Foi um sorriso estranho — não era exatamente de felicidade, e Emma imaginou que ela também estivesse preocupada demais para isso —, mas havia um certo deslumbre ali, a aparência de alguém que poderia experimentar algo que jamais achou que fosse ter a chance de fazer.

— Eu mostro — respondeu ela.

Eles reuniram as coisas rapidamente. A casa estava escura, incomumente viva com as respirações desordenadas de muitas pessoas adormecidas. Quando cruzou o corredor, ajeitando as alças da mochila nos ombros, Julian viu Ty dormindo em frente ao quarto de Kit, sentado e curvado, com o queixo na mão. Tinha um livro aberto ao seu lado no chão.

Julian parou em frente à porta do sótão. Hesitou. Ele poderia deixar um bilhete, ir embora. Seria a coisa mais fácil a se fazer. Não havia muito tempo; tinham que chegar a Mark antes que ele chegasse ao Reino das Fadas. Não seria uma atitude covarde. Apenas prática. Apenas...

Ele abriu a porta e subiu as escadas. Arthur estava onde ele o havia deixado, à mesa. A luz da lua entrava, formando um ângulo, pela claraboia.

Arthur soltou a caneta e se virou para olhar para Julian. Cabelos grisalhos emolduravam seus fatigados olhos Blackthorn. Era como olhar para uma foto borrada do pai de Julian, algo que dera errado durante o processo de revelação, deformando os ângulos do rosto de um alinhamento familiar.

— Tenho que me ausentar por alguns dias — avisou Julian. — Se precisar de alguma coisa, fale com Diana. Mais ninguém. Só Diana.

Os olhos de Arthur pareciam vidrados.

— Você vai... aonde vai, Julian?

Julian cogitou mentir. Ele era bom em mentir, e para ele era fácil. Mas, por algum motivo, não queria fazer isso.

— Mark... foi embora — falou. — Vou buscá-lo, com sorte antes de ele cruzar para o Reino das Fadas.

Um tremor atravessou o corpo de Arthur.

— Você vai atrás do seu irmão nas Cortes? — perguntou ele, com voz rouca, e Julian se lembrou dos fragmentos que conhecia da história do tio: que ele tinha ficado preso com o pai de Julian, Andrew, durante anos com as fadas no reino, que Andrew se apaixonara por uma nobre e eles tiveram Helen e Mark, mas Arthur foi separado dele, trancafiado e torturado com feitiços.

— Sim. — Julian equilibrou a mochila em um ombro só.

Arthur esticou a mão, como se quisesse alcançar Julian, e o menino recuou, espantado. Seu tio nunca tinha encostado nele. Arthur abaixou a mão.

— Na República de Roma — falou —, havia sempre um serviçal designado para cada general que vencia uma guerra. Quando o general passava pelas ruas, aceitando os agradecimentos das pessoas, a tarefa do serviçal era sussurrar ao seu ouvido, "*Respice post te. Hominem te esse memento. Memento mori*".

— Olhe atrás de você — traduziu Julian. — Lembre-se de que você é um homem. Lembre-se de que vai morrer. — Um leve tremor subiu por sua espinha.

— Você é jovem, mas não é imortal — retrucou Arthur. — Se você acabar chegando no Reino das Fadas, e eu rezo para que isso não aconteça, pois lá é o Inferno, se é que existe Inferno... Se você for parar lá, não dê ouvidos a nada do que as fadas disserem. Não dê ouvidos a nenhuma de suas promessas. Jure para mim, Julian.

Julian soltou o ar. Pensou naquele general de tantos anos atrás, exortado a não deixar a glória subir-lhe à cabeça. A se lembrar de que tudo passava. Tudo passava. A felicidade passava, assim como a perda e a dor.

Tudo, menos o amor.

— Eu juro — falou.

— Temos que esperar o momento certo — disse Cristina. — Quando a lua na água parecer sólida. Você consegue ver se olhar; como o clarão verde.

Então sorriu para Emma, entre ela e Jules. Os três estavam enfileirados na beira do oceano. Havia pouco vento e o mar se estendia diante deles, espesso e escuro, com a borda branca onde a água encontrava a areia. Ondulações de espuma marinha onde as ondas tinham quebrado e sumido na costa empurravam algas e pedaços de conchas mais para longe na praia.

O céu estava limpo da tempestade de antes. A lua estava alta, projetando uma linha perfeita e ininterrupta sobre a água, alcançando o horizonte. As ondas emitiam um ruído suave como sussurros enquanto entornavam em volta dos pés de Emma, e a maré atingia suas botas à prova d'água.

Julian estava de olho no relógio — ele fora de seu pai, um velho relógio mecânico, que brilhava em seu pulso. Emma viu com uma guinada sutil que a pulseira de vidro marinho ainda estava no pulso dele, brilhando ao luar.

— Quase meia-noite — falou. — Fico pensando qual será a vantagem de Mark em relação a nós.

— Depende de quanto tempo ele teve que esperar pelo momento certo de entrar na trilha — disse Cristina. — Os momentos vêm e vão. A meia-noite é só um deles.

— E como estamos planejando capturá-lo? — perguntou Emma. — Só uma perseguição e um avanço básico, ou vamos tentar distraí-lo com o poder da dança e depois laçá-lo pelos tornozelos?

— Piadas não ajudam — disse Julian, olhando fixamente para a água.

— Piadas sempre ajudam — retrucou Emma. — Principalmente quando não estamos fazendo nada além de esperar a água solidificar...

Cristina soltou um gritinho.

— Vão! *Agora!*

Emma foi primeiro, saltando sobre uma pequena onda que quebrou em seus pés. Metade do seu cérebro ainda lhe dizia que ela estava se jogando na água, que ela mergulharia. O impacto quando suas botas tocaram uma superfície dura foi desconcertante.

Deu alguns passos, correndo, e girou para olhar para a praia. Ela estava em uma trilha brilhante que parecia feita de cristal sólido, fino como vidro. O luar sobre a água tinha solidificado. Julian já estava atrás dela, equilibrado em uma linha brilhante, e Cristina estava saltando para a trilha atrás dele.

Ela ouviu Cristina arfar ao aterrissar. Como Caçadores de Sombras, todos eles tinham visto maravilhas, mas havia algo de distintamente Fada nesse tipo de magia: parecia acontecer nos interstícios do mundo normal, entre luz e sombra, entre um minuto e outro. Como Nephilim, eles existiam no próprio espaço. Isso era *Entre*.

— Vamos — disse Julian, e Emma começou a andar. A trilha era larga; parecia dobrar e se curvar sob seus pés com o movimento e a ondulação da onda. Era como andar em uma ponte que se mantinha suspensa sobre um abismo.

Mas quando ela olhava para baixo, não via o espaço vazio; via o que temia mais que tudo. A escuridão profunda do oceano, onde os cadáveres de seus pais flutuaram antes de encalhar na praia. Durante anos, ela os imaginou lutando, morrendo embaixo d'água, com quilômetros de mar em volta, isolados. Agora ela sabia mais sobre como eles morreram, sabia que eles estavam mortos quando Malcolm Fade entregou seus corpos ao mar. Mas você não podia falar com o medo, não podia falar a verdade: o medo vivia em seus ossos.

Longe assim, Emma imaginaria que a água seria tão funda que era opaca. Mas a luz do luar a fazia brilhar como se fosse por dentro. Ela conseguia olhar para a água como se fosse um aquário.

Ela viu as folhas de alga, se movendo e dançando com o vaivém das ondas. A agitação dos cardumes. E sombras mais escuras também, e maiores. Lampejos de movimento, pesados e enormes — uma baleia, talvez, ou algo maior e pior —, demônios aquáticos podiam ser do tamanho de campos de futebol. Ela imaginou a trilha, de repente, se rompendo, se abrindo, e todos eles caindo na escuridão, a enormidade ao redor, fria, mortal e cheia de monstros cegos e com dentes de tubarão, e sabe o Anjo o que mais podia sair das profundezas...

— Não olhe para baixo — foi o que Julian falou, aproximando-se da trilha. Cristina estava um pouco atrás deles, olhando em volta, maravilhada. — Olhe reto para o horizonte. Vá na direção dele.

Ela levantou o queixo. Conseguia sentir Jules ao seu lado, sentir o calor da pele dele, arrepiando os pelos dos braços.

— Estou bem.

— Não está não — falou ele secamente. — Eu sei como você se sente em relação ao mar.

Estavam longe da costa agora — era uma linha brilhante ao longe, a rodovia era uma linha de luzes móveis; as casas e restaurantes que alinhavam a costa brilhavam.

— Bem, meus pais não morreram no mar. — Ela respirou trêmula. — Eles não se afogaram.

— Saber disso não apaga anos de pesadelos. — Julian olhou para ela. O vento soprou fios suaves do cabelo dele no rosto. Ela se lembrou de como era passar as mãos por aquele cabelo, de como abraçá-lo funcionava como uma âncora não só em relação ao mundo, mas em relação a ela mesma.

— Detesto me sentir assim — disse ela, e por um instante nem Emma sabia ao certo do que estava falando. — Detesto sentir medo. Faz com que eu me sinta fraca.

— Emma, todo mundo tem medo de alguma coisa. — Julian tinha se aproximado um pouco mais; ela sentiu o ombro dele tocar o dela. — Tememos coisas porque as valorizamos. Tememos perder as pessoas porque as amamos. Tememos morrer porque valorizamos viver. *Não* queira não temer nada. Tudo que isso significaria é que você não sente nada.

— Jules... — Ela começou a se virar para ele, surpresa com a intensidade de sua voz, mas parou quando ouviu os passos de Cristina acelerando, e depois sua voz, elevada ao reconhecê-lo, chamar:

— *Mark!*

8

Perto do Rio

Emma viu Mark imediatamente. Uma sombra na trilha brilhante diante deles, a luz do luar cintilando em seus cabelos claros. Ele não parecia tê-los notado ainda.

Emma começou a correr, com Cristina e Jules logo atrás. Apesar de a trilha subir e descer embaixo dela, estava acostumada a correr na praia onde a areia fofa cedia sob seus pés. Ela conseguia ver Mark claramente agora: ele tinha parado de andar, e se virou para encará-los, com ar espantado.

Ele tirara a roupa de combate. Usava trajes semelhantes ao que vestia quando entrou no Instituto, só que limpos e intactos: feita de linho e couro curtido macio, coturnos de couro e uma bolsa de pano nas costas. Emma pôde ver as estrelas refletidas em seus olhos arregalados ao se aproximar.

Ele derrubou a bolsa a seus pés, olhando com ar acusador para seus três perseguidores.

— O que vocês estão fazendo aqui?

— Sério? — Julian chutou a bolsa de Mark para o lado, agarrando os ombros do irmão. — O que *você* está fazendo aqui?

Julian era mais alto do que Mark, um fato que Emma sempre estranhou — Mark fora mais alto durante muitos anos. Mais alto e mais velho. Mas agora não era uma coisa, nem outra. Ele parecia uma lâmina fina e pálida na escuridão, contra a força e a altura mais sólidas de Julian. Parecia que a qualquer instante ia virar luz do luar nas ondas e desaparecer.

Ele se virou para olhar para Cristina.

— Você recebeu minha mensagem de fogo.

Ela assentiu, e mechas de seu cabelo escuro, em uma presilha adornada de joias atrás da cabeça, se curvaram em torno da face.

— Todos nós lemos.

Mark fechou os olhos.

— Não achei que pudessem me seguir pela estrada da lua.

— Mas seguimos. — Julian apertou as mãos sobre os ombros de Mark. — Você não vai a lugar nenhum do Reino das Fadas, ainda mais sozinho.

— É por Kieran — respondeu Mark com simplicidade.

— Kieran te traiu — disse Julian.

— Eles vão *matá-lo*, Jules — insistiu Mark. — Por minha causa. Kieran matou Iarlath por minha causa. — Ele abriu os olhos e encarou o irmão. — Eu não devia ter tentado sair sem falar com você. Não foi justo. Sabia que ia tentar me impedir, e eu sabia que tinha pouco tempo. Nunca vou perdoar Kieran pelo que aconteceu com você e com Emma, mas não vou abandoná-lo para morrer, nem para ser torturado.

— Mark, o Povo das Fadas não gosta de você — disse Julian. — Foram obrigados a devolvê-lo, e eles detestam devolver qualquer coisa que pegam. Se você entrar no Reino das Fadas, vão mantê-lo lá se puderem, e não vai ser fácil. Vão machucá-lo. Não vou permitir que isso aconteça.

— Então você será meu carcereiro, irmão? — Mark estendeu as mãos, com as palmas para cima. — Vai prender meus pulsos com ferro frio, meus tornozelos com espinhos?

Julian se escolheu. Estava escuro demais para se ver as feições de Mark Blackthorn, os olhos azul-esverdeados; no escuro os irmãos pareciam apenas um Caçador de Sombras e uma fada, eternamente em desacordo.

— Emma — chamou Julian, tirando as mãos dos ombros de Mark. Havia amargura e desespero em sua voz. — Mark te ama. Convença *você*.

A amargura de Julian era como espinhos sob a pele de Emma, e ela ouviu as palavras angustiadas de Mark outra vez: *você será meu carcereiro?*

— Não vamos impedi-lo de ir. Vamos junto com você.

Mesmo ao luar ela pôde ver o rosto de Mark perder a cor.

— Não. Vocês são claramente Nephilim. Estão com uniforme de combate. Suas Marcas não estão escondidas. Caçadores de Sombras não são apreciados na Terra Sob a Colina.

— Aparentemente só Kieran é — disse Julian. — Ele tem sorte de ter sua lealdade, Mark, já que nós não temos.

Ao ouvir isso, Mark corou e se virou para o irmão, seus olhos brilhando furiosos.

— Muito bem, parem... parem — disse Emma, dando um passo em direção a eles. A água reluzente se curvava e dobrava sob os pés dela. — Vocês dois...

— *Quem caminha sobre a trilha da lua?*

Um vulto se aproximou, e sua voz soou como uma explosão profunda acima das ondas. A mão de Julian foi para o cabo da adaga em sua cintura. Emma já sacara a lâmina serafim, e Cristina tinha o canivete em mãos. Os dedos de Mark tocaram o lugar onde a flecha de elfo que Kieran tinha lhe dado ficava em seu pescoço. Não estava mais lá. Seu rosto enrijeceu antes de relaxar em reconhecimento.

— É uma puca — falou baixinho. — Em geral, são inofensivas.

O vulto no caminho diante deles tinha se aproximado. Era uma fada alta, vestida com calças rasgadas suspensas por um cinto de corda. Linhas finas de ouro se misturavam aos longos cabelos escuros e brilhavam contra a pele escura. Seus pés estavam descalços.

Ele falou, e sua voz soava como a maré ao pôr do sol.

— Querem entrar pelo Portão de Lir?

— Sim — respondeu Mark.

Olhos dourados metálicos sem íris ou pupilas passaram por Mark, Cristina, Julian e Emma.

— Só um de vocês é fada — disse a puca. — Os outros são humanos. Não: Nephilim. — Os lábios finos se curvaram em um sorriso. — Isso é uma surpresa. Quantos de vocês querem passar pelo portão para as Terras das Sombras?

— Todos nós — respondeu Emma. — Os quatro.

— Se o Rei ou a Rainha os acharem, vão matá-los — disse a puca. — O Povo das Fadas não tem amizade com os de sangue de anjo, não desde a Paz Fria.

— Sou meio fada — disse Mark. — Minha mãe era Lady Nerissa, da Corte Seelie.

A puca ergueu as sobrancelhas.

— A morte dela nos deixou todos de luto.

— E estes são meus irmãos — prosseguiu Mark, se aproveitando de sua vantagem. — Eles me acompanham; eu os protegerei.

A puca deu de ombros.

— O que lhes acontece nas Terras não me concerne — falou. — Só que antes precisam pagar um pedágio.

— Sem pagamentos — disse Julian, e suas mãos apertaram o cabo da adaga. — Sem pedágio.

A puca sorriu.

— Vamos conversar um instante, em particular, e depois decida se pagaria meu preço. Não vou obrigá-lo.

A expressão de Julian ficou sombria, mas ele deu um passo para a frente. Emma se esforçou para ouvir o que ele estava dizendo para a puca, mas o barulho do vento e das ondas deslizou entre eles. Atrás deles, o ar girava e ficava nebuloso: Emma teve a impressão de ter visto uma forma nele, arqueada como o formato de uma porta.

Julian ficou imóvel enquanto a puca falava, mas Emma viu um músculo tremer na bochecha dele. Um instante mais tarde, ele tirou o relógio do pai do pulso e o entregou na mão da puca.

— Um pagamento — disse a puca em voz alta enquanto Julian se afastava. — Quem é o próximo?

— Eu vou — disse Cristina, e seguiu cuidadosamente pela trilha em direção à puca. Julian se juntou a Mark e Emma.

— Ele te ameaçou? — murmurou Emma. — Jules, se ele ameaçou...

— Não ameaçou — respondeu Julian. — Eu não teria deixado Cristina chegar perto dele, se tivesse ameaçado.

Emma virou para observar enquanto Cristina esticava o braço e tirava a presilha adornada de joias do cabelo. O cabelo caiu em cascata sobre as costas e os ombros, mais negro do que o mar noturno. Ela entregou a presilha e começou a caminhar de volta para eles, parecendo espantada.

— Mark Blackthorn será o último — disse a puca. — Deixe a menina de cabelos dourados vir até mim agora.

Emma sentiu os outros olhando para ela enquanto ia até a puca, Julian mais intensamente. Ela pensou na pintura que ele tinha feito dela, na qual Emma se erguia sobre o mar com um corpo feito de estrelas.

Ela ficou imaginando o que ele teria feito com aqueles quadros. Se teria jogado todos fora. Ele os jogara fora, tinham sido queimados? Seu coração doeu só de pensar. Um trabalho tão lindo de Jules; cada pincelada, um sussurro, uma promessa.

Ela se aproximou da fada, que estava sorrindo astutamente, como as fadas faziam quando viam graça nas coisas. Ao redor de todos o mar se esticava, preto e prata. A puca abaixou a cabeça para falar com ela; o vento soprou em volta. Emma estava com ela em um círculo de nuvem. Não conseguia mais ver os outros.

— Se vai me ameaçar — falou, antes que a fada pudesse falar —, saiba que vou caçá-lo por isso; e se não for agora, será mais tarde. E eu deixarei você morrendo por um longo tempo.

A puca riu. Seus dentes também eram dourados, com as pontas prateadas.

— Emma Carstairs — falou. — Vejo que sabe pouco sobre pucas. Somos sedutores e não valentões. Quando eu disser o que tenho a dizer, você vai querer ir ao Reino das Fadas. Vai querer me dar o que eu pedir.

— E o que vai pedir?

— Essa estela — retrucou a puca, apontando para o objeto no cinto dela.

Tudo em Emma se rebelou. A estela tinha sido um presente de Jace, há anos, em Idris, após a Guerra Maligna. Era um símbolo de tudo que tinha marcado sua vida após a Guerra. Clary lhe dera palavras e ela as valorizava; Jace dera uma estela, e, com ela, um propósito a uma menina assustada e abalada pelo luto: *o futuro é seu agora. Faça dele o que quiser.*

— Que utilidade uma estela teria para uma fada? — perguntou. — Vocês não desenham símbolos, e elas só funcionam para Caçadores de Sombras.

— A estela não tem utilidade — respondeu ele. — Mas o precioso osso de demônio do cabo tem muita.

Ela balançou a cabeça.

— Escolha outra coisa.

A puca se inclinou para perto de Emma. Ele tinha cheiro de sal e alga sob o sol.

— Ouça — falou. — Se você entrar no Reino, verá novamente o rosto de alguém que amou, que está morto.

— O quê? — O choque a acertou. — É mentira.

— Você sabe que não posso mentir.

A boca de Emma estava seca.

— Você não pode contar aos outros o que eu lhe disse ou não acontecerá — disse a puca. — E não posso lhe dizer o que significa. Sou apenas um mensageiro, mas a mensagem é verdadeira. Se desejar novamente olhar para alguém que já amou e perdeu, se deseja ouvir sua voz, deve atravessar o Portão de Lir.

Emma tirou a estela do cinto. Uma pontada a atingiu quando ela a entregou e, sem pensar, se virou de costas para a puca, com as palavras ainda soando em seus ouvidos. Mal notou Mark passando por ela; o último a falar com a fada aquática. Seu coração estava acelerado demais.

Alguém que você amou e perdeu. Mas foram tantos, tantos perdidos na Guerra Maligna. Os pais — mas ela sequer ousava pensar neles; ela podia perder sua habilidade de pensar, de continuar. O pai dos Blackthorn, Andrew. Sua antiga tutora, Katerina. Talvez...

O som do vento e das ondas diminuiu. Mark estava em silêncio diante da puca, com o rosto pálido: todos os outros pareciam abalados, e Emma estava louca para saber o que a fada tinha dito a eles. O que poderia estimular Jules, Mark ou Cristina a cooperar?

A puca esticou a mão.

— O Portão de Lir se abre agora — falou. — Atravessem agora ou fujam de volta para a costa; a trilha da lua já está começando a se dissolver.

Ouviu-se um ruído como gelo quebrando, derretendo sob a luz do sol de primavera. Emma olhou para baixo: a trilha brilhante abaixo estava suja de preto onde a água entrava através de rachaduras.

Julian a pegou pela mão.

— Temos que ir — falou. Atrás de Mark, que estava à frente deles na trilha, formara-se um arco de água. Brilhava em prata forte; a parte interna girando, a água em movimento.

Com uma risada, a puca saltou da trilha com um mergulho elegante e deslizou entre as ondas. Emma percebeu que não fazia ideia do que Mark tinha dado a ele. Não que isso importasse agora. A trilha estava estilhaçando rapidamente: agora estava aos pedaços, como flocos de gelo no Ártico.

Cristina estava do outro lado de Emma. Os três avançaram, saltando de um pedaço sólido de trilha para o outro. Mark gesticulava e gritava com eles; atrás dele o arco se solidificava. Através dele, Emma podia ver a grama verde, o luar e as árvores. Ela empurrou Cristina; Mark a segurou, e os dois desapareceram pelo portão.

Emma se moveu para dar um passo à frente, mas a trilha sucumbiu sob seus pés. Pelo que pareceram mais do que segundos, ela caiu na direção da água negra. Então Julian a segurou. Com os braços em volta dela, eles caíram pelo arco.

As sombras tinham aumentado no sótão. Arthur estava sentado, imóvel, e olhava o luar sobre o mar pela janela com o jornal rasgado. Ele podia adivinhar onde Julian e os outros estavam agora: conhecia a estrada da lua, como conhecia as outras estradas do Reino das Fadas. Ele tinha passado por elas, guiado por bandos de fadas e duendes, cavalgando à frente de seus mestres, os príncipes e princesas sobrenaturalmente belos da nobreza. Uma vez ele caíra na floresta em pleno inverno, e seu corpo tinha estilhaçado o gelo de um lago. Ele se lembrava de ter visto sangue esguichar pela superfície prateada do lago.

— Que bonito — dissera uma fada nobre, enquanto o sangue de Arthur derretia no gelo.

Às vezes, era assim que ele pensava em sua mente: uma superfície estilhaçada, que refletia uma foto rasgada e imperfeita. Ele sabia que sua loucura não era como a loucura humana. Ela ia e vinha, e, às vezes, mal o tocava, deixando-o esperançoso de que tivesse acabado de vez. E depois voltava, esmagando-o sob um desfile de pessoas que mais ninguém conseguia ver, um coro de vozes que ninguém podia ouvir.

O remédio ajudava, mas tinha acabado. Julian sempre trazia o remédio, desde pequeno. Arthur não sabia ao certo quantos anos ele tinha agora. O bastante. Às vezes, Arthur ficava imaginando se amava o menino. Se amava algum dos filhos do irmão. Algumas vezes, ele acordara de sonhos em que coisas terríveis tinham acontecido a eles, com o rosto molhado de lágrimas.

Mas poderia ter sido culpa. Ele não tinha nem a capacidade de criá-los, nem a coragem de permitir que a Clave o substituísse por um guardião melhor. Mas quem os teria mantido juntos? Ninguém, talvez, e famílias devem ficar juntas.

A porta ao pé da escada rangeu. Arthur virou, ansioso. Talvez Julian tivesse pensado melhor sobre seu plano louco e voltado. A estrada da lua era perigosa. O mar era cheio de trapaças. Ele tinha crescido perto do mar, na Cornualha, e se lembrava dos monstros. *E amargo como sangue é o esguicho; e as cristas são como presas que devoram.*

Ou talvez nunca tenha havido monstros.

Ela apareceu no alto da escada e o encarou friamente. Seus cabelos estavam puxados com tanta força que a pele parecia esticada. Ela inclinou a cabeça, assimilando o recinto apertado e sujo, as janelas cobertas. Havia algo em seu rosto, algo que despertou um lampejo de lembrança.

Algo que fez um pavor gelado assolá-lo. Ele agarrou os braços da cadeira, sua mente se rompendo com pedaços de antigas poesias. *Sua pele era branca como lepra, o pesadelo Vida em Morte era ela...*

— Arthur Blackthorn, suponho? — falou, com um sorriso recatado. – Sou Zara Dearborn. Acredito que conheceu meu pai.

Emma bateu com força no gramado espesso, abraçada em Julian. Por um instante, ele ficou apoiado sobre ela, com os cotovelos no chão, e o rosto pálido, luminoso ao luar. O ar que os cercava era frio, mas seu corpo era quente contra o dela. Ela sentiu o peito de Julian quando ele inspirou fundo e a corrente de ar na bochecha quando ele rapidamente virou o rosto para longe do dela.

Logo depois ele estava de pé, esticando o braço e puxando-a para cima. Mas ela levantou sozinha, cambaleando e girando para constatar que estavam em uma clareira cercada por árvores.

A luz do luar era clara o bastante para que Emma conseguisse ver que a grama era intensamente verde e as árvores carregadas de frutas em cores vivas: ameixas roxas, maçãs vermelhas, frutas em forma de estrelas e rosas, que Emma não reconhecia. Mark e Cristina também estavam lá, sob as árvores.

Mark tinha arregaçado as mangas da camisa e esticava as mãos como se estivesse tocando o ar do Reino das Fadas, sentindo-o na pele. Inclinou a cabeça para trás, com a boca ligeiramente aberta; Emma, olhando para ele, enrubesceu. Parecia um momento particular, como se ela estivesse vendo alguém reencontrando um amor.

— Emma. — Cristina arfou. — Olha — E apontou para cima, para o céu.

As estrelas eram diferentes. Elas se curvavam e giravam em padrões que Emma não reconhecia, e tinham *cores*: azul gelo, verde frio, ouro cintilante, prata brilhante.

— É tão lindo — sussurrou. Ela viu Julian olhar para ela, mas foi Mark que falou. Ele não parecia mais tão abandonado à noite, mas ainda parecia um pouco aturdido, como se o ar de Faerie fosse vinho e ele tivesse bebido demais.

— A Caçada cavalgava pelo céu do Reino, de vez em quando — falou. — No céu, as estrelas parecem o pó esmagado de joias: rubi, safira e diamante em pó.

— Eu sabia sobre as estrelas do Reino das Fadas — falou Cristina em uma voz baixa e impressionada. — Mas nunca achei que fosse vê-las pessoalmente.

— Será que devemos descansar? — perguntou Julian. Ele rondava os arredores da clareira, espiando entre as árvores. Conte com Julian para fazer as perguntas práticas. — Reunir energia para viajarmos amanhã?

Mark balançou a cabeça.

— Não podemos. Temos que viajar pela noite. Só sei navegar as Terras pelas estrelas.

— Então precisaremos de Marcas de Energia. — Emma estendeu o braço para Cristina. Não teve a intenção de esnobar Jules deliberadamente; símbolos aplicados pelo seu *parabatai* são sempre mais poderosos, mas ela ainda podia sentir onde o corpo dele havia colidido contra o dela na queda. Ainda podia sentir a contorção visceral dentro dela quando a respiração dele roçou sua bochecha. Precisava que ele não ficasse tão perto dela agora, não visse o que havia em seus olhos. A forma como Mark olhava para o céu do Reino das Fadas: era assim que ela imaginava que olhava para Julian.

O toque de Cristina era quente e confortante, sua estela, veloz e habilidosa; a ponta traçando a forma de um símbolo de Energia no antebraço de Emma e, ao terminar, soltou o pulso dela. Emma esperou pelo alerta habitual, pelo calor queimando, como uma injeção dupla de cafeína.

Nada aconteceu.

— Não está funcionando — falou, franzindo o rosto.

— Deixe-me ver... — Cristina deu um passo para a frente. Ela observou a pele de Emma e arregalou os olhos. — Olha.

A Marca, preta como tinta quando Cristina a aplicou no antebraço de Emma, estava ficando clara e prateada. Desbotando, como gelo derretendo. Em segundos, se misturou à pele de Emma e desapareceu.

— O quê...? — Emma começou. Mas Julian já tinha virado para Mark.

— Símbolos — falou Jules. — Eles funcionam? No Reino das Fadas?

Mark pareceu espantado.

— Jamais me ocorreu que não funcionariam — disse. — Ninguém nunca mencionou.

— Eu estudei o Reino das Fadas durante anos — disse Cristina. — Nunca vi em lugar nenhum que símbolos não funcionam nas Terras.

— Quando foi a última vez que tentou usar um aqui? — Emma perguntou a Mark.

Ele balançou a cabeça, cachos louros caindo nos olhos. Ele os puxou novamente para trás com seus dedos finos.

— Não me lembro — respondeu. — Eu não tinha estela... eles quebraram... mas minha luz enfeitiçada sempre funcionou... — Ele remexeu no bolso e sacou uma pedra redonda e polida. Todos observaram, sem fôlego, enquanto ele a levantava, esperando que a luz saísse e brilhasse forte em sua palma.

Nada aconteceu.

Xingando baixo, Julian sacou uma de suas lâminas serafim do cinto. O *adamas* brilhou fraco ao luar. Ele a virou de modo que a lâmina ficou na horizontal, refletindo o brilho multicolorido das estrelas.

— *Michael* — falou.

Algo faiscou dentro da lâmina — um brilho breve e fraco. Depois, desapareceu. Julian fitou o objeto. Uma lâmina serafim que não pudesse ganhar vida tinha pouco uso além de uma faca plástica: sem fio de corte, pesada e curta.

Com um movimento violento do braço, Julian jogou a lâmina longe. Ela quicou pela grama. Ele levantou os olhos. Emma pôde sentir o quanto ele estava se segurando. Ela sentiu como uma pressão em seu próprio corpo, que dificultava a respiração.

— Então — falou. — Vamos ter que viajar pelo Reino das Fadas, um lugar onde Caçadores de Sombras não são bem-vindos, usando apenas as estrelas para navegar, e não podemos usar símbolos, lâminas serafim, nem luz enfeitiçada. É mais ou menos isso?

— Eu diria que é exatamente isso — respondeu Mark.

— E, além disso, estamos indo para a Corte Unseelie — acrescentou Emma. — Que supostamente é como um dos filmes de terror que Dru gosta, mas, vocês sabem, menos divertido.

— Então viajaremos à noite — disse Cristina. E apontou para a distância. — Alguns marcos eu já vi em mapas. Estão vendo aqueles cumes ao longe, contra o céu? Acho que são as Montanhas Thorn. As Terras Unseelie ficam à sombra delas. Não é muito longe.

Emma pôde ver Mark relaxando ao som da voz sensata de Cristina. Mas não parecia estar funcionando para Julian. A mandíbula dele travou, e as mãos eram punhos rígidos nas laterais do corpo.

Não que Julian não se irritasse. É que ele não se permitia mostrar. As pessoas o achavam quieto, calmo, mas isso era enganoso. Emma se lembrava de algo que já tinha lido: os vulcões tinham os declives verdes mais vivos, o aspecto mais quieto e adorável porque o fogo que pulsava através deles impedia que a Terra congelasse.

Mas quando entravam em erupção, podiam causar destruição por quilômetros.

— Jules — chamou ela. Ele a encarou; fúria ardia por trás de seus olhos. — Podemos não ter luz enfeitiçada, nem Marcas, mas ainda somos Caçadores de Sombras. Com tudo que isso representa. Podemos fazer isso. *Podemos.*

Pareceu um discurso desajeitado, mas ela viu o fogo apagar nos olhos dele.

— Você tem razão — falou ele. — Desculpa.

— E eu peço desculpas por tê-los trazido aqui — disse Mark. — Se eu soubesse... dos símbolos... mas deve ser novidade, muito recente...

— Você não nos trouxe aqui — disse Cristina. — Nós o seguimos. E todos viemos, não só por você, mas pelo que a puca disse a todos nós; não é verdade?

Alguém que já amou e perdeu.

— Para mim, é verdade — disse Emma, fitando o céu. — Mas é melhor irmos. Em breve, deve amanhecer. E se não temos Marcas de Energia, teremos que recuperar as nossas forças do jeito tradicional.

Mark pareceu confuso.

— Drogas?

— Chocolate — disse Emma. — Eu trouxe *chocolate*. Mark, de onde você tira essas ideias?

Mark sorriu um sorriso torto, dando de ombros de um lado só.

— Humor de fada?

— Eu pensei que fadas basicamente fizessem piada à custa dos outros e pregassem peças em mundanos — disse Julian.

— Às vezes contam histórias longas e rimadas que consideram hilárias — disse Mark. — Mas devo admitir que eu nunca entendi por quê.

Julian suspirou.

— Isso soa pior do que qualquer coisa que eu já tenha ouvido sobre a Corte Unseelie.

Mark lançou um olhar de gratidão a Julian, como se dissesse que entendia que seu irmão tinha em parte controlado o temperamento por ele, por todos eles, para que todos ficassem bem. Para que pudessem prosseguir e encontrar Kieran, com Julian liderando, como sempre fazia.

— Vamos — disse Mark, virando. — É por aqui; temos que começar a andar; pode ser que não tenhamos muito tempo até o amanhecer.

Mark se dirigiu às sombras entre as árvores. A bruma se prendia aos galhos, como cordas brancas e prateadas. Folhas balançavam suavemente ao vento sobre suas cabeças. Julian se moveu para andar na frente, ao lado do irmão; Emma pôde ouvi-lo perguntando:

— Trocadilhos? Por favor, ao menos, me prometa que não haverá trocadilhos.

— O jeito como meninos dizem um ao outro que se amam é tão estranho — disse Cristina enquanto ela e Emma se desviavam de um galho. — Por que não podem simplesmente dizer? É tão difícil assim?

Emma sorriu para a amiga.

— Eu te amo, Cristina — falou. — E fico feliz que você tenha conseguido visitar o Reino das Fadas, mesmo em meio a circunstâncias tão estranhas. De repente, você encontra algum cara fada e gato, e esquece o Diego Imperfeito.

Cristina sorriu.

— Também te amo, Emma — retribuiu. — E, quem sabe, encontro mesmo.

* * *

A lista de reclamações de Kit contra os Caçadores de Sombras agora já tinha se tornado longa o suficiente para que ele tivesse começado a escrever de fato. *Malditas pessoas bonitas*, ele tinha escrito, *não me deixam ir para casa buscar minhas coisas.*

Não me contam nada sobre o que, de fato, significaria ser um Caçador de Sombras. Eu teria que ir para algum lugar treinar?

Não me falam quanto tempo posso ficar aqui, exceto "o tempo que você precisar". Uma hora não terei que ir para a escola? Algum tipo de escola?

Não falam sobre a Paz Fria e sobre como é uma droga.

Não me deixam comer biscoitos.

Ele pensou um pouco, depois riscou essa última linha. Eles o deixavam comer biscoitos; ele apenas desconfiava que o julgavam por isso.

Não parecem entender o que é autismo, doença mental, terapia, nem tratamento médico. Será que acreditam em coisas como quimioterapia? E se eu tiver câncer? Provavelmente não terei. Mas se tiver...

Não me contam como Tessa e Jem encontraram meu pai. Ou por que meu pai odiava tanto os Caçadores de Sombras.

Essa foi a mais difícil de escrever. Kit sempre pensou em seu pai como um pequeno trapaceiro, um adorável rebelde, uma espécie de Han Solo, percorrendo a galáxia. Mas rebeldes adoráveis não eram destruídos por demônios no instante em que seus elaborados feitiços de proteção se desfaziam. E, apesar de Kit estar muito confuso pelo que tinha acontecido no Mercado das Sombras, ele tinha aprendido uma coisa: seu pai *não* tinha sido como Han Solo.

Às vezes, nas rondas noturnas, Kit ficou imaginando com quem ele próprio se parecia.

Por falar em rondas noturnas, ele tinha mais uma reclamação a acrescentar. *Eles me acordam cedo.*

Diana, cujo título oficial era de tutora, mas que parecia atuar como guardiã/diretora de colégio, tinha acordado Kit cedo e o levado, junto com Ty e Livvy, para um escritório de canto com uma vista enorme e uma grande mesa de vidro. Ela parecia irritada, como adultos às vezes pareciam ficar quando estavam bravos com alguém, mas iam descontar em você.

Kit estava certo. Diana nesse momento estava furiosa com Julian, Emma, Mark e Cristina, que, segundo Arthur, tinham desaparecido e ido para o Reino das Fadas na calada da noite para resgatar alguém chamado Kieran, que Kit nunca tinha visto. Mais discussão esclareceu que Kieran era o filho do Rei Unseelie, e ex-namorado de Mark, ambas informações interessantes que Kit arquivou para mais tarde.

— Isso não é bom — concluiu Diana. — Qualquer viagem ao Reino das Fadas é terminantemente proibida aos Nephilim, a não ser que obtenham permissão especial.

— Mas eles vão voltar, certo? — perguntou Ty. Ele parecia tenso. — Mark vai voltar?

— Claro que vão voltar — disse Livvy. — É só uma missão. Uma missão de resgate — acrescentou ela, voltando-se para Diana. — A Clave não vai entender que tiveram que ir?

— Resgatar uma fada... não — disse Diana, balançando a cabeça. — Elas não desfrutam da nossa proteção pelos Acordos. Os Centuriões não podem saber. A Clave ficaria furiosa.

— Eu não vou contar — disse Ty.

— Nem eu — concordou Livvy. — Óbvio.

Ambos olharam para Kit.

— Eu nem sei por que estou aqui — falou ele.

— Você tem razão — disse Livvy. Ela se virou para Diana. — Por que ele está aqui?

— Você parece ter um meio de saber tudo — Diana disse a Kit. — Achei que seria melhor controlar a sua informação. E obter sua promessa.

— De que não vou contar? Claro que não vou contar. Nem gosto dos Centuriões. Eles são... — *O que eu sempre achei que Caçadores de Sombras seriam. Vocês não. Vocês são todos... diferentes.* — Babacas — concluiu.

— Não posso *acreditar* — disse Livvy — que Julian e os outros embarcaram numa aventura divertida e simplesmente deixaram o restante de nós aqui para buscar toalhas para os Centuriões.

Diana pareceu surpresa.

— Achei que fosse ficar transtornada — falou. — Preocupada com eles.

Livvy balançou a cabeça. Seus cabelos longos, tons mais claros que os de Ty, esvoaçavam ao redor.

— Por eles estarem se divertindo e vendo o Reino das Fadas? Enquanto trabalhamos duro aqui? Quando eles voltarem, vou dar uma *palavrinha* com Julian.

— Que palavrinha? — Ty pareceu confuso por um momento, antes de seu rosto se iluminar. — Ah — falou. — Vai brigar com ele.

— Vou usar todos os palavrões que conheço, e pesquisar novos — ameaçou Livvy.

Diana mordia o lábio.

— Vocês realmente estão bem?

Ty fez que sim com a cabeça.

— Cristina estudou muito sobre o Reino das Fadas, Mark foi um Caçador, e Julian e Emma são inteligentes e corajosos — falou. — Tenho certeza de que ficarão bem.

Diana pareceu espantada. Kit tinha que admitir que ele também estava surpreso. Os Blackthorn pareciam uma família tão próxima que "costurada" nem começava a descrever. Mas Livvy manteve sua irritação alegre quando foram contar a Dru e Tavvy que os outros tinham ido até a Academia dos Caçadores de Sombras para buscarem alguma coisa — e ela foi bem convincente, ao contar que a Cristina tinha ido junto porque visitar a Academia agora era um requisito do intercâmbio —, e repetiram a mesma história para um Diego furioso e diversos Centuriões, incluindo sua noiva, que Kit tinha passado a chamar mentalmente de Detestável Zara.

— Resumindo — concluiu Livvy, delicadamente —, vocês podem ter que lavar algumas das próprias toalhas. Agora, se nos dão licença, eu e Ty vamos levar Kit para conhecer o perímetro.

Zara arqueou a sobrancelha.

— O perímetro?

— Os bloqueios que *vocês* acabaram de levantar — disse Livvy, e marchou para fora. Ela não arrastou Ty e Kit atrás de si fisicamente, de fato, mas alguma coisa na força de sua personalidade fez basicamente isso. As portas do Instituto se fecharam atrás deles quando ela já estava descendo os degraus da frente.

— Vocês viram a cara daqueles Centuriões? — perguntou ela enquanto circulavam a enorme lateral do Instituto. Ela estava de botas e short jeans, que exibia suas pernas longas e bronzeadas. Kit tentou fazer parecer que não estava olhando.

— Acho que eles não apreciaram o que você disse sobre as toalhas — observou Ty.

— Talvez eu devesse ter desenhado um mapa para eles, indicando onde fica o sabão — disse Livvy. — Vocês sabem, já que eles gostam tanto de mapas.

Kit riu. A menina olhou para ele, meio desconfiada.

— O que foi?

Eles tinham pausado no estacionamento atrás do Instituto e chegado a uma pequena cerca viva, atrás da qual havia um jardim de estátuas. Dramaturgos e historiadores gregos ficavam por ali em poses de gesso, segurando coroas de louros. Parecia estranhamente fora do lugar, mas, pensando bem, Los Angeles era uma cidade de coisas que não pareciam pertencer ao lugar.

— Foi engraçado — disse Kit. — Só isso.

Ela sorriu. A camiseta azul combinava com seus olhos, e a luz do sol encontrava os fios vermelhos e acobreados nos cabelos castanho-escuros e os faziam brilhar. No começo, Kit ficou um pouco nervoso com o excesso de semelhança entre os Blackthorn — exceto por Ty, é claro —, mas ele tinha que admitir, se as pessoas precisavam compartilhar traços familiares, olhos azul-esverdeados luminosos e cabelos escuros e ondulados não eram nada mal. As únicas coisas que ele compartilhava com seu pai eram o mau humor e a apreciação por furtos.

Quanto a mãe...

— Ty! — Livvy chamou. — Ty, desça daí!

Eles tinham se afastado da casa o suficiente para estarem agora em um verdadeiro chaparral. Kit só tinha estado nas Montanhas de Santa Monica algumas vezes, em passeios escolares. Ele se lembrava de ter respirado o ar, a mistura de sal e vegetação, o calor suave e sem fôlego do deserto. Lagartos verdes apressados brotavam como folhas súbitas entre os cactos, e desapareciam com a mesma velocidade. Havia pedras grandes tombadas por todos os lados — partes descartadas de alguma geleira veloz de um milhão de anos atrás.

— Vou descer quando acabar isso. — Ty estava ocupado escalando uma das pedras maiores, encontrando apoios para as mãos e os pés com facilidade. Ele subiu até o topo, sem a menor preocupação, com os braços abertos para manter o equilíbrio. Parecia estar se preparando para se lançar em voo, os cabelos voando como asas escuras.

— Ele vai ficar bem? — perguntou Kit, observando-o subir.

— Ele escala muito bem — disse Livvy. — Eu ficava assustada quando éramos mais novos. Ele não tinha nenhum senso realístico de quando estava em perigo ou não. Eu achava que ele fosse cair das pedras em Leo Carillo e esmagar a cabeça. Mas Jules o acompanhava a toda parte, Diana mostrou como se fazia, e ele aprendeu.

Ela olhou para o irmão e sorriu. Ty estava na ponta dos pés olhando para o mar. Kit quase conseguia imaginá-lo em uma planície isolada em algum lugar, com uma capa preta voando em volta dele como um herói em uma ilustração de fantasia.

Kit respirou fundo.

— Você não acredita no que disse para Diana — falou para Livvy. Ela virou para encará-lo. — Que não está preocupada com Julian e os outros.

— Por que você acha isso? — O tom dela soou cuidadosamente neutro.

— Eu tenho te observado — disse ele. — Todos vocês.

— Eu sei. — Ela o encarou com olhos brilhantes, com expressão um pouco divertida. — Parece que você tem feito anotações mentais.

— Hábito. Meu pai me ensinou que todas as pessoas do mundo estavam divididas em duas categorias. As que você podia enganar e trapacear, e as que não podia. Então você observa as pessoas. Tenta descobrir como são. Como ficam.

— Como somos?

— Como uma máquina muito complicada — disse Kit. — Vocês são todos interligados, um de vocês se move um pouco, e isso guia os outros. E se vocês se moverem para outro lado, isso também direciona o que fazem. Vocês são mais ligados do que qualquer outra família que eu já vi. E você não pode me dizer que não está preocupada com o Julian e os outros, sei que está. Eu sei o que vocês pensam sobre o Povo das Fadas.

— Que eles são do mal? É muito mais complicado do que isso, acredite.

Os olhos azuis de Livvy se desviaram para o irmão. Agora Ty estava deitado de costas na pedra, quase invisível.

— Então por que eu mentiria para Diana?

— Julian mente para proteger todos vocês — disse Kit. — Se ele não estiver por aqui, então *você* mente para proteger os mais novos. Nada com que se preocupar, Julian e Mark foram para a Corte Unseelie, espero que mandem um cartão-postal, queria ter ido junto.

Livvy parecia oscilar entre a irritação e o alívio — raiva por Kit ter adivinhado a verdade, aliviada por ter alguém para quem não precisava fingir.

— Acha que convenci Diana? — perguntou ela afinal.

— Acho que a convenceu de que *você* não estava preocupada — disse Kit. — *Ela* ainda está. Provavelmente está fazendo tudo que pode para descobrir como encontrá-los.

— Estamos em baixa de estoque do que fazer por aqui, você deve ter percebido — disse Livvy. — Considerando como são os Institutos, nós somos um bem estranho.

— Eu não tenho muito pra comparar. Mas acredito em você.

— Mas você não me falou. — Livvy colocou uma mecha de cabelo atrás da orelha. — Somos o tipo de gente que pode ser enganada e trapaceada ou não?

— Não — respondeu o menino. — Mas não por serem Caçadores de Sombras. Porque vocês realmente parecem se importar mais com os outros do que com vocês mesmos. O que dificulta na tarefa de convencê-los a serem egoístas.

Ela deu alguns passos para longe, esticando a mão para tocar uma pequena flor vermelha que brotava em um arbusto verde prateado. Quando se voltou novamente para Kit, seus cabelos estavam soprando em volta do rosto, e os olhos brilhavam de modo pouco natural. Por um instante, ele temeu que ela estivesse prestes a chorar, ou gritar com ele.

— Me beija — falou.

Kit não sabia que rumo ele achava que a conversa estava tomando, mas definitivamente não era esse. Ele apenas deu conta de não começar a tossir.

— Quê?

— Você ouviu. — Ela foi para perto dele, andando proposital e deliberadamente devagar. Ele tentou não olhar para as pernas dela outra vez. — Eu pedi para me beijar.

— Por quê?

Ela estava começando a sorrir. Atrás dela, Ty ainda estava equilibrado na pedra, olhando para o mar.

— Nunca beijou antes? — perguntou ela.

— Já. Não sei como isso é relevante, no entanto, para você querer me beijar aqui e agora.

— Tem certeza de que você é um Herondale? Tenho certeza de que um Herondale agarraria uma oportunidade dessas. — Ela cruzou os braços. — Existe algum motivo para não querer me beijar?

— Para começar, você tem um irmão mais velho assustador — falou Kit.

— Eu não tenho um irmão mais velho assustador.

— É verdade — disse Kit. — Tem *dois*.

— Tudo bem — disse Livvy, abaixando os braços e virando de costas. — Tudo bem, se você não quer...

Kit a pegou pelo ombro. Estava quente sob sua mão, o calor da pele dela era tátil através do tecido fino da camiseta.

— Mas eu quero.

Para a própria surpresa, ele falou sério. Seu mundo estava se afastando dele; ele sentia como se estivesse caindo em direção a alguma coisa, um desconhecido escuro, a borda esfarrapada de escolhas indesejáveis. E cá estava uma menina bonita oferecendo a ele algo em que se agarrar, uma maneira de esquecer, algo para pegar e segurar, mesmo que apenas por um instante.

A pulsação vibrou levemente no pescoço quando ela virou um pouco a cabeça, seus cabelos tocando a mão dele.

— Muito bem — falou ela.

— Mas me diga uma coisa. Por que eu? Por que você quer *me* beijar?

— Eu nunca beijei ninguém — retrucou ela com a voz baixa. — Na vida. Eu quase nunca *conheço* ninguém. Somos só nós, sozinhos, contra o mundo inteiro, e eu não me importo, eu faria qualquer coisa pela minha família, mas sinto que estou perdendo todas as chances que eu deveria ter. Você tem a minha idade e é um Caçador de Sombras. E você não me irrita. Não tenho tantas opções assim.

— Você poderia beijar um Centurião — sugeriu Kit.

Ao ouvir isso, ela se virou completamente, a mão dele ainda em seu ombro, a expressão dela indignada.

— Tudo bem, acho que essa sugestão foi um pouco sem noção. — Ele admitiu. O impulso de beijá-la tinha se tornado opressor, então ele desistiu de tentar não fazer, e curvou o braço em volta do ombro dela, puxando-a mais para perto. Seus olhos se arregalaram, e ela inclinou a cabeça para trás, a boca angulada para a dele, e as bocas se uniram de forma surpreendentemente delicada.

Foi suave, doce, e quente, e ela foi para o círculo feito pelo braço dele, as mãos se apoiando, de início, hesitantes e, depois, mais firmes em seus ombros. Ela agarrou firme, puxando-o para perto, os olhos dele fechando contra o brilho azul do oceano ao longe. Ele se esqueceu do chão sob seus pés, do mundo ao seu redor, de tudo, exceto do senso de ser confortado por alguém que o segurava. Alguém que se importava.

— Livvy. Ty! *Kit*!

Era a voz de Diana. Kit saiu do torpor e soltou a menina; ela se afastou dele parecendo surpresa, levantando a mão para tocar os lábios.

— Todos vocês! — Diana chamou. — Voltem aqui, agora! Preciso de ajuda!

— Como foi? — perguntou Kit. — Tudo bem para o seu primeiro?

— Nada mal. — Livvy abaixou a mão. — Você realmente se empenhou. Eu não esperava por isso.

— Os Herondale não dão beijos superficiais — disse Kit. Houve uma breve movimentação, e Ty tinha descido da pedra onde subira, e vinha em direção a eles com cuidado entre a vegetação desértica.

Livvy soltou uma risada curta e baixa.

— Acho que é a primeira vez que eu o vejo se referir a você mesmo como um Herondale.

Ty se juntou a eles, seu rosto pálido e oval era ilegível. Kit não conseguia extrair nada de sua expressão — se ele tinha visto o beijo ou não. Mas por que se importaria, se tivesse visto?

— Parece que a noite vai ser clara — falou. — Nenhuma nuvem vindo.

Livvy disse alguma coisa sobre clima melhor para seguir Centuriões desconfiados, e ela já estava se movendo para caminhar ao lado de Ty, como sempre fazia. Kit foi atrás deles, com as mãos nos bolsos da calça jeans, apesar de conseguir sentir o anel Herondale, pesado em seu dedo, como se só agora ele tivesse se lembrado do peso.

A Terra Sob a Colina. A Deliciosa Planície. O Local Abaixo da Onda. As Terras dos Eternamente Jovens.

À medida que as horas avançavam, todos os nomes que Emma já tinha escutado para a terra das fadas passaram por sua cabeça. As conversas entre os quatro diminuíram e eventualmente desapareceram em um silêncio exausto; Cristina caminhou calada ao lado de Emma, seu pingente brilhando ao luar. Mark foi na frente, verificando o caminho pelas estrelas, de tempos em tempos. Ao longe, as Montanhas Thorn se tornavam mais claras e próximas, erguendo-se, imponentes e inesquecíveis, contra um céu da cor de uma safira escurecida.

Contudo, as montanhas não eram frequentemente visíveis. Na maior parte do tempo, a trilha que seguiam passava por árvores baixas que se aglomeravam, galhos que ocasionalmente se entrelaçavam. Mais de uma vez, Emma viu olhos brilhantes piscando entre as sombras. Quando os galhos faziam barulhos, ela olhava para o alto e via sombras se movendo rapidamente entre eles, risos seguindo-os como bruma.

— Estes são os lugares das fadas selvagens — disse Mark, quando a estrada se curvou em torno de uma colina. — As fadas nobres ficam nas Cortes, ou, às vezes, na cidade. Gostam de conforto.

Em determinados pontos havia sinais de habitação: pedaços quebrados de velhos muros de pedra, cercas de madeira habilidosamente montadas sem o uso de pregos. Passaram por diversas vilas na hora que precedeu o amanhecer: todas fechadas e escuras, com janelas quebradas e vazias. Na medida que avançavam pelo Reino das Fadas começaram a ver mais alguma coisa. Da primeira vez, Emma parou e exclamou — a grama por onde vinham andando, de repente, tinha se dissolvido sob seus pés, levantando o que pareciam partículas cinzentas e brancas em volta de seus calcanhares.

Ela olhou em volta espantada e constatou que os outros também estavam olhando. Eles tinham caminhado até a beirada de um círculo irregular de terra com aparência doentia. Isso fez com que Emma se lembrasse das fotos de círculos de colheita. Tudo no perímetro do círculo tinha um tom opaco, cinza-esbranquiçado: a grama, as árvores, as folhas e plantas. Ossos de pequenos animais estavam espalhados entre a vegetação cinzenta.

— O que é isso? — perguntou ela. — Algum tipo de magia negra de fadas?

Mark balançou a cabeça.

— Nunca tinha visto nenhuma praga como esta antes. Vamos embora depressa.

Ninguém questionou, mas enquanto se apressavam pelas cidades fantasmas e pelas colinas, viram mais trechos com a praga feia. Finalmente, o céu começou a clarear com a aurora. Estavam todos caindo de exaustão quando deixaram a estrada para trás e se viram em um local de árvores e colinas.

— Podemos descansar aqui — disse Mark. Ele apontou para um montinho em frente, cujo topo estava escondido por um monte de pedras. — Eles vão nos oferecer abrigo e proteção.

Emma franziu o rosto.

— Estou ouvindo barulho de água — falou. — Tem alguma corrente?

— Sabe que não podemos beber água aqui — disse Julian, enquanto ela descia a colina, em direção ao som de líquido borbulhando sobre pedras e em torno de raízes de árvores.

— Eu sei, mas podíamos, pelo menos, nos lavar... — A voz dela se interrompeu. *Havia* uma corrente, uma espécie de corrente, dividindo o vale entre as duas colinas baixas, mas a água não era água. Era escarlate e espessa. Ela se movia preguiçosa e lentamente, vermelha e pingando, entre os troncos escuros de árvores.

— "Todo o sangue entornado na terra corre pelas nascentes daquele país" — disse Mark, atrás dela. — Você fez essa citação para mim.

Julian foi para a beira do rio de sangue e se ajoelhou. Com um rápido gesto, mergulhou os dedos. Eles saíram com a cor vermelha.

— Isso coagula — falou, com um misto de fascínio e nojo, e limpou a mão na grama. — É mesmo... sangue humano?

— É o que dizem — respondeu Mark. — Nem todos os rios do Reino são assim, mas dizem que o sangue dos assassinados do mundo humano corre pelos rios, regatos e nascentes daqui do bosque.

— Quem *dizem*? — perguntou Julian, levantando-se. — Quem diz isso?

— Kieran — respondeu Mark simplesmente.

— Eu também conheço a história — disse Cristina. — Existem diferentes versões das lendas, mas eu ouvi muitas e a maioria diz que o sangue é humano e mundano. — Ela recuou, correu e saltou, aterrissando do outro lado do rio de sangue com alguns centímetros de folga.

Os outros repetiram o movimento, e subiram a colina até o topo plano e coberto de grama, que tinha vista para a paisagem ao redor. Emma desconfiava que as pedras antigamente funcionassem como um ponto de vigia.

Eles desenrolaram os cobertores que tinham e espalharam os casacos, agrupando-se sobre eles para se aquecer. Mark se ajeitou e imediatamente caiu no sono. Cristina foi mais cuidadosa e se enrolou no velho casaco azul-escuro, com os longos cabelos caindo sobre o braço onde sua cabeça se apoiava.

Emma encontrou um lugar na grama e dobrou o casaco do seu uniforme de combate para servir de travesseiro. Ela não tinha nada com que se cobrir, e tremeu quando a pele tocou o chão frio ao se esticar para equilibrar Cortana em uma pedra próxima.

— Emma. — Foi Julian que falou, rolando para perto dela. Ele estava tão parado que ela achou que estivesse dormindo. Ela nem se lembrava de ter deitado tão perto dele. Sob a luz do amanhecer, os olhos de Jules brilhavam como vidro marinho. — Tenho um cobertor extra. Pode ficar com ele.

Era macio e cinza, uma coberta fina que ficava ao pé da cama dele. Emma fez um esforço para afastar as lembranças em que acordava com ela enrolada aos pés, bocejando e se espreguiçando ao sol do quarto de Julian.

— Obrigada — sussurrou, cobrindo-se. A grama estava úmida de orvalho. Julian continuava olhando para ela, com a cabeça apoiada no braço dobrado.

— Jules — murmurou Emma. — Se nossas pedras de luz enfeitiçadas não funcionam aqui, nossas lâminas serafim não funcionam aqui, e os símbolos não funcionam aqui... o que isso significa?

Ele falou como se estivesse cansado.

— Quando olhei para uma pousada, em uma das cidades por onde passamos, vi um símbolo angelical que alguém tinha marcado em uma parede. Estava manchado de sangue, arranhado e destruído. Não sei o que aconteceu aqui desde a Paz Fria, mas sei que nos odeiam.

— Acha que o pingente de Cristina vai funcionar assim mesmo? — perguntou Emma.

— Acho que só a magia dos Caçadores de Sombras que é bloqueada aqui — disse Julian. — O pingente de Cristina foi um presente das fadas. Deve funcionar bem.

Emma fez que sim com a cabeça.

— Boa noite, Jules — murmurou.

Ele esboçou um sorriso.

— Já é manhã, Emma.

Ela não disse nada, apenas fechou os olhos — mas não totalmente, para que pudesse continuar olhando para ele. Ela não dormia perto dele desde o terrível dia em que Jem contou a ela sobre os *parabatai* e a maldição, e ela não tinha se dado conta do quanto sentia falta disso. Estava exausta, seu cansaço ia até os ossos e o chão abaixo dela enquanto seu corpo dolorido relaxava; ela tinha se esquecido de como era deixar a consciência desaparecer lentamente, enquanto a pessoa em quem mais confiava no mundo deitava ao seu lado. Mesmo aqui no Reino das Fadas, onde Caçadores de Sombras eram odiados, ela se sentia mais segura do que sozinha em seu quarto, porque Jules estava com ela, tão perto que, se ela esticasse o braço, poderia tocá-lo.

Ela não podia esticar, é claro. Não podia tocá-lo. Mas eles estavam respirando juntos, respirando o mesmo ar enquanto a consciência se fragmentava, enquanto Emma abria mão da vigília e adormecia, a imagem de Julian ao amanhecer seguindo-a em seus sonhos.

9

Estas Terras

Kit logo pôde acrescentar um novo item à sua lista das coisas de que não gostava nos Caçadores de Sombras. *Eles me acordam no meio da noite.*

Foi Livvy especificamente quem o acordou, sacudindo-o e tirando-o de um sonho com demônios Mantis. Ele se sentou, arfando, com uma faca na mão — uma das adagas que ele tirara da sala das armas. Estava em sua cabeceira e ele não se lembrava de tê-la pego.

— Nada mal — disse Livvy. Ela estava zanzando pela cama dele, os cabelos presos, o uniforme de combate pouco visível na escuridão. — Reflexos rápidos.

A faca estava a mais ou menos dois centímetros do peito dela, mas ela não se mexeu. Kit deixou que ela caísse de volta na cabeceira.

— Você só pode estar brincando.

— Levante-se — falou ela. — Ty acabou de ver Zara saindo sorrateiramente pela porta da frente. Estamos Rastreando.

— Estão o quê? — Kit se levantou da cama bocejando, apenas para receber de Livvy uma pilha de roupas. Ela ergueu as sobrancelhas ao ver a cueca dele, mas não fez nenhum comentário.

— Vista o uniforme — falou. — Explicamos no caminho.

Ela saiu do quarto, deixando Kit se trocar. Ele sempre imaginou como seria vestir uniforme de Caçador de Sombras. As botas, calça, camisa, o casaco de tecido resistente escuro e o cinto pesado de armas pareciam desconfortáveis, mas... não eram. O uniforme era leve e flexível, apesar de tão resistente que, quando ele pegou a adaga da cabeceira e tentou cortar a manga do casaco, a lâmina sequer afetou o tecido. As botas pareciam ser do tamanho dele, assim como o anel, e o cinto de armas era leve e se ajustava no quadril.

— Ficou bom? — perguntou, aparecendo no corredor. Ty fitava, pensativo, a mão direita fechada, que tinha um símbolo brilhando nas costas.

Livvy fez sinal de positivo para Kit.

— Você definitivamente poderia ter sido rejeitado do Calendário de Caçadores de Sombras Gostosos.

— *Rejeitado*? — repetiu Kit enquanto desciam as escadas.

Os olhos dela estavam dançando.

— Por ser jovem demais, é claro.

— Não existe Calendário de Caçadores de Sombras Gostosos — disse Ty.

— Vocês dois, fiquem quietos; precisamos sair da casa sem sermos notados.

Eles saíram pelos fundos e seguiram o caminho até a praia, com cuidado, para evitar a patrulha noturna. Livvy sussurrou para Kit que Ty estava segurando uma presilha de cabelo que Zara tinha deixado em cima da mesa: funcionava como uma espécie de farol de destino, puxando-o para a direção dela. Parecia que ela tinha ido à praia e, depois, caminhado pela areia. Livvy apontou para as pegadas, que eram apagadas pela maré que subia.

— Pode ter sido um mundano — disse Kit, só para constar.

— Seguindo esse exato caminho? — retrucou Livvy. — Olha, estamos até ziguezagueando onde ela ziguezagueou.

Kit não tinha como discutir. Ele se concentrou em acompanhar Ty, que estava praticamente voando sobre as dunas, os pedregulhos e as pedras irregulares que marcavam a costa cada vez mais, conforme eles seguiam para o norte. Ele escalou uma parede assustadoramente alta de pedra esburacada e saltou do outro lado; Kit, que ia atrás, quase tropeçou e ia cair de cara na areia.

Ele conseguiu recuperar o equilíbrio e ficou aliviado. Não sabia ao certo se seria pior fazer papel de bobo na frente de Livvy ou Ty. Talvez fosse ruim com qualquer um.

— Ali — disse Ty com um sussurro, apontando para onde um buraco escuro fora aberto em uma parede rochosa da falésia que se erguia, separando a praia da estrada. Pilhas de pedras caídas se estendiam até o mar, e as ondas quebravam em volta, lançando uma espuma branca e prateada no ar.

A areia tinha dado lugar a um recife rochoso. Eles atravessaram com cuidado, incluindo Ty, que se abaixou para examinar alguma coisa em uma piscina formada pela maré. Ele se esticou com um sorriso e uma estrela do mar na mão.

— Ty — disse Livvy. — Devolva, a não ser que esteja planejando jogá-la em Zara.

— Desperdício de uma bela estrela do mar — murmurou Kit, e Ty riu. O ar salgado tinha embaraçado seus cabelos pretos perfeitamente lisos, e os olhos brilhavam como a lua na água. Kit apenas o encarou, incapaz de pensar em outra coisa inteligente para dizer enquanto Ty devolvia gentilmente a estrela do mar à sua piscina.

Eles chegaram à abertura da caverna sem mais nenhuma parada para observar a natureza. Livvy entrou primeiro, com Ty e Kit logo atrás. Kit parou quando a escuridão da caverna o envolveu.

— Não estou enxergando nada — falou, tentando lutar contra o pânico crescente. Ele detestava locais escuros, mas, pensando bem, quem não detestava?

Luz explodiu em volta dele como o aparecimento súbito de uma estrela cadente. Era uma pedra de luz enfeitiçada; Ty a segurava.

— Você quer um símbolo de Visão Noturna? — perguntou Livvy, com a mão na estela.

Kit balançou a cabeça.

— Nada de símbolos — falou. Não sabia ao certo por que estava insistindo. O *iratze* não o machucara. Mas parecia o obstáculo final, a última admissão de que ele era um Caçador de Sombras, não apenas um menino com sangue de Caçador de Sombras que tinha decidido se hospedar no Instituto até bolar um plano melhor.

Qualquer que fosse o plano. Kit tentou não pensar no assunto enquanto avançava pelas profundezas do túnel.

— Você acha que isso é parte da convergência? — Ele ouviu Livvy sussurrar.

Ty balançou a cabeça.

— Não. As falésias da costa são cheias de cavernas, sempre foram. Quero dizer, pode ter qualquer coisa aqui... ninhos de demônios, vampiros... mas acho que não tem nada a ver com Malcolm. E as Linhas Ley não passam nem perto daqui.

— Queria muito que você não tivesse dito "ninhos de demônios" — disse Kit. — Faz com que eles soem como aranhas.

— Alguns demônios são aranhas — disse Ty. — O maior já registrado tinha seis metros de altura e mandíbulas de quase um metro.

Kit pensou nos demônios Mantis gigantes que tinham destruído seu pai. Era difícil pensar em qualquer coisa espertinha para se dizer sobre uma aranha gigante quando você já tinha visto a parte branca das costelas de seu pai.

— Shh. — Livvy levantou a mão. — Estou ouvindo vozes.

Kit prestou atenção, mas não escutou nada. Ele desconfiava de que havia mais um símbolo que ele não tinha, algo que lhe desse a audição do Super-Homem. Contudo, ele conseguia enxergar as luzes se movendo à frente, na curva do túnel.

Eles avançaram, e Kit se manteve atrás de Ty e Livvy. O túnel dava para uma enorme câmara, uma sala com paredes de granito rachadas, chão de terra batida, e cheiro de mofo e coisas velhas. O teto se erguia até a escuridão.

Havia uma mesa de madeira e duas cadeiras no centro da sala. A única luz vinha de pedras Marcadas dispostas sobre a mesa; Zara ocupava uma das cadeiras. Kit instintivamente colou as costas na parede; do outro lado do túnel, Livvy e Ty fizeram o mesmo.

Zara estava examinando alguns papéis que espalhara sobre a mesa. Havia uma garrafa de vinho e um copo perto do cotovelo dela. Ela não estava com o uniforme de Caçadora de Sombras, mas vestia um terninho preto simples, e os cabelos estavam presos em um coque impossivelmente apertado.

Kit se esforçou para enxergar o que ela estava estudando, mas ele estava muito longe. No entanto, ele conseguia ler algumas palavras marcadas na mesa: fogo quer queimar. Ele não fazia ideia do que aquilo queria dizer. E Zara não parecia estar fazendo nada de interessante também; talvez ela só viesse até aqui para ter privacidade e ler. Talvez estivesse secretamente cansada do Diego Perfeito e estivesse se escondendo. Quem poderia culpá-la?

Zara levantou o olhar, e as sobrancelhas franziram. Alguém estava vindo.

— Kit ouviu o barulho rápido de passos, e um vulto de cabelos emaranhados vestindo jeans apareceu no canto oposto da sala.

— É Manuel — murmurou Livvy. — Quem sabe eles estão tendo um caso?

— Manu — falou Zara, franzindo o rosto. Ela não soou apaixonada. — Você está atrasado.

— Desculpe. — Manuel deu um sorriso desconcertante e pegou a cadeira livre, virando-a para que pudesse se sentar com os braços cruzados sobre o encosto. — Não se irrite, Zara. Tive que esperar Rayan e Jon dormirem; eles estavam falantes, e eu não queria correr o risco de deixar que alguém me visse saindo do Instituto. — Ele apontou para os papéis. — O que você tem aí?

— Atualizações para o meu pai — respondeu Zara. — Ele ficou decepcionado com o resultado do último Conselho, obviamente. A decisão de permitir que aquele mestiço Mark Blackthorn permanecesse entre Caçadores de Sombras decentes ofenderia qualquer um.

Manuel pegou a taça de vinho dela. Luzes vermelhas brilhavam em sua profundeza.

— Mesmo assim, temos que olhar para o futuro — falou. — Nos livrarmos de Mark não era o objetivo dessa viagem para cá, afinal. Ele é uma pequena pedra no caminho, assim como seus irmãos.

Ty, Kit e Livvy trocaram olhares confusos. O rosto de Livvy estava rijo de ódio. Ty estava sem expressão, mas suas mãos se mexiam inquietas nas laterais do corpo.

— É verdade. O primeiro passo é o Registro — disse Zara. Ela bateu nos papéis, e eles farfalharam. — Meu pai disse que a Tropa está forte em Idris, e ele acredita que o Instituto de Los Angeles esteja maduro para ser colhido. O incidente com Malcolm semeou considerável dúvida sobre a habilidade da Costa Oeste de tomar decisões. E o fato de que foi revelado que o Alto Feiticeiro de Los Angeles e o líder do clã local de vampiros estavam envolvidos com magia negra...

— Não foi culpa nossa — murmurou Livvy. — Não tínhamos como saber...

Ty fez sinal para que se calasse, mas Kit perdeu o final da frase de Zara. Ele só conseguiu registrar o sorriso dela, como um rasgo vermelho no rosto.

— A confiança não é muito alta — concluiu ela.

— E Arthur? — disse Manuel. — O suposto diretor? Não que eu o tenha visto alguma vez.

— Um lunático — disse Zara. — Meu pai me disse que desconfiava disso. Ele o conheceu na Academia. Eu mesma conversei com Arthur. Ele achou que eu fosse uma pessoa chamada Amatis.

Kit olhou para Livvy, que deu de ombros, confusa.

— Será fácil o suficiente colocá-lo na frente do Conselho e provar que ele é louco — disse Zara. — Não sei dizer quem tem comandado o Instituto por ele, Diana, imagino, mas se ela quisesse a posição de diretora, já teria assumido.

— Então seu pai intervém, a Tropa se certifica de que ele tem os votos, e o Instituto é dele — disse Manuel.

— Nosso — corrigiu Zara. — Eu vou comandar o Instituto ao lado dele. Ele confia em mim. Seremos um time.

Manuel não pareceu impressionado. Ele provavelmente já tinha ouvido isso antes.

— E, depois, o Registro.

— Com certeza. Poderemos propor como Lei imediatamente, e depois que for aprovada, começamos as identificações. — Os olhos de Zara brilharam. — Todo membro do Submundo usará o sinal.

O estômago de Kit revirou. Isso era parecido o suficiente com história mundana para que ele sentisse o gosto de bile no fundo da garganta.

— Podemos começar pelo Mercado das Sombras — disse Zara. — As criaturas se congregam lá. Se levarmos muitos deles em custódia, deveremos conseguir reunir o restante para registro logo.

— E, se não estiverem inclinados a serem registrados, podem ser facilmente convencidos com um pouco de dor — disse Manuel.

Zara franziu o rosto.

— Acho que você gosta da tortura, Manu.

Ele se inclinou para a frente, com os cotovelos sobre a mesa, o rosto aberto, bonito e charmoso.

— Acho que você também, Zara. Já te vi admirando meu trabalho. — Ele dobrou os dedos. — Você só não quer admitir na frente do Diego Perfeito.

— Sério? Eles também o chamam assim? — murmurou Kit, baixinho.

Zara balançou a cabeça, mas Manuel estava sorrindo.

— Uma hora você vai ter que contar para ele sobre os planos completos da Tropa — falou. — Sabe que ele não vai aprovar. Ele é um amante do Submundo, se é que já houve algum.

Zara emitiu um ruído enojado.

— Bobagem. Ele não é nada como aquele nojento Alec Lightwood, sua estúpida Aliança e o repulsivo namorado filho de demônio. Os Blackthorn podem ser idiotas amantes de fadas, mas Diego só é... confuso.

— E Emma Carstairs?

Zara começou a reunir as páginas da carta do pai. Não olhou para Manuel.

— O que tem ela?

— Todo mundo diz que ela é a melhor Caçadora de Sombras desde Jace Herondale — disse Manuel. — Um título que eu sei que você há muito cobiça para si.

— Vanessa Ashdown diz que ela é uma piranha — respondeu Zara, e as palavras terríveis pareceram ecoar pelas paredes de pedra. Kit pensou em Emma com sua espada, Emma salvando sua vida, Emma abraçando Cristina e olhando para Julian como se ele tivesse superpoderes, e ficou imaginando se poderia se safar pisando no pé de Zara na próxima vez em que a visse. — E eu não me impressionei muito com ela pessoalmente. Ela é bem, bem comum.

— Tenho certeza de que sim — disse Manuel enquanto Zara se levantava, com os papéis na mão. — Eu ainda não entendo o que você vê no Diego.

— Não entenderia. É uma aliança familiar.

— Um casamento arranjado? Que coisa mais mundana e medieval. — Manuel pegou as pedras Marcadas da mesa, e por um instante a luz no recinto pareceu dançar, um desenho estranho de brilho e sombra. — Então, estamos voltando?

— É melhor. Se alguém nos vir, podemos dizer que estávamos verificando as barreiras. — Zara dobrou as páginas da carta do pai e guardou no bolso. — O Conselho se reúne em breve. Meu pai vai ler minha carta lá, declarando a incapacidade de Arthur Blackthorn de comandar o Instituto, e depois vai anunciar a própria candidatura.

— Eles não vão nem saber o que os atingiu — disse Manuel, enfiando as mãos nos bolsos. — E quando tudo acabar, é claro...

— Não se preocupe — falou Zara irritadiça. — Você vai ter o que quer. Mas seria melhor se você fosse um pouco mais comprometido com a causa.

Ela já tinha virado as costas; Kit viu os olhos de Manuel brilhando sob os cílios quando ele olhou para ela. Havia alguma coisa em sua expressão — uma espécie de fome desagradável, mas Kit não sabia dizer se era desejo por Zara ou alguma coisa mais misteriosa.

— Ah, eu sou comprometido — disse Manuel. — E gostaria de ver o mundo livre de habitantes do Submundo tanto quanto você, Zara. Só não acredito em fazer algo por nada.

Zara olhou para trás por cima do ombro ao avançar pelo corredor que Manuel tinha usado como entrada.

— Não será nada, Manu — disse ela. — Posso garantir.

E eles saíram, deixando Kit, Ty e Livvy amontoados na boca do túnel, calados.

O barulho que acordou Cristina foi tão fraco que inicialmente ela achou que tivesse imaginado. Ficou deitada, ainda cansada, piscando os olhos contra a luz nebulosa do sol. Imaginou quanto tempo faltaria para o pôr do sol, quando pudessem voltar a se guiar pelas estrelas.

Cristina ouviu o som novamente, um grito doce e distante, e ela se sentou, jogando o cabelo para trás. Estava molhado de orvalho. Ela passou os dedos por ele, desejando ter alguma coisa para prendê-lo. Quase nunca usava o cabelo solto assim, e o peso no pescoço a incomodava.

Estava vendo Julian e Emma, ambos dormindo, vultos encolhidos no chão. Mas onde estava Mark? Sua coberta estava jogada, com as botas ao lado. A visão das botas a fez se levantar: todos dormiram de sapatos, por via das dúvidas. Por que ele tiraria os dele?

Ela pensou em acordar Emma, mas provavelmente estava sendo ridícula: na certa, ele tinha ido dar uma volta. Ela esticou o braço para pegar o canivete do cinto de armas e começou a descer a colina, passando por Emma e Jules. E viu com uma espécie de pontada no coração que as mãos deles, entre os corpos, estavam dadas: de algum jeito tinham encontrado um caminho entre eles durante o sono. Ficou imaginando se deveria abaixar e separá-los gentilmente. Mas não, não poderia fazer isso. Não havia como separar Jules e Emma *gentilmente*. A mera ação de separá-los era como um ato de violência, um rasgo no tecido do mundo.

Ainda havia bruma pesada por todos os lados, e o sol a perfurava singelamente em diversos pontos, criando um véu branco brilhante através do qual ela só conseguia enxergar em certos trechos.

— Mark? — chamou suavemente. — Mark, cadê você?

Cristina detectou o som que tinha ouvido antes, e agora estava mais claro: música. O som de uma gaita, o barulho de uma corda de harpa. Ela se esforçou para ouvir mais — depois quase gritou quando algo a tocou no ombro. Ela girou e viu Mark na sua frente, levantando as mãos como se quisesse afastá-la.

— Não quis assustar você — falou.

— Mark — murmurou, depois parou. — Você é o Mark? Fadas criam ilusões, não criam?

Ele inclinou a cabeça para o lado. Seus cabelos louros caíram sobre a testa. Ela se lembrou de quando ele batia nos ombros, como se ele fosse a ilustração de um príncipe fada em um livro. Agora estava curto, macio e cacheado. Ela tinha dado a ele um corte moderno, e, de repente, parecia estranho, deslocado no Reino das Fadas.

— Não consigo ouvir meu coração ou o que ele me diz — falou. — Só ouço o vento.

Foi uma das primeiras coisas que ele disse a ela.

— É você — falou Cristina, respirando aliviada. — O que está fazendo? Por que não está dormindo? Precisamos descansar, se quisermos chegar à Corte Unseelie antes do nascer da lua.

— Não está ouvindo a música? — perguntou ele. *Estava* mais alta agora, o som claro de violinos e instrumentos de sopro, e o barulho de danças também, risos e pés. — É uma festa.

O coração de Cristina tremeu. Festas de fadas eram lendárias. O Povo das Fadas dançava músicas encantadas, bebia vinho encantado, e às vezes passava dias assim. A comida que as fadas comiam deixava a pessoa delirante, perdidamente apaixonada ou louca... podia entrar em seus sonhos...

— É melhor você voltar a dormir — disse Mark. — Festas podem ser perigosas.

— Eu sempre quis ver uma. — Uma onda de rebeldia a atingiu. — Vou chegar mais perto.

— Cristina, *não*. — Ele pareceu sem fôlego quando ela se virou e desceu a colina mais para perto do som. — É a música... está fazendo com que você queira dançar...

Ela girou, um cacho de cabelo preto grudado à bochecha úmida.

— *Você* nos trouxe aqui — falou, e depois continuou, em direção à música, que aumentou e a cercou, e ela podia ouvir Mark, xingando, mas seguindo-a.

Cristina chegou a um campo ao pé da colina e parou para observar. O campo estava cheio de movimentos borrados e coloridos. Ao redor dela, a música ecoava, extremamente doce.

E por todo canto, é claro, havia fadas. Um grupo estava no meio dos dançarinos, tocando seus instrumentos, com a cabeça para trás, os pés batendo no chão. Havia fadas dos bosques, com a pele verde, dançando, com mãos nodosas e olhos que brilhavam amarelos como seiva. Fadas azuis e verdes, brilhando como água, com cabelos que pareciam redes transparentes caindo em cascata até os pés. Belas meninas com flores presas nos cabelos, amarradas na cintura e pescoço, cujos pés eram cascos: meninos bonitos com roupas rasgadas e olhos brilhantes seguravam suas mãos enquanto giravam.

— Venha dançar — chamaram. — Venha dançar, bela moça, *chica bella*, venha dançar conosco.

Cristina começou a ir em direção a eles, em direção à música e à dança. O campo ainda estava cheio de névoa, talhando linhas brancas pelo chão e escondendo o azul do céu. A bruma brilhava enquanto ela se aproximava, carregada com cheiros estranhos: fruta, vinho e fumaça tipo incenso.

Ela começou a dançar, mexendo o corpo ao ritmo da música. A alegria parecia preenchê-la a cada vez que respirava. De repente, não era mais a menina que tinha deixado Diego Rosales enganá-la não uma, mas duas vezes, não era a garota que respeitava regras e confiava nas pessoas até que elas quebrassem essa confiança com a mesma casualidade de quem derrubava um copo da mesa. Não era mais a garota que ficava para trás, deixava seus amigos enlouquecer e esperava para segurá-los quando caíssem. Agora era ela que estava caindo.

Mãos a seguraram e giraram. Mark. Os olhos dele brilhavam. Ele a puxou para perto de si, envolvendo-a com os braços, mas o aperto era firme por causa da raiva.

— O que você está fazendo, Cristina? — perguntou com a voz baixa. — Você sabe sobre as fadas, sabe que é perigoso.

— É por isso que estou fazendo, Mark. — Ela não o via tão furioso desde que Kieran tinha vindo para o Instituto com Iarlath e Gwyn. Ela sentiu uma pulsação secreta no peito por causa de sua agitação, por conseguir enfurecê-lo.

— Eles detestam Caçadores de Sombras aqui, não lembra? — perguntou ele.

— Não sabem que sou Caçadora de Sombras.

— Acredite em mim — disse Mark, se aproximando de modo que ela pôde sentir o hálito quente em sua orelha. — Eles sabem.

— Então não ligam — respondeu Cristina. — É uma festa. Eu já li sobre isso. As fadas se perdem na música, como os humanos. Elas dançam e esquecem, assim como nós.

As mãos de Mark se curvaram em torno da cintura dela. Era um gesto de proteção, ela disse a si mesma. Não significava nada. Mas seu pulso acelerou assim mesmo. Quando Mark chegou ao Instituto, ele estava muito magro e com olheiras. Agora ela sentia músculos sobre seus ossos, a força dele contra o corpo dela.

— Nunca perguntei — começou ele, ao se moverem entre a multidão. Eles estavam perto de duas garotas dançando juntas; ambas estavam com os cabelos negros presos em elaboradas coroas de frutas e sementes. Usavam vestidos em tons de castanho-avermelhado e marrom, com laços em volta do pescoço fino, e balançavam a saia para longe de Mark e Cristina, rindo do casal desengonçado. Cristina não se importou. — Por que fadas? Por que as escolheu como seu tema de estudo?

— Por sua causa. — Ela inclinou a cabeça para trás para olhar para ele e viu a surpresa que passou por seu rosto expressivo. O princípio das curvas suaves de espanto nos cantos da boca. — Por sua causa, Mark Blackthorn.

Eu?, seus lábios formaram a palavra.

— Eu estava no jardim de rosas da minha mãe quando soube o que tinha acontecido com você — falou. — Eu só tinha treze anos. A Guerra Maligna estava acabando, e a Paz Fria tinha sido anunciada. O mundo inteiro dos Caçadores de Sombras sabia do exílio da sua irmã, e que você tinha sido abandonado. Meu tio-avô saiu para me contar. Minha família sempre brincava que eu tinha o coração mole, que era fácil me fazer chorar, e ele sabia que eu estava preocupada com você, então ele me contou... ele disse "o seu garoto perdido nunca mais vai ser encontrado agora."

Mark engoliu em seco. Emoções passaram como uma tempestade de nuvens por trás de seus olhos; não eram para ele a guarda de Julian, seus escudos.

— E você?

— Eu o quê?

— Você chorou? — perguntou ele. Ainda estavam se movendo juntos, na dança, mas era quase mecânico agora: Cristina tinha se esquecido dos passos que os pés estavam fazendo, ela só tinha consciência da respiração de Mark, dos seus dedos entrelaçados na nuca dele, de Mark nos seus braços.

— Não chorei — disse Cristina. — Mas decidi que ia dedicar a minha vida a erradicar a Paz Fria. Não foi uma Lei justa na época. Nunca será uma Lei justa.

Os lábios dele se abriram.

— Cristina...

Uma voz como pombas os interrompeu. Suave, aveludada e leve, cantarolou:

— Bebidas, senhora e senhor? Um refresco depois da dança?

Uma fada com um rosto parecido com o de um gato — peludo e com bigodes — estava diante deles vestindo os retalhos de um terno eduardiano. Ele trazia uma bandeja dourada sobre a qual havia diversos pequenos copos contendo líquidos de diferentes cores: azul, vermelho e âmbar.

— É encantado? — perguntou Cristina, sem fôlego. — Vai me fazer ter sonhos estranhos?

— Vai refrescar a sua sede, senhorita — disse a fada. — E em troca tudo que eu pedirei será um sorriso dos seus lábios.

Cristina pegou um copo cheio de líquido âmbar. Tinha gosto de maracujá, doce e azedo — ela tomou um gole, e Mark arrancou o copo de sua mão. Caiu tilintando aos seus pés, espirrando líquido na mão dele. Ele lambeu o líquido da pele, o tempo todo a encarando com expressão séria.

Cristina recuou. Ela sentia um calor agradável se espalhando pelo peito. O vendedor de bebida discutia com Mark, que o afastou com uma moeda — um centavo de dinheiro mundano — e foi atrás de Cristina.

— Pare — falou. — Cristina, devagar, você está indo para o centro da festa; a música só vai ficar mais forte lá...

Ela parou e estendeu a mão para ele. Sentia-se destemida. Ela sabia que deveria estar apavorada: tinha engolido uma bebida de fadas, e qualquer coisa podia acontecer. Mas em vez disso ela só se sentia como se estivesse voando. Estava voando livre, e só Mark aqui a segurava no chão.

— Dance comigo — pediu.

Ele a segurou. Parecia furioso, ainda, mas a segurou firme ainda assim.

— Você já dançou o suficiente. E bebeu.

— Dançou o suficiente? — Eram as meninas de castanho-avermelhado de novo; bocas vermelhas rindo. Exceto pelos olhos de cores diferentes, elas pareciam quase idênticas. Uma delas puxou o laço que tinha em volta do pescoço. Cristina a observou; seu pescoço tinha cicatrizes horríveis, como se a cabeça dela quase tivesse sido arrancada do pescoço. — Dancem *juntos* — disse a menina, quase cuspindo, como se fosse um xingamento, e amarrou o laço nos pulsos de Mark e Cristina, unindo-os. — Aproveite a união, *Caçador*. — Ela sorriu para Mark, e seus dentes eram pretos, como se tivessem sido pintados, e afiados como agulhas.

Cristina engasgou, cambaleando para trás, puxando Mark junto, o laço os conectando. Esticou como um elástico, sem rasgar ou desfiar. Mark a alcançou, segurando a mão dela na dele, entrelaçando os dedos dos dois.

Ele a arrastou, rápido e firme pelo solo irregular, encontrando aberturas na bruma pesada. Passaram entre casais dançando até a grama sob eles não estar mais esmagada, e a música soar baixinho aos ouvidos.

Mark foi para o lado, na direção de um bosque. Ele se ajeitou sob os galhos, empurrando os mais baixos para deixar Cristina se ajeitar ao seu lado. Depois que ela se ajeitou, ele os soltou, fechando-os em um espaço de terra abaixo das árvores, escondidos do resto do mundo por galhos longos, carregados de frutas que tocavam o chão.

Mark se sentou e tirou uma faca do cinto.

— Vem aqui — falou, e quando Cristina veio sentar ao lado dele, ele pegou a mão dela e cortou o laço que os prendia.

A fita deu um gritinho magoado, como um animal ferido, mas desfiou e cedeu. Ele soltou Cristina e largou a faca. Luz do sol, bem fraca, entrava pelos galhos acima, e, sob a pouca luminosidade, o laço ainda em torno do pulso parecia sangue.

O laço também envolvia o pulso de Cristina, que não mais queimava, tocando a ponta solitária na terra. Ela o puxou com as unhas até soltar e cair no chão. Seus dedos escorregavam. Provavelmente era efeito da bebida de fada, ainda em seu sistema, ela pensou.

Ela olhou para Mark. O rosto dele estava exaurido, seus olhos azuis e dourados fundos.

— Isso poderia ter acabado muito mal — disse ele, descartando o resto do laço. — Um feitiço de ligação como esse pode amarrar duas pessoas e fazer uma delas enlouquecer, se afogar e puxar a outra junto.

— Mark — disse Cristina. — Sinto muito. Eu devia ter escutado o que você falou. Você conhece mais sobre festas do que eu. Tem experiência. Eu só tenho os livros que li.

— Não — retrucou ele inesperadamente. — Eu também queria ir. Gostei de dançar com você. Foi bom estar lá com alguém...
— Humano? — completou Cristina.

O calor no peito dela tinha se transformado em um estranho incômodo, uma pressão quente que aumentava quando ela olhava para ele. Para as curvas das maçãs do rosto, as concavidades nas têmporas dele. A camisa larga e cor de trigo estava aberta no pescoço de Mark, e ela podia ver aquele ponto que ela sempre achou o mais bonito no corpo de um homem, o músculo liso sobre a clavícula e a parte oca vulnerável.

— Sim, humano — falou ele. — Somos todos humanos, eu sei. Mas quase nunca encontrei ninguém tão humano quanto você.

Cristina se sentiu sem fôlego. A bruma de fadas tinha roubado seu fôlego, ela pensou, isso e o encanto que os cercava.

— Você é gentil — falou ele —, uma das pessoas mais gentis que já conheci. Na Caçada, não havia muita gentileza. Quando penso que quando a sentença da Paz Fria foi aprovada havia alguém a milhares de quilômetros de Idris, alguém que nunca me conheceu, mas que chorou por um menino que tinha sido abandonado...

— Eu disse que não chorei. — A voz de Cristina falhou.

A mão de Mark era um borrão pálido. Ela sentiu os dedos dele em seu rosto. Eles voltaram molhados, brilhando à luz da bruma.

— Está chorando agora — falou.

Quando ela pegou a mão dele, estava molhada pelas lágrimas dela. E quando Cristina se inclinou sobre ele através da bruma e o beijou, ela sentiu gosto de sal.

Por um instante, Mark ficou espantado, imóvel, e Cristina sentiu uma pontada de horror passar por ela, pior do que a visão de qualquer demônio. Que Mark pudesse não querer isso, que ele pudesse ficar horrorizado...

— Cristina — falou ele, quando ela se afastou, e se ajoelhou, colocando o braço em volta dela, um pouco sem jeito, passando a mão no cabelo dela. — *Cristina* — repetiu ele, com a voz falhando, o som cru do desejo.

Ela colocou as mãos nas laterais do rosto dele, com as palmas nas concavidades das bochechas, e ficou maravilhada com a suavidade onde Diego tinha um esboço de barba, áspera contra sua pele. Ela o deixou vir até ela dessa vez, fechando-a no arco do seu braço esquerdo, encaixando a boca na dela.

Estrelas explodiram por trás das pálpebras de Cristina. E não foram estrelas quaisquer, mas as estrelas multicoloridas do Reino das Fadas. Ela viu nuvens e constelações; sentiu o gosto do ar noturno na boca de Mark. Os lábios dele se moveram freneticamente sobre os dela. Ele ainda sussurrava o nome de Cristina, incoerente entre os beijos. A mão livre de Mark deslizou para a cintura dela e subiu pela lateral do corpo. Ele gemeu quando os dedos dela entraram pelo colarinho da sua camisa e roçaram sua clavícula, tocando a pulsação em sua garganta.

Ele falou alguma coisa em uma língua que ela não conhecia, e, em seguida, estava deitado no chão e ela por cima dele, e ele a puxava para baixo, com as mãos firmes nas costas e nos ombros dela, e ela ficou imaginando se para ele sempre tinha sido assim com Kieran, feroz e voraz. Ela se lembrava de tê-los visto se beijando no deserto atrás do Instituto, e de como tinha sido uma coisa frenética, uma colisão de corpos, e ela sentiu desejo na hora, e estava sentindo agora.

Ele arqueou para cima e Cristina o ouviu arfar enquanto deslizava por seu corpo, beijando o pescoço dele e o peito sobre a camisa; depois ela estava com os dedos nos botões e o ouviu rir sem fôlego, dizendo o nome dela, e em seguida:

— Nunca achei que você fosse sequer olhar para mim, não alguém como você, a realeza dos Caçadores de Sombras... uma princesa...

— É impressionante o que um pouco de bebida encantada de fada pode fazer. — Ela teve a intenção de provocar com leveza. Mas Mark parou embaixo dela. Logo depois ele se moveu, rápida e graciosamente, e estava sentado a pelo menos trinta centímetros dela, com as mãos levantadas como se quisesse mantê-la afastada.

— Bebida de fada? — ele ecoou.

Cristina o olhou surpresa.

— A bebida doce que o homem com cara de gato me deu. Você provou.

— Não tinha nada ali — falou Mark, com uma rispidez incomum. — Eu soube no instante em que botei a boca na pele. Era só suco de amora silvestre, Cristina.

Cristina se encolheu levemente, tanto pela raiva dele quanto pela constatação de que não houve nenhum véu de magia sobre as coisas que ela tinha acabado de fazer.

— Mas eu pensei...

— Você achou que estivesse me beijando por estar bêbada — disse Mark. — Não porque queria, ou porque, de fato, gosta de mim.

— Mas eu gosto de você. — Ela se ajoelhou, mas Mark já estava de pé. — Gosto desde que nos conhecemos.

— Foi por isso que voltou com Diego? — indagou Mark, e depois balançou a cabeça, recuando. — Talvez eu não consiga fazer isso.

— Fazer o quê? — Cristina se levantou cambaleando.

— Ficar com uma humana que mente — respondeu Mark, inabalado.
— Mas você também mentiu — disse Cristina. — Você mentiu sobre estar com Emma.
— E você participou da mesma mentira.
— Porque ela é necessária — falou Cristina. — Pelo bem deles dois. Se Julian não estivesse apaixonado por ela, ele não teria que pensar...

Ela então se interrompeu, quando Mark empalideceu sob as sombras.
— O que você disse?

Cristina colocou a mão na boca. O conhecimento sobre os sentimentos de Emma e Julian um pelo outro estava tão enraizado nela que era difícil se lembrar de que os outros não sabiam. Era tão claro em todas as palavras e gestos dos dois que, mesmo agora, como é que Mark podia *não* saber?

— Mas eles são *parabatai* — falou ele, espantado. — É ilegal. O castigo... Julian não faria isso. Ele simplesmente não faria.

— Eu sinto muito. Não devia ter dito nada. Eu só estava supondo...

— Não estava — disse Mark, e virou as costas para ela, saindo pelos galhos.

Cristina foi atrás dele. Ele tinha que entender que não podia falar nada para Julian. Sua traição pesava como pedra em seu coração, seu senso de humilhação esquecido em razão do medo por Emma, a constatação do que tinha feito. Ela atravessou em meio aos galhos, e as folhas secas arranharam sua pele. Um instante depois, estava na colina verde e viu Julian.

A música acordou Jules, a música e uma sensação de calor. Ele não se sentia aquecido havia muito tempo, nem mesmo à noite, enrolado em cobertores.

Ele piscou os olhos para abri-los. Conseguia ouvir a música ao longe, tentáculos ondulando pelo céu. Ele virou a cabeça e com uma sensação de familiaridade viu Emma ao seu lado, com a cabeça sobre o casaco. Estavam de mãos dadas sobre a grama entre eles, seus dedos bronzeados envolvendo os dela, menores.

Ele retirou a mão depressa, com o coração acelerado, e se levantou, cambaleando. Ficou imaginando se a teria alcançado enquanto dormia, ou se ela o tinha alcançado? Não, ela não teria feito isso. Ela tinha Mark. Ela podia tê-lo beijado, Julian, mas foi o nome de Mark que chamou.

Ele achou que ficaria bem, dormindo ao lado dela, dormindo perto dela, mas aparentemente tinha se enganado. A mão dele ainda parecia queimar, mas o resto do corpo estava frio outra vez. Emma murmurou e se virou, seus cabelos louros caindo em sua mão, agora curvada com a palma para cima na grama, como se estivesse procurando por ele.

Ele não suportava. Pegou seu casaco do chão, vestiu, e foi observar a colina. Talvez pudesse estimar a distância do pé das montanhas. Quanto tempo levariam para chegar à Corte Unseelie e terminar a missão louca. Não que ele culpasse Mark; não culpava. Kieran era como se fosse família para Mark, e Julian entendia família melhor do que entendia quase todo o resto.

Mas ele já estava preocupado com as crianças no Instituto, se estariam furiosas, em pânico, incapazes de perdoá-lo. Ele jamais as tinha deixado sozinhas. Nunca.

O vento mudou e a música acelerou. Julian se flagrou na beira da colina olhando para uma vista de grama verde, marcada em alguns pontos por bosques que desciam até um espaço vazio, onde um borrão de cores e movimentos era visível.

Dançarinos. Moviam-se no tempo da música que parecia brotar da terra. Era insistente, exigente, e convocava a todos para que se juntassem a ela, se deixassem levar e fossem carregados como uma onda podia carregar do mar para a costa.

Julian sentiu o puxão, apesar de estar distante o suficiente para não ser desconfortável. Seus dedos imploravam por pincéis, no entanto. Por todos os cantos que olhava via uma intensidade de cor e movimento que fazia com que desejasse estar em seu estúdio diante do cavalete. Parecia que estava olhando para fotos retocadas com a máxima saturação. As folhas e grama eram intensas de um verde quase venenoso. As frutas brilhavam mais do que joias. Os pássaros que mergulhavam no ar tinham plumas tão coloridas que Julian ficava imaginando se eles não eram caçados, se não tinham nenhum propósito além da beleza.

— O que foi? — Ele se virou e a viu logo atrás, na borda da colina. Emma. Seus cabelos longos, soltos e voando ao seu redor como uma folha fina de metal. O coração dele saltou, sentindo um puxão muito mais insistente do que o da música das fadas.

— Nada. — A voz dele soou mais áspera do que ele pretendia. — Só estou procurando Mark e Cristina. Depois que encontrá-los, é melhor irmos. Temos muito que caminhar.

Ela foi para perto dele, com a expressão melancólica. O sol raiava através das nuvens, iluminando seus cabelos em ricas ondas de açafrão. Julian cerrou as mãos firmemente, não se permitindo levar os dedos para enterrá-los nos cabelos claros que Emma normalmente só soltava à noite. Isso lembrava a ele dos momentos de paz entre o crepúsculo e o anoitecer quando as crianças estavam dormindo e ele ficava sozinho com Emma, momentos de fala suave e intimidade que precederam qualquer percepção por parte dele de que eles eram mais do que *parabatai*. Na curva do rosto adormecido de Emma, nos cabelos caídos, nas sombras dos cílios sobre as bochechas, havia uma paz que ele pouco tinha.

— Está ouvindo a música? — perguntou ela, dando um passo para mais perto... o suficiente para tocá-lo. Julian ficou imaginando se era assim que viciados se sentiam. Querendo o que sabiam que não deveriam ter. Pensando, *só dessa vez não tem problema*.

— Emma, não — falou ele. Não sabia o que estava pedindo, exatamente. *Não fique perto de mim, eu não aguento. Não me olhe assim. Não seja tudo que eu quero e não posso ter. Não me faça esquecer de que você é do Mark e jamais poderia ser minha.*

— Por favor — falou. Ela o olhou com olhos arregalados e sofridos. — Por favor, eu preciso...

A parte de Julian que jamais podia suportar ser necessário relaxou os punhos cerrados, os pés fincados no solo. Em poucos segundos, ele estava na esfera de sua presença, seus corpos quase colidindo. Ele colocou uma das mãos na bochecha dela. Ela não trazia Cortana, ele notou com uma confusão distante. Por que a tinha deixado para trás?

Os olhos de Emma brilharam. Ela ficou na ponta dos pés, inclinando o rosto para cima. Seus lábios se moveram, mas ele não conseguiu escutar o que diziam com o ruído em seus próprios ouvidos. Ele se lembrava de ter sido derrubado por uma onda uma vez, empurrado para o fundo do oceano, sem fôlego e incapaz de se levantar. Sentiu pavor, mas também sentiu uma sensação de desapego: algo mais poderoso do que ele o carregava, e ele não precisava mais lutar.

Os braços dela estavam em torno do seu pescoço, os lábios nos dele, e ele se entregou, rendendo-se. Seu corpo todo se contraiu, o coração acelerado, explodindo, veias pulsando com sangue e energia. Ele a puxou para si, pequena e forte em seus braços. Ele arfou, sem conseguir respirar, sentindo a agudeza doce do sangue.

Mas não Emma. Ele não sentiu o gosto de Emma, a familiaridade dela, e o cheiro também era diferente. Não havia a doçura da pele aquecida pelo sol, das ervas do sabonete e do xampu que ela usava, o cheiro do uniforme, do ouro e da garota.

Você não crescia com uma pessoa, sonhava com ela, permitia que ela mudasse sua alma e marcasse as digitais no seu coração, e não sabia que a pessoa que você estava beijando não era ela. Julian se afastou, passando a parte de trás da mão na boca. Sangue manchou suas juntas.

Ele estava olhando para uma fada, de pele lisa e pálida, uma tela sem rugas e limpa. Ela estava sorrindo, os lábios vermelhos. Seu cabelo tinha cor de teia de aranha — *era* teia de aranha, cinza, fina e esvoaçante. Ela poderia ter qualquer idade. Sua única roupa era um vestido preto rasgado. Ela era linda e, ao mesmo tempo, horrorosa.

— Você me agrada, Caçador de Sombras — cantarolou. — Não voltará aos meus braços para mais beijos?

Ela esticou o braço. Julian cambaleou para trás. Ele jamais havia beijado ninguém além de Emma; estava enjoado agora, no coração e nas entranhas. Queria alcançar uma lâmina serafim, queimar o ar entre eles, sentir o calor familiar correr pelo seu braço e pelas veias e cauterizar sua náusea.

Sua mão tinha acabado de fechar em torno do cabo da lâmina quando ele se lembrou: não funcionaria aqui.

— Deixe-o em paz! — Alguém gritou. — Afaste-se do meu irmão, *leanansídhe*!

Era Mark. Ele vinha de um bosque com Cristina logo atrás. Tinha uma adaga na mão.

A mulher fada riu.

— Suas armas não funcionam neste reino, Caçador de Sombras.

Ouviu-se um clique, e o canivete de Cristina se abriu em sua mão.

— Venha falar suas palavras desafiadoras para a minha lâmina, fada sanguessuga.

A fada recuou com um sibilo, e Julian viu seu próprio sangue nos dentes. Ele estava tonto de enjoo e raiva. Ela girou e desapareceu em um instante, um borrão cinza e preto correndo pela colina.

A música tinha parado. Os dançarinos também tinham começado a se espalhar: o sol estava se pondo, as sombras eram espessas pelo chão. Qualquer que tivesse sido o tipo de festa, aparentemente não era à prova do anoitecer.

— Julian, irmão. — Mark correu até ele, seus olhos preocupados. — Você parece doente... sente-se, beba um pouco de água...

Ouviu-se um assobio baixo, vindo de um pouco mais longe na colina. Julian virou. Emma estava na borda, prendendo Cortana. Ele notou o alívio no rosto dela quando a viu.

— Estava imaginando para onde teria ido — falou Emma, apressando-se pela colina. Seu sorriso ao olhar para ele era esperançoso. — Temi que tivesse comido fruta de fada e estivesse correndo nu pelo gramado.

— Sem nudez — disse Julian. — Sem gramado.

Emma apertou a alça de Cortana. Seu cabelo estava preso em uma trança comprida, apenas alguns fios claros escapando do penteado. Ela olhou em volta para os rostos tensos de todos, com os olhos castanhos arregalados.

— *Está* tudo bem?

Julian ainda estava sentindo as pontas dos dedos da *leanansídhe* por todo ele. Ele sabia o que eram *leanansídhe* — fadas selvagens que assumiam a forma do que você desejasse ver, então o seduziam e se alimentavam do seu sangue e pele.

Pelo menos, ele era o único que tinha visto Emma. Mark e Cristina tinham visto a *leanansídhe* em sua verdadeira forma. Era uma humilhação e um perigo do qual seriam poupados.

— Está tudo bem — falou. — É melhor irmos. As estrelas estão surgindo, e ainda temos um longo caminho a percorrer.

— Tudo bem — disse Livvy, parando em frente a uma porta estreita de madeira. Não parecia muito com o resto do Instituto, vidro, metal e modernidade. Parecia um alerta. — Vamos lá.

Ela não falava como se estivesse ansiosa.

Tinham decidido — com Kit basicamente como um observador silencioso — ir direto até o escritório de Arthur Blackthorn. Mesmo que fossem duas da manhã, mesmo que ele não quisesse ser incomodado com assuntos dos Centuriões, ele precisava saber o que Zara estava planejando.

Ela estava atrás do Instituto, Livvy tinha explicado enquanto voltavam pela praia e as pedras, o caminho que tinham vindo. Certamente foi por isso que ela disse o que disse sobre Arthur — claramente diria qualquer mentira.

Kit nunca tinha pensado muito nos Institutos — sempre pareceram delegacias de polícia para ele, colmeias barulhentas de Caçadores de Sombras que deveriam ficar de olho em locais específicos. Parecia que eram mais como pequenas cidades-Estado: encarregados de certa área, mas administrados por uma família indicada pelo Conselho em Idris.

— Existe *mesmo* um país inteiro que é só de Caçadores de Sombras? — perguntou Kit quando voltavam para o Instituto, que se erguia como uma sombra contra as montanhas atrás.

— Sim — respondeu Livvy brevemente. Em outras palavras, *cale a boca e ouça*. Kit tinha a sensação de que ela estava processando o que estava acontecendo ao explicar para ele. Ele calou a boca e deixou que ela falasse.

Um Instituto era administrado por um diretor ou diretora, cuja família morava com ele ou ela; também abrigavam famílias que tinham perdido parentes ou órfãos Nephilim — dos quais havia muitos. O diretor de um Instituto tinha bastante poder: a maioria dos Cônsules era escolhida entre eles, e podiam propor novas leis, que seriam aprovadas se a votação fosse favorável.

Todos os institutos eram tão vazios quanto o de Los Angeles, que, na verdade, estava incomumente cheio no momento, com a presença dos Centuriões. Era para ser assim, caso precisassem abrigar um batalhão de Caçadores de Sombras a qualquer momento. Não havia funcionários, considerando que não havia necessidade para tal: Caçadores de Sombras que trabalhavam para o Instituto, chamados de Conclave, estavam espalhados por toda cidade e tinham as próprias casas.

Não que houvesse muitos *destes* também, Livvy acrescentou sombriamente. Muitos tinham morrido na guerra, cinco anos atrás. Mas se o pai de Zara se tornasse diretor do Instituto de Los Angeles, ele não só poderia propor sua Lei preconceituosa, mas os Blackthorn seriam expulsos e não teriam para onde ir além de Idris.

— Idris é tão ruim assim? — perguntou Kit ao subirem as escadas. Não que *ele* quisesse ser mandado para Idris. Ele estava começando a se acostumar com o Instituto. Não que fosse querer ficar se o pai de Zara assumisse. Não se ele se parecesse minimamente com a filha.

Livvy olhou para Ty, que não a tinha interrompido durante a explicação.

— Idris é bom. Ótimo, até. Mas moramos aqui.

Eles chegaram à porta do escritório de Arthur, e estava tudo em silêncio. Kit ficou imaginando se deveria ir na frente. Ele não se importava se irritasse Arthur Blackthorn ou não.

Ty olhou para a porta com expressão confusa.

— Não podemos incomodar o tio Arthur. Prometemos a Jules.

— Precisamos — respondeu Livvy simplesmente, e abriu a porta.

Degraus estreitos levavam a um quarto escuro sob o telhado da casa. Havia um amontoado de mesas, cada uma com uma lâmpada em cima — tantas lâmpadas que o recinto estava claro. Cada livro, cada pedaço de papel escrito, cada prato com resto de comida era iluminado.

Um homem sentava a uma das mesas. Ele usava um roupão comprido sobre um casaco jeans rasgado; os pés estavam descalços. O roupão provavelmente foi azul um dia, mas agora tinha uma espécie de tom branco sujo após muitas lavadas. Era claramente um Blackthorn — seus cabelos predominantemente grisalhos ondulavam assim como os de Julian, e os olhos eram azul-esverdeados e brilhantes.

Eles passaram por Livvy e Ty e se fixaram em Kit.

— Stephen — falou ele e largou a caneta que segurava. Ela caiu no chão, entornando tinta e formando uma poça escura sobre os tacos.

A boca de Livvy estava semiaberta. Ty se encostara na parede.

— Tio Arthur, esse é Kit — explicou Livvy. — Kit Herondale.

Arthur riu secamente.

— Herondale, de fato — falou. Seus olhos pareciam arder: havia neles um olhar adoentado, como o calor de uma febre. Ele se levantou e foi até Kit, olhando fixamente para o seu rosto. — Por que você seguiu Valentim? — perguntou. — Você, que tinha tudo? "Sim, não é Apolo, com cabelos e harpa de ouro, um Deus amargo para seguir, um belo Deus para se contemplar?"

— Ele tinha um cheiro amargo, de café velho. Kit deu um passo para trás.

— Que tipo de Herondale você vai ser? — sussurrou Arthur. — William ou Tobias? Stephen ou Jace? Belo, amargo ou ambos?

— *Tio* — disse Ty. Ele levantou a voz, apesar de ter tremido um pouco.

— Precisamos falar com você. Sobre os Centuriões. Eles querem tomar o Instituto. Não querem mais que você seja o diretor.

Arthur voltou-se para Ty com um olhar feroz — quase de raiva, mas não tanto. E então começou a rir.

— É verdade? É? — ele quis saber. O riso se intensificou e pareceu se interromper quase em um soluço. Ele se virou e sentou pesadamente na cadeira. — Que *piada* — falou vorazmente.

— Não é piada — começou Livvy.

— Querem tirar o Instituto de *mim* — disse Arthur. — Como se fosse meu! Eu nunca comandei um Instituto na vida, crianças. *Ele* faz tudo: escreve as correspondências, planejas as reuniões, fala com o Conselho.

— Quem faz tudo? — perguntou Kit, apesar de saber que não devia participar da conversa.

— Julian. — A voz era de Diana; ela estava no alto da escada do sótão, olhando em volta como se a claridade da luz a surpreendesse. Sua expressão era de resignação. — Ele está falando de Julian.

10
Assim Deseja o Seu Rei

Eles estavam no escritório de Diana. Através da janela, o oceano parecia alumínio ondulado, iluminado por luz negra.

— Sinto muito que tenham tido que descobrir isso sobre seu tio — disse Diana. Ela estava apoiada na mesa. Vestia jeans e suéter, e mesmo assim tinha aparência imaculada. Seus cabelos estavam presos em uma massa de cachos por uma presilha de couro. — Eu tinha esperança... Julian tinha esperança... de que vocês nunca soubessem.

Kit estava apoiado na parede oposta; Ty e Livvy permaneciam sentados na escrivaninha de Diana. Ambos pareciam em choque, como se estivessem se recuperando após terem o fôlego arrancado do peito. Kit nunca tinha tido tanta consciência de que eram gêmeos, apesar da diferença de tons.

— Então esse tempo todo foi o Julian — disse Livvy. — Comandando o Instituto. Fazendo tudo. Dando cobertura a Arthur.

Kit pensou na ida de carro com Julian até o Mercado das Sombras. Ele não tinha passado tanto tempo assim com o segundo mais velho dos meninos Blackthorn, mas Julian sempre pareceu assustadoramente adulto para ele, como se tivesse muitos anos a mais do que sua certidão dizia.

— Deveríamos ter adivinhado. — A mão de Ty enrolava e desenrolava o fio branco do fone de ouvido no pescoço. — Eu devia ter concluído.

— Não vemos as coisas mais próximas de nós — disse Diana. — É a natureza das pessoas.

— Mas Jules — murmurou Livvy. — Ele só tinha doze anos. Deve ter sido tão difícil para ele.

O rosto dela reluziu. Por um instante, Kit achou que fosse luz refletida da janela. E então percebeu — eram lágrimas.

— Ele sempre os amou demais — falou Diana. — Era o que ele queria.

— Precisamos dele aqui — disse Ty. — Precisamos dele aqui *agora*.

— É melhor eu ir — concluiu Kit. Ele nunca tinha se sentido tão desconfortável. Bem, talvez não *nunca*; teve o incidente com os cinco lobisomens bêbados e a jaula de anfíbios no Mercado das Sombras, mas raramente.

Livvy olhou para cima, seu rosto cruel sujo de lágrimas.

— Não, não é melhor. Você tem que ficar aqui e nos ajudar a explicar a Diana sobre Zara.

— Eu não entendi metade do que ela disse — protestou Kit. — Sobre diretores de Institutos, registros...

Ty respirou fundo.

— Eu explico — falou. Recitar os acontecimentos pareceu acalmá-lo: a marcha regular dos fatos, um depois do outro. Quando terminou, Diana atravessou o recinto e trancou a porta com duas voltas na chave.

— Algum de vocês se lembra de mais alguma coisa? — perguntou, voltando-se novamente para eles.

— Uma coisa — disse Kit, surpreso por ter alguma contribuição a fazer.

— Zara comentou que a próxima reunião de Conselho será em breve.

— Suponho que vão falar sobre Arthur nela — disse Livvy. — E vão tentar pegar o Instituto.

— A Tropa é uma facção poderosa na Clave — disse Diana. — São um bando horroroso. Eles acreditam em interrogar e torturar qualquer integrante do Submundo que viole os Acordos. Eles apoiam a Paz Fria incondicionalmente. Se eu soubesse que o pai de Zara era um deles... — Ela balançou a cabeça.

— Zara não pode assumir o Instituto — disse Livvy. — Ela *não pode*. Essa é a nossa casa.

— Ela não liga para o Instituto — disse Kit. — Ela e o pai querem o poder que vem com o Instituto. — Ele pensou nos habitantes do Submundo que conhecia do Mercado das Sombras, pensou neles reunidos, forçados a usarem alguma espécie de sinal, marcados ou carimbados com números de identificação...

— Mas a Tropa tem a vantagem — disse Livvy. — Ela sabe sobre Arthur, e não podemos correr o risco de que alguém descubra. Ela tem razão: vão entregar o Instituto para outra pessoa.

— Você sabe alguma coisa sobre os Dearborn, ou sobre a Tropa? Alguma coisa que os desmoralize? — perguntou Kit. — Que impeça que consigam o Instituto, caso ele fique disponível?

— Mas perderíamos assim mesmo — disse Ty.

— É — afirma Kit. — Mas eles não poderiam registrar quem é do Submundo. Pode não soar tão ruim, mas nunca para por aí. Zara claramente não se importa se os integrantes do Submundo vivem ou morrem; quando ela souber onde todos estão, quando todos tiverem que se reportar a ela, a Tropa terá poder sobre eles. — O menino suspirou. — Vocês deveriam ler alguns livros de história mundana.

— Talvez pudéssemos ameaçar dizendo que vamos contar para Diego — falou Livvy. — Ele não sabe, e eu sei que ele foi babaca com Cristina, mas não posso acreditar que ele vá ficar bem com isso. Se ele soubesse, terminaria com Zara, e ela não quer isso.

Diana franziu o rosto.

— Não é nossa melhor posição, mas é alguma coisa. — Ela voltou para a mesa, pegou uma caneta e um bloco. — Vou escrever para Alec e Magnus. Eles lideram a Aliança entre Caçadores de Sombras e Submundo. Se alguém sabe sobre a Tropa, ou sobre qualquer estratégia de combate são eles.

— E se eles não souberem?

— Tentamos Diego — disse Diana. — Gostaria de acreditar que podia confiar nele mais do que confio, mas... — Ela suspirou. — Gosto dele. Mas eu também gostava de Manuel. As pessoas não são o que parecem.

— E vamos continuar dizendo para todo mundo que Julian e os outros foram até a Academia? — perguntou Livvy, deslizando para fora da mesa. Estava com os olhos escuros de exaustão. Os ombros de Ty despencaram. O próprio Kit tinha a sensação de ter levado uma surra. — Se alguém descobrir que eles foram para o Reino das Fadas, não vai fazer diferença o que fizermos em relação a Zara: vamos perder o Instituto de qualquer jeito.

— Torçamos para que eles voltem logo — disse Diana, olhando para o reflexo da lua na água do mar. — E se torcer não funcionar, vamos rezar.

O bosque tinha ficado para trás, à medida que o crepúsculo se intensificava e virava noite, os quatro Caçadores de Sombras caminhavam por uma terra espectral de campos verdes, dividida por muros baixos de pedra. De vez em quando eles viam outro trecho afetado pela estranha praga através da bruma.

Às vezes, viam a forma de uma cidade ao longe e caíam em silêncio, sem querer atrair atenção.

Tinham comido o que havia sobrado da comida na colina, mas não tinha muita coisa. No entanto, Emma não estava com fome. Um ronco de tristeza tinha se alojado em seu estômago.

Ela não conseguia se esquecer do que tinha visto quando acordou, sozinha na grama.

Ao se levantar, ela olhou em volta procurando Julian. Ele tinha sumido, e até a impressão dele na grama onde havia deitado estava desaparecendo.

O ar era pesado e cinza-dourado, deixando-a tonta enquanto ela subia até a borda, prestes a chamar o nome de Julian.

Então ela o viu, na metade da descida, o ar úmido levantando suas mangas, as bordas do cabelo. Ele não estava sozinho. Uma menina fada de vestido preto e rasgado estava com ele. O cabelo dela tinha cor de pétalas de rosa queimadas, uma espécie de cinza-rosado, caindo nos ombros.

Emma teve a impressão de que a menina olhou para ela por um instante e sorriu. No entanto, ela pode ter imaginado. Ela sabia que o que aconteceu em seguida não tinha sido imaginação, quando a menina se inclinou para Jules e o beijou.

Ela não sabia ao certo o que achava que ia acontecer; parte dela esperava que Jules afastasse a garota. Ele não afastou. Em vez disso, colocou os braços em volta dela e a puxou para perto, passando as mãos pelo cabelo brilhante. O estômago de Emma se revirou quando ele a puxou para perto. Ele segurou a menina fada com firmeza, as bocas se mexendo juntas, as mãos dela deslizando pelos ombros e pelas costas dele.

Havia algo quase lindo na imagem, de um jeito terrível. Ela apunhalou Emma com a lembrança de como era beijar Jules. E não havia hesitação nele, nenhuma relutância; nada o segurou, como se ele reservasse algum pedaço de si para Emma. Ele se entregou totalmente ao beijo, e ao fazê-lo era tão lindo quanto era horrível a constatação de que ela realmente o tinha perdido.

Ela teve a impressão de ter sentido seu coração de fato partir, como uma louça frágil.

A menina fada tinha se afastado, e depois apareceram Mark e Cristina, e Emma não conseguiu ver o que estava acontecendo: ela tinha virado de costas, se abaixando na grama, tentando não vomitar.

Suas mãos se cerraram em punhos no chão. *Levante-se*, ela disse ferozmente a si mesma. Ela devia isso a Jules. Ele tinha escondido toda a dor que sentiu quando Emma terminou com ele, e ela devia o mesmo a ele.

De algum jeito, ela conseguiu se levantar, forçar um sorriso, falar normalmente ao descer a colina para se juntar aos outros. Concordar com a cabeça enquanto eles dividiam comida, as estrelas apareciam e Mark decidia que conseguia se guiar por elas. Parecer despreocupada quando partiram, Julian ao lado do irmão, e ela e Cristina atrás deles, seguindo Mark pelas trilhas sinuosas e sem identificação do Reino das Fadas.

O céu agora estava radiante com estrelas multicoloridas, e cada uma delas iluminava uma trilha individual de pigmentos pelo céu. Cristina estava estranhamente quieta, chutando pedras com a ponta do sapato enquanto caminhava. Mark e Julian estavam à frente, longe o bastante para ouvirem alguma coisa.

— ¿Qué onda? — perguntou Cristina, olhando de lado para Emma.

O espanhol de Emma era ruim, mas até ela entendia *o que houve?*

— Nada. — Ela se sentiu péssima por mentir para Cristina, mas pior ainda por seus sentimentos. Compartilhá-los só os tornaria mais reais.

— Que bom — acrescentou Cristina. — Porque eu tenho uma coisa para contar. Ela respirou fundo. — Eu beijei Mark.

— Uau — disse Emma, distraída. — Uau, uau, *uau*.

— Você acabou de dizer "uau uau uau"?

— Foi. — Emma admitiu. — Então, essa é uma situação tipo toca-aqui-uhu ou é mais meu-Deus-do-céu-o-que-vamos-fazer?

Cristina puxou o cabelo, nervosa.

— Não sei... gosto muito dele, mas... primeiro, achei que estivesse beijando só por causa da bebida de fada...

Emma engasgou.

— Você tomou vinho de fada? Cristina! É assim que você apaga e acorda no dia seguinte embaixo de uma ponte com uma tatuagem que diz eu amo helicópteros.

— Não era vinho! Era só suco!

— Tudo bem, tudo bem. — Emma baixou a voz. — Quer que eu termine com ele? Quero dizer, que eu avise a família que acabou?

— Mas Julian — disse Cristina, parecendo perturbada. — E ele?

Por um instante, Emma não conseguiu falar — ela estava se lembrando de Julian enquanto a fada bonita atravessava a grama em direção a ele, o jeito como ela colocou as mãos em seu corpo, a forma como os braços entrelaçaram nas suas costas.

Ela nunca tinha sentido um ciúme daqueles antes. Ainda doía nela, como a cicatriz de um velho machucado. Ela recebia bem a dor, de um jeito estranho. Era uma dor merecida, pensava. Se Julian tinha sofrido, ela deveria sofrer também, e ela tinha terminado com ele — ele era livre para beijar fadas, procurar um amor e ser feliz. Ele não estava fazendo nada errado.

Ela se lembrou do que Tessa tinha dito a ela, que a forma de fazer com que Julian deixasse de amá-la era fazê-lo pensar que ela não o amava. *Convencê-lo.* Parecia que tinha conseguido.

— Acho que toda a minha farsa com Mark já fez o que tinha que fazer — falou. — Então, se quiser...

— Não sei — disse Cristina. Ela respirou fundo. — Tenho que te contar outra coisa. Eu e Mark discutimos, e eu não tive a intenção, mas...

— Parem! — foi Mark, na frente. Ele girou, com Julian ao seu lado, e estendeu a mão para elas. — Estão ouvindo isso?

Emma forçou os ouvidos. Ela queria poder se Marcar — estava sentindo falta dos símbolos que melhoravam velocidade, audição e reflexo.

Ela balançou a cabeça. Mark tinha trocado de roupa para as que deviam ser as da Caçada, mais escuras e rasgadas, e até tinha esfregado terra no cabelo e no rosto. Seus olhos bicolores brilhavam ao crepúsculo.

— Ouçam — falou. — Está ficando mais alto. — E, de repente, Emma escutou: música. Um tipo de música que nunca tinha ouvido antes, misteriosa e dissonante, que fazia com que seus nervos parecessem se contrair sob a pele.

— A Corte está perto — disse Mark. — Esses são os músicos do Rei. — Ele foi para a parte mais densa do bosque na borda da trilha, virando apenas para falar "venham junto!" para os outros.

Eles o seguiram. Emma tinha consciência de Julian logo à frente dela; ele tinha sacado uma espada curta e a estava utilizando para cortar o mato. Montes de folhas e galhos pintados com pequenas flores cor de sangue caíam aos pés dela.

A música estava mais alta agora, e ia aumentando à medida que eles atravessavam a floresta espessa, as árvores acima deles brilhando com luzes fosforescentes. Lampiões multicoloridos pendiam dos galhos, apontando para a parte mais escura da floresta.

De repente, a Corte Unseelie apareceu — uma explosão de música alta e luzes brilhantes que agrediram os olhos de Emma depois de tanto tempo no escuro. Ela não sabia ao certo o que tinha imaginado quando tentou visualizar a Corte. Um enorme castelo de pedra, talvez, com uma sala do trono sombria. Uma câmara escura e exuberante no topo de uma torre, com uma escada cinza em espiral. Ela se lembrava da escuridão sombria da Cidade dos Ossos, a quietude do lugar, o frio no ar.

Mas a Corte Unseelie era a céu aberto — diversas tendas e barracas, não muito diferentes das do Mercado das Sombras, aglomeravam-se em uma clareira em um círculo de árvores espessas. A parte principal era um enorme pavilhão com cortinas, bandeiras de veludo nas quais se via o emblema de uma coroa quebrada, marcado em ouro, voando de todas as partes da estrutura.

Um trono alto e solitário, feito de pedra preta lisa e brilhante, encontrava-se no pavilhão. Estava vazio. O encosto era talhado com as metades de uma coroa, desta vez sobre uma lua e um sol.

Algumas fadas nobres, com capas escuras, moviam-se pelo pavilhão perto do trono. Suas capas tinham o símbolo da coroa, e elas usavam luvas grossas como a que Cristina encontrou nas ruínas da casa de Malcolm. A maioria era jovem; algumas não pareciam ter mais do que catorze ou quinze anos.

— Os filhos do Rei Unseelie — sussurrou Mark. Eles estavam agachados atrás de pedregulhos, espiando pelas bordas, com as armas na mão. — Alguns deles, pelo menos.

— Ele não tem nenhuma filha? — murmurou Emma.

— Elas não têm utilidade para o Rei — falou Mark. — Dizem que ele matou as filhas no nascimento.

Emma não conseguiu conter uma pontada de fúria.

— Deixe eu chegar perto — sussurrou. — Vou mostrar para ele a utilidade das mulheres.

Houve uma súbita explosão de música. As fadas no local começaram a se mover na direção do trono. Brilhavam elegantes em suas roupas douradas, verdes, azuis e vermelhas, e os homens tinham roupas tão coloridas quanto as mulheres.

— Está quase na hora — disse Mark, se esforçando para enxergar. — O Rei está chamando a nobreza para perto dele.

Julian se ajeitou, ainda escondido atrás das pedras.

— Então temos que ir agora. Vou ver se consigo chegar mais perto do pavilhão. — Sua espada curta brilhava ao luar. — Cristina — falou. — Venha comigo.

Após um instante de espanto, Cristina fez que sim com a cabeça.

— Claro. — Ela sacou sua faca, lançando um breve olhar para Emma, como se pedisse desculpas, enquanto ela e Julian desapareciam em meio às árvores.

Mark se inclinou para a frente contra o enorme pedregulho que os bloqueava da vista da clareira. Ele não olhou para Emma, apenas falou com a voz baixa.

— Não posso fazer isso — falou. — Não posso mais mentir para o meu irmão.

Emma congelou.

— Mentir sobre o quê? — perguntou ela, apesar de saber a resposta.

— Sobre nós dois — retrucou ele. — A mentira de que estamos apaixonados. Temos que parar.

Emma fechou os olhos.

— Eu sei. Você e Cristina...

— Ela me contou. — Mark interrompeu. — Que Julian está apaixonado por você.

Emma não abriu os olhos, mas ainda conseguia enxergar a luz brilhante das lâmpadas que cercavam o pavilhão e a clareira ardendo contra suas pálpebras.

— Emma — falou Mark. — Não foi culpa dela. Foi um acidente. Mas quando ela me falou as palavras, eu entendi. Nada disso nunca teve a ver com Cameron Ashdown, teve? Você estava tentando proteger Julian dos próprios sentimentos. Se Julian te ama, você precisa convencê-lo de que é impossível amá-lo de volta.

A solidariedade dele quase a destruiu. Ela abriu os olhos — fechá-los era covardia, e Carstairs não são covardes.

— Mark, você conhece a Lei — falou ela. — E conhece os segredos de Julian: sobre Arthur, sobre o Instituto. Você sabe o que aconteceria se alguém descobrisse, o que fariam conosco, com a sua família.

— Eu sei — falou ele. — E não estou bravo com você. Eu ficaria ao seu lado se você encontrasse outra pessoa com quem enganá-lo. Às vezes, temos que enganar as pessoas que amamos. Mas não posso ser o instrumento que causa dor a ele.

— Mas só pode ser você. Você acha que eu teria pedido a você se houvesse mais alguém? — Ela conseguia ouvir o desespero na própria voz.

Os olhos de Mark ficaram nebulosos.

— Por que só eu?

— Porque não existe mais ninguém de quem Jules tenha ciúme — falou, e viu o espanto brotar nos olhos dele exatamente quando um graveto estalou atrás dela. Ela girou, Cortana brilhando.

Era Julian.

— Você não deveria sacar aço para seu próprio *parabatai* — disse ele, com um sorriso torto.

Ela abaixou a lâmina. Será que ele tinha ouvido alguma coisa que ela e Mark disseram? Não parecia.

— Você não deveria fazer barulho quando anda.

— Não temos símbolos de Silêncio — disse Jules, e olhou dela para Mark.

— Encontramos uma posição perto do trono. Cristina já está...

Mas Mark tinha ficado imóvel. Ele olhava fixamente para alguma coisa que Emma não conseguia enxergar. O olhar de Julian encontrou o dela, cheio de alarme sem reservas, e então Mark se moveu e passou pelo matagal.

Os outros dois se lançaram atrás dele. Emma sentiu o suor se acumulando nas costas enquanto se esforçava para não pisar em algum galho que pudesse quebrar, uma folha que pudesse rachar. Era doloroso e um exercício de humildade se dar conta do quanto os Nephilim dependiam de seus símbolos.

Ela parou subitamente, quase dando um encontrão em Mark. Ele não tinha ido muito longe, só até a beira da clareira, onde ainda estava escondido do pavilhão por um arbusto de samambaias.

A vista da clareira estava desobstruída. Emma via as Fadas Unseelie reunidas em frente ao trono. Havia cerca de cem delas, talvez mais. Estavam muito bem-vestidas, muito mais elegantes do que ela imaginava. Uma mulher de pele escura trajava um vestido feito de penas de ganso, brancas, e um colar envolvia seu pescoço fino. Dois homens pálidos trajavam casacos de seda cor-de-rosa e coletes brilhantes azuis. Uma mulher com pele cor de trigo e cabelos feitos de pétalas de rosas se aproximou do pavilhão, seu vestido era feito de ossos de pequenos animais, amarrados com um fio feito de cabelo humano.

Mas Mark não estava olhando para nenhum deles, nem para o pavilhão onde se encontravam os príncipes Unseelie, claramente esperando. Em vez disso, ele encarava dois dos príncipes Unseelie, ambos vestindo seda preta. Um era alto e tinha pele bem escura, o crânio de um corvo banhado em ouro pendurado em seu pescoço. O outro era pálido e tinha cabelos pretos, o rosto magro e barbado. Entre eles, estava abaixado o vulto de um prisioneiro, suas roupas manchadas de sangue, seu corpo flácido. A multidão se abriu para eles, suas vozes eram murmúrios baixinhos.

— Kieran — sussurrou Mark. Ele começou a avançar, mas Julian pegou a parte de trás de sua camisa, agarrando o irmão com tanta força que suas juntas ficaram brancas.

— *Ainda não* — sibilou. Seus olhos estavam secos, brilhantes; neles Emma viu a crueldade que ela um dia disse a ele que a assustava. Não por ela, mas por ele.

Os príncipes chegaram a uma árvore alta e de tronco branco à esquerda e à frente do pavilhão. O príncipe barbado jogou Kieran contra a árvore com força. O príncipe com colar de corvo falou duramente com ele, balançando a cabeça. O outro riu.

— O de barba é o Príncipe Erec — disse Mark. — O favorito do Rei. O outro é o Príncipe Adaon. Kieran disse que Adaon não gosta de ver pessoas machucadas. Mas Erec sim.

Parecia verdade. Erec produziu uma corda de espinhos e a estendeu para Adaon, que balançou a cabeça e se afastou em direção ao pavilhão. Dando de ombros, Erec começou a prender Kieran ao tronco da árvore. As mãos dele estavam protegidas por luvas grossas, mas Kieran usava apenas uma camisa rasgada e calça, e os espinhos perfuraram seus pulsos e calcanhares, e depois seu pescoço quando Erec puxou os fios da perversa corda contra a pele dele. Durante todo o tempo, Kieran ficou inerte, com os olhos semicerrados, claramente não se importando mais.

Mark ficou tenso, mas Julian o agarrou. Cristina tinha se juntado novamente a eles e estava pressionando a mão sobre a boca; ficou olhando enquanto Erec terminava com Kieran e recuava.

Sangue esguichou dos cortes onde os espinhos cortaram a pele de Kieran. A cabeça dele tinha caído para trás contra o tronco da árvore; Emma podia ver seu olho prateado, e o preto também, ambos semicerrados. Viam-se hematomas em sua pele pálida, na bochecha e acima do quadril, onde a camisa estava rasgada.

Houve uma comoção em cima do pavilhão, e a explosão solitária de um chifre calou os murmúrios baixinhos na clareira. A nobreza levantou o olhar. Um vulto alto tinha aparecido ao lado do trono. Estava todo de branco, branco como sal, com um gibão de seda branca e manoplas de osso branco. Chifres brancos se curvavam de ambos os lados da cabeça dele, contrastando com os cabelos pretos. Ele usava uma tiara de ouro na testa.

Cristina exalou.

— O Rei.

Emma pôde ver o perfil dele: era lindo. Claro, preciso, limpo como um desenho ou uma pintura de algo perfeito. Emma não poderia descrever a forma dos olhos ou das maçãs do rosto, nem a curva da boca, e ela não tinha a habilidade de Jules de pintar, mas sabia que era inquietante e maravilhoso o fato de que se lembraria do rosto do Rei da Corte Unseelie por toda a vida.

Ele se virou, deixando o rosto todo à mostra. Emma ouviu Cristina arfar baixinho. O rosto do Rei era dividido no meio. O lado direito era o rosto de um jovem, luminoso com beleza e elegância, mas o olho era vermelho como uma chama. O lado esquerdo era uma máscara inumana, pele cinza firme e espessa sobre o osso, a cavidade ocular vazia e preta, marcada por cicatrizes brutais.

Kieran, amarrado à árvore, olhou uma vez para a face monstruosa do pai e virou a cabeça, seu queixo baixou e os cabelos pretos emaranhados caíram sobre os olhos. Erec se apressou para o pavilhão, se juntando a Adaon e a uma multidão de outros príncipes ao lado do pai.

Mark estava arfando.

— O rosto do Rei Unseelie — sussurrou. — Kieran falou dele, mas...

— Firme. — Julian sussurrou de volta. — Espere para ouvir o que ele diz.

Como se tivesse ouvido a deixa, o Rei falou:

— Membros da Corte, estamos aqui reunidos para um triste propósito: testemunhar a justiça trazida contra um integrante do Povo das Fadas, que se armou e assassinou outro em um lugar de paz. Kieran Caçador foi condenado pelo assassinato de Iarlath, da Corte Unseelie, um dos meus cavaleiros. Ele o atacou com sua lâmina, aqui nas Terras Unseelie.

Um murmúrio atravessou a multidão.

— Pagamos um preço pela paz entre os nossos — disse o Rei. Sua voz era como um sino ressonante, adorável e ecoante. Alguma coisa tocou o ombro de Emma. Foi a mão de Julian, a que não estava agarrando o braço de Mark. Emma o olhou surpresa, mas ele estava olhando para a frente, para a clareira. — Nenhuma fada Unseelie pode erguer a mão contra outra. O preço da desobediência é a justiça. Morte se paga com morte.

Os dedos de Julian se moveram rapidamente contra a pele de Emma sobre sua camisa, a antiga língua da infância compartilhada. F-I-Q-U-E-A-Q-U-I.

Ela se virou para olhar para ele, mas ele já estava se afastando. Ela ouviu a respiração de Mark sibilar em um engasgo e o segurou pelo pulso, impedindo que fosse atrás do irmão.

Sob a luz das estrelas, Julian caminhou para a clareira cheia de nobres Unseelie. Emma, com o coração acelerado, segurou firme o pulso de Mark; tudo nela queria correr atrás de seu *parabatai*, mas ele tinha pedido para ela ficar, e ela ia ficar e segurar Mark. Porque Julian estava se movendo como se tivesse um plano, e, se ele tinha um plano, ela devia a ele a confiança de que podia funcionar.

— O que ele está *fazendo*? — Cristina gemeu, na agonia do suspense.

Emma só conseguiu balançar a cabeça. Algumas das fadas na beira da multidão o tinham visto agora e estavam exclamando, recuando enquanto ele se aproximava. Ele não tinha feito nada para cobrir as Marcas pretas e permanentes na pele: o símbolo de Clarividência nas costas da mão era como um olho raivoso apontado para as fadas em suas belas roupas. A mulher do vestido de ossos soltou um gritinho:

— *Caçador de Sombras!*

O Rei se retesou no trono. Um instante depois, uma fileira de cavaleiros fadas vestindo armadura preta e prata — entre eles, viam-se os príncipes que tinham arrastado Kieran para a árvore — tinham cercado Julian, formando um círculo ao seu redor. Espadas de prata, bronze e ouro brilharam em volta dele como um tributo sombrio.

Kieran levantou a cabeça e encarou. O choque em seu rosto ao reconhecer Julian foi total.

O Rei se levantou. Seu sorriso dividido era sinistro e terrível.

— Traga o Caçador de Sombras espião para mim, para que eu possa matá-lo com minha própria mão.

— Não vai me matar. — A voz de Julian, calma e confiante, se elevou sobre as outras. — Não sou espião. A Clave me mandou, e, se me matar, a guerra estará declarada.

O Rei hesitou. Emma sentiu um impulso selvagem de rir. Julian tinha mentido com tanta calma e confiança que ela mesma quase acreditou. A dúvida passou pela expressão do Rei.

Meu parabatai, ela pensou, olhando para Jules, com as costas eretas e a cabeça erguida, *o único menino de dezessete anos do mundo que poderia fazer o Rei da Corte Sombria duvidar de si mesmo.*

— A Clave o enviou? Por que não uma escolta oficial? — perguntou o Rei.

Julian fez que sim com a cabeça, como se já esperasse pela pergunta. Provavelmente esperava mesmo.

— Não tinha tempo. Quando soubemos da ameaça a Kieran Caçador, entendemos que teríamos que agir imediatamente.

Kieran emitiu um ruído engasgado. Tinha uma corda de fio espinhoso na garganta. O sangue desceu pela clavícula.

— Que importância tem para a Clave ou o Cônsul a vida de um menino da Caçada Selvagem? — perguntou o Rei. — Criminoso, ainda por cima?

— Ele é seu filho — disse Julian.

O Rei sorriu. Uma imagem bizarra, quando a metade do rosto se iluminou e a outra exibiu uma careta fantasmagórica.

— E assim ninguém pode me acusar de favoritismo — falou. — A Corte Unseelie entrega a mão da justiça.

— Iarlath, que ele matou, era um assassino de semelhantes. Ele tramou com Malcolm Fade para assassinar outros do Povo das Fadas — retrucou Julian.

— Eram da Corte Seelie — disse o Rei. — Não são os nossos.

— Mas você se declara o governante de ambas as Cortes — insistiu Julian. — Não deveria, portanto, o povo que um dia será seu esperar sua justiça e clemência?

Ouviu-se um murmúrio na multidão, dessa vez em tom mais suave. O Rei franziu o rosto.

— Iarlath também matou Nephilim — disse Julian. — Kieran impediu que outras vidas de Caçadores de Sombras fossem perdidas. Portanto, devemos a ele e nós pagamos nossas dívidas. Não permitiremos que tire a vida dele.

— O que você pode fazer para nos impedir? — disparou Erec. — Sozinho, como está?

Julian sorriu. Apesar de Emma conhecê-lo desde sempre, apesar de ele ser como uma parte dela, a certeza fria daquele sorriso gelou suas veias.

— Eu não estou sozinho.

Emma soltou Mark. Ele avançou pela clareira sem olhar para trás, e ela e Cristina o seguiram. Nenhum deles sacou sua arma, mas Cortana estava presa nas costas de Emma, visível para todos. A multidão se abriu para deixar que passassem e se juntassem a Julian. Emma percebeu, ao entrarem no círculo dos guardas, que os pés de Mark continuavam descalços. Eram tão pálidos quanto as patas de um gato branco contra a grama comprida e escura.

Não que isso tivesse alguma importância. Mark era um grande guerreiro mesmo descalço. Emma sabia bem.

O Rei olhou para eles e sorriu. Emma não gostou do aspecto do sorriso.

— O que é isso? — falou. — Uma escolta de crianças?

— Somos Caçadores de Sombras — disse Emma. — Temos o mandato da Clave.

— Assim disseram — falou o Príncipe Adaon. — Qual é a sua exigência?

— Boa pergunta — disse o Rei.

— Exigimos um julgamento por combate — respondeu Julian.

O Rei riu.

— Só um membro do Povo das Fadas pode entrar em um julgamento por combate nas Terras Unseelie.

— Eu sou fada — disse Mark. — Posso entrar.

Ao ouvir isso, Kieran começou a forçar suas amarras.

— Não — falou violentamente, e sangue escorreu por seus dedos e pelo peito. — *Não*.

Julian nem olhou para Kieran. Kieran podia ser a pessoa que estavam aqui para salvar, mas se precisassem torturá-lo para salvá-lo, Julian torturaria. *Você é o menino que faz o que tem que ser feito porque ninguém mais faz*, Emma tinha dito a ele certa vez. Parecia que tinha sido há anos.

— Você é um Caçador Selvagem — disse Erec. — E metade Caçador de Sombras. Você não está preso a nenhuma lei, e sua lealdade é a Gwyn, não à justiça. Não pode lutar. — Seu lábio contraiu. — E os outros não são fadas.

— Não é bem verdade — disse Julian. — Diz-se frequentemente que crianças e loucos são fadas. Que existe um laço que os liga. E somos crianças.

Erec bufou.

— Isso é ridículo. Vocês são adultos.

— O Rei nos chamou de crianças — disse Julian. — "Uma escolta de crianças". Está chamando seu líder de mentiroso?

Todos arfaram ao mesmo tempo. Erec empalideceu.

— Milorde... — Ele começou, voltando-se para o Rei. — Pai...

— Silêncio, Erec, você já falou o suficiente — disse o Rei. Seu olhar estava em Julian, o olho brilhante e a cavidade vazia e escura. — Interessante — falou, para ninguém em particular —, esse menino, que parece um Caçador de Sombras e fala como nobre. — Ele se levantou. — Você terá seu julgamento por combate. Cavaleiros, abaixem suas lâminas.

A parede cintilante de metal brilhante ao redor de Emma e de seus amigos desapareceu. Faces rijas os encararam em seu lugar. Alguns eram príncipes, exibindo a marca distinta das feições delicadas e angulosas de Kieran. Outros eram cheios de cicatrizes de batalhas passadas. Uns poucos tinham os rostos escondidos por capuzes ou véus. Além deles, a nobreza da Corte vagava e exclamava, visivelmente empolgada. As palavras "julgamento por combate" espalhavam-se pela clareira.

— Você terá seu julgamento — repetiu o Rei. — Mas eu escolherei qual de vocês será o campeão.

— Estamos todos prontos para isso — disse Cristina.

— Claro que estão. Essa é a natureza dos Caçadores de Sombras. Sacrifício voluntário tolo. — O Rei se virou para olhar para Kieran, lançando a parte esquelética do seu rosto em alívio agudo. — Agora como escolher? Eu sei. Uma espécie de charada.

Emma sentiu Julian ficar tenso. Ele não gostaria da ideia de uma charada. Aleatório demais. Julian não gostava de nada que não pudesse controlar.

— Aproximem-se — disse o Rei, chamando-os com um dedo. Suas mãos eram claras como tronco branco. Um gancho como uma garra curta se estendia de cada dedo logo acima da junta.

A multidão se abriu para permitir que Emma e os outros se aproximassem do pavilhão. Enquanto iam, Emma notou um estranho cheiro que pairava sobre todos eles. Espesso e agridoce, como seiva de árvore. Foi se intensificando à medida que se aproximaram do trono até pararem e encararem o Rei, que se erguia acima deles como uma estátua. Atrás dele havia uma fileira de cavaleiros cujos rostos estavam cobertos por máscaras fundidas de ouro, prata e bronze. Algumas tinham forma de rato, outras, de leões dourados ou panteras prateadas.

— A verdade é encontrada em sonhos — disse o Rei, olhando para eles. Deste ângulo, Emma conseguia ver que a divisão estranha do rosto terminava no pescoço, onde a pele normal. — Digam-me, Caçadores de Sombras, vocês entram em uma caverna. Dentro da caverna, veem um ovo, iluminado por dentro e brilhando. Sabem que ele pulsa com seus sonhos; não os que vocês têm durante o dia, mas os sonhos dos quais não se lembram totalmente pela manhã. O ovo se abre. O que sai dele?

— Uma rosa — disse Mark. — Com espinhos.

Cristina fitou Mark com expressão surpresa, mas permaneceu imóvel.

— Um anjo — disse ela. — Com mãos sangrentas.

— Uma faca — disse Emma. — Pura e limpa.

— Barras — falou Julian baixinho. — As barras de uma cela.

A expressão do Rei não mudou. Os murmúrios da Corte ao redor soaram mais confusos do que raivosos ou intrigados. O Rei esticou uma mão longa branca e cheia de garras.

— Você aí, menina de cabelos luminosos — falou. — Você será a campeã dos seus.

Emma ficou aliviada. Seria ela; os outros não se arriscariam. Ela se sentiu mais leve, como se pudesse respirar outra vez.

Cristina virou na direção dela, parecendo assustada; Mark parecia se conter com toda a sua força. Julian pegou o braço dela, aproximando-se para sussurrar-lhe ao ouvido, exalando urgência por todas as linhas do seu corpo.

Ela ficou parada, os olhos fixos no rosto dele, permitindo que o caos da Corte fluísse ao seu redor. O frio da batalha já estava começando a recair sobre ela: o frio que encharcava emoções, deixando tudo, exceto a luta, sumir.

Julian era parte disso, do começo da batalha, do frio do meio e da ferocidade da luta. Não havia nada que ela quisesse ver mais do que o rosto dele. Nada que a fizesse se sentir mais à vontade nela mesma, mais como uma Caçadora de Sombras.

— Lembre-se — murmurou Julian. — Você já derramou sangue de fada antes, em Idris. Eles teriam te matado, teriam nos matado. Isso também é uma batalha. Não tenha compaixão, Emma.

— Jules. — Ela não sabia se ele a tinha ouvido falar seu nome. De repente, os cavaleiros os cercaram, separando-a dos outros. Seu braço escorregou da mão de Julian. Ela olhou uma última vez para os três, antes de ser conduzida para a frente. Um espaço estava sendo liberado diante do pavilhão.

Ouviu-se o som de um chifre, e o barulho agudo cortou a noite como uma faca. Um dos príncipes marchou de trás do pavilhão ao lado de um cavaleiro mascarado, que usava uma armadura cinza como o couro de um animal. Seu capacete cobria o rosto. Um desenho rústico fora pintado na frente do capacete: olhos arregalados, uma boca esticada em um sorriso. Alguém tinha tocado o capacete com mãos sujas de tinta e havia manchas vermelhas nas laterais, que davam um ar ameaçador ao que de outra forma poderia parecer palhaçada.

O príncipe guiou o cavaleiro mascarado para o seu lado do espaço aberto e o deixou ali, encarando Emma. Ele portava uma espada longa fabricada por fadas, sua lâmina de prata com traços de ouro, o cabo cravejado com pedras. As bordas brilhavam afiadas como lâminas.

Uma espada forte, mas nada podia quebrar Cortana. A arma de Emma não falharia. Só ela poderia falhar.

— Vocês conhecem as regras — disse o Rei em tom de tédio. — Depois que a batalha começar, nenhum dos guerreiros pode ter ajuda de um amigo. A luta é até a morte. O vencedor é quem sobreviver.

Emma desembainhou Cortana. A espada brilhou como o sol poente logo antes de afogar no mar.

Não houve reação do cavaleiro de capacete pintado. Emma se concentrou na postura dele. Ele era mais alto do que ela, tinha mais alcance. Seus pés estavam cuidadosamente plantados. Apesar do capacete ridículo, era evidente que ele era um bom combatente.

Ela posicionou os pés: o pé esquerdo para a frente, pé direito para trás, curvando o lado dominante do corpo para o oponente.

— Comecem — disse o Rei.

Como um cavalo de corrida saindo da baia, o cavaleiro correu para Emma, com a espada saltando para frente. Surpreendida por sua velocidade, Emma desviou da lâmina. Mas começou atrasada. Ela deveria ter erguido Cortana antes. Estava contando com a velocidade do símbolo de Ataque Preciso, mas ele não estava funcionando. Um medo agudo que ela há muito não sentia a invadiu quando ela sentiu o sussurro da ponta da espada do cavaleiro passar a poucos centímetros dela.

Emma se lembrou das palavras de seu pai quando estava aprendendo. *Ataque seu inimigo, não a arma dele.* A maioria dos lutadores ia para cima da lâmina. Um bom lutador mirava o corpo.

Este era um bom lutador. Mas ela estava esperando algo diferente? O Rei o tinha escolhido, afinal. Agora ela só tinha que torcer para que o Rei *a* tivesse subestimado.

Dois giros rápidos a levaram a uma pequena elevação na grama. Talvez ela conseguisse igualar a altura dele. A grama farfalhou. Emma não precisou olhar para saber que o cavaleiro estava vindo para cima dela outra vez. Ela deu meia-volta, movendo Cortana em um arco.

Ele mal recuou. A espada rasgou a armadura de couro espesso, abrindo um corte largo. Mas ele não se mexeu, nem pareceu machucado. Certamente não perdeu velocidade. Atacou Emma, e ela se abaixou quando a lâmina do oponente passou assobiando por cima de sua cabeça. Ele atacou novamente e ela saltou para trás.

Ela pôde ouvir a própria respiração, irregular em virtude do ar frio da floresta. O cavaleiro fada era bom, e ela não tinha a vantagem das Marcas, nem das lâminas serafim — ou de outro dos armamentos de um Caçador de Sombras. E se ela estivesse se cansando mais cedo? E se essa terra sombria estivesse sugando até mesmo o poder do seu sangue?

Ela se defendeu de um golpe, saltou para trás, e se lembrou, estranhamente, da voz desdenhosa de Zara, *fadas jogam sujo*. E Mark, *fadas não jogam sujo, na verdade. Jogam notavelmente limpo. Elas têm um código severo de honra.*

Ela já estava se curvando, atacando os calcanhares do cavaleiro — ele deu um salto, quase levitando, e avançou com a própria espada para baixo, justamente quando ela pegou um punhado de folhas e terra, e se levantou, jogando tudo nos buracos da máscara do guerreiro fada.

Ele engasgou e cambaleou para trás. Foi apenas um segundo, mas bastou; Emma atacou as pernas dele, um, dois, e depois o tronco. O sangue ensopou seu peito; as pernas fraquejaram e ele caiu no chão, com uma pancada das costas, como se fosse uma árvore derrubada.

Emma pisou na lâmina dele e a multidão rugiu. Ela ouviu Cristina chamar seu nome, além de Julian e Mark. Com o coração acelerado, ela ficou de pé sobre o cavaleiro imóvel. Mesmo agora, espalhado na grama, escurecido pelo próprio sangue, ele não fez barulho.

— Tire o capacete e finalize — disse o Rei. — É a nossa tradição.

Emma respirou fundo. Tudo que ela tinha de Caçadora de Sombras protestava contra isso, contra tirar a vida de uma pessoa deitada e desarmada aos seus pés.

Ela pensou no que Julian tinha dito a ela logo antes do combate. *Não tenha compaixão.*

A ponta de Cortana tilintou contra a borda do capacete. Ela a ajeitou sob a beira e empurrou.

O capacete caiu. O guerreiro deitado na grama embaixo de Emma era humano, e não fada. Seus olhos eram azuis, os cabelos louros com mechas grisalhas. Ele tinha um rosto mais familiar a Emma do que o dela própria.

A mão dela despencou para a lateral do corpo, e Cortana ficou pendurada por seus dedos fracos.

Era o pai dela.

11

Em Um Trono Negro

Kit se sentou nos degraus do Instituto, fitando a água.

Tinha sido um dia longo e inquietante. As coisas estavam mais tensas do que nunca entre os Centuriões e os moradores do Instituto, mas, pelo menos, os Centuriões não sabiam *por quê*.

Diana tinha feito um esforço heroico para dar aula, como se tudo estivesse normal. Ninguém conseguia se concentrar — pela primeira vez, Kit, apesar de totalmente perdido em relação a comparações entre vários alfabetos seráficos, não era o mais distraído da sala. Mas o objetivo das aulas era manter as aparências para os Centuriões, então seguiram em frente.

As coisas não melhoraram muito no jantar. Após um dia longo e úmido durante o qual não encontraram nada, os Centuriões estavam irritadiços. Não ajudava o fato de que Jon Cartwright aparentemente tinha tido uma espécie de faniquito e saído, e seu paradeiro era desconhecido. A julgar pelos lábios contraídos de Zara, ele tinha discutido com ela, mas Kit só podia imaginar o motivo. A moralidade de confinar feiticeiros em campos ou de conduzir fadas a câmaras de tortura, ele supunha.

Diego e Rayan deram o melhor de si para manter uma conversa alegre, mas fracassaram. Livvy passou quase toda a refeição encarando Diego, provavelmente pensando no plano de utilizá-lo para frear Zara, mas isso evidentemente o deixou nervoso, considerando que, por duas vezes, ele tentou cortar a carne com a colher. Para piorar, Dru e Tavvy pareceram captar o clima tenso na sala e passaram o jantar enchendo Diana com perguntas sobre quando Julian e os outros voltariam da "missão".

Quando acabou, Kit ficou feliz por se retirar, evitando lavar a louça após o jantar, e encontrou um canto quieto embaixo da varanda da frente da casa. O ar que soprava do deserto era frio e temperado, e o oceano brilhava sob as estrelas, uma tela preta que se desdobrava em uma série de ondas brancas.

Pela milésima vez, Kit perguntou a si mesmo o que o mantinha ali. Por mais que parecesse bobagem desaparecer por causa de uma conversa desagradável no jantar, ele tinha sido dolorosamente lembrado nesse último dia que os problemas dos Blackthorn não eram dele, e provavelmente nunca deveriam ser. Uma coisa era ser filho de Johnny Rook.

Outra, muito diferente, era ser um Herondale.

Ele tocou a prata do anel em seu dedo, fria contra a pele.

— Eu não sabia que você estava aqui fora — foi a voz de Ty; Kit sabia antes de olhar. O menino tinha vindo pela lateral da casa e o encarava com curiosidade.

Havia algo em torno do pescoço de Ty, mas não eram os fones de sempre. Ao subir pela escada, uma sombra esguia de jeans escuros e um casaco, Kit percebeu que tinha olhos.

Ele colou as costas contra a parede.

— Isso é um *furão*?

— É selvagem — disse Ty, apoiando-se na grade que cercava a varanda. — Furões são domesticados. Então, tecnicamente, é uma fuinha, mas se fosse domesticado, seria um furão.

Kit encarou o animal. Ele piscou os olhos para ele e mexeu as patinhas.

— Uau — falou o menino. E foi sincero.

A fuinha correu pelo braço de Ty e saltou para a grade, depois, desapareceu na escuridão.

— Furões são ótimos animais de estimação — disse Ty. — São surpreendentemente leais. Ou, pelo menos, as pessoas dizem que é surpreendente. Eu não sei por que seria. São limpos, e gostam de brinquedos e são quietos. E podem ser treinados para... — interrompeu-se. — Você está entediado?

— Não. — Kit se espantou; será que ele parecia entediado? Ele estava curtindo o som da voz de Ty, vivaz e pensativo. — Por quê?

— Julian diz que, às vezes, as pessoas não querem saber tanto quanto eu sobre os assuntos — respondeu Ty. — Então eu devo simplesmente perguntar.

— Acho que isso se aplica a todo mundo — disse Kit.

Ty balançou a cabeça.

— Não — falou. — Eu sou diferente. — Ele não parecia incomodado, nem chateado com isso. Era um fato que sabia sobre si mesmo e isso era tudo. Kit descobriu, surpreso, que invejava a segurança tranquila de Ty. Ele nunca achou que fosse invejar nada que se referisse a um Caçador de Sombras.

Ty subiu para a varanda ao lado de Kit e se sentou. Ele tinha um vago cheiro de deserto, areia e sálvia. Kit pensou que gostava do som da voz de Ty: era raro ouvir alguém ter esse tipo de prazer tão sincero simplesmente por compartilhar informações. Ele supunha que também poderia ser um mecanismo para lidar com as coisas — o incômodo dos Centuriões, a preocupação com Julian e os outros; Ty provavelmente estava estressado.

— Por que está aqui fora? — Ty perguntou a Kit. — Está pensando em fugir outra vez?

— Não — respondeu Kit. E não estava mesmo. Talvez um pouco. Olhar para Ty fazia com que ele não quisesse pensar no assunto. Fazia com que quisesse desvendar um mistério para dar de presente a Ty, como alguém poderia dar uma caixa de doces a uma pessoa amada.

— Queria que todos nós pudéssemos fazer isso — disse Ty, com uma franqueza demolidora. — Demoramos muito para nos sentir seguros aqui, depois da Guerra Maligna. Agora parece que o Instituto está cheio de inimigos outra vez.

— Está falando dos Centuriões?

— Não gosto de tê-los aqui — disse Ty. — Não gosto de multidões em geral. Quando estão todos falando ao mesmo tempo e fazendo barulho. Multidões são as piores... especialmente em lugares como o Píer. Você já foi lá? — Ele fez uma careta. — Todas aquelas luzes, e os gritos e as pessoas. É como vidro quebrado na minha cabeça.

— E as lutas? — Kit quis saber. — Batalhas, matar demônios, isso deve ser bem barulhento e alto, não?

Ty balançou a cabeça.

— A batalha é diferente. Batalhar é o que os Caçadores de Sombras *fazem*. A luta está no meu corpo, não na minha mente. Desde que eu possa usar fones...

Ele se interrompeu. Ao longe, Kit ouviu um barulho de algo delicado estilhaçando, como uma janela sendo estourada por um furacão.

Ty imediatamente ficou de pé, quase pisando em Kit, e sacou uma lâmina serafim do seu cinto de armas. Ele a agarrou, encarando o oceano com um olhar tão fixo quanto os das estátuas no jardim atrás do Instituto.

Kit foi para trás dele com dificuldade, o coração acelerado.

— O que há de errado? O que foi isso?

— Barreiras... as barreiras de proteção que os Centuriões botaram... esse é o barulho delas quebrando — disse Ty. — Tem alguma coisa vindo. Algo perigoso.

— Achei que você tivesse dito que o Instituto era seguro!

— Normalmente é — disse Ty, e ergueu a lâmina em sua mão. — *Adriel* — falou, e a lâmina pareceu arder por dentro. O brilho iluminou a noite, e, em sua claridade, Kit viu que a estrada que levava ao Instituto estava lotada de formas em movimento. Não eram humanos; uma onda de criaturas escuras, escorregadias, úmidas, que ondulavam, e um fedor, que veio de baixo em direção a eles, um fedor que quase fez Kit engasgar. Ele se lembrava de uma vez em que estava em Venice Beach e passou por um cadáver apodrecido de foca, cheio de alga. Fedia daquele jeito, mas pior.

— Segure isso — falou, e um segundo depois Kit descobriu que Ty tinha colocado sua lâmina serafim acesa na mão dele.

Era como segurar um circuito elétrico. A espada parecia pulsar e se retorcer, e Kit precisou de muito esforço para segurá-la.

— Nunca segurei uma dessas antes! — falou.

— Meu irmão sempre diz que tem que começar de alguma forma. — Ty soltou uma adaga do cinto. Era curta e afiada, e parecia uma arma menos assustadora do que uma lâmina serafim.

Qual irmão?, Kit ficou imaginando, mas não teve chance de perguntar — agora podia ouvir os gritos, o barulho de pés correndo, e ficou feliz porque a maré escura de *criaturas* estava quase no fim da estrada. Ele tinha virado o pulso de um jeito que não achava que fosse possível, e a lâmina parecia mais firme em sua mão — brilhava sem calor, como se fosse feita do mesmo material desconhecido das estrelas ou da lua.

— Então agora que todos estão acordados — disse Kit —, eu não suponho que isso signifique que vamos voltar para dentro do Instituto, não é?

Ty estava tirando os fones do bolso e tocava logo acima do último degrau com o tênis preto.

— Somos Caçadores de Sombras — falou. — Não fugimos.

A lua então saiu de trás da nuvem, exatamente quando a porta atrás de Kit e Ty abriu e Caçadores de Sombras saíram aos montes. Diversos Centuriões carregavam luzes enfeitiçadas: a noite se iluminou, e Kit *viu* as criaturas que subiam pela estrada e se espalhavam pela grama. Vinham em direção ao Instituto, e na varanda os Caçadores de Sombras erguiam suas armas.

— Demônios marinhos. — Ele ouviu Diana falar sombriamente, e, de repente, Kit se deu conta de que estava prestes a lutar sua primeira batalha, gostando ou não.

Kit girou. A noite estava cheia de luz e barulho. O brilho das lâminas serafim iluminava a escuridão, o que era uma bênção e uma maldição.

Kit viu Livvy e Diana com suas armas, seguidas por Diego, que trazia um enorme machado na mão. Zara e os outros Centuriões estavam logo atrás.

Mas ele também conseguia ver os demônios marinhos, e eram muito piores do que tinha imaginado. Eram coisas que pareciam lagartos pré-históricos, com escamas de pedras, cujas cabeças eram uma massa com dentes pontudos gotejantes e olhos negros mortos. Criaturas que pareciam geleia pulsante, com bocas cheias de presas, nas quais órgãos nojentos se penduravam: corações deformados, estômagos transparentes, nos quais Kit conseguia ver os contornos do que um deles tinha acabado de comer — algo com braços e pernas humanas... Criaturas semelhantes a enormes lulas com rostos, que olhavam de soslaio, com tentáculos cheios de ventosas, das quais pingava ácido verde no chão, deixando buracos queimados na grama.

Os demônios que tinham matado seu pai pareciam muito atraentes em comparação com esses.

— Pelo Anjo — falou Diana, baixinho. — Fiquem atrás de mim, Centuriões.

Zara lançou-lhe um olhar terrível, apesar de os Centuriões estarem basicamente aglomerados na varanda, boquiabertos. Apenas Diego parecia literalmente ansioso para se lançar em combate. As veias se destacavam em sua testa e a mão tremia de ódio.

— Somos Centuriões — disse Zara. — Não recebemos ordens de vocês...

Diana se virou para ela.

— Cale a boca, criança tola — falou Diana com uma voz de fúria gelada. — Como se os Dearborn não tivessem se acovardado em Zurique durante a Guerra Maligna? Você nunca esteve em uma batalha de verdade. Eu já. Não diga mais uma palavra.

Zara recuou, rija de choque. Nenhum dos Centuriões, nem mesmo Samantha ou Manuel, fez qualquer movimento de defendê-la.

Os demônios — guinchando, se debatendo e deslizando pela grama — já estavam quase na varanda. Kit sentiu Livvy vindo em direção a ele e Ty, se colocando na frente dele. Estavam tentando bloqueá-lo, ele percebeu de repente. Para o protegerem. Sentiu uma onda de gratidão, e depois outra de irritação; será que achavam que ele era um mundano indefeso?

Ele já tinha combatido demônios antes. No fundo de sua alma, alguma coisa se mexia. Alguma coisa que fez a lâmina serafim arder mais brilhante em sua mão. Algo que o fez entender o olhar no rosto de Diego quando ele virou para Diana e perguntou: "ordens?".

— Matar todos eles, obviamente — retrucou Diana, e os Centuriões começaram a descer pelas escadas. Diego enfiou o machado no primeiro que viu; símbolos brilhavam pela lâmina enquanto ela cortava em meio a sangue preto-acinzentado gelatinoso.

Kit se lançou para a frente. O espaço em frente aos degraus tinha se tornado uma zona de combate. Ele viu todo o poder das lâminas serafim quando os Centuriões atacaram e golpearam, o ar foi tomado pelo fedor de sangue demoníaco, e a lâmina em sua mão brilhou cada vez mais e alguma coisa o segurou pelo pulso, prendendo-o no topo da escada.

Era Livvy.

— Não — falou. — Você não está pronto...

— Estou bem — protestou ele. Ty estava no meio da escada; ele chegou a mão para trás e lançou a adaga que ainda estava segurando. Ela afundou no olho largo e chato de um demônio com cabeça de peixe, que piscou até o seu fim.

Ele se virou para trás e encarou Kit e a irmã.

— Livvy — falou. — Deixa ele...

A porta se abriu novamente, e para surpresa de Kit, era Arthur Blackthorn, ainda de jeans e com o roupão de banho por cima da roupa, mas, pelo menos, ele tinha calçado os sapatos. Uma espada anciã e manchada pendia de sua mão.

Diana, envolvida em um combate com um demônio lagarto, levantou o olhar horrorizada.

— Arthur, não!

Arthur estava arfando. Havia terror em seu rosto, mas também havia outra coisa, uma espécie de ferocidade. Ele desceu os degraus, se lançando contra o primeiro demônio que viu — uma coisa avermelhada e com franjas com uma boca imensa e um longo ferrão. Quando o ferrão desceu, ele o partiu ao meio, fazendo a criatura voar pelo ar, quicando e guinchando como um balão de ar se esvaziando.

Livvy soltou Kit. Ela fitava o tio, impressionada. Kit se virou e desceu as escadas, exatamente quando os demônios começaram a se retirar — eles estavam recuando, mas por quê? Os Centuriões tinham começado a vibrar quando o espaço na frente do Instituto clareou, mas para Kit parecia cedo demais. Os demônios não estavam perdendo. Também não estavam ganhando, mas era cedo demais para recuar.

— Alguma coisa está acontecendo — falou, olhando para Livvy e Ty, ambos posicionados nos degraus com ele. — Algo está errado...

Risos cortaram o ar. Os demônios congelaram em um semicírculo, bloqueando a passagem para a estrada, mas sem andarem para a frente. No centro do semicírculo caminhava uma figura que parecia passagem de um filme de terror.

Outrora fora um homem; ele ainda tinha a forma borrada de um, mas sua pele era verde-acinzentada como a barriga de um peixe, e ele mancava, porque um dos braços e a lateral do corpo tinham sido quase todos mastigados. A camisa pendia em trapos, mostrando onde os ossos brancos das costelas tinham sido limpos e a pele cinza fora drenada em volta dos terríveis machucados.

Praticamente não tinha mais cabelo, mas o remanescente era branco como osso. O rosto estava afogado e inchado, os olhos tinham ficado leitosos, embranquecidos pela água do mar. Ele sorriu com uma boca praticamente sem lábios. Em sua mão, trazia um saco preto, o tecido manchado com água e escuro.

— Caçadores de Sombras — falou. — Como senti falta de vocês.

Era Malcolm Fade.

No silêncio que seguiu a revelação do campeão Unseelie, Julian pôde ouvir o próprio coração batendo forte no peito. Ele sentiu o símbolo *parabatai* arder, uma dor evidente e lancinante. A dor de Emma.

Queria ir até ela. Emma estava de pé, como um cavaleiro em uma pintura, a cabeça inclinada e a espada junto à lateral do corpo, sangue manchando o uniforme, o cabelo meio solto das presilhas, voando em torno dela. Ele viu seus lábios se moverem: ele sabia o que ela estava dizendo, mesmo que não pudesse ouvi-la. Isso o invadiu com lembranças da Emma que ele tinha conhecido ao que parecia cerca de mil anos, uma garotinha esticando os braços e pedindo o colo do pai.

Papai?

O Rei riu.

— Corte a garganta dele, menina — falou. — Ou não consegue matar seu próprio pai?

— Pai? — Cristina ecoou. — O que ele quer dizer com isso?

— Aquele é John Carstairs — disse Mark. — O pai de Emma.

— Mas como...

— Não sei — disse Julian. — É impossível.

Emma caiu de joelhos, guardando Cortana de volta na bainha. Ao luar, o pai e ela, que se curvava sobre o homem caído, eram sombras.

O Rei começou a rir, seu rosto sinistro estava dividido com um sorriso largo, e a Corte riu com ele, uivos de júbilo explodindo ao redor.

Ninguém estava prestando atenção nos três Caçadores de Sombras no centro da clareira.

Julian queria ir até Emma. Queria desesperadamente. Mas ele era alguém acostumado a não fazer ou conseguir o que queria. Ele se virou para Mark e Cristina.

— Vá até ela — falou para Cristina. Os olhos escuros da menina se arregalaram. — Vá até *ele* — falou para Mark, e o irmão fez que sim com a cabeça e entrou na multidão, uma sombra entre as sombras.

Cristina desapareceu atrás dele, seguindo o caminho oposto pela multidão. Os cortesãos ainda estavam rindo, o som do deboche aumentando, tingindo a noite. *Emoções humanas são tão bobas para eles, e mentes e corações humanos, tão frágeis.*

Julian pegou uma adaga do cinto. Não era uma lâmina serafim, sequer uma lâmina Marcada, mas era de ferro frio e cabia confortavelmente em sua palma. Os príncipes entre os cavaleiros olhavam para o pavilhão e riam. Julian precisou de apenas alguns passos para alcançá-los, passar o braço em volta do Príncipe Erec e encostar a ponta da adaga contra a garganta dele.

O primeiro pensamento distraído de Kit foi: *então foi por isso que não conseguiram encontrar o corpo de Malcolm.*

O segundo foi uma lembrança. O Alto Feiticeiro era uma presença habitual no Mercado das Sombras, e era amigável com o pai de Kit — apesar de só mais tarde ele ter descoberto que os dois eram mais do que apenas conhecidos, eram parceiros no crime. Mesmo assim, o feiticeiro vivaz de olhos roxos tinha sido popular no Mercado, e, às vezes, trazia doces gostosos para Kit, que dizia serem de lugares distantes para onde tinha viajado.

Era estranho perceber que o feiticeiro amistoso que conheceu era um assassino. Era mais estranho ainda ver o que Malcolm tinha se tornado. O feiticeiro avançou, sem toda a graça que outrora teve, arrastando-se sobre a grama. Os Caçadores de Sombras assumiram uma formação, como uma legião romana: encararam Malcolm em uma fila, ombro a ombro, com as armas na mão. Só Arthur estava sozinho. Ele encarou Malcolm, e sua boca se mexeu.

A grama diante deles estava toda queimada, preta e cinza, por causa do sangue de demônio.

Malcolm sorriu, tão bem quanto conseguia com seu rosto arruinado.

— Arthur — falou, olhando para o homem encolhido, usando um roupão manchado de sangue. — *Você* deve sentir minha falta. Não parece estar muito bem sem seu remédio. Nem um pouco.

Arthur se apoiou na parede do Instituto. Ouviu-se um murmúrio entre os Centuriões, interrompido quando Diana falou:

— Malcolm. — Naquele momento, ela soou incrivelmente calma. — O que você quer?

Ele parou, perto dos Centuriões, mas não perto o bastante para que pudessem atacar.

— Estão gostando de procurar meu corpo, Centuriões? Tem sido muito divertido assistir. Passeando com seu barco invisível, sem ideia do que estão procurando ou de como encontrar. Mas vocês nunca foram muito úteis sem feiticeiros, certo?

— Silêncio, imundo — disse Zara, vibrando como um circuito elétrico.

— Você...

Divya deu uma cotovelada nela.

— Não — sussurrou. — Deixe Diana falar.

— Malcolm — disse Diana, no mesmo tom frio. — As coisas não são como antigamente. Temos a força da Clave ao nosso lado. Sabemos quem você é, e vamos encontrá-lo onde estiver. Você é um tolo, vindo aqui e dando as caras.

— Dando as caras — repetiu ele em tom reflexivo. — Onde é que está mesmo a minha cara? Ah, certo. Está dentro dessa sacola... — Ele enfiou a mão no saco que trazia. Quando a retirou, estava segurando uma cabeça humana, que fora cortada.

Fez-se um silêncio horrorizado.

— *Jon!* — gritou Diego, com voz rouca.

Gen Aldertree parecia prestes a sofrer um colapso.

— Meu Deus. Pobre Marisol. Ah...

Zara encarava, boquiaberta e horrorizada, apesar de não ter feito qualquer movimento para avançar. Diego deu um passo, mas Rayan o segurou pelo braço quando Diana gritou:

— Centuriões! Permaneçam em formação!

Ouviu-se um ruído engasgado quando Malcolm jogou a cabeça de Jon Cartwright sobre a grama. Kit percebeu que ele mesmo tinha feito o barulho. Ele fitava a espinha exposta de Jon. Era muito branca contra o chão escuro.

— Suponho que esteja certa — disse Malcolm para Diana. — Já é hora de acabar com nossos fingimentos, não é? Vocês conhecem minhas fraquezas... e eu conheço as de vocês. Matar este aqui — ele apontou para os restos de Jon — levou segundos, e romper suas barreiras, menos ainda. Acham que vou demorar muito mais para conseguir algo que eu realmente quero?

— E o que seria? — perguntou Diana. — O que você quer, Malcolm?

— Quero o que sempre quis. Quero Annabel e o que é preciso para tê-la de volta. — Malcolm riu. Foi como um gorgolejo. — Quero meu sangue Blackthorn.

* * *

Emma não se lembrava de ter caído de joelhos, mas estava ajoelhada.

Terra batida e folhas mortas a cercavam. O cavaleiro fada — seu pai — estava deitado de costas em uma poça de sangue que se espalhava. Encharcou a terra já escura, deixando-a praticamente preta.

— Papai — sussurrou ela. — Papai, por favor, olhe para mim.

Ela não dizia a palavra "papai" há anos. Provavelmente desde os sete anos de idade.

Olhos azuis se abriram no rosto cheio de cicatrizes. Ele era exatamente como Emma lembrava — bigodes louros onde tinha se esquecido de barbear, rugas gentis em volta dos olhos. Sangue seco manchava sua bochecha. Ele a encarou, com olhos arregalados.

O Rei riu.

— Corte a garganta dele — falou. — Ou não consegue matar seu próprio pai, menina?

Os lábios de John Carstairs se moveram, mas nenhum ruído saiu.

Você novamente verá o rosto de alguém que amou, que está morto, a puca havia dito. Mas Emma nunca sonhou com isso, não com isso.

Ela pegou o braço do pai, coberto pela armadura de couro das fadas.

— Eu me rendo — falou, com voz entrecortada. — Eu me rendo, eu me rendo, apenas o ajude...

— Ela se rendeu — disse o Rei.

A Corte começou a rir. Risos se elevaram em volta de Emma, apesar de ela mal ter escutado. Uma voz no fundo da mente lhe dizia que isso não estava certo, que havia algo de fundamentalmente errado, mas a imagem do pai estrondeava como o som de uma onda quebrando. Ela tentou alcançar uma estela — ele ainda era um Caçador de Sombras, afinal — mas abaixou a mão; nenhum *iratze* funcionaria aqui.

— Não vou deixá-lo — falou. Sua cabeça zumbia. — Não vou deixá-lo aqui. — Ela apertou o braço dele com mais força, e se agachou ao pé do pavilhão, ciente do olhar do Rei nela, e dos risos em volta. — Eu fico.

Foi Arthur quem se moveu. Ele se afastou da parede com violência, indo em direção a Livvy e Ty. Pegou cada um deles por um braço e os empurrou para a porta do Instituto.

Ambos lutaram, mas Arthur parecia surpreendentemente forte. Livvy deu meia-volta, chamando o nome de Kit. Arthur abriu a porta com um chute e empurrou os sobrinhos para dentro. Kit pôde ouvir Livvy gritando, e a porta se fechando atrás deles.

Diana arqueou uma sobrancelha para Malcolm.

— Sangue Blackthorn, você disse?

Malcolm suspirou.

— Cães loucos e ingleses — falou. — E, às vezes, você encontra alguém que é as duas coisas. Ele não pode achar que isso *funcionaria*.

— Está dizendo que consegue entrar no Instituto? — insistiu Diego.

— Estou dizendo que não importa — disse Malcolm. — Eu armei isso tudo antes de Emma me matar. Minha morte, e eu estou morto, apesar de não por muito tempo... não é maravilhoso o Volume Negro?... soltou os demônios marinhos por essa costa. O que estão vendo hoje é uma fração mínima do que eu controlo. Ou me trazem um Blackthorn, ou eu os envio para a terra para assassinarem e destruírem mundanos.

— Nós vamos contê-lo — disse Diana. — A Clave vai contê-lo. Enviarão Caçadores de Sombras...

— Não há o *suficiente* de vocês — falou Malcolm alegremente. Ele tinha começado a andar de um lado para o outro na frente da parede de demônios marinhos que vinham babando atrás dele. — Essa é a beleza da Guerra Maligna. Vocês simplesmente não conseguem conter todos os demônios do Pacífico, não com seus números atuais. Ah, não estou dizendo que não possam vencer um dia. Venceriam. Mas pensem em todas as mortes nesse meio-tempo. Um único Blackthorn vale realmente o sacrifício?

— Não vamos entregar um dos nossos para que você o mate, Fade — disse Diana. — Você sabe muito bem disso.

— Você não fala pela Clave, Diana — retrucou Malcolm. — E eles não são contra sacrifícios. — Ele tentou sorrir. Um dos lábios podres partiu, e líquido negro entornou por seu queixo. — Um por muitos.

Diana estava arfando, os ombros subiam e desciam furiosamente.

— E depois? Tanta morte e destruição, e o que você ganha?

— Vocês também sofrerão, e para mim isso basta por enquanto. Que os Blackthorn sofram. — Seus olhos percorreram o grupo diante dele. — Onde estão meus Julian e Emma? E Mark? Covardes demais para me encarar? — Ele riu. — Que pena. Eu gostaria de ter visto o rosto de Emma quando ela pusesse os olhos em mim. Pode dizer a ela que espero que a maldição consuma os dois.

Consuma quem?, Kit pensou, mas o olhar de Malcolm tinha desviado para ele, e ele viu os olhos leitosos do feiticeiro brilharem.

— Sinto muito pelo seu pai, Herondale — disse Malcolm. — Não tinha como evitar.

Kit ergueu Adriel sobre a cabeça. A lâmina serafim estava quente em sua mão, começando a piscar, mas projetava um brilho ao seu redor, que ele esperava ser o bastante para que o feiticeiro o visse quando ele atirasse em sua direção.

O olhar de Malcolm não tinha expressão. Ele se voltou novamente para Diana.

— Vocês têm até amanhã à noite para decidirem. Depois eu voltarei. Se não me arrumarem um Blackthorn, a costa será destruída. Enquanto isso...

— Ele estalou os dedos, e uma chama roxa fraca faiscou no ar. — Divirtam-se com meus amigos aqui.

Ele desapareceu enquanto os demônios marinhos avançavam para cima dos Centuriões.

12

Nas Montanhas

Mark foi abrindo caminho através da Corte Unseelie. Ele só tinha estado entre essas pessoas em festas: a Corte não ficava sempre no mesmo lugar, mas se movia através das Terras Unseelie. Mark sentia o cheiro de sangue no ar noturno agora que andava entre os nobres aglomerados. Ele sentia o cheiro de pânico, medo e ódio. O ódio aos Caçadores de Sombras. O Rei estava mandando a Corte se aquietar, mas a multidão gritava para Emma derramar o sangue do pai.

Ninguém vigiava Kieran. Ele estava caído de joelhos, o peso do corpo puxava as cordas de espinhos que o prendia como se fossem arame farpado. Sangue escorria lentamente pelos cortes nos pulsos, no pescoço e nos tornozelos.

Mark passou pelo último cortesão. Assim de perto, dava para ver que Kieran tinha alguma coisa em uma corrente no pescoço. Uma flecha de elfo. A flecha de elfo de *Mark*. Mark sentiu uma pontada no estômago.

— Kieran. — Ele colocou a mão na bochecha do menino.

Os olhos de Kieran se abriram. Seu rosto estava cinza de dor e desamparo, mas seu sorriso era gentil.

— Tantos sonhos — falou. — É o fim? Você veio para me levar para as Terras Brilhantes? Não poderia ter escolhido um rosto melhor para usar.

Mark passou as mãos pelas cordas de espinhos. Eram duras. Uma lâmina serafim poderia tê-las cortado, mas lâminas serafim não funcionavam aqui, deixando-o apenas com adagas comuns. Uma ideia passou pela cabeça de Mark, e ele esticou o braço para soltar a flecha de elfo do pescoço de Kieran.

— Não importa que deuses tenham feito isso — murmurou Kieran —, são gentis por me trazer aquele que minha alma ama, em meus últimos momentos. Sua cabeça caiu para trás contra a árvore, expondo os cortes vermelhos em volta da garganta onde os espinhos tinham cortado. — Meu Mark.

— Silêncio — falou Mark com a garganta apertada. A flecha de elfo era afiada, e ele passou a lâmina contra as cordas que prendiam o pescoço de Kieran e depois seus pulsos. Elas caíram, e Kieran soltou um suspiro de dor aliviada.

— É verdade, como dizem — falou. — A dor passa quando você morre.

Mark cortou as cordas que prendiam os tornozelos de Kieran, e se esticou.

— Chega — falou. — Eu sou o Mark, e não uma ilusão. Você não está morrendo, Kieran. Está vivendo. — Ele pegou Kieran pelo pulso e o ajudou a se levantar. — Está escapando.

O olhar de Kieran parecia deslumbrado pelo luar. Ele esticou os braços para Mark e colocou as mãos nos ombros dele. Houve um momento em que Mark poderia ter recuado, mas não o fez. Ele foi em direção a Kieran ao mesmo tempo que Kieran foi em direção a ele, e pôde sentir o cheiro de sangue e de vinhas cortadas em Kieran, e eles se beijaram.

A curva dos lábios de Kieran sob os dele era tão familiar quanto o gosto de açúcar ou a sensação da luz do sol. Mas não havia açúcar nem luz do sol aqui, nada brilhante, nem doce, apenas a pressão escura da Corte ao redor deles e o cheiro de sangue. E seu corpo ainda respondia ao de Kieran, pressionando-o contra o tronco da árvore, segurando-o, suas mãos deslizando pela pele, cicatrizes e ferimentos recentes sob as pontas dos dedos.

Era como se Mark tivesse sido erguido e estivesse fora do próprio corpo. Ele estava novamente na Caçada, com a mão agarrando a crina de Lança do Vento, inclinado contra a ventania que soprava seu cabelo, feria sua garganta e levava sua risada. Os braços de Kieran o envolviam, a única coisa quente em um mundo frio, e os lábios de Kieran encostavam em sua bochecha.

Alguma coisa cantou ao seu ouvido. Ele se afastou do príncipe fada. Outro objeto assobiou por perto e instintivamente ele empurrou Kieran contra a árvore.

Flechas. Cada uma com a ponta em chamas, cortando o ar pela Corte como vaga-lumes mortais. Um dos príncipes Unseelie corria em direção a Mark e Kieran, erguendo um arco.

Tinham sido notados, afinal, ao que parecia.

* * *

A grama em frente ao Instituto parecia ferver, uma massa de demônios marinhos e Centuriões, tentáculos açoitando e lâminas serafim cortando. Kit meio que se jogou pelas escadas, quase derrubando Samantha, que, junto com seu irmão gêmeo, lutava furiosamente com uma criatura cinza grotesca coberta de bocas vermelhas sugadoras.

— Olha por onde anda! — gritou ela, e depois guinchou quando um tentáculo a envolveu pelo peito. Kit avançou com Adriel, cortando o tentáculo logo acima do ombro de Samantha. O demônio gritou de todas as suas bocas e sumiu.

— Nojento — disse Samantha, que agora estava coberta de sangue demoníaco cinzento e espesso. Ela estava franzindo a testa, o que parecia ingrato a Kit, mas ele mal teve tempo de se preocupar com isso; já estava virando para levantar novamente a espada contra uma criatura espinhenta, de pele dura como uma estrela do mar.

Ele pensou em Ty na praia com a estrela do mar na mão, sorrindo. Se encheu de raiva — ele não tinha percebido o quanto os demônios pareciam as coisas belas do mundo que tinham sido deformadas, e transformadas em algo repugnante e desprezível.

A lâmina baixou. O demônio guinchou e se encolheu — e de repente braços envolveram Kit, arrastando-o para trás.

Era Diana. Ela estava encharcada de sangue, parte humano e parte demoníaco. Agarrou o braço de Kit, puxando-o de volta para a escada, para o Instituto.

— Estou bem... Não preciso de ajuda... — arfou ele, contorcendo-se na mão dela.

Ela tirou Adriel dele e jogou para Diego, que pegou a lâmina e girou para enfiar o objeto no corpo espesso de um demônio água-viva, atacando com o machado na outra mão. Foi bastante impressionante, mas Kit estava furioso demais para se importar.

— Eu não *preciso de ajuda!*— gritou outra vez, quando Diana o puxou pelos degraus. — Não preciso ser salvo!

Ela o virou para que ele ficasse de frente para ela. Uma de suas mangas estava ensanguentada e havia uma marca vermelha em sua garganta onde o colar tinha sido arrancado. Mas ela continuava imperiosa como sempre.

— Talvez não precise — falou. — Mas os Blackthorn precisam, e você vai ajudá-los.

Em choque, Kit parou de lutar. Diana o soltou e abriu as portas do Instituto com o ombro; após uma última olhada para trás, ele a seguiu.

Os instantes após Julian pegar Erec e colocar a faca em sua garganta foram caóticos. Diversas fadas perto do pavilhão uivaram; os cavaleiros recuaram, com expressão aterrorizada. O Rei Unseelie gritava.

Julian manteve a mente focada: *segure seu prisioneiro. Mantenha a faca na garganta dele. Se ele escapar, você ficará sem nada. Se matá-lo rápido demais, ficará sem nada. Essa é a sua vantagem. Aproveite.*

Comandados pelo Rei, os cavaleiros se afastaram, formando uma espécie de túnel para Julian atravessar, empurrando Erec. O fim do túnel ficava abaixo do trono do Rei. O Rei estava na beira do pavilhão; sua capa branca voando com a brisa.

Erec não resistiu, mas quando chegaram ao pavilhão, ele esticou a cabeça e encarou o pai. Julian sentiu os olhares deles se encontrarem.

— Você não vai cortar a garganta do meu filho — disse o Rei Unseelie, olhando para Julian com desdém. — Você é um Caçador de Sombras. Tem um código de honra.

— Você está pensando nos Caçadores de Sombras e em como eram antigamente — disse Julian. — Eu cresci na Guerra Maligna. Fui batizado com sangue e fogo.

— Você é suave — disse o Rei —, suave como anjos são suaves.

Julian ajeitou a faca com mais firmeza na curva do pescoço de Erec. O príncipe fada tinha cheiro de sangue e medo.

— Eu matei meu próprio pai — falou Julian. — Acha que não matarei seu filho?

Um olhar de surpresa passou pelo rosto do Rei. Adaon falou:

— Ele está dizendo a verdade. Muitos estavam no Salão dos Acordos durante a guerra. Foi testemunhado. Esse aí é implacável.

O Rei franziu o rosto.

— Adaon, fique quieto. — Mas ele estava claramente perturbado. Sombras se moveram por trás de seus olhos. — O preço que você pagaria por derramar o sangue da minha família na minha Corte seria inominável — falou para Julian. — Você não seria o único a pagar. Toda a Clave pagaria.

— Então não me obrigue a isso — disse Julian. — Deixe-nos partir em paz. Levaremos Erec conosco, por um quilômetro, e depois o soltaremos. Ninguém deverá nos seguir. Se sentirmos que estamos sendo seguidos, nós o mataremos. *Eu* o matarei.

Erec xingou e cuspiu.

— Deixe que me mate, pai — falou. — Deixe meu sangue iniciar a guerra que sabemos que está por vir.

Os olhos do Rei pousaram por um momento em seu filho. *Ele é o preferido do Rei*, Mark tinha dito. Mas Julian não podia deixar de imaginar se o Rei estaria mais preocupado com a guerra que estava por vir, com controlar como e quando começaria, do que com o destino de Erec.

— Você acha que anjos são suaves — disse Julian. — São tudo, menos isso. Eles trazem justiça com sangue e fogo celestial. Se vingam com punhos e ferro. A glória é tanta que queimaria seus olhos se você olhasse para ela. É uma glória fria e brutal. — Ele encontrou o olhar do Rei: seu olho furioso e o vazio. — Olhe para mim se duvida do que eu digo que farei — disse Julian. — Olhe para os meus olhos. Fadas veem muito, pelo que dizem. Acha que sou alguém que tem alguma coisa a perder?

Estavam na entrada: Ty, Livvy, Arthur, e os mais novos, Dru com Tavvy no colo.

Eles se alegraram quando Diana e Kit entraram, mas Kit não sabia se a reação era por ele ou por ela. Arthur estava sentado na escada, em silêncio, olhando para o roupão manchado de sangue. Ele se levantou ao vê-los, mas estava se apoiando no corrimão com uma das mãos.

— Ouvimos tudo — disse Livvy. Ela estava pálida de choque, dando a mão para Ty. — Malcolm quer sangue Blackthorn, e ele tem um exército de demônios...

— Quando ele diz que quer "sangue Blackthorn", não existe chance de ele estar falando de um pouco? — perguntou Kit. — Talvez um copo?

Todos o encararam com expressão séria, exceto Ty.

— Eu também pensei nisso — disse Ty, olhando animado para Kit. — Mas os feitiços foram escritos em língua arcaica. "Sangue Blackthorn" significa uma vida Blackthorn.

— Ele não vai conseguir o que quer — disse Diana. Ela tirou o casaco manchado de sangue e o jogou no chão. — Precisamos de um Portal. Agora. — Ela procurou o telefone no bolso da calça, encontrou e começou a digitar.

— Mas não podemos simplesmente desaparecer — disse Livvy. — Malcolm vai soltar todos aqueles demônios! Pessoas vão morrer!

— Você não pode barganhar com Malcolm — disse Diana. — Ele mente. Ele poderia conseguir o sangue Blackthorn que deseja e mesmo assim soltar os demônios. Deixá-los em segurança e depois atacá-lo é a melhor opção.

— Mas...

— Ela tem razão — disse Kit. — Malcolm fez milhares de promessas ao meu pai, inclusive a de mantê-lo seguro. No fim, ele tinha se certificado de que se alguma coisa acontecesse a ele, meu pai morreria também.

— Catarina. — Diana virou-se de lado, com o telefone ao ouvido. — Preciso de um favor. Bem grande.

— Vão nos chamar de covardes — falou Dru, desanimada. — Fugir assim...

— Vocês são crianças — disse Arthur. — Ninguém espera que fiquem e lutem. — Ele atravessou a sala até a janela. Ninguém foi atrás dele. O som que vinha do lado de fora bastava. Tavvy estava com o rosto no ombro da irmã.

— Para Londres? — disse Diana. — Tudo bem. Obrigada, Catarina. — E desligou.

— *Londres*? — disse Livvy. — Por que Londres?

— Por que não vamos para Idris? — perguntou Dru. — Onde Emma e Jules estão?

— Catarina não pode abrir um Portal para Idris — disse Diana, sem olhar nos olhos de Dru. — Mas ela tem um acordo com o Instituto de Londres.

— Então devemos entrar em contato com a Clave! — disse Dru. Ela deu um pulo para trás quando o ar na frente dela começou a brilhar.

— Precisamos pegar nossas coisas — disse Tavvy, olhando preocupado para o brilho crescente. Estava se espalhando, uma espécie de cata-vento agora, de cores que giravam e ar que se movia. — Não podemos ir sem as nossas coisas.

— Não temos tempo para nada disso — retrucou Diana. — E não temos tempo de contatar a Clave. E há casas Blackthorn em Londres, lugares seguros, pessoas que conhecem...

— Mas por quê? — Livvy começou. — Se a Clave...

— É perfeitamente possível que a Clave prefira negociar um de vocês com Malcolm — disse Arthur. — Não é disso que está falando, Diana?

Diana não disse nada. O cata-vento giratório estava tomando forma: a forma de uma porta, alta e larga, cercada por símbolos brilhantes.

— Assim como os Centuriões, pelo menos, alguns deles — disse Diana. — Estamos fugindo deles, tanto quanto de qualquer outra pessoa. Eles já estão derrotando os demônios marinhos. Temos pouco tempo.

— Diego jamais... — Dru começou indignada.

— Diego não está no comando — respondeu Diana. O Portal tinha ficado pronto: uma porta vaivém, que estava aberta; através dela, Kit podia ver um tipo de sala de estar com papel de parede desbotado, com estampa de flores. Parecia extremamente incongruente. — Agora vamos... Drusilla, você primeiro...

Com um olhar de fúria desesperada, Drusilla atravessou a sala e entrou pelo Portal, ainda segurando Tavvy. Kit observou, impressionado, enquanto eles giravam e desapareciam.

Livvy foi em seguida, de mãos dadas com Ty. Ela parou na frente do Portal, a força da magia que pulsava através dele levantando o seu cabelo.

— Mas não podemos deixar esse lugar para Zara e a Tropa — protestou ela, voltando-se para Diana. — Não podemos deixar para eles...

— É melhor do que algum de vocês morrer — retrucou Diana. — Agora, vá.

Mas foi Ty que hesitou.

— Kit vem, certo?

Diana olhou para Kit. Ele sentiu sua garganta doer; não sabia por quê.

— Vou — falou. Observou Livvy e Ty entrarem no vazio colorido e desaparecerem. Viu Diana ir atrás deles. Foi até o Portal e parou ali, olhando para Arthur.

— Você quer ir antes? — perguntou.

Arthur balançou a cabeça. Tinha um olhar estranho — estranho até mesmo para Arthur. Apesar de ele não ter estado tão estranho essa noite, Kit pensou. Foi como se a emergência o tivesse forçado a se manter controlado de um jeito que normalmente não conseguia.

— Diga a eles — falou, e os músculos do seu rosto tremeram. Atrás dele, a porta da frente estremeceu; alguém estava tentando abrir. — Diga a eles...

— Você poderá dizer pessoalmente, em um minuto — disse Kit. Ele podia sentir a força do Portal puxando-o. Achou até que estava ouvindo vozes; a voz de Ty, a de Livvy. Mas ficou onde estava.

— Está acontecendo alguma coisa? — falou.

Arthur foi para perto do Portal. Por um instante, Kit relaxou, pensando que o tio das crianças ia entrar junto com ele. Em vez disso, sentiu uma mão no ombro.

— Agradeça a Julian — falou Arthur, e o empurrou com força.

Kit caiu no nada giratório e sem som.

O príncipe fada disparou sua flecha.

Kieran se moveu mais depressa do que se poderia imaginar. Ele girou o corpo, cobrindo o de Mark. A flecha sibilou pelo ar, cantando como um pássaro mortal. Mark só teve tempo de agarrar Kieran e empurrá-lo quando a flecha o alcançou e se enterrou nas costas dele, logo abaixo da omoplata.

Kieran desabou no ombro de Mark. Com a mão livre, Mark puxou uma adaga do cinto e arremessou; o príncipe caiu, gritando, com a lâmina na coxa.

Então ele começou a arrastar Kieran para longe da clareira. As flechas tinham parado, mas o fogo ardia das bandeiras com sua marca da coroa partida. Tinham pegado fogo. As fadas nobres gritavam e iam de um lado para o outro, muitas se separando e começando a correr.

Ainda segurando Kieran, Mark desapareceu dentro da floresta.

— Emma — murmurou Cristina. A clareira estava barulhenta: risos, gritos e vaias. De longe, ela podia ver Julian com a faca na garganta de Erec; ouviu exclamações quando ele foi na direção do pavilhão do Rei, apesar de o Rei, distraído por Emma, ainda não ter visto.

Emma estava ajoelhada no chão, agarrando o braço do campeão fada ferido. Ela levantou o olhar e viu Cristina, e seus olhos brilharam.

— Me ajude com meu pai — falou. Ela estava puxando o braço dele, tentando apoiá-lo em seu pescoço. Ele ficou deitado imóvel, e por um instante Cristina temeu que estivesse morto.

Ele se afastou de Emma e se levantou pesadamente. Era um homem esguio, alto e a semelhança familiar era evidente: ele tinha as feições de Emma, o formato dos seus olhos. Mas os dele eram vazios, o azul tornara-se leitoso.

— Solte—me — falou. — Vadia Nephilim. Solte-me. Isso já foi longe demais.

O sangue de Cristina congelou com suas palavras. O Rei explodiu em mais uma rodada de risos. Cristina pegou Emma, puxando-a para perto de si.

— Emma, você não pode acreditar em tudo que vê aqui.

— Esse é meu pai — insistiu a menina. Cristina a segurava pelo pulso; podia sentir a pulsação acelerada nas veias de Emma, que estendeu a mão livre. — Pai — chamou —, por favor, venha comigo.

— Você é Nephilim — disse o pai de Emma. Dava para ver, em seu pescoço, as cicatrizes brancas de antigas Marcas, agora desbotadas. — Se me tocar, eu a arrastarei para os pés do meu Rei e ele a matará.

As fadas ao redor estavam rindo, agitadas, agarrando uma a outra, e pensar que era o pavor de Emma e sua confusão que as estavam fazendo rir provocou pontadas de fúria assassina através das veias de Cristina.

Uma coisa era estudar as fadas e ler que suas emoções não eram como as emoções humanas. Que as fadas da Corte Unseelie eram criadas para terem prazer na dor alheia. Para prendê-lo em uma teia de palavras e mentiras, e observar, sorrindo, você cair em seus truques.

Outra coisa era ver isso.

Houve uma súbita comoção. O Rei Unseelie correu para a ponta oposta do pavilhão; ele gritava ordens, e, de repente, os cavaleiros se desalinharam.

Julian, pensou Cristina. E, sim, ela podia vê-lo, Julian segurando Erec na sua frente, ao pé do pavilhão do Rei. Ele tinha deliberadamente atraído o Rei para longe de Emma e Cristina.

— Vai ser fácil o bastante decidir isso — disse Cristina. Ela pegou o canivete do cinto e o ofereceu ao campeão. — Pegue isso — falou.

— Cristina, o que você está fazendo...? — Emma quis saber.

— É ferro frio — respondeu Cristina. Ela deu mais dois passos em direção ao campeão. O rosto dele foi mudando conforme ela observava, cada vez menos parecido com o de Emma, e mais parecido com outra coisa; algo grotesco vivendo sob aquela pele. — Ele é Caçador de Sombras. Ferro frio não deverá incomodá-lo.

Ela se aproximou — e o campeão que parecera John Carstairs mudou completamente. Seu rosto se ondulou e o corpo se contorceu e modificou; a pele ficou manchada e verde-acinzentada. Os lábios incharam ao mesmo tempo que os olhos se projetaram, arregalados e amarelos, e o cabelo sumiu até exibir uma cabeça lustrosa e cheia de caroços.

O que antes fora o pai de Emma, agora era um cavaleiro fada com corpo atarracado e a cabeça de sapo. Emma o encarou, pálida. A boca grande se abriu e falou, crocitando:

— Finalmente, finalmente, livre da ilusão do Nephilim repulsivo...

Ele não concluiu a frase. Emma tinha pegado Cortana e atacado, enfiando a lâmina na garganta do cavaleiro.

Ele emitiu um ruído úmido e sufocado. Sangue cor de pus esguichou da sua boca grande; ele cambaleou para trás, mas Emma o seguiu, girando o cabo da faca. O fedor do sangue e o som de carne molhada rasgando quase fizeram Cristina vomitar.

— Emma — gritou Cristina. — *Emma!*

Emma puxou a espada outra vez e golpeou novamente repetidas vezes até Cristina segurá-la pelos ombros e sacudi-la. O cavaleiro fada sucumbiu ao chão, morto.

Emma estava tremendo, suja de sangue. Ela cambaleou.

— Vamos. — Cristina agarrou o braço da amiga e começou a puxá-la para longe do pavilhão. Foi então que o ar explodiu com um zumbido ritmado. Flechas. Tinham pontas de fogo e iluminavam a clareira com um brilho sombrio e móvel. Cristina desviou automaticamente, apenas para ouvir um som estridente a poucos centímetros de sua cabeça. Emma tinha jogado Cortana para o lado e uma flecha atingiu a lâmina, desfazendo-se em pedaços no mesmo instante.

Cristina acelerou.

— Temos que sair daqui...

Uma flecha em chamas passou por elas e atingiu uma bandeira pendurada no pavilhão do Rei, que pegou fogo e estalou. Iluminou os príncipes correndo do pavilhão, saindo das beiradas para a sombra. O Rei ainda estava na frente do trono, olhando para o nada. Onde estava Jules? Para onde ele e Erec tinham ido?

Ao se aproximar da beira da clareira, a mulher fada com vestido de ossos surgiu na frente delas. Seus olhos eram verdes, semelhantes ao de um peixe, sem pupilas, e brilhavam como óleo sob a luz das estrelas. Cristina pisou forte no pé da mulher fada; seus gritos foram abafados pelos uivos da Corte quando ela recebeu uma cotovelada e saiu do caminho. Ela caiu no pavilhão, pequenos ossos caindo do vestido dela como neve acidental.

Emma e Cristina estavam de mãos dadas. Os dedos de Emma pareciam feitos de gelo e Cristina apertou a mão da amiga com mais força.

— *Vamos* — falou, e elas correram para as árvores.

Mark não ousou ir longe. Julian, Emma e Cristina ainda estavam na Corte. Ele puxou Kieran para trás de um tronco espesso de carvalho e o fez sentar, apoiado nele.

— Você está bem? Está com dor? — perguntou.

Kieran olhou para ele nitidamente exasperado. Antes que Mark pudesse contê-lo, ele esticou o braço, agarrou a flecha, e a puxou dali. Sangue saiu junto, uma poça que ensopou as costas da camisa.

— Jesus, Kieran, que diabos...

— Que deuses estrangeiros você chama agora? — Kieran quis saber. — Pensei que você tivesse dito que eu não estava morrendo.

— Não estava. — Mark tirou o colete de linho, dobrando o tecido para pressioná-lo contra as costas de Kieran. — Mas agora eu posso matá-lo por ser tão burro.

— Caçadores se curam rápido — disse Kieran, engasgando. — Mark. Realmente é você. — Seus olhos eram luminosos. — Eu sabia que viria atrás de mim.

Mark não disse nada. Estava concentrado em segurar o tecido sobre o ferimento de Kieran, mas uma sensação de ansiedade pressionava suas costelas. Ele e Kieran não tinham terminado em bons termos. Por que ele acharia que Mark viria atrás dele, quando quase não veio?

— Kier — falou ele, afastando o colete. Kieran tinha razão sobre a recuperação. O sangue tinha diminuído muito. Mark deixou o colete sujo de sangue cair e tocou a lateral do rosto do menino fada. Estava quente como uma fornalha. — Você está ardendo. — Ele esticou a mão para devolver o colar de flecha de elfo ao pescoço de Kieran, mas ele o impediu.

— Por que estou com o seu colar? — falou, franzindo o rosto. — Deveria ser seu.

— Eu te devolvi — retrucou Mark.

Kieran soltou um riso rouco.

— Eu me lembraria disso. — Então seus olhos arregalaram. — Não me lembro de ter matado Iarlath — disse. — Sei que matei. Me disseram. E eu acredito; ele não valia nada. Mas não me lembro. Não me lembro de nada depois que te vi pela janela do Instituto falando com aquela garota. *Cristina.*

Mark gelou. Automaticamente, ele colocou o colar de flecha de elfo sobre a própria cabeça, sentindo-o bater em seu peito. *Kieran* não se lembrava?

Isso significava que não se lembrava de ter traído Mark, contando à Caçada Selvagem que Mark tinha compartilhado segredos de fadas com os Nephilim. Ele não se lembrava do castigo, das chicotadas em Julian e Emma.

Ele não se lembrava que Mark tinha terminado a relação com ele. Devolvido o colar.

Não era à toa que achava que Mark viria atrás dele.

— *Aquela garota* Cristina está aqui — disse uma voz acima deles.

Cristina tinha se juntado a eles nas sombras. Ela estava desalinhada, mas muito menos do que Emma, que estava suja de sangue de fada e sangrando de um arranhão grande na bochecha. Mark se levantou.

— O que está acontecendo? Algum de vocês se machucou?

— Eu... eu acho que estamos bem — disse Emma. Ela parecia espantada e preocupantemente sem expressão.

— Emma matou o campeão do Rei — disse Cristina, e depois fechou a boca. Mark sentiu que havia mais, mas não insistiu.

Emma piscou os olhos, focando lentamente em Mark e Kieran.

— Ah, é *você* — falou para Kieran, soando mais como ela mesma. — Cara de Fuinha. Tem cometido algum ato de traição pessoal monstruosa ultimamente?

Kieran pareceu espantado. As pessoas normalmente não falavam assim com príncipes Unseelie, e, além disso, Mark pensou, Kieran não se lembrava mais por que Emma poderia estar brava com ele ou acusá-lo de traição.

— Você a trouxe aqui para me resgatar? — perguntou ele a Mark.

— *Todos* nós viemos para resgatá-lo — disse Julian, apenas parcialmente visível atrás de Erec, que ele empurrava.

Emma deu um suspiro alto, uma indicação audível de alívio. Julian a encarou rapidamente, e eles trocaram um olhar. Era o que Mark sempre considerou o olhar *parabatai*: a rápida olhada para se certificar de que a outra pessoa estava bem, estava ao seu lado, segura e viva. Mas agora que ele conhecia os verdadeiros sentimentos de Julian por Emma, não podia deixar de se perguntar se havia mais um pouco no que eles compartilhavam.

A garganta de Erec estava sangrando onde a adaga provavelmente tinha escorregado; ele observava sob as sobrancelhas negras, o rosto contorcido em uma careta.

— Traidor do sangue — disse a Kieran, e cuspiu sobre a faca. — Matador dos seus.

— Iarlath não era nada meu — disse Kieran, com a voz exaurida.

— Era mais seu do que esses monstros — rebateu Erec, olhando em volta para os Caçadores de Sombras que o cercavam. — Mesmo agora, você nos trai por eles.

— Como você me traiu para o Rei, nosso pai? — retrucou Kieran. Ele estava aninhado entre as raízes da árvore, parecendo surpreendentemente pequeno, mas quando esticou o rosto para encarar Erec, seus olhos eram duros como pedras preciosas. — Pensa que eu não sei quem contou para o Rei que eu matei Iarlath? Acha que não sei quem posso culpar pelo meu exílio da Caçada?

— Arrogante — disse Erec. — Você sempre foi arrogante, jovem insolente, achando que pertencia à Corte como o restante de nós. Eu sou o favorito do Rei, e não você. Você não conquistou nenhum lugar especial no coração dele ou nos corações da Corte.

— Mesmo assim gostavam mais de mim — respondeu Kieran em voz baixa. — Antes...

— Chega — disse Julian. — A Corte está pegando *fogo*. Os cavaleiros vêm atrás da gente assim que o caos passar. É loucura ficar aqui e fofocar.

— Assuntos importantes da Corte não são fofoca. — Erec rosnou.

— Para mim, são. — Julian espiou pelo bosque. — Deve haver uma saída rápida daqui, em direção às Terras Seelie. Pode nos levar?

Erec ficou em silêncio.

— Ele pode — disse Kieran, levantando-se sem firmeza. — Ele não pode mentir e dizer que não é possível; por isso, não está falando.

Emma ergueu uma sobrancelha para Kieran.

— Cara de Fuinha, você é surpreendentemente útil quando quer.

— Gostaria que você não tivesse tanta intimidade — falou Kieran em tom de reprovação.

Erec emitiu um rosnado — Julian estava enfiando a faca em seu pescoço. Havia um leve tremor na mão do Caçador de Sombras, no punho em torno da lâmina. Mark supunha que devia ser necessário um grande esforço físico para manter Erec contido, mas desconfiava que havia mais do que isso. Julian não tinha natureza de torturador, por mais que pudesse ser e fosse implacável na hora de proteger os que amava.

— Vou matá-lo se você não nos levar na direção certa — falou agora. — E eu o farei lentamente.

— Você prometeu ao meu pai...

— Eu não sou fada — disse Julian. — Eu posso mentir.

Erec parecia furioso, de um jeito que alarmava Mark. Fadas podiam guardar mágoa por muito tempo. Mas ele começou a andar e os outros o seguiram, deixando para trás a luz laranja que vinha da clareira.

Penetraram a escuridão da floresta. As árvores se aglomeravam, e raízes grossas serpenteavam pelo solo escuro. Montes de flores coloridas, vermelhas e verdes, se agrupavam ao redor dos ramos baixos das árvores. Passaram por uma fada de árvore risonha, que estava sentada na forquilha de um galho, nua, exceto por uma rede elaborada de fios prateados, e deu uma piscadela para Mark quando ele passou. Kieran se apoiava pesadamente em seu ombro; Mark estava com uma mão na lombar de Kieran. Será que os outros estavam confusos ou imaginando o que estaria acontecendo entre eles? Ele viu Cristina olhar para trás na direção dele, mas não conseguiu ler sua expressão.

Emma e Cristina caminhavam juntas. Julian estava na frente, permitindo que Erec os guiasse. Mark ainda se sentia inquieto. Parecia que tinham escapado fácil demais. Para o Rei da Corte Unseelie tê-los deixado sair, levando seu filho favorito...

— Onde estão os outros? — perguntou Erec quando as árvores foram rareando e o céu, multicolorido em toda a sua glória, se tornou visível. — Seus amigos?

— Amigos? — perguntou Mark, confuso.

— Os arqueiros — respondeu Erec. — Aquelas flechas em chamas na Corte... foi inteligente, reconheço. Ficamos imaginando como vocês lidariam com armas depois que tirássemos seus poderes de anjo.

— Como fizeram isso? — perguntou Mark. — Profanaram toda a terra?

— Isso não faria diferença — disse Emma. — Símbolos funcionam até em reinos demoníacos. Isso é algo mais estranho.

— E a praga — disse Mark. — O que significa a terra com praga? Está em todos os cantos das Terras Unseelie, como câncer em um corpo doente.

— Como se eu pudesse falar sobre isso. — Erec se irritou. — E não adianta me ameaçar, pois contar valeria a minha vida.

— Acredite em mim, eu mesmo estou cansado de ameaçá-lo — disse Julian.

— Então me solte — falou Erec. — Quanto tempo planeja me segurar? Para sempre? Pois é o tempo que precisaria para me usar como proteção contra o meu pai e seus cavaleiros, para impedir que os encontrem e cortem suas gargantas.

— Eu disse que estava cansado de ameaçar e não que ia parar — disse Julian, cutucando a lâmina da faca. Eles tinham chegado à beira da floresta, onde as árvores terminavam e os campos começavam. — Agora, para que lado?

Erec partiu pelo campo, e eles foram atrás. Kieran estava se apoiando mais pesadamente em Mark. Seu rosto era muito pálido ao luar. As estrelas destacavam o azul e o verde em seu cabelo — sua mãe era uma fada do mar, e um pouco do brilho adorável da água permanecia nas cores do cabelo de Kieran e em seus olhos.

O braço de Mark se curvou inconscientemente em volta dele. Ele estava furioso com Kieran, sim, mas aqui no Reino das Fadas, sob o brilho das estrelas policromáticas, era difícil não se lembrar do passado, não pensar em todas as vezes em que se apoiou em Kieran para ter calor e companhia. Que eram só os dois e ele achava que talvez fossem ser para sempre. E que se considerava muito sortudo por alguém como Kieran, um príncipe, e lindo, sequer olhar para ele.

O sussurro de Kieran era como um leve carinho no pescoço de Mark.

— Lança do Vento.

Lança do Vento era o cavalo de Kieran. Ou foi. Ele tinha vindo com ele da Corte quando Kieran se juntou à Caçada.

— E ele? Onde ele está?

— Com a Caçada — respondeu Kieran, e tossiu violentamente. — Foi um presente de Adaon, quando eu era muito novo.

Mark nunca tinha conhecido os meios-irmãos de Kieran, as dezenas de príncipes de diferentes mães que visavam o Trono Unseelie. Adaon, ele sabia pelas histórias de Kieran, era um dos mais gentis. Erec era o oposto. Foi cruel com ele por quase toda a vida. Kieran raramente falava dele sem raiva.

— Achei que tivesse ouvido o galope dele — disse Kieran. — Ainda ouço.

Mark escutou. Inicialmente não ouviu nada. Sua audição não era aguçada como a de Kieran, ou como a de qualquer fada verdadeira, pelo menos, não quando suas Marcas não funcionavam. Ele teve que esforçar os ouvidos para finalmente ouvir o som. Era um galope, mas não de Lança do Vento. Nem de nenhum dos cavalos. Era um estrondo de cascos, dezenas deles, vindo da floresta.

— Julian! — gritou Mark.

Não havia como conter o pânico da sua voz; Jules ouviu e se virou, rápido, soltando a mão de Erec. Erec se afastou, explodindo em movimento. Ele atravessou o campo, sua capa preta voando atrás dele, e correu para a floresta.

— E ele era uma ótima companhia — murmurou Emma — Com toda aquela coisa de "Nephilim, vocês todos vão morrer em uma poça do próprio sangue". Estava muito agradável. — Ela parou. Tinha ouvido os cavalos. — O que é isso...?

Cortana pareceu voar para sua mão. Julian continuava segurando a adaga; Cristina alcançou o canivete.

— A cavalaria do Rei — disse Kieran, com uma calma surpreendente. — Não têm como combatê-los.

— Temos que correr — disse Mark. — Agora.

Ninguém discutiu. Correram.

Eles correram pelo campo, saltaram um muro de pedra do outro lado, Mark praticamente carregando Kieran. O chão começou a tremer com a força dos cascos distantes. Julian estava praguejando, um fluxo baixo e frequente de xingamentos. Mark supôs que ele não pudesse xingar muito no Instituto.

Estavam se movendo acelerados, mas não rápido o suficiente, a não ser que conseguissem encontrar outro bosque ou algum tipo de cobertura. Mas não havia nada visível ao longe, e as estrelas pouco diziam a Mark. Ele estava exausto o bastante para ficar tonto com elas. Metade da sua força parecia destinada a Kieran: não apenas por arrastá-lo junto, mas por mantê-lo de pé.

Chegaram a outro muro, que não era alto o bastante para conter os cavalos das fadas, mas era o suficiente para incomodar. Emma saltou; Julian foi atrás dela, seus dedos tocando levemente o topo do muro ao saltar por cima dele.

Kieran balançou a cabeça.

— Eu não consigo — falou.

— Kier... — começou Mark, irritado, mas Kieran estava com a cabeça abaixada, como um cachorro surrado. Seus cabelos caíam, suados e embaraçados, no rosto, e a camisa e a cintura da calça estavam ensopadas de sangue.

— Você está sangrando de novo. Achei que tivesse dito que estava se curando.

— Achei que estivesse — respondeu o príncipe fada em voz baixa. — Mark, deixe-me aqui...

Alguém tocou o ombro de Mark. Cristina. Ela tinha guardado a faca e o encarava com frieza.

— Eu ajudo a passá-lo sobre o muro.

— Obrigado — falou Mark. Kieran sequer pareceu ter a energia para olhar irritado para ela. Ela subiu para o topo do muro e esticou as mãos para baixo; juntos, Cristina e Mark ajudaram Kieran a passar sobre a barreira. Eles pularam para baixo, para a grama ao lado de Emma e Julian, que estavam esperando, com ar de preocupação. Kieran aterrissou ao lado deles e sucumbiu ao chão.

— Ele não pode continuar correndo — disse Mark.

Julian olhou por cima do muro. O barulho dos cascos estava alto agora, um estrondo acima deles. A liderança da cavalaria Unseelie era visível, uma linha escura se movendo.

— Ele precisa — falou. — Vão nos matar.

— Me deixem aqui — disse Kieran. — Deixem que me matem.

Julian se abaixou, apoiado em um dos joelhos. Colocou a mão embaixo do queixo de Kieran, forçando o rosto do príncipe a se levantar de modo que os olhares se encontraram.

— Você me chamou de implacável — falou, seus dedos claros contra a pele ensanguentada de Kieran. — Não tenho pena de você, Kieran. Você causou isso a si mesmo. Mas se você pensa que viemos até aqui para salvar a sua vida apenas para permitir que você deite e morra, é mais tolo do que eu pensava. — Sua mão baixou do rosto de Kieran para o braço, puxando-o para cima. — Me ajude, Mark.

Juntos, levantaram Kieran entre eles e avançaram. Era uma tarefa absurdamente difícil. O pânico e o esforço de segurar Kieran abalaram os sentidos de Caçador de Mark; eles tropeçaram sobre pedras e raízes, entraram em um bosque, e galhos baixos arranharam a pele e o uniforme. No meio do bosque, Kieran ficou mole. Finalmente tinha desmaiado.

— Se ele morrer... — começou Mark.

— Ele não vai morrer — respondeu Julian sombriamente.

— Poderíamos escondê-lo aqui e voltar para buscar...

— Ele não é um par de sapatos. Não podemos simplesmente deixá-lo aqui e esperar que ele esteja no lugar quando voltarmos — sibilou Julian.

— Vocês dois podem parar... — começou Emma, mas se interrompeu com um engasgo. — Ah!

Eles tinham saído do bosque. À sua frente, se erguia uma colina, verde e lisa. Poderiam subir, mas teriam que enterrar mãos e pés, e escalar para o topo. Seria impossível fazer isso e manter Kieran com eles. Até Julian tinha parado onde estava. O braço do príncipe fada, que ficara enrolado no pescoço de Julian, agora estava solto, pendurado. Mark tinha a sensação distante e terrível de que ele estava morto. Queria deitar Kieran na grama e checar o pulso, segurá-lo do jeito que se devia segurar um Caçador em seus últimos momentos.

Em vez disso, ele virou a cabeça e olhou para trás. Cristina estava com os olhos fechados; ela apertava o pingente, e sua boca se movia em uma oração silenciosa. Emma segurou Cortana da mesma forma, com olhos atentos e brilhantes. Ela os defenderia até o fim, Kieran também; ela cairia sob os cascos da cavalaria negra.

E eles estavam vindo. Mark podia vê-los, sombras entre as árvores. Cavalos como fumaça negra, olhos em brasa como carvões vermelhos, com ferraduras de prata e ouro ardente. Fogo e sangue lhes davam vida: eram assassinos e brutais.

Mark teve a impressão de que podia ver o Rei, vindo na frente. Seu capacete de batalha era talhado com um desenho de caras que berravam. O protetor de rosto cobria apenas a parte humana e linda do Rei, deixando a pele cinza morta exposta. Seu olho brilhava como veneno vermelho.

O som da aproximação deles era como o som de uma geleira quebrando. Ensurdecedor e mortal. De repente, Mark desejou que pudesse ouvir o que Cristina estava dizendo, as palavras de sua oração silenciosa. Ele observou os lábios dela se mexerem. *Anjo, cuidai de nós, abençoai-nos, salvai-nos.*

— Mark. — Julian virou a cabeça para o irmão mais velho, seus olhos azul-esverdeados subitamente sem reservas, como se ele estivesse prestes a falar algo que estava desesperado para falar há muito tempo. — Se você...

A colina pareceu rachar. Um grande quadrado na frente dela se destacou do restante e se abriu como uma porta. O queixo de Mark caiu. Ele tinha ouvido falar nessas coisas, colinas com portas nas laterais, mas nunca tinha visto uma.

Luz brilhou da abertura. Parecia um corredor, curvando-se para o coração da colina. Uma jovem fada com orelhas levemente pontudas, e os cabelos claros presos com cordas de flores, estava de pé na entrada, segurando um lampião. Ela estendeu uma das mãos para eles.

— Venham — falou, e sua voz tinha o sotaque inegável da Corte Seelie. — Venham depressa antes que eles os alcancem, pois os cavaleiros do Rei são selvagens e não vão permitir que vivam.

— E você? — perguntou Julian. — Pretende nos tratar bem?

Só Julian discutiria com a providência, Mark pensou. Mas Julian não confiava em ninguém além da família. E, às vezes, nem na família.

A mulher sorriu.

— Sou Nene — falou. — Vou ajudá-los, e não feri-los. Mas venham, agora, depressa.

Mark ouviu Cristina sussurrar um "obrigada". E então estavam todos correndo outra vez, sem ousar olhar para trás. Um por um, pularam pela porta e pousaram na terra batida lá dentro. Mark e Julian entraram por último, carregando Kieran. Mark deu uma última olhada nos cavaleiros negros atrás deles, e ouviu seus gritos de raiva decepcionada. Depois, a porta se fechou atrás deles, selando a colina.

13

Terra dos Sonhos

Emma olhou em volta, admirada. A entrada não exibia vestígios de ter sido entalhada na encosta. Era feita de pedra lisa, cinza, e o teto era de mármore azul com estampa de estrelas douradas. Um corredor sombreado levava mais fundo na colina.

A mulher fada, Nene, ergueu o lampião. Estava cheio de vaga-lumes agitados, que lançavam um brilhozinho limitado sobre o pequeno grupo. Emma viu Julian, com a boca contraída, e Cristina, que apertava seu pingente. Mark estava baixando Kieran no chão, com delicadeza nas mãos. Ela precisou de um instante para perceber que Kieran estava inconsciente, a cabeça caíra para trás e as roupas estavam salpicadas de sangue.

— Estamos nas Terras Seelie agora — falou Nene. — Vocês podem usar suas Marcas e pedras de luz enfeitiçada. — Ela fitou Kieran com uma expressão confusa. — Vocês podem curar seu amigo.

— Não podemos. — Julian tirou a pedra de luz enfeitiçada do bolso. Sua iluminação se precipitou sobre Emma como o oásis de água no deserto. — Ele não é um Caçador de Sombras.

Nene se aproximou e, consternada, arqueou as sobrancelhas claras. Mark mantenha-se no chão, segurando Kieran, e o rosto do príncipe fada estava exaurido, com uma cor esbranquiçada; os olhos fechados eram luas crescentes pálidas no rosto anêmico.

— Ele é da Caçada? — perguntou ela.

— Nós dois somos... — começou Mark.

— Você pode fazer alguma coisa por ele? — interrompeu Emma antes que Mark falasse demais.

— Sim. — Nene se ajoelhou, ajeitando o lampião no chão, bem ao seu lado. Ela sacou um frasco do colete de pele branca que usava sobre o vestido. Hesitou, olhando para Mark. —Você não precisa disso? Não está machucado?

Ele balançou a cabeça, confuso.

— Não, por quê?

— Eu trouxe para você. — Ela tirou a rolha do frasco. Posicionando-o junto aos lábios de Kieran, murmurou alguma coisa num idioma que Emma desconhecia.

Os lábios de Kieran se abriram e ele engoliu. O líquido dourado claro escorreu pelos cantos da boca. Os olhos se esvoaçaram e aí se abriram, e então ele se ergueu um pouco, tomando um segundo e um terceiro goles caprichados. Os olhos dele encontraram os de Nene por cima do gargalo, e aí ele virou o rosto e limpou a boca com a manga.

— Guarde o restante — falou com voz rouca. — É o bastante.

Com a ajuda de Mark, ele ficou de pé, cambaleando levemente. Os outros tinham guardado suas estelas. Uma nova Marca de Cura ardia no braço de Emma, e ao lado havia uma Marca de Energia. Ainda assim, seu corpo doía e o coração estava ferido. Ela não conseguia parar de enxergar seu pai, encarando-a, deitado na grama.

Não tinha sido ele, na verdade, mas isso não tornava a imagem menos dolorosa.

— Vamos — falou Nene, guardando o frasco. — A bebida só vai sustentar você por um breve período. Temos que nos apressar para a Corte.

Ela começou a percorrer o corredor e os outros a seguiram, com Mark dando apoio a Kieran, que caminhava com dificuldade. Julian pegou a pedra de luz enfeitiçada e o corredor brilhou. Vistas de longe, as paredes pareciam mosaicos intrincados, mas ao se aproximar Emma notou que eram de resina clara com pétalas de flores e asas de borboleta por baixo.

— Milady — falou Cristina. Seu cabelo, assim como o de Emma, estava emaranhado com folhas e carrapichos. — O que você quis dizer quando falou que trouxe aquela bebida para Mark? Como sabia que ele estaria aqui?

— Nós tivemos convidados, aqui na Corte — falou Nene. — Uma garota Caçadora de Sombras com cabelos ruivos e um garoto louro.

— Jace Herondale e Clary Fairchild — adivinhou Emma.

— Eles me contaram sobre os Blackthorn. Esse era um nome que eu conhecia. Minha irmã, Nerissa, amou um Blackthorn, teve dois filhos com ele e morreu de amor quando ele a abandonou.

Mark parou de andar. Kieran soltou um sibilo baixinho de dor.

— Você é irmã da minha mãe? — perguntou, incrédulo.

— Acho que normalmente chamam isso de tia — falou Emma.

Mark lançou um olhar mal-humorado para ela.

— Fui eu quem levou você e sua irmã até a porta de seu pai e os deixou lá para que pudesse criar vocês — falou Nene. — Você tem meu sangue.

— Estou começando a me perguntar se algum de vocês não tem um parente perdido há muito no Reino — falou Kieran.

— Eu não tenho — retrucou Cristina com voz pesarosa.

— Metade dos parentes de Mark é do Povo das Fadas — observou Emma. — Onde mais eles estariam?

— Como foi que você soube que eu precisaria ser salvo? — perguntou Mark à mulher fada.

— A puca que deixou vocês passarem pelo portão da lua é um velho amigo — explicou Nene. — Ele me contou sobre a jornada de vocês e eu adivinhei qual seria sua missão. Eu sabia que você não sobreviveria aos truques do Senhor das Sombras sem ajuda.

— As flechas em chamas — falou Julian. O corredor, antes feito de pedra e azulejos, agora era de terra batida. Raízes emaranhavam-se no teto, cada uma delas entrelaçada com flores reluzentes que iluminavam a escuridão. Veios de minerais na pedra reluziam e se modificavam quando Emma olhava para eles. — Foi você.

Nene fez que sim com a cabeça.

— E alguns outros, da Guarda da Rainha. Então eu tinha apenas que ficar alguns passos à frente de vocês e abrir a porta. Não foi simples, mas existem muitas portas para Seelie, por todas as Terras do Rei. Mais do que ele conhece. — Ela lançou um olhar sério para Kieran. — Você não vai falar disso, vai, Caçador?

— Pensei que você tinha me visto como um Nephilim — falou Kieran.

— Isso foi antes de ver seus olhos — falou ela. — Como meu sobrinho, você é servo de Gwyn. — Ela suspirou baixinho. — Minha irmã Nerissa ficaria de coração partido se soubesse que o filho seria tão amaldiçoado quando adulto.

O rosto de Julian ficou sombrio, mas antes que ele pudesse falar, um vulto se agigantou diante deles. O grupo tinha alcançado um local onde o corredor se abria para uma sala circular, com outros corredores conduzindo a uma variedade atordoante de direções.

Um cavaleiro fada bloqueava o progresso deles. Um homem alto, com pele morena clara e uma expressão sombria, trajando vestes oficiais e um gibão de tecido multicor brilhante.

— Fergus — falou Nene —, deixe-nos passar.

Ele arqueou uma sobrancelha escura e retrucou com uma torrente de palavras numa língua estranha, semelhante ao chilrear de um pássaro — não estava furioso, mas sua irritação era evidente. Nene ergueu uma das mãos e respondeu com voz ríspida. Enquanto observava a fada, Emma pensou ser capaz de notar alguma semelhança com Mark. Não apenas os cabelos louros e claros, mas a delicadeza dos ossos e a ponderação dos gestos.

O cavaleiro suspirou e deu um passo para o lado.

— Podemos ir agora, mas seremos chamados para uma audiência com a Rainha ao raiar do dia — falou Nene, apressando-se. — Vamos, me ajudem a levar o Caçador para um quarto.

Emma tinha algumas perguntas: como eles iam saber que já era o raiar do dia aqui neste lugar, por que Nene parecia não gostar muito da Caçada Selvagem e, claro, aonde eles estavam indo. Ela guardou todos os questionamentos para si, no entanto, e finalmente eles chegaram ao fim de um corredor onde as paredes eram de rocha polida, que reluzia com pedras semipreciosas: olho de tigre, lazulita, jaspe. As fendas na rocha eram cobertas com longas cortinas de veludo, bordadas com fios reluzentes.

Nene afastou uma das cortinas para o lado e revelou um cômodo cujas paredes eram lisas e faziam uma curva na direção do teto abobadado. Cortinas brancas pendiam dele, cobrindo parte de uma cama feita de grossos galhos entremeados com flores.

Nene pousou o lampião.

— Deite o Caçador — falou.

Kieran ficara quieto desde que entraram na Corte Seelie propriamente dita. Permitiu que Mark o conduzisse até a cama. Sua aparência estava terrível, pensou Emma enquanto Mark ajudava Kieran a se ajeitar sobre o colchão. Ela se perguntava quantas vezes Mark tinha feito esse tipo de coisa por ele, quando Kieran chegava exausto de uma caçada — ou quantas vezes Kieran fizera o mesmo por Mark. Ser um Caçador era um trabalho arriscado; ela não conseguia imaginar quanto do sangue um do outro eles já tinham visto.

— Tem algum curandeiro nesta Corte? — perguntou Mark, se aprumando.

— Eu sou a curandeira — falou Nene. — Mas raramente trabalho sozinha. Em geral, tenho um ajudante, mas está muito tarde e a Corte está meio vazia. — O olhar dela pousou em Cristina. — Você vai me ajudar.

— Eu? — Cristina pareceu surpresa.

— Você tem ar de curandeira — falou Nene, indo apressada até um armário de madeira e escancarando suas portas. Nele, viam-se vidros de ervas, cordas penduradas de flores secas e frascos de líquidos com cores diferentes.

— Você pode dizer o nome de alguma dessas coisas?

— Tiarella — falou Cristina prontamente, como se estivessem em sala de aula. — *Montia perfoliata*, falso lírio, *Clintonia uniflora*.

Nene se mostrou impressionada. Ela sacou de uma gaveta uma pilha de tecidos de linho, incluindo tiras cortadas direitinho do tamanho de ataduras e entregou tudo a Cristina.

— Tem gente demais aqui, isso vai tornar a cura do paciente mais lenta. Levarei esses dois para a próxima porta. Você deve tirar as roupas de Kieran.

As bochechas de Cristina arderam.

— Mark pode fazer isso.

Nene revirou os olhos.

— Como você quiser. — Ela se voltou para a cama, onde Kieran estava caído sobre os travesseiros. Havia manchas de sangue oxidado por toda a camisa e a pele de Mark, mas ele não parecia perceber. — Esmague um pouco de Tiarella e dê a ele com um pouco d'água. Não devemos enfaixá-lo ainda. Temos que inspecionar os ferimentos.

Ela saiu correndo do quarto, e Emma e Julian dispararam atrás. Deram apenas alguns passos no corredor, na direção de uma cortina vermelha escura, que ocultava uma porta aberta. Nene afastou o tecido e fez um gesto para que os dois entrassem.

Uma vez lá dentro, Emma teve que disfarçar um arquejo de admiração. Este quarto era muito maior do que o outro. O teto se perdia nas sombras. As paredes eram de quartzo prateado e brilhavam por dentro, iluminando o cômodo com um brilho suave. Flores em tons de branco e bege desciam em cascata pelas paredes, perfumando o ar com cheiro de jardim. Sobre uma plataforma com degraus, uma cama imensa. Havia uma pilha de travesseiros de veludo e uma colcha suntuosa.

— Isto vai servir? — perguntou Nene.

Emma só conseguiu fazer que sim com a cabeça. Uma sebe onde crescia uma treliça de rosas se estendia na direção de um dos extremos do quarto, e atrás dela uma cascata de água precipitava-se sobre as pedras. Quando ela olhou ao redor da sebe, viu que ela se esvaziava numa piscina de pedras, alinhada com pedras verdes e azuis que formavam uma borboleta.

— Não é tão bonito quanto o do Instituto — ela ouviu Julian dizer —, mas vai servir.

— De quem é o quarto? — perguntou Emma. — É da Rainha?

Nene deu risada.

— Os aposentos da Rainha? Certamente que não. É de Fergus... na verdade, ele tem dois. Ele tem muitas regalias na Corte e não vai se importar se vocês dormirem aqui. Ele fica de vigia à noite.

Ela se virou para sair, mas parou perto da cortina e olhou outra vez para eles.

— Vocês são o irmão e a irmã do meu sobrinho?

Emma fez menção de falar, mas aí desistiu. Mark era mais um irmão do que qualquer outra coisa para ela. Certamente era mais irmão do que Julian.

— Sim — respondeu Julian, percebendo a hesitação da menina.

— E vocês o amam — falou Nene.

— Creio que você descobrirá que é fácil amá-lo, se tirar um tempo para conhecê-lo — falou Jules, e o coração de Emma inflou, ansiando por ele, por ele e Mark juntos, felizes e risonhos como deveriam ser os irmãos, e pelo desafio nos olhos de Julian ao olhar para Nene. *Você deve ao meu irmão o amor que ele merece; mostre isso a ele ou darei minhas costas a você.*

Nene pigarreou.

— E minha sobrinha? Alessa?

— O nome dela é Helen agora — falou Julian. Ele fez uma pausa momentânea, e Emma pôde notar que estava refletindo se devia mencionar a situação de Helen, mas desistiu; ele não confiava o suficiente em Nene, não ainda. — Sim, ela é minha irmã. Sim, eu a amo como amo Mark. Ambos são fáceis de se amar.

— Fáceis de se amar — repetiu Nene, em tom ponderado. — Há poucos dos nossos que eu classificaria como seres fáceis de se amar. — Ela se virou novamente para a porta. — Devo me apressar antes que o menino Caçador morra — falou e se foi.

Julian olhou para Emma, sobrancelhas arqueadas.

— Ela é muito...

— Sim — concordou Emma, sem precisar ouvir o restante das palavras para saber o que ele queria dizer. Ela e Julian quase sempre concordavam sobre as pessoas. Emma sentiu a boca se curvar ao sorrir para ele, apesar de tudo, apesar da tensão incrível e extrema da noite.

E não era como se o risco tivesse acabado, pensou ela, virando-se para olhar o cômodo. Dificilmente já tinha se hospedado num local tão bonito. Emma já tinha ouvido falar de hotéis em cavernas, locais na Capadócia e na Grécia onde quartos lindos eram escavados nas rochas e cobertos com sedas e veludos. Mas aqui eram as flores que tocavam seu coração; as flores brancas, que tinham cheiro de chantili, como as flores brancas que cresciam em Idris. Elas pareciam irradiar luz.

E também havia a cama. Com uma espécie de choque tardio, Emma se deu conta de que ela e Julian tinham ficado a sós num quarto absurdamente romântico, com apenas uma cama, muito grande e aveludada.

Sem dúvida, as preocupações da noite ainda não tinham acabado. De forma alguma.

Quando Nene voltou, limpou o ferimento de Kieran delicadamente com as tiras úmidas de linho, pressionando as beiradas do corte cuidadosamente com os dedos. Ele se sentou, rígido, na beira da cama, sem se mexer nem notar o que estava acontecendo, mas pelo tanto que vinha mordendo o lábio, Cristina percebia que ele sentia dor.

Mark estava sentado, em silêncio, ao lado dele. Parecia angustiado, exausto, e não mudava de posição nem segurava a mão de Kieran, simplesmente permanecia ali, ombro a ombro com o outro menino. Mas já essa coisa de ficar da mãos dadas não fazia muito o estilo deles, pensou Cristina. A Caçada Selvagem não era um lugar onde tais expressões delicadas de afeto eram bem recebidas.

— Tinha capuz-de-frade na flecha Unseelie — falou Nene quando terminou de limpar o ferimento. Ela esticou a mão para pegar a atadura e começou a enrolar pelo tronco esguio de Kieran.

Tiraram suas roupas e depois vestiram uma calça limpa, e a camisa ficara dobrada ao lado dele na cama. Havia cicatrizes nas costas de Kieran, não muito diferentes das cicatrizes de Mark, e elas se estendiam até os braços e desciam pelos antebraços também. Apesar de magro, ele parecia forte, os contornos dos músculos bem distintos nos braços e no peito.

— Se você fosse humano ou mesmo uma fada comum, isso o teria matado, mas Caçadores têm uma proteção própria. Você vai sobreviver.

— Sim — falou Kieran, erguendo o queixo com arrogância. Mas Cristina ficou pensando... Ele não tinha dito *Sim, eu sabia que iria sobreviver*. Ele duvidara disso, desconfiava ela. Ele de fato sentira medo de morrer.

Mesmo assim ela admirava sua coragem. Não podia evitar.

Nene revirou os olhos, terminando de enfaixar. Ela deu um tapinha no ombro de Cristina enquanto Kieran vestia a camisa, meneando os ombros para acomodá-la no corpo e abotoando devagar, os dedos trêmulos. Apontou para uma bandeja rasa de mármore sobre a mesinha de cabeceira, cheia de panos úmidos boiando num líquido esverdeado.

— São cataplasmas para evitar uma infecção. Troque e ponha sobre o ferimento de duas em duas horas.

Cristina assentiu. Não sabia ao certo se deveria programar um despertador ou se acordaria a cada duas horas, ou se simplesmente deveria ficar acordada a noite inteira, mas ia dar um jeito.

— Tome — falou Nene, inclinando-se para Kieran com outro frasco. — Beba. Não vai lhe fazer mal, só vai ajudar.

Após um instante, Kieran bebeu. De repente, ele rejeitou o frasco, tossindo.

— Como ousa... — começou, e então seus olhos se reviraram e ele afundou nos travesseiros. Mark o segurou antes que as costas machucadas tocassem a cama e ajudou Nene a virá-lo com cuidado.

— Não se sinta culpada — falou Mark, notando a mandíbula trincada de Nene. — Ele sempre berra isso ao adormecer.

— Ele precisava descansar. — Foi tudo o que a mulher fada disse. E saiu do quarto.

Mark ficou observando-a sair, o rosto confuso.

— Ela não é o que eu imaginava, quando eu sonhava com a possibilidade de ter uma família no Reino das Fadas — disse ele. — Durante tantos anos eu procurei e perguntei, e nem sinal deles. Eu já tinha desistido.

— Ela fez um tremendo esforço para encontrar e salvar você — falou Cristina. — É óbvio que ela se importa.

— Ela não me conhece — falou Mark. — Fadas têm uma ligação consanguínea muito forte. Ela não poderia deixar que eu caísse nas mãos do Rei Unseelie. O que acontece a um membro da família se reflete nos outros que integram aquela linhagem.

Ela tocou no seu cabelo, era o que Cristina queria dizer. Ela havia visto, mas muito rapidamente: quando Nene esticara a mão para enfaixar as costas de Kieran, seus dedos roçaram as pontas finas do cabelo claro de Mark. Ele não notara e agora Cristina se perguntava se ele ao menos acreditaria nela, caso contasse.

Ela se sentou ao pé da cama. Kieran se aninhara, e os cabelos escuros estavam emaranhados sob a cabeça inquieta. Mark se recostara na cabeceira. Os pés descalços estavam na cama a apenas alguns centímetros de Cristina; o braço estava esticado e seus dedos quase tocavam os dela.

Mas o olhar estava fixado em Kieran.

— Ele não se lembra — falou.

— Kieran? Do que ele não se lembra?

Mark puxou os joelhos para o peito. Vestindo a camisa e a calça rasgadas e ensanguentadas, ele parecia mais o monte de trapos que fora quando a Caçada Selvagem o libertou.

— A Corte Unseelie bateu nele e o torturou — explicou ele. — Eu já esperava isso. É o que fazem com os prisioneiros. Depois que eu o desamarrei, assim que o tirei da clareira, percebi que lhe provocaram algum tipo de dano, de modo que ele não se lembrava de ter matado Iarlath. Ele não se lembra de coisa alguma daquela noite em que nos viu na cozinha.

— Ele não se lembra dos açoites, do que aconteceu a Jules e Emma...?

— Ele não se lembra do que aconteceu, nem que eu o abandonei por causa disso — falou Mark com ar sério. — Ele disse que sabia que eu viria atrás dele. Como se nós ainda fôssemos... o que éramos.

— O que vocês *eram*? — Cristina se deu conta de que nunca havia perguntado. — Vocês tinham um compromisso? Tinham uma palavra para isso, como *novio*?

— Namorado? — repetiu Mark. — Não, nada disso. Mas era alguma coisa e depois virou nada. Porque eu estava zangado. — Ele olhou para Cristina com ar infeliz. — Mas como posso ficar zangado com alguém que sequer se lembra do que fez?

— Seus sentimentos são seus sentimentos. Kieran fez aquelas coisas. Foi ele, mesmo que não se lembre delas. — Cristina franziu a testa. — Será que estou sendo muito dura? Não é minha intenção. Mas fiquei com Emma depois disso. Eu a ajudei a enfaixar os cortes por causa do açoite.

— E agora você ajudou a enfaixar Kieran. — Mark respirou fundo. — Sinto muito, Cristina. Isso deve parecer... Eu sequer consigo imaginar o que você está pensando. Ter que ficar sentada aqui comigo, com ele...

— Você se refere ao... — Cristina corou. *Você se refere ao beijo na festa?* Ela buscou no fundo do seu coração ciúme, amargura, raiva de Mark. Não havia nada. Nem mesmo a fúria que ela sentira por Diego quando Zara aparecera.

Tudo aquilo parecia muito distante agora. Muito distante e pouco importante. Zara merecia Diego; ela que ficasse com ele.

— Não estou zangada — falou. — E, de qualquer forma, você não deveria se preocupar com meus sentimentos. Acho que agora a gente deve se concentrar no fato de Kieran estar em segurança, de que podemos retornar.

— Não consigo parar de me preocupar com seus sentimentos — falou Mark. — Não consigo parar de pensar em você.

Cristina sentiu o coração pular do peito.

— Seria um erro considerar a Corte Seelie um terreno seguro onde poderemos descansar. Tem um ditado antigo que diz que a única diferença entre Seelie e Unseelie é que Unseelie faz o mal abertamente e Seelie o esconde.
— Mark baixou o olhar. Kieran respirava baixinho, regularmente. — E eu não sei o que vamos fazer com Kieran — falou. — Mandá-lo de volta para a Caçada? Chamar Gwyn? Agora Kieran não vai entender por que eu quereria me afastar dele.
— E você quer? Quer se afastar dele agora?
Mark não disse nada.
— Eu entendo — falou ela. — Entendo mesmo. Você sempre precisou tanto de Kieran, que nunca teve a chance de pensar no que você *queria* com ele antes.
Mark resmungou bem baixinho. Aí pegou a mão de Cristina e a segurou, ainda olhando para Kieran. O aperto foi forte, mas ela não retirou a mão.

Julian se sentou na cama imensa de Fergus. Ele não podia ver nem um pedacinho de Emma atrás da sebe alta que bloqueava a piscina de pedras, mas podia ouvi-la mergulhando, um som que ecoava pelas paredes reluzentes.
O som deixou seus nervos à flor da pele. Quando ela terminasse, sairia da piscina e se deitaria na cama com ele. Ele já tinha dividido a cama com Emma uma centena de vezes. Talvez milhares de vezes. Mas isso não significava nada quando eram crianças e, depois, quando já não eram, ele dizia a si que ainda não significava coisa alguma, mesmo quando acordava no meio da noite para observar o modo como as mechas do cabelo dela roçavam em sua bochecha enquanto ela dormia. Mesmo quando ela começou a sair de manhã cedo para correr na praia, e ele se aninhava no calor que ela deixava sobre os lençóis e inspirava o perfume de água de rosas da pele dela.
Respire. Ele enfiou as mãos na almofada de veludo que tinha puxado para o colo. *Pense em outra coisa.*
Não que ele não tivesse muitas coisas nas quais pensar. Aqui estavam eles, na Corte Seelie, não exatamente prisioneiros, mas também não exatamente convidados. Era tão difícil escapar do Reino das Fadas quanto entrar, e eles ainda não tinham planos sobre o jeito de ir embora.
Mas ele estava exausto; era a primeira vez que ficava a sós num quarto com Emma desde que ela terminara o relacionamento deles, e, neste raro instante, era o coração dele que estava assumindo a função de pensar, não o cérebro.
— Jules? — chamou ela. Ele se lembrou dos breves dias em que ela o chamara de *Julian*, o modo como o som da palavra naquela boquinha fazia seu

coração se estilhaçar de prazer. — Nene me deixou um vestido e é... — Ela suspirou. — Bem, acho que é melhor você ver.

Ela saiu de trás da sebe que ocultava a piscina, os cabelos soltos, já usando o vestido. As roupas das fadas costumavam ser muito enfeitadas ou muito simples. Este vestido era muito simples. Alças finas cruzavam os ombros dela; era feito de um tecido branco, parecido com seda, que se agarrava ao corpo molhado como uma segunda pele, realçando as curvas da cintura e do quadril.

Julian sentiu a boca seca. Por que Nene deixara um vestido? Por que Emma não poderia vir para a cama usando o uniforme sujo? Por que o universo o odiava?

— É branco — falou, franzindo a testa.

Pois o branco é a cor do pranto e da morte. A cor dos funerais para os Caçadores de Sombras. Havia o uniforme branco para os funerais públicos e seda branca era colocada sobre os olhos dos Caçadores de Sombras mortos quando seus corpos iam para a cremação.

— Branco não quer dizer nada para as fadas — falou ele. — Para elas, é a cor das flores e das criaturas naturais.

— Eu sei, é só que... — Ela suspirou e começou a subir, descalça, os degraus até o estrado onde ficava a cama. Parou para examinar o imenso colchão e balançou a cabeça, encantada. — Certo. Talvez eu não tenha gostado de cara do Fergus quando nos conhecemos — falou. Seu rosto estava afogueado por causa da água quente, as bochechas, rosadas. — Mas ele seria capaz de montar um albergue incrível, devo admitir. Provavelmente seria daqueles que botariam um chocolate no seu travesseiro todas as noites.

O vestido desceu levemente quando ela deitou na cama, e Julian percebeu, para seu horror, que havia uma fenda lateral que ia quase até o quadril. As pernas compridas de Emma apareceram contra o tecido quando ela se ajeitou sobre a colcha.

O universo não apenas o odiava, como também estava tentando matá-lo.

— Dê-me mais uns travesseiros — pediu Emma, e pegou vários deles ao lado de Julian antes que ele pudesse fazer qualquer movimento. O menino continuou segurando firmemente a almofada em seu colo e olhou para Emma meio desafiadoramente.

— Nada de roubar as cobertas — falou.

— Eu nunca faria isso. — Ela ajeitou os travesseiros atrás de si, formando uma pilha na qual pudesse encostar. O cabelo úmido grudava no pescoço e nos ombros, cachos longos de cabelo louro-claro molhado.

Os olhos dela estavam meio avermelhados, como se ela tivesse chorado. Emma raramente chorava. Ele percebera que sua tagarelice desde que ela chegara no quarto era uma animação fingida, algo que ele já deveria ter sabido — ele, que conhecia Emma melhor do que ninguém.

— Em — falou, incapaz de se controlar, ou de controlar a cortesia em sua voz. — Você está bem? O que aconteceu na Corte Unseelie...

— Eu só me sinto muito idiota — falou ela, a bravata desaparecendo da voz. Debaixo de toda aquela astúcia estava Emma, a sua Emma, com toda sua força, inteligência e bravura. Emma, parecendo arrasada. — Eu sei que fadas pregam peças. Eu sei que mentem sem mentir. E ainda assim, a puca me falou... Ele disse que se eu viesse ao Reino das Fadas, veria o rosto de alguém que eu tinha amado e perdi.

— Típico do povo fada — falou Julian. — Você viu o rosto dele, o rosto do seu pai, mas não era ele. Era uma ilusão.

— Era como se eu não conseguisse processar isso — continuou ela. — Minha mente ficou turva. Eu só conseguia pensar que finalmente tinha meu pai de volta.

— Provavelmente sua mente *estava* turva — falou Julian. — Existe um monte de encantamentos sutis que podem confundir seus pensamentos aqui. E aconteceu muito rápido. Eu também não desconfiei que fosse uma ilusão. Nunca tinha ouvido falar de uma tão forte.

Ela não disse nada. Estava apoiada nas mãos, e seu corpo era delineado pelo vestido branco. Ele sentiu um lampejo de algo que era quase dor, como se houvesse uma chave sob sua carne, apertando a pele sempre que era virada. Lembranças invadiram sua mente implacavelmente — a sensação de escorregar as mãos pelo corpo dela, o jeito como ela mordiscava o lábio inferior dele. O arco do corpo dela se encaixando ao dele: um crescente duplo, um sinal de infinito desfeito.

Ele sempre considerara o desejo uma sensação agradável. Jamais imaginara que poderia cortá-lo desse jeito, como navalhas sob a pele. Ele tinha pensado antes daquela noite na praia com Emma que ele a desejava mais do que qualquer um jamais pudera desejar. Ele achava que o desejo poderia matá-lo. Mas agora ele sabia que a imaginação era uma coisa sem graça. Que mesmo quando esvaía dele na forma de tinta sobre tela, não seria capaz de capturar a magnificência da pele dela na dele, o gosto doce e quente da boca de Emma. O ato de desejar não ia matá-lo, pensou ele, mas saber o que ele estava perdendo seria capaz disso.

Ele enterrou as unhas nas palmas das mãos, com força. Infelizmente, elas estavam muito roídas para machucar.

— Ver que aquela *coisa* no fim das contas não era meu pai... me fez perceber o que na minha vida foi ilusão — falou Emma. — Passei tanto tempo querendo vingança, mas descobri que isso não ia me fazer feliz. Cameron também não. Pensei que todas estas coisas fossem me fazer feliz, mas foi tudo ilusão. — Ela se virou para ele, olhos arregalados e impossivelmente escuros. — Você é das poucas coisas reais na minha vida, Julian.

Ele podia sentir o coração batendo por todo o corpo. Todas as outras emoções: o ciúme de Mark, a dor por separar-se de Emma, a preocupação pelas crianças, o medo do que a Corte Seelie reservava para eles, desapareceram. Emma o encarava; as bochechas estavam coradas e os lábios entreabertos, e se ela se inclinasse na direção dele, se ela o desejasse, ele certamente ia desistir, sucumbir e desmoronar. Mesmo que isso significasse trair seu irmão, ele cederia. Ele a puxaria para si e se enterraria nela, em seu cabelo, em sua pele e em seu corpo.

Seria uma coisa da qual ele se lembraria depois com uma agonia semelhante a facas muito quentes. Seria um lembrete de tudo que ele jamais poderia ter. E ele iria se odiar por magoar Mark. Mas nada disso o impediria. Ele sabia o tamanho de sua força de vontade, e tinha chegado ao seu limite. Seu corpo já estava tremendo, a respiração se acelerando. Bastava a ele apenas esticar a mão...

— Eu quero que a gente seja *parabatai* de novo — falou ela. — Do jeito que a gente era.

As palavras explodiram como um golpe na cabeça de Julian. Ela não o desejava; ela queria ser *parabatai*, e ponto final. Ele ficara sentado ali, pensando no que queria e em quanta dor poderia suportar, mas isso não importava se ela não o desejasse. Como ele pôde ter sido tão idiota?

Ele falou com voz calma:

— Nós sempre seremos *parabatai*, Emma. É para a vida toda.

— Tem sido estranho desde que nós... desde que comecei a namorar Mark — falou ela, sustentando o olhar no dele. — Mas não é por culpa de Mark. É por causa da gente. Do que nós fizemos.

— Vamos ficar bem — falou. — Não tem um livro de regras para isso, não tem orientação. Mas a gente não quer magoar um ao outro, então isso não vai acontecer.

— No passado, alguns *parabatai* começaram a se odiar. Pense em Lucian Graymark e Valentim Morgenstern.

— Isso não vai acontecer com a gente. Nós escolhemos um ao outro quando éramos crianças. Nós escolhemos um ao outro de novo aos 14 anos. Eu escolhi você e você me escolheu. É isso que é a cerimônia *parabatai*, na verdade, não é? É um modo de selar essa promessa. Que diz que eu sempre vou escolher você.

Ela se apoiou no braço dele, o toque mais leve em seu ombro, mas foi o suficiente para acender o corpo de Julian como fogos de artifício no Píer de Santa Monica.

— Jules?

Ele assentiu, sem confiança em si para falar.

— Eu sempre vou escolher você também — falou Emma, e fechou os olhos, pousando a cabeça em seu ombro.

Cristina acordou de um sono agitado num sobressalto. O cômodo estava escuro; ela estava aninhada ao pé da cama, as pernas encolhidas. Kieran dormia um sono entorpecido apoiado nos travesseiros, e Mark estava no chão, enrolado nos cobertores.

Duas horas, dissera Nene. Ela precisava dar uma olhada em Kieran a cada duas horas. Deu outra olhadinha em Mark, concluiu que não podia acordá-lo, suspirou e se sentou propriamente, encostando na beirada da cama, na direção do príncipe fada.

Muitas pessoas tinham aparência tranquila no sono, mas não Kieran. Ele respirava forte e os olhos tremelicavam por trás das pálpebras. Suas mãos mexiam sem parar por cima das cobertas. No entanto, ele não acordou quando ela se inclinou para a frente e ergueu a parte de trás da camisa dele com dedos desajeitados.

A pele de Kieran estava ardendo em febre, mas ele era dolorosamente adorável de perto: as maçãs do rosto largas combinavam com os olhos amendoados, os cílios grossos baixos, feito plumas, e os cabelos com um tom preto-azulado.

Rapidamente, ela trocou o cataplasma; o velho estava praticamente encharcado de sangue. Quando se inclinou para puxar a camisa para baixo novamente, sentiu seu pulso ser agarrado com a força de um torno.

Olhos negros e prateados a encararam. Os lábios, ressecados e rachados dele articularam alguma coisa.

— Água? — murmurou ele.

De algum jeito, usando apenas uma das mãos, Cristina conseguiu servir água de um jarro na mesinha de cabeceira num copo de estanho e deu a ele. O príncipe fada bebeu sem soltá-la.

— Talvez você não se lembre de mim — falou. — Sou Cristina.

Ele pousou o copo e a encarou.

— Eu sei quem você é — respondeu ele após um instante. — Eu pensei... mas não. Nós estamos na Corte Seelie.

— Sim — disse ela, e acrescentou, caso ele estivesse preocupado: — Mark está dormindo.

No entanto, a mente dele parecia distante.

— Eu pensei que fosse morrer esta noite — falou ele. — Eu estava preparado para isso. Estava pronto.

— As coisas nem sempre acontecem quando pensamos que vão acontecer — observou Cristina. Não parecia um comentário tão convincente assim, mas Kieran pareceu reconfortado. O cansaço espalhava-se pelo rosto dele, como uma cortina se fechando sobre uma janela.

Ele a apertou com mais força.

— Fique comigo — pediu.

Surpresa, ela teria retrucado — talvez até se recusado a ficar —, mas não houve chance de fazê-lo. Ele já havia voltado a dormir.

Julian estava deitado, acordado.

Ele queria dormir; era como se o esgotamento tivesse penetrado em seus ossos. Mas o quarto fora tomado pela penumbra e Emma estava enlouquecedoramente perto dele. Dava para sentir o calor emanando do seu corpo enquanto ela dormia. Emma havia afastado parte da colcha que a cobria, e dava para ver o ombro nu onde o vestido escorregara, e o traço da Marca de *parabatai* em seu braço.

Ele pensou nas nuvens de tempestade rondando o Instituto, no modo como ela o beijara na escada do Instituto antes de Gwyn aparecer. Não, era melhor ser sincero consigo. Antes que ela se afastasse e dissesse o nome de seu irmão. Fora assim que a coisa terminara.

Talvez fosse simplesmente fácil demais recair em emoções inadequadas quando eles já estavam tão próximos. Parte dele queria que ela o esquecesse e fosse feliz. A outra parte queria que ela se lembrasse do mesmo jeito que ele se lembrava, como se a lembrança de seu período juntos fosse parte viva de seu sangue.

Ele passou as mãos pelo cabelo, inquieto. Quanto mais tentava enterrar tais pensamentos, mais eles vinham à tona feito água numa piscina de pedras. Ele queria esticar o braço e puxar Emma para si, capturar sua boca num beijo — beijar a Emma *real* e apagar da memória a *leanansídhe* —, mas ele teria preferido aninhá-la contra si, abraçando-a durante a noite toda e sentindo seu corpo se expandir e contrair conforme ela respirava. Teria preferido dormir a noite inteirinha com apenas o dedo mindinho de ambos se tocando.

— Julian — falou uma voz baixa. — Acorde, filho dos espinhos.

Ele se sentou ereto. Parada ao pé da cama, viu uma mulher. Não era Nene ou Cristina: era alguém que ele nunca tinha visto pessoalmente, embora a conhecesse de pinturas. Era magra, quase famélica, mas bela ainda assim, com lábios carnudos e olhos azul-vítreos. Os cabelos ruivos ondulavam até a cintura. O vestido que usava parecia ter sido feito para ela numa época em que não estivera tão esguia, mas ainda era bonito: azul-escuro e branco, com delicados bordados de plumas, envolvia seu corpo com uma leveza sutil. Suas mãos eram compridas, brancas e pálidas, a boca vermelha, as orelhas levemente pontudas.

Na cabeça, via-se um ornamento circular e dourado; uma coroa, um trabalho intrincado das fadas.

— Julian Blackthorn — falou a Rainha da Corte Seelie. — Levante agora e venha comigo, pois tenho algo para mostrar.

14

Através de Vidros Escuros

A Rainha permanecia em silêncio enquanto caminhava, e Julian, descalço, se apressava para acompanhá-la. Ela seguia decidida pelos corredores da Corte.

Era difícil entender a geografia do Reino das Fadas, com seu território em constante mutação — o modo como espaços imensos cabiam em espaços menores. Era como se alguém tivesse levado a sério a pergunta filosófica de quantos anjos caberiam na cabeça de um alfinete e tivesse transposto isso para a paisagem.

Conforme andavam, cruzaram com alguns membros da nobreza. Aqui, na Corte Seelie, havia menos fascínio sombrio, menos vísceras, ossos e sangue. Os uniformes verdes reproduziam a cor das plantas, das árvores e da grama. E havia ouro em toda parte: nos gibões dourados dos homens, nos vestidos longos das mulheres, como se eles estivessem canalizando o brilho do sol incapaz de alcançá-los debaixo da terra.

Finalmente, eles dobraram o corredor e entraram num imenso cômodo circular. Não tinha mobiliário e as paredes de pedra lisa se curvavam para cima na direção de um cristal no auge do teto. Imediatamente abaixo do cristal, havia um grande pedestal de pedra, com uma bacia dourada apoiada em cima dele.

— Este é o meu cristal da vidência — explicou a Rainha. — Um dos tesouros do povo fada. Você gostaria de olhar seu interior?

Julian recuou. Embora não tivesse o conhecimento de Cristina, sabia o que era um cristal da vidência. O artefato permitia que você olhasse numa superfície reflexiva (normalmente um espelho ou poça d'água) e enxergasse o que estava acontecendo em outra parte do mundo. Ele teve muita vontade de usá-lo para ver como estava sua família, mas, a menos que fosse obrigado, não aceitaria ofertas de uma fada.

— Não, obrigado, milady — falou.

Notou o brilho de raiva nos olhos da Rainha e isso o surpreendeu. Imaginava que ela fosse capaz de controlar melhor as próprias emoções. Mas a raiva se foi um instante depois e ela sorriu para ele.

— Um dos Blackthorn está prestes a pôr a própria vida em grave perigo — falou. — Isso não é uma razão boa o suficiente para você olhar no cristal? Você prefere desconhecer o perigo que ameaça sua família, o sangue de seu sangue? — A voz dela era quase um sussurro. — Pelo que conheço de você, Julian, filho dos espinhos, isso não é da sua natureza.

Julian cerrou as mãos. Um Blackthorn em perigo? Poderia ser Ty, se metendo em um mistério, ou Livvy, sendo precipitada e voluntariosa? *Dru? Tavvy?*

— Você não cai em tentação facilmente — falou ela, e agora sua voz estava mais suave e sedutora. Os olhos brilhavam. Ela gostava daquilo, pensou ele. Da perseguição, do jogo. — Não é nada comum em alguém tão jovem.

Julian pensou com um contentamento meio desesperador que quase tivera uma crise, há pouco, perto de Emma. Mas aquilo fora uma fraqueza. Todo mundo tinha fraquezas. Os anos que passou negando as coisas que queria para si pelo bem de sua família transformaram sua vontade em algo que, às vezes, era uma surpresa até mesmo para ele.

— Eu não posso esticar a mão e mudar o que acontece, posso? — perguntou ele. — Não seria simplesmente uma tortura se eu ficasse assistindo?

Os lábios da rainha se curvaram.

— Eu não posso dizer — falou ela. — Também não sei o que vai acontecer. Mas se você não olhar, também não saberá. E, pela minha experiência com humanos e Nephilim, não acho que suportem não saber. — Ela baixou o olhar para a água. — Ah — disse. — Ele chegou na convergência.

Antes que pudesse evitar, Julian já estava ao lado do pedestal, fitando dentro d'água. O que viu o deixou chocado.

A água parecia um espelho translúcido, como a tela de uma televisão sobre a qual uma cena era projetada com nitidez quase assustadora. Julian estava olhando para a noite nas colinas de Santa Monica, uma visão familiar o suficiente para enviar uma pontada de saudades de casa pelo corpo dele.

A lua se erguia ao longo das ruínas da convergência. Os rochedos jaziam ao redor de uma planície de grama ressecada que se estendia até uma queda abrupta na direção do oceano, azul e preto ao longe. Perambulando pelos rochedos, estava Arthur.

Julian não conseguia se lembrar da última vez em que vira o tio sair do Instituto. Arthur trajava um casaco grosso e botas e, em sua mão, via-se uma luz enfeitiçada, brilhando fracamente. Ele nunca tinha se parecido tanto com um Caçador de Sombras, nem mesmo no Salão dos Acordos.

— Malcolm! — gritou Arthur. — Malcolm, eu exijo que você venha até mim! Malcolm Fade! Estou aqui, com sangue dos Blackthorn!

— Mas Malcolm está morto — murmurou Julian, fitando a bacia. — Ele morreu.

— É uma fraqueza de sua espécie considerar a morte tão definitiva — falou a Rainha, exultante —, sobretudo, quando se trata de feiticeiros.

O medo rasgou Julian como uma flecha. Ele tinha certeza de que, ao deixarem o Instituto, sua família ficaria em segurança. Mas se Malcolm estava lá — e ainda buscava sangue dos Blackthorn... mas se Arthur o estava oferecendo, então era provável que o feiticeiro não tivesse conseguido ainda —, só que Arthur não era nada confiável...

— Silêncio — falou a Rainha, como se pudesse ouvir o clamor dos pensamentos de Julian. — Observe.

— *Malcolm*! — gritou Arthur, e sua voz ecoou pelas montanhas.

— Estou aqui. Mas você chegou cedo. — A voz pertencia a uma sombra; uma sombra retorcida, disforme. Julian engoliu em seco quando Malcolm deu um passo, foi iluminado pela lua e o que fora feito dele (ou o que ele fizera de si) foi revelado.

A água na bacia ficou turva. Julian esticou o braço na direção da imagem antes de enxergar apenas o próprio reflexo e retirar a mão em seguida.

— Onde eles estão? — perguntou, com voz rouca. — O que eles estão fazendo?

— Paciência. Eles devem ir a um lugar. Malcolm vai levar seu tio até lá. — A Rainha Seelie exultava. Achava que Julian agora estava na palma de sua mão, pensou ele, odiando-a.

Ela mergulhou os longos dedos na água e o garoto viu um redemoinho rápido de imagens: as portas do Instituto de Nova York, Jace e Clary dormindo num campo verde, Jem e Tessa num local escuro... e então as imagens ficaram nítidas outra vez.

Arthur e Malcolm estavam no interior de uma igreja antiquada, com janelas de vitral e bancos com extremidades entalhadas. Havia algo no altar, algo coberto por um pano preto. Algo que se agitava delicadamente, como um animal despertando de seu sono.

Malcolm observava Arthur, um sorriso brincando no rosto destruído. Sua aparência era a de uma coisa que fora arrastada de alguma dimensão infernal cheia de água. Das valetas e regatos em sua pele vazava água do mar. Seus olhos estavam leitosos e opacos; metade do cabelo branco se fora e a pele visível era irregular e cheia de crostas. Ele vestia um terno branco, e as fissuras em carne viva da pele desapareciam de maneira um tanto estranha debaixo da gola e das abotoaduras caras.

— Pra qualquer ritual de sangue, o sangue oferecido de boa vontade é melhor do que aquele tirado à revelia — falou Arthur. Ele estava de pé, naquela postura desleixada costumeira, as mãos no bolso da calça jeans. — Darei meu sangue de boa vontade, se você prometer deixar minha família em paz.

Malcolm lambeu os lábios; sua língua estava azulada.

— É tudo o que você quer? Essa promessa?

Arthur assentiu.

— Você não quer o Volume Negro? — indagou Malcolm num tom irônico, dando um tapinha no livro enfiado no cós de sua calça. — Você não quer ter certeza de que nunca mais vou machucar um único Nephilim?

— Sua vingança só me interessa uma vez que a minha família permanecer ilesa — falou Arthur, e o alívio bambeou os joelhos de Julian. — O sangue Blackthorn que eu lhe dou deve aplacar sua sede, feiticeiro.

Malcolm sorriu. Os dentes estavam deformados e pontudos, como os de um tubarão.

— Se eu concordar, será que estarei me aproveitando de você, já que é louco? — ponderou Malcolm, em voz alta. — Será que sua mente instável confundiu a situação? Você está confuso? Desnorteado? Sabe quem eu realmente sou? — Arthur se encolheu. Julian sentiu uma pontada de solidariedade pelo tio e um lampejo de ódio por Malcolm.

Mate-o, pensou ele. *Diga-me que o senhor levou uma lâmina serafim, tio, e acabe com ele.*

— Seu tio não estará armado — falou a Rainha. — Fade teria visto isso. — Ela observava com um prazer quase avarento. — O Nephilim louco e o feiticeiro louco — disse ela. — É uma história e tanto.

— Você é Malcolm Fade, traidor e assassino — concluiu Arthur.

— É uma ingratidão dizer isso para alguém que lhe forneceu seu remédio por esses anos todos — murmurou Malcolm.

— *Remédio?* Estão mais para mentiras temporárias. Você fez o que fez para continuar enganando Julian — acusou Arthur, e Julian se sobressaltou ao ouvir o próprio nome. — Você lhe deu a minha medicação porque queria que ele confiasse em você. Minha família o amava. Mais do que já me amou. Você enfiou uma faca no coração deles.

— Oh — murmurou Malcolm. — Não foi bem assim.

— Eu preferiria estar louco do meu jeito a estar como você — falou Arthur. — Você teve tanta coisa. Amor antigamente, poder e vida imortal, e jogou isso fora como se fosse lixo. — Arthur olhou na direção da criatura que se contorcia no altar. — Eu me pergunto se ela ainda será capaz de amá-lo, desse jeito que você é agora.

Malcolm fez uma careta.

— Chega! — falou, e uma breve expressão de triunfo passou pelos traços cansados e abatidos de Arthur. A seu modo, ele passara a perna no feiticeiro. — Eu aceito sua promessa. Venha cá.

Arthur deu um passo adiante. Malcolm o agarrou e começou a empurrá-lo na direção do altar. A luz enfeitiçada de Arthur já tinha se apagado, porém velas ardiam em castiçais presos às paredes, lançando uma luz amarelada e bruxuleante.

Malcolm segurou Arthur com uma das mãos, abaixando-o sobre o altar; com a outra mão, ele retirou o pano negro que cobria o altar e revelou o corpo de Annabel.

— Oh — suspirou a Rainha. — Ela já foi adorável.

Agora não era mais. Annabel era um esqueleto, embora não daquele tipo com ossos branquinhos e limpinhos que se via por aí na arte e nas pinturas. Sua pele tinha aspecto de couro ressecado, com buracos por onde vermes rastejavam, entrando e saindo. A náusea cresceu no estômago de Julian. Ela estava coberta por uma mortalha branca, mas dava para ver as pernas e os braços: em alguns lugares, a pele fora retirada e o musgo crescia nos ossos e tendões secos.

Uma cabeleira escura e quebradiça saía de seu crânio. A mandíbula de Annabel se mexia como se ela estivesse vendo Malcolm, e um gemido veio da garganta destruída. Parecia que ela balançava a cabeça.

— Não se preocupe, querida — falou Malcolm —, eu trouxe o que você precisa.

— *Não!* — gritou Julian, no entanto estava acontecendo exatamente o que ele temia: não era possível impedir os eventos se desenrolando à sua frente. Malcolm pegou a lâmina ao lado de Annabel e cortou a garganta de Arthur.

O sangue jorrou sobre Annabel — sobre o corpo e sobre a pedra na qual ela se encontrava. Arthur apalpou o pescoço e Julian perdeu a fala, agarrando as laterais da bacia.

A mortalha que cobria Annabel ficou carmim. Lentamente, as mãos de Arthur baixaram para as laterais do corpo. Agora ele só estava ereto porque Malcolm o segurava. O sangue encharcou o cabelo quebradiço e a pele ressecada de Annabel, e transformou a parte da frente do terno branco de Malcolm numa superfície escarlate.

— Tio Arthur — murmurou Julian. Sentiu gosto de sal nos lábios. Por um momento, ficou horrorizado por estar chorando, e bem diante da Rainha, mas, para seu alívio, ele apenas tinha mordido o lábio. Engoliu o sabor metálico do próprio sangue enquanto Arthur esmorecia na mão de Malcolm e o feiticeiro empurrava o corpo com impaciência. O tio desmoronou no chão ao lado do altar e permaneceu imóvel.

— Annabel — murmurou Malcolm.

Ela havia começado a se mexer.

Os braços e pernas foram os primeiros a se movimentar, espreguiçando-se, e suas mãos ávidas por tocar o nada. Por um momento, Julian pensou que houvesse alguma coisa errada com a água da bacia, um reflexo esquisito, até que seu deu conta de que era a própria Annabel. Um brilho branco rastejava sobre a figura dela; não, era sua pele nascendo para cobrir os ossos nus e tendões descobertos. O cadáver de Annabel parecia inchar conforme a carne preenchia suas formas, como se uma luva lisa e lustrosa tivesse sido esticada sobre seu esqueleto. O que era cinzento e branco tornara-se rosado: os pés descalços e as panturrilhas agora pareciam humanos. E até as meias-luas de suas unhas eram visíveis nas pontinhas dos dedos dos pés.

A pele seguiu rastejando pelo corpo, deslizando sob a mortalha e subindo para cobrir o peito e as omoplatas, espalhando-se então pelos braços. As mãos se abriram como se fossem uma estrela-do-mar e cada dedo se esticou conforme ela testava o ar. Seu pescoço arqueou para trás quando fios em tons de preto e castanho explodiram de seu crânio. Os seios se ergueram debaixo da mortalha, as bochechas ocas foram preenchidas e os olhos se abriram de repente.

Eram olhos Blackthorn, que reluziam azul-esverdeados como o mar.

Annabel se sentou, apertando os pedaços da mortalha ensanguentada contra si. Debaixo deles, estava o corpo de uma jovem. Cabelos volumosos cascateavam em torno do rosto oval e pálido; os lábios eram fartos e vermelhos; os olhos brilhavam, maravilhados, quando ela encarou Malcolm.

E Malcolm estava transformado. O que quer que aquele dano perverso tivesse feito a ele, agora não estava ali mais e, por um momento, Julian o viu como ele devia ter sido quando era um jovem apaixonado. Havia doçura e admiração nele, e Malcolm parecia congelado ali, o rosto brilhando em adoração enquanto Annabel descia do altar. Ela ficou de pé no soalho de pedra ao lado do corpo dobrado de Arthur.

— Annabel — chamou Malcolm. — Minha Annabel. Esperei por você durante tanto tempo, fiz tanta coisa para trazê-la de volta para mim. — Ele deu um passo cambaleante na direção dela. — Meu amor. Meu anjo. Olhe para mim.

Mas Annabel estava olhando para Arthur. Lentamente, ela se curvou e pegou a faca que havia caído perto do corpo. Ao se endireitar, seu olhar estava fixo em Malcolm, e lágrimas desciam por seu rosto. Seus lábios articularam uma palavra — Julian se esticou para a frente, mas ela dissera baixinho demais para se fazer ouvir. A superfície do cristal da vidência tinha começado a se agitar e estremecer, como a superfície do mar antes de uma tempestade.

Malcolm parecia perplexo.

— Não chore — falou. — Minha querida, minha Annabel. — E esticou a mão para ela. Annabel deu um passo até ele, o rosto erguido. O feiticeiro se curvou como se fosse beijá-la no mesmo momento em que ela ergueu o braço e o esfaqueou numa investida só.

Malcolm a encarou, incrédulo. Então gritou. Foi um grito que ia além da dor; foi um uivo de profundo desespero, de traição e de coração partido. Um uivo que pareceu rasgar o universo e separar as estrelas.

O feiticeiro cambaleou para trás, mas Annabel o seguiu, um espectro de sangue e terror nas roupas mortuárias brancas e vermelhas. Ela o golpeou outra vez, abrindo seu peito, e ele caiu no chão.

Mesmo assim, ele não ergueu a mão para afastá-la quando ela se assomou diante dele. O sangue borbulhava no canto da boca quando ele murmurou:

— *Annabel*. Ah, meu amor, meu amor...

Ela o golpeou com crueldade, enfiando a lâmina no coração. O corpo de Malcolm convulsionou. A cabeça tombou para trás, e os olhos reviraram. Sem expressão, Annabel se abaixou e retirou o Volume Negro do cinto dele. Sem dar mais nenhuma olhada para Malcolm, ela se virou e saiu da igreja, desaparecendo do campo de visão do cristal da vidência.

— Aonde ela foi? — perguntou Julian, mal reconhecendo a própria voz.

— Siga-a, use o cristal...

— O cristal da vidência não é capaz de encontrar o caminho através de tanta magia negra — falou a Rainha. Seu rosto brilhava como se ela tivesse acabado de ver alguma coisa maravilhosa.

Julian se encolheu e se afastou dela; ele não conseguiu evitar. Só queria sair dali, ir para um cantinho do cômodo e vomitar. Mas a Rainha consideraria isso uma fraqueza. Ele foi até uma das paredes e se recostou.

A Rainha estava de pé com uma das mãos apoiada na beira da bacia dourada e sorria para ele.

— Você viu que Fade em momento algum ergueu a mão para se defender? — falou ela. — Isso é amor, filho dos espinhos. Nós recebemos os golpes mais cruéis e quando sangramos por causa deles, murmuramos nossos agradecimentos.

Julian se apoiou contra a parede.

— Por que você me mostrou tudo aquilo?

— Eu barganharia com você — falou ela. — E tem coisas que eu gostaria que você não ignorasse neste momento.

Julian tentou acalmar a respiração, obrigando-se a entrar ainda mais fundo na própria mente, nas lembranças mais terríveis. Ele estava no Salão dos Acordos. Tinha 12 anos e acabara de matar seu pai. Estava no Instituto e havia acabado de descobrir que Malcolm Fade havia sequestrado Tavvy. Estava no deserto, e Emma lhe dizia que amava Mark; Mark e não ele.

— Que tipo de barganha? — falou, e sua voz estava firme como uma rocha.

Ela balançou a cabeça. Os cabelos ruivos irradiavam ao redor do rosto fino e emaciado.

— Eu quero o grupo todo presente quando a barganha for feita, Caçador de Sombras.

— Eu não vou barganhar com você — falou Julian. — A Paz Fria...

Ela deu uma gargalhada.

— Você rompeu a Paz Fria mil vezes, criança. Não finja que eu nada sei sobre você ou sua família. Apesar da Paz Fria, apesar de tudo o que eu perdi, ainda sou a Rainha da Corte Seelie.

Julian não conseguiu deixar de pensar no que significava aquela frase: *apesar de tudo o que eu perdi*. O que exatamente ela perdera? Será que ela se referia à tensão da Paz Fria, à vergonha por ter sido derrotada na Guerra Maligna?

— Além disso — falou ela —, você ainda não sabe o que estou oferecendo. Nem seus amigos. Creio que eles poderiam se interessar, sobretudo, sua adorável *parabatai*.

— Você tem alguma coisa para Emma? — quis saber ele. — Então por que me trouxe aqui sozinho?

— Eu queria lhe dizer uma coisa. Uma informação que talvez você não queira que ela saiba que é de seu conhecimento. — Um sorriso minúsculo percorreu os lábios da Rainha. Ela deu outro passo até ele. Julian estava próximo o suficiente para ver o detalhe das plumas no vestido dela, os flocos de sangue que indicavam que tinham sido arrancadas da ave pela raiz. — A maldição dos *parabatai*. Eu sei como quebrar.

Julian viu-se incapaz de respirar. Foi a mesma coisa que a puca lhe dissera no Portão: *No Reino das Fadas, você encontrará alguém que sabe quebrar a ligação dos* parabatai.

Ele tinha guardado tal informação no coração desde que eles chegaram. Tinha se perguntado quem seria. Mas era a Rainha. Claro que era a Rainha. Alguém em quem ele absolutamente não deveria confiar.

— A maldição? — perguntou ele, mantendo a voz suave e um pouco confusa, como se não tivesse ideia do motivo de ela se referir à ligação daquele jeito.

Alguma coisa indefinível brilhou em seus olhos.

— A ligação dos *parabatai*, melhor dizendo. Mas é uma maldição para vocês, não é? — Ela segurou o pulso dele, virando sua mão para cima. Os crescentes que ele traçara na palma com as unhas roídas estavam apagados, mas ainda eram visíveis. Ele pensou no cristal da vidência. Pensou na Rainha observando os dois, ele e Emma, no quarto de Fergus. Claro que ela havia feito isso. Ela soubera exatamente quando Emma adormecera. Quando ele estivera vulnerável. Ela sabia que ele amava Emma. Podia ser algo que ele escondesse da família e dos amigos, mas estaria claro como um farol para a Rainha da Corte Seelie, acostumada a buscar fraqueza e vulnerabilidade, e a combiná-las de maneira cruel a verdades desagradáveis. — Como eu disse — falou ela, com um sorriso —, nós acolhemos as feridas do amor, não é?

Uma onda de raiva percorreu Julian, mas sua curiosidade foi maior. Ele afastou a mão dela.

— Diga-me — falou. — Conte o que você sabe.

Cavaleiros fada em verde, dourado e vermelho vieram buscar Emma para levá-la até a sala do trono. Ao acordar, ela ficou um pouco confusa com a ausência de Julian, mas se tranquilizou ao ver Mark e Cristina no corredor, igualmente escoltados, e então Mark lhe confidenciou que ouvira um dos guardas dizendo que Julian já estava à espera deles na sala do trono.

Emma xingou o próprio cansaço. Como foi que ela não notou que ele tinha saído? Ela se obrigara a dormir, incapaz de suportar mais um segundo de proximidade física com Jules sem poder nem mesmo abraçá-lo. E ele se mostrara tão calmo, tão totalmente tranquilo; ele a fitara com uma simpatia distante — bondade até, quando lhe garantira que a amizade deles permanecia intacta — e isso doera demais, por isso ela só queria era que o cansaço levasse tudo embora.

Emma esticou a mão para tocar em Cortana pendurada em suas costas. Também carregava o restante das coisas dela e de Julian na mochila, sentindo-se ridícula por usar uma arma por cima de um vestido fino, porém não iria trocar de roupa na frente da Guarda da Rainha. Tinham se oferecido para carregar a espada para ela, mas Emma recusara. Ninguém além dela tocava em Cortana.

Cristina estava praticamente se contorcendo, de tão agitada.

— A sala do trono da Rainha Seelie — murmurou. — Eu li a respeito, mas nunca imaginei que realmente a veria. A aparência da sala muda de acordo com as variações de humor da Rainha.

Emma se lembrou que Clary contava histórias da Corte para ela, e falava de uma sala de gelo e neve, na qual a Rainha trajava dourado e prateado, e de uma cortina de borboletas que batiam as asas. Mas não foi assim quando eles chegaram. Conforme Mark já tinha dito, Julian já estava na sala do trono. Era um cômodo oval e desprovido de móveis, cheio de fumaça acinzentada. A fumaça se deslocava pelo soalho e crepitava no teto, onde era espetada com pequenos dardos de raios negros. Não havia janelas, mas a fumaça cinzenta formava desenhos nas paredes: um campo de flores mortas, uma onda batendo, o esqueleto de uma criatura alada.

Julian estava sentado na escada que conduzia ao grande bloco onde se localizava o trono da Rainha. Ele usava uma mistura de uniforme e de roupas comuns, e por cima da camisa via-se um casaco que ele só poderia ter encontrado aqui no Reino das Fadas. A peça reluzia com fios dourados e pedaços de brocado, as mangas viradas para exibir os antebraços. A pulseira de vidro marinho brilhava no pulso.

Ele ergueu o rosto quando todos entraram. Mesmo contra o fundo pálido, seus olhos azul-esverdeados reluziam.

— Antes que vocês digam qualquer coisa, eu tenho algo para falar — avisou ele.

Apenas metade da mente de Emma estava prestando atenção nas palavras quando ele começou a falar; a outra metade notava que ele parecia estranhamente à vontade.

Ele parecia calmo e sempre que Julian aparentava tranquilidade era porque estava mais apavorado do que nunca. Mas ele continuou falando e ela começou a se dar conta do que ele dizia. Ondas de choque a invadiram. Malcolm: morto, vivo e morto outra vez? Arthur, assassinado? Annabel se levantara da sepultura? O Volume Negro desaparecera?

— Mas Malcolm estava morto — falou ela, com voz entorpecida. — Eu o matei. Eu vi o corpo flutuar e se afastar. Ele estava *morto*.

— A Rainha me advertiu sobre pensar na morte como algo definitivo — explicou Julian. — Sobretudo, quando se trata de feiticeiros.

— Mas Annabel está viva — interveio Mark. — E o que ela quer? Por que levou o Volume Negro?

— Todas são excelentes perguntas, Miach — falou uma voz do outro lado do recinto. Todos se viraram, surpresos. Menos Julian.

Ela emergiu das sombras cinzentas envolvida em mais cinza ainda: um vestido cinzento longo feito de asas de mariposa e cinzas, com um decote tão profundo no torso que dava para ver os ossos protuberantes da clavícula sem dificuldade. Seu rosto era fino e triangular, dominado por olhos azuis ardentes. Os cabelos ruivos estavam presos atrás da cabeça com uma rede prateada. A Rainha. Havia brilho em seus olhos: se era malícia ou loucura, era difícil saber.

— Quem é Miach? — perguntou Emma.

A Rainha apontou para Mark.

— Ele. O sobrinho de minha criada Nene.

Mark parecia confuso.

— Nene chamou Helen de "Alessa" — falou Emma. — Então... Alessa e Miach são os nomes de fada deles?

— Não são os nomes completos, que lhes dariam poder. Não. Mas são muito mais harmoniosos do que Mark e Helen, não concorda? — A Rainha foi até Mark, uma das mãos puxando o vestido. Ela esticou a outra e tocou no rosto dele.

Ele não se mexeu. Parecia congelado. O medo da nobreza da fada e, sobretudo, dos monarcas em especial, fora incutido nele durante anos. Foram os olhos de Julian que se semicerraram quando a Rainha pôs uma das mãos na bochecha de Mark e os dedos dela acariciaram a pele de seu irmão.

— Belo menino — falou. — Você foi desperdiçado na Caçada Selvagem. Poderia ter servido aqui na minha Corte.

— Eles me sequestraram — falou Mark. — Não você.

Mesmo a Rainha pareceu um pouco perplexa.

— Miach...

— Meu nome é Mark. — Ele disse isso sem qualquer hostilidade ou resistência. Era um mero fato. Emma viu as centelhas nos olhos de Julian: orgulho pelo irmão, quando a Rainha deixou a mão cair. Ela voltou ao trono, e Julian se levantou e desceu os degraus, juntando-se aos outros lá embaixo, ao mesmo tempo que ela se sentou.

A Rainha sorriu para eles, e as sombras começaram a se movimentar em torno dela, como se isso lhes tivesse sido ordenado, contorcendo-se em fiapos e formatos semelhantes a flores.

— Então Julian já lhes contou tudo que vocês devem saber — falou ela. — Agora podemos barganhar.

Emma não gostava do modo como a Rainha falava o nome de Jules: o possessivo, quase lânguido *Julian*. Ela também se perguntava onde a Rainha estivera enquanto Julian lhes contava o que acontecera. Com certeza ficara por ali, para que pudesse ouvir. Em um local próximo, de onde poderia escutar e avaliar as reações.

— Você nos trouxe aqui, milady, embora nenhum de nós saiba o porquê — falou Julian. Era evidente, pela expressão dele, que não sabia o que a Rainha planejava pedir. Mas também era evidente que ele não pretendia recusar.

— O que quer de nós?

— Quero que encontrem Annabel Blackthorn para mim — falou ela —, e recuperem o Volume Negro.

O grupo se entreolhou. Não importa o que tivessem esperado, não fora aquilo.

— Você só quer o Volume Negro? — perguntou Emma.

— Apenas o livro — respondeu a Rainha. — Annabel não tem importância, a menos que ela esteja com o livro. Depois de ser ressuscitada tanto tempo após a morte, provavelmente ela está louca.

— Bem, isso torna a busca por ela tão mais divertida — falou Julian. — Por que você não pode enviar sua Corte para buscá-la no mundo mundano?

— A Paz Fria dificulta as coisas — falou a Rainha secamente. — Eu ou meu povo seremos pegos assim que formos vistos. Por outro lado, vocês são os queridinhos do Conselho.

— Eu não diria "queridinhos" — falou Emma. — Isso talvez seja um exagero.

— Então nos diga, o que a Rainha das Fadas quer com o Volume Negro dos Mortos? — perguntou Mark. — Aquilo é brinquedo de feiticeiros.

— E ainda assim é perigoso nas mãos erradas, mesmo quando são mãos de fadas — falou a Rainha. — O Rei Unseelie aumenta seu poder desde a Paz Fria. Ele assolou as Terras dos Unseelie com o mal e encheu os rios com sangue. Vocês viram pessoalmente que nenhum objeto do Anjo pode sobreviver nas terras dele.

— É verdade — falou Emma. — Mas por que você se importa se ele transformou as Terras dos Unseelie numa zona proibida para os Caçadores de Sombras?

A Rainha a encarou com um sorriso que não alcançava os olhos.

— Eu não me importo — falou ela. — Mas o Rei pegou um do meu povo. Um membro da minha Corte, muito querido. Ele mantém a pessoa prisioneira em suas terras. E eu a quero de volta.

A voz da Rainha era fria.

— Como o livro vai ajudá-la com isso? — perguntou Emma.

— O Volume Negro é mais do que necromancia — explicou a Rainha. — Contém feitiços que me permitirão recuperar o prisioneiro na Corte Unseelie.

Cristina balançou a cabeça.

— Milady — começou. Ela soava muito doce e firme, e nem um pouco ansiosa. — Embora nós todos nos solidarizemos com sua perda, isso é muito perigoso e é muito trabalho para nós, apenas para ajudá-la. Acho que você teria que oferecer algo muito especial para conseguir nossa ajuda.

A Rainha assumiu uma expressão divertida.

— Você é muito decidida, para alguém tão jovem. — Anéis brilharam em seus dedos quando ela gesticulou. — Mas veja, nossos interesses são semelhantes. Vocês não querem o Volume Negro nas mãos do Rei e nem eu quero. Ele ficará mais seguro aqui em minha Corte do que jamais estará no mundo por aí... O Rei vai estar procurando pelo livro também e o Volume Negro somente encontrará proteção no coração dos Seelie.

— Mas como vamos saber que você também não vai usá-lo contra os Caçadores de Sombras? — perguntou Emma, ansiosa. — Não faz tanto tempo assim que os soldados Seelie atacaram Alicante.

— Os tempos mudam, assim como as alianças — falou a Rainha. — Agora o Rei é uma ameaça maior a mim e aos meus do que os Nephilim. E eu provarei minha lealdade. — Ela inclinou a cabeça para trás e sua coroa reluziu. — Eu ofereço o fim da Paz Fria — emendou — e o retorno de sua irmã, Alessa, para vocês.

— Isso está além de seu poder — falou Mark. Mas ele não fora capaz de controlar a reação ao ouvir o nome da irmã: seus olhos estavam excessivamente brilhantes. E os de Julian também. *Alessa. Helen.*

— Não está — falou a Rainha. — Tragam-me o livro e eu oferecerei minhas Terras e armas ao Conselho para que possamos derrotar o Rei juntos.

— E se eles negarem?

— Eles não vão negar. — A Rainha soava absolutamente confiante. — Eles compreenderão que somente ao se aliar conosco, serão capazes de derrotar o Rei, e que para fazer tal aliança eles devem, primeiro, encerrar a Paz Fria. É do meu conhecimento que sua irmã foi punida com o exílio Nephilim por ser, em parte, fada. O Inquisidor tem o poder de anular a sentença de exílio. Com o Fim da Paz Fria, sua irmã estará livre.

Emma sabia que a Rainha não podia mentir. Ainda assim, ela sentia que, de alguma forma, eles estavam sendo enganados. Olhando em volta, dava para notar pela expressão inquieta dos outros que ela não era a única a pensar assim. No entanto...

— Você quer tomar as Terras Unseelie? — perguntou Julian. — E quer que a Clave ajude a fazer isso?

Ela fez um gesto preguiçoso com a mão.

— Qual seria a utilidade das Terras Unseelie para mim? Não sou movida a conquistas. Outro será levado ao trono para substituir o Senhor das Sombras, alguém mais solidário com as preocupações dos Nephilim. Isso deveria interessar aos seus.

— E você tem alguém em mente? — quis saber Julian.

E agora a Rainha sorria; um sorriso de verdade, que fez com que todos se esquecessem de sua aparência magra e emaciada. Sua beleza era gloriosa quando ela sorria.

— Eu tenho. — Ela se virou na direção das sombras atrás de si e falou: — Tragam-no.

Uma das sombras se esgueirou e se afastou das outras. Foi Fergus que Emma viu quando ele desapareceu por uma entrada em formato de arco, retornando um instante depois. Emma não achou que alguém fosse ficar surpreso ao ver quem ele conduzia, piscando, confuso e mais taciturno do que nunca.

— Kieran? — falou Mark, espantado. — Kieran, Rei da Corte Unseelie?

Kieran conseguiu parecer assustado e insultado ao mesmo tempo. Ele vestia roupas novas, calça e camisa de linho e um casaco marrom-amarelado, embora ainda estivesse muito pálido e as ataduras em volta do tronco fossem visíveis através da camisa.

— Não — falou ele. — De forma alguma.

A Rainha começou a rir.

— Não é Kieran. É o irmão dele. Adaon.

— Adaon não vai querer — falou Kieran. Fergus segurava o príncipe firmemente pelo braço; Kieran parecia fingir que aquilo não estava acontecendo, como um meio de manter a dignidade. — Ele é leal ao Rei.

— Então ele não parece muito solidário com os Nephilim — falou Emma.

— Ele odeia a Paz Fria — falou a Rainha. — Todos sabem disso; todos sabem também que ele é leal ao Rei Unseelie e que acata suas decisões. Mas isso só é válido se o Rei estiver vivo. Se a Corte Unseelie for derrotada por uma aliança entre os Caçadores de Sombras e o povo Seelie, será fácil colocar nossa escolha no trono deles.

— Você faz parecer simples — falou Julian. — Se não planeja colocar Kieran no trono, por que arrastá-lo até aqui?

— Tenho outra utilidade para ele — falou a Rainha. — Eu preciso de um enviado. Alguém cuja identidade eles conheçam. — Ela se virou para Kieran. — Você será meu mensageiro junto à Clave. Vai jurar lealdade a um destes Caçadores de Sombras aqui. E por causa disso, e por ser filho do Rei das Sombras, quando você falar ao Conselho, eles saberão que você fala por mim, e que eles não serão enganados novamente como foram pelo mentiroso Meliorn.

— Kieran deve concordar com este plano — falou Mark. — Deve ser escolha dele.

— Ora, certamente é a escolha dele — afirmou a Rainha. — Ele pode concordar ou pode muito provavelmente ser assassinado pelo próprio pai. O Rei não gosta quando seus prisioneiros condenados fogem.

Kieran resmungou alguma coisa e falou:

— Eu jurarei lealdade a Mark. Farei como ele me pedir e seguirei os Nephilim por ele. E discutirei com Adaon em seu benefício, embora, no fim, a escolha seja dele.

Alguma coisa brilhou nos olhos de Julian.

— Não — negou ele. — Você não vai fazer isso por Mark.

Mark encarou o irmão, confuso; Kieran tinha uma expressão tensa.

— Por que não por Mark?

— O amor complica as coisas — falou Julian. — Um juramento deve ser livre de complicações.

Parecia que Kieran estava prestes explodir. Seu cabelo ficara totalmente preto. Lançando um olhar de raiva a Julian, ele foi até os Caçadores de Sombras... e se ajoelhou diante de Cristina.

Todos pareceram surpresos, ninguém mais do que Cristina. Kieran jogou os cabelos escuros para trás e ergueu o olhar para ela, um desafio nos olhos.

— Juro lealdade a você, Dama das Rosas.

— Kieran Fazedor de Reis — falou Mark, olhando Kieran e Cristina com uma expressão totalmente indecifrável nos olhos. Emma não podia culpá-lo. Ele devia estar quase sempre à espera de que Kieran se lembrasse do que tinha se esquecido. Ela sabia que ele temia a dor que as lembranças trariam aos dois.

— Não estou fazendo isso por causa de Adaon ou da Paz Fria — falou Kieran. — Estou fazendo porque quero meu pai morto.

— Mas que tranquilizador... — resmungou Julian quando Kieran se levantou.

— Está acertado então — falou a rainha, com ar satisfeito. — Mas entenda uma coisa: você pode prometer minha ajuda e minha boa vontade ao

Conselho. Mas só declararei guerra ao Trono de Sombras quando tiver nas mãos o Volume Negro.

— E se ele declarar guerra a você? — perguntou Julian.

— Primeiro, ele vai declarar guerra a vocês — retrucou a rainha. — Eu sei disso.

— E se nós não o encontrarmos? — falou Emma. — O livro, quero dizer.

A Rainha gesticulou, como se cortasse preguiçosamente o ar usando a mão.

— Então a Clave ainda terá minha boa vontade — falou. — Mas não somarei meu povo ao exército deles até estar com o Volume Negro.

Emma olhou para Julian, que deu de ombros, como se indicasse que não esperava que a Rainha dissesse mais nada.

— Uma última coisa — falou Julian. — Helen. Não quero esperar o fim da Paz Fria para tê-la de volta.

A Rainha pareceu momentaneamente irritada.

— Há coisas que eu não posso fazer, pequeno Nephilim — falou ela rispidamente, e foi a primeira coisa dita por ela na qual Emma realmente acreditou.

— Você pode. Jure que vai insistir com a Clave para que Helen e Aline sejam suas embaixadoras. Assim que Kieran terminar sua tarefa e transmitir sua mensagem ao Conselho, a função dele acaba. Outra pessoa terá que ir e voltar ao Reino das Fadas para você. Permita que sejam Helen e a esposa dela. Eles terão que trazê-las de volta da Ilha de Wrangel.

A Rainha hesitou um momento e então inclinou a cabeça.

— Você compreende que eles não têm motivo algum para fazer o que digo, a menos que esperem ajuda dos meus e de mim — falou ela. — Então quando vocês tiverem o Volume Negro, aí sim, vão poder fazer disso uma condição para receber minha ajuda. Kieran, autorizo você a fazer tal solicitação na hora certa.

— Eu a farei — retrucou Kieran, e olhou para Mark. Emma praticamente pôde ler a mensagem nos olhos dele. *Mas não por você.*

— Adorável — falou a Rainha. — Vocês poderiam ser heróis. Os heróis que encerraram a Paz Fria.

Cristina se retesou. Emma se lembrou da outra garota dizendo para ela: *Sempre tive a esperança de um dia conseguir um tratado melhor do que a Paz Fria. Algo mais justo para com os integrantes do Submundo e para com os Caçadores de Sombras que os amam.*

O sonho de Cristina. A irmã de Mark e Julian. Segurança para os Blackthorn quando Helen e Aline voltassem. A Rainha tinha oferecido a eles todas as esperanças perdidas, os desejos secretos. Emma odiava sentir medo, mas neste momento estava com muito medo da Rainha.

— Estamos finalmente acertados, crianças barulhentas? — perguntou a Rainha, e seus olhos brilharam. — Temos um acordo?

— Você sabe que temos. — Julian praticamente lançou as palavras. — Vamos começar a procurar, embora ninguém tenha ideia de por onde começar.

— As pessoas vão aos locais que significam alguma coisa para elas. — A Rainha inclinou a cabeça para o lado. — Annabel era uma Blackthorn. Leiam sobre o passado dela. Conheçam sua alma. Vocês têm acesso à papelada dos Blackthorn, a histórias que ninguém mais pode tocar. — Ela ficou de pé. — Alguns do meu povo os visitaram uma vez, quando eram jovens e felizes. Fade tinha uma casa na Cornualha. Talvez ela ainda esteja de pé. Pode haver alguma coisa por lá. — Ela começou a descer a escadaria. — E agora é hora de acelerarem a jornada. Vocês devem voltar ao mundo mundano antes que seja tarde demais. — Ela havia chegado ao fim dos degraus. Virou-se, imperiosa e magnífica em suas vestes. — Entrem! — chamou. — Estávamos esperando vocês.

Dois vultos apareceram à entrada do cômodo, ladeados por cavaleiros com o uniforme da Rainha. Emma reconheceu um deles como Nene. O rosto dela continha uma expressão de respeito e até um pouco de medo ao entrar. Ao seu lado, ela acompanhava a figura formidável de Gwyn ap Nudd. Gwyn usava um gibão mais formal de veludo escuro contra o qual se retesavam os ombros imensos.

Gwyn virou-se para Mark. Seus olhos, azuis e pretos, fixaram-se nele com uma expressão de orgulho.

— Você salvou Kieran — falou. — Eu não devia ter duvidado de você. Você fez tudo o que eu poderia ter pedido e mais. E agora, pela última vez, você cavalgará comigo e a Caçada Selvagem. Eu o levarei à sua família.

Os cinco acompanharam a Rainha, Nene e Gwyn através de uma série de corredores intrincados até que um deles terminou num túnel inclinado para baixo que emanava ar frio e fresco. Ele se abria num espaço verde. Não havia sinal de árvores, somente grama salpicada de flores e, acima, o céu noturno girando com nuvens multicoloridas. Emma se perguntava se ainda era a mesma noite na qual eles tinham chegado à Corte Seelie ou se um dia inteiro já tinha se passado no subterrâneo. Não havia jeito de saber. O tempo no Reino das Fadas se movia como uma dança cujos passos ela desconhecia.

Cinco cavalos estavam parados na clareira. Emma reconheceu Lança do Vento, a montaria que Kieran tinha cavalgado na batalha com Malcolm. O animal relinchou ao avistar Kieran e coiceou para o céu.

— Foi isso que a puca me prometeu — falou Mark, em voz baixa. Ele estava parado atrás de Emma, com os olhos fixos em Gwyn e nos cavalos. — Que se eu viesse ao Reino, cavalgaria com a Caçada Selvagem novamente.

Emma esticou a mão e apertou a de Mark. Pelo menos, para ele, a promessa da puca se tornara verdade, sem o gosto amargo no final. Ela torcia pela mesma coisa para Julian e Cristina.

Cristina se aproximou de um ruão vermelho, que coiceava a terra, irritadiço. Ela murmurou para o cavalo até ele se acalmar, e subiu com um impulso em seu lombo, esticando o braço para acariciar o pescoço do animal. Julian subiu numa égua negra cujos olhos tinham um estranho tom verde. Ele parecia imperturbável. Os olhos de Cristina brilhavam de satisfação. Ela encarou Emma e sorriu, como se mal pudesse se controlar. Emma se perguntava havia quanto tempo Cristina devia sonhar em cavalgar com uma tropa fada.

Ela ficou para trás, esperando que Gwyn chamasse seu nome. Por que eram cinco cavalos, e não seis? Ela teve sua resposta quando Mark tomou impulso para montar Lança do Vento e esticou o braço para puxar Kieran atrás de si. A flecha de elfo no pescoço de Mark reluziu sob a luz multicolorida das estrelas.

Então Nene se aproximou de Lança do Vento e pegou as mãos de Mark, ignorando Kieran. Emma não conseguiu ouvir o que ela murmurava para ele, mas havia dor profunda em seu rosto. Os dedos de Mark agarraram os dela por um momento e então se soltaram. Nene se virou e voltou para a colina.

Em silêncio, Kieran se ajeitou atrás de Mark, mas não tocou o outro garoto.

Mark se remexeu um pouco no lugar.

— Você está preocupado? — perguntou a Kieran.

Kieran balançou a cabeça.

— Não — falou —, porque estou com você.

O rosto de Mark ficou tenso.

— Sim — retrucou —, você está.

Ao lado de Emma, a Rainha deu uma risadinha baixa.

— Tantas mentiras em apenas três palavras — falou. — E ele sequer disse "eu te amo".

Emma sentiu uma pontada de raiva.

— Você sabe o que são mentiras — retrucou ela. — Aliás, se quer saber, a maior mentira de todas que o povo fada já contou é que trata-se de um povo que *não* mente.

A Rainha se empertigou. Parecia fitar Emma de uma grande altura. As estrelas giravam atrás dela, azuis e verdes, roxas e vermelhas.

— Por que você está tão nervosinha, garota? Eu fiz uma barganha justa. Tudo que vocês poderiam desejar. Eu lhes dei uma bela hospedagem. Até as roupas que está usando são das fadas.

— Eu não confio em você — falou Emma sem rodeios. — Nós fizemos uma barganha com você porque não tínhamos escolha. Mas você nos manipulou a cada etapa do caminho... Até o vestido que estou usando é uma forma de manipulação.

A Rainha arqueou uma das sobrancelhas.

— Além disso — continuou Emma —, você se aliou a Sebastian Morgenstern. Você o ajudou a travar a Guerra Maligna. Por causa da guerra, Malcolm conseguiu o Volume Negro e meus pais morreram. Por que eu não a culparia?

Os olhos da Rainha examinaram Emma, e agora a menina notava neles o que a outra se esforçara para esconder antes: sua raiva e sua maldade.

— Foi por isso que você se tornou a protetora dos Blackthorn? Como não foi capaz de salvar seus pais, você os salvará, sua família substituta?

Emma encarou a Rainha por um longo momento antes de falar:

— Pode apostar que sim.

Sem olhar outra vez para a governante da Corte Seelie, Emma se afastou, irritada, na direção dos cavalos da Caçada.

Julian nunca gostara muito de cavalos, embora tivesse aprendido a cavalgar como a maioria dos Caçadores de Sombras. Em Idris, onde os carros não funcionavam, eles ainda eram o principal meio de transporte. Ele aprendera a cavalgar num pônei mal-humorado que ficava bufando e lançando-se sob os galhos baixos, tentando derrubá-lo.

O cavalo que Gwyn lhe dera tinha uma expressão sombria nos olhos terrivelmente verdes que não pressagiava coisa muito melhor. Julian se apoiou, esperando uma subida abrupta, mas quando Gwyn deu a ordem, o cavalo simplesmente deslizou no ar, como um brinquedo puxado por uma corda.

Julian arfou ruidosamente por causa do choque. Flagrou suas mãos afundando na crina do cavalo, apertando com força, enquanto os outros se erguiam no ar à sua volta; Cristina, Emma, Mark e Kieran. Por um momento, eles pairaram, como se fossem sombras sob a luz da lua.

Então os cavalos dispararam. O céu acima deles virou um borrão e as estrelas se tornaram linhas de tinta multicolorida, reluzente. Julian percebeu que estava sorrindo de verdade, do modo que raramente fazia desde que era pequeno. Não conseguia evitar. Escondido na alma de todo mundo, pensou enquanto rodopiavam pela noite, devia estar o desejo de voar.

E não do jeito que os mundanos faziam, presos no interior de um cilindro de metal. Mas desse jeito, tomando impulso entre as nuvens e descendo suavemente; o vento acariciando a pele. Ele olhou para Emma. Ela estava inclinada sobre a crina do cavalo, as longas pernas dobradas nas laterais, o cabelo brilhante esvoaçando como um estandarte. Atrás dela, vinha Cristina, mãos para cima, dando gritinhos de felicidade.

— Emma! — gritou ela. — Emma, olha só, sem as mãos!

Emma olhou e riu alto. Mark, que cavalgava Lança do Vento com um ar de familiaridade, com Kieran agarrado ao seu cinto usando uma das mãos, não pareceu achar graça.

— Use as mãos! — gritou ele. — Cristina, isso não é uma montanha-russa!

— Os Nephilim são loucos! — gritou Kieran, tirando do rosto o cabelo que flutuava selvagemente.

Cristina apenas riu e Emma a fitou com um grande sorriso e olhos que brilhavam como as estrelas acima, que se transformaram nas estrelas brancas e prateadas dos mundanos.

Sombras cresceram diante deles, em branco, preto e azul. Os penhascos de Dover, pensou Julian, e sentiu uma dor por dentro pelo fato de que talvez aquilo fosse acabar muito rápido. Ele virou a cabeça e olhou para o irmão. Mark montava Lança do Vento como se tivesse nascido sobre um cavalo. O vento dividia os cabelos claros e revelava as orelhas pontudas. Ele também sorria, um sorriso calmo e secreto, de alguém fazendo o que amava.

Muito abaixo deles, o mundo girava, um misto de campos pretos e prateados, colinas sombrias e rios sinuosos e iluminados. Era belo, mas Julian não conseguia tirar os olhos de seu irmão. *Então isto é a Caçada Selvagem*, pensou. Essa liberdade, a vastidão, a ferocidade da alegria. Pela primeira vez, compreendeu como e por que a decisão de Mark de ficar com a família poderia não ter sido fácil. Pela primeira vez, pensou, admirado, no quanto seu irmão devia amá-lo, afinal de contas, para ter desistido do céu por amor a ele.

PARTE DOIS
Thule

15

Amigos que se Foram

Kit jamais tinha imaginado que poria os pés em um dos Institutos dos Caçadores de Sombras. Agora ele comia e dormia em dois deles. Se continuasse assim, ia acabar se tornando um hábito.

O Instituto de Londres era exatamente do jeito que ele teria imaginado se lhe pedissem para imaginar, o que evidentemente ninguém fez. Localizado numa imensa e antiga igreja construída com pedras, faltava ao Instituto a modernidade lustrosa de seu equivalente em Los Angeles. Parecia que a construção não passava por uma reforma fazia oitenta anos. Os cômodos eram pintados em tons pastel eduardianos, que, com o passar das décadas, tinham desbotado para cores claras e enlameadas. A água quente era intermitente, os colchões tinham calombos e as superfícies da maior parte da mobília estava recoberta com poeira.

Pelos trechos de conversas que Kit entreouvira, o Instituto de Londres costumava abrigar muito mais gente antes. Fora atacado por Sebastian Morgenstern durante a Guerra Maligna, e a maioria dos antigos moradores não voltara.

A diretora do Instituto parecia quase tão antiga quanto o edifício. Seu nome era Evelyn Highsmith. Kit tinha a impressão de que os Highsmith fossem muito importantes na sociedade dos Caçadores de Sombras, embora não fossem tão importantes quanto os Herondale. Evelyn era uma senhora de cabelos brancos, alta e imperiosa, em torno dos oitenta anos, usava vestidos longos no estilo dos anos quarenta, andava com uma bengala com punho de prata e às vezes falava com pessoas que não estavam presentes.

Só mais uma pessoa parecia morar no Instituto: Bridget, a criada de Evelyn, que era tão velha quanto a patroa. Ela pintava os cabelos num tom vermelho bem forte e tinha milhares de rugas finas. Sempre aparecia em locais inesperados, o que era inconveniente para Kit, que, mais uma vez, estava à espreita de algum objeto que pudesse roubar. Não era uma busca bem-sucedida — a maior parte das coisas que pareciam valiosas eram móveis e ele não conseguia imaginar como se esgueiraria do Instituto carregando um aparador. As armas estavam cuidadosamente trancadas fora da vista e ele não sabia como vender castiçais na rua. E embora houvesse algumas valiosas primeiras edições na imensa biblioteca, a maioria fora rabiscada por algum idiota chamado Will H.

A porta da sala de jantar se abriu, e Diana entrou. Ela usava mais um dos braços: Kit descobrira que alguns ferimentos dos Caçadores de Sombras, em particular os que envolviam veneno ou icor de demônios, se curavam lentamente, apesar das Marcas.

Livvy se levantou ao ver sua tutora. A família estava reunida para o jantar, que fora servido na mesa comprida da imensa sala de jantar vitoriana. Antigamente, pinturas de anjos adornavam o teto, mas havia muito estavam praticamente cobertas por poeira e manchas de incêndios.

— Alguma notícia de Alec e Magnus?

Diana balançou a cabeça, sentando-se de frente para Livvy. A menina usava um vestido azul que parecia ter sido roubado do set de um programa de época da BBC. Embora eles tivessem fugido do Instituto de Los Angeles sem os pertences, havia um monte de roupas guardadas em Londres, embora nenhuma delas parecesse ter sido comprada depois de 1940. Evelyn, Kit e a família Blackthorn sentavam-se à mesa exibindo uma variedade curiosa de roupas: Ty e Kit vestiam calça e camisa de mangas compridas, Tavvy usava short e uma camiseta listrada de algodão, e Drusilla trajava um vestido de veludo preto que a agradara devido ao seu toque gótico. Diana havia rejeitado todas as roupas e simplesmente preferia lavar seus próprios jeans e camiseta.

— E quanto à Clave? — perguntou Ty. — Você conversou com a Clave?

— Eles já foram úteis alguma vez? — murmurou Kit baixinho. Ele não achou que alguém tivesse ouvido, mas alguém deve ter escutado porque Evelyn explodiu numa risada.

— Oh, *Jessamine* — falou a mulher para ninguém. — Ora, ora, isso não é de bom gosto.

Os Blackthorn entreolharam-se com as sobrancelhas erguidas. Mas ninguém fez comentários porque Bridget chegara da cozinha trazendo bandejas fumegantes com carne e vegetais, que tinham sido cozidos até o ponto de ficar sem gosto.

— Eu simplesmente não entendo por que não podemos ir para *casa* — falou Dru melancolicamente. — Se os Centuriões derrotaram todos os demônios marinhos, como disseram...

— Isso não significa que Malcolm não vá voltar — interrompeu Diana. — E o que ele quer é sangue dos Blackthorn. Vocês vão ficar aqui dentro, e sem discussão.

Kit tinha desmaiado durante aquela coisa terrível que eles chamavam de viagem através do Portal — o redemoinho horroroso através do nada absolutamente gelado —, por isso, ele perdera a cena que deve ter ocorrido quando eles apareceram no Instituto de Londres, sem Arthur, e Diana explicara que eles tinham ido definitivamente para lá.

A tutora entrara em contato com a Clave para contar-lhes sobre as ameaças de Malcolm —, mas Zara se antecipara. Aparentemente ela havia tranquilizado o Conselho, dizendo que os Centuriões tinham tudo sob controle, que eram muito superiores a Malcolm e seu exército, e a Clave ficara muito satisfeita em acreditar em suas palavras.

E como se as palavras de Zara tivessem operado um milagre, Malcolm não voltara a aparecer e nenhum demônio visitara a Costa Oeste. Dois dias se passaram e não havia notícias de desastre.

— Eu *odeio* o fato de Zara e Manuel estarem no Instituto sem a gente lá para vigiá-los — falou Livvy, soltando o garfo. — Quanto mais tempo eles ficam, mais argumentos vão ter para a Tropa assumi-lo.

— Isso é ridículo — falou Evelyn. — Arthur dirige o Instituto. Não seja paranoica, garota. — Ela pronunciava o *r* bem forte.

Livvy se encolheu. Embora todos eles, incluindo Dru e Tavvy, finalmente tivessem sido colocados a par da situação, sobre a doença de Arthur e o paradeiro de Julian e dos outros, ficou decidido que era melhor que Evelyn não soubesse. Ela não era uma aliada; não havia razão para que ficasse ao lado deles, embora parecesse nitidamente desinteressada na política do Conselho. Na verdade, na maior parte do tempo ela nem parecia estar ouvindo o que eles diziam.

— Zara falou que Arthur esteve trancado em seu escritório desde que nós saímos de lá — comentou Diana.

— Eu também permaneceria trancado se tivesse que lidar com Zara — disse Dru.

— Eu ainda não entendo por que Arthur não veio com você — fungou Evelyn. — Ele costumava morar neste Instituto. Imaginei que não se importaria de fazer uma visita.

— Veja pelo lado bom, Livvy — falou Diana. — Quando Julian voltar com os outros do... do lugar onde eles estão... muito provavelmente vão direto para Los Angeles. Você ia querer que eles encontrassem o Instituto vazio?

Livvy cutucou a comida sem dizer nada. Ela estava pálida e abatida, com olheiras. Na noite seguinte à chegada em Londres, Kit se dirigira ao quarto dela, perguntando-se se ela gostaria de vê-lo, porém, quando pôs a mão na maçaneta, ele a ouvira chorando. Sendo assim, dera meia-volta e optara por ir embora, sentindo um aperto estranho no peito. Ninguém que chorava daquele jeito parecia disposto a desfrutar da companhia de alguém, sobretudo de alguém como ele.

Kit sentiu o mesmo aperto quando olhou para Ty, à sua frente na mesa, e se lembrou de como o outro menino havia curado sua mão. De como a pele de Ty era fria. Ty estava tenso, do jeito dele — a mudança para o Instituto de Londres fora uma grande perturbação em sua rotina e era evidente que aquilo o incomodava. Ele passava muito tempo na sala de treinamento, que era praticamente idêntica à do Instituto de Los Angeles. Às vezes, quando ele estava estressado, Livvy segurava suas mãos e as massageava casualmente. A pressão parecia acalmá-lo. No entanto, agora Ty estava tenso e distraído, como se de algum modo tivesse se ensimesmado.

— Nós podíamos ir a Baker Street — falou Kit, sem sequer imaginar que ia dizer aquilo. — Nós *estamos* em Londres.

Ao ouvir aquilo, Ty ergueu o olhar, as íris cinzentas brilhando. Já havia afastado seu prato: Livvy tinha contado para Kit que Ty levava muito tempo para se acostumar a comidas e sabores. Por enquanto, ele praticamente só comia batatas.

— Para Baker Street, 221B?

— Quando as coisas com Malcolm estiverem resolvidas — interveio Diana. — Até lá, nem um Blackthorn sai do instituto, nem um Herondale também. Eu não gostei do modo raivoso como Malcolm olhou para você, Kit. — Ela se levantou. — Estarei na saleta. Preciso mandar uma mensagem de fogo.

Quando a porta se fechou atrás dela, Tavvy — que fitava o ar ao lado da cadeira de um modo que Kit considerou sinceramente alarmante — deu uma risadinha. Todos eles se viraram, surpresos. O caçula dos Blackthorn não vinha rindo muito ultimamente.

Ele não podia culpá-lo. Julian era tudo que o menino possuía, a coisa mais semelhante a uma figura paterna. Kit sabia como era sentir falta do pai, e Tavvy não tinha nem sete anos.

— Jessie — ralhou Evelyn, e por um momento Kit realmente olhou ao redor, como se a pessoa a quem ela se dirigia estivesse com eles no cômodo. — Deixe a criança em paz. Ele nem conhece você. — A idosa olhou ao redor da mesa. — Todo mundo acha que leva jeito com crianças. Poucos sabem quando não levam. — Ela mordeu uma cenoura. — Eu não levo jeito algum — falou ela, mastigando a comida. — Nunca suportei crianças.

Kit revirou os olhos. Tavvy encarou Evelyn como se estivesse pensando em atirar um prato nela.

— Você poderia muito bem levar Tavvy para a cama, Dru — falou Livvy apressadamente. — Acho que todos já terminamos o jantar aqui.

— Claro, por que não? Não é como se eu não tivesse procurado roupas pra ele hoje de manhã ou posto para dormir na noite passada. Eu poderia muito bem ser uma *criada* — rebateu Dru e, em seguida, tirou Tavvy da cadeira e saiu pisando duro até o quarto, arrastando o irmãozinho mais novo.

Livvy pôs a cabeça nas mãos. Ty ficou a observá-la e aí falou:

— Você não precisa tomar conta de ninguém.

Ela fungou e olhou de esguelha para o irmão gêmeo.

— É só que... sem Jules aqui, eu sou a mais velha. Por uns minutos, de qualquer forma.

— Diana é a mais velha — falou Ty. Ninguém mencionou Evelyn, que tinha colocado os óculos sobre o nariz e lia o jornal.

— Mas ela tem mais o que fazer além de cuidar da gente... quero dizer, cuidar das pequenas coisas — falou Livvy. — Nunca pensei nisso de fato, em todas as coisas que Julian faz por nós, mas é demais. Ele sempre nos mantém juntos e toma conta de todos, e eu nem entendo como...

Ouviu-se um som de explosão. O rosto de Ty ficou pálido. Era evidente que ele estava ouvindo um barulho conhecido.

— Livvy — falou. — O Salão dos Acordos...

Agora o barulho parecia menos semelhante ao de uma explosão e soava mais como um trovão, um trovão impetuoso que dominava o céu. Um som de nuvens sendo rasgadas, como tecido.

Dru entrou correndo no cômodo, com Tavvy bem atrás dela.

— São eles — falou. — Vocês não vão acreditar, mas precisam vir rápido. Eu vi, são eles, voando... fui até o terraço...

— Quem? — Livvy estava de pé; todos estavam, menos Evelyn, que ainda lia o jornal. — Quem está no terraço, Dru?

Dru pegou Tavvy no colo.

— *Todo mundo* — falou ela, os olhos brilhando.

O terraço do Instituto era forrado com cascalho e se estendia até uma balaustrada de ferro forjado na altura da cintura. Os capitéis das balaustradas tinham lírios de ferro nas pontas. Ao longe, Kit via o domo reluzente da catedral de São Paulo, conhecida graças a milhares de filmes e programas de tevê.

As nuvens estavam pesadas, cor do ferro, e circundavam o Instituto como nuvens em torno de uma montanha. Kit mal conseguia enxergar as ruas lá embaixo. O ar era acre com os raios de verão.

Todos eles tinham se espalhado pelo telhado, menos Evelyn e Bridget. Diana estava aqui, o braço cuidadosamente protegido. Os olhos cinzentos de Ty mantinham-se fixados no céu.

— Ali— falou Dru, apontando. — Estão vendo?

Quando Kit olhou, o feitiço de disfarce se desfez. De repente, era como se uma pintura ou um filme tivessem ganhado vida. Mas os filmes não ofereciam tal coisa, a confusão visceral de admiração e medo. Os filmes não forneciam o cheiro de magia, estalando como relâmpagos, nem as sombras lançadas por uma hoste de criaturas que voavam de modo impossível contra o céu acima delas. Filmes ou pinturas não proporcionavam a luz das estrelas nos cabelos louros de uma garota conforme ela deslizava, dando gritinhos de emoção e alegria, nem das costas de um cavalo voador, ambos pousando num telhado de Londres. Nem tampouco lhe mostravam a expressão dos rostos dos Blackthorn ao verem seus irmãos e amigos voltando para eles.

Livvy pulou em cima de Julian, abraçando seu pescoço. Mark desceu do cavalo e quase desabou de emoção ao se ver abraçado com força por Dru e Tavvy. Ty se aproximou com mais calma, porém com a mesma felicidade incandescente no rosto. Ele esperou que Livvy terminasse de quase estrangular o irmão e então avançou para pegar as mãos de Julian.

E Julian, que Kit sempre considerara um assustador modelo de controle e distância, agarrou o irmão e o puxou para bem pertinho, as mãos torcendo as costas da camisa de Ty. Seus olhos estavam fechados e Kit teve que evitar encarar a expressão do outro.

Ele nunca tivera ninguém além do pai e sempre tivera certeza de que seu pai nunca o amara desse jeito.

Mark se aproximou dos irmãos então, e Ty se virou para olhar para ele. Kit ouviu quando ele disse:

— Eu não sabia ao certo se você voltaria.

Mark pousou a mão no ombro do irmão e falou rispidamente:

— Eu sempre voltarei para você, Tiberius. Sinto muito se fiz você acreditar no contrário.

Havia dois outros recém-chegados entre os Blackthorn, os quais Kit não reconheceu: um menino lindo, de cara amarrada, com cabelos preto-azulados que ondulava em torno do rosto anguloso, e um homem imenso, de ombros largos usando um capacete assustador com chifres de cervo entalhados que se projetavam de cada lado. Os dois estavam montados nos cavalos, em silêncio, sem se mexer. Uma escolta de fadas, talvez, para manter os outros em segurança? Mas como será que os Blackthorn e Emma conseguiram um favor desses?

Daí, mais uma vez, se havia alguém capaz de conseguir uma coisa assim, este alguém seria Julian Blackthorn. Como o pai de Kit costumava dizer sobre vários criminosos, Julian era o tipo de pessoa que poderia descer ao inferno e sair de lá com o próprio diabo lhe devendo um favor.

Diana abraçou Emma e depois Cristina, e lágrimas brilhavam em seu rosto. Sentindo-se estranhamente deslocado naquele encontro, Kit foi até a beira da balaustrada. As nuvens tinham se dissipado e dava para ver a Millenium Bridge dali de cima, iluminada com cores do arco-íris. Um trem chacoalhava sobre outra ponte e lançava seu reflexo na água.

— Quem é você? — perguntou uma voz junto ao cotovelo dele. Kit se assustou e se virou. Era um dos guardas das fadas que ele notara antes, o que olhava de cara feia. Os cabelos escuros, vistos bem de perto, pareciam menos pretos do que uma mistura de tons verde e azul-escuro. Ele afastou um pouco do cabelo do rosto, franzindo a testa. Tinha uma boca farta e ligeiramente irregular, mas o mais interessante, sem dúvida, eram os olhos. Tais os de Mark, com duas cores diferentes. Um era prata como um escudo polido; o outro era de um negro tão escuro que mal se via.

— Kit — respondeu ele.

O menino com os cabelos de oceano assentiu.

— Sou Kieran — falou. — Kieran Caçador.

Caçador não era um tipo de nome real das fadas, Kit sabia disso. As fadas não costumavam fornecer seus nomes verdadeiros, pois eles continham poder; *Caçador* apenas denotava o que ele era, do modo como as nixies também se denominavam *Nascidas da Água*. Kieran era da Caçada Selvagem.

— Hum — falou Kit, pensando na Paz Fria. — Você é um prisioneiro?

— Não — respondeu a fada. — Sou amante de Mark.

Ah, pensou Kit. *A pessoa que ele foi salvar no Reino das Fadas*. Ele tentou disfarçar um olhar divertido ante o modo como as fadas falavam. Intelectualmente, sabia que a palavra "amante" fazia parte do discurso tradicional, mas ele não podia evitar: ele era de Los Angeles e, até onde sabia, Kieran tinha acabado de dizer: *Olá, eu transo com Mark Blackthorn. E você?*

— Eu pensei que Mark estivesse namorando Emma — falou Kit.

Kieran pareceu confuso. Alguns cachos do cabelo pareceram escurecer, ou talvez fosse só uma peça pregada pela difusão da luz.

— Creio que você deve estar enganado.

Kit ergueu uma sobrancelha. O quanto este cara e Mark eram realmente íntimos, afinal? Talvez fosse só uma coisa sem importância. Embora parecesse um mistério por que Mark arrastaria metade da família até o Reino das Fadas para salvar o cara.

Antes que ele pudesse dizer algo, Kieran virou a cabeça e desviou sua atenção.

— Aquela deve ser a adorável Diana — falou ele, apontando na direção da tutora dos Blackthorn. — Gwyn ficou muito encantado com ela.

— Gwyn, o cara grandão? Do capacete de cervo? — perguntou Kit. Kieran fez que sim com a cabeça, observando quando Gwyn desmontou do cavalo e indo na direção de Diana, que parecia minúscula diante do tamanho dele, embora fosse uma mulher alta.

— A providência nos reuniu novamente — disse Gwyn.

— Eu não acredito na providência — falou Diana. Ela parecia constrangida, um pouco alarmada. Estava segurando o braço ferido junto ao corpo.

— Nem num céu intervencionista.

— Há mais coisas entre o céu e a Terra do que supõe a nossa vã filosofia — falou Gwyn.

Kit fez um muxoxo. Diana ficou pasma.

— Você está citando Shakespeare? — perguntou ela. — Eu imaginaria que ao menos teria sido *Sonho de uma Noite de Verão*.

— Fadas não suportam *Sonho de uma Noite de Verão* — resmungou Kieran. — Está tudo errado.

Gwyn deu um sorrisinho.

— E por falar em sonhos... — acrescentou ele. — Você tem estado nos meus, e com frequência.

Diana pareceu chocada. Os Blackthorn silenciaram seu encontro barulhento e ficaram observando ela e Gwyn com curiosidade descarada. Julian até esboçou um sorriso; ele segurava Tavvy, que tinha passado os braços ao redor do pescoço do irmão e agora estava pendurado como um coala.

— Eu gostaria que nós nos encontrássemos formalmente para que eu pudesse cortejá-la — falou Gwyn. As mãos grandes se remexiam sem direção nas laterais do corpo, e Kit se deu conta, com um choque, que ele estava

tenso; o sujeito grandalhão e musculoso, o líder da Caçada Selvagem, tenso.
— Nós poderíamos matar um gigante de gelo ou devorar um cervo.
— Não quero fazer nenhuma dessas coisas — disse Diana após um momento.
Gwyn pareceu cabisbaixo.
— Mas eu *vou* sair com você — falou ela, corando. — De preferência a um bom restaurante. Traga flores e *nada* de capacete.
Os Blackthorn começaram a rir e a aplaudir. Kit se recostou na parede com Kieran, que balançava a cabeça com perplexidade.
— E por conseguinte o orgulhoso líder da Caçada foi vencido pelo amor — falou ele. — Espero que um dia haja uma canção sobre isso.
Kit ficou observando Gwyn, que ignorava os aplausos enquanto preparava os cavalos para partir.
— Você não se parece com os outros Blackthorn — comentou Kieran depois de um instante. — Seus olhos são azuis, mas não como o azul do oceano. São mais como um céu comum.
Kit se sentiu ligeiramente insultado.
— Não sou um Blackthorn — falou ele. — Sou um Herondale. Christopher Herondale.
Ele aguardou. O nome Herondale parecia produzir uma reação explosiva na maioria dos habitantes do mundo sobrenatural. O menino com cabelo da cor do oceano, porém, sequer piscou.
— Então o que está fazendo aqui, se não é da família? — perguntou ele.
Kit deu de ombros.
— Sei lá. Não pertenço a isto aqui, com certeza.
Kieran deu um sorriso enviesado típico das fadas.
— Somos dois então.

Finalmente, eles se reuniram na saleta, o cômodo mais quente da casa. Evelyn já estava lá, resmungando perto da lareira acesa; embora fosse fim de verão, Londres já carregava um ar frio e úmido. Bridget trouxe sanduíches — atum e milho, frango e bacon — e os recém-chegados devoraram tudo como se estivessem terrivelmente famintos. Julian teve que comer todo desengonçado com a mão esquerda, pois na outra equilibrava Tavvy, que permanecia em seu colo.
A saleta envelhecera melhor do que muitos dos outros cômodos no Instituto. Tinha papel de parede florido e alegre, apenas levemente desbotado, e uma linda mobília antiga que alguém evidentemente escolhera com cuidado:

uma escrivaninha com tampa de correr, uma delicada mesa secretária, poltronas de veludo liso e sofás reunidos em torno da lareira. Mesmo a grade da lareira era feita de delicado ferro forjado, com desenhos de garças com asas abertas, e quando o fogo brilhava através dela, a sombra das aves era lançada na parede como se elas estivessem voando.

Só Kieran não pareceu entusiasmado com os sanduíches. Ele os cutucou, com ar desconfiado, e então os separou e comeu apenas os tomates, enquanto Julian explicava o que tinha acontecido no Reino das Fadas: a jornada até a Corte Unseelie, o encontro com a Rainha.

— Havia locais queimados, brancos como cinzas, como a superfície da lua — falou Mark, os olhos sombrios de angústia. Kit se esforçou para se ater à história, mas era como tentar andar numa montanha-russa com freios defeituosos; expressões como "cristal da vidência", "campeão Unseelie" e "Volume Negro dos Mortos" ficavam empurrando-o para fora dos trilhos.

— Quanto tempo passou para eles? — murmurou ele finalmente para Ty, que estava enfiado entre ele e Livvy numa namoradeira muito pequena para os três.

— Parece que se passaram menos dias do que para nós — falou Ty. — Um resvalamento de tempo, mas não muito. O colar de Cristina parece ter funcionado.

Kit assobiou baixinho.

— E quem é Annabel?

— Era uma Blackthorn — falou Ty. — Ela morreu, mas Malcolm a trouxe de volta.

— Dos *mortos*? — indagou Kit. — Isso... isso é necromancia.

— Malcolm era necromante — observou Ty.

— Cala a boca. — Livvy deu uma cotovelada em Kit, que estava perdido em pensamentos. Necromancia não era só uma arte proibida no Mercado das Sombras, era um *assunto* proibido. O castigo por ressuscitar os mortos era a morte. Se os Caçadores de Sombras não pegassem você, outros integrantes do Submundo pegariam, e sua execução não seria nada bonita.

Trazer os mortos de volta, Johnny Rook sempre dissera, distorcia o tecido da vida do mesmo modo que tornar os humanos imortais. *Será que alguém poderia trazer os mortos de volta e fazer isso funcionar?*, perguntara Kit a ele uma vez. *Mesmo o mago mais poderoso?*

Deus, respondera Johnny, depois de uma pausa muito longa. *Deus poderia fazê-lo. E aqueles que despertassem os mortos poderiam começar a achar que eram Deus, mas em breve eles descobririam a mentira na qual acreditaram.*

— O diretor do Instituto de Los Angeles está morto?! — exclamou Evelyn, deixando cair os restos de seu sanduíche numa mesa antiga provavelmente muito cara.

Kit não a culpava por sua surpresa. Os Blackthorn não agiram como uma família de luto por causa da morte de um tio amado. Sim, estavam confusos e agitados. Mas e daí, quando conviviam com Arthur se comportavam quase como se fossem desconhecidos.

— Foi por isso que ele quis ficar em Los Angeles? — quis saber Livvy, com as bochechas coradas. — Assim ele se sacrificaria... por nós?

— Pelo Anjo. — Diana colocou a mão no peito. — Ele não respondera nenhuma de nossas mensagens, mas isso não era incomum. Mas Zara não ter percebido...

— Talvez ela tivesse, talvez não tivesse — falou Livvy. — Mas é melhor para os planos dela se ele estiver fora do caminho.

— Quais planos? — perguntou Cristina. — Como assim os planos de Zara?

Era o momento de mais uma longa explicação, dessa vez de coisas que Kit já sabia. Evelyn adormecera diante da lareira e estava roncando. Kit se perguntava quanto valia o punho da bengala dela. Era prata verdadeira ou só folheada?

— Pelo Anjo — falou Cristina quando terminaram de explicar. Julian nada disse; Emma falou alguma coisa impublicável. Mark se inclinou para a frente, as bochechas coradas.

— Deixe-me ver se entendi — falou. — Zara e o pai querem controlar o Instituto de Los Angeles para que possam impulsionar a pauta anti-integrantes do Submundo. As novas Leis provavelmente se aplicariam a mim e a Helen. E, sem dúvida, a Magnus e Catarina... todos os integrantes do Submundo que conhecemos, por mais leais que sejam.

— Eu conheço o grupo deles — falou Diana. — Eles não acreditam em integrantes do Submundo leais.

— Que grupo deles? — perguntou Emma.

— A Tropa — falou Diana. — São uma facção bem conhecida no Conselho. Assim como todos os grupos que existem principalmente com o intuito de odiar, eles acreditam falar para uma maioria silenciosa... acham que todos desprezam os integrantes do Submundo, assim como eles. Creem que a oposição à Paz Fria é covardia moral ou, na melhor das hipóteses, é choradeira daqueles que se sentem incomodados por ela.

— Incomodados? — falou Kieran. Não havia expressão em sua voz, apenas a palavra, pairando ali no ambiente.

— Eles não são inteligentes — falou Diana. — Mas são barulhentos e assustaram muitas pessoas, que se calaram. Não contam com nenhum diretor de Instituto entre os seus, mas se contarem...

— Isso é ruim — falou Emma. — Antes, eles precisariam provar que Arthur não era capaz de dirigir um Instituto. Agora ele está morto. O cargo está vago. Tudo que eles têm a fazer é esperar a próxima reunião do Conselho e apresentar seu candidato.

— E eles estão em boa posição para isso. — Diana se pusera de pé e começara a andar. — A Clave está muito impressionada com Zara Dearborn. Acreditam que ela e os Centuriões derrotaram a ameaça dos demônios marinhos por conta própria.

— Os demônios desapareceram porque Malcolm morreu... outra vez, e dessa vez, com sorte, vai ser para sempre — falou Livvy, furiosa. — Nada disso é por causa de Zara. Ela está levando crédito pelo que *Arthur* fez!

— E não há nada que a gente possa fazer quanto a isso — disse Julian.

— Não ainda. Daqui a pouco, eles vão descobrir que Arthur está morto ou desaparecido. Mas só o fato de abandonar seu posto já poderia ser motivo para substituí-lo. E não podem desconfiar que sabemos como ou por que ele morreu.

— Porque a única razão pela qual sabemos é graças à Rainha Seelie — complementou Emma baixinho, observando a adormecida Evelyn.

— Annabel é a chave para encontrarmos o Volume Negro — falou Julian. — Mas precisamos ser os únicos na busca por ela agora. Se a Clave encontrá-la primeiro, nunca mais conseguiremos o livro para a Rainha.

— Só que quando concordamos com o plano da Rainha, nós não sabíamos sobre a Tropa — lembrou Mark, aflito. — E se não tivermos tempo para encontrar o livro antes de a Tropa agir?

— Então vamos simplesmente ter que encontrar o livro mais depressa — falou Julian. — Não podemos enfrentar os Dearborn num Conselho aberto. O que foi que Zara fez de errado, de acordo com a Clave? Arthur *não estava* qualificado para dirigir um Instituto. Muitos no Conselho odeiam os integrantes do Submundo. Ela quer dirigir um Instituto para aprovar uma lei bizarra. Não seria a primeira. Não está violando as regras. *Nós* é que estamos.

Kit sentiu um estremecimento bem leve subir por suas costas. Por um momento, Julian tinha soado como seu pai. *O mundo não é do jeito que queremos que seja. É do jeito que é.*

— Então nós temos que fingir que não sabemos o que Zara está armando? — Emma franziu a testa.

— Não — respondeu Diana. — Vou a Idris para conversar com a Consulesa.

Todos a encararam, com olhos arregalados — todos, menos Julian, que não parecia surpreso, e Kieran, que ainda estava fazendo cara feia para a comida.

— O que Zara está propondo significaria que a filha de Jia estaria casada com um dos integrantes do Submundo a ser registrado. Jia sabe a que isso levaria. Eu sei que ela se encontraria comigo. Se eu puder argumentar com ela...

— Ela deixou a Paz Fria ser aprovada — falou Kieran.

— Ela não teve escolha — interveio Diana. — Se tivesse sido avisada do que viria a seguir, eu gostaria de acreditar que as coisas teriam sido diferentes. Dessa vez, ela terá o aviso. Além disso... nós temos algo a oferecer a ela agora.

— É verdade — falou Julian, com um gesto para Kieran. — O fim da Paz Fria. Um mensageiro fada da Rainha Seelie.

Evelyn, que estivera dormindo perto da lareira, rapidamente se aprumou.

— Agora basta. — Ela olhou de cara feia para Kieran. — Eu posso aceitar um Blackthorn nesta casa, mesmo alguém de linhagem questionável. Sempre aceitarei um Blackthorn. Mas uma fada? Escutando sobre os negócios dos Nephilim? Não vou permitir.

Kieran pareceu momentaneamente confuso. Então ficou de pé. Mark também começou a se levantar e Julian permaneceu exatamente onde estava.

— Mas Kieran é parte do nosso plano...

— Quanta baboseira. Bridget! — chamou ela, e a criada, que evidentemente ficara espiando no corredor, enfiou a cabeça no cômodo. — Por favor, leve o principezinho para um dos quartos vagos. Fada, você me dará sua palavra de que não vai sair daqui até que lhe seja permitido.

Kieran olhou para Cristina.

— Qual é o *seu* desejo, milady?

Kit estava perplexo. Por que Kieran, um príncipe nobre, estava aceitando receber ordens de Cristina?

Ela corou.

— Você não precisa jurar que não vai sair do quarto — falou ela. — Eu confio em você.

— *Confia?* — indagou Emma, soando fascinada enquanto Kieran fazia uma mesura rígida e se retirava.

Os resmungos de Bridget podiam ser ouvidos por todos enquanto ela conduzia Kieran porta afora.

— Fadas no Instituto — murmurou ela. — Fantasma é uma coisa, feiticeiro é outra, mas nunca na vida...

Drusilla parecia confusa.

— Por que Kieran *está* aqui? — perguntou ela assim que ele saiu. — Eu pensei que nós o odiássemos. Tipo, quase todo mundo odeia. Quero dizer, ele salvou nossas vidas, mas ainda é um babaca.

Ouviu-se um burburinho. Kit se lembrou de alguma coisa que tinha entreouvido Livvy dizendo a Dru um dia ou dois antes. Mais pedacinhos do quebra-cabeça de Kieran: Livvy ficara zangada com o fato de Mark ter ido ao Reino das Fadas ajudar alguém que o tinha magoado. Que machucara Emma e Julian. Kit não sabia ao certo o que tinha acontecido, mas evidentemente tinha sido ruim.

Emma fora se sentar no sofá, ao lado de Cristina. Ela chegara usando um vestido claro, de tecido fino, que parecia alguma coisa que Kit veria no Mercado das Sombras. A roupa a deixava graciosa e delicada, mas Kit se lembrou do aço nela, do modo como ela abrira os demônios Mantis em sua casa com toda a calma de uma noiva cortando fatias do bolo de casamento.

Julian ouvia em silêncio à conversa da família. Embora não olhasse para Emma, uma energia quase visível crepitava entre eles. Kit se lembrou do modo como Emma dissera ao pai dele: *Esse aqui não é o tipo de lugar para Julian* — uma das primeiras coisas que ele a ouvira dizer, no Mercado — e o modo como sua voz parecera abraçar as sílabas do nome dele.

Parabatai eram desconhecidos. Tão próximos e ainda assim não era um casamento, no entanto era mais do que uma relação entre melhores amigos. Não havia nada semelhante para os mundanos. E isso o atraía, a ideia em si, de estar ligado a alguém desse modo, o modo como todas as coisas belas e perigosas do mundo dos Caçadores de Sombras o atraíam.

Talvez Ty...

Julian ficou de pé e ajeitou Tavvy na poltrona. Ele esticou os braços estalando os tendões dos pulsos.

— A questão é que precisamos de Kieran — falou ele.

Evelyn fez um muxoxo.

— Imagine só, precisar de uma fada — disse. — Para qualquer coisa.

Julian cochichou no ouvido de Tavvy. Um instante depois, ele estava de pé.

— Srta. Highsmith — começou ele. — Meu irmãozinho está exausto, mas falou que não sabe onde fica o quarto dele. A senhorita pode mostrar a ele?

Evelyn olhou, irritada, de Julian para Tavvy, que sorriu angelicalmente para ela, exibindo as covinhas.

— Você não pode acompanhar a criança?

— Eu acabei de chegar — falou Julian. — Não sei onde fica o quarto. — Ele acrescentou o próprio sorriso ao de Tavvy. Julian era capaz de irradiar charme quando queria; Kit quase se esquecera disso.

Evelyn olhou ao redor para ver se algum voluntário assumiria por ela; ninguém se mexeu. Finalmente, com um muxoxo indignado, ela estalou os dedos para Tavvy e falou:

— Bem, então venha, criança. — E saiu do cômodo com o menino atrás de si.

Julian deu um sorriso torto. Kit não conseguia afastar a sensação de que ele tinha usado Evelyn para se livrar de Kieran, e Tavvy para se livrar de Evelyn, e o fez tão habilmente que ninguém sequer poderia provar.

Se Julian quisesse se bandear para a marginalidade, pensou Kit, ele se daria muito bem.

— Precisamos de Kieran para barganhar com a Clave — falou Julian, como se nada tivesse acontecido. — Quando nós o encontramos no Reino das Fadas, o pai dele estava prestes a matá-lo. Ele escapou, mas nunca estará em segurança se o Rei Unseelie estiver sentado no trono. — Agitado, passou a mão pelos cabelos, e Kit se perguntou como ele conseguia manter tudo na mente: planos, complôs, segredos, verdades.

— E a Rainha quer o Rei fora do trono — falou Emma. — Ela está disposta a nos ajudar a substituí-lo pelo irmão de Kieran, mas Kieran tinha prometido convencê-lo.

— O irmão de Kieran seria melhor do que o Rei que eles têm agora? — perguntou Dru.

— Seria melhor — confirmou Emma. — Acredite se quiser.

— Kieran também vai testemunhar diante do Conselho — disse Julian. — Ele vai levar o recado da Rainha, de que ela está disposta a se aliar para derrotar o Rei. E pode confirmar para o Conselho o que o Rei está fazendo nas Terras Unseelie...

— Mas você poderia contar isso a eles — alertou Kit.

— Se nós quiséssemos arriscar a ira da Clave por termos nos aventurado no Reino das Fadas — falou Julian. — Isso sem mencionar que, embora a gente possa sair dessa, não seremos perdoados por termos feito uma barganha com a Rainha Seelie.

Kit era obrigado a admitir que Julian tinha razão. Ele sabia o tamanho do problema que os Blackthorn quase arrumaram para si ao barganhar com a escolta que devolvera Mark a eles. A Rainha Seelie entrava num nível de proibição totalmente diferente. Era como levar um tapinha na mão por ultrapassar o sinal vermelho e então voltar no dia seguinte e explodir a rua toda.

— Kieran é seu cartão de saída da cadeia — falou ele.
— Isso não tem a ver só com a gente — afirmou Emma. — Se o Conselho ouvi-lo, isso pode acabar com a Paz Fria. Na verdade, teria que fazer isso. Eles teriam que acreditar. Ele não é capaz de mentir, e se a Rainha está disposta a enfrentar o Rei Unseelie com a Clave, eu não sei se eles seriam capazes de recusar isso.
— O que significa que temos que manter Kieran em segurança — falou Julian. — Precisamos fazer o possível para não hostilizá-lo.
— Porque ele está fazendo isso por Mark? — perguntou Dru.
— Mas Mark terminou com ele — falou Livvy, e então olhou ao redor, alarmada. O rabo de cavalo dela roçou o ombro de Kit. — Isso era uma coisa que eu não deveria dizer?
— Não — disse Mark. — É a verdade. Mas... Kieran não se lembra. Quando a Corte Unseelie o torturou, ele perdeu parte das lembranças. Ele não lembra de ter trazido o comitê ao Instituto, nem de Emma e Julian sendo açoitados, nem do perigo em que botou a todos nós com sua raiva e pressa.
— Ele baixou o olhar para as mãos entrelaçadas. — E ninguém deve contar nada a ele.
— Mas... Emma — falou Livvy. — Não temos que fingir que ela e Mark não são...
Kit se inclinou para Ty, que cheirava a tinta e lã.
— Eu não entendo nada disso.
— Nem eu — murmurou Ty em resposta. — É muito complicado.
— Mark e eu terminamos — falou Emma, e olhou fixamente para Mark.
Kit se perguntava se Mark teria se dado conta disso. Ele não foi capaz de disfarçar a expressão de espanto.
— Simplesmente não deu certo — prosseguiu Emma. — Então está tudo bem, Mark pode fazer o que tem que fazer.
— Eles *terminaram*? — murmurou Livvy. Ty deu de ombros, perplexo. Livvy estava tensa e agora olhava de Mark para Emma, nitidamente preocupada.
— Nós temos que deixar Kieran pensar que ele e Mark ainda estão namorando? — perguntou Ty, com expressão atônita. Kit também sentia que a coisa toda estava além de seu controle, mas, por outro lado, Henrique VIII *tinha* decapitado algumas de suas mulheres aparentemente por razões governamentais. Os aspectos pessoal, político e romântico frequentemente se entrelaçavam.
— Esconder essas coisas de Kieran não é o ideal — falou Julian, com as mãos nos bolsos. — E odeio pedir a vocês para mentir. Provavelmente é me-

lhor evitar o assunto. Mas literalmente não há outra maneira de garantir que ele apareça diante da Clave.

Mark se sentou, passando os dedos pelo cabelo louro, distraído. Kit praticamente podia ouvi-lo dizendo "Eu estou bem, está tudo bem" a Cristina. E sentiu uma onda de estranha solidariedade; não por Mark, mas por Kieran. Kieran, que não sabia que seu namorado não era seu namorado de verdade, que dormia numa casa cheia de pessoas que, por mais amigáveis que talvez parecessem, mentiriam para ele para obter algo de que precisavam.

Ele pensou na frieza que vira em Julian no Mercado das Sombras. Julian, que sacrificaria Kieran, e talvez o próprio irmão de certo modo, para obter o que desejava.

Mesmo que seu desejo fosse uma coisa boa. Mesmo que fosse o fim da Paz Fria. Kit olhou para Julian, fitando a lareira na saleta com olhos insondáveis, e desconfiou que houvesse mais coisas naquela história toda.

Que, até onde dizia respeito a Julian Blackthorn, sempre haveria mais coisas.

16

Passam pelo Errante

Mark foi até o quarto de Kieran, decidido a mentir.

A inquietação e o cansaço tinham tirado Mark da saleta. Os outros, igualmente cansados, se dispersavam para os próprios quartos. Cristina se esgueirara e saíra sem que Mark notasse, embora ele *tivesse* sentido a ausência dela como um tipo de pontada no peito, depois que ela já não estava mais lá. Diana decidira partir para Idris assim que pudesse, e Julian e Emma tinham ido se despedir dela.

Mark ficara um pouco chocado ao ouvir de Emma que o namoro de mentira tinha acabado; ele sabia o que tinha dito a ela, no Reino das Fadas, e que ela simplesmente fizera o que ele pedira. Ainda assim, ele se sentia ligeiramente solto, solitário, sem ideia de como olhar nos olhos de Kieran e dizer inverdades.

Não gostava de mentir; não tinha feito isso na Caçada, e se sentia pouco à vontade com os ritmos da mentira. Queria conversar com Cristina, mas imaginava que ela não fosse querer ouvir sobre seus sentimentos complicados em relação a Kieran. Julian ia se concentrar apenas no que era necessário e no que precisava ser feito, por mais que fosse doloroso. E agora ele não podia mais falar com Emma. Ele não tinha notado o quanto a relação deles era próxima de uma verdadeira amizade, por mais falsa que fosse; e agora se perguntava se ia perder isso também.

E quanto a Kieran... Mark inclinou sua cabeça contra a parede perto da porta de Kieran. Os corredores eram forrados com um papel de parede com folhas douradas apagadas, trepadeiras e treliças, cujo contato foi frio contra a testa dele. Kieran era a pessoa com quem ele menos poderia conversar.

Não que bater a cabeça na parede fosse fazer algum bem. Ele se endireitou e empurrou a porta silenciosamente; o cômodo que tinham separado para Kieran era bem distante do restante dos quartos, acima de um pequeno lance de escadas, um quarto que, muito provavelmente, um dia fora usado para armazenamento. Estreito, com janelas em arco que davam para as paredes lisas dos outros edifícios. Havia uma cama de dossel imensa no meio do cômodo e um guarda-roupa igualmente grande — embora Mark não fizesse ideia do que ficaram achando que Kieran poderia colocar dentro dele.

A colcha tinha sido retirada da cama e não se via Kieran em parte alguma. Mark sentiu uma pontada de inquietação. Ao seu modo, Kieran *tinha* prometido a Cristina que ficaria: se ele tivesse decidido não honrar sua promessa a ela, seria um problema.

Mark suspirou e fechou os olhos. Sentia-se tolo e vulnerável, parado no meio do cômodo, de olhos fechados, mas conhecia Kieran muito bem.

— Kier — falou. — Não consigo enxergar nada. Saia e fale comigo.

Um instante depois, ele sentiu mãos nas laterais do seu corpo, erguendo-o e jogando-o na cama. O peso de Kieran fez Mark afundar no colchão; o menino abriu os olhos e viu o outro apoiado em cima dele, selvagem e estranho em roupas da nobreza. O contorno das ataduras de Kieran pressionavam o peito de Mark, mas, de resto, o peso do príncipe fada lhe era um tanto familiar. E, para seu corpo, muito bem-vindo.

Kieran olhava para ele, os olhos em negro e prata como o céu noturno.

— Eu te amo — falou Kieran. — E fiz promessas. Mas se eu tiver que ser constantemente humilhado e escorraçado, não responderei por minhas ações.

Mark ajeitou uma mecha do cabelo de Kieran. Os fios escorregaram entre seus dedos; seda pesada.

— Vou me certificar de que tratem você com mais respeito. Eles só precisam se acostumar.

Os olhos de Kieran brilharam.

— Não fiz nada para merecer a desconfiança deles.

Ah, mas você fez, pensou Mark, *você fez, e todos se lembram disso, menos você.*

— Eles me ajudaram a resgatar você — falou Mark em voz alta. — Não seja ingrato.

Kieran sorriu ao ouvir aquilo.

— Eu preferiria imaginar que apenas você era o responsável. — Ele se abaixou e roçou o pescoço de Mark com o nariz.

Mark semicerrou os olhos; sentia os próprios cílios fazendo cócegas em suas bochechas. Sentia o peso do corpo de Kieran se movimentando em cima dele. Kieran tinha cheiro de mar, como sempre. Mark se lembrou de uma colina numa região verde, um monte de pedras úmidas, rolando com Kieran aos pés do morro. Mãos nos cabelos e por todo seu corpo, quando ele estivera há tanto tempo sem ser tocado por ninguém. Ele ardera e estremecera. E estremecia agora. O que Kieran era para ele? O que ele era para Kieran? O que tinham sido um para o outro algum dia?

— Kier — começou Mark. — Ouça...

— Agora não é o momento de conversar — interrompeu Kieran, e seus lábios roçaram bem de leve a pele de Mark, movendo-se pela pulsação em seu pescoço, percorrendo a mandíbula até capturar a boca.

Foi um momento que pareceu se esticar até a eternidade, um momento no qual Mark se enveredou através das estrelas que se espalhavam ao redor. Os lábios de Kieran eram macios e frios, e tinham gosto de chuva, e Mark se agarrou a ele naquele local escuro e débil no fundo do céu.

Ele enredou os dedos nos cabelos de Kieran, envolvendo os fios, ouviu Kieran expirar com força pela boca. O corpo dele pressionou ainda mais o de Mark, e então os dedos de Kieran deslizaram pela nunca de Mark e se enrolaram na corrente que trazia o colar de flecha de elfo.

Foi como ser sacudido para um despertar súbito. Mark rolou e levou Kieran junto, para que ficassem deitados lado a lado na cama. O movimento interrompeu o beijo, e Kieran o fitou meio irritado e meio confuso.

— Miach — falou. Sua voz assumiu o nome e o transformou numa carícia convidativa, um convite aos prazeres inimagináveis das fadas.

— Não — falou Mark. Não me chame assim.

Kieran inspirou.

— Tem algum problema entre a gente, não é? Mark, por favor, me diga o que é. Percebo sua distância, mas não entendo a causa.

— Você não se lembra, mas tivemos uma briga. Sobre eu ficar com a minha família. Foi por isso que eu lhe devolvi meu colar de flecha de elfo.

Kieran pareceu confuso.

— Mas eu sempre soube que você poderia ficar com a sua família. Eu não queria, mas devo ter aceitado isso. Eu me lembro de acordar na Corte Unseelie. Não me lembro de sentir raiva de você.

— Não foi uma briga feia. — Mark engoliu em seco. — Mas eu não esperava isso... Você, no meu mundo. Todas as complicações dessa política.

— Você não me quer aqui? — A expressão de Kieran não mudou, mas de repente seus cabelos ficaram rajados de branco nos cachos contra as têmporas.

— Não é isso — falou Mark. — Na Caçada Selvagem, eu pensava que poderia morrer a qualquer noite. Todas as noites. Eu queria tudo, sempre, e arriscava tudo porque ninguém dependia de mim. E então veio você, e nós dependíamos um do outro, mas... — Ele pensou em Cristina. As palavras dela vieram e ele não conseguiu evitar usá-las, embora quase parecesse uma traição. Cristina, que ele beijara com alegre abandono durante aqueles poucos momentos perto da festa, antes que ele se desse conta do que ela pensava dele... alguém que ela só beijaria estando bêbada ou fora de si...

— Eu sempre precisei de você, Kieran — falou ele. — Sempre precisei de você para viver. Sempre precisei muito, nunca tive a chance de pensar se éramos bons ou não um para o outro.

Kieran se sentou. Ficou em silêncio, embora Mark visse, para seu alívio, que as mechas brancas em seu cabelo tinham voltado à cor azul e preta, mais normal.

— Isso foi bem sincero — falou, finalmente. — Não posso culpá-lo.

— Kieran...

— De quanto tempo você precisa? — Kieran se empertigara e agora ele era o orgulhoso príncipe fada. Mark pensou nas vezes em que vira Kieran nas festas, de longe; nas vezes em que vira as fadas menores se alastrando diante dele. Meninas e meninos que se penduravam em seus braços e esperavam uma palavra ou uma olhadela porque mesmo a benevolência de um príncipe em desgraça era moeda. E Kieran não oferecia nem palavras nem olhadelas, pois suas palavras e olhadelas eram todas para Mark. Tudo para o que eles tinham quando a Caçada Selvagem lhes dava uma folguinha...

— Talvez uns poucos dias — falou Mark. — Se você puder ser paciente tanto assim.

— Eu posso ser paciente por uns dias.

— Por que você escolheu Cristina? — falou Mark abruptamente. — Quando você teve que jurar lealdade a um de nós. Por que ela? Você fez isso para me perturbar?

Kieran sorriu.

— Como dizem, nem tudo gira em torno de você, Mark. — Ele se reclinou; o cabelo era muito preto contra a roupa de cama branca. — Não é melhor você ir?

— Não quer mais que eu fique aqui? — indagou Mark. — Com você?

— Enquanto pesa meus méritos como se eu fosse um cavalo que você cogita comprar? Não — falou Kieran. — Volte para o seu quarto, Mark

Blackthorn. E se a solidão o impedir de descansar, não venha me ver. Certamente deve haver uma Marca para a insônia.

Não havia, mas Mark não achava que seria uma boa ideia dizer isso. Os olhos de Kieran reluziam perigosamente. Mark saiu, se perguntando se teria cometido um erro terrível.

O quarto de Cristina no Instituto de Londres era bem semelhante aos quartos que ela vira nas fotografias de outros Institutos pelo mundo: mobiliado com simplicidade, com uma cama pesada, guarda-roupa, penteadeira e escrivaninha. Um banheiro pequeno, limpo, com um chuveiro que ela já usara. Agora ela estava deitada no colchão grumoso, com os cobertores puxados até o peito e o braço dolorido.

Ela não sabia ao certo o motivo. Tinha adorado cada minuto voando com a Caçada Selvagem; se tinha se machucado de alguma forma, não se lembrava. Nem quando montara o cavalo nem quando cavalgaram, e sem dúvida ela se lembraria de uma dor assim, não? E como ela poderia ter se machucado de outra maneira?

Ela rolou para o lado e esticou a mão, tocando a pedra de luz enfeitiçada na mesinha de cabeceira. A pedra se iluminou com um brilho suave, clareando o cômodo: a imensa cama inglesa, a pesada mobília de carvalho. Alguém tinha rabiscado as iniciais JB + HL na tinta perto da janela.

Ela baixou o olhar para o braço direito. Ao redor do pulso, via-se uma faixa de pele mais clara, levemente avermelhada nas bordas, como a cicatriz deixada por uma pulseira em brasa.

— Vocês vão ficar bem? — falou Diana. Era metade declaração, metade pergunta.

Diana, Julian e Emma estavam de pé à entrada do Instituto de Londres. As portas do edifício estavam abertas e o pátio escuro era visível. Mais cedo, tinha chovido e as lajes haviam sido lavadas. Julian via o arco do famoso portão de metal que encerrava o Instituto e as palavras entalhadas nele: SOMOS PÓ E SOMBRAS.

— Vamos ficar bem — respondeu Julian.

— Malcolm está morto outra vez. Ninguém está tentando nos matar — falou Emma. — São praticamente férias.

Diana pôs a bolsa no ombro. Seu plano era pegar um táxi até a Abadia de Westminster, onde um túnel secreto acessível somente aos Caçadores de Sombras conduzia até Idris.

— Eu não gosto de deixar vocês.

Julian ficou surpreso. Diana sempre agira de acordo com a própria vontade.

— Vamos ficar bem — falou ele. — Evelyn está aqui, e a Clave fica a um telefonema de distância.

— Mas não é um telefonema que você queira dar — falou Diana. — Mandei outra mensagem para Magnus e Alec, e vou manter contato com eles em Alicante. — Ela fez uma pausa. — Se precisar, mande uma mensagem de fogo e eles virão.

— Eu dou conta — falou Julian. — Já lidei com coisa muito pior por mais tempo.

Os olhos de Diana encontraram os dele.

— Eu ficaria, se pudesse — declarou ela. — Você sabe disso. Eu assumiria o Instituto, se fosse possível. E me colocaria contra os Dearborn.

— Eu sei — respondeu Julian e, curiosamente, ele sabia mesmo. Mesmo que não tivesse certeza do que impedia Diana de se apresentar como candidata, ele sabia que era alguma coisa importante.

— Se fizesse *alguma* diferença — falou Diana. — Mas eu sequer passaria pela entrevista. Seria inútil, e deste modo eu não poderia ficar com vocês ou ajudar.

Ela soava como se estivesse tentando convencer a si mesma, e Emma esticou a mão, impulsiva como sempre.

— Diana, você sabe que nunca deixaríamos que tirassem você da gente — disse.

— Emma. — A voz de Julian soou mais aguda do que ele pretendia. A raiva que ele vinha engolindo desde que Emma dissera que ela e Mark terminaram estava subindo de novo e ele não sabia por quanto tempo mais poderia controlá-la. — Diana sabe do que está falando.

Emma pareceu surpresa com a frieza do tom dele. Diana passou os olhos de um para o outro.

— Ouçam, eu sei que é incrivelmente estressante ficar longe de casa assim, mas tentem não brigar — alertou. — Vocês vão ter que segurar as pontas até eu voltar de Idris.

— É só um dia ou dois — falou Emma sem olhar para Julian. — E ninguém está brigando.

— Dê notícias — falou Julian para Diana. — Conte-nos o que Jia disser.

Ela assentiu.

— Desde a Guerra Maligna não vou a Idris. Vai ser interessante. — Ela se inclinou então para um beijo na bochecha, primeiro em Jules, depois em Emma. — Cuidem-se. E falo sério.

Aí puxou o capuz do casaco e saiu, engolida pelas sombras quase no mesmo instante. O braço de Emma encostou brevemente no de Julian quando ela ergueu a mão para acenar. Ao longe, Julian ouviu a batida do portão da frente.

— Jules — disse ela, sem virar a cabeça. — Sei que comentou que Diana se recusa a assumir o Instituto, mas você sabe por quê...?

— Não — respondeu ele. Foi uma única palavra, mas havia uma boa dose de veneno nela. — E por falar em confissões, você estava planejando contar ao restante da família de Mark *por que* deu um pé na bunda dele sem avisar?

Emma se revelou admirada.

— Está zangado porque eu e Mark terminamos?

— Acho que você deu um pé na bunda de dois irmãos dele, se é que nós estamos mesmo contando — falou ele como se ela não tivesse dito nada. — Quem vai ser o próximo? Ty?

No mesmo instante Julian se deu conta de que tinha ido longe demais. Ty era o irmão caçula dela, assim como o dele. O rosto de Emma ficou impassível.

— Vai se ferrar, Julian Blackthorn — falou, dando meia-volta e correndo para o andar de cima.

Nem Julian nem Emma dormiram bem naquela noite, só que ambos ficaram achando que toda aquela perturbação só estava na própria cabeça e que o outro provavelmente estava descansando placidamente.

— Acho que é hora de você ganhar sua primeira Marca de verdade — falou Ty.

Só os três, Livvy, Ty e Kit, foram deixados na saleta. Todos os outros tinham ido dormir. Pela escuridão do lado de fora, Kit supunha que provavelmente eram três ou quatro da manhã, mas ele não estava cansado. Podia ser a diferença de fuso por causa da viagem, ou da travessia pelo Portal (ou sabe-se lá como chamavam isso); talvez fosse efeito do alívio contagioso dos outros por todos estarem unidos novamente.

Ou talvez fosse culpa das quase seiscentas xícaras de chá que ele bebera.

— Eu já tive Marcas — falou Kit. — Você botou aquela *iratze* em mim.

Livvy pareceu ligeiramente curiosa, mas não fez perguntas. Ela estava jogada na poltrona, perto da lareira, as pernas penduradas, uma de cada lado.

— Estou falando de uma permanente — explicou Ty. — A primeira de verdade que todos nós ganhamos. — Ele ergueu a mão direita, com dedos compridos; as costas voltadas para Kit, mostrando a graciosa Marca em formato de olho que identificava todos os Caçadores de Sombras. — Vidência. Que clareia a Visão.

— Eu já posso ver o Mundo das Sombras — observou Kit. Deu uma mordida no biscoito digestivo de chocolate. Uma das poucas comidas boas que a Inglaterra tinha a oferecer, em sua opinião.

— Você provavelmente não vê tudo o que poderia — falou Livvy; em seguida, ergueu as mãos, indicando neutralidade. — Mas você faz o que quiser.

— É a Marca mais dolorosa de se obter — falou Ty. — Mas vale a pena.

— Claro — retrucou Kit, pegando mais um biscoito ociosamente; Livvy tinha roubado um pacote inteiro da despensa. — Parece muito legal.

Ele ergueu o olhar com surpresa um momento depois, quando a sombra de Ty se assomou diante dele. O menino estava de pé, atrás dele, com a estela na mão e os olhos brilhantes.

— Sua mão dominante é a direita — disse —, então estique aquela ali na minha direção.

Surpreso, Kit mastigou o biscoito; Livvy sentava-se empertigada.

— Ty — falou. — Não. Ele não *quer*. Ele só estava brincando.

— Eu... — começou Kit, mas Ty ficara da cor de marfim velho e recuara, parecendo amuado. Seus olhos se desviaram rapidamente dos olhos do outro menino. Livvy estava começando a se levantar da cadeira.

— Não... não, eu quero uma — falou Kit. — Eu *gostaria* da Marca. Vocês têm razão. É hora de ter uma de verdade.

O momento ficou em suspenso; Livvy tirou metade do corpo da cadeira. Ty piscou rapidamente. Então esboçou um sorriso e o coração de Kit retomou o batimento normal.

— Sua mão direita então — pediu Ty.

Kit esticou a mão, e Ty estava certo: a Marca doía. Conforme ele já imaginara, era bem semelhante a adquirir uma tatuagem: uma picada profunda que queimava. Quando Ty acabou, seus olhos estavam marejando.

Kit dobrou os dedos, fitando a mão. Ele o teria para sempre, aquele olho, nas costas da mão, essa coisa que *Ty* tinha posto ali. Nunca ia poder apagá-la nem modificá-la.

— Fico me perguntando — falou Ty, guardando a estela de volta no cinto — onde poderia ficar essa tal casa de Malcolm, na Cornualha.

— Posso dizer exatamente onde fica — falou a menina de perto da lareira. — É em Polperro.

Kit a encarou. Tinha certeza de que havia um segundo, ela não estivera ali. Era loura, muito jovem e... transparente. Dava para ver o papel de parede através dela.

Kit não conseguiu evitar. Deu um grito.

Bridget tinha conduzido Emma a um quarto que parecia ter sido escolhido fazia muito tempo, e logo a menina descobriu o porquê: havia marcações de altura no gesso, quando você encosta uma criança na parede e desenha uma linha pouco acima da cabeça com a data, marcando a evolução de seu desenvolvimento em cada ocasião. Uma continha o nome de Will Herondale; a outra, *James Carstairs*.

Um quarto para os Carstairs. Emma cruzou os braços e segurou os cotovelos, imaginando Jem, sua voz doce, os olhos escuros. Ela sentia falta dele.

Mas isso não era tudo; afinal, Jem e Will poderiam ter feito suas marcações em qualquer quarto. Na gaveta da mesinha de cabeceira, Emma encontrou um monte de fotografias velhas, a maioria datando do início dos anos 1900.

Fotografias de um grupo de quatro garotos, em diferentes estágios da vida. Pareciam um bando animado. Dois deles, um garoto louro e um de cabelos escuros, estavam juntos em praticamente todas as fotos, abraçados, ambos risonhos. Também havia uma garota, de cabelos castanhos que parecia um bocado com Tessa, mas que não era ela. E então lá *estava* Tessa, os traços iguaizinhos, com um homem extremamente bonito aparentando vinte e tantos anos. O famoso Will Herondale, imaginou Emma. E havia uma outra garota, com cabelos ruivos, pele morena e expressão séria. Em suas mãos, trazia uma espada dourada. Emma a reconheceu imediatamente, mesmo sem ler a inscrição na lâmina: *Eu sou Cortana, do mesmo aço e da mesma têmpera que Joyeuse e Durendal.*

Cortana. Não importava quem fosse a menina na fotografia, ela era uma Carstairs.

No verso, alguém tinha rabiscado o que parecia o trecho de um poema. *A ferida é o lugar por onde a Luz entra em você.*

Emma fitou aquelas palavras por um longo tempo.

— Não tem a menor necessidade de você gritar — falou a menina, aborrecida. O sotaque era muito inglês. — Sou um fantasma, só isso. Você age como se nunca tivesse visto um.

— E nunca vi mesmo — falou Kit, irritado.

Livvy estava de pé.

— Kit, o que está acontecendo? Com quem você está falando?

— Com um fantasma — respondeu Ty. — Quem é, Kit?

— Meu nome é Jessamine — falou a menina. — E só porque não me viu antes não quer dizer que eu não estivesse *tentando*.

— O nome dela é Jessamine — informou Kit. — Ela disse que vinha tentando chamar a nossa atenção.

— Um fantasma — falou Ty, olhando na direção da lareira. Era evidente que ele não conseguia enxergar Jessamine, mas também era evidente que fazia uma boa ideia de onde ela se encontrava. — Dizem que um fantasma salvou o Instituto de Londres durante a Guerra Maligna. Foi ela?

Kit ouviu e repetiu.

— Ela diz que sim. E parece bastante convencida a respeito disso.

Jessamine o fitou com uma expressão séria.

— Ela também diz que sabe onde Malcolm morava — continuou Kit.

— Ela *sabe*? — Livvy foi até a escrivaninha e pegou caneta e um caderno. — Ela vai nos contar?

— Polperro — repetiu Jessamine. Ela era muito bonita, com cabelos louros e olhos escuros. Kit se perguntava se era esquisito achar um fantasma atraente. — É uma cidadezinha na Cornualha. Malcolm falava às vezes sobre o projeto da casa, quando ele estava no Instituto. — Ela acenou a mão transparente. — Ele sentia muito orgulho da casa... Que fica bem em cima de umas cavernas famosas. É terrível que ele tenha se transformado num vilão. E *pobre* Arthur — emendou ela. — Eu costumava tomar conta dele quando ele dormia. Ele tinha pesadelos horríveis com as fadas e com seu irmão.

— O que ela está dizendo? — perguntou Livvy, com a caneta posicionada sobre o papel.

— Polperro — esclareceu Kit. — No Sul da Cornualha. Ele tinha muito orgulho do local. Jessamine lamenta que ele tenha se transformado num babaca.

Livvy anotou tudo.

— Aposto que ela não falou babaca.

— Nós temos que ir à biblioteca — falou Ty. — Encontrar um atlas e descobrir os horários dos trens.

— Pergunte uma coisa por mim — pediu Livvy. — Por que ela simplesmente não contou a Evelyn onde ficava a casa de Malcolm?

Após um momento, Kit falou:

— Ela disse que Evelyn não podia ouvi-la de verdade. Ela costuma inventar coisas e fingir que era Jessamine quem falava.

— Mas ela sabe que Jessamine está aqui — retrucou Ty. — Ela deve ser um espírito fraco, já que nenhum de nós pode vê-la.

— Humpf! — resmungou Jessamine. — Espírito fraco, de fato; é evidente que nenhum de vocês treinou a observação dos mortos-vivos. Fiz de tudo para chamar a atenção, exceto acertar a cabeça de um de vocês com um tabuleiro Ouija.

— Eu simplesmente vi você — falou Kit. — E nunca treinei para ser um Caçador de Sombras.

— Você é um Herondale — falou Jessamine. — Eles podem ver fantasmas.

— Normalmente os Herondale podem ver fantasmas — falou Ty, ao mesmo tempo. — Por isso eu queria que você recebesse a Marca da Vidência.

Kit se virou para olhar para ele.

— Por que você não disse logo?

— Talvez não funcionasse — explicou Ty. — Eu não queria que você se sentisse mal se não desse certo.

— Bem, deu certo — falou Livvy. — Melhor a gente acordar Julian e contar para ele.

— O menino mais velho, com cabelo cacheado castanho? — perguntou Jessamine. — Ele está acordado. — Ela deu uma risadinha. — É bom ver aqueles adoráveis olhos Blackthorn outra vez.

— Julian está acordado — falou Kit, concluindo que era melhor não mencionar que o fantasma tinha uma quedinha por ele.

Ty se juntou a Livvy à porta.

— Kit, você vem?

O menino balançou a cabeça, surpreso com a própria reação. Se há algumas semanas tivessem perguntado se ele iria sentir algum prazer em ficar a sós com um fantasma, ele teria dito que não. Não que ele estivesse exatamente satisfeito, mas também não estava incomodado. Não havia nada de assustador em Jessamine. Ela parecia mais velha do que devia ser, um pouco melancólica e nem um pouco morta.

Mas ela estava morta. Ela se moveu com a lufada de ar da porta que se fechou, os dedos longos e brancos apoiados na cornija.

— Você não precisava ficar — falou ela para Kit. — Provavelmente, vou desaparecer em um minuto. Até os fantasmas precisam descansar.

— Eu queria fazer uma pergunta — falou Kit. Ele engoliu em seco; agora que chegara o momento, sua garganta estava seca. — Você... você já viu meu pai? Ele morreu já tem um tempinho.

Os olhos castanhos dela se encheram de pena.

— Não — respondeu. — A maioria das pessoas não se torna fantasma, Christopher. Apenas aquelas que têm negócios pendentes na Terra ou que morreram sentindo que deviam algo a alguém.

— Meu pai nunca achou que devesse qualquer coisa a quem quer que fosse — resmungou Kit.

— É melhor que eu não o tenha visto. Isso significa que ele seguiu seu caminho. Está em paz.

— Seguiu seu caminho e foi para onde? — Kit ergueu a cabeça. — Ele está no céu? Quero dizer, parece tão improvável.

— *Christopher*! — Jessamine parecia chocada.

— É sério — retrucou o menino. — Você não o conheceu.

— Não sei o que vem depois da morte — explicou Jessamine. — Tessa costumava me perguntar coisas assim também. Ela queria saber onde Will estava. Mas ele não ficava por aí. Ele morreu feliz e em paz, e seguiu seu caminho. — As mãos dela flutuaram em sinal de impotência. — Não sou como Caronte. Não sou o barqueiro. Não posso dizer o que tem do outro lado do rio.

— Poderia ser terrível — falou Kit, cerrando os punhos e sentindo o ferrão da dor em sua nova Marca. — Poderia ser a tortura eterna.

— Poderia — falou Jessamine. Havia sabedoria em sua voz suave. — Mas eu não creio que seja isso.

Ela abaixou a cabeça. A luz da lareira cintilou no cabelo louro claro e ela se foi. Kit ficou sozinho no cômodo. Mas havia algo em sua mão, que estalou quando ele se mexeu.

Era um pedaço de papel dobrado. Ele abriu e examinou as palavras rapidamente; elas tinham sido traçadas com uma letra delicada e feminina.

Se roubar algum dos livros da biblioteca, eu saberei, e você vai lamentar muito.

Estava assinado, com vários floreios: *Jessamine Lovelace*.

Quando Livvy entrou no quarto de Julian, ele estava deitado esparramado na cama, como um pedaço de torrada caído. Nem sequer tinha se dado ao trabalho de trocar de roupa ou de se enfiar sob as cobertas.

— Jules? — chamou Livvy, parada à porta.

Ele se sentou rapidamente. Vinha tentando revirar seus pensamentos, mas a visão da irmã caçula — em seu quarto, tarde da noite — baniu tudo, exceto o pânico atávico e imediato.

— Está tudo bem? Aconteceu alguma coisa?

Livvy assentiu.

— É uma notícia boa, na verdade. Descobrimos onde fica a casa de Malcolm; aquela, na Cornualha.

— O quê? — Julian passou as mãos pelo cabelo, esfregando os olhos para acordar. — E Ty, onde está?

— Na biblioteca. — Ela se sentou no canto da cama de Julian. — No fim das contas, tem um fantasma na casa. Jessamine. De qualquer forma, ela se lembrava de Malcolm e sabia onde ficava a casa. Ty está verificando, mas não há razão para achar que ela não estaria certa. Evelyn tem falado com ela há dias, mas simplesmente não achamos que ela existisse realmente, só que Kit...

— Consegue enxergar fantasmas. Certo — falou Julian. Estava mais alerta agora. — Muito bem. Vou amanhã e verei o que posso descobrir.

— E nós vamos para a Casa dos Blackthorn — falou Livvy. A Casa dos Blackthorn era uma das duas propriedades da família Blackthorn. Tinham uma mansão em Idris e uma casa grande em Chiswick, no Tâmisa, que havia pertencido aos Lightwood fazia muito tempo. — Ver se tem algum documento, alguma coisa sobre Annabel. Kieran não pode realmente sair do Instituto, então Mark pode ficar com ele e Cristina, e eles podem olhar na biblioteca.

— Não — falou Julian.

Livvy trincou a mandíbula.

— Jules...

— Vocês podem ir à Casa dos Blackthorn — falou ele. — Certamente fizeram por merecer, você e Ty, e Kit também. Mas Mark vai junto. Kieran pode se distrair trançando colares de margaridas ou compondo uma balada.

Livvy torceu a boca

— Parece errado fazer chacota do Povo das Fadas.

— Kieran merece ser alvo de chacota — falou Julian. — Ele nos aborreceu no passado.

— Acho que Cristina pode vigiá-lo.

— Eu ia pedir que ela fosse à Cornualha — falou Julian.

— Você e Cristina? — Livvy parecia perplexa. Julian não podia culpá-la. Era fato que o grupo tinha padrões estabelecidos com base em idade e familiaridade. Jules e Emma ou Jules e Mark fazia sentido. Jules e Cristina, não.

— E Emma — emendou Julian, xingando baixinho. A ideia de passar mais tempo com Emma, especialmente agora era... assustadora. Mas seria estranho se ele fosse sem ela, sua *parabatai*. Isso sem falar que Emma não aceitaria tudo passivamente. Não havia a menor chance disso.

Mas levar Cristina ia ajudar. Ela seria um amortecedor. Ter que botar alguém entre ele e Emma o deixava enjoado, mas a lembrança do modo como ele falara rispidamente com ela à entrada do Instituto o deixava mais enjoado ainda.

Era como observar alguém conversando com a pessoa que ele mais amava no mundo; alguém magoando sua *parabatai* de propósito. Ele tinha conseguido fazer *alguma coisa* com seus sentimentos enquanto ela estivera com

Mark: os torcera e amassara, e os empurrara para bem debaixo de sua pele e consciência. Ele os sentia ali, sangrando, como um tumor rasgando seus órgãos internos, mas ao menos não era capaz de *vê-los*.

Agora eles estavam ali outra vez, diante dele. Era aterrador amar alguém proibido para você. Aterrador sentir alguma coisa sobre a qual você nunca poderia falar, algo horrível para quase todos que você conhecia, alguma coisa que poderia destruir sua vida.

E de alguma forma, era mais terrível saber que seus sentimentos eram indesejáveis. Quando ele tinha pensado que Emma o amava, não se sentira completamente só em seu inferno. Quando ela estava com Mark, ele ao menos podia dizer a si que era Mark quem os separava. E não que ela preferia estar sozinha a estar com ele.

— Cristina sabe um bocado de coisas sobre o Volume Negro — falou Julian. Ele não fazia ideia se isso era verdade ou não. Gentilmente, Livvy não insistiu. — Ela vai ser útil.

— Casa dos Blackthorn, aqui vamos nós — falou Livvy, e saiu da cama. Ela olhou para Julian como uma garotinha de um desenho antigo de um livro ilustrado, com seu vestido azul de mangas bufantes. Talvez Livvy fosse sempre parecer uma garotinha para ele. — Jules?

— Sim?

— Nós sabemos — falou. — Sabemos sobre Arthur e o que tinha de errado com ele. Sabemos que você dirigia o Instituto. Sabemos que era você fazendo tudo desde a Guerra Maligna.

Julian sentiu como se a cama tivesse se inclinado embaixo dele.

— Livia...

— Não estamos zangados — falou ela rapidamente. — Estou aqui sozinha porque queria conversar com você a sós, antes de Ty e Dru. Tinha uma coisa que eu queria te dizer.

Julian ainda estava com os dedos na colcha. Desconfiava estar num tipo de choque. Durante tantos anos ele pensara em como seria este momento, mas agora que estava acontecendo, não fazia ideia do que dizer.

— Por quê? — finalmente conseguiu articular.

— Eu percebi uma coisa — falou ela. — Eu quero ser igual a você, Jules. Não neste segundo, nem agora, mas um dia. Quero cuidar das pessoas, de outros Caçadores de Sombras, de pessoas que precisam de mim. Quero dirigir um Instituto.

— Você seria muito boa nisso — falou Julian. — Livvy... não contei porque não podia. Não porque não confiasse em você. Eu nem sequer disse a Emma. Só algumas semanas atrás.

Ela apenas sorriu para ele, e contornou a cama, indo até onde ele estava sentado. Ela se abaixou e ele sentiu o beijo suave em sua testa. Julian fechou os olhos, lembrando-se de quando ela era pequena o suficiente para ser erguida nos braços, quando ela costumava segui-lo e esticava as mãozinhas para ele: *Julian, Julian, me pega no colo.*

— Não tem mais ninguém com quem eu queira me parecer além de você — falou ela. — Quero que você sinta orgulho de mim.

Ele abriu os olhos ao ouvir aquilo e a abraçou, desajeitado, usando um braço só, e então ela se afastou e bagunçou o cabelo dele. Ele reclamou e ela riu e caminhou até a porta, dizendo que estava exausta. Daí apagou a luz ao sair do quarto, deixando-o no escuro.

Julian se revirou debaixo do cobertor. Livvy sabia. Eles sabiam. Eles sabiam e não o odiavam. Ele estava se livrando de um peso que quase tinha se esquecido de que carregava.

17
Assombrado

Era um perfeito dia inglês. O céu tinha a cor da porcelana Wedgwood, lisa e azul. O ar era cálido, doce e estava cheio de possibilidades. Julian estava parado na escadaria da frente do Instituto, tentando evitar que o irmãozinho menor o sufocasse até a morte.

— Não vá — gemeu Tavvy. — Você já saiu uma vez. Não pode ir embora *de novo*.

Evelyn Highsmith fungou.

— Na minha época, as crianças eram vistas, não ouvidas, e certamente não *reclamavam*.

Ela estava de pé no arco da porta, com as mãos dobradas de um jeito afetado sobre o punho da bengala. Tinha vestido uma roupa incrível para se despedir deles na estação de trem: era um tipo usado em montaria de antigamente e na certa umas bombachas. E seu chapéu tinha um pássaro, mas, para decepção de Ty, o bicho estava morto, sem dúvida.

O carro preto e antigo que pertencera ao Instituto tinha sido desencavado, e Bridget aguardava ao lado dele junto a Cristina e Emma. As mochilas estavam empilhadas no porta-malas. Mark achara engraçado descobrir que, na Inglaterra, chamavam de bagageiro. E as duas conversavam animadamente. As meninas vestiam jeans e camiseta, pois teriam que se passar por mundanas no trem, e o cabelo de Emma estava preso numa trança.

Ainda assim, Julian estava contente por Cristina estar indo com eles. No fundinho de sua mente, ele se agarrara à ideia de que ela seria um amortecedor entre ele e Emma. Naquela manhã, Emma não deixara escapulir nenhum sinal de raiva e os dois vinham se dando bem, mapeando o trajeto até Polperro, descobrindo os horários do trem e revirando o depósito atrás de roupas. Eles planejaram arrumar um quarto num albergue, de preferência com uma cozinha na qual pudessem preparar a comida e minimizar o contato com mundanos. Até compraram os bilhetes de trem de Paddington com antecedência. Todo o planejamento fora simples e fácil: eles eram uma equipe *parabatai*; ainda trabalhavam e ainda funcionavam melhor juntos do que separados.

Mas mesmo com o máximo autocontrole de ferro que ele se impusera, a mera força do amor e do desejo quando ele olhava para ela equivalia a ser atingido inesperadamente por um trem, repetidas vezes. Não que ele imaginasse que ser previsivelmente atingido por um trem fosse ser muito melhor.

Era melhor ter um amortecedor contra isso até parar de acontecer. Isso se parasse de acontecer. Mas ele não iria se permitir pensar dessa forma.

Tinha que parar um dia.

— Jules! — queixou-se Tavvy. Julian deu um último abraço no irmão e o colocou no chão. — Por que não posso ir com você?

— Porque não. Você tem que ficar aqui e ajudar Drusilla. Ela precisa de você.

Tavvy fez cara de quem duvidava daquilo. Drusilla, vestindo uma saia muito comprida de algodão, que ia até os dedos dos pés, revirou os olhos.

— Não posso acreditar que você está indo — falou para Julian. — No minuto em que você sair, Livvy e Ty vão começar a me tratar como se eu fosse uma criada.

— Os criados são pagos — observou Ty.

— Viu? *Viu* do que estou falando? — Dru cutucou Julian no peito com o indicador. — Melhor você voltar logo, assim eles não vão me maltratar por muito tempo.

— Vou tentar. — Julian olhou nos olhos de Mark por cima da cabeça de Dru; eles compartilharam um sorriso. A despedida de Emma e Mark tinha sido bizarra, para dizer o mínimo. Emma abraçou Mark rápida e distraidamente antes de descer a escada; Mark não pareceu chateado até notar que Julian e os outros o encaravam. Aí desceu a escadaria correndo, atrás de Emma, segurou a mão dela, e a virou para que ela o encarasse.

— É melhor você ir — falou — para eu poder me esquecer do seu rosto belo e cruel, e curar meu coração.

Emma parecera confusa; Cristina, falando alguma coisa baixinho para Mark, do tipo *desnecessário*, incitara Emma na direção do carro.

Ty e Livvy foram os últimos a dizer adeus para Jules; Livvy o abraçou impetuosamente, e Ty ofereceu um sorriso suave e tímido. Julian se perguntou onde Kit estava. Ele andara colado em Ty e Livvy o tempo todo em que estiveram em Londres, mas parecera evaporar na despedida da família.

— Eu tenho uma coisa para você — falou Ty, e estendeu uma caixa, a qual Julian pegou com alguma surpresa. Ty era muito pontual em relação a presentes de Natal e aniversário, mas raramente presenteava espontaneamente.

Curioso, Julian abriu a tampa da caixa e viu um conjunto de lápis de cor. Não conhecia a marca, mas eles pareciam novos e intocados.

— Onde os arranjou?

— Na Fleet Street — falou Ty. — Fui lá hoje de manhã, bem cedo.

Uma pontada de amor cutucou de leve Julian. Aquilo o fez se lembrar da época em que Ty era um bebê, sério e quietinho. Durante muito tempo, ele não conseguia dormir se não estivesse no colo de alguém, e embora Julian também fosse muito pequeno, se lembrava de segurar Ty enquanto o pequeno adormecia, todo pulsos redondos, cabelo preto e liso, e cílios compridos. Julian sentira tanto amor pelo irmão que mesmo naquela época fora como uma explosão em seu coração.

— Obrigado. Eu senti falta de desenhar — falou Julian, enfiando a caixa na bolsa de pano. Ele não fez um estardalhaço; Ty não gostava disso, porém Julian falou com o tom mais caloroso possível, e o irmão mais novo sorriu abertamente.

Jules pensou em Livvy, na noite anterior, no modo como ela beijara a testa dele. No "obrigada" dela. Isso era de Ty.

— Tome cuidado na Casa dos Blackthorn — falou ele. Julian estava nervoso por eles irem até lá, mas tentava não demonstrar; ele sabia que estava sendo insensato. — Vão durante o dia. Durante o *dia* — insistiu, quando Livvy fez uma careta. — E tentem não meter Drusilla e Tavvy em encrenca. Lembrem-se: Mark é o responsável.

— Ele sabe disso? — falou Livvy.

Julian avistou Mark no bando sobre os degraus. Ele estava de pé, com as mãos atrás das costas e trocava um olhar desconfiado com um gnomo entalhado na pedra.

— Seu disfarce não me engana, gnomo — resmungou ele. — Estou de olho em você.

Julian suspirou.

— Apenas faça o que ele disser.
— Julian! — chamou Emma. Ela estava de pé ao lado do carro, e Cortana (disfarçada com um feitiço para ficar invisível para os mundanos) brilhava pouco acima de seu ombro direito. — Nós vamos perder o trem.

Julian assentiu e ergueu dois dedos. Subiu os degraus até Mark e botou a mão no ombro do irmão.

— Você vai ficar bem?

Mark fez que sim com a cabeça. Julian pensou em perguntar onde Kieran estava, mas decidiu que não havia motivo para isso. Provavelmente só iria servir para estressar Mark ainda mais.

— Obrigado por confiar em mim para tomar conta de tudo — falou Mark. — Depois do que aconteceu, com a cozinha.

Em Los Angeles, Julian havia deixado Mark cuidando dos irmãos por uma noite. O menino conseguira destruir a cozinha, cobrir Tavvy com açúcar e quase fazer Julian ter um ataque de nervos.

— Eu confio em você. — Sem dizer nada, Julian e Mark se entreolharam. Então Julian sorriu.

— Além disso — emendou — esta não é a minha cozinha.

Mark riu baixinho. Julian desceu a escadaria enquanto Emma e Cristina arrumavam as coisas no carro. Aí foi até a parte de trás, jogou a bolsa no porta-malas e parou. Apertado no espaço ao lado da bagagem, havia um pequeno vulto de camiseta branca manchada.

Tavvy o fitou, de olhos arregalados.

— Eu quero ir também.

Julian suspirou e arregaçou as mangas da camisa. As funções de um irmão nunca chegavam ao fim.

Um dos benefícios pouco difundido de ser um Caçador de Sombras, pensou Emma, era a facilidade para estacionar em locais como estações de trem e igrejas. Com frequência costumava haver uma vaga reservada para os Caçadores deixarem seus carros, disfarçada por feitiço de modo a parecer aos mundanos algo que eles ignorariam: um canteiro de obras ou uma pilha de latas de lixo. Bridget estacionou o barulhento Austin Metro preto na Praed Street, a poucos passos da Estação Paddington, e os Caçadores de Sombras saíram para pegar suas bolsas enquanto ela trancava o veículo.

A bagagem de todo mundo não continha muita coisa, apenas o suficiente para passar alguns dias. Armas, uniforme e poucas roupas além das que traziam nas costas, embora Emma tivesse certeza de que Cristina estaria elegante o tempo todo, de qualquer forma. Discretamente, Cristina enfiou seu canivete no bolso e se curvou para pendurar a mochila no ombro. Ela estremeceu.

— Você está bem? — perguntou Emma, se postando ao lado dela. Ela estava muito feliz por ter Cristina ali entre ela e Jules, alguma coisa para amenizar as estradas perigosas e espinhosas de suas conversas.

Eles entraram na estação moderna e muito bem iluminada, com passarelas ladeadas de lojas como The Body Shop e Caffé Nero. Emma olhou para Julian à frente, mas ele estava absorto numa conversa com Bridget. Julian tinha uma capacidade impressionante de conversar com literalmente qualquer pessoa. Ela se perguntava que tipo de assunto ele teria com Bridget. Os hábitos estranhos de Evelyn? A história de Londres?

— Você teve alguma chance de conversar com Mark sobre, sabe, o beijo? — perguntou Emma quando eles passaram por uma padaria Upper Crust que tinha cheiro de manteiga e canela misturados com a fumaça da estação. — Sobretudo com toda essa história de Kieran rolando.

Cristina balançou a cabeça. Estava cansada e pálida, como se não tivesse dormido bem.

— Kieran e Mark têm uma história. Assim como Diego e eu. Não posso me queixar de Mark por ser arrastado para a história dele. Foi a razão pela qual fui atraída para Diego, e fiz isso sem todas as pressões que estão em cima de Mark agora.

— Não sei como vai ser. Mark não é um bom mentiroso — falou Emma. — Falo como alguém que também não é muito boa nisso.

Cristina deu um sorriso aflito.

— Você é péssima. Observar você e Mark fingindo estarem apaixonados era como assistir a duas pessoas que caíram no chão e torciam para ninguém perceber.

Emma deu uma risadinha.

— É muito lisonjeiro.

— Eu só estou dizendo que, para o bem de todos nós, Kieran deve acreditar nos sentimentos de Mark — falou Cristina. — Uma fada que pensa que foi rejeitada ou humilhada pode ser muito cruel.

Subitamente, ela exalou de forma audível, praticamente se dobrando ao meio. Emma a segurou enquanto ela afundava. Em meio a um pânico cego, ela arrastou Cristina para um canto entre duas lojas. Não ousou gritar; não estava com o feitiço de disfarce e os mundanos a ouviriam. Mas ela olhou em direção a Julian e Bridget, que continuavam concentrados na conversa, e *pensou* com o máximo de força que conseguiu:

Jules, Julian, eu preciso de você, agora, venha agora, por favor!

— Emma... — Cristina cruzara os braços, abraçando a barriga como se a região a estivesse matando de dor, mas foi o sangue na camisa da amiga que assustou Emma.

— Cristina... querida... me deixe ver, me deixe ver. — Aí puxou freneticamente os braços da outra, até que Cristina cedeu.

Havia sangue na mão direita e na manga. A maior parte parecia vir do braço e tinha se transferido para a camisa. Emma ficou um pouco menos alarmada. Uma ferida no braço era menos séria do que uma lesão numa parte vital do corpo.

— O que está acontecendo? — Era a voz de Julian. Ele e Bridget as alcançaram, e Jules estava muito pálido. Ela notou o terror nos olhos dele e percebeu a causa: ele tinha pensado que algo acontecera a *Emma*.

— Eu estou bem — falou ela mecanicamente, chocada pela expressão dele.

— Claro que está — falou Bridget impacientemente. — Deixe-me ver a garota. Pare de se agarrar a ela, pelo amor de Deus.

Emma se afastou e observou Bridget se ajoelhar e puxar a manga da camiseta de Cristina. O pulso da menina tinha uma pulseira de sangue, a pele inchada. Era como se alguém estivesse apertando um arame invisível em torno do braço dela, cortando-lhe a pele.

— Por que vocês dois estão sentados aí? — quis saber Bridget. — Ponham uma Marca de Cura na menina.

Os dois fizeram menção de pegar as estelas; Julian pegou primeiro e desenhou rapidamente um *iratze* na pele de Cristina. Emma se inclinou para frente, prendendo a respiração.

Nada aconteceu. Ou, na melhor das hipóteses, a pele ao redor do círculo sangrento pareceu inchar ainda mais. Uma nova golfada de sangue jorrou e respingou nas roupas de Bridget. Emma queria ainda estar com sua antiga estela; por superstição, ela sempre acreditara que era capaz de desenhar Marcas mais fortes com ela. Mas agora estava nas mãos das fadas.

Cristina não se queixou. Ela era uma Caçadora de Sombras, afinal. Mas sua voz estremeceu:

— Eu não acho que um *iratze* vá ajudar.

Emma balançou a cabeça.

— O que é isso...?

— Parece um encantamento das fadas — falou Bridget. — Enquanto vocês estavam nas Terras, alguma fada pareceu lançar um feitiço em você? Seus pulsos foram amarrados?

Cristina se apoiou nos cotovelos.

— Isso... quero dizer, isso não poderia ser...
— O que aconteceu? — quis saber Emma.
— Na festa, duas garotas amarraram meu pulso e o de Mark juntos com uma fita — falou Cristina, relutante. — Nós cortamos a fita, mas pode ter havido algum tipo de magia mais forte ali do que eu supunha. Poderia ser um tipo de feitiço de amarração.
— Esta é a primeira vez que você fica longe de Mark desde que estiveram no Reino das Fadas — falou Julian. — Você acha que é isso?
Cristina parecia aborrecida.
— Quanto mais me afastou dele, pior fica. Na noite passada, foi a primeira vez que saí do lado dele, e meu braço ardeu e doeu. E enquanto nos afastávamos do Instituto a dor foi piorando... torci para ela desaparecer, mas isso não aconteceu.
— Precisamos levar você de volta ao Instituto — falou Emma. — Todos nós. Vamos.
Cristina balançou a cabeça.
— Você e Julian têm que ir para a Cornualha — falou ela, e gesticulou com a mão sã na direção do quadro onde apareciam os horários dos trens. — O trem para Penzance sai em menos de cinco minutos. Vocês precisam. Isso é necessário.
— Nós poderíamos esperar um dia — protestou Emma.
— Isto aqui é magia das fadas — falou Cristina, e permitiu que Bridget a ajudasse a ficar de pé. — Não há garantia de que vá ser revertida em um dia.
Emma hesitou. Odiava a ideia de abandonar Cristina.
Bridget falou com uma voz incisiva e surpreendeu a todos:
— Vão. Vocês são *parabatai*, a equipe mais forte que os Nephilim podem oferecer. Eu já vi o que *parabatai* podem fazer. Parem de hesitar.
— Ela tem razão — falou Julian. Ele enfiou a estela de volta no cinto. — Vamos, Emma.
O que veio a seguir se passou num borrão, com Emma abraçando Cristina apressadamente para se despedir, Julian pegando a mão dela, arrastando-a para longe, os dois correndo aleatoriamente pela estação de trem, quase derrubando as catracas e se lançando no assento vazio de um trem da Western Railway assim que o veículo partiu da estação com um guincho alto de freios liberados.

A cada quilômetro que ela e Bridget percorriam, aproximando-as do Instituto, a dor de Cristina diminuía. Em Paddington, seu braço tinha gritado com dor agonizante. Agora era uma dor embotada que parecia pressionar seus ossos.

Eu perdi uma coisa, era o que a dor parecia murmurar. *Tem alguma coisa faltando.* Talvez ela dissesse em espanhol. *Me haces falta*. Enquanto aprendia inglês, ela percebera precocemente que não existia de fato uma tradução direta da frase: os falantes de inglês diziam *Eu preciso de você*, sendo que *me haces falta* significava alguma coisa mais próxima de: *Você me faz falta*. Era o que ela sentia agora, uma falta, como a de um acorde perdido numa música ou uma palavra faltante numa página.

Elas pararam em frente ao Instituto com um guinchar de freios. Cristina ouviu Bridget chamar seu nome, mas ela já estava fora do carro, aninhando o pulso enquanto corria na direção da escadaria principal. Não conseguia se controlar. Sua mente se revoltava ante a ideia de ser controlada por um fator externo, mas era como se seu corpo a estivesse arrastando, empurrando-a na direção do que que era necessário para torná-lo inteiro.

As portas principais se abriram com violência. Era Mark.

Também havia sangue no braço dele, encharcando a manga do suéter azul-claro. Atrás dele, barulho de vozes, mas ele olhava para Cristina. Seus cabelos claros estavam bagunçados, e os olhos de tom azul e dourado brilhavam como insígnias.

Cristina pensou que nunca vira algo tão belo.

Descalço, ele desceu correndo os degraus e agarrou a mão dela, puxando-a para si. No momento que seus corpos colidiram, Cristina sentiu que a dor dentro dela desapareceu.

— É um feitiço de amarração — murmurou Mark em meio aos cabelos dela. — Algum tipo de feitiço de amarração que está nos mantendo juntos.

— As garotas na festa... uma delas amarrou nossos pulsos e as outras riram...

— Eu sei. — Ele roçou os lábios na testa dela. Cristina conseguia sentir o coração latejante de Mark. — Vamos dar um jeito. Vamos resolver isso.

Ela assentiu e fechou os olhos, mas não sem antes ver que alguns dos outros saíram para os degraus da frente e observavam os dois. No centro do grupo, estava Kieran, com o rosto elegante pálido e impassível, e os olhos ilegíveis.

As passagens que eles tinham comprado eram de primeira classe, portanto, Emma e Julian tinham uma cabine só para eles. O cinza-acastanhado da cidade fora deixado para trás e eles passavam por campos verdejantes, pontilhados com flores silvestres e copas de árvores muito verdes. Muretas de pedra cor de carvão percorriam as colinas acima e abaixo, dividindo a terra em peças de quebra-cabeça.

— Parece um pouco com o Reino das Fadas — falou Emma, inclinando-se contra a janela. — Sabe, sem os rios de sangue ou as festas dançantes com grande quantidade de mortos. Mais bolinhos, menos mortes.

Julian ergueu o olhar. O caderno de desenho estava em seus joelhos e havia uma caixa-preta de lápis de cor no assento ao lado dele.

— Acho que é isso que diz no portão da frente do Palácio de Buckingham — disse ele, com voz calma e totalmente neutra. O Julian que tinha gritado com ela na entrada do Instituto se fora. Este era o Julian educado, o Julian gracioso. O Julian fingindo-ser-o-que-não-é para os desconhecidos.

De jeito nenhum que ela ia conseguir lidar com a interação apenas com aquele Julian por sabe-se-lá quanto tempo eles permanecessem na Cornualha.

— Então — falou. — Você ainda está zangado?

Ele a encarou por um longo momento e deixou o caderno de desenho de lado.

— Desculpe — falou. — O que eu disse... foi inaceitável e cruel.

Emma ficou de pé e se inclinou contra a janela. O campo passava por ela: cinzento, verde, cinzento.

— Por que você falou aquilo?

— Eu estava com raiva. — Ela podia ver o reflexo dele na janela, encarando-a. — Eu estava zangado por causa de Mark.

— Eu não sabia que você estava tão comprometido assim com a nossa relação.

— Ele é meu irmão. — Julian tocou o próprio rosto ao falar, inconscientemente, como se quisesse se conectar àqueles traços: as maçãs do rosto e os cílios longos, que eram tão parecidos com os de Mark. — Ele não é... ele se magoa facilmente.

— Ele está bem — disse Emma. — Eu te juro.

— É mais do que isso. — O olhar dele era firme. — Quando vocês estavam juntos, pelo menos eu sentia que os dois estavam com alguém com quem eu me importava e em quem podia confiar. Você amava alguém que eu também amava. Será provável isso acontecer de novo?

— Não sei o que é provável de acontecer — retrucou ela. *Sei que você não tem com o que se preocupar. Eu não estava apaixonada por Mark. Nunca vou me apaixonar por alguém que não seja você.* — Só que existem coisas que podemos controlar e outras, não.

— Em — falou ele. — É de mim que estamos falando.

Ela desviou o olhar da janela, se recostando no vidro frio. Olhava para Julian diretamente agora, e não mais para o reflexo dele. E embora o rosto dele não denunciasse raiva, seus olhos, pelo menos, estavam abertos e sinceros. Agora era o Julian de verdade, não o Julian que fingia.

— Então você admite que é supercontrolador?

Ele sorriu, o sorriso doce que ia direto para o coração de Emma porque lhe fazia recordar do Julian de sua infância. Era como se o sol, o calor, o mar e a praia, todos, viessem à tona com um único soco no coração.

— Eu não admito nada.

— Ótimo — falou ela. Emma não precisava dizer que o perdoava e sabia que ele a perdoava; ambos sabiam. Em vez disso, ela se sentou no banco oposto a ele e gesticulou para o material de arte. — O que você está desenhando?

Ele ergueu o caderno de desenho, virando-o para que ela pudesse ver seu trabalho: uma bela interpretação de uma ponte de pedra pela qual eles tinham passado, cercada por ramos caídos de carvalhos.

— Você bem que podia me desenhar — falou Emma, se reclinando sobre o assento e apoiando a cabeça numa das mãos. — Desenhe-me como uma de suas garotas francesas.

Julian sorriu.

— Eu odeio esse filme — falou. — Você sabe disso.

Emma se sentou direito, indignada.

— Você chorou na primeira vez que viu *Titanic*.

— Eu estava com alergia por causa do clima — retrucou Jules. Ele recomeçara a desenhar, mas ainda estava sorrindo. Esse era o coração do relacionamento dela com Julian, pensou Emma. Essa coisa de fazer piadinhas, a diversão fácil. E quase a surpreendeu. Mas era a isso que eles sempre retornavam, ao conforto da infância; como pássaros que voltavam ao lar em padrões migratórios.

— Eu queria que a gente pudesse entrar em contato com Jem e Tessa — falou Emma. Campos verdes passavam pela janela como um borrão. Uma mulher empurrava um carrinho de bebidas para cima e para baixo no corredor do trem. — E Jace e Clary. Contar a eles sobre Annabel e Malcolm e todas as coisas.

— A Clave inteira sabe sobre a volta de Malcolm. Tenho certeza de que eles também têm seus meios para descobrir as coisas.

— Mas só a gente sabe sobre Annabel — falou Emma.

— Eu a desenhei — observou Julian. — Achei que, de alguma forma, se nós pudéssemos olhar para ela, isso ajudaria a encontrá-la.

Ele virou o bloco de desenho. Emma suprimiu um leve calafrio. Não porque o rosto para o qual olhava fosse medonho — não era. Era um rosto jovem, oval e com traços regulares, quase perdido numa nuvem de cabelos escuros. Mas um ar de algo assombrado e quase selvagem ardia nos olhos de Annabel; ela apertava o pescoço com as mãos, como se tentasse se envolver num invólucro que desaparecera.

— Onde ela poderia estar? — perguntou-se Emma em voz alta. — Aonde você iria, se estivesse muito triste?

— Acha que ela parece triste?

— Você não acha?

— Pensei que ela parecia zangada.

— Ela *matou* Malcolm — falou Emma. — Não entendo por que ela faria isso... foi ele quem a trouxe de volta. Ele a amava.

— Talvez ela não quisesse ser trazida de volta. — Ele ainda encarava o desenho. — Talvez ela estivesse feliz onde estava. Discórdia, agonia, perda... Estas são as coisas que acometem pessoas vivas. — Ele fechou o caderno quando o trem parou numa pequena estação branca, onde se lia em uma placa LISKEARD. Tinham chegado ao destino.

— Foi planejado? — perguntou Kieran, a expressão pétrea. — Não pode ser coincidência.

Mark ergueu as sobrancelhas. Cristina estava sentada na beirada de uma das camas, na enfermaria, com o pulso enfaixado; o ferimento de Mark tinha ficado oculto pela manga do suéter. Não havia mais ninguém no cômodo. Tavvy ficara perturbado ao ver sangue em Mark e Cristina, e Dru o levara embora para se acalmar. Livvy e os outros dois garotos tinham ido para a Casa dos Blackthorn enquanto Cristina estava na estação de trem.

— Que diabos isso deveria significar? — falou Mark. — Você acha que eu e Cristina planejamos derramar sangue por toda Londres só por diversão?

Cristina o encarou com surpresa; ele soava mais humano do que ela jamais testemunhara.

— Um feitiço de amarração desses — falou Kieran. — Vocês devem ter juntado os pulsos para isso. Teriam que ficar parados enquanto eram amarrados.

Ele falava como se estivesse confuso e magoado. Parecia totalmente deslocado com a calça e a camisa de linho, agora muito amassadas, no centro do Instituto. Em torno dele havia camas semelhantes às macas de hospital, frascos de vidro e cobre com tinturas e pós, pilhas de ataduras e instrumentos médicos Marcados.

— Aconteceu numa festa — falou Mark. — Nós não podíamos esperar por isso... não esperávamos. E ninguém iria querer isso, ninguém armaria isso de *propósito*, Kieran.

— Uma fada armaria — disse Kieran. — É o tipo de coisa que um de nós faria.

— Não sou uma fada — falou Mark.

Kieran se encolheu, e Cristina viu a mágoa nos olhos dele. Ela sentiu por ele uma onda de dor complacente. Devia ser horrível ser tão solitário. Até Mark pareceu aflito.

— Eu não quis dizer isso — falou. — Não sou *apenas* fada.

— E como você fica feliz em se gabar disso sempre que pode — retrucou Kieran.

— Por favor — falou Cristina —, por favor, não briguem. Nós precisamos ficar do mesmo lado nessa história.

Kieran voltou os olhos admirados para ela. Em seguida, se aproximou de Mark; pôs as mãos no ombro do menino. Eles tinham praticamente a mesma altura. Mark não desviou o olhar.

— Há apenas um jeito de saber que você não pode mentir — falou Kieran, beijando a boca de Mark.

Uma pulsação de dor passou pelo pulso de Cristina. Ela não fazia ideia se era algo aleatório ou um reflexo da intensidade do que Mark estava sentindo. Não havia meio de ele rejeitar o beijo sem rejeitar Kieran e romper com a delicada cadeia de mentiras que mantinha o príncipe fada preso aqui.

Se, de fato, Mark não queria retribuir o beijo, Cristina não sabia dizer; ele reagiu com uma impetuosidade semelhante à mesma que Cristina vira nele da primeira vez que o avistara com Kieran. Mas havia mais raiva nele agora. Ele agarrou os ombros de Kieran, os dedos afundando; a intensidade do beijo fez o príncipe fada tombar a cabeça para trás. Mark sugou o lábio inferior dele e mordeu, e Kieran arfou.

Afastaram-se. Kieran tocou a própria boca; havia sangue no lábio e triunfo quente nos olhos.

— Você não desviou o olhar — falou ele para Cristina. — Foi interessante?

— Foi em benefício próprio. — Cristina se sentia estranha, trêmula e quente, mas se recusava a demonstrar. Ela ficou sentada com as mãos no colo e sorriu para Kieran. — Teria sido rude não olhar.

Ao ouvir isso, Mark, que parecera furioso, deu uma risada.

— Ela entende você, Kier.

— O beijo foi muito bom — falou Cristina. — Mas nós devíamos falar sobre coisas práticas agora, sobre o feitiço.

Kieran ainda olhava para Cristina. Ele encarava a maioria das pessoas com nojo, fúria ou consideração, mas quando olhava para Cristina, parecia espantado, como se estivesse tentando juntar as peças de um quebra-cabeça e não conseguisse.

Abruptamente, ele deu meia-volta e saiu do cômodo. A porta bateu atrás dele. Mark acompanhou a saída, balançando a cabeça.

— Não acho que já tenha visto alguém irritá-lo tanto assim — falou. — Nem mesmo eu.

Diana tinha esperança de ver Jia no momento em que chegasse a Idris, mas a burocracia da Clave era pior do que ela se recordava. Havia formulários para preencher, recados a serem dados e levados à cadeia de comando. E ainda não ajudava o fato de Diana se recusar a revelar o assunto: tanto a delicada questão de Kieran e o que estava acontecendo no Reino das Fadas, Diana não ousava confiar a informação a ninguém além da própria Consulesa.

O pequeno apartamento em Alicante ficava em cima da loja de armas na Flintlock Street que fora de sua família durante anos. Ela fechara o estabelecimento quando fora morar em Los Angeles com os Blackthorn. Com a impaciência deixando seus nervos à flor da pele, desceu até a loja e abriu as janelas, deixando a luz entrar e fazendo com que partículas de poeira dançassem no ar claro de verão. O braço ferido ainda doía, embora estivesse praticamente curado.

Em seu interior, a loja tinha mofo e poeira nas lâminas outrora brilhantes, e também no couro exuberante de bainhas e cabos de machados. Ela pegou algumas de suas armas favoritas e separou para os Blackthorn.

As crianças mereciam armas novas. Elas haviam conquistado o direito de tê-las.

Quando ela ouviu uma batida à porta, já tinha conseguido se distrair e estava arrumando as lâminas das espadas de acordo com dureza do metal. Pousou uma de suas favoritas — uma arma de aço damasco — e foi abrir a porta.

Sorrindo ironicamente à soleira, estava Manuel, que Diana vira pela última vez combatendo demônios marinhos no gramado da frente do Instituto. Ele não vestia o uniforme de Centurião, em vez disso usava um suéter preto da moda e jeans, e o cabelo com gel formava cachos. Ele sorriu enviesado para ela.

— Srta. Wrayburn — falou. — Enviaram-me para levá-la até o Gard.

Diana trancou a loja e caminhou ao lado de Manuel enquanto ele seguia pela Flintlock Street rumo ao norte de Alicante.

— O que está fazendo aqui, Manuel? — perguntou ela. — Pensei que estivesse em Los Angeles.

— Ofereceram-me um cargo em Gard — explicou ele. — Não poderia deixar passar a chance de progredir. Ainda tem um monte de Centuriões em Los Angeles, guardando o Instituto. — Ele olhou de esguelha para Diana; ela nada disse. — É um prazer vê-la em Alicante — emendou o rapaz. — Da última vez em que estivemos juntos, creio, você estava fugindo para Londres.

Diana trincou os dentes.

— Eu estava levando as crianças que estavam sob minha responsabilidade para um local seguro — falou. — Estão todos bem, por sinal.

— Imagino que eu teria sabido se fosse diferente — falou Manuel alegremente.

— Lamento pelo seu amigo — disse Diana. — Jon Cartwright.

Manuel fez silêncio. Eles tinham chegado ao portão da trilha que conduzia até Gard. Antigamente a entrada era fechada somente com um trinco. Agora Diana observava Manuel passando a mão sobre o portão e abrindo-o com um estalo.

A trilha era tão íngreme quanto tinha sido na infância de Diana, serpenteada com as raízes das árvores.

— Eu não conhecia Jon muito bem — falou Manuel quando eles começaram a subir a trilha. — Soube que a namorada dele, Marisol, está muito perturbada.

Diana não disse uma única palavra.

— Algumas pessoas não sabem lidar com a tristeza do jeito que Caçadores de Sombras deveriam saber — emendou Manuel. — Uma pena.

— Algumas pessoas não demonstram a solidariedade e a tolerância que um Caçador de Sombras deveria demonstrar — acrescentou Diana. — É uma pena também.

Eles tinham chegado ao trecho mais alto da trilha, onde Alicante se estendia adiante como um mapa, e as torres demoníacas se erguiam para furar o sol. Diana se lembrava de ter caminhado por esta mesma trilha com a irmã quando elas eram pequenas, e do riso da irmã. Às vezes, Diana sentia tanta saudade dela que era como se garras apertassem seu coração.

Neste lugar, pensou ela, olhando para Alicante, *eu era solitária. Neste lugar, eu tinha que esconder a pessoa que eu sabia ser.*

Eles chegaram ao Gard, que se erguia acima, uma montanha de pedras reluzentes, mais sólido do que nunca depois de sua reconstrução. Uma trilha ladeada por pedras de luz enfeitiçada conduzia ao portão principal.

— Isso foi uma cutucada em Zara? — Manuel parecia divertido. — Sabe, ela é muito popular. Sobretudo, desde que matou Malcolm. Uma coisa que o Instituto de Los Angeles não conseguiu fazer.

Saindo de seus devaneios com um choque, Diana só conseguiu encará-lo.
— Zara não matou Malcolm. Isso é mentira — falou.
— É? — retrucou Manuel. — Eu gostaria de ver você provar isso. — Aí deu seu sorriso brilhante e se afastou, deixando Diana olhando para ele e semicerrando os olhos sob a luz do sol.

— Deixe-me ver seu pulso — falou Cristina para Mark. Eles estavam sentados lado a lado na cama da enfermaria. O ombro de Mark era tépido contra o dela.

Ele puxou o suéter e esticou o braço em silêncio. Cristina desdobrou suas ataduras e colou o pulso ao dele. Os dois olharam em silêncio para os ferimentos idênticos.

— Eu não sei nada sobre esse tipo de magia — falou Mark. — E nós não podemos ir até a Clave ou aos Irmãos do Silêncio. Eles não podem saber que estivemos no Reino das Fadas.

— Sinto muito sobre Kieran — falou Cristina. — Por ele estar zangado.

Mark balançou a cabeça.

— Não sinta. A culpa foi minha. — Ele respirou fundo. — Desculpe por ter ficado zangado com você, no Reino das Fadas, depois da festa. As pessoas são complicadas. Suas situações são complicadas. Sei por que você escondeu de mim os sentimentos de Julian. Sei que você e Emma não tiveram muita escolha.

— E não estou zangada com você agora — disse ela, apressando-se para tranquilizá-lo. — Em relação a Kieran.

— Eu mudei — começou Mark — por sua causa. Kieran consegue pressentir que meus sentimentos por ele mudaram de alguma forma, embora não saiba bem o porquê. E eu não posso dizer a ele. — Ele ergueu o olhar para o teto. — Ele é um príncipe, e príncipes são mimados. Não suportam serem frustrados.

— Ele deve se sentir muito solitário — falou Cristina. Ela se lembrou do modo como se sentia com Diego, que a relação que eles tinham havia acabado e não conseguia entender como obter tudo aquilo de volta. Era como tentar agarrar a fumaça que tinha se dissolvido no ar. — Você é o único aliado dele aqui, e ele não consegue entender por que a ligação parece quebrada.

— Ele jurou a você — falou Mark, abaixando a cabeça, como se sentisse vergonha do que ia dizer. — É possível que você lhe ordene algo e ele tenha que fazer.

— Eu não quero fazer isso.

— Cristina.

— Não, Mark — falou ela com firmeza. — Eu sei que esse feitiço de amarração também afeta você. E irritar Kieran afeta as chances de ele testemunhar. Mas não vou obrigá-lo a nada.

— Já não estamos fazendo isso? — insistiu Mark. — Mentindo para ele sobre a situação de modo que ele conte à Clave?

Os dedos de Cristina passearam no próprio pulso machucado. A textura da pele era estranha sob a ponta dos dedos: quente e inchada.

— E depois que ele testemunhar? Você vai contar a verdade, não é?

Mark ficou de pé.

— Pelo Anjo, sim. Acha que sou o quê?

— Alguém numa situação complicada — falou Cristina. — Todos somos. Se Kieran não testemunhar, integrantes do Submundo inocentes podem morrer; a Clave pode afundar mais ainda em corrupção. Entendo a necessidade da mentira. Isso não quer dizer que eu goste disso... ou que você goste também.

Mark assentiu sem olhar para ela.

— É melhor eu ir atrás dele — falou. — Se ele concordar em ajudar, será nosso melhor meio de resolver isso. — E apontou para o próprio pulso.

Cristina sentiu uma leve dor por dentro. Ela se perguntava se tinha magoado Mark; não era sua intenção.

— Vamos ver qual é o alcance disto aqui — falou ela. — O quanto podemos nos afastar um do outro sem nos machucar.

Mark parou à entrada. Os traços limpos e proeminentes de seu rosto pareciam cortados do vidro.

— Já dói só de me afastar de você — falou. — Talvez tenha sido essa a piada.

Antes que Cristina pudesse responder, ele já tinha ido.

Ela se levantou e foi até o balcão onde ficavam os remédios e pós. Tinha alguma ideia de como os Caçadores de Sombras médicos trabalhavam: aqui estavam as folhas com propriedades anti-infecciosas, e os cataplasmas para desinchar.

A porta da enfermaria foi aberta quando ela estava destampando um frasco. Ela ergueu os olhos; era Kieran. Ele parecia afobado, com os cabelos arrepiados pelo vento, como se tivesse ficado fora de casa. As maçãs do rosto estavam coradas.

Ele parecia tão desconcertado por vê-la quanto ela estava ao vê-lo. Cristina pousou o frasco cuidadosamente e aguardou.

— Onde está Mark? — perguntou ele.

— Saiu para procurar você. — Cristina se apoiou na bancada. Kieran ficou em silêncio. Um tipo de silêncio das fadas: interior, reflexivo. Ela estava com a sensação de que muitas pessoas se sentiam impelidas a preencher esse tipo de silêncio. Permitiu que ele usufruísse da quietude; que ele atraísse o silêncio para dentro de si, dando-lhe forma e decifrando-o.

— Eu tenho que pedir desculpas — falou finalmente. — Foi gratuito ter acusado vocês de terem armado o feitiço de amarração. Foi tolo também. Vocês não têm nada a ganhar com isso. Se Mark não quisesse ficar comigo, ele diria.

Cristina não disse nada. Kieran deu um passo até ela, com cuidado, como se tivesse medo de assustá-la.

— Posso ver seu braço de novo?

Ela estendeu o braço. Ele o segurou — ela se perguntava se ele já a tocara deliberadamente antes. Parecia o toque da água fria no verão.

Cristina sentiu um leve estremecimento na espinha enquanto ele examinava o ferimento. Ela imaginava como era ele quando os dois olhos eram pretos. Eles eram ainda mais impressionantes que os de Mark; o contraste entre o escuro e o prateado e brilhante, como gelo e cinzas.

— O formato de uma fita — falou ele. — Você disse que foram amarrados juntos durante uma festa?

— Sim — respondeu Cristina. — Por duas garotas. Elas sabiam que éramos Nephilim. Riram de nós.

A mão de Kieran a apertou com mais força. Ela se lembrou do modo como ele havia se agarrado a Mark na Corte Unseelie. Não era como se fosse fraco e precisasse de ajuda. Era um aperto de resistência, que mantinha Mark preso, que dizia: *Fique comigo, estou ordenando*.

Afinal, ele *era* um príncipe.

— Esse tipo de feitiço de amarração é um dos mais antigos — disse ele. — Mais antigos e mais fortes. Não sei por que alguém pregaria uma peça dessas em vocês. É muito cruel.

— Mas você sabe como desfazê-la?

Kieran baixou a mão de Cristina.

— Fui um filho indesejado do Rei Unseelie. Recebi pouca instrução. Depois fui jogado na Caçada Selvagem. Não sou especialista em magia.

— Você não é inútil — falou Cristina. — Sabe mais do que pensa que sabe.

Pela expressão de Kieran, é como se ela o tivesse impressionado mais uma vez.

— Eu poderia falar com meu irmão, Adaon. Eu já queria perguntar a ele sobre assumir o trono. Poderia perguntar também se ele sabe alguma coisa sobre feitiços de amarração ou como acabar com eles.

— Quando você acha que vai falar com ele? — perguntou Cristina. Uma imagem lhe veio à mente: o modo como Kieran, sonolento, apertara a mão dela na Corte Seelie. Tentando não corar, ela baixou os olhos para as ataduras, puxando-as de volta para o lugar.

— Em breve — falou ele. — Eu já tentei entrar em contato, mas sem sucesso.

— Diga-me se há alguma coisa que eu possa fazer para ajudar — ofereceu ela.

Ele arqueou as sobrancelhas. Então se abaixou e ergueu a mão dela, dessa vez para beijá-la, sem parecer se importar com o sangue ou as ataduras. Era um gesto das cortes muito antigo neste mundo, mas não no Reino das Fadas. Surpresa, Cristina não protestou.

— Lady Mendoza Rosales — falou ele. — Obrigado por sua gentileza.

— Eu preferiria que você me chamasse de Cristina — disse ela. — Sinceramente.

— *Sinceramente* — repetiu ele. — Uma coisa que nós, fadas, nunca dizemos. Cada palavra que falamos é uma palavra sincera.

— Eu não diria isso — acrescentou Cristina. — E você?

Um trovão abalou o Instituto. Pelo menos parecia ser um trovão: sacudiu janelas e paredes.

— Fique aqui — avisou Kieran. — Vou descobrir o que foi isso.

Cristina quase gargalhou.

— Kieran — falou. — Sério, você não precisa me *proteger*.

Os olhos dele brilharam; a porta da enfermaria se abriu com força e Mark estava lá, de olhos arregalados. E ele só fez arregalá-los ainda mais quando viu Kieran e Cristina de pé e juntos perto da bancada.

— Melhor vocês virem — falou. — Não vão acreditar quando descobrirem quem acabou de viajar pelo Portal e está na saleta agora.

A cidadezinha de Polperro era minúscula, caiada e pitoresca. Ela se aninhava num porto tranquilo, com quilômetros de mar azul para além do porto que se abria para o oceano. Pequenas casas em diferentes tons claros subiam e desciam as colinas íngremes nos dois lados do porto. Ruas de paralelepípedos serpentavam entre lojas que vendiam tortas e sorvete.

Não havia carros. O ônibus de Liskeard conseguiu excluí-los da cidadezinha; aproximando-se do porto, eles cruzaram uma pequena ponte no fundo da marina. Emma pensou em seus pais. O sorriso gentil do pai, o sol em seus cabelos louros. Ele adorava o mar, morar perto do oceano, todo tipo de feriado na praia. Ele teria adorado uma cidadezinha assim, onde o ar cheirava a algas marinhas, açúcar queimado e protetor solar, onde barcos de pesca traçavam trilhas brancas sobre a superfície azul do mar ao longe. Sua mãe teria adorado também — ela sempre gostara de ficar deitada ao sol, como um gato, e observar a dança do oceano.

— E que tal aqui? — falou Julian. Emma piscou de volta à realidade e se deu conta de que eles estavam conversando sobre encontrar alguma coisa para comer antes de cruzar a ponte, daí sua mente divagou.

Julian estava de pé diante de uma casa de madeira com um cardápio de restaurante colado na janela de losangos. Um grupo de garotas passou, vestindo short e biquíni, a caminho da loja de doces ao lado. Elas riram e deram cotoveladas umas nas outras quando viram Julian.

Emma se perguntou qual seria a aparência dele para elas — bonito, com o cabelo castanho esvoaçante e olhos luminosos, mas sem dúvida estranho também, um pouco sobrenatural talvez, com as Marcas e as cicatrizes.

— Claro — respondeu ela. — Está ótimo.

Julian era alto o suficiente para precisar se encolher sob a moldura baixa da porta ao entrar na pousada. Emma o seguiu e uns poucos minutos depois os dois foram guiados até uma mesa por uma mulher alegre e gordinha usando vestido florido. Eram quase cinco horas e o local estava praticamente deserto. Uma sensação de história pairava levemente sobre o local, desde o piso de madeira irregular até as paredes decoradas com lembranças contrabandeadas, mapas velhos e ilustrações alegres das pixies da Cornualha, as fadas malvadas, nativas da região. Emma se perguntou quantos moradores acreditavam nelas. Não tantos quanto deveriam, ela imaginava.

Eles pediram — Coca e fritas para Jules; sanduíche e limonada para Emma — e Julian abriu o mapa sobre a mesa. O celular estava ao lado; com uma das mãos ele verificava as fotos que andara tirando, e com a outra cutucava o mapa. Manchas de lápis de cor decoravam sua mão, manchas familiares de azul, amarelo e verde.

— O lado leste do porto se chama Warren — disse ele. — Um monte de casas, e um monte delas são velhas, mas a maioria agora é alugada para turistas. E nenhuma fica no topo de cavernas. Com isso, sobram a região em torno de Polperro e o lado oeste.

A comida chegou. Emma começou a devorar o sanduíche; não tinha se dado conta de como estivera faminta.

— O que é isso? — perguntou, apontando para o mapa.

— É o Chapel Cliff, docinho — falou a garçonete, pousando a bebida de Emma. Ela pronunciou *tcheipel*. — É o início da trilha do litoral. De lá, você pode caminhar até Fowey. — Ela olhou para trás, para o balcão, onde dois turistas tinham acabado de se sentar. — Ei! Já vou aí!

— Como encontramos a trilha? — perguntou Julian. — Se a gente quisesse caminhar por ali hoje, por onde começaríamos?

— Oh, é um longo caminho até Fowey — falou a garçonete. — Mas a trilha começa atrás da Pousada Blue Peter. — Ela apontou para além da janela, do outro lado do porto. — Tem uma trilha para caminhar que vai até a colina. Você vira na trilha da costa no antigo depósito das redes; está todo quebrado, vocês vão achar com facilidade. Fica bem acima das cavernas.

Emma ergueu as sobrancelhas.

— Das cavernas?

A garçonete riu.

— Das cavernas dos antigos contrabandistas — falou. — Acho que vocês chegaram com a maré alta, não foi? Caso contrário, vocês teriam visto.

Emma e Julian trocaram um único olhar antes de se porem de pé. Sem ligar para os protestos assustados da garçonete, eles saíram correndo para a rua atrás da pousada.

Claro que a mulher tinha razão: a maré começara a baixar e agora o porto parecia muito diferente, com os barcos aportados nos barrancos de areia e lama. Atrás do porto, erguia-se um estreito coberto com rochas cinzentas. Era fácil ver por que se chamava Chapel Cliff, ou seja, Penhasco Capela. A ponta tinha rochas cinzentas em seu topo, que se contorciam no ar como as flechas de uma catedral.

A água baixara o suficiente para revelar um bom trecho do penhasco. Quando eles chegaram à cidade, o mar quebrava nas rochas; agora, espirrava silenciosamente no porto, recuando para revelar uma pequena praia de areia e, atrás dela, as aberturas escuras de várias bocas de caverna.

Acima das cavernas, empoleirada na inclinação íngreme do penhasco, estava a casa. Emma mal a enxergara quando eles chegaram; a construção era apenas uma das muitas casinhas que salpicava a lateral do porto do outro lado de Warren, embora agora desse para ver que estava muito mais distante na ponta de terra do que qualquer uma das outras. Na verdade, era bem distante de todas e erguia-se pequena e solitária entre o mar e o céu.

As janelas estavam cobertas com madeira; as paredes caiadas descascavam em faixas cinzentas. Mas se Emma olhasse com os olhos de Caçadora de Sombras, poderia ver mais do que uma casa abandonada: ela veria cortinas de renda branca nas janelas e as telhas novinhas no telhado.

Uma caixa de correios estava pregada na cerca e havia um nome pintado nela, em letras brancas e tortas, quase indistinguíveis de longe. Certamente não teriam sido visíveis para um mundano, mas Emma conseguia lê-las.

FADE.

18

Lembranças do Passado

Jia Penhallow estava sentada atrás da mesa na sala da Consulesa, iluminada pelos raios de sol sobre Alicante. As flechas das torres demoníacas brilhavam para além da janela: vermelho, dourado e laranja, como cacos de vidro ensanguentado.

No rosto, ela exibia o mesmo calor do qual Diana se lembrava, mas parecia que havia se passado mais tempo do que cinco anos desde a Guerra Maligna. Seus cabelos negros elegantemente presos no alto da cabeça agora tinham também traços de branco.

— É bom ver você, Diana — falou ela, inclinando a cabeça na direção da cadeira oposta à mesa. — Todos estamos curiosos com suas notícias misteriosas.

— Eu imagino. — Diana se sentou. — Mas eu tinha esperança de que o que tenho a dizer ficaria entre nós duas.

Jia não pareceu surpresa. Não que fosse demonstrar, caso estivesse.

— Entendo. Eu me perguntei se você tinha vindo por causa da vaga de diretor do Instituto de Los Angeles. Imaginei que você quisesse assumi-la agora que Arthur Blackthorn está morto. — As mãos graciosas se agitaram enquanto ela remexia e empilhava papéis, encaixando as canetas em seus suportes. — Ele foi muito corajoso ao se aproximar da convergência sozinho. Lamentei saber que foi assassinado.

Diana assentiu. Por razões que nenhuma delas conhecia, o corpo de Arthur fora descoberto próximo ao local destruído da convergência, coberto com sangue devido à garganta cortada e com as manchas de icor que Julian mencionou, aborrecido, serem sangue de Malcolm. Não havia motivo para contradizer a suposição oficial de que ele havia realizado um ataque solitário à convergência e que acabara morto pelos demônios de Malcolm.

Pelo menos, Arthur seria lembrado como corajoso, embora lhe afligisse o fato de sua cremação e enterro não contar com a presença de seus sobrinhos para pranteá-lo. Que, na verdade, ninguém no mundo soubesse que ele tinha se sacrificado pela família. Livvy dissera que torcia para que eles conseguissem fazer uma cerimônia em homenagem ao tio quando todos fossem para Idris. Diana torcia por isso também.

Jia não pareceu confusa pelo silêncio de Diana.

— Patrick se lembra de Arthur, de quando eram meninos — falou —, embora infelizmente eu nunca o tenha conhecido. Como as crianças estão lidando com a situação?

As crianças? Como explicar que o segundo pai dos Blackthorn tinha sido o irmão mais velho delas desde seus 12 anos? Que Julian, Emma e Mark não eram crianças de modo algum, na verdade, e que já tinham sofrido o suficiente para uma vida inteira? Mais do que maioria dos adultos? Que Arthur Blackthorn nunca, de fato, dirigira o Instituto e que a ideia de que ele precisava ser substituído era uma piada complicada e horrorosa?

— As crianças estão arrasadas — falou Diana. — A família foi dividida, como você sabe. O que querem é voltar para Los Angeles, que é o lar deles.

— Mas eles não podem voltar enquanto não houver alguém para dirigir o Instituto. Foi por isso que eu pensei que você...

— Eu não quero ser essa pessoa — interrompeu Diana. — Não estou aqui para pedir o cargo. Mas também não quero que sejam Zara e o pai dela.

— Sério? — indagou Jia. Seu tom de voz era neutro, mas os olhos reluziram com interesse. — Se não forem os Dearborn nem você, então quem?

— Se Helen Blackthorn pudesse voltar...

Jia empertigou-se na cadeira.

— E dirigir o Instituto? Você sabe que o Conselho jamais iria permitir...

— Então deixe que Aline dirija o Instituto — falou Diana. — Helen poderia simplesmente ficar em Los Angeles como sua esposa, e permanecer com a família.

A expressão de Jia era calma, mas suas mãos apertaram a mesa com força.

— Aline é minha filha. Você acha que não quero trazê-la de volta para casa?

— Eu nunca soube o que você pensava — comentou Diana. Era verdade. Ela não tinha filhos, mas se sua irmã tivesse sido exilada, imaginava que lutaria com unhas e dentes para tê-la em liberdade.

— Quando Helen foi exilada e Aline optou por ir com ela, eu pensei em renunciar ao cargo de Consulesa — falou Jia, as mãos ainda tensas. — Eu sabia que não tinha poder para reverter a decisão da Clave. A Consulesa não é uma tirana que pode impor suas escolhas a quem não concordar com elas. Normalmente, eu diria que isso é bom. Mas vou lhe dizer que, por um longo tempo, desejei poder ser uma tirana.

— Por que não renunciar, então?

— Eu não confiava em quem poderia vir depois de mim — falou Jia simplesmente. — A Paz Fria era muito popular. Se o Cônsul que viesse depois de mim assim o desejasse, poderia separar Aline de Helen... E embora eu queira minha filha em casa, não quero seu coração partido. Eles poderiam fazer pior também. Poderiam acusar Aline e Helen de traição e transformar a sentença de exílio de Helen em sentença de morte. Talvez a de Aline também. Qualquer coisa era possível. — O olhar dela era sombrio e pesado. — Eu permaneço onde estou para ficar entre minha filha e as forças sombrias da Clave.

— Então não estamos do mesmo lado? — falou Diana. — Não queremos a mesma coisa?

Jia deu um sorriso frio.

— O que nos separa, Diana, são cinco anos. Cinco anos tentando de tudo para fazer o Conselho repensar sua decisão. Helen é o exemplo deles. O recado deles ao Povo das Fadas: "Vejam só, nós levamos a Paz Fria tão a sério que até punimos os nossos." Sempre que o assunto entra em pauta, sou derrotada.

— Mas e se outras circunstâncias se apresentarem?

— Que outras circunstâncias você tem em mente?

Diana alongou os ombros, sentindo a tensão pinicar sua espinha.

— Jace Herondale e Clary Fairchild foram despachados para o Reino das Fadas numa missão — contou ela. Era meio que um palpite... enquanto os dois estiveram no Instituto, ela entrevira o conteúdo de suas bolsas: ambas estavam cheias de ferro e sal.

— Sim — concordou Jia. — Recebemos várias mensagens depois que eles partiram.

— Então eles contaram sobre a praga nas Terras do Rei Unseelie.

Jia continuou sentada, e uma das mãos pairava sobre a mesa.

— Ninguém sabe o que eles disseram, além de mim e do Inquisidor — falou ela. — Como você sabe...?

— Não importa. Estou contando porque você precisa acreditar que sei do que estou falando — disse Diana. — Sei que o Rei Unseelie odeia os Nephilim, e que tem demonstrado certa força, certa magia, que torna os nossos poderes inúteis. Desse modo, há partes em seu reino onde as Marcas não funcionam, onde lâminas serafim não se acendem.

Jia franziu a testa.

— Jace e Clary não mencionaram nada tão específico assim. E eles não tiveram contato com ninguém além de mim desde que entraram no Reino das Fadas...

— Tem um menino — falou Diana. — Uma fada, um mensageiro da Corte Seelie. Kieran. Ele também é príncipe de Unseelie. Conhece parte dos planos do pai e está disposto a testemunhar diante do Conselho.

Jia ficou atônita.

— Um príncipe Unseelie testemunharia pela Corte Seelie? E qual é o interesse da Corte Seelie?

— A Rainha Seelie odeia o Rei Unseelie — falou Diana. — Mais, aparentemente, do que odeia os Caçadores de Sombras. Ela está disposta a empregar as forças de seu exército para derrotar o Rei Unseelie. Para erradicar seu poder e reverter a praga em suas Terras.

— Por pura bondade de seu coração?— Jia ergueu uma das sobrancelhas.

— Em troca do fim da Paz Fria — falou Diana.

Jia riu abruptamente.

— Ninguém vai concordar com isso. A Clave...

— Todos estão cansados da Paz Fria, a não ser os sectários mais radicais — falou Diana. — E não acho que uma de nós queira vê-los adquirir poder.

Jia suspirou.

— Você se refere aos Dearborn. E à Tropa.

— Passei um bocado de tempo com Zara Dearborn e os amigos Centuriões no Instituto — falou Diana. — As opiniões dela não são nada agradáveis.

Jia se ergueu, virando-se na direção da janela.

— Ela e o pai querem que a Clave retorne a uma era de ouro perdida. Uma época que nunca existiu, quando os integrantes do Submundo conheciam seu lugar e os Nephilim governavam em harmonia. Na verdade, esse passado foi uma época violenta, na qual integrantes do Submundo sofreram e os Nephilim que sentiam compaixão e empatia foram atormentados e punidos juntamente a eles.

— Quantos deles existem? — perguntou Diana. — Da Tropa?

— O pai de Zara, Horace Dearborn, é o líder não oficial — falou Jia. — A mulher dele é falecida e ele criou a filha para seguir seus passos. Se ele conseguir se colocar como líder do Instituto de Los Angeles, ela governará ao lado dele. E há outras famílias: os Larkspear, os Bridgestock, os Crosskill... que estão espalhados pelo mundo.

— E o objetivo deles é continuar restringindo os direitos dos integrantes do Submundo. Registrar todos, lhes dar números...

— Proibir seu casamento com Caçadores de Sombras?

Diana deu de ombros.

— Tudo é parte de um plano, não é? Primeiro, você tatua números às pessoas, depois, restringe os direitos delas e rompe seus casamentos. E aí então...

— Não. — A voz de Jia estava rouca. — Não podemos deixar isso acontecer. Mas você não compreende... Zara é apresentada como a nova grande Caçadora de Sombras de sua geração. A nova Jace Herondale. Desde que ela matou Malcolm...

Diana deu um pulo de sua cadeira.

— Essa... essa menina mentirosa não matou Malcolm.

— Nós sabemos que Emma não o fez — falou Jia. — Ele voltou.

— Eu sei exatamente como ele morreu — falou Diana. — Ele trouxe Annabel Blackthorn dos mortos. *Ela* o matou.

— *O quê?* — Jia parecia chocada.

— É a verdade, Consulesa.

— Diana. Você precisaria provar o que está dizendo. Segurar a Espada Mortal...

O maior medo de Diana.

— Não — falou. *Eu não revelaria apenas os meus segredos. Revelaria os de Julian. De Emma. Destruiria a todos.*

— Você precisa levar em consideração o que isso vai parecer — falou Jia. — Como se você estivesse buscando um meio de manter o Instituto de Los Angeles sob seu controle ao desacreditar os Dearborn.

— Eles se desacreditam sozinhos. — Diana olhou fixamente para Jia. — Você conhece Zara — falou. — Acha mesmo que ela matou Malcolm?

— Não — respondeu Jia, após uma pausa. — Não acho. — Ela foi até um gabinete entalhado com ornamentos que ficava junto a uma das paredes da sala. Abriu uma das gavetas. — Preciso de tempo para pensar, Diana. Enquanto isso... — Ela pegou uma pasta grossa, cor de creme, cheia de papéis. — Este é o relatório de Zara Dearborn sobre a morte de Malcolm Fade e os ataques ao Instituto de Los Angeles. Talvez você possa encontrar alguma discrepância que desacredite a história dela.

— Obrigada. — Diana pegou a pasta. — E a reunião do Conselho? Alguma chance de Kieran testemunhar?

— Discutirei isso com o Inquisidor. — De repente, Jia pareceu até mais velha do que antes. — Vá para casa, Diana. Eu a chamarei amanhã.

— Nós deveríamos ter trazido Dru — falou Livvy, de pé no interior dos portões da Casa dos Blackthorn. — Esta é realização da fantasia de todos os filmes de terror que ela viu.

Na verdade, a Casa dos Blackthorn ficava num subúrbio de Londres, não muito longe do Rio Tâmisa. A região era comum até: casas de tijolos vermelhos, pontos de ônibus cobertos com pôsteres de cinema, crianças andando de bicicleta. Depois de alguns dias presos no Instituto, Kit achava que mesmo a estranheza de Londres era como acordar para a realidade depois de um sonho.

A Casa dos Blackthorn tinha um feitiço de disfarce, o que significava que mundanos não podiam vê-la. Kit teve um tipo de visão dupla quando a avistou pela primeira vez: ele via um parque particular, agradável porém sem graça, sobreposto a uma casa imensa com portões e torres altos, e pedras enegrecidas por anos de chuva e falta de cuidados.

Ele semicerrou os olhos com força. O parque desapareceu e restou somente a casa. Ela se assomava diante deles. Kit achou meio semelhante a um templo grego, com colunas que sustentavam um pórtico em arco em frente a um conjunto de portas duplas, imenso e feito do mesmo metal da cerca que ladeava toda a propriedade. Era alto, com pontas afiadas; a única entrada era o portão, do qual Ty se livrara rapidamente com suas Marcas.

— O que significa esta aí? — perguntara Kit, apontando, quando o portão rangeu e abriu com uma lufada de poeira.

Ty o encarou.

— *Abra*.

— Eu ia chutar isso — resmungou Kit quando eles entraram. Agora, no interior da propriedade, ele olhava ao redor, maravilhado. Os jardins podiam estar negligenciados agora, mas dava para ver onde ficaram as pérgulas de rosas e balaustradas de mármore que sustentavam imensos jarros de pedra, cheios de flores e ervas daninhas. Havia flores silvestres por toda a parte — era belo de um modo próprio, estranho e destruído.

A casa era como um pequeno castelo, a coroa de espinhos, que Kit reconheceu como sendo o símbolo da família Blackthorn, gravada nas portas de metal na frente da casa e nos topos das colunas.

— Parece assombrada — falou Livvy conforme subiam os degraus. Ao longe, Kit via o círculo negro como breu de um antigo lago ornamental.

Ao redor dele havia bancos de mármore. Uma estátua solitária de um homem trajando toga o encarou com olhos vazios e preocupados.

— Costumava ter uma coleção inteira de estátuas de diferentes dramaturgos e poetas gregos e romanos aqui — falou Livvy enquanto Ty seguia para lidar com as portas. — Tio Arthur mandou a maior parte delas para o Instituto de Los Angeles.

— A Marca de Abertura não está funcionando — falou Ty, aprumando-se e olhando para Kit como se soubesse tudo o que ele estava pensando. Como se soubesse tudo que Kit *já* havia pensado. Havia alguma coisa no fato de ter a atenção de Tiberius que era, ao mesmo tempo, assustadora e excitante. — Vamos ter que descobrir outro jeito de entrar.

Ty passou por Kit e pela irmã e se dirigiu à escadaria. Eles contornaram pela lateral da Casa, por uma trilha de cascalhos. Antigamente era provável que as sebes fossem limpas e podadas para formar uma curva com explosões de folhas e flores. Ao longe, a água do Tâmisa reluzia.

— Talvez haja um caminho pelos fundos da casa — comentou Livvy. — As janelas não podem ser tão seguras também.

— E quanto a esta porta? — Kit apontou.

Ty deu meia-volta, franzindo a testa.

— Que porta?

— Aqui — falou Kit, confuso. Ele conseguia enxergar a porta muito nitidamente: uma entrada alta e estreita com um símbolo esquisito entalhado nela. Colocou a mão na madeira velha: era áspera e quente sob seus dedos.

— Não estão vendo?

— *Agora* estou — falou Livvy. — Mas... juro que não estava aí um segundo atrás.

— Algum tipo de feitiço de disfarce dobrado? — perguntou Ty, ficando ao lado de Kit. Ele tinha puxado o capuz do suéter e seu rosto era um oval pálido entre o negro dos cabelos e a gola escura. — Mas por que Kit seria capaz de enxergá-la?

— Talvez porque eu esteja acostumado a ver feitiços de disfarce no Mercado das Sombras — falou Kit.

— Feitiços de disfarce que não são feitos por Caçadores de Sombras — retrucou Livvy.

— Feitiços de disfarce que não são feitos para serem *vistos* por Caçadores de Sombras — emendou Kit.

Ty pareceu pensativo. Às vezes, ele era tão opaco que Kit não sabia dizer se o garoto concordava ou não com ele. No entanto, o menino pôs a estela sobre a porta e começou a desenhar a Marca de Abertura.

Não foi a fechadura que estalou, mas as dobradiças que se abriram. Eles deram um salto para longe quando a porta caiu e ficou inclinada para o lado, batendo na parede com um baque cheio de eco.

— Não faça tanta força quando desenhar — avisou Livvy ao irmão. Ele deu de ombros.

O espaço além da porta estava escuro o suficiente a ponto de os gêmeos precisarem acender as pedras de luz enfeitiçada. O brilho delas tinha uma coloração esbranquiçada perolada, que Kit achou estranhamente bela.

Eles estavam em um saguão velho, cheio de poeira e de teias de aranha que corriam para lá e para cá. Ty seguiu à frente de Kit, com Livvy atrás dele; ele desconfiava que os dois o estivessem protegendo e ficou ressentido com aquilo, mas sabia que eles não entenderiam seu protesto caso ele fizesse algum.

Cruzaram o corredor e subiram por uma escada comprida e estreita, no fim da qual viam-se os restos podres de uma porta. Do outro lado, havia um imenso cômodo com um lustre pendurado.

— Provavelmente um salão de baile — falou Livvy, e sua voz ecoou estranhamente no ambiente. — Vejam, esta parte da casa está mais bem-cuidada.

E estava mesmo. O salão de baile estava vazio, porém limpo, e quando eles passaram por outros cômodos, encontraram mobília coberta com tecido, janelas com tábuas de madeira cuidadosamente pregadas para proteger o vidro, caixas empilhadas nos corredores. Dentro das caixas, havia roupas e o cheiro forte de naftalina. Livvy tossiu e abanou uma das mãos diante do rosto.

— Deve ter uma biblioteca — falou Ty. — Um lugar onde eles manteriam os documentos da família.

— Não consigo acreditar que nosso pai talvez tenha vindo aqui quando era jovem. — Livvy seguiu na frente pelo corredor; seu corpo lançava uma sombra comprida. Cabelos compridos, pernas compridas, pedra de luz enfeitiçada brilhando na mão.

— Ele não morava aqui? — perguntou Kit.

Livvy balançou a cabeça.

— Ele cresceu na Cornualha, não em Londres. Mas frequentou a escola em Idris.

Idris. Kit tinha lido mais sobre Idris na biblioteca do Instituto de Londres. O lendário lar dos Caçadores de Sombras, um lugar de florestas verdes e montanhas altas, lagos congelados e uma cidade de torres de vidro. Tinha que admitir que havia um pedacinho nele que adorava filmes de fantasia e *O Senhor dos Anéis* ansiava para ver o lugar.

No entanto, ele disse àquele pedacinho de si para ficar quieto. Idris era problema dos Caçadores de Sombras, e ele ainda não tinha decidido se queria ser um Caçador de Sombras. Na verdade, ele tinha certeza — praticamente absoluta — de que não queria.

— Biblioteca — falou Ty.

Ocorreu a Kit que Ty nunca usava cinco palavras quando alguém usava. Ele estava de pé diante da porta que dava para um cômodo hexagonal, as paredes ao lado dele continham vários quadros de navios. Alguns estavam inclinados em ângulos estranhos, como se estivessem mergulhando ou flutuando nas ondas.

As paredes da biblioteca eram pintadas de azul-escuro, a única obra de arte do cômodo era uma estátua de mármore com o busto de um homem no topo de uma coluna de pedra. Havia uma mesa imensa com muitas gavetas que se revelaram vazias, para decepção de todos. Incursões atrás das prateleiras e debaixo do tapete também não revelaram nada além de bolas de poeira.

— Talvez a gente devesse tentar outro cômodo — falou Kit, saindo de baixo de uma escrivaninha com poeira nos cabelos louros.

Ty balançou a cabeça, parecendo frustrado.

— Tem alguma coisa aqui. Eu tenho uma sensação.

Kit não sabia ao certo se Sherlock Holmes agia guiado por *sensações*, mas não falou nada, simplesmente se empertigou. Ao fazer isso, viu um pedaço de papel saindo da beirada da pequena escrivaninha. Ele puxou e o papel se soltou.

Era um papel velho, desgastado ao ponto da transparência. Kit piscou. Nele estava escrito seu nome — não o nome, mas o sobrenome, *Herondale*, em toda a extensão, entrelaçado a outro nome, de modo que as duas palavras formavam desenhos em caracóis.

A outra palavra era *Blackthorn*.

Uma sensação profunda de inquietação o atravessou. Ele enfiou o papel rapidamente no bolso do jeans no mesmo instante em que Ty falou:

— Anda, Kit. Queremos dar uma olhada naquele busto.

Para Kit, *busto* só significava outra coisa, mas como os únicos seios no local eram os da irmã de Ty, ele se afastou para o lado com agilidade. Ty foi até a pequena estátua na coluna de mármore. Ele baixara o capuz, e seu cabelo estava arrepiado na cabeça, macio como as plumas felpudas de um cisne negro.

Ty tocou uma pequena placa abaixo do entalhe.

— Morrer por um amigo não é tão difícil quanto encontrar um amigo pelo qual valha a pena morrer — falou ele.

— Homero — disse Livvy. Não importava o tipo de instrução dos Caçadores de Sombras, Kit tinha que admitir que era minuciosa.

— Aparentemente — falou Ty, tirando uma adaga do cinto. Um segundo depois, ele tinha enfiado a lâmina na órbita do olho da estátua. Livvy deu um gritinho.

— Ty, o quê...?

O garoto puxou a lâmina de volta e repetiu o gesto na segunda órbita da estátua. Dessa vez, uma coisa redonda e brilhante saiu do buraco no gesso com um estalo audível. Ty a pegou na mão esquerda.

Sorriu, e o sorriso mudou seu rosto totalmente. Quando estava parado e sem expressão, o rosto do menino tinha uma intensidade que fascinava Kit; quando ele sorria, era extraordinário.

— O que você encontrou? — Livvy correu pelo cômodo e eles se reuniram em torno de Tiberius, que segurava um cristal multifacetado, do tamanho da mão de uma criança. — E como você sabia que isto estava ali?

— Quando você falou o nome de Homero — retrucou Ty —, eu me lembrei de que ele era cego. Quase sempre era representado com os olhos fechados ou com uma venda. Mas esta estátua tinha olhos abertos. Olhei um pouco mais de perto e vi que o busto era de mármore, mas os olhos eram de gesso. Depois disso, foi...

— Elementar? — sugeriu Kit.

— Sabe, Holmes nunca diz: "Elementar, meu caro Watson" nos livros — falou Ty.

— Juro que vi nos filmes — retrucou Kit. — Ou talvez na tevê.

— Quem iria querer ver filmes ou tevê se existem livros? — falou Ty com desprezo.

— Será que alguém aqui poderia prestar atenção? — quis saber Livvy, o rabo de cavalo balançava com irritação. — Que coisa é essa que você achou, Ty?

— Um cristal *alétheia*. Ele o segurou de modo a captar o brilho da pedra de luz enfeitiçada da irmã. — Olhem.

Kit olhou a superfície facetada da pedra. Para sua surpresa, um rosto lampejou nele, uma imagem vista em um sonho — o rosto de uma mulher, com uma nuvem de cabelos escuros e longos.

— Oh! — Livvy cobriu a boca com a mão. — Ela se parece um pouco comigo. Mas como...?

— Um cristal de *alétheia* é um meio de capturar ou transportar lembranças. Acho que este é de Annabel — sugeriu Ty.

— *Alétheia* é uma palavra grega — falou Livvy.

— Ela era a deusa grega da verdade — acrescentou Kit, e deu de ombros quando os outros dois o encararam. — Relatório de livro do nono ano.

Ty deu um sorriso de canto de boca.

— Muito bom, Watson.

— Não me chame de Watson — reclamou Kit.

Ty ignorou.

— Precisamos descobrir como ter acesso ao que está preso neste cristal — falou ele. — O mais rápido possível. Poderia ajudar Julian e Emma.

— Você não sabe como entrar nele? — perguntou Kit.

Ty balançou a cabeça, evidentemente decepcionado.

— Não é magia dos Caçadores de Sombras. Não aprendemos magia de outros tipos. É proibido.

Kit achava aquela uma regra estúpida. Como alguém poderia conhecer o modus operandi de seus inimigos quando era proibido aprender sobre eles?

— Melhor irmos embora — sugeriu Livvy, pairando à entrada do cômodo. — Está escurecendo. Hora dos demônios.

Kit olhou para a janela. O céu estava escurecendo, a mancha do crepúsculo se espalhava pelo azul. As sombras desciam sobre Londres.

— Eu tenho uma ideia — falou ele. — Por que não levamos ao Mercado das Sombras aqui? Eu sei chegar ao Mercado. Posso encontrar um feiticeiro ou mesmo uma bruxa que nos ajude a obter o que quer que esteja nesta coisa.

Os gêmeos se entreolharam. Era evidente que ambos hesitavam.

— A gente não devia ir ao Mercado das Sombras — falou Livvy.

— Então aleguem que fugi para lá e que vocês precisavam me pegar — retrucou Kit. — Se um dia for preciso explicar, coisa que não vai acontecer.

Nenhum deles falou, mas Kit notava a curiosidade nos olhos cinzentos de Ty.

— Ora — falou ele, baixando a voz daquele jeito que seu pai o ensinara, com o tom que se usa quando se deseja convencer as pessoas de que você está falando seriamente. — Quando você está em casa, Julian nunca deixa você ir a parte alguma. Agora é a sua chance. Você sempre quis ver um Mercado das Sombras!

Livvy foi a primeira a falar.

— Está bem — falou ela, lançando um olhar breve ao irmão para ver se ele concordava. — Está bem, se você sabe onde fica.

O rosto pálido de Ty se iluminou com a empolgação. Kit sentiu a mesma animação passar para ele. O Mercado das Sombras. Seu lar, seu santuário, o lugar onde ele fora criado.

Correndo atrás de demônios e artefatos com Livvy e Ty, eram eles que sabiam tudo e ele não sabia nada. Mas no Mercado das Sombras, ele podia brilhar. Ele os chocaria. Impressionaria.

E então, talvez, ele os despistaria e fugiria.

* * *

As sombras estavam se alongando quando Julian e Emma terminaram o almoço. Julian comprou um pouco de comida e mantimentos numa pequena mercearia e Emma correu para a porta seguinte para escolher pijamas e camisetas numa lojinha New Age que vendia tarôs e gnomos de cristal. Quando saiu, estava sorrindo. Ela mostrou a camiseta azul e roxa com o desenho de um unicórnio sorridente para Jules, que a fitou horrorizado. Ela enfiou a roupa na mochila com cuidado antes de começarem a atravessar a cidade para encontrar o início do caminho que os levaria pela costa.

As colinas se inclinavam, íngremes, desde a água; não era fácil escalar. Indicado apenas com uma placa PARA OS PENHASCOS, o caminho serpenteava através dos arredores da cidadezinha e de casas precariamente equilibradas, todas parecendo prestes a cair no porto em formato de meia-lua a qualquer momento.

No entanto, os Caçadores de Sombras eram treinados para muito mais do que esse tipo de esforço e caminharam rápido. Logo estavam fora da cidadezinha e andavam pelo caminho estreito, a colina subindo mais do lado direito e descendo em direção ao mar à esquerda.

O mar era azul-escuro, brilhando como um lampião. Nuvens da cor de conchas entrelaçavam-se pelo céu. Era belo de um modo totalmente diferente do pôr do sol sobre o Pacífico. Em vez de possuir as cores fortes do mar e do deserto, tudo aqui era em tons pastel suaves: verdes, azuis e rosa.

O que era forte eram os penhascos em si. Eles estavam subindo próximos à parte da capela propriamente dita do Chapel Cliff, o promontório rochoso que se projetava do oceano, as pontas de rocha cinzenta que a coroavam em negro, de forma ameaçadora, contra o céu rosado. A colina se fora; agora eles estavam na própria ponta da terra: compridos seixos cinzentos de ardósia, que pareciam um baralho espalhado e virado de maneira acentuada, de cada lado, até o mar.

A casa que eles tinham visto da cidade estava aninhada entre as rochas; a coroa pontuda da capela de pedra se erguendo atrás dela. Conforme Emma se aproximava, ela sentia a força de seu feitiço de disfarce quase como um muro obrigando-a a recuar.

Jules também diminuiu o passo.

— Tem uma placa também — falou ele. — Diz que o lugar pertence ao Patrimônio Público. Proibida a entrada.

Emma fez uma careta.

— Proibida a entrada normalmente significa que a galera transformou o lugar em ponto de encontro e que está cheio de papéis de bala e garrafas de bebidas.

— Sei lá. O feitiço de disfarce aqui é realmente forte... não é apenas visual, mas emocional. Você pode senti-lo, certo?

Emma fez que sim com a cabeça. O chalé mandava ondas de *fique longe, perigo* e *você não quer ver nada aqui*. Era meio como se uma pessoa desconhecida e zangada estivesse berrando com você no ônibus.

— Pegue a minha mão — falou Julian.

— O quê? — Emma se virou, surpresa: ele oferecia a mão para ela. Ela via a leve mancha do lápis de cor na pele. Julian dobrou os dedos.

— Nós podemos passar por isso com mais facilidade juntos — falou ele.

— Concentre-se em repeli-lo.

Emma pegou a mão dele, aceitando o choque que a percorreu ao contato. A pele de Jules era quente e macia, áspera onde havia calos. Ele apertou os dedos dela.

Eles avançaram, passaram pelo portão e seguiram o caminho que conduzia até a porta principal. Emma imaginava o feitiço de disfarce como uma cortina, como algo que pudesse tocar. Então imaginou que o afastava para o lado. Era difícil. Era como levantar peso com a mente, mas a força fluía através dela, vinda de Julian, através dos dedos e do pulso, subia pelo braço até seu coração e pulmões.

De repente, ela se concentrou. Quase casualmente, se permitiu afastar o feitiço de disfarce, erguendo-o ligeiramente para o lado. O chalé se lançou numa visão mais clara: as janelas não estavam cobertas com madeira, e sim limpas e intactas, a porta principal fora pintada recentemente de um azul intenso. Até a maçaneta parecia recém-polida de um bronze brilhante. Julian segurou-a e empurrou, e a porta se abriu, acolhendo-os em seu interior.

A sensação de que algo os expulsava do chalé cessou. Emma soltou a mão de Julian e deu um passo para dentro; estava muito escuro para enxergar. Ela sacou a pedra de luz enfeitiçada do bolso e deixou que sua luz brilhasse acima e ao redor deles.

Atrás dela, Julian deu um assobio baixinho de surpresa.

— Isto aqui não parece deserto. Nem de longe.

Era um quarto pequeno e bonito. Havia uma cama de dossel abaixo de uma janela, com vista para a aldeia lá embaixo. A mobília, que parecia ter sido pintada a mão em tons de azul, cinza e suaves cores da beira-mar, espalhava-se entre uma profusão de tapetes de retalhos.

Duas paredes eram ocupadas por uma cozinha com todas as conveniências modernas: cafeteira, fogão, máquina de lavar louça, bancadas de granito. Pilhas organizadas de lenha se erguiam de cada lado de uma lareira de pedra. Duas portas conduziam ao cômodo principal: Emma examinou e encontrou um pequeno escritório com escrivaninha pintada a mão e um banheiro de azulejos azuis, com banheira, chuveiro e uma pia de cuba. Sem acreditar no que via, ela girou de leve as torneiras do chuveiro e deu um gritinho quando tomou um banho involuntário. Tudo parecia funcionar bem, como se alguém que morasse no chalé e cuidasse de tudo com amor tivesse acabado de sair.

— Acho que talvez a gente pudesse ficar aqui — falou Emma, voltando para a sala de estar, onde Julian tinha acendido as lâmpadas elétricas.

— Fui bem mais rápido, Carstairs — disse, abrindo o armário da cozinha e começando a guardar os mantimentos. — Bom lugar, sem aluguel e vai ser mais fácil de procurar se ficarmos aqui, de qualquer forma.

Emma pousou a pedra de luz enfeitiçada sobre a mesa e olhou ao redor, admirada.

— Sei que isso parece improvável, mas você acha que Malcolm tinha uma segunda vida secreta como proprietário de chalés de veraneio com mobília adorável?

— Ou — falou Julian — tem um feitiço de disfarce ainda mais forte do que fomos capazes de perceber neste lugar, fazendo simplesmente com que se *pareça* um chalé de veraneio com mobília adorável quando, na verdade, é só um buraco no chão cheio de ratos.

Emma se jogou na cama. O lençol parecia uma nuvem e o colchão era divino depois do colchão cheio de calombos no Instituto de Londres.

— São os melhores ratos *do mundo* — anunciou ela, feliz por não terem que ficar num albergue, afinal.

— Imagine os corpos minúsculos e peludos deles se agitando perto de você. — Julian tinha se virado e a encarava, com um meio sorriso. Quando Emma era criança, tinha pavor de ratos e roedores.

Ela se sentou direito e olhou para ele com expressão séria.

— Por que você está tentando estragar minha diversão?

— Bem, para ser justo, isso não são férias. Não para nós. É uma missão. Temos que procurar por qualquer coisa que possa nos dar uma ideia de aonde Annabel teria ido.

— Sei lá — falou Emma. — Parece que este lugar foi esvaziado e totalmente reformado. Foi construído há tanto tempo, como poderemos saber o que sobrou da casa original? E Malcolm não teria levado algo importante para ele, para a casa em Los Angeles?

— Não necessariamente. Acho que este chalé era especial para ele. — Julian enfiou os polegares no passador do cós de seu jeans. — Veja o jeito como ele cuidou do chalé. Esta casa é pessoal. Parece um lar. Não aquela coisa feita de vidro e metal na qual ele morava em Los Angeles.

— Então acho que a gente devia começar a olhar por aí. — Emma tentou parecer animada com a ideia, mas na verdade estava exausta. A falta de sono na véspera, a longa viagem de trem, a preocupação com Cristina, tudo isto lhe tirara a energia.

Julian olhou para ela com expressão crítica.

— Vou fazer um chá — disse ele. — Isso vai ajudar.

Ela enrugou o nariz para ele.

— Chá? *Chá* é a sua solução? Você nem é britânico de verdade! Passou dois meses na Inglaterra! Como foi que eles fizeram lavagem cerebral em você?

— Você não gosta de café e precisa de cafeína.

— Eu obtenho cafeína do jeito que as pessoas sensatas fazem. — Emma ergueu as mãos e foi até o escritório. — Do chocolate!

Ela começou a puxar as gavetas da escrivaninha. Estavam vazias. Examinou as prateleiras; nada de interessante ali também. Começou a percorrer o cômodo até o closet e ouviu alguma coisa estalar. Aí se virou e se ajoelhou, afastando o tapete de retalhos.

O soalho era de tábuas de carvalho. Bem debaixo do tapete, Emma viu um quadrado de madeira mais clara, e as linhas negras e desbotadas da emenda onde o esboço quadrado de um alçapão era visível. Ela pegou a estela e encostou a ponta contra ele.

— *Abra* — murmurou, desenhando a Marca.

Ouviu-se um som de algo se partindo. O quadrado de madeira se abriu e desmoronou em pedaços de serragem, caindo no buraco que ela havia aberto. Era ligeiramente maior em todos os lados do que ela imaginara. Nele, havia alguns livretos e um tomo grande, encadernado em couro, para o qual Emma forçou a vista, confusa. Será que era um tipo de livro de feitiços?

— Você acabou de destruir alguma coisa? — Julian se aproximou, a bochecha suja com alguma coisa preta. Ele olhou por cima do ombro de Emma e assobiou. — O clássico compartimento secreto no piso.

— Ajude-me a tirar estas coisas daqui. Você pega o livro gigante. — Emma pegou os três volumes menores; a encadernação de todos os três era de couro gasto, com a sigla MFP gravada nas lombadas, as páginas com as beiradas ásperas.

— Não é um livro — falou Julian com a voz ligeiramente estranha. — É um portfólio.

Ele o pegou e levou para a sala de estar, Emma apressada atrás dele. Duas xícaras fumegantes de chá estavam na bancada da cozinha e a lareira permanecia acesa. Emma percebeu que a coisa preta no rosto de Julian provavelmente eram cinzas. Ela o imaginou ajoelhado ali, acendendo o fogo para eles, paciente e pensativo, e sentiu uma onda de ternura esmagadora.

Ele já estava de pé junto à bancada, delicadamente abrindo o portfólio. Prendeu a respiração. A primeira imagem era uma aquarela de Chapel Cliff, vista de longe. As cores e formas saltavam aos olhos vividamente; Emma sentia o ar fresco do mar em seu pescoço, ouvia o trinado das gaivotas.

— É adorável — falou ela, sentando-se diante de Julian num banco alto.

— É de Annabel. — Ele tocou a assinatura dela no canto direito. — Eu não tinha ideia de que ela era uma artista.

— Acho que a arte corre no sangue de vocês — comentou Emma. Julian não ergueu o olhar. Ele virava as páginas com mãos cuidadosas, quase reverentes. Havia muitas outras paisagens marítimas: Annabel parecia adorar captar o oceano e as curvas da terra firme que o limitavam. Annabel também tinha desenhado dezenas de imagens da casa dos Blackthorn em Idris, demorando-se na suavidade de sua pedra dourada, na beleza dos jardins, das vinhas com espinhos que envolviam os portões. *Como o mural na parede do seu quarto*, Emma queria dizer a Julian, mas não o fez.

No entanto, a mão de Julian não parou em nenhum deles. Mas fez uma pausa num desenho que, sem dúvida, era do chalé no qual eles estavam neste momento. Uma cerca de madeira o rodeava, Polperro era visível ao longe, e Warren estendia-se na colina oposta, cheia de casas.

Malcolm apoiado na cerca, parecendo impossivelmente jovem — mesmo que fosse evidente que ele ainda não tinha parado de envelhecer. Embora fosse um desenho a lápis, de algum modo, captava o louro dos cabelos dele, a estranheza dos olhos, mas eles tinham sido transformados em contornos tão adoráveis que se tornaram belos. Ele parecia prestes a sorrir.

— Acho que eles moraram aqui duzentos anos atrás, provavelmente se escondendo da Clave — falou Julian. — Tem algo de especial num lugar em que você esteve com alguém que ama. Ele assume um significado na sua mente. Torna-se mais do que um lugar. Transformara-se em uma destilação do que vocês sentiam um pelo outro. Os momentos que você passa num lugar com alguém... se tornam parte dos tijolos e da argamassa. Parte da alma do lugar.

A luz da lareira tocou a lateral do rosto dele, seus cabelos, e os transformou em ouro. Emma sentiu as lágrimas subindo no fundo da garganta e fez um esforço para engoli-las.

— Tem uma razão para Malcolm não ter deixado este lugar simplesmente virar ruínas. Ele o amava. Ele se importava porque foi um lugar em que esteve com *ela*.

Emma pegou o chá.

— E talvez um lugar para o qual ele quisesse trazê-la de novo? — retrucou ela. — Depois que ele a despertasse?

— Sim. Acho que Malcolm despertou o corpo de Annabel pelos arredores, que ele planejou se esconder com ela aqui, do mesmo jeito que fez tanto tempo atrás. — Julian pareceu afastar o clima intenso que lhe sobreveio, como um cão molhado sacudindo a água dos pelos. — Tem uns guias da Cornualha nas prateleiras... vou dar uma olhada neles. O que você tem aí? O que tem nos livros?

Emma abriu o primeiro. *Diário de Malcolm Fade Blackthorn, 8 anos de idade*, estava rabiscado na primeira página.

— Pelo Anjo — falou Emma. — São os diários dele.

E começou a ler em voz alta, desde o início.

Meu nome é Malcolm Fade Blackthorn. Eu mesmo
escolhi os dois primeiros nomes, mas o sobrenome me foi dado
pelos Blackthorn, que gentilmente me acolheram.
Felix diz que sou um tutelado, mas não sei o que isso
quer dizer. Ele também diz que sou um feiticeiro. Quando fala isso, eu
acho que provavelmente não é uma coisa boa, mas Annabel
diz para eu não me preocupar, que todos nós nascemos o que somos e
não podemos mudar. Annabel diz...

Ela se calou. Esse era o homem que assassinara os pais dela; mas também era a voz de uma criança, impotente e questionadora, ecoando através dos séculos. Duzentos anos — o diário não tinha data, mas devia ter sido escrito no início dos anos 1800.

— Annabel diz — murmurou ela. — Que ele se apaixonou por ela *cedo* demais.

Julian pigarreou e ficou de pé.

— Parece que sim — disse ele. — Temos que procurar no diário menções de lugares que eram importantes para os dois.

— É um bocado de diário — falou Emma, fitando os três volumes.

— Então acho que temos um bocado de leitura pela frente — disse Julian.

— Melhor eu preparar mais chá.

O lamento de Emma de "*Chá não!*" o seguiu cozinha adentro.

O Mercado das Sombras de Londres se localizava no extremo sul da Ponte de Londres. Kit ficou decepcionado ao ver que a Ponte era só uma construção de concreto sem graça e sem torres.

— Pensei que fosse como nos cartões-postais — lamentou.

— Você está pensando na Torre de Londres — informou Livvy ironicamente quando eles começaram a descer um lance de degraus de pedra estreitos para chegar ao espaço abaixo dos trilhos da Ponte de Londres, que se cruzavam acima. — Esta é a que está em todos os quadros. A verdadeira Ponte de Londres foi derrubada há muito tempo; esta é a substituta moderna.

Uma placa anunciava algum tipo de mercado diurno de frutas e vegetais, mas que já se encontrava fechado havia muito tempo. As barracas pintadas de branco estavam pregadas com força, os portões, trancados. A sombra da Catedral de Southwark se agigantava sobre tudo, uma massa de vidro e pedra que bloqueava a visão do rio.

Kit piscou e afastou o feitiço de disfarce ao chegar ao primeiro degrau. A imagem se rasgou feito teia de aranha e o Mercado das Sombras irrompeu em vida. Eles ainda usavam muitas das barracas dos mercados comuns; uma coisa inteligente, pensou ele, se ocultar à vista de todos dessa forma, mas agora elas possuíam cores vibrantes, um arco-íris de tinta e brilho. Tendas também ondulavam entre as barracas, feitas de sedas e tapeçarias, cartazes flutuando ao lado da abertura, anunciando de tudo, desde cartomantes e pingentes da sorte a poções do amor.

Eles se esgueiraram para a multidão animada. Barracas vendiam máscaras encantadas, garrafas de sangue de safra para vampiros — Livvy pareceu prestes a vomitar ao ver o frasco SABOR CEREJA PICANTE — e boticários mantinham um negócio vigoroso de tinturas e pós mágicos. Um licantrope com cabelo ralo e branco claro vendia frascos de um pó cinza e, à frente dele, uma bruxa cuja pele fora tatuada com escamas multicoloridas mascateava livros de feitiços. Algumas barracas estavam cheias de amuletos repelentes de Caçadores de Sombras, o que fez Livvy dar uma risadinha.

Kit não achou graça.

— Abaixem as mangas — falou ele. — E ponham o capuz. Cubram suas Marcas o máximo que puderem.

Livvy e Ty fizeram conforme pedido. Ty esticou a mão para pegar os fones de ouvido também, mas parou. Lentamente, ele os enrolou de volta no pescoço.

— Melhor ficar sem eles — falou. — Pode ser que eu precise ouvir alguma coisa.

Livvy apertou o ombro do irmão e falou algo para ele numa voz baixa que Kit não conseguiu distinguir. Ty balançou a cabeça, dispensando a irmã, e eles continuaram a avançar no Mercado. Um grupo de pálidas Crianças da Noite se reunira numa barraca que dizia: VÍTIMAS VOLUNTÁRIAS AQUI. Uma multidão de humanos sentava-se ao redor de uma mesa de madeira, tagarelando; ocasionalmente outro vampiro aparecia, o dinheiro trocava de mãos e um dos humanos seria arrastado para as sombras para ser mordido.

Livvy fez um som abafado.

— Eles são muito cuidadosos — garantiu Kit. — Tem um lugar assim no Mercado de Los Angeles. Os vampiros nunca bebem o suficiente para machucar alguém.

Ele se perguntou se deveria dizer alguma coisa para tranquilizar Ty. O menino de cabelos escuros estava pálido, com uma fina camada de suor ao longo das maçãs do rosto. Suas mãos abriam e fechavam junto às laterais do corpo.

Mais adiante, via-se uma barraca anunciando BAR CRU. Licantropes cercavam uma dúzia de carcaças de animais frescas, vendendo nacos ensanguentados arrancados aos punhados pelos clientes que passavam. Livvy franziu a testa; Ty não disse uma palavra. Kit já percebera antes que trocadilhos e jogos de linguagem não interessavam muito a Ty. E neste momento o menino parecia lutar entre assimilar os detalhes do Mercado e vomitar.

— Ponha os fones de ouvido — murmurou Livvy para ele. — Está tudo bem.

Ty balançou a cabeça novamente. O cabelo preto estava grudado na testa. Kit franziu as sobrancelhas. Queria pegar Ty e arrastá-lo para fora do Mercado até um lugar calmo e silencioso. Ele se lembrou de Ty dizendo que odiava multidões, que o barulho e a confusão eram "como vidro quebrado na minha cabeça."

Havia outra coisa também, alguma coisa estranha e errada com este Mercado.

— Acho que viemos parar na área de comida — falou Livvy, fazendo uma careta. — Preferiria que a gente não tivesse vindo para este lado.

— Por aqui. — Kit se direcionou mais para os lados da catedral. Normalmente, havia uma seção do Mercado onde os feiticeiros se reuniam; até agora, ele só vira vampiros, licantropes, bruxas e...

Ele diminuiu o passo até parar.

— Nada de fadas — falou.

— O quê? — perguntou Livvy, quase trombando nele.

— O Mercado está sempre cheio de fadas — falou. — Elas vendem tudo, de roupas de invisibilidade a sacos de comida que nunca ficam vazios. Mas não vi uma única fada aqui.

— Eu vi — falou Ty, e apontou.

Perto deles, havia uma grande barraca com um bruxo alto, com longos cabelos grisalhos trançados. Na frente da barraca, via-se uma mesa com baeta verde. Arrumadas sobre a mesa, antigas gaiolas feitas de ferro forjado pintado de branco. Cada uma delas era bela de uma forma diferente e, por um momento, Kit pensou que estivessem ali para venda.

Então ele olhou com mais afinco. Dentro de cada uma havia uma pequena criatura presa. Uma variedade de pixies, nixies, brownies e até um goblin, cujos grandes olhos estavam quase fechados de tão inchados — provavelmente pela proximidade com o ferro frio. As outras fadas conversavam baixinho e melancolicamente, as mãozinhas segurando as barras e então caindo com choramingos de dor.

Ty ficou branco de agonia. Suas mãos tremiam contra as laterais do corpo. Kit pensou nele no deserto, acariciando pequenos lagartos, guardando camundongos nos bolsos, capturando doninhas para ter companhia. Ty, cujo coração ia para as criaturas vivas pequenas e impotentes.

— Não podemos deixá-las assim.

— Provavelmente estão sendo vendidas por causa do sangue e dos ossos — falou Livvy, com voz trêmula. — Temos que fazer alguma coisa.

— Vocês não têm autoridade aqui, Caçadora de Sombras.— Uma voz fria e seca os fez dar meia-volta. Uma mulher estava de pé diante deles. Sua pele era escura como o mogno, os cabelos eram como bronze e presos bem alto na cabeça. As pupilas tinham formato de estrelas douradas. Ela vestia um terninho branco-gelo com sapatos de salto alto, cintilantes. Poderia ter qualquer idade entre dezoito e trinta.

Ela sorriu quando eles a encararam.

— Sim, eu consigo reconhecer Caçadores de Sombras, mesmo aqueles tentando esconder desajeitadamente suas Marcas — falou. — Sugiro que vocês saiam do Mercado antes que alguém menos amigável do que eu note vocês.

Os gêmeos fizeram gestos sutis para seus cintos de armas, e suas mãos pairavam perto dos cabos das lâminas serafim. Kit sabia que este era seu momento: o de mostrar como ele era capaz de lidar com um Mercado e seus habitantes.

Isso sem falar na parte de evitar um banho de sangue.

— Sou um emissário de Barnabas Hale — falou. — Do Mercado de Los Angeles. Estes Caçadores de Sombras estão sob minha proteção. Quem é você?

— Hypatia Vex — apresentou-se ela. — Eu também administro o Mercado. — Ela estreitou os olhos estrelados na direção de Kit. — Um representante de Barnabas, você disse? Por que eu devo acreditar em você?

— As únicas pessoas que sabem sobre Barnabas Hale — falou Kit — são as que ele quer que saibam.

Ela assentiu levemente.

— E os Caçadores de Sombras? Barnabas os enviou também?

— Ele precisa que eu consulte um feiticeiro em relação a um peculiar objeto mágico — falou Kit. Ele estava voando alto agora, nas mentiras, na trapaça e na vigarice. — Eles estão com o objeto.

— Muito bem então. Se Barnabas mandou vocês consultarem um feiticeiro, que feiticeiro era?

— Era eu — uma voz rouca falou das sombras.

Kit se virou e viu um vulto de pé, em frente a uma grande tenda verde. A voz era masculina, mas o vulto estava coberto demais — vestes imensas, capuz e luvas — para ser possível distinguir seu gênero.

— Eu resolvo isso, Hypatia.

Hypatia piscou devagar. Era como se as estrelas desaparecessem e então reaparecessem por trás de uma nuvem.

— Se você insiste.

Ela começou a dar meia-volta e se afastar, mas daí fez uma pausa, olhando para trás, na direção de Livvy e Ty.

— Se vocês estão com pena destas criaturas, destas fadas morrendo dentro de gaiolas — falou ela —, pensem nisso: se não fosse pela Paz Fria na qual seu povo tanto insistiu, elas não estariam aqui. Vejam só o sangue em suas mãos, Caçadores de Sombras.

Ela desapareceu entre duas barracas. A expressão de Ty era de pura agonia.

— Mas minhas mãos...

— É um modo de dizer. — Livvy passou o braço em volta do irmão gêmeo, aninhando-o e puxando-o com força para si. — Não é culpa sua, Ty, ela só está sendo cruel.

— Melhor a gente ir — falou Kit para o feiticeiro com as vestes e o capuz, que assentiu.

— Venham comigo — disse ele, e se esgueirou para dentro da tenda. Os outros o seguiram.

O interior da tenda era excepcionalmente limpo e simples, com soalho de madeira, um catre simples e algumas prateleiras cheias de livros, mapas, frascos com pós, velas de cores variadas e jarros com líquidos de cores alarmantes. Ty exalou, reclinando-se em um dos postes da tenda. O alívio estava visivelmente impresso em seu rosto enquanto ele saboreava a calma e o silêncio relativos. Kit queria perguntar a Ty se ele estava bem depois da confusão do

Mercado, mas Livvy já estava lá, afastando o cabelo úmido de suor da testa do irmão. Ty fez que sim com a cabeça e falou alguma coisa para ela que Kit não conseguiu ouvir.

— Venham — falou o feiticeiro. — Sentem-se aqui comigo.

Ele gesticulou. No centro do cômodo havia uma pequena mesa cercada por cadeiras. Os Caçadores de Sombras se sentaram e o feiticeiro encapuzado se ajeitou diante deles. À luz bruxuleante do interior da tenda, Kit entrevia a beirada de uma máscara debaixo do capuz, obscurecendo o rosto do feiticeiro.

— Podem me chamar de Shade — falou ele. — Não é meu sobrenome, mas vai servir.

— Por que você mentiu por nós? — questionou Livvy. — Lá fora. Você não tem nenhum acordo com Barnabas Hale.

— Oh, eu tenho alguns — falou Shade. — Não em relação a vocês, para falar a verdade, mas conheço o sujeito. E estou curioso por saber que vocês o conhecem também. Não são muitos os Caçadores de Sombras que sequer sabem o nome dele.

— Eu não sou um Caçador de Sombras — retrucou Kit.

— Oh, você é sim — disse Shade. — É o novo Herondale, para ser exato.

A voz de Livvy soou ríspida:

— Como você sabe disso? Conte-nos agora.

— Por causa do seu rosto — falou ele para Kit. — Seu rosto lindo, lindo. Você não é o primeiro Herondale que conheci, nem o primeiro com esses olhos, feito crepúsculo destilado. Não sei por que você tem apenas uma Marca, mas sem dúvida posso adivinhar. — Ele juntou as palmas das mãos abaixo do queixo. Kit pensou ter notado um brilho de pele verde no pulso, pouco abaixo da beirada da luva. — Tenho que dizer que nunca imaginei que teria o prazer de entreter o Herondale Perdido.

— Não estou nem um pouco entretido, na verdade — falou Kit. — A gente podia ver um filme.

Livvy se inclinou para a frente.

— Desculpe — falou ela. — Ele fica assim quando está pouco à vontade. Sarcástico.

— Quem imaginaria que *isso* era uma característica hereditária? — Shade esticou a mão enluvada. — Ora, mostre-me o que você trouxe. Suponho que *isso* não seja uma mentira?

Ty enfiou a mão no casaco e sacou o cristal de *alétheia*. Sob a luz das velas, ele brilhou mais do que nunca.

Shade deu uma risadinha.

— Um porta-lembranças — falou. — Parece que, no fim das contas, você poderia conseguir o seu filme. — Ele esticou a mão e, depois de um momento de hesitação, Ty permitiu que ele o pegasse.

Shade pousou o cristal delicadamente no centro da mesa. Passou uma das mãos por cima dele, então franziu a testa e retirou a luva. Conforme Kit havia imaginado, a pele da mão dele tinha uma cor verde-escura. Ele se perguntava por que Shade se preocupava em cobrir alguma coisa desse tipo aqui no Mercado das Sombras, onde feiticeiros eram comuns.

Shade passou a mão nua sobre o cristal e murmurou. As velas no cômodo começaram a derreter. O murmúrio aumentou; Kit reconheceu as palavras em Latim, que ele estudara durante três meses no colégio até chegar à conclusão de que não fazia sentido conhecer uma língua na qual só ia poder conversar com o Papa, a quem era improvável de se encontrar.

Agora, porém, tinha que admitir que o idioma em questão possuía um peso, uma sensação de que cada palavra carregava um sentido mais profundo. As velas se apagaram, mas o local não estava escuro: o cristal brilhava cada vez mais forte sob o toque de Shade.

Finalmente um raio de luz pareceu explodir do cristal, e Kit se deu conta do que Shade queria dizer quando fez a piada sobre o filme. A luz funcionava como o feixe de um projetor, lançando imagens em movimento contra a parede escura da tenda.

Havia uma garota sentada, presa à cadeira, numa sala circular, cheia de bancos, um tipo de auditório. Pelas janelas do cômodo, Kit via as montanhas cobertas de neve. Embora provavelmente fosse inverno, a garota usava apenas um vestido reto branco; os pés estavam descalços e os longos cabelos escuros caíam emaranhados.

O rosto era excepcionalmente parecido com o de Livvy, tão parecido que, ao vê-lo contorcido de agonia e terror, Kit ficou tenso.

— Annabel Blackthorn. — Um homem franzino com ombros curvados entrou na cena. Ele vestia preto e usava um broche não muito diferente daquele que Diego usava no ombro. O capuz estava baixado, por causa disso e devido ao ângulo do ponto de vista do cristal, era difícil ver seu rosto ou seu corpo com muitos detalhes

— O Inquisidor — murmurou Shade. — Na época, era um Centurião.

— Você veio perante nós — prosseguiu o homem —, acusada de consórcio com integrantes do Submundo. Sua família acolheu o feiticeiro Malcolm Fade e o criou como seu irmão. Ele pagou a bondade com traição abjeta.

Roubou o Volume Negro dos Mortos do Instituto da Cornualha, e você o ajudou.

— Onde está Malcolm? — A voz de Annabel estava trêmula, mas também era nítida e firme. — Por que ele não está aqui? Eu me recuso a ser interrogada sem ele.

— Como você e seu saqueador feiticeiro são unidos — zombou o Inquisidor. Livvy arfou. Annabel parecia furiosa. Ela travava o queixo do mesmo jeito teimoso que Livvy costumava fazer, pensou Kit, mas também havia um pouco de Ty e dos outros nela. A arrogância de Julian, a vulnerabilidade emocional de Dru, a expressão pensativa dos olhos e da boca de Ty. — Então vai ficar decepcionada se souber que ele se foi?

— Se foi? — repetiu Annabel de modo inexpressivo.

— Desapareceu da cela na Cidade do Silêncio durante a noite. Abandonou você à própria sorte.

Annabel apertou as mãos com força no colo.

— Isso não pode ser verdade — falou ela. — Onde ele está? O que vocês fizeram com ele?

— Não fizemos nada com ele. Eu ficaria feliz em testemunhar tal coisa segurando a Espada Mortal — falou o Inquisidor. — Na verdade, o que queremos de você agora, e vamos libertá-la depois disso, é a localização de Fade. Ora, por que iríamos querer saber isso, a menos que ele realmente tivesse escapado?

Annabel balançava a cabeça com veemência e os cabelos escuros açoitavam seu rosto.

— Ele não me abandonaria — murmurou ela. — Ele não faria isso.

— É melhor encarar a verdade, Annabel — falou o Inquisidor. — Ele usou você para ter acesso ao Instituto da Cornualha, para roubar de lá. Assim que teve o que queria, desapareceu, deixando você sozinha para aguentar o peso da nossa ira.

— Ele queria o livro para nossa proteção. — A voz dela tremeu. — Para que pudéssemos começar uma vida nova juntos, onde estaríamos a salvo... a salvo da Lei, a salvo de vocês.

— O Volume Negro não contém feitiços de proteção ou segurança — falou o Inquisidor. — O único meio pelo qual ele poderia ajudar vocês seria se o trocassem com alguém mais poderoso. Quem era o aliado poderoso de Fade, Annabel?

Ela balançou a cabeça, seu queixo travado teimosamente. Atrás dela, outra pessoa entrava no cômodo: uma mulher de rosto severo, que trazia o que parecia uma trouxa de pano preto. Kit sentiu um calafrio na espinha ao ver aquela figura.

— Não vou dizer nada. Nem se vocês usarem a Espada.

— Na verdade, não podemos acreditar no que você disser sob a Espada — falou o Inquisidor. — Malcolm contaminou você de tal forma...

— *Contaminou?* — ecoou Annabel, horrorizada. — Como se... como se agora eu fosse suja?

— Você ficou suja desde a primeira vez que o tocou. E agora nós não sabemos como ele mudou você; você pode muito bem ter alguma proteção em relação aos nossos instrumentos de justiça. Algum encantamento que não conhecemos. Por isso teremos que fazer como os mundanos.

A mulher com expressão severa tinha se aproximado do Inquisidor e lhe entregado a trouxinha preta. Ele a desenrolou e revelou uma variedade de instrumentos afiados: facas, navalhas e furadores. Alguns com lâminas já manchadas com vermelho oxidado.

— Diga-nos quem tem o livro agora e a dor cessa — falou o Inquisidor, erguendo uma navalha.

Annabel começou a gritar.

Felizmente, a imagem escureceu. Livvy estava pálida. Ty se inclinou para frente, abraçando o próprio corpo com força. Kit queria esticar o braço, queria tocar em Ty, queria dizer ao garoto que tudo ia ficar bem, comunicar de tal forma que chegou a ficar espantado com a própria atitude.

— Tem mais — falou Shade. — Uma cena diferente. Vejam.

A imagem na parede mudou. Eles ainda estavam dentro do mesmo auditório, mas era noite agora e as janelas estavam escuras. O local estava iluminado com tochas que ardiam em dourado e branco. Agora eles viam o rosto do Inquisidor, em vez de apenas as beiradas das roupas escuras e das mãos. Ele não era nem tão velho quanto Kit tinha pensado: um homem bastante jovem, com cabelos escuros.

O cômodo estava vazio, a não ser por ele e por um grupo de outros homens com idades variadas. Não havia mulheres. Os outros homens não trajavam vestes, mas roupas da época da Regência: calça de camurça e casaco curto com botões. Alguns também tinham costeletas, e uns poucos, barbas limpas e aparadas. Todos pareciam agitados.

— Felix Blackthorn — chamou o Inquisidor, arrastando um pouco as palavras. — Sua filha, Annabel, decidiu tornar-se uma Irmã de Ferro. Ela deveria lhe encontrar para um último adeus, mas eu soube agora das damas da Cidadela Adamant que ela nunca chegou ao seu destino. Você tem alguma ideia do paradeiro dela?

Um homem de cabelos castanhos raiados de cinza franziu a testa. Kit o encarou com um pouco de fascínio: aqui estava um ancestral vivo de Ty e Livvy, Julian e Mark. Seu rosto era largo e trazia as marcas do temperamento difícil.

— Se você está sugerindo que estou escondendo minha filha, não estou — falou ele. — Ela se contaminou com o toque de um feiticeiro e não é parte de nossa família mais.

— Meu tio fala a verdade — disse outro homem, mais jovem. — Annabel está morta para todos nós.

— Que imagem vívida — falou o Inquisidor. — Não se importe se eu achar que é mais do que uma imagem.

O jovem se encolheu. Felix Blackthorn não mudou a expressão.

— Você não se importaria em segurar a Espada Mortal, se importaria, Felix? — perguntou o Inquisidor. — Apenas para ter certeza de que você realmente não sabe onde sua filha está.

— Você a mandou de volta para nós torturada e quase louca — falou rispidamente o Blackthorn mais jovem. — Não nos diga agora que se importa com o destino dela!

— Ela não estava mais machucada do que muitos Caçadores de Sombras poderiam ficar numa batalha — falou o Inquisidor —, mas a morte é outra coisa. E as Irmãs de Ferro estão perguntando.

— Posso falar? — indagou outro homem; ele tinha cabelos escuros e aparência aristocrática.

O Inquisidor assentiu.

— Desde que Annabel Blackthorn foi se juntar às Irmãs de Ferro — prosseguiu ele —, Malcolm Fade se tornou um verdadeiro aliado dos Nephilim. Um dos raros feiticeiros com quem podemos contar do nosso lado, e que é indispensável numa batalha.

— Aonde quer chegar, Herondale?

— Se ele não achar que sua amada o abandonou, digamos, por livre e espontânea vontade, ou se ele souber de algum mal que ocorreu a ela, acho improvável que continue a ser um recurso tão valioso para nós.

— As damas da Cidadela Adamant não deixam a ilha para se meter em fofocas — falou outro dos homens, com um rosto estreito como o de um furão. — Se a discussão do destino da infeliz Annabel terminar aqui, então termina aqui. Afinal, talvez ela tenha fugido pela estrada ou talvez tenha sido vítima de um demônio ou salteador no caminho para a Cidadela. Talvez nunca saibamos.

O Inquisidor tamborilou os dedos no braço da cadeira. Ele encarava Felix Blackthorn, olhos semicerrados; era impossível Kit dizer o que poderia estar pensando. Finalmente, ele falou:

— Você é terrivelmente sagaz, Felix, envolvendo seus amigos nisso. Sabe que não posso punir todos sem criar o caos. E você tem razão sobre Fade. Há uma revolta perto da Scholomance, e nós precisamos dele. — Ele jogou as mãos para o alto. — Muito bem. Nós nunca voltaremos a discutir isso.

Uma expressão de alívio passou pelo rosto de Felix Blackthorn, misturada a uma amargura estranha.

— Obrigado — falou. — Obrigado, Inquisidor Dearborn.

A visão diminuiu até virar um minúsculo ponto preto, aí desapareceu.

Por um momento, Kit ficou sentado, imóvel. Ouviu Livvy e Ty falando em vozes apressadas, e Shade respondendo: sim, a visão era uma lembrança real; não, não havia meio de identificar quem poderiam ser. Provavelmente tinha duzentos anos. Era evidente que estavam agitados por causa da menção a um Inquisidor Dearborn. Mas o cérebro de Kit se prendeu a uma palavra como um pedaço de pano em um gancho:

Herondale.

Um daqueles homens terríveis fora seu ancestral. Herondale, Dearborn e Blackthorn *juntos* foram cúmplices em acobertar a tortura e o assassinato de uma jovem cujo único crime tinha sido amar um feiticeiro. Uma coisa era pensar que ele era parente de Jace, que parecia ser universalmente adorado e bom em tudo. Todos falavam dos Herondale para ele como se fossem membros da realeza, da realeza de salvadores do mundo.

Ele se lembrou das palavras de Arthur. *Que tipo de Herondale você vai ser? William ou Tobias? Stephen ou Jace? Belo, amargo ou ambos?*

— Rook! — A frente da tenda balançou. — Kit Rook, saia agora daí!

A conversa dentro da tenda parou. Kit piscou; ele *não era* Kit Rook, era Christopher Herondale, era...

Ele cambaleou e ficou de pé. Livvy e Ty saltaram atrás dele, e Ty fez uma pausa apenas para guardar o cristal de *alétheia* no bolso.

— Kit, não... — começou Livvy, esticando a mão para ele, mas Kit já saía da tenda.

Alguém estava chamando seu verdadeiro nome — ou talvez não fosse seu verdadeiro nome —, mas era uma parte de si que ele não podia negar. Ele cambaleou para a trilha do lado de fora.

Barnabas Hale estava de pé diante dele, os braços cruzados, a pele branca escamosa brilhando de modo nojento sob a luz das tochas. Atrás dele, agigantava-se um grupo de licantropes: homens e mulheres grandes e musculosos, vestidos de couro preto e com pulseiras de tachinhas. Mais de um deles carregava socos ingleses de latão.

— Então, pequeno Rook — falou Barnabas, e sua língua de cobra tremelicou quando ele sorriu. — Que história foi essa que eu ouvi sobre você fingir estar aqui a negócios em meu nome?

19

Os Bosques Cinzentos

— Eu falei para você ficar longe do Mercado das Sombras, Rook — falou Barnabas. — Tem algum motivo para você não ter dado ouvidos? Falta de respeito por mim ou mera falta de respeito por integrantes do Submundo em geral?

Uma multidão começara a se formar, uma mistura curiosa de vampiros zombeteiros, licantropes risonhos e feiticeiros de aparência cansada.

— Você me disse para ficar longe do Mercado de Los Angeles — falou Kit —, não de todos os Mercados das Sombras do mundo. Você não tem esse poder e alcance, Hale, e cabe ao dono de cada Mercado decidir se eu fico ou se vou.

— Eu, no caso. — Era Hypatia, o rosto de traços suaves sem expressão.

— Eu pensei que você fosse um dos donos — falou Kit.

— Já é bom o bastante, e alto lá com sua impertinência. Não gosto que mintam para mim, criança. Nem gostei do fato de você ter trazido dois Nephilim para cá.

A multidão arfou. Kit se encolheu por dentro. As coisas não estavam saindo como eles queriam.

— Eles não apoiam a Paz Fria — falou ele.

— Eles votaram contra? — perguntou uma feiticeira com um anel de espinhos saindo de sua garganta.

— Nós tínhamos dez anos — falou Livvy. — Éramos muito pequenos.

— Crianças — sibilou o homem de pé atrás do balcão com as fadas engaioladas. Era difícil dizer se ele falara a palavra com surpresa, desprezo ou avidez.

— Oh, ele não apenas trouxe os Nephilim consigo — falou Barnabas, com o sorriso traiçoeiro. — Ele é um deles. Um espião dos Caçadores de Sombras.

— O que nós vamos fazer? — sussurrou Ty. Agora eles estavam tão apertadinhos entre si que Kit não conseguia mexer os braços, presos entre Ty e Livvy.

— Peguem suas armas — falou Kit. — E se preparem para descobrir como fugir.

Para o crédito dos gêmeos, nenhum deles fez mais do que respirar fundo. Suas mãos se movimentaram rapidamente no campo de visão periférica de Kit.

— Isso é mentira — falou ele. — Meu pai é Johnny Rook.

— E sua mãe? — falou a voz rouca de Shade, atrás deles. Uma multidão se reunira atrás dele também; eles não tinham como correr naquela direção.

— Eu não sei — falou Kit entre dentes. Para sua surpresa, Hypatia ergueu as sobrancelhas, como se soubesse de algo que ele não sabia. — E isso não importa... nós não viemos aqui para machucar ou espionar vocês. Nós precisamos da ajuda de um feiticeiro.

— Mas os Nephilim têm seus próprios feiticeiros de estimação — falou Barnabas —, dispostos a trair os integrantes do Submundo enquanto reviram os bolsos da Clave atrás de dinheiro. Embora depois de tudo o que vocês fizeram a Malcolm...

— Malcolm? — Hypatia se empertigou. — Esses são os Blackthorn? Os responsáveis pela morte dele?

— Ele só morreu pela metade — disse Ty. — Ele voltou como um tipo de demônio marinho, por um tempo. Mas agora, obviamente, está morto — emendou o menino, como se tivesse se dado conta de que tinha falado demais sem querer.

— É por isso que o Sherlock Holmes deixa o Watson falar — comentou Kit para ele com um sussurro.

— Holmes nunca deixa o Watson falar — retrucou Ty rispidamente. — Watson é o reserva.

— Eu não sou o reserva — falou Kit, e tirou uma faca do bolso. Ele ouviu as risadas dos licantropos, zombando das dimensões insignificantes da adaga, mas não se incomodou. — Como eu disse — falou para eles —, nós viemos aqui para conversar pacificamente com um feiticeiro e ir embora. Eu cresci nos Mercados das Sombras. Não tenho segundas intenções, nem meus companheiros. Mas se vocês nos atacarem, revidaremos. E então haverá outros, outros Nephilim, que virão para nos vingar. E para quê? Que bem isso fará?

— O garoto tem razão — falou Shade. — Guerras assim não beneficiam ninguém.

Barnabas gesticulou para que ele fosse embora. Seus olhos tinham um brilho fanático.

— Mas dar o exemplo, sim — falou ele. — Deixar os Nephilim saberem como é encontrar os corpos amassados de seus filhos à soleira da porta e não haver reparação nem justiça.

— Não faça isso... — começou Livvy.

— Acabem com eles — falou Barnabas, e seu bando de lobisomens, além de alguns espectadores, foram para cima deles.

Do lado de fora do chalé, as luzes de Polperro brilhavam feito estrelas contra as encostas escuras. Dava para ouvir o movimento do mar, o som baixinho do oceano subindo e descendo, a canção de ninar do mundo.

Certamente funcionava para Emma. Apesar de todo o esforço de Julian com o chá, ela adormecera diante da lareira, com o diário de Malcolm aberto ao seu lado, e o corpo enroscado como o de um gato.

Antes de dormir, ela lera o diário em voz alta para ele. Desde o início, quando Malcolm fora encontrado sozinho, uma criança confusa que não conseguia se lembrar dos pais e não fazia ideia do que era um feiticeiro. Os Blackthorn o acolheram, até onde Julian sabia, porque pensaram que um feiticeiro poderia lhes ser útil, um feiticeiro que eles podiam controlar e extorquir. Eles tinham explicado a ele sua verdadeira natureza, e de um jeito nem um pouco sutil.

Em toda a família, só Annabel demonstrara bondade para com Malcolm. Eles exploraram os penhascos e as cavernas da Cornualha juntos quando crianças, e ela mostrara a ele como eles poderiam trocar mensagens secretas usando um corvo como mensageiro. Malcolm escrevia liricamente sobre o litoral, suas mudanças e tempestades, e liricamente sobre Annabel, mesmo quando não tinha ciência dos próprios sentimentos. Ele adorava a sagacidade de raciocínio e a natureza forte dela. Adorava o senso de proteção que ela emanava — ele descreveu o jeito como ela o defendeu furiosamente ante seus primos — e, com o passar do tempo, ele começou a se encantar não apenas com a beleza de seu coração. A caneta saltava e se detinha conforme ele escrevia sobre a pele macia, o formato das mãos e da boca, sobre as vezes em que fios do cabelo dela escapavam das tranças e flutuavam ao redor como uma nuvem de sombras.

Julian quase se viu contente quando a voz de Emma falhou e ela se deitou — só para descansar os olhos, disse ela— e aí adormeceu quase imediatamente. Ele jamais imaginaria que iria sentir compaixão por Malcolm ou pensar nos dois como semelhantes, mas as palavras do feiticeiro poderiam ter sido a história da ruína de seu próprio coração.

Malcolm tinha escrito: *Às vezes, alguém que você conhece desde sempre deixa de ser familiar a você, mas se torna um ser desconhecido de um jeito maravilhoso, como se você tivesse descoberto que uma praia que visitou pela vida inteira não é feita de areia, mas de diamantes, e eles cegam você com sua beleza. Annabel, você tomou minha vida, minha vida tão embotada quanto o fio de uma lâmina virgem, você a desmontou e montou novamente num formato tão estranho e maravilhoso que só consigo admirar...*

Ouviu-se uma pancada alta, como se um pássaro tivesse voado diretamente para o vidro de uma das janelas. Julian sentou-se ereto e esticou a mão para a adaga que havia colocado na mesinha baixa perto do sofá.

A pancada voltou, mais alta.

Julian se pôs de pé. Tinha alguma coisa do lado de fora da janela — o lampejo de alguma coisa branca. Sumiu, então houve uma nova pancada. Alguma coisa batendo no vidro, como uma criança atirando pedrinhas na janela de um amigo para chamar a atenção.

Julian olhou para Emma. Ela havia rolado e se deitado de costas, de olhos fechados, o peito inflando e desinflando em ritmo regular. A boca estava ligeiramente aberta, as bochechas, coradas.

Ele foi até a porta e lentamente girou a maçaneta, tentando evitar que as dobradiças rangessem. A porta se abriu e ele saiu para a noite.

Estava frio e escuro, a lua pairava sobre a água como uma pérola no fim de um cordão. Ao redor da casa, o terreno era irregular e tombava de modo quase íngreme até um dos lados do oceano. A superfície da água era escura, mas transparente, e o formato das rochas era visível através dela, como se Julian estivesse olhando através de um vidro preto.

— Julian — falou uma voz. — Julian Blackthorn.

Ele se virou. A casa estava atrás dele. À sua frente, via-se Peak Rock, a ponta do penhasco, e relva negra crescia dos espaços entre as pedras cinzentas.

Ele ergueu a mão que segurava a pedra de luz enfeitiçada. A luz emanou e iluminou a menina diante dele.

Foi como se ela tivesse saído dos desenhos dele. Cabelos escuros, retos como um alfinete, um rosto oval como um Madonna triste, emoldurado pelo capuz de uma capa imensa. Debaixo da capa, ele via tornozelos pálidos e finos, e sapatos rachados.

— Annabel? — falou.

A faca voou da mão de Kit e cruzou a distância até a multidão que se aproximava, fincando diretamente no ombro de Barnabas Hale. O feiticeiro escamoso cambaleou para trás e caiu, gritando de dor.

— Kit! — chamou Livvy, espantada; dava para perceber que ela não sabia se ele tinha feito a coisa certa, mas ele nunca se esquecera de uma frase de Emerson, a favorita de seu pai: *Quando você atinge um rei, deve matá-lo*.

Um feiticeiro era mais poderoso do que um bando de licantropes, e Barnabas era o líder deles. Duas razões para tirá-lo da luta. Mas não havia mais tempo para pensar nisso, pois os integrantes do Submundo estavam em cima deles.

— *Umbriel!* — gritou Livvy. Uma lâmina ardente foi disparada da mão dela. A menina era um redemoinho de movimento; o treinamento com sabre a tornara veloz e graciosa. Ela girou num círculo mortal, com os cabelos açoitando ao redor. Era um lindo borrão de luz e trevas, e arcos de sangue seguiram sua lâmina.

Ty, brandindo uma espada curta, tinha recuado contra o pilar de uma das barracas, o que foi inteligente, pois a proprietária da barraca gritava com os integrantes do Submundo para que recuassem à medida que estes avançavam.

— Ei! Saiam daqui! — gritava, e as mercadorias dela começaram a voar, frascos de tinturas que respingavam nos rostos surpresos dos licantropes e vampiros. Algumas das substâncias pareciam corrosivas — pelo menos um dos licantropes caiu para trás com um grito, apertando o rosto, que chiava.

Ty sorriu e, apesar de tudo o que estava acontecendo, isso fez com que Kit quisesse rir também. Ele guardou aquela imagem como uma lembrança para revisitar depois, levando-se em conta que neste momento um lobisomem imenso, com ombros semelhantes a pilares voadores, avançava loucamente na direção dele. Ele esticou a mão e puxou uma das varetas da tenda de Shade, fazendo toda a estrutura inclinar.

Kit girou com a vareta. Não era do metal mais duro, mas era flexível, como um imenso chicote. Ele ouviu o osso esmagando contra a pele quando bateu diretamente no esterno do licantrope que pulava. Com um gemido de agonia, ele voou por cima da cabeça de Kit.

O corpo de Kit latejava, agitado. Talvez eles conseguissem fazer aquilo. Talvez os três dessem conta de lutar e fugir daquela bagunça. Talvez fosse exatamente o que significava ter o Céu em seu sangue.

Livvy deu um grito.

Kit socou um vampiro, tirando-o do caminho com uma pancada da vareta, e girou para ver o que tinha acontecido. Um dos frascos que voou tinha se espatifado na lateral do corpo dela. Era evidente que se tratava de uma substância ácida — estava queimando através da roupa e, embora a mão dela estivesse colada na ferida, Kit via o sangue entre os dedos dela.

Ela ainda golpeava com a outra mão, mas os integrantes do Submundo tinham se afastado de Ty e Kit e estavam se deslocando na direção dela, feito tubarões sentindo o cheiro de sangue. Ela desferiu mais golpes, atingiu dois, mas como estava incapaz de defender adequadamente o próprio corpo, seu círculo de proteção estava encolhendo. Um vampiro deu um passo para mais perto, lambendo os lábios.

Kit começou a correr para ela. Ty estava à frente dele, usando a espada curta para dilacerar e abrir caminho através da multidão. O sangue tamborilava no chão aos pés de Livvy. O coração de Kit estava tenso com o pânico. Ela caiu no exato momento em que Ty esticou a mão para pegá-la e os dois desabaram no chão; Livvy nos braços do irmão. Umbriel retiniu da mão dela.

Kit cambaleou na direção dos dois. Jogou a vareta para o lado, atingindo alguns lobisomens, e agarrou a lâmina serafim de Livvy.

Ty baixara sua espada. Agora ele segurava a irmã, que estava inconsciente, e os cabelos de Livvy se espalhavam pelos ombros e peito dele. Ele pegou a estela e estava traçando uma Marca de cura na pele dela, embora sua mão estivesse trêmula e a Marca estivesse ficando meio irregular.

Kit ergueu a espada ardente. Sua luz fez os integrantes do Submundo se encolherem e recuarem levemente, mas ele sabia que isso não era suficiente: eles iam pressionar, e então iriam dilacerá-lo, e depois iriam dilacerar Livvy e Ty. Ele viu Barnabas, com o terno encharcado de sangue, inclinando-se no braço de um guarda-costas. Os olhos, fixos em Kit, estavam tomados de ódio.

Não haveria misericórdia aqui.

Um lobo pulou em cima de Kit. Ele ergueu Umbriel e a girou — e aí acertou o nada. O lobo tinha tombado no chão, como se tivesse sido empurrado pela mão invisível de alguém.

Houve uma lufada de vento. Os cabelos louros de Kit sopraram no rosto, e ele os afastou com a mão manchada de sangue. As tendas chacoalhavam; mais jarros e frascos se quebraram. O relâmpago azul estalou e um de seus raios atingiu o solo bem na frente de Barnabas.

— Parece que cheguei bem na hora — falou uma voz sedosa.

Caminhando na direção dele estava um homem alto, com cabelo curto, preto e arrepiado. Era evidentemente um feiticeiro: seus olhos eram iguais aos de um gato, com pupilas em fenda, verdes e douradas. Ele vestia um sobretudo cor de carvão dramaticamente forrado de vermelho, que balançava atrás dele quando caminhava.

— Magnus Bane — disse Barnabas, com visível nojo. — O Traidor Supremo.

— Não é o meu apelido favorito — retrucou Magnus, delicadamente remexendo os dedos na direção de Barnabas. — Eu prefiro "Nosso Lorde e Senhor" ou talvez "Inequivocamente o Mais Gostoso".

Barnabas se encolheu.

— Esses três Nephilim vieram ao Mercado contando mentiras...

— Eles quebraram os Acordos?

Barnabas grunhiu.

— Um deles me esfaqueou.

— Qual deles? — perguntou Magnus.

Barnabas apontou para Kit.

— Negócio terrível — falou Magnus. A mão esquerda dele estava baixada junto à lateral do corpo. Furtivamente, ele levantou o polegar na direção de Kit. — Isso foi antes ou depois de você atacá-los?

— Depois — retrucou Kit. Um dos guarda-costas de Barnabas foi até ele; ele mostrou sua lâmina. Desta vez, o raio que se bifurcava da mão de Magnus estalou como um fio elétrico caído entre os pés deles.

— Pare — falou.

— Você não tem autoridade aqui, Bane — falou Barnabas.

— Na verdade, eu tenho sim — retrucou Magnus. — Como representante dos feiticeiros no Conselho dos Caçadores de Sombras, tenho um bocado de autoridade. Imagino que você saiba disso.

— Oh, nós sabemos o quanto os Caçadores de Sombras mandam em você. — Barnabas estava tão furioso que a saliva escorria quando ele falava. — Sobretudo, os Lightwood.

Magnus ergueu uma sobrancelha preguiçosa.

— Isso tem a ver com meu namorado? Está com ciúmes, Barnabas?

Kit pigarreou.

— Sr. Bane — falou ele. Kit tinha ouvido falar de Magnus Bane, todos tinham ouvido. Provavelmente ele era o feiticeiro mais famoso do mundo. Seu namorado, Alec, ajudara a criar a Aliança, juntamente a Maia Roberts e Lily Chen. — Livvy perdeu muito sangue. Ty usou uma Marca de cura, mas...

O rosto de Magnus ficou sombrio, com uma raiva genuína.

— Ela tem 15 anos; é uma criança — rosnou ele. — Como vocês ousam?

— Vai nos delatar para o Conselho, Magnus? — perguntou Hypatia, falando pela primeira vez. Ela não participara da confusão; estava inclinada contra a lateral de uma das barracas e olhava Magnus de cima a baixo. Shade parecia ter evaporado; Kit não tinha ideia de onde ele fora.

— Parece que temos duas opções — falou Magnus. — Vocês lutam comigo, e, acreditem, não vão vencer porque estou muito zangado e sou mais velho do que qualquer um de vocês. E então eu conto ao Conselho. Ou vocês me deixam ir embora com estas crianças Nephilim, nós não lutamos e eu não deduro vocês ao Conselho. O que acham?

— Eu fico com a dois — falou a mulher que jogara os fracos nos lobisomens.

— Ela tem razão, Barnabas — falou Hypatia. — Esqueça isso.

Barnabas estava fazendo caras e bocas, pensando. Abruptamente, ele deu meia-volta e se afastou, acompanhado pelos guarda-costas. Os outros começaram ir embora, se arrastando, desaparecendo na multidão, os ombros curvados.

Kit caiu de joelhos ao lado de Ty, que mal se mexera. Seus olhos iam de um lado a outro, os lábios quase brancos; era como se ele estivesse em choque.

— Ty — chamou Kit, hesitante, e pôs uma das mãos no braço do menino. — Ty...

Ty o afastou quase sem parecer registrar quem era. Seus braços estavam em volta de Livvy, os dedos apertavam o pulso dela; Kit se deu conta de que ele estava verificando a pulsação da menina. Era nítido que ela estava viva. Kit via o peito dela subindo e descendo. Mas, apesar disso, o irmão mantinha os dedos no pulso dela, como se as batidas do coração dela o acalmassem.

— Tiberius. — Era Magnus, se ajoelhando, sem se importar com o sangue e a lama salpicando o casaco que parecia ter custado bem caro. Ele não esticou a mão nem tentou tocar Ty, apenas falou em voz baixa. — Tiberius. Sei que você pode me ouvir. Você tem que me ajudar a levar Livvy para o Instituto. Eu posso cuidar dela lá.

Ty ergueu o olhar. Ele não estava chorando, mas a coloração cinza dos olhos escurecera para um tom de carvão queimado. Ele parecia espantado.

— Ela vai ficar bem? — perguntou ele.

— Ela vai ficar bem. — A voz de Magnus era firme. Kit esticou a mão para ajudar Tiberius a erguer Livvy e desta vez Ty permitiu ser ajudado. Quando eles se levantaram, Magnus já estava criando um Portal, um redemoinho em azul, verde e rosa, se erguendo contra as sombras das tendas e barracas do Mercado.

Ty se virou subitamente para Kit.

— Você pode levá-la? Carregar Livvy? — perguntou.

Surpreso, Kit fez que sim com a cabeça. Pois Ty deixar que ele carregasse sua irmã gêmea era um sinal de confiança que o deixou chocado. Ele ergueu Livvy, o cheiro de sangue e magia em seu nariz.

— Vamos! — chamou Magnus. O Portal estava totalmente aberto agora: Kit conseguia enxergar as formas do Instituto de Londres através dele.

Ty não se virou. Ele tinha enfiado os fones nos ouvidos com determinação e estava correndo através da alameda vazia do Mercado. Seus ombros estavam curvados, como se ele estivesse se protegendo dos golpes que vinham de todos os lados, mas suas mãos estavam firmes quando ele alcançou a barraca no final, com as fadas nas gaiolas. Ele começou a confiscar as gaiolas, puxando uma a uma para que abrissem. As pixies, nixies e hobgoblins saíram de dentro delas, gritando de alegria ante sua liberdade.

— Você! Você, pare com isso! — gritou a proprietária da barraca, correndo para evitar mais estragos, mas já era tarde demais. Ty jogou a última gaiola diante de si e ela se abriu com força e libertou um hobgoblin furioso e com garras, que cravou os dentes no ombro de sua antiga captora.

— Ty! — chamou Kit, e Ty correu de volta, na direção do Portal aberto. Sabendo que o outro menino estava atrás dele, Kit deu um passo para dentro, apertando Livvy com força, e deixou que o redemoinho o capturasse.

Annabel se aproximou dele silenciosamente, os sapatos rachados silenciosos sobre as pedras. Julian não conseguia se mexer. Estava grudado no lugar de tanta descrença.

Ele sabia que ela estava viva. Ele a vira matar Malcolm. Mas, por alguma razão, nunca a imaginara tão palpável e distinta. Tão humana. Ela parecia alguém que ele poderia encontrar em qualquer lugar: em um cinema, no Instituto, na praia.

E ele se perguntava onde ela arranjara as roupas. A capa não parecia uma peça que você encontraria pendurada num varal, e ele duvidava que ela tivesse dinheiro.

As pedras altas lançaram suas sombras para baixo quando ela se aproximou dele, tirando o capuz.

— Como foi que você encontrou este lugar? — Ela quis saber. — Esta casa?

Ele esticou as mãos e Annabel parou a apenas alguns metros dele. O vento noturno levantava mechas dos cabelos dela, que pareciam dançar.

— As pixies me contaram onde vocês estavam — disse ela. — Antigamente, elas eram amigas de Malcolm e ainda sentem carinho por mim.

Ela falava sério? Julian não sabia dizer.

— Vocês não deveriam estar aqui — falou. — Não deveriam procurar por mim.

— Não tenho desejo algum de machucar ou prejudicar você — falou Julian. Ele se perguntou se seria capaz de segurá-la caso se aproximasse, embora a ideia de usar a força física para tentar pegar o Volume Negro o enojasse. E se deu conta de que não tinha imaginado *como* ia tirar o livro dela. Encontrá-la tinha sido a prioridade. — Mas eu vi você matando Malcolm.

— Eu me lembro deste lugar há duzentos anos — falou ela, como se ele não tivesse dito nada. O sotaque era britânico, mas tinha algo estranho, um som que Julian nunca tinha ouvido. — Parecia a mesma coisa, embora houvesse menos casas e mais navios no porto. — Ela se virou para olhar para o chalé. — Malcolm construiu a casa sozinho. Com a própria magia.

— Por que você não entrou? — perguntou Julian. — Por que esperou que eu viesse aqui?

— Eu estou bloqueada — disse ela. — Tem sangue de Malcolm nas minhas mãos. Eu não posso entrar na casa dele. — Ela se virou e encarou Julian. — Como você poderia ter me visto matando-o?

A lua tinha saído detrás de uma nuvem. Iluminava a noite com muito brilho, emoldurando as beiradas irregulares das nuvens com luz.

— Eu vi Malcolm ressuscitar você — falou Julian. — Em um cristal da vidência da Rainha Seelie. Ela queria que eu visse.

— Mas por que a Rainha iria querer uma coisa dessas? — Ela ficou boquiaberta ao se dar conta. — Ah. Para fazer você me seguir. Para fazer você querer o Volume Negro dos Mortos e todo o seu poder.

Ela enfiou a mão na capa e tirou o livro. Ele *era* negro, um tipo denso de negro que parecia reunir as sombras em si. Estava amarrado com uma tira de couro. As palavras gravadas na capa há muito tinham desaparecido.

— Eu não me lembro de nada da minha morte — falou Annabel, baixinho, enquanto Julian fitava o livro nas mãos dela. — Nem de como foi feito ou do momento posterior, quando fiquei debaixo da terra, nem de quando Malcolm soube da minha morte e perturbou meus ossos. Somente depois descobri que ele tinha passado muitos anos tentando me despertar, mas que nesse período nenhum dos feitiços que ele lançou funcionou. Meu corpo apodreceu e eu não acordei. — Ela virou o livro em suas mãos. — Foi o Rei Unseelie quem disse a ele que o Volume Negro era a chave. O Rei Unseelie foi quem lhe passou a rima e o feitiço. E foi o Rei quem disse a Malcolm quando aconteceria o ataque de Sebastian Morgenstern ao Instituto... quando o lugar estaria vazio. Tudo que o Rei pedia em troca era que Malcolm trabalhasse para ele em feitiços que enfraquecessem os Nephilim.

A mente de Julian disparou. Malcolm não mencionara a parte do Rei Unseelie na coisa toda quando contara sua versão da história aos Blackthorn. Mas dificilmente era uma surpresa. O Rei era muito mais poderoso do que Malcolm e o feiticeiro relutaria em invocar seu nome.

— Nas Terras Unseelie, nossos poderes são inúteis — falou Julian — As lâminas serafim não funcionam lá, nem pedras de luz enfeitiçada ou Marcas.

— Obra de Malcolm — falou ela. — Assim como em suas Terras, então o Rei deseja que seja no mundo todo, e em Idris. Caçadores de Sombras enfraquecidos. Ele tomaria Alicante e governaria a partir de lá. Os Caçadores de Sombras se tornariam os caçados.

— Eu preciso do Volume Negro, Annabel — falou Julian. — Para impedir o Rei. Para impedir tudo isso.

Ela apenas o encarou.

— Há cinco anos — retrucou ela —, Malcolm derramou sangue dos Caçadores de Sombras tentando me ressuscitar.

Os pais de Emma, pensou Julian.

— Aquilo despertou minha mente, mas não o meu corpo — emendou Annabel. — O feitiço tinha funcionado pela metade. Eu estava em agonia, sabe, meio viva e presa sob a terra. Gritava minha dor em silêncio. Malcolm não podia me ouvir. Eu não conseguia me mexer. Ele achou que eu estivesse insensível, surda, mas ainda assim falava comigo.

Cinco anos, pensou Julian. Durante cinco anos ela ficara presa na sepultura da convergência, consciente, porém incapaz de ser ouvida, incapaz de falar, de gritar ou de se mexer.

Julian estremeceu.

— A voz dele se infiltrava na tumba. Ele lia aquele poema sem parar. "Foi há muitos anos." — Seu olhar era sombrio. — Ele me traiu enquanto eu estava viva e mais uma vez quando eu estava morta. A morte é um dom, sabe. A passagem para além da dor e da tristeza. Ele me negou isso.

— Eu lamento muito — disse Julian. A lua começara a baixar no céu. Ele se perguntava se era muito tarde.

— Lamenta muito — repetiu ela com indiferença, como se as palavras não significassem nada. — Haverá uma guerra — emendou — entre o Reino das Fadas e os Caçadores de Sombras. Mas isso não é da minha conta. O que importa para mim é que você prometa nunca mais tentar pegar o Volume Negro. Esqueça-o, Julian Blackthorn.

Ele soltou o ar pela boca. Mais um minuto e teria mentido e prometido, mas desconfiava que uma promessa para alguém como Annabel teria um peso assustador.

— Eu não posso — falou. — Nós precisamos do Volume Negro. Não posso lhe dizer o porquê, mas juro que será mantido em segurança e longe das mãos do Rei.

— Eu lhe disse o que o livro fez comigo — falou, e pela primeira vez ela pareceu animada, com as bochechas coradas. — Não serve para nada, além do mal. Você não deveria querê-lo.

— Eu não vou usá-lo para o mal — falou Julian. *Isso era verdade*, pensou ele.

— Ele não pode ser usado para *outra* coisa — disse ela. — Destrói famílias, pessoas...

— Minha família será destruída se eu não tiver o livro.

Annabel fez uma pausa.

— Oh — falou. E então, mais delicadamente: — Mas pense no que será destruído com este livro por aí, no mundo. Muito mais. Há causas mais elevadas.

— Não para mim — falou Julian. *Por mim o mundo pode virar um caos se minha família permanecer viva*, pensou ele, e estava prestes a dizer isso quando a porta do chalé se abriu.

Emma estava parada à entrada. Calçava as botas desamarradas, com Cortana na mão. Os cabelos estavam bagunçados por cima dos ombros, mas a mão na espada era firme.

O olhar da menina procurou Julian, e então encontrou Annabel; ela se assustou, fitando-a, incrédula. Julian viu os lábios dela articularem o nome de Annabel assim que esta puxou o capuz por cima da cabeça e saiu correndo.

Julian começou a correr atrás dela, Emma estava apenas um segundo atrás. Mas Annabel era absurdamente rápida. Ela voou através da grama e do declive salpicado de urzes até a beira do precipício; com uma última olhada para trás, ela se lançou no ar.

— *Annabel!* — Julian correu até a beira do precipício, com Emma ao seu lado. Ele fitou a água, centenas de metros abaixo, imperturbável, nem mesmo uma ínfima onda. Annabel desaparecera.

Eles explodiram de volta ao Instituto, aparecendo na biblioteca. Era como cair de uma altura imensa, e Kit cambaleou e desabou de costas contra a mesa, agarrando Livvy para não deixá-la cair.

Ty havia caído de joelhos e estava se endireitando. Kit olhou no rosto de Livvy — estava cinzento, com uma tonalidade amarelada sinistra.

— Magnus... — arfou ele.

O feiticeiro, que aterrissara com destreza devido a muita prática, girou e no mesmo instante avaliou a situação.

— Calma — falou —, está tudo bem.

Aí pegou Livvy das mãos de Kit. O menino a soltou com alívio; alguém ia cuidar da situação. Magnus Bane ia cuidar disso e não deixaria Livvy morrer.

Kit precisou de um instante para notar que já havia alguém na biblioteca. Alguém que ele não conhecia, que agora ia até Magnus enquanto este deitava Livvy na mesa comprida. Era um jovem, mais ou menos da idade de Jace, com cabelos escuros e lisos, bagunçados como se o sujeito tivesse dormido e não tivesse se dado ao trabalho de penteá-los ao acordar. Ele vestia jeans e um suéter desbotado, e olhou Magnus de cara feia.

— Você acordou os meninos — falou ele.

— Alec, nós meio que temos uma emergência aqui — falou Magnus.

Então aquele era Alec Lightwood. Por alguma razão, Kit tinha imaginado que ele fosse mais velho.

— Crianças pequenas despertadas do sono também são uma emergência — falou Alec. — Só dizendo.

— Muito bem, empurrem a mobília — falou o feiticeiro para Ty e Kit. — Preciso de espaço para trabalhar. — Ele olhou de esguelha para Alec enquanto os dois meninos afastavam cadeiras e pequenas estantes de livros. — Então... onde estão as crianças?

Magnus estava tirando o casaco. Alec esticou a mão e pegou a peça que o feiticeiro jogou para ele, um movimento ensaiado que sugeria que ele estava acostumado ao gesto.

— Eu os deixei com uma menina simpática, chamada Cristina. Ela disse que gosta de crianças.

— Você deixou nossos filhos com estranhos?

— Todos os outros estão dormindo — falou Alec. — Além do mais, ela conhece canções de ninar. Em espanhol. Rafe está apaixonado. — Ele olhou outra vez para Kit. — Pelo Anjo, que coisa estranha — disse ele num arroubo, como se não conseguisse se controlar.

Kit ficou nervoso.

— O que é estranho?

— Ele quer dizer que você parece Jace — disse Magnus. — Jace Herondale.

— Meu *parabatai* — falou Alec, com amor e orgulho.

— Eu conheço Jace — explicou Kit. Ele olhava para Ty, que lutava para deslocar uma cadeira. Não que fosse pesada demais, mas suas mãos abriam e fechavam junto às laterais do corpo, tornando seus gestos estranhamente desajeitados e descoordenados. — Ele veio ao Instituto de Los Angeles depois que meu... depois que eles descobriram quem eu era.

— O lendário Herondale Perdido — falou Magnus. — Eu sei, eu estava começando a pensar que fosse uma fofoca inventada por Catarina, tipo o Monstro do Lago Ness ou o Triângulo das Bermudas.

— Catarina inventou o Triângulo das Bermudas?

— Não seja ridículo, Alexander. Isso foi Ragnor. — Magnus tocou Livvy levemente no braço. Ela deu um grito. Ty largou a cadeira com a qual andara lutando e respirou fundo, trêmulo.

— Você está machucando ela — falou. — Não faça isso.

Sua voz era baixa, mas Kit notava o aço nela, e viu o garoto que o segurara e apontara a faca para ele na casa de seu pai.

Magnus apoiou as mãos na mesa.

— Vou tentar não machucá-la, Tiberius — falou. — Mas posso ter que causar dor para curá-la.

Ty parecia prestes a responder no exato momento em que a porta se abriu e Mark entrou. Ele avistou Livvy e empalideceu.

— Livvy. *Livia!*

Tentou se aproximar, mas Alec segurou seu braço. Apesar de magro, Alec era enganosamente forte. Ele puxou Mark para trás enquanto o fogo azul faiscava da mão de Magnus e ele o passava na lateral do corpo de Livvy. A manga do casaco e da camiseta pareceram derreter e revelaram um corte comprido e feio, que vertia um fluido amarelo.

Mark arquejou.

— O que está acontecendo?

— Briga no Mercado das Sombras — falou Magnus rapidamente. — Livia foi ferida com um pedaço de vidro com raiz de orias. Muito venenoso, mas curável. — Ele moveu os dedos pelo braço da menina e, ao fazer isso, uma luz azul pareceu brilhar sob a pele, como se estivesse pulsando de dentro para fora.

— O Mercado das Sombras? — quis saber Mark. — Que diabos Livvy estava fazendo no Mercado das Sombras?

Ninguém respondeu. Kit sentiu como se estivesse se encolhendo por dentro.

— O que é que está acontecendo? — quis saber Ty. Suas mãos ainda se abriam junto ao corpo, como se ele estivesse tentando sacudir alguma coisa da pele. Ele alongou os ombros, girando-os para trás. Era como se a preocupação e a agitação estivessem se expressando através de uma música silenciosa que fazia seus nervos e músculos dançarem. — Essa luz azul é normal?

Mark falou alguma coisa para Alec, que assentiu. Ele soltou o braço do outro menino e Mark contornou mesa e pôs a mão no ombro de Ty. Seu irmão se inclinou na direção dele, embora não tivesse parado de se movimentar.

— Magnus é o melhor que existe — falou Alec. — Magia de cura é a especialidade dele. — A voz de Alec era gentil. A voz de alguém que não estava acalmando seu tom de voz para tranquilizar alguém, e sim que realmente sentia aquela paz. — Uma vez Magnus me curou — emendou ele. — Foi veneno demoníaco; não era para eu ter sobrevivido, mas sobrevivi. Pode confiar nele.

Livvy arfou abruptamente e suas costas deram um tranco; Ty pôs a mão no próprio braço, os dedos apertando-o. Então o corpo dela relaxou. A cor começou a retornar ao rosto, suas bochechas passaram do cinza-amarelado para o cor-de-rosa. Ty também relaxou visivelmente.

— O veneno se foi — falou Magnus sem rodeios. — Agora temos que cuidar da perda de sangue e do corte.

— Tem Marcas para essas duas coisas — falou Ty. — Posso fazer nela.

Mas Magnus estava balançando a cabeça.

— Melhor não usá-las... Marcas tiram um pouco da força de quem as recebe — falou ele. — Se ela tivesse um *parabatai*, nós poderíamos tentar tirar a força deles, mas ela não tem, não é?

Ty não disse nada. Seu rosto ficou imóvel e totalmente branco.

— Ela não tem — falou Kit, notando que Ty não ia dizer nada.

— Sem problema. Ela vai ficar bem. — Magnus tranquilizou os dois meninos. — Mas é melhor levá-la para o quarto. Não há motivo para ela dormir nesta mesa.

— Eu vou ajudar a levá-la — falou Mark. — Ty, por que você não vem com a gente?

— Alec, você pode ir até a enfermaria? — perguntou Magnus quando Mark carregou a irmã. Pobre Livvy, pensou Kit; ela odiaria ser arrastada por aí feito um saco de batatas. — Vou dizer do que preciso.

Alec fez que sim com a cabeça.

— Leve Kit com você — falou Magnus.— Você vai querer ajuda para trazer tudo.

Kit se flagrou tranquilo em relação à ideia de conversar com Alec. O sujeito tinha um tipo de presença reconfortante: silenciosa e contida. Quando Kit e Alec saíram do cômodo, o menino olhou para onde antes Ty ficara. Ele nunca tivera irmãos nem mãe, apenas Johnny. Seu pai. Seu pai, que havia morrido, e ele não achava que um dia já havia ficado do modo que Ty ficara, como se a possibilidade de alguma coisa acontecer a Livvy fosse suficiente para destruí-lo por dentro.

Talvez ele tivesse algum problema, pensou Kit ao seguir Alec para o corredor. Talvez ele não fosse dotado do tipo certo de sentimentos. Ele nunca tinha se perguntado muito sobre a mãe, quem ela era. Será que alguém que soubesse sentir da maneira correta não se perguntaria sobre esse tipo de coisa?

— Então você conheceu Jace — perguntou Alec, arrastando os sapatos no carpete conforme eles caminhavam.— O que foi que você achou?

— De Jace? — Kit estava confuso. Ele não sabia por que alguém solicitaria sua opinião sobre o diretor do Instituto de Nova York.

— Só estou jogando conversa fora. — Alec esboçou um meio sorriso estranho, como se estivesse guardando alguns pensamentos para si. Eles passaram por uma porta assinalada com ENFERMARIA e entraram num cômodo grande, cheio de camas de metal antiquadas. Alec foi para trás de uma bancada e começou a remexer ali.

— Jace não se parece muito com você — falou Kit. Na parede diante dele, via-se uma mancha escura esquisita, como se a tinta tivesse borrado para cima e para os lados num formato semelhante ao de uma árvore.

— Você está desconversando. — Alec empilhou ataduras no balcão. — Mas não importa. *Parabatai* não têm que ser parecidos. Eles só precisam se complementar. Trabalhar bem juntos.

Kit pensou em Jace, todo confiança e dourado reluzente, e Alec, todo tranquilidade silenciosa e firme.

— E você e Jace se complementam?

— Eu me lembro quando o conheci — falou Alec. Ele encontrou duas caixas e estava jogando ataduras em uma e jarros com pó na outra. — Ele saiu de um Portal de Idris. Era muito magro, tinha hematomas e uns olhos enormes. Era arrogante também. Ele e Isabelle costumavam brigar... — Ele sorriu com a lembrança. — Mas para mim, tudo em torno dele dizia: "Me ame porque ninguém mais amou." Estava nele todinho, como impressões digitais.

— Ele estava preocupado em relação ao encontro com você — emendou Alec. — Não está acostumado a ter parentes vivos. Ele se importava com o que você ia pensar. Queria que você gostasse dele. — Ele olhou para trás, para Kit. — Tome, pegue uma caixa.

A cabeça de Kit estava girando. Ele pensou em Jace, fanfarrão, satisfeito e orgulhoso. Mas Alec falava de Jace como se o enxergasse como uma criança vulnerável, alguém que precisava de amor porque jamais o tivera.

— Mas eu não sou ninguém — falou ele, pegando a caixa cheia de ataduras. — Por que ele se importaria com o que eu penso? Eu não tenho importância. Sou um nada.

— Você tem importância para os Caçadores de Sombras — falou Alec. — Você é um Herondale. Isso nunca vai ser um nada.

Com Rafe nos braços, Cristina cantava baixinho. Ele era pequenino para cinco anos e seu descanso era agitado. Ele se contorcia e suspirava no sono, os dedinhos morenos enroscados numa mecha do cabelo escuro. Ele a fazia se lembrar um pouco dos próprios primos pequenos, sempre querendo mais um abraço, mais um doce, mais uma cantiga antes de dormir.

Max, por outro lado, dormia feito uma pedra; uma pedra num tom azul-escuro, com grandes olhos azuis-escuros e adoráveis, e um sorriso cheio de janelinhas. Quando Cristina, Mark e Kieran desceram para encontrar Alec, Magnus e seus dois filhos na saleta do Instituto, Evelyn tinha estado lá, fazendo espalhafato sobre feiticeiros em sua casa e sobre o fato de ninguém desejar ser azul. Cristina torcia para que a maioria dos Caçadores de Sombras adultos não reagisse assim a Max — seria terrivelmente traumático para o pobrezinho.

Parecia que Alec e Magnus tinham voltado de uma viagem e encontraram os recados de Diana pedindo ajuda. Eles vieram imediatamente via Portal para o Instituto de Londres. Ao ouvir sobre o feitiço de amarração de Mark e Cristina, Magnus fora até o Mercado das Sombras local para procurar um livro que ele tinha esperança de quebrar o feitiço.

Rafe e Max, ao serem deixados numa casa estranha com somente um dos pais, choraram.

— Durma — dissera Alec melancolicamente para Rafe, levando-o para um quarto vago. — *Adorno*.

Cristina deu uma risadinha.

— Isso significa "ornamento" — explicou ela. — Não "durma".

Alec suspirou.

— Eu ainda estou aprendendo espanhol. É Magnus quem fala.

Cristina sorriu para Rafael, que estava fungando. Ela sempre cantava para os primos pequenos dormirem, assim como sua mãe fizera; talvez Rafe gostasse disso.

— Oh, *Rafaelito* — falou ela para ele, *oh, pequeno bebê Rafael*. — *Ya es hora de ir a dormir. ¿Te gustaría que te cante una canción?*

Ele assentiu vigorosamente.

— *!Sí!*

Cristina passou algum tempo ensinando a Alec todos as canções de ninar que conhecia enquanto ele segurava Max e ela ficava sentada com Rafe. Não muito depois disso, Magnus voltara via Portal, e aí ocorrera um bocado de pancadas e colisões na biblioteca. Alec correra para lá, mas Cristina decidira ficar onde estava até ser chamada, porque os meios dos feiticeiros eram misteriosos, e seus namorados charmosos, também.

Além disso, era bom ter alguma coisa como uma criança inofensiva para distraí-la da ansiedade. Cristina tinha certeza — relativa certeza — de que o feitiço de amarração podia ser desfeito. Mas isso a incomodava do mesmo modo: e se não pudesse? Ela e Mark seriam infelizes para sempre, amarrados por uma ligação que eles não queriam. E aonde eles iriam? E se ele quisesse voltar para o Reino das Fadas? Ela não poderia ir com ele.

Pensamentos em Diego a incomodavam também: ela estava achando que ia voltar do Reino das Fadas e encontrar algum recado dele, mas não havia nada. Será que alguém era capaz de desaparecer assim da vida dela duas vezes?

Ela suspirou e se inclinou para afagar o cabelo de Rafe, cantando baixinho:

Arrorró mi niño,
arrorró mi sol,
arrorró pedazo
de mi corazón.

Dorme, meu bebê
dorme, meu sol,
dorme, pedacinho
do meu coração.

Alec entrara enquanto ela estava cantando, sentando-se na cama ao lado de Max, que por sua vez estava reclinado contra a parede.

— Eu já ouvi essa canção. — Era Magnus, de pé à porta. Ele parecia cansado, seus olhos felinos semicerrados. — Não consigo me lembrar de quem estava cantando.

Ele se aproximou e se inclinou para pegar Rafe dela. Ergueu o menino e, por um momento, a cabeça de Rafe reclinou-se contra o pescoço dele. Cristina se perguntou se isso já havia acontecido alguma vez: um Caçador de Sombras com um feiticeiro como pai.

Sol solecito, caliéntame un poquito
Por hoy, por mañana, por toda la semana,

Foi Magnus quem cantou. Cristina o fitou, surpresa. Ele tinha uma bela voz para cantar, embora ela não conhecesse a melodia. *Sol, solzinho, aqueça-me um pouquinho, hoje, amanhã, por toda a semana.*

— Está tudo bem, Magnus? — perguntou Alec.
— Sim, e Livvy está muito bem. Curando-se. Deve voltar ao normal amanhã. — Magnus girou os ombros para trás, alongando os músculos.
— Livvy? — Cristina se sentou ereta, alarmada. — O que aconteceu com Livvy?
Alec e Magnus se entreolharam.
— Você não contou a ela? — falou Magnus em voz baixa.
— Eu não queria assustar as crianças — falou Alec— e pensei que você poderia acalmá-la melhor...
Cristina se pôs de pé com esforço.
— Livvy está machucada? Mark sabe disso?
Magnus e Alec garantiram que Livvy estava bem e que sim, Mark sabia, mas Cristina já estava com metade do corpo para fora da porta.

Ela disparou pelo corredor em direção ao quarto de Mark. Seu pulso latejava e doía — ela o ignorara, mas agora ardia em função da preocupação dela. Será que Mark estava sentindo dor, transmitida pela conexão entre eles, do mesmo modo como os *parabatai* sentiam às vezes o sofrimento um do outro? Ou será que o feitiço de amarração estava ficando pior, mais intenso?

A porta do quarto dele estava semiaberta, e a luz jorrava de baixo dela. Cristina o encontrou acordado, deitado na cama. Ela sentia o recorte profundo da Marca de amarração como uma pulseira no pulso esquerdo dele.

— Cristina? — Ele se sentou. — Você está bem?
— Não sou eu quem se machucou — disse ela. — Alec e Magnus me contaram sobre Livvy.

Ele dobrou as pernas para que houvesse espaço para ela se sentar na colcha ao lado dele. A súbita redução da dor no pulso a deixou um pouco tonta.

Ele lhe contou o que Kit, Livvy e Ty fizeram; contou sobre o cristal que encontraram na Casa dos Blackthorn, sobre a visita ao Mercado das Sombras e como Livvy tinha se machucado.

— Não posso deixar de pensar — concluiu ele — que se Julian estivesse aqui, se ele não tivesse me deixado tomando conta, nada disso teria acontecido.

— Foi Julian que disse que eles podiam ir à Casa dos Blackthorn. E a maioria de nós já realizava missões aos 15 anos. Não é sua culpa se eles desobedeceram.

— Eu não disse a eles para não ir ao Mercado das Sombras — falou Mark, estremecendo um pouco. Ele puxou a colcha de retalhos mais para os ombros, o que lhe deu o ar de um Arlequim triste.

— Você também não disse para eles não machucarem uns aos outros com facas porque eles sabem disso — falou ela acidamente. — O Mercado está fora dos limites. Proibido. No entanto... não seja muito duro com Kit. O Mercado das Sombras é o mundo que ele conhece.

— Eu não sei como cuidar deles — disse Mark. — Como eu digo a eles para obedecer às regras se nenhum de nós faz isso? Nós fomos ao Reino das Fadas, uma violação muito maior da Lei do que uma ida ao Mercado das Sombras.

— Talvez vocês todos devessem tomar conta uns dos outros — falou ela. Ele sorriu.

— Você é terrivelmente sábia.

— Kieran está bem? — perguntou ela.

— Ainda acordado, acho — respondeu Mark. — Ele perambula pelo Instituto à noite. Não tem descansado direito desde que viemos para cá... excesso de ferro frio, creio. Excesso de cidade.

A gola da camiseta estava puída e frouxa. Cristina via onde começavam as cicatrizes nas costas dele, as marcas de ferimentos antigos, a lembrança das facas. A colcha de retalhos tinha começado a escorregar pelo ombro. Quase sem querer, ela esticou o braço para puxá-la para cima.

Sua mão roçou o pescoço de Mark, a pele nua onde o pescoço tocava o algodão da camiseta. Sua pele estava quente. Ele se inclinou para ela e Cristina sentiu o cheiro dos pinheiros das florestas.

O rosto dele estava próximo a ponto de permitir que ela distinguisse as cores diferentes das íris dos olhos de Mark. O movimento da própria respiração parecia erguê-la na direção dele.

— Você pode dormir aqui hoje? — pediu ele com voz rouca. — Vai doer menos. Para nós dois.

Os olhos inumanos reluziram por um momento e ela pensou no que Emma dissera, que, às vezes, quando olhava para ele, via imensidões, liberdade e as estradas infinitas do céu.

— Não posso — murmurou ela.

— Cristina. — Ele se ajoelhou. Lá fora, estava muito nublado para ter luar ou a luz das estrelas, mas Cristina ainda podia vê-lo, os cabelos claros emaranhados, os olhos fixos nela.

Ele estava perto demais, palpável demais. Cristina sabia que se ele a tocasse, ela desmoronaria. Nem sabia ao certo o que isso significaria, só que a ideia de uma tal dissolução a assustava — e que ela enxergava Kieran sempre que olhava para Mark, como uma sombra ao lado dele.

Ela deslizou para fora da cama.

— Sinto muito, Mark — falou e saiu do quarto tão depressa que estava praticamente correndo.

— Annabel parece tão triste — disse Emma. — Muito triste.

Eles estavam deitados na cama do chalé, lado a lado. Muito mais confortável do que as camas do Instituto, o que era um pouco irônico, considerando que era a casa de Malcolm. Julian supunha que até os assassinos precisavam de colchões normais em vez de dormir em plataformas feitas de crânios.

— Ela queria que eu esquecesse o Volume Negro — falou Julian. Estava deitado de costas; os dois estavam. Emma usava o pijama de algodão que havia comprado na loja da aldeia, e Julian, calça de moletom e uma camiseta velha. Os ombros se tocavam, e os pés também; a cama não era muito grande. E isso não queria dizer que Julian teria se afastado, se pudesse. — Ela diz que causa coisas ruins.

— Mas você não acha que nós devemos fazer isso.

— Não acho que a gente tenha escolha. Provavelmente é melhor o livro longe, na Corte Seelie, do que em qualquer outra parte no nosso mundo. — Ele suspirou. — Ela disse que tem conversado com as pixies na região. Vamos ter que mandar uma mensagem aos outros, ver se eles conhecem algum segredo para pegar pixies. Pegar uma delas e descobrir o que sabem.

— Está bem. — A voz de Emma estava murchando, os olhos se fechando. Julian sentiu o mesmo cansaço arrastando-o. Tinha sido um dia incrivelmente longo. — Você pode mandar a mensagem do meu celular, se quiser.

Julian não tinha conseguido carregar o telefone por falta do adaptador certo. Coisas nas quais os Caçadores de Sombras não pensavam.

— Eu não acho que a gente devia dizer aos outros que Annabel veio — falou Julian. — Não ainda. Eles vão surtar e primeiro eu quero ver o que as pixies dizem.

— Ao menos você tem que contar que o Rei Unseelie ajudou Malcolm a pegar o Volume Negro — falou Emma, sonolenta.

— Vou lhes dizer que ele escreveu sobre isso nos diários — falou Julian.

Ele esperou para ver se Emma faria alguma objeção à mentira, mas ela já estava dormindo. E Julian estava quase. Emma estava aqui, deitada ao lado dele, do jeito que as coisas deveriam ser. Ele percebeu como tinha dormido mal nas últimas semanas sem ela.

Julian não tinha certeza por quanto tempo tinha cochilado ou mesmo se chegara a cochilar. Quando ele abriu os olhos, viu o brilho escuro do fogo na lareira, quase brasas queimadas. E sentiu Emma ao seu lado, com o braço jogado sobre o peito dele.

Ele congelou. Ela devia ter se mexido durante o sono. Estava aninhada nele. Ele sentia os cílios dela, a respiração baixinha contra sua pele.

Ela murmurou e virou a cabeça contra o pescoço dele. Antes de se deitarem na cama, ele estava morrendo de medo de tocar nela e de voltar a sentir o mesmo desejo esmagador que ele sentira na Corte Seelie.

O que ele sentia agora era, ao mesmo tempo, melhor e pior. Era uma ternura avassaladora e terrível. Embora Emma tivesse uma presença que a fazia parecer alta e até imponente quando estava acordada, agora, dormindo aninhada a ele, ela estava pequenina e delicada o suficiente para fazer o coração de Julian se revirar sob a ideia de como evitar que o mundo quebrasse algo tão frágil.

Ele queria abraçá-la para sempre, protegê-la e mantê-la por perto. Queria ser capaz de escrever tão livremente sobre seus sentimentos por ela quanto Malcolm tinha escrito sobre o início de seu amor por Annabel. *Você desmontou minha vida e a montou novamente.*

Ela suspirou baixinho, ajeitando-se no colchão. Ele queria traçar o esboço daquela boca delicada, desenhá-la — seus lábios sempre estavam diferentes, o formato de coração mudava com suas expressões, mas esta expressão, entre sono e vigília, meio inocente e meio consciente, se agarrava à alma dele de um jeito novo.

As palavras de Malcolm ecoaram na mente dele. *Como se você tivesse descoberto que uma praia que visitou pela vida inteira não é feita de areia, mas de diamantes, e eles cegam você com sua beleza.*

Diamantes podiam ser ofuscantes em sua beleza, mas também eram as pedras mais duras e afiadas do universo. Podiam cortar ou triturar, esmagar e fatiar você. Malcolm, enlouquecido de amor, não tinha pensado nisso. Mas Julian não conseguia pensar em outra coisa.

Kit acordou com a porta do quarto de Livvy sendo batida. Ele se sentou, notando que estava todo dolorido, assim que Ty saiu do quarto da irmã.

— Você está no chão — falou Ty, olhando para ele.

Kit não podia negar. Ele e Alec tinham vindo para o quarto de Livvy assim que terminaram na enfermaria. Então Alec saíra para olhar as crianças e restara apenas Magnus, sentado em silêncio com Livvy, ocasionalmente examinando-a para ver se ela estava se curando. E Ty, reclinado na parede, fitando a irmã sem piscar. Parecia um quarto de hospital aonde Kit não devia ter acesso.

Então ele saíra, lembrando-se de como Ty dormira diante do próprio quarto nos primeiros dias em Los Angeles, e se aninhou no soalho acarpetado e gasto, sem esperança de dormir muito. Ele nem mesmo se lembrava de ter dormido, mas deve ter feito isso.

Kit se esforçou para sentar.

— Espere...

Mas Ty já estava se afastando pelo corredor, como se não tivesse ouvido Kit, no fim das contas. Depois de um instante, Kit ficou de pé, todo desajeitado, e acompanhou o garoto.

Não sabia ao certo por quê. Ele mal conhecia Tiberius Blackthorn, pensou, enquanto Ty virava quase cegamente e subia um lance de degraus. Ele também mal conhecia a irmã do pequenino. E eles eram Caçadores de Sombras. E Ty queria formar um tipo de equipe de detetives com ele, o que era uma ideia ridícula. Sem dúvida, uma ideia na qual ele não estava nem um pouco interessado, disse Kit a si quando a escada deu num pequeno patamar diante de uma velha porta de aparência gasta.

Provavelmente fazia frio lá fora também, pensou ele quando Ty empurrou a porta para abrir e, sim, o ar frio e úmido entrou num torvelinho. Ty desapareceu no frio e nas sombras do lado de fora, e Kit o seguiu.

Eles estavam de volta ao telhado, embora não fosse noite mais, para surpresa de Kit; era de manhã bem cedo — cinza e pesado, com nuvens se acumulando acima do Tâmisa e da cúpula da Catedral de São Paulo. O barulho da cidade se elevava, a pressão de milhões de pessoas resolvendo os problemas cotidianos, sem se importar com os Caçadores de Sombras, sem se importar com a magia e o perigo. Sem se importar com Ty, que tinha ido até a balaustrada que cercava a parte central do telhado, admirando a cidade, com as mãos agarrando com força a flor-de-lis de ferro.

— Ty. — Kit foi até ele, e Tiberius se virou, de modo que suas costas ficaram contra a balaustrada. Seus ombros estavam rígidos, e Kit parou, sem querer invadir o espaço pessoal do outro. — Está tudo bem?

Ty balançou a cabeça.

— Frio — falou ele. Seus dentes rangiam. — Estou com frio.

— Então talvez a gente devesse voltar lá para baixo — falou Kit. — Dentro de casa está mais quente.

— Eu não posso. — A voz de Ty soou como se viesse de um longo caminho bem do fundo dele, um eco abafado. — Ficar naquele quarto, eu não podia... era...

Ele balançou a cabeça, frustrado, como se fosse incapaz de encontrar as palavras para o que o estava torturando.

— Livvy vai ficar bem — disse Kit. — Amanhã ela já vai estar bem. Magnus falou.

— Mas foi minha culpa. — Ty pressionava as costas com mais força contra a balaustrada, mas ela não o estava segurando. Ele deslizou até sentar no chão, puxando os joelhos para o peito. Estava ofegante e se balançava para a frente e para trás, com as mãos próximas do rosto, como se estivesse prestes esfregar teias de aranha ou insetos irritantes. — Se eu fosse *parabatai* dela... eu queria ir para a Scholomance, mas isso não importa; Livvy é que importa...

— Não foi culpa sua — falou Kit. Ty apenas balançou a cabeça, com veemência. Kit tentava freneticamente se lembrar do que tinha lido on-line sobre colapsos, pois tinha certeza de que Ty estava prestes a ter um. Ele se ajoelhou no telhado úmido; devia ou não tocar em Ty?

Kit só conseguia imaginar como eram as coisas para Ty o tempo todo: o mundo todo precipitando-se para ele de uma vez, sons estrondosos e luzes penetrantes, e ninguém que se lembrasse de modular a voz. E todos os meios pelos quais você normalmente lidava com isso tirados de você por tristeza ou medo, deixando-o exposto como um Caçador de Sombras indo para o combate sem uniforme.

Ele se lembrou de uma coisa sobre escuridão, sobre pressão, cobertores pesados e silêncio. Embora não tivesse ideia de como ia conseguir essas coisas no topo de um edifício.

— Diga-me — falou Kit. *Diga-me do que você precisa.*

— Ponha seus braços ao meu redor — falou Ty. Suas mãos eram borrões pálidos no ar, como se Kit estivesse olhando para uma foto em time-lapse. — Me abrace.

Ele ainda estava se balançando. Depois de um instante, Kit pôs os braços ao redor de Ty, sem saber direito o que mais poderia fazer.

Era como segurar uma flecha lançada: Ty parecia quente e afiado em seus braços, e ele vibrava com alguma emoção estranha. Depois do que pareceu um longo tempo, o garoto relaxou ligeiramente. Suas mãos tocaram Kit, o movimento delas desacelerando, os dedos se enroscando no suéter dele.

— Mais forte — pediu Ty. Ele se agarrava aos braços de Kit como se este fosse um bote salva-vidas, sua testa se enterrando dolorosamente no ombro do outro. Parecia desesperado. — Eu preciso sentir.

Kit nunca tinha gostado de abraçar casualmente e, que ele lembrasse, ninguém lhe pedira para ser consolado. Ele não era o tipo de pessoa que sabia confortar. Sempre acreditara nisso. E ele mal conhecia Ty.

Mas e daí, Ty não fazia as coisas sem motivo, mesmo se pessoas cujas mentes se conectavam de outra forma não conseguissem enxergar suas razões imediatamente. Kit se lembrou do modo como Livvy esfregou as mãos de Ty com força quando ele estava estressado e pensou: *A pressão é uma sensação; a sensação deve lhe dar um chão. Acalmar.* Isso fazia sentido. Então Kit se flagrou abraçando Ty com mais força até o menino relaxar sob o aperto de suas mãos; abraçando-o com mais força do que jamais ele abraçara alguém, segurando-o como se eles estivessem perdidos no mar do céu e somente aquele abraco fosse capaz de mantê-los flutuando acima dos restos de Londres.

20
Cada vez mais

Diana sentou-se no pequeno cômodo acima da loja de armas e folheou a pasta que Jia lhe dera.

Desde a Guerra Maligna, ela não se sentava neste cômodo, mas ele era confortável e familiar — a colcha que sua avó tinha feito, dobrada aos pés da cama; na parede, as primeiras adagas de madeira (todas sem fio), que seu pai lhe dera para treinar; o xale da mãe, nas costas de uma cadeira. Ela usava um pijama de cetim vermelho-escuro que encontrara num baú velho e achou graça por se sentir tão bem-vestida.

A graça se perdeu rapidamente, porém, ao examinar o interior da pasta cor de creme. Primeiro, via-se a história de Zara, de como ela havia matado Malcolm, e que fora assinada por Samantha e Dane como testemunhas. Não que Diana teria acreditado se Samantha ou o irmão lhe tivessem dito que o céu era azul.

Zara alegava que os Centuriões tinham perseguido Malcolm da primeira vez que ele atacara, e que, na noite seguinte, ela havia patrulhado sem medo os arredores do Instituto até encontrá-lo de tocaia nas sombras e superá-lo na luta com espada. Ela alegou que o corpo dele desaparecera.

Dificilmente, Malcolm era do tipo que ficava-de-tocaia-nas-sombras e pelo que Diana vira da noite em que ele retornara, sua magia ainda estava funcionando. Ele nunca enfrentaria Zara com uma lâmina se pudesse explodi-la com fogo.

Mas nada disso era prova irrefutável de que ela estava mentindo. Diana franziu a testa ao virar as páginas e então se sentou ereta. Havia mais aqui do que apenas o relatório sobre a morte de Malcolm. Eram páginas e páginas sobre Zara. Dezenas de relatórios sobre seus feitos. Tudo reunido era um pacote impressionante. E, ainda assim...

Conforme Diana lia e fazia anotações cuidadosas, um padrão começava a emergir. Todos os sucessos de Zara, todos os triunfos, ocorreram em locais sem ninguém por perto para testemunhar, a não ser seu círculo íntimo: Samantha, Dane ou Manuel. Frequentemente outras pessoas chegavam a tempo de ver o ninho do demônio vazio ou a evidência de um combate, mas não passava disso.

Não havia informações de Zara sendo ferida ou machucada em qualquer combate. Diana pensou nas cicatrizes que recebera durante a vida como Caçadora de Sombras e franziu mais a testa. E mais ainda quando chegou ao relatório de Marisol Garza Solcedo, de um ano atrás. Marisol afirmava ter salvado um grupo de mundanos de um ataque de demônio Druj em Portugal. Ela levou um soco e ficou inconsciente. Ao acordar, falou, estavam comemorando a destruição do Druj por Zara.

O relatório tinha sido enviado juntamente a uma declaração assinada por Zara, Jessica, Samantha, Dane e Manuel, afirmando que Marisol estava imaginando coisas. Zara, disseram, tinha matado o Druj depois de uma luta violenta; mais uma vez, Zara não tinha ferimentos.

Ela leva crédito pelo que outras pessoas fazem, pensou Diana. A janela balançou, provavelmente era o vento. *Eu tenho que ir dormir*, pensou ela. O relógio no Gard, novo desde a Guerra Maligna, badalara as primeiras horas da madrugada havia algum tempo. Mas ela continuara lendo, fascinada. Zara chegava depois, esperava a batalha acabar e anunciava a vitória como sua. Com o grupo dela para confirmar, a Clave acreditava no que ela dizia.

Mas se pudesse ser provado que ela não tinha matado Malcolm — de algum modo, isso mantinha Julian e os outros protegidos —, então talvez a Tropa caísse em desgraça. Sem dúvida, a oferta dos Dearborn para tomar o Instituto de Los Angeles fracassaria...

A janela chacoalhou de novo. Ela ergueu o olhar e viu Gwyn do outro lado do vidro.

Ficou de pé com um grito de surpresa e fez os papéis voarem. *Controle-se*, falou para si. Não havia meio de o líder da Caçada Selvagem estar realmente do lado de fora da janela.

Ela piscou e olhou outra vez. Ele ainda estava lá e, conforme ela se aproximava da janela, notava que ele pairava no ar, pouco abaixo do parapeito, sobre as costas de um imenso cavalo cinza. Ele vestia couro marrom escuro, no entanto seu capacete com chifre de cervo não era visível em parte alguma. Sua expressão era séria e curiosa.

Ele gesticulou para que ela abrisse a janela. Diana hesitou, então esticou o braço para soltar o trinco e levantou o caixilho. Ela não precisava deixá-lo entrar, concluiu. Eles poderiam simplesmente conversar pela janela.

O ar frio precipitou-se para dentro do quarto dela, bem como o cheiro de pinheiro e do ar da manhã. Os olhos bicolores estavam fixos nela.

— Milady — falou. — Eu tinha esperança de que me acompanhasse num passeio.

Diana enfiou um cacho de cabelo atrás da orelha.

— Por quê?

— Pelo prazer da sua companhia — retrucou Gwyn. Ele a espiou. — Vejo que está ricamente vestida em seda. Esperava outro convidado?

Ela balançou a cabeça, divertida. Bem, o pijama *era mesmo* bonito.

— Você está linda — disse ele. — Tenho sorte.

Diana imaginava que ele não estivesse mentindo. Ele *não conseguia* mentir.

— Você não podia ter marcado este encontro com antecedência? — perguntou ela. — Mandado um recado, talvez?

Ele pareceu confuso. Tinha longos cílios e um queixo quadrado — um rosto agradável. Um rosto belo. Diana com frequência tentava não pensar nessas coisas, pois só lhe traziam problemas, mas agora ela não conseguia evitar.

— Eu só descobri que você estava aqui em Idris esta madrugada — falou ele.

— Mas você não pode ficar aqui! — Ela ergueu e baixou o olhar pela vazia Flintlock Street. Se alguém o visse...

Ele sorriu ao ouvir aquilo.

— Desde que os cascos do meu cavalo não pisem o chão de Alicante, o alarme não será soado.

Ainda assim, ela sentia uma bolha de tensão no peito. Ele a estava convidando para um encontro — ela não podia fingir que era outra coisa. E, embora quisesse ir, o medo... aquele velho medo que caminhava de mãos dadas com a desconfiança e a dor... a impedia.

Ele esticou uma das mãos.

— Venha comigo. O céu está à espera.

Ela o encarou. Ele não era jovem, mas também não parecia velho. Parecia eternamente jovem, assim como as fadas pareciam às vezes, e embora fosse sólido e introspectivo, ele trazia consigo a promessa de ar e céu. *Quando você vai ter uma chance de cavalgar um cavalo fada?* Diana se perguntou. *Quando mais você vai ter a chance de voar?*

— Você vai arrumar uma tremenda encrenca — murmurou —, se eles o descobrirem aqui.

Ele deu de ombros, ainda ofertando a mão a ela.

— Então é melhor vir depressa.

Ela começou a subir pela janela.

O café da manhã estava atrasado. Kit deu um jeito de dormir umas poucas horas e de tomar um banho antes de se arrastar até a sala de jantar e encontrar todos os outros já sentados.

Bem, todos, menos Evelyn. Bridget servia o chá, com a cara fechada de sempre. Alec e Magnus, cada um com um dos filhos no colo, os apresentaram a Kit: Max era o feiticeiro azul e pequeno que estava derramando molho marrom na camisa de marca de Magnus, e Rafe era o menino de olhos castanhos que estava esmigalhando a torrada.

Kieran não estava por ali, o que não era incomum nas refeições. Mark estava sentado ao lado de Cristina, que bebia o café em silêncio. Ela estava arrumada e contida como sempre, apesar da marca vermelha no pulso. Cristina era um mistério interessante, pensou Kit, como ele, não era uma Blackthorn, mas estava irremediavelmente ligada a eles.

E então havia Livvy e Ty, que estava com os fones de ouvido. Livvy parecia cansada, mas totalmente saudável. Somente as leves olheiras de Ty demonstravam a Kit que ele não tinha sonhado com tudo que acontecera na noite anterior.

— O que nós encontramos na Casa dos Blackthorn era um cristal de *alétheia* — estava dizendo Ty quando Kit se sentou. — No passado, os cristais eram usados pela Clave para guardar evidências. Evidências das lembranças.

Ouviu-se um murmúrio de vozes curiosas. A voz de Cristina se elevou acima das outras — era um talento impressionante, se fazer ouvir sem sequer gritar.

— Lembranças de quê?

— De um tipo de julgamento — falou Livvy. — Em Idris, com o Inquisidor lá. Muitas famílias conhecidas: Herondale, Blackthorn, claro, Dearborn.

— Algum Lightwood?

— Um ou dois talvez fossem. — Livvy franziu a testa.

— Os Herondale sempre foram famosos pela boa aparência — comentou Bridget —, mas se me perguntarem, os Lightwood são os mais sexualmente carismáticos de todos.

Alec cuspiu o chá. Magnus pareceu manter uma expressão séria, mas com esforço.

— Eu deveria examinar as lembranças — falou Magnus. — Ver se reconheço alguém daquela época.

— Se Annabel tem raiva dos Caçadores de Sombras — falou Livvy —, acho que ela tem uma boa razão para isso.

— Muita gente tem uma boa razão para ter raiva dos Nephilim — falou Mark. — Malcolm tinha também. Mas aqueles que a machucaram estão mortos e os descendentes deles não têm culpa. Esse é o problema da vingança: você acaba destruindo os inocentes junto com os culpados.

— Mas ela sabe disso? — Ty franziu a sobrancelha. — Nós não conseguimos entendê-la. Não sabemos o que ela pensa ou sente.

Ele parecia ansioso, as olheiras mais pronunciadas agora. Kit queria cruzar a mesa e pôr os braços ao redor de Ty do mesmo jeito que tinha feito na noite anterior, no telhado. Seu senso de proteção em relação ao menino estava muito intenso, de um jeito estranho e irritante. Antes ele costumava se importar com as pessoas, sobretudo com seu pai, mas nunca tinha querido protegê-las.

Ele queria matar qualquer um que tentasse machucar Ty. Era um sentimento muito peculiar.

— Todos deveriam ver as cenas no cristal — anunciou Magnus. — Nesse meio-tempo, Alec e eu temos algumas novidades.

— Vocês vão se casar — falou Livvy, com um sorriso. — Eu adoro casamentos.

— Não, ainda não vamos nos casar nesse minuto — falou Alec. Kit se perguntava por que não; era evidente que eles eram um casal comprometido. Mas isso não era da conta dele, na verdade.

— Evelyn nos deixou — falou Magnus. Por alguma razão, ele conseguiu manter o sangue-frio, apesar de estar com o bebê choramingando em seu colo. — De acordo com Jia, o Instituto está temporariamente sob a responsabilidade de Alec.

— Há anos eles tentam me empurrar um Instituto em algum lugar — falou Alec. — Jia deve estar emocionada.

— Evelyn nos deixou? — Os olhos de Dru estavam arregalados. — Você quer dizer que ela morreu?

Magnus começou a tossir.

— Claro que não. Na verdade, ela foi visitar a tia-avó Marjorie, no interior.

— Isso é tipo quando o cão da família morre e eles dizem que ele está morando numa fazenda agora? — perguntou Kit, curioso.

Foi a vez de Alec engasgar. Kit desconfiou fortemente que ele estava rindo e tentando não demonstrar.

— De modo algum — falou Magnus.— Ela simplesmente concluiu que preferia ficar longe da agitação.

— Ela está com Marjorie — confirmou Mark. — Recebi uma mensagem de fogo sobre isso, de manhã. Ela deixou Bridget, obviamente, para ajudar com a casa.

Kit pensou no modo como Evelyn reagira à presença de fadas no Instituto. Ele podia imaginar como ela se sentira em relação aos dois feiticeiros acrescentados à situação. Provavelmente tinha deixado marcas de pneu ao sair correndo do lugar.

— Isso quer dizer que não temos que comer nosso mingau? — perguntou Tavvy, fitando a comida acinzentada com nojo.

Magnus sorriu.

— Na verdade...

Ele estalou os dedos e uma sacola da Primrose Bakery apareceu no meio da mesa. Ela tombou e deixou cair muffins, croissants e bolos com glacê.

Ouviu-se um grande grito de felicidade e todos atacaram os bolos. Uma pequena guerra por cookies de chocolate foi vencida por Ty, que os dividiu com Livvy.

Max engatinhou sobre a mesa, esticando a mão para pegar um muffin. Magnus se apoiou nos cotovelos; os olhos felinos atentos.

— E depois do café da manhã — falou ele —, talvez nós possamos ir à biblioteca e conversar sobre o que sabemos a respeito da presente situação.

Todos assentiram; apenas Mark o fitou com olhos ligeiramente semicerrados. Kit entendeu: Magnus se livrara de Evelyn por causa deles, trouxera o café da manhã e os deixara de bom humor. Agora ia ver o que eles sabiam. Um vigarista que não fazia rodeios.

Olhando para os rostos animados ao redor da mesa, por um momento Kit odiou o próprio pai, por destruir sua habilidade de acreditar que alguém poderia estar disposto a dar qualquer coisa a troco de nada.

Kieran achou toda a história de comer o jantar e o café da manhã em grupo bizarra e de pouco interesse. Mark ficava trazendo as refeições tão simples quanto as que Bridget conseguia preparar: carne, arroz e pão, frutas e vegetais crus.

Mas Kieran apenas beliscava. Quando Mark entrou no quarto dele após o café da manhã, o príncipe fada olhava a cidade pela janela com um nojo fatigado. Seus cabelos tinham clareado para branco-azulado, enrolando ao redor das orelhas e têmporas como a rebentação quebrando na beira da água.

— Ouça isto — falou Kieran. Ele tinha um livro aberto em seu colo.

A terra das Fadas,
Onde ninguém fica velho, reverente e sisudo,
Onde ninguém fica velho, ladino e sábio,
Onde ninguém fica velho, nem amargo.

Ele ergueu o olhar para Mark com olhos luminosos.

— Isso é ridículo.

— Isso é Yeats — falou Mark, lhe entregando algumas framboesas. — Era um poeta mundano muito famoso.

— Ele não sabia nada sobre fadas. Ninguém fica amargo? Rá! — Kieran engoliu as framboesas e desceu do parapeito da janela. — Para onde vamos agora?

— Eu estava indo para a biblioteca — falou Mark. — Tem uma espécie de.... reunião... sobre o que vamos fazer a seguir.

— Então eu gostaria de ir — falou Kieran.

A mente de Mark acelerou. Será que havia alguma razão pela qual Kieran não deveria ir? Até onde Magnus e Alec sabiam, o relacionamento com Kieran era o que ele dissesse que era. Não que fosse bom para Kieran, nem para o relacionamento tenso entre eles, que o príncipe passasse o tempo todo no quartinho apertado, odiando os mais inventivos poetas irlandeses.

— Bem — falou Mark. — Se você tem certeza.

Quando eles entraram na biblioteca, Magnus examinava o cristal de *alétheia* enquanto os outros tentavam lhe pôr a par de tudo o que acontecera antes de sua chegada. O feiticeiro estava deitado em uma das mesas e erguia o cristal delicadamente.

Cristina, Ty, Livvy e Dru estavam sentados em volta da mesa comprida da biblioteca. Alec sentava-se no chão do cômodo com três crianças amontoadas em volta: os dois filhos e Tavvy, que estava encantado por ter alguém com quem brincar. O menino de sete anos explicava a Max e Rafe como tinha feito aldeias e cidades grandes com livros, e mostrava como dava para fazer túneis para os trens passarem usando livros abertos.

Magnus fez um gesto para Mark vir olhar no cristal de *alétheia*, que brilhava com uma luz estranha. Os sons no cômodo ao redor diminuíam conforme Mark observava o julgamento, vendo Annabel implorar e protestar, e acompanhava os Blackthorn amaldiçoando-a ao seu destino.

Quando finalmente desviou o olhar, ele se sentiu congelar por inteiro. Precisou de alguns minutos para que a biblioteca entrasse em foco outra vez. Para a surpresa de Mark, Kieran havia pegado Max e agora o segurava no ar, evidentemente encantado com a pele azul e os brotos de chifres.

Max enfiou a mão nos cabelos ondulados de Kieran e puxou. O príncipe fada apenas riu.

— Muito bem, ele muda de cor, seu feiticeirozinho com cara de nixie — falou ele. — Olhe. — E o cabelo passou de preto-azulado para um tom vivo de azul num instante. Max deu uma risadinha.

— Eu não sabia que você podia fazer isso quando quisesse — falou Mark, que sempre tinha imaginado que os cabelos de Kieran eram um reflexo de seu humor, incontroláveis como as marés.

— Você não sabe um monte de coisas a meu respeito, Mark Blackthorn — falou Kieran, pondo Max no chão.

Alec e Magnus trocaram um olhar ao ver a cena, o tipo de olhar que fazia Mark se sentir como se eles tivessem chegado a um consenso silencioso sobre o relacionamento dele com Kieran.

— Então — falou Magnus, olhando para Kieran com algum interesse. — Você é o filho do Rei Unseelie?

Kieran tinha assumido a expressão que Mark pensava ser o ar da Corte, inexpressivo e superior como cabia a um príncipe.

— E você é o feiticeiro Magnus Bane.

— O próprio — retrucou Magnus. — Mas foi fácil de adivinhar, porque só tem um de mim e cinquenta de você.

Ty pareceu confuso.

— Cinquenta filhos do Rei Unseelie — explicou Livvy. — Acho que foi uma piada.

— Não foi das melhores — falou Magnus para Kieran. — Eu peço desculpas... não sou um grande fã do seu pai.

— Meu pai não tem fãs. — Kieran se inclinou na beirada da mesa. — Ele tem súditos. E inimigos.

— E filhos.

— Os filhos são seus inimigos — falou Kieran, sem modular a voz.

Magnus o encarou com um lampejo de interesse extra.

— Muito bem — falou ele, sentando direito. — Diana explicou parte disso para nós, mas é mais complicado do que eu pensava. Annabel Blackthorn, que voltou dos mortos por causa de Malcolm, que também meio que estava morto antes, mas que agora está definitivamente morto, está com o Volume Negro. E a Rainha Seelie o quer, não é?

— Ela quer — falou Mark. — Ela foi bem clara em relação a isso.

— E ela fez um acordo com vocês — falou Alec, do chão. — Ela sempre faz acordos.

— Se nós lhe dermos o Volume Negro, ela vai usá-lo contra o Rei Unseelie — falou Mark e hesitou. VOCÊ PODE CONFIAR EM MAGNUS E ALEC, Julian tinha escrito mais cedo. CONTE TUDO A ELES. — Ela jurou não usá-lo para nos machucar. Na verdade, prometeu ajudar. Fez de Kieran seu mensageiro. Ele vai testemunhar diante do Conselho sobre os planos do Rei Unseelie de fazer uma guerra em Alicante. Assim que a Rainha tiver o Volume Negro, ela autorizará soldados Seelie a lutarem ao lado dos Caçadores de Sombras contra o Rei, mas se quiser a ajuda dela, a Clave terá que acabar com todas as leis que proíbem a cooperação com fadas.

— Coisa que a Clave vai querer — falou Magnus. — Seria muito mais fácil travar uma guerra contra o Reino das Fadas com as fadas do nosso lado.

Mark fez que sim com a cabeça.

— Temos esperança de não apenas derrotar o Rei, mas também de esmagar a Tropa e pôr um fim à Paz Fria.

— Ah, a Tropa — falou Magnus, trocando um olhar com Alec. — Nós os conhecemos bem. Horace Dearborn e sua filha, Zara.

— Horace? — Mark estava confuso.

— Infelizmente — falou Magnus —, é o nome dele. Por isso, a vida de maldades.

— Não que os Dearborn sejam todos da Tropa — falou Alec. — Tem um monte de preconceituosos na Clave, felizes em se reunir debaixo do guarda-chuva para expulsar os integrantes do Submundo e conceder a antiga glória da Clave.

— Glória? — Kieran ergueu uma sobrancelha. — Eles estão falando da época em que matavam livremente os integrantes do Submundo? Quando nosso sangue corria nas ruas e as casas estavam cheias de espólios de sua guerra unilateral?

— Sim — falou Magnus —, mas eles não a descreveriam desse jeito.

— Liderando a Aliança, nós ouvimos falar bem mais da Tropa — emendou Alec. — Os esforços para limitar o uso da magia dos feiticeiros, para centralizar o fornecimento de sangue para os vampiros, a fim de que a Clave possa monitorá-los... essas coisas não passaram despercebidas.

— Não se deve permitir que ponham as mãos num Instituto — falou Magnus. — Isso poderia ser desastroso. — Ele suspirou e passou as pernas pela borda da mesa. — Entendo que devamos entregar o Volume Negro à Rainha. Mas não gosto disso, sobretudo porque ele parece duplamente importante aqui.

— Você se refere ao fato de Annabel e Malcolm o terem roubado do Instituto da Cornualha — falou Ty. — E então de Malcolm tê-lo roubado, outra vez, do Instituto de Los Angeles.

— Da primeira vez, eles iam negociá-lo com alguém que eles imaginavam poder protegê-los da Clave — falou Livvy. — Da segunda vez, foi com a ajuda do Rei Unseelie. Pelo menos, de acordo com Emma e Jules.

— E como foi que eles descobriram isso? — perguntou Magnus.

— Estava em um dos livros que encontraram — falou Cristina. — Um diário. Isso explica por que nós encontramos uma luva da Corte Unseelie nas ruínas da casa de Malcolm. Ele deve ter se encontrado com o Rei ou um de seus filhos ali.

— Que coisa esquisita para se escrever num diário — resmungou Magnus. — Planos traidores com o Rei Unseelie em andamento hoje, olha só.

— Mais estranho foi Malcolm ter desaparecido da Cidade do Silêncio depois do primeiro roubo — falou Mark — e deixado Annabel levar a culpa e a punição.

— Por que foi estranho? — falou Livvy. — Ele era uma pessoa horrível.

— Mas ele amava Annabel — falou Cristina. — Tudo o que ele fez: os crimes, os assassinatos, todas as escolhas dele foram feitas por amor a ela. E quando ele descobriu que ela não tinha se tornado Irmã de Ferro, e sim assassinada por sua família, ele foi até o Rei das Fadas e pediu ajuda para trazê-la de volta. Não se lembram?

Mark se lembrava, a história no livro antigo que Tavvy encontrara e que, no fim das contas, era verdade.

— O que explica por que Malcolm invadiu o Instituto de Los Angeles para pegar o livro, há cinco anos — falou ele. — Para trazer Annabel de volta. Mas para quê ele realmente o quereria duzentos anos antes? Com quem ele estava planejando trocá-lo? A maioria dos necromantes não poderia ajudá-lo com proteção. E se fosse um feiticeiro, deveria ter sido um mais forte do que o próprio Malcolm.

— O poderoso aliado de Fade — falou Ty, citando a cena do cristal.

— Nós não achamos que poderia ter sido o Rei Unseelie? — falou Livvy.

— Nas duas vezes?

— O Rei Unseelie não odiava os Caçadores de Sombras em 1812 — falou Magnus. — Pelo menos, não tanto assim.

— E Malcolm disse a Emma que, quando ele foi até o Rei Unseelie, após descobrir que Annabel não estava morta, pensou que o Rei o mataria, pois não gostava de feiticeiros — falou Cristina. — Ele não teria motivos para não gostar de feiticeiros se já tivesse trabalhado com Malcolm antes, teria?

Magnus ficou de pé.

— Muito bem, já chega de adivinhação — falou ele. — Nós temos duas tarefas para hoje. Primeiro, não devemos perder de vista o feitiço de amarração sobre Mark e Cristina. É mais do que um mero aborrecimento; é um perigo para ambos.

Mark não conseguiu evitar uma olhadela para Cristina. Ela estava fitando a mesa, e não a ele. Ele se lembrou da noite anterior, do calor do corpo dela ao lado dele na cama, da sua respiração ao seu ouvido.

Mark voltou à realidade com um susto, ao notar que estavam discutindo aonde iam para obter os ingredientes para um feitiço antiamarração.

— Depois do que aconteceu no Mercado das Sombras ontem — acrescentou Magnus — nenhum de nós será bem-vindo lá outra vez. No entanto, tem uma loja aqui em Londres que vende o que eu preciso. Se eu der o endereço, será que Kit, Ty e Livvy serão capazes de encontrá-la?

Livvy e Ty concordaram com uma comemoração, nitidamente empolgados por ter uma missão. Kit estava mais quieto, mas deu um sorrisinho. Por alguma razão, o mais jovem dos Herondale tinha se tornado tão ligado aos gêmeos que até Magnus pensava neles como uma equipe.

— Você realmente acha prudente eles irem? — interrompeu Mark. — Depois do que aconteceu ontem, com eles se esgueirando até o Mercado das Sombras e quase matando Livvy?

— Mas Mark... — protestou Ty.

— Bem — falou Magnus —, você e Cristina deveriam ficar no Instituto. Feitiços de amarração são perigosos e vocês não precisariam ficar muito longe um do outro. Alec é o diretor do Instituto; ele deveria ficar aqui e, de qualquer forma... o proprietário da loja tem um certo, digamos assim, histórico comigo. É melhor eu não ir.

— Eu poderia ir — falou Dru, baixinho.

— Não sozinha, Dru — falou Mark. — E estes três — ele indicou Kit, Ty e Livvy — vão meter você em encrenca.

— Eu posso botar um feitiço de rastreamento em um deles — falou Magnus. — Se eles perambularem para fora do caminho que devem seguir, ele fará um terrível barulho que os mundanos podem ouvir.

— Encantador — falou Mark ao mesmo tempo que os gêmeos protestaram. Kit não disse nada; ele raramente reclamava. Mark desconfiava que ele estava tramando silenciosamente para se vingar, possivelmente de todo mundo que já encontrara na vida.

Magnus examinou um grande anel azul em seu dedo.

— Vamos pesquisar na biblioteca. Mais sobre a história do Volume Negro. Nós não sabemos quem o criou, mas talvez consigamos descobrir seus proprietários anteriores, para quê ele era usado, qualquer coisa que possa apontar para quem Malcolm estava trabalhando em 1812.

— E lembre-se da coisa com a qual Julian e Emma pediram nossa ajuda — falou Cristina, dando um tapinha no celular em seu bolso. — Deve levar uns minutos para procurar...

Mark não conseguia evitar olhar para ela. Ela estava enfiando o cabelo preto atrás das orelhas e, assim que fez o gesto, a manga do suéter escorregou e ele viu a marca vermelha no pulso. Queria ir até ela, beijar a marca e passar toda a dor dela para si mesmo.

Ele desviou o olhar, mas não antes de ver Kieran de rabo de olho. Ty, Livvy e Kit estavam saindo das cadeiras, conversando animadamente, ansiosos por sair em sua jornada. Dru estava sentada, os braços cruzados. E Magnus olhava entre Cristina, Mark e Kieran pensativamente, seus olhos felinos lentos e reflexivos.

— Nós não deveríamos precisar procurar de modo algum — falou Magnus. — Temos uma fonte primária bem aqui. Kieran, o que você sabe sobre capturar pixies?

Emma acordou tarde naquela manhã, cercada pelo calor. A luz entrava pelas janelas desprovidas de cortinas e formava desenhos nas paredes, como ondas dançantes. Através da janela, ela viu lampejos azuis de céu e da água: uma visão de feriado.

Ela bocejou, se espreguiçou — e ficou parada ao perceber por que estava tão aquecida. De algum modo, ela e Julian tinham se abraçado durante a noite.

Emma ficou congelada de pavor. Tinha passado o braço esquerdo por cima do corpo de Julian, mas não conseguia retirá-lo. Ele tinha se virado para ela, os próprios braços em torno das costas dela, apoiando-a. A bochecha dela roçava a pele macia da clavícula dele. As pernas de ambos estavam trançadas também, e o pé dela se apoiava no dele.

Aos poucos, Emma começou a se soltar. Ai, Deus. Se Julian acordasse seria muito constrangedor, e tudo estivera indo tão bem. A conversa no trem... encontrar o chalé... falar sobre Annabel... tudo estivera tão confortável. Ela não queria perder isso, não agora.

Ficou de lado e deslizou os dedos para longe dos dele — para mais perto da beirada da cama — e caiu com uma virada desajeitada. Ela aterrissou com uma pancada e um grito que acordaram Julian. Ele olhou por cima da lateral da cama, confuso.

— Por que você está no chão?

— Ouvi dizer que rolar da cama de manhã ajuda a aumentar a resistência a ataques surpresa — disse Emma, esparramando-se sobre o soalho de madeira.

— Ah, é? — Ele se sentou e esfregou os olhos. — E o que gritar "Que merda!" tem a ver com isso?

— Essa é a parte opcional — falou ela, ficando de pé com toda a dignidade que conseguiu reunir. — Então — falou. — O que é que vai ter pro café da manhã?

Ele deu um sorriso discreto e se esticou. Ela não olhou para o local onde a camisa dele subiu. Não havia razão para navegar pelo Rio dos Pensamentos Sensuais até o Mar da Perversão quando isto não levava a lugar nenhum.

— Com fome?

— Quando é que eu não estou com fome? — Ela foi até a mesa e remexeu na bolsa, caçando seu celular. Algumas mensagens de texto de Cristina. A maioria sobre como Cristina estava BEM e que Emma não precisava se PREOCUPAR, e que precisava parar de MANDAR MENSAGENS PORQUE MAGNUS IA ACABAR COM O FEITIÇO DE AMARRAÇÃO. Emma enviou um emoji preocupado e deslizou a barra de rolagem.

— Alguma coisa sobre técnicas para capturar pixies? — perguntou Julian.

— Até agora nada.

Julian não disse mais nada. Emma ficou só de short e blusa de alcinha. Ela notou Julian desviando o olhar, embora não fosse nada que ele já não tivesse visto; suas roupas neste momento cobriam mais do que um biquíni. Pegou a toalha e o sabonete.

— Vou tomar um banho.

Talvez ela estivesse imaginando a reação dele. Ele apenas assentiu, foi para a cozinha e acendeu o fogão.

— Nada de panquecas — falou. — Eles não têm os ingredientes certos aqui.

— Surpreenda-me — falou Emma, e foi para o banheiro. Quando saiu, quinze minutos depois, limpa e com os cabelos presos em duas tranças úmidas que pingavam na camiseta, Julian já havia posto a mesa com o café: torrada, ovos, chocolate quente para ela e café para ele. Ela deslizou graciosamente para uma cadeira.

— Você tem cheiro de eucalipto — falou ele, entregando um garfo a Emma.

— Tem gel de banho de eucalipto no banheiro. — Emma comeu os ovos.
— De Malcolm, acho. — Ela fez uma pausa. — Eu nunca pensei que assassinos em série tivessem gel de banho.
— Ninguém gosta de um feiticeiro porco — falou Julian.
Emma piscou.
— Algumas pessoas talvez discordassem.
— Nem vou comentar — falou Julian, espalhando manteiga de amendoim e Nutella na torrada. — Temos uma resposta para a nossa pergunta. — Ele levantou o telefone de Emma. — Instruções sobre como pegar as pixies. De Mark, mas provavelmente são mesmo de Kieran. Então, primeiro, coma e depois... caça à pixies.
— Estou tão pronta para caçar essas criaturinhas adoráveis e torturá-las — falou Emma. — TÃO PRONTA.
— Emma...
— Acho até que vou amarrar lacinhos na cabeça delas.
— Nós temos que interrogá-las.
— Posso fazer uma selfie com uma delas primeiro?
— Coma a sua torrada, Emma.

Tudo era uma porcaria, pensou Dru. Ela estava deitada debaixo da mesa, na saleta, com os braços atrás da cabeça. Alguns centímetros acima, podia ver uma mensagem riscada na madeira, já borrada devido ao passar do tempo e dos anos.

O cômodo estava silencioso, somente o relógio fazia tique-taque. A quietude era um lembrete de como ela estava solitária, e também um alívio. Ninguém lhe dizendo para tomar conta de Tavvy nem perguntando se ela ia brincar de demônios e Caçadores de Sombras pela milionésima vez. Ninguém a estava mandando entregar recados ou barquinhos de papel para lá e para cá na biblioteca. Ninguém estava falando a respeito dela, e não lhe dando ouvidos.

Ninguém estava lhe dizendo que ela era jovem demais. Na opinião de Dru, idade era uma questão de maturidade, não de cronologia, e ela era bem madura. Tinha oito anos quando defendera o berço do irmãozinho com uma espada. Tinha oito anos quando vira Julian matar a criatura que usava o rosto de seu pai, quando fugira pela capital de Idris, enquanto a cidade se destruía em chamas e sangue.

E ela permanecera bem calma fazia uns dias, quando Livvy tinha vindo contar que o tio Arthur jamais dirigira o Instituto; que sempre tinha sido Julian. Ela agira de modo bem casual diante da revelação, como se não fosse nada demais, e ignorara o fato de Diana sequer ter se dado ao trabalho de convidar Dru para a reunião na qual ela aparentemente dera a notícia. Até onde Livvy sabia, parecia que a novidade era útil sobretudo para ocupar Dru com mais tarefas de babá.

Não que ela odiasse tomar conta de Tavvy. Não era isso. Era que ela sentia que merecia algum crédito quando fazia um esforço. Sem mencionar que teve que aguentar a tia-avó Marjorie chamando-a de gorda por dois meses durante o verão sem assassinar a dita cuja, o que, na opinião de Dru, era um sinal épico de maturidade e autocontrole.

Ela baixou o olhar para o próprio corpo arredondado e suspirou. Jamais fora magra. A maioria dos Caçadores de Sombras era — o treinamento de 14 horas por dia tinha esse efeito —, mas ela sempre fora curvilínea e arredondada, não importava o que fizesse. Ela era forte e musculosa, seu corpo estava em forma e era hábil, mas sempre fora dotado de muito quadril, seios e fofice. Ela se resignava. Infelizmente, as tias-avós Marjorie do mundo, não.

Ela ouviu uma *pancada*. Alguma coisa no cômodo tinha caído. Dru congelou. Será que havia alguém aqui com ela? Ouviu uma voz baixinha xingando, não em inglês, mas em espanhol. No entanto, não podia ser Cristina. Cristina nunca falava palavrão e, além disso, a voz era masculina.

Diego? O coração de Dru quase parou de bater por causa da paixonite por Diego, e ela saiu detrás da mesa.

Um grito de choque escapou dela. A outra pessoa no cômodo também gritou e se sentou com força no braço da poltrona.

Não era Diego. Era um menino Caçador de Sombras mais ou menos da idade de Julian, alto e magro, com uma fartura de cabelos pretos que contrastava com a pele morena. Ele estava coberto de Marcas, mas não apenas de Marcas, havia tatuagens também: palavras subiam e desciam pelos antebraços e serpenteavam pela clavícula.

— O que... o que está acontecendo? — quis saber Dru, espanando a poeira de seus cabelos. — Quem é você? O que está fazendo aqui?

Ela pensou em gritar. Qualquer Caçador de Sombras podia entrar no Instituto, claro, mas normalmente eles, pelo menos, tocavam a campainha.

O menino parecia assustado. Ele ergueu uma das mãos para detê-la, e ela viu o brilho do anel em seu dedo, entalhado com um desenho de rosas.

— Eu... — começou ele.

— Oh, você é Jaime — falou Dru, e ela bufou de alívio. — Você é Jaime, irmão de Diego.

A expressão do menino ficou sombria.

— Você conhece meu irmão?

Ele tinha um leve sotaque, mais perceptível do que o de Diego ou o de Cristina. Isso dava densidade à textura da voz dele.

— Um pouco — falou Dru e pigarreou. — Eu moro no Instituto de Los Angeles.

— Você é uma Blackthorn?

— Sou Drusilla. — Ela ofereceu a mão. — Drusilla Blackthorn. Pode me chamar de Dru.

Ele deu um tipo de risadinha seca e apertou a mão dela. A mão dele era quente.

— Um nome bonito para uma menina bonita.

Dru sentiu-se corar. Jaime não era tão perfeito e lindo como Diego Perfeito; o nariz era meio grande demais, a boca larga e se mexia demais, mas os olhos tinham um castanho brilhante, com cílios maliciosamente longos e negros. E havia alguma coisa nele, um tipo de energia que Diego não tinha, por mais bonito que fosse.

— Cristina deve ter lhe dito coisas terríveis a meu respeito — falou ele.

Ela balançou a cabeça, recuando a mão.

— Ela não falou muito sobre você para mim.

Cristina não teria falado, pensou Dru. Ela teria achado que Dru não tinha idade suficiente para ouvir tais confidências, para ser confiada a tais segredos. Dru só sabia o que as outras meninas tinham deixado escapar nas conversas.

Não que ela fosse admitir isso para Jaime.

— Isso é muito decepcionante — disse ele. — Se eu fosse ela, não seria capaz de parar de falar a meu respeito. — Os olhos dele enrugaram nos cantinhos. — Você quer se sentar?

Sentindo-se ligeiramente agitada, Dru se sentou ao lado dele.

— Vou confiar em você — falou ele. Parecia um anúncio importante, como se ele tivesse chegado a essa conclusão ali mesmo e sentisse que era importante torná-la pública o mais rápido possível.

— Sério? — Dru não sabia ao certo se alguém já havia confiado nela antes. A maioria dos irmãos a consideravam jovem demais, e Tavvy não tinha segredos.

— Eu vim aqui para ver Cristina, mas ela não pode saber ainda que estou aqui. Tenho que me comunicar primeiro com meu irmão.

— Diego está bem? — perguntou Dru. — Da última vez em que o vi... quer dizer, eu ouvi dizer que ele estava bem depois da luta com Malcolm, mas não o vi nem ouvi falar dele, e ele e Cristina...

Ela se calou.

Ele deu uma risada baixinha.
— Está tudo bem, eu sei. *Ellos terminaron.*
— Terminaram — traduziu ela. — Sim.
O menino pareceu surpreso.
— Você fala espanhol?
— Estou aprendendo. Eu gostaria de ir para o Instituto da Cidade do México para o meu ano de intercâmbio, ou talvez para a Argentina para ajudar a reconstruir.
Ela viu os cílios compridos baixarem quando ele piscou.
— Você ainda não tem 18 anos, então? — falou. — Está tudo bem. Eu também não tenho.
Não estou nem perto disso. Mas Drusilla apenas sorriu, nervosa.
— O que é que você ia contar?
— Eu estou me escondendo. Não posso te contar o porquê, só que é importante. Por favor, não conte a ninguém que estou aqui até eu poder conversar com Cristina.
— Você não cometeu um crime ou alguma coisa assim, cometeu?
Ele não sorriu.
— Se eu dissesse que não, mas que talvez soubesse quem cometeu, você acreditaria em mim?
Ele a observava fixamente. Provavelmente, ela não deveria ajudá-lo, pensou. Afinal, ela não o conhecia, e pelas poucas coisas que Diego contara a respeito do irmão, ficara claro que ele considerava Jaime encrenca.
Por outro lado, aqui estava alguém disposto a confiar nela, a pôr seus planos e sua segurança nas mãos dela, em vez de mandá-la ficar quieta porque era novinha demais ou porque deveria tomar conta de Tavvy.
Ela deu um suspiro e olhou nos olhos de Jaime.
— Muito bem — falou. — Como é que você estava planejando não ser visto até poder falar com Cristina?
O sorriso dele era ofuscante. Ela se perguntava como fora capaz de pensar que ele não era tão bonito quanto Diego.
— É nisso que você pode me ajudar — falou.

Depois de ter escalado a lateral do chalé e ido para o telhado, Emma esticou a mão para ajudar Julian a subir depois dela. Mas ele rejeitou a ajuda, lançando-se facilmente para a superfície de telhas.
O telhado do chalé de Malcolm era inclinado num ângulo sutil, projetando-se na parte da frente e na detrás da casa. Emma foi até a beirada, onde ele se projetava por cima da porta.

A partir daqui, a armadilha era visível. Mark tinha lhes dito qual isca era melhor: pixies adoravam leite, pão e mel. Elas também adoravam ratos mortos, mas Emma não estava disposta a ir tão longe. Ela gostava de ratos, apesar do antagonismo profundamente arraigado de Church em relação a eles.

— E agora nós aguardamos — falou Julian, sentando-se na beira do telhado. As tigelas de leite e mel e o prato de pão estavam do lado de fora, brilhando tentadoramente em cima de uma pilha de folhas perto da trilha que dava na porta.

Emma se acomodou ao lado de Jules. O céu estava azul e sem nuvens, esticando-se até onde encontrava o mar mais escuro no horizonte. Barcos de pesca morosos traçavam desenhos brancos na superfície do mar e o estrondo entorpecido das ondas era um contraponto suave ao vento quente.

Ela não conseguia evitar se lembrar de todas as vezes em que ela e Jules tinham se sentado no telhado do Instituto, conversando e admirando o oceano. Uma praia totalmente diferente, talvez, mas todos os mares estavam ligados.

— Tenho certeza de que tem algum tipo de lei sobre não capturar pixies sem permissão da Clave — falou Emma.

— *Lex malla, lex nulla* — falou Julian com um aceno arrependido. Era o lema da família Blackthorn: uma lei ruim não é lei.

— Eu me pergunto quais são os outros lemas de família — refletiu Emma. — Você conhece algum?

— O lema da família Lightwood é "Nós temos a melhor das intenções".

— Muito engraçado.

Julian olhou para ela.

— Não, sério, é o lema mesmo.

— Sério? Então qual é o lema dos Herondale? "Talhado, mas angustiado"? Ele deu de ombros.

— "Se você não conhece seu sobrenome, provavelmente é Herondale"? Emma explodiu numa gargalhada.

— E quanto a Carstairs? — perguntou ela, dando um tapinha em Cortana. — "Nós temos uma espada"? "Instrumentos sem fio são para perdedores"?

— Morgenstern — sugeriu Julian. — "Na dúvida, comece uma guerra"?

— Que tal "Algum de nós já foi bonzinho, tipo, alguma vez, sério"?

— Parece longo — falou Julian. — E meio que direto.

Os dois estavam rindo demais para falar. Emma se inclinou para a frente... e arfou, o que se misturou com a risada num tipo de tosse. Ela cobriu a boca com a mão.

— Pixies! — murmurou entre os dedos, e apontou.

Julian se moveu silenciosamente até a beira do telhado, com Emma ao seu lado. De pé, próximo à armadilha, via-se um grupo de vultos pálidos e muito magros, vestidos com trapos. Elas tinham pele quase transparente, cabelos claros como palha e pés descalços. Grandes olhos negros, sem pupilas, saltavam de rostos delicados como porcelana.

Elas eram iguais aos desenhos na parede da pousada onde eles tinham comido na véspera. Emma não tinha visto nenhuma no Reino das Fadas — na verdade, parecia que realmente tinham sido exiladas no mundo mundano.

Sem dizer uma palavra, elas caíram em cima do prato e das tigelas de pão, leite e mel — e o chão cedeu debaixo delas. A pilha frágil de galhos e folhas que Emma tinha posto sobre a boca do buraco que Julian cavara cedera, ao peso, e as pixies rolaram para dentro da armadilha.

Gwyn não fez tentativa alguma de bater papo enquanto seu cavalo voava sobre Alicante e depois sobre os bosques da Floresta Brocelind. Diana estava grata por isso. Com o vento nos cabelos, fresco e suave, e a floresta que se espalhava abaixo dela numa sombra verde-escura, ela se sentia mais livre do que já se sentira no que parecia muito tempo. Conversar teria sido uma distração.

A aurora deu lugar à luz do dia enquanto ela observava o mundo precipitando-se abaixo: o súbito clarão de água, as formas graciosas dos abetos e pinheiros. Quando Gwyn apontou a cabeça do cavalo para baixo e começou a descer, ela sentiu uma pontada de decepção e um lampejo súbito de afinidade com Mark. Não era de se admirar que ele sentisse falta da Caçada; não era de se admirar que, mesmo estando de volta à sua família, ele sentisse saudade do céu.

Eles aterrissaram numa pequena clareira entre tílias. Gwyn desceu do dorso do cavalo e ofereceu a mão a Diana para que ela descesse até chão: o musgo verde e denso era macio sob os pés descalços. Ela caminhou por entre as flores brancas e admirou o azul do céu enquanto ele estendia uma toalha de linho e arrumava a comida tirada de seu alforje.

Ela não conseguiu controlar a vontade de rir; lá estava ela, Diana Wrayburn, da respeitável e cumpridora da lei família Wrayburn, prestes a fazer um piquenique com o líder da Caçada Selvagem.

— Venha — falou ele depois de terminar e se sentar no chão. O cavalo se afastou para pastar na beira da clareira. — Você deve estar faminta.

Para surpresa de Diana, ela descobriu que estava mesmo — e mais faminta ainda depois de provar a comida: frutas deliciosas, carne curada, pão rústico e mel, além de taças de um vinho cujo sabor remetia à aparência dos rubis.

Talvez fosse o vinho, mas ela descobriu que Gwyn, apesar da natureza quieta, era alguém com quem a conversa fluía facilmente. Ele perguntou coisas a respeito dela, embora não sobre seu passado; suas paixões, interesses e sonhos. Ela se flagrou contando a ele sobre seu amor pelo ensino, que um dia queria lecionar na Academia. Ele perguntou sobre os Blackthorn e se Mark estava se adaptando, e assentiu solenemente ao ouvir as respostas.

Ele não era belo à maneira de muitas fadas, mas ela achava seu rosto mais agradável por isso. O cabelo era castanho e volumoso, as mãos, grandes, hábeis e fortes. Havia cicatrizes em sua pele; no pescoço e no peito, e nas costas das mão — mas isto a fez pensar em suas próprias cicatrizes e no fato de ser uma Caçadora de Sombras. Era um conforto em sua familiaridade.

— Por que não há mulheres na Caçada Selvagem? — perguntou ela. Era uma coisa que Diana sempre tinha se perguntado.

— As mulheres são muito selvagens — falou ele com um sorriso. — Nós ceifamos os mortos. Descobriu-se que quando as Damas de Rhiannon corriam com a Caçada, não estavam dispostas a esperar que os mortos *estivessem* mortos.

Diana riu.

— Rhiannon. O nome é familiar.

— As mulheres deixaram a caçada e se tornaram Adar Rhiannon. As aves de Rhiannon. Alguns as chamam de "Valquírias".

Ela sorriu tristemente para ele.

— Fadas podem ser tão adoráveis — falou ela. — E ainda assim tão terríveis.

— Você está pensando em Mark?

— Mark ama sua família — falou ela. — E eles estão felizes por tê-lo de volta. Mas ele sente falta da Caçada. O que é difícil de entender às vezes. Quando ele voltou para nós, estava tão machucado, no corpo e na mente.

— Muitos Caçadores de Sombras estão machucados — falou ele. — Isso não significa que não querem mais ser Caçadores de Sombras.

— Não sei ao certo se é a mesma coisa.

— Não sei ao certo se é tão diferente. — Ele se reclinou contra uma grande rocha acinzentada. — Mark era um bom Caçador, mas seu coração não estava nisso. Não é da Caçada que ele sente falta, mas da liberdade e do céu aberto, e talvez de Kieran.

— Você sabia que eles tinham brigado — falou Diana. — Mas quando veio até nós, você estava tão seguro de que Mark o salvaria.

— Caçadores de Sombras sempre querem salvar alguém. E mais ainda quando há amor.

— Você acha que Mark ainda ama Kieran?

— Acho que não se pode arrancar o amor inteiramente. Acredito que onde houve amor, sempre haverá brasas, como os resquícios de uma fogueira preservando a chama.

— Mas elas morrem um dia. Tornam-se cinzas.

Gwyn inclinou o corpo para a frente. Seus olhos, azul e preto, estavam fixados nela.

— Você já amou?

Ela balançou a cabeça. Podia sentir o tremor em seus nervos: a expectativa e o medo.

— Não assim. — Ela deveria lhe dizer o porquê, pensou. Mas as palavras não apareceram.

— É uma pena — disse ele. — Creio que ser amado por você seria uma tremenda honra.

— Você mal me conhece — falou Diana. *Eu não deveria ser afetada pelas palavras dele. Não deveria querer isso.* Mas ela queria, de um modo que tinha tentado enterrar havia muito tempo.

— Eu vi quem você é, em seus olhos, na noite em que fui ao Instituto — falou Gwyn. — Sua bravura.

— Bravura — repetiu Diana. — Do tipo que mata demônios, sim. No entanto, existem muitos tipos de bravura.

Os olhos profundos dele brilharam.

— Diana...

Mas ela já estava de pé, caminhando para a beira da clareira, mais para obter alívio com o movimento do que outra coisa. O cavalo de Gwyn gemeu quando ela se aproximou, recuando.

— Cuidado — falou Gwyn. Ele estava de pé também, mas não a acompanhava. — Meus cavalos da Caçada Selvagem podem ficar inquietos perto de mulheres. Eles têm pouca experiência com elas.

Diana parou por um instante; em seguida, contornou o cavalo, mantendo distância. Ao se aproximar da beira do bosque, captou um brilho de algo claro pelo canto de seu olho.

Ela se aproximou mais, de repente se dando conta de como estava vulnerável, aqui, ao ar livre, sem suas armas, vestindo apenas o pijama. Como é que ela concordara com isso? O que foi que Gwyn lhe dissera para convencê-la?

Eu vi quem você é.

Ela enfiou as palavras no fundinho da mente e esticou uma das mãos para se apoiar no tronco estreito de uma árvore de tília. Seus olhos viram antes que sua mente pudesse processar a cena: uma visão bizarra, um círculo de nada queimado no centro de Brocelind. Terra semelhante a cinzas, árvores enegrecidas e transformadas em tocos, como se ácido tivesse queimado e destruído todos os seres vivos.

— Pelo Anjo — murmurou ela.

— É a praga — disse Gwyn atrás dela, com os grandes ombros rígidos de tensão e o queixo travado. — Eu vi isso antes apenas no Reino das Fadas. É a marca de uma grande magia negra.

Havia locais queimados, brancos como cinzas, como a superfície da lua.

Diana segurou o tronco da árvore com mais força.

— Leve-me de volta — falou. — Tenho que voltar para Alicante.

21

Ao olho humano

Mark estava sentado na beirada da cama, examinando o pulso. A ferida parecia mais escura, com sangue incrustado nos cantos, e os hematomas irradiando dali tinham tons de vermelho-escuro a roxo.

— Deixe-me enfaixar — disse Kieran. Ele se sentou na mesinha de cabeceira, os pés meio que enfiados debaixo do próprio corpo. Seu cabelo estava embaraçado, e ele, descalço. Era como se uma criatura selvagem tivesse descido em alguma parte da civilização: um falcão se equilibrando na cabeça de uma estátua. — Pelo menos, me deixe fazer isso para você.

— Não adianta enfaixar — falou Mark. — Como Magnus disse, não vai curar até o feitiço acabar.

— Então faça por mim. Não suporto olhar para isso.

Mark olhou para Kieran, surpreso. Na Caçada Selvagem, eles tinham visto um bocado de ferimentos e sangue, e Kieran nunca fora impressionável.

— Tem ataduras aí dentro. — Mark indicou a gaveta da mesinha de cabeceira. Ficou observando enquanto Kieran se abaixava, pegava o que queria e voltava para a cama e para ele.

Kieran se sentou e pegou o pulso de Mark. Suas mãos eram ágeis e hábeis, com calos e unhas sem corte devido aos anos de luta e cavalgada. (As mãos de Cristina também eram calejadas, mas seus pulsos e as pontas dos dedos eram suaves e macias. Mark se lembrou do toque delas contra sua bochecha no bosque fada.)

— Você está tão distante, Mark — falou Kieran. — Mais longe de mim agora do que já esteve quando eu fiquei no Reino das Fadas e você, no mundo humano.

Mark olhou fixamente para o pulso, agora envolvido numa pulseira feita de ataduras. Kieran deu o nó habilmente e pôs a caixa de lado.

— Você não pode ficar aqui para sempre, Kier — falou Mark. — E quando se for, nós *estaremos* separados. Não consigo deixar de pensar nisso.

Kieran fez um muxoxo impaciente, baixinho, e desabou na cama, entre os lençóis. As cobertas já estavam jogadas no chão. Com os cabelos pretos embaraçados contra o linho branco, seu corpo se espalhava sem se importar com o recato humano: a camisa tinha subido até o início das costelas e as pernas estavam bem abertas. Kieran se assemelhava ainda mais a uma criatura selvagem.

— Venha comigo então — falou. — Fique comigo. Eu notei sua expressão quando viu os cavalos da Caçada. Você faria qualquer coisa para cavalgá-los novamente.

Subitamente furioso, Mark se reclinou em cima do outro.

— *Qualquer coisa*, não — falou ele. A voz pulsava com uma raiva contida.

Kieran sibilou baixinho e agarrou a camisa de Mark.

— Isso — falou. — Fique com raiva, Mark Blackthorn. Grite comigo. Sinta *alguma coisa*.

Mark ficou imóvel, pouco acima de Kieran.

— Você acha que eu não sinto? — perguntou ele, incrédulo.

Alguma coisa brilhou nos olhos de Kieran.

— Ponha suas mãos em mim — disse, e Mark fez o que ele pediu, sentindo-se incapaz de se controlar. Kieran agarrou os lençóis enquanto Mark o tocava, puxando a camisa e abrindo os botões à força. Suas mãos passearam pelo corpo de Kieran, do mesmo jeito que tinham feito incontáveis noites antes, e uma chama lenta nasceu em seu próprio peito, a lembrança do desejo que se tornava o presente imediato.

A chama ardeu nele: um calor luminoso, tristonho, como um fogo de sinalização numa colina distante. Kieran tirou a camisa pela cabeça, mas seus braços ficaram presos, então ele capturou Mark com as pernas, puxando-o e segurando-o com os joelhos. A boca de Kieran buscou a de Mark, e ele tinha o sabor doce do gelo das vastidões polares sob céus raiados pela aurora boreal. Mark não conseguia controlar suas mãos: o formato do ombro de Kieran era como a elevação das colinas, seus cabelos macios e escuros, como nuvens; seus olhos eram estrelas, e seu corpo se movimentava debaixo do corpo de

Mark como a precipitação de uma cachoeira que nenhum olho humano jamais vira. Ele era luz das estrelas, estranheza e liberdade. Ele era uma centena de flechas lançadas ao mesmo tempo de uma centena de arcos.

E Mark estava perdido; estava caindo através de céus escuros, prateados pela poeira de diamantes das estrelas. Ele entrelaçava as pernas às de Kieran, as mãos se enredavam nos cabelos, e eles se lançavam sobre pastagens verdes, cavalgavam montarias com ferraduras de fogo sobre desertos onde a areia se erguia em nuvens de ouro. Ele gemeu, e então Kieran se precipitou para longe, como se tivesse sido erguido e retirado da cama — tudo estava se afastando dele rapidamente, e Mark abriu os olhos e se viu na biblioteca.

Tinha caído no sono, a cabeça sobre os braços e o rosto contra a madeira da mesa. Ergueu-se rapidamente, arfou e viu Kieran, sentado no vão do parapeito, fitando-o.

A biblioteca estava vazia, graças ao Anjo. Ninguém estava lá, a não ser eles dois.

A mão de Mark estava latejando. Ele devia tê-la batido contra a beirada da mesa; as laterais dos dedos começavam a inchar.

— Uma pena — falou Kieran, olhando para a mão de Mark pensativamente. — Ou você não teria acordado.

— Onde está todo mundo? — perguntou Mark, engolindo, apesar da secura em sua garganta.

— Alguns saíram para encontrar ingredientes para desfazer o feitiço de amarração — falou Kieran. — As crianças ficaram impacientes, e Cristina saiu com elas e com o amante de Magnus.

— Você quer dizer Alec — corrigiu Mark. — O nome dele é Alec.

Kieran deu de ombros.

— E Magnus foi a um tal lugar chamado Internet Café para imprimir as mensagens de Emma e Julian. Ficamos aqui para fazer algumas pesquisas, mas você logo dormiu.

Mark mordeu o lábio. Seu corpo ainda podia sentir o de Kieran, embora ele soubesse que o outro menino não o tocara. Ele sabia disso, mas tinha que perguntar, de qualquer forma, apesar de temer a resposta.

— E você me fez sonhar — sugeriu ele.

Não era a primeira vez que Kieran fazia isso: algumas vezes, durante as noites da Caçada em que não conseguia dormir, ele proporcionara a Mark sonhos bem agradáveis. Era um dom das fadas.

Mas isso era diferente.

— Sim — disse Kieran. Havia fios brancos em seu cabelo escuro, como linhas de minério percorrendo uma mina.

— Por quê? — perguntou Mark. A raiva se acumulando em suas veias. Ele a sentia como uma pressão no peito. Eles tiveram brigas horríveis enquanto estavam na Caçada. Daquelas com gritos, do tipo que se tem quando tudo no mundo parece estar em risco porque a outra pessoa era só o que lhe restava. Mark se lembrou de empurrar Kieran parcialmente por uma geleira e então de se jogar depois dele: de agarrá-lo enquanto os dois rolavam para um montinho de neve, abraçando-se no frio, com dedos úmidos e congelados deslizando sobre a pele de um e do outro.

O problema era que as brigas com Kieran normalmente levavam aos beijos e que, Mark sentia, isso não era nem um pouco útil. Provavelmente também não era saudável.

— Porque você não é sincero comigo. Seu coração está fechado e enrolado numa mortalha. Eu não consigo vê-lo — disse Kieran. — Em sonhos, achei que talvez...

— Você acha que estou mentindo para você? — Mark sentiu uma pontada de pavor no coração.

— Acho que você está mentindo para si mesmo — falou Kieran. — Você não nasceu para essa vida de política, complôs e mentiras. Seu irmão Julian nasceu. E ele é bem-sucedido nisso. Mas você não quer fazer esse tipo de barganha, na qual destrói sua alma para servir a um bem maior. Você é melhor do que isso.

Mark deixou a cabeça cair contra o espaldar da cadeira. Se ao menos ele pudesse convencer-se de que Kieran estava errado, mas não estava. Mark se detestava em todos os momentos de todos os dias por mentir para Kieran, mesmo se a mentira fosse por uma boa causa.

Kieran falou:

— Seu irmão botaria fogo no mundo se isso servisse para salvar sua família. Algumas pessoas são assim, mas você não é.

— Compreendo que você não consiga acreditar que isso importa para mim tanto quanto, Kieran — falou Mark. — Mas é a verdade.

— *Lembre-se* — sussurrou Kieran. Mesmo agora, no mundo mundano, havia alguma coisa arrogante e orgulhosa nos gestos dele, em sua voz. Embora estivesse usando o jeans que Mark emprestara, era como se ele devesse estar comandando um exército das fadas, erguendo o braço para reforçar suas ordens. — *Lembre-se de que nada disso é real*.

Mark se lembrava. Ele se lembrava de um bilhete escrito em pergaminho e enrolado na casca de uma bolota. A primeira mensagem que Kieran enviara depois de abandonar a Caçada.

— É real para mim — disse Mark. — Tudo isso é real para mim. — Ele se inclinou para a frente. — Eu preciso saber que você está nisso comigo, Kieran.

— O que é que isso significa?

— Significa que não vai mais ter raiva — falou Mark. — Que não vai mais me enviar sonhos. Eu precisei de você por tanto tempo, Kieran. Precisei tanto de você, e esse tipo de necessidade, ela dobra e deforma você. Deixa você desesperado. Faz não *escolher*.

Kieran tinha congelado.

— Você está dizendo que não me escolheu?

— Estou dizendo que a Caçada Selvagem nos escolheu. Estou dizendo que se você vê estranhamento em mim, e distanciamento, é porque eu não posso evitar que me pergunte sempre: em outro mundo, em outra situação, será que nós ainda teríamos escolhido um ao outro? — Ele olhou para o outro menino com expressão severa. — Você é um príncipe nobre. E eu sou meio Nephilim, contaminado no sangue e na linhagem.

— Mark.

— Estou dizendo que as escolhas que fazemos no cativeiro nem sempre são as escolhas que fazemos em liberdade. E, portanto, nós as questionamos. É inevitável.

— Para mim, é diferente — falou Kieran. — Depois disso, volto para a Caçada. É você quem está livre.

— Eu não permitirei que você seja obrigado a voltar para a Caçada se não quiser.

O olhar de Kieran suavizou. Nesse momento, Mark acreditava que ele lhe teria prometido qualquer coisa, por mais imprudente que fosse.

— Eu gostaria que nós dois tivéssemos liberdade — disse Mark. — Para rir, para nos divertirmos juntos, para amar do jeito normal. Você é livre aqui comigo e talvez nós pudéssemos aproveitar esta oportunidade, este momento.

— Muito bem — falou Kieran, depois de uma longa pausa. — Vou ficar com você. E vou ajudar com seus livros entediantes. — Ele sorriu. — Estou nisso com você, Mark, se é assim que vamos aprender a importância que temos um para o outro.

— Obrigado — falou Mark. Kieran, como a maioria das fadas, não estava acostumado a responder "De nada"; em vez disso, desceu do parapeito e foi em busca de um livro nas prateleiras. Mark ficou observando-o. Ele não tinha dito nada a Kieran que não fosse verdadeiro e ainda assim se sentia pesado por dentro, como se todas as palavras tivessem sido uma mentira.

* * *

O céu sobre Londres estava sem nuvens, belo e azul. A água do rio Tâmisa, abrindo-se de cada lado do barco, estava *quase* azul. Meio cor de chá, pensou Kit, depois de se jogar corante azul nele.

O lugar aonde iam — Ty estava com o endereço — ficava na Gill Street, explicara Magnus, em Limehouse.

— Costumava ser uma vizinhança horrível — falou ele. — Cheia de covis de ópio e casas de jogo. Meu Deus, como era divertida aquela época.

No mesmo instante, Mark assumira uma expressão de pânico.

— Não se preocupe — emendou Magnus. — Agora está muito careta. Só condomínios sofisticados e bares gourmet. Muito seguro.

Julian teria proibido esta excursão, Kit tinha certeza. Mas Mark não hesitara — ele parecia considerar, muito mais do que o irmão, Livvy e Ty como Caçadores de Sombras adultos que simplesmente esperavam trabalhar como os outros.

Fora Ty quem hesitara por um momento, fitando a irmã, preocupado. Livvy parecia absolutamente bem agora — eles estavam na parte de cima do barco, uma parte aberta, e ela erguia o rosto para o vento com prazer descarado, deixando que a brisa erguesse e agitasse seus cabelos.

Ty observava tudo ao redor com fascinação absorta, como se estivesse memorizando todos os prédios, todas as ruas. Seus dedos tamborilavam na grade de metal, mas Kit não achava que isso indicasse ansiedade. Ele notara que os gestos de Ty nem sempre correspondiam a mau humor. Às vezes, eles correspondiam a bom humor: se ele se sentia relaxado, ficava observando os próprios dedos traçando desenhos preguiçosos no ar, do modo que talvez um meteorologista indicasse o movimento das nuvens.

— Se eu me tornar um Caçador de Sombras — falou Kit para nenhum dos gêmeos especificamente —, ainda terei que fazer um monte de dever de casa? Ou poderia apenas, tipo, começar a fazer?

Os olhos de Livvy brilharam.

— Você já está fazendo.

— Sim, mas este é um estado de emergência — falou Ty. — Ele tem razão... Seria necessário recuperar o tempo perdido em algumas disciplinas. Não é como se você fosse tão ignorante quanto um mundano seria — emendou ele para Kit —, mas tem algumas coisas que você provavelmente precisaria aprender: classes de demônios, idiomas, esse tipo de coisa.

Kit fez uma careta.

— Eu tinha esperança de poder aprender durante a execução do trabalho.

Livvy deu risada.

— Você sempre poderia defender seu ponto de vista diante do Conselho.

— O Conselho? — repetiu Kit. — Em que eles são diferentes da Clave?

Livvy riu com mais intensidade ainda.

— Dá pra ver que seu caso poderia não ser bem-sucedido — observou Ty. — Embora eu suponha que poderíamos te ensinar um pouco.

— Um pouco? — perguntou Kit.

Ty deu seu sorriso raro e deslumbrante.

— Um pouco. Tenho coisas importantes a fazer.

Kit pensou em Ty no telhado na noite anterior, em como ele parecia desesperado. Agora o menino tinha voltado a ser o Ty de sempre, como se a recuperação de Livvy o tivesse recuperado também. Ele apoiou os cotovelos na grade enquanto o barco passava ruidosamente por uma imponente construção, semelhante a uma fortaleza, que se agigantava à margem.

— A Torre de Londres — disse Livvy, notando o olhar de Kit.

— As histórias dizem que seis corvos devem sempre guardar a Torre — falou Ty — ou a monarquia cairá.

— Todas as histórias são verdadeiras — falou Livvy baixinho, e um calafrio subiu pela espinha de Kit.

Ty virou a cabeça.

— Não era um corvo que levava as mensagens de Annabel e Malcolm? — falou ele. — Acho que estava nas anotações de Emma e Julian.

— Não parece confiável — falou Kit. — E se o corvo ficar entediado, se distrair ou encontrar um falcão bonitão no caminho?

— Ou for interceptado por fadas — falou Livvy.

— Nem todas as fadas são más — disse Ty.

— Algumas fadas são boas, outras são más, como qualquer um — falou Kit. — Mas isso deve ser muito complicado para a Clave.

— É muito complicado para a maioria das pessoas — observou Ty.

Se qualquer outra pessoa tivesse dito aquilo, Kit teria considerado o comentário uma espécie de reprovação. Ty, porém, provavelmente estava sendo literal. O que era estranhamente agradável de se saber.

— Eu não gosto do que andamos ouvindo de Diana — falou Livvy. — Sobre como Zara anda alegando por aí que matou Malcolm.

— Meu pai costumava dizer que em geral é mais fácil contar uma mentira grandiosa do que uma pequenina — falou Kit.

— Bem, com sorte, ele estava errado — falou Livvy, um pouco abrupta.

— Eu não suporto a ideia de ver Zara e pessoas como ela sendo chamadas de heróis. Mesmo se eles não soubessem que ela está mentindo sobre Malcolm, os planos da Tropa são desprezíveis.

— Uma pena que nenhum de vocês possa simplesmente dizer a Clave o que Julian viu acontecendo no cristal da vidência — falou Kit.

— Se soubessem que ele foi ao Reino das Fadas, ele poderia ser exilado — falou Livvy, e havia um vestígio de medo genuíno em sua voz. — Ou ter as Marcas removidas.

— Eu podia fingir que fui eu quem viu... não vai ser lá grande coisa se eu for expulso dos Nephilim — falou Kit.

Kit tinha pensado em levantar o ânimo com uma piada óbvia, mas os gêmeos pareceram desconcertados.

— Você não quer ficar? — A pergunta de Ty foi direta e afiada como uma faca.

Kit não tinha resposta. Ouviu-se um vozerio, e o barco parou com um solavanco. Tinham atracado e os três se apressaram — estavam sem o feitiço de disfarce e, enquanto empurravam vários mundanos para chegar à saída, Kit ouviu um deles resmungando que jovens estavam se tatuando cedo demais atualmente.

Ty fizera uma careta diante de toda aquela barulheira e agora havia colocado os fones de ouvido enquanto eles seguiam pelas ruas. O ar tinha o cheiro da água do rio, mas Magnus estava certo: as docas desapareciam rapidamente, substituídas por estradas sinuosas, cheias de imensas construções de fábricas antigas transformadas em lofts.

Ty segurava o mapa, e Livvy e Kit seguiam um pouco atrás dele. A mão da menina estava apoiada casualmente na cintura, bem onde o cinto de armas se escondia sob o casaco.

— Ele usa menos os fones de ouvido quando você está por perto — falou, com os olhos fixos no irmão, embora as palavras se dirigissem a Kit.

— Isso é bom? — Kit estava surpreso.

Livvy deu de ombros.

— Não é bom nem ruim. É só uma coisa que eu percebi. Não é magia ou coisa assim. — Ela o fitou de lado. — Acho que ele simplesmente não quer perder nada do que você diz.

Kit sentiu uma pontada de emoção que o surpreendeu. Ele olhou de soslaio para Livvy. Desde que tinham deixado Los Angeles, ela não havia oferecido nenhum indicativo de que gostaria de repetir o beijo deles. E Kit descobrira que nem ele. Não que não gostasse de Livvy ou não a achasse bonita. Mas alguma coisa parecia estranha em relação a isso agora — como se fosse errado.

Talvez pelo fato de ele ainda não saber se queria ser um Caçador de Sombras, no fim das contas.

— Chegamos. — Ty abaixou os fones de ouvido, a cordinha branca contrastando com os cabelos escuros. Só ele, dentre todos os Blackthorn vivos, tinha cabelos assim, embora Kit tivesse visto imagens de seus ancestrais no Instituto, e alguns tinham os mesmos cabelos escuros e olhos cinzentos-prateados. — Isso deve ser esclarecedor. Lojas assim têm que cumprir os Acordos, ao contrário do Mercado de Sombras, mas também são administradas por especialistas. — Ty parecia imensamente feliz ao pensar em todo aquele conhecimento especializado.

Eles tinham passado pela imensa via pública de Narrow Street e agora estavam provavelmente em Gill Street, do lado oposto da única loja aberta. As janelas eram mal iluminadas e o nome do proprietário estava escrito em letras de latão acima da porta: PROPRIETÁRIO: F. SALLOWS. Não se via descrição sobre o tipo de loja, mas Kit imaginou que quem comprava ali sabia o que estava comprando.

Ty já havia atravessado a rua e estava abrindo a porta. Livvy correu atrás dele. Kit foi o último — cauteloso e um pouco menos ansioso. Ele tinha crescido próximo a vendedores de magia e seus mecenas, e desconfiava de ambos.

O interior da loja não oferecia muitos motivos para melhorar sua opinião. As janelas foscas deixavam a claridade entrar, mas não a luz. Pelo menos, o lugar era limpo, com prateleiras compridas repletas de algumas coisas que ele já tinha visto: presas de dragão, água benta, pregos bentos, pós cosméticos encantados, amuletos da sorte — e alguns itens que ele não ainda não vira. Os relógios andavam para trás, embora ele não fizesse ideia do motivo. Havia esqueletos de animais que ele jamais tinha visto até então, montados com arame. Dentes de tubarão grandes demais para pertencer a qualquer tubarão na Terra. Vários jarros com asas de borboleta em cores explosivas: rosa-choque, amarelo néon e verde-limão. Garrafas com água azul cuja superfície ondulava como pequenos mares.

Havia um sino de cobre empoeirado no balcão da frente. Livvy o segurou e balançou enquanto Ty estudava os mapas nas paredes. O mapa que ele observava estava assinalado com nomes que Kit nunca tinha ouvido: as Montanhas de Espinhos, a Cidade Vazia, a Floresta Fragmentada.

— O Reino das Fadas — falou Ty com a voz estranhamente baixa. — É difícil ter mapas de lá, pois a geografia tende a mudar, mas vi alguns quando Mark estava desaparecido.

O estalar de saltos no soalho anunciou a chegada da dona da loja. Para surpresa de Kit, ela era conhecida — pele escura, cabelos cor de bronze, e hoje estava com um vestido tubinho preto e simples. Hypatia Vex.

— Nephilim — falou com um suspiro. — Odeio Nephilim.

— Imagino que este aqui não seja o tipo de lugar onde o cliente tem sempre razão — disse Livvy.

— Você não é Sallows — falou Ty. — Você é Hypatia Vex. Nós nos conhecemos ontem.

— Sallows morreu anos atrás — disse ela. — Foi morto por um Nephilim, por falar nisso.

Estranho, pensou Kit.

— Temos uma lista de coisas de que precisamos. — Livvy empurrou um papel no balcão. — Para Magnus Bane.

Hypatia ergueu uma das sobrancelhas.

— Ah, Bane, seu grande defensor. Que pessoa irritante ele é. — Ela pegou o papel. — Algumas destas coisas vão precisar de, pelo menos, um dia para serem preparadas. Vocês podem voltar amanhã?

— E por acaso temos escolha? — falou Livvy, com um sorriso encantador.

— Não — falou Hypatia. — E vocês vão pagar em ouro. Não estou interessada em dinheiro mundano.

— Só nos diga quanto — falou Ty, aí pegou uma caneta e começou a escrever. — E também... tem uma coisa que quero perguntar a você.

Ele olhou para trás, para Kit e Livvy, que entendeu a deixa primeiro e puxou Kit para fora da loja até chegarem à rua. O sol aquecia seus cabelos e a pele; ele se perguntava o que os mundanos viam quando olhavam para a loja. Talvez uma loja de conveniência empoeirada ou um lugar que vendia lápides. O tipo de local onde você jamais desejaria entrar.

— Por quanto tempo você está planejando ser amigo do meu irmão? — perguntou Livvy, abruptamente.

Kit se sobressaltou.

— Eu... o quê?

— Você me ouviu — falou ela. Os olhos de Livvy eram muito mais azuis que o Tâmisa. Os olhos de Ty, na verdade, eram mais da cor do rio.

— As pessoas não pensam em amizade desse jeito — falou Kit. — Depende de há quanto tempo você conhece a pessoa... Há quanto tempo está no mesmo lugar.

— A *escolha* é sua — falou ela, as pupilas dilatando. — Você pode ficar com a gente pelo tempo que quiser.

— Posso? E quanto à Academia? E quanto a aprender a ser um Caçador de Sombras? Como eu vou acompanhar vocês quando já estão um milhão de anos na minha frente?

— A gente não se importa com isso...

— Talvez eu me importe.

Livvy falou com voz firme:

— Quando éramos pequenos, os Ashdown costumavam brincar em casa com a gente. Nossos pais achavam que devíamos conviver mais com crianças de fora da família, e Paige Ashdwon tinha mais ou menos a minha idade, então ela foi empurrada para mim e para Ty. E uma vez ele estava falando sobre sua obsessão... Na época, eram carros, antes de Sherlock. E ela falou sarcasticamente que ele devia aparecer na casa dela e lhe contar tudo porque era muito interessante.

— E o que aconteceu?

— Ele foi até a casa dela para conversar sobre carros e ela não estava, e quando ela voltou, riu dele e falou para ele ir embora, que ela não tinha falado sério, e ficou questionando se ele era burro.

Kit sentiu ferver a raiva por uma garota que ele jamais conhecera.

— Eu nunca faria isso.

— Olha — falou Livvy —, desde então, Ty aprendeu muito sobre pessoas que dizem coisas sem qualquer sinceridade, sobre o tom da voz não combinar com a expressão e por aí vai. Mas ele confia em você, deixou você se aproximar. Nem sempre ele vai se lembrar de aplicar essas coisas a você. Só estou dizendo: não minta para ele. Não o engane.

— Eu não... — começou Kit, quando então o sino tocou e a porta da loja se abriu. Era Ty, puxando o capuz por causa da brisa.

— Pronto — falou. — Vamos voltar.

Se ele tinha percebido alguma atmosfera de tensão, não disse nada e, durante todo o retorno para casa, eles conversaram sobre coisas sem importância.

As pixies estavam sentadas numa fileira triste sobre as pedras na beirada do jardim do chalé. Depois de tirá-las do buraco, Emma e Jules lhes ofereceram comida, mas somente uma delas aceitara, e neste momento estava abaixada numa tigela de leite.

A mais alta das fadas falou numa voz aguda.

— Malcolm Fade? Onde está Malcolm Fade?

— Aqui não está — respondeu Julian.

— Foi visitar um parente doente — falou Emma, olhando as pixies, fascinada.

— Feiticeiros não têm parentes — retrucou a pixie.

— Ninguém entende minhas referências — resmungou Emma.

— Somos amigos de Malcolm — disse Julian, após um instante. Se Emma não o conhecesse, teria acreditado nele. Seu rosto ficava totalmente inocente quando ele mentia. — Ele nos pediu para tomar conta do lugar enquanto estiver fora.

As pixies cochicharam entre si num tom cauteloso e agudo. Emma tentou prestar atenção, mas não conseguiu entendê-las. Elas não falavam a língua nobre do Reino das Fadas, mas um idioma mais simples e aparentemente antigo. Tinha o murmúrio da água sobre as pedras, a acidez aguda da grama verde.

— Vocês também são feiticeiros? — perguntou a mais alta das pixies, afastando-se do grupo. Seus olhos eram raiados de cinza e prata, feito as rochas da Cornualha.

Julian balançou a cabeça e estendeu o braço, virando-o para que o símbolo da Visão no braço ficasse perceptível, destacando-se contra a pele.

— Somos Nephilim.

As pixies voltaram aos cochichos.

— Estamos procurando Annabel Blackthorn — falou Julian. — Queremos levá-la para casa, onde ela terá proteção.

As pixies o fitaram, desconfiadas.

— Ela falou que vocês sabiam onde ela estava — disse Julian. — Vocês andaram conversando com ela?

— Nós a conhecemos anos atrás, conhecemos Malcolm também — falou a pixie. — Não é sempre que um mortal vive por tanto tempo. Ficamos curiosas.

— Vocês podiam contar para nós — falou Emma. — Vamos deixar vocês irem embora, se fizerem isso.

— E se não fizermos? — perguntou a pixie menorzinha.

— Aí não vamos libertar vocês — disse Julian.

— Ela está na Igreja de Porthallow — falou a menor, em nome do grupo. — O local tem ficado vazio todos esses anos. Ela sabe disso e se sente em segurança lá, e tem uns poucos do Povo Alto na região, na maior parte do tempo.

— A Igreja de Porthallow fica perto daqui? — quis saber Julian. — Fica perto da cidade?

— Muito perto — falou a pixie mais alta. — Muito, muito perto. — Ele ergueu as mãos finas e pálidas, apontando. — Mas vocês não podem ir hoje. É domingo, quando o Povo Alto se reúne para pesquisar o cemitério atrás da igreja.

— Obrigado — falou Julian. — Vocês foram muito prestativas, de fato.

Dru abriu a porta do quarto dela com um empurrão.

— Jaime? — murmurou.

Não houve resposta. Ela se esgueirou para dentro, fechando a porta atrás de si. Carregava um prato de bolinhos que Bridget tinha feito. Quando ela pedira o prato todo, Bridget sorrira para alguma coisa da qual evidentemente só ela se lembrava, então dissera abruptamente para Dru não comer todos ou ficaria ainda mais gorda.

Há muito Dru aprendera a não comer muito na frente de desconhecidos ou a não parecer que estava faminta ou a não botar comida demais no prato. Ela odiava o modo como eles a olhavam quando ela fazia algo assim, como se dissessem, *ah, é por isso que ela não é magra.*

Mas ela se dispusera a parecer gulosa por Jaime. Depois que ele se acomodara no quarto dela — jogando-se na cama como se estivesse dormindo lá há dias, depois levantando-se rapidamente e perguntando se podia usar o chuveiro —, ela se perguntara se ele estaria com fome e ele baixara os cílios, sorrindo para ela.

— Eu não queria ser um fardo, mas...

Ela então correra para a cozinha, não querendo voltar de mãos vazias. Isso era algo que uma garota assustada de 13 anos faria, mas não uma de 16. Ou sabe-se-lá qual idade ele imaginava que ela tivesse. Ela não fora específica.

— Jaime?

Ele saiu do banheiro de jeans e vestindo a camiseta. Ela entreviu uma tatuagem negra — não era uma Marca, mas uma frase comum no alfabeto romano —, serpenteando pela pele lisa e morena antes que a camiseta cobrisse sua barriga. Ela ficou fitando-o calada enquanto ele chegava mais perto e pegava um bolinho. Jaime piscou para ela.

— Obrigado.

— De nada — disse ela com a voz fraca.

Ele se sentou na cama, espalhando migalhas para todos os lados, com os cabelos úmidos cacheando por causa da umidade. Dru colocou o prato sobre a penteadeira com cuidado. Quando ela se virou, Jaime já havia adormecido, a cabeça apoiada no braço.

Ela se empoleirou na mesinha de cabeceira por um momento, abraçando o próprio corpo. Conseguia enxergar Diego nas cores e curvas do rosto de Jaime. Era como se alguém tivesse pegado Diego e talhado suas feições, deixando todos os ângulos mais proeminentes. Uma tatuagem com mais letras dava volta num dos pulsos morenos de Jaime e desaparecia sob a manga da camisa; ela desejava ter mais conhecimentos de espanhol para poder traduzi-la.

Dru começou a se virar na direção da porta, pois pretendia deixá-lo sozinho para descansar.

— Não vá — pediu ele. Ela deu meia-volta e notou que os olhos dele estavam semicerrados, e os cílios lançavam sombras nas bochechas bem marcadas.
— Faz muito tempo que não tenho com quem conversar.
Ela se sentou na beirada da cama. Jaime rolou e ficou deitado de costas, com os braços cruzados atrás da cabeça. Ele era todo pernas e braços compridos, cabelos pretos e cílios como patinhas de aranha. Tudo nele era ligeiramente desproporcional, ao contrário de Diego, que era todo linhas regulares, feito uma história em quadrinhos. Dru estava tentando não encarar Jaime.
— Eu estava olhando os adesivos na sua mesinha de cabeceira — falou ele. Dru tinha comprado numa loja na Fleet Street quando saíra com Diana para comprar sanduíches. — São todos de filmes de terror.
— Eu gosto de filmes de terror.
Ele sorriu. Os cabelos pretos caíram nos olhos, e ele os jogou para trás.
— Você gosta de se assustar?
— Filmes de terror não me assustam.
— Mas não deveriam? — Ele parecia sinceramente interessado. Dru não conseguia se lembrar da última vez que alguém se mostrara genuinamente interessado em seu amor por filmes de terror antigos e filmes de psicopatas. Às vezes, Julian ficava acordado para ver *A Cidade dos Mortos* com ela, mas Dru sabia que era apenas gentileza de irmão mais velho.
— Eu me lembro da Guerra Maligna — disse ela. — Lembro-me de ver as pessoas morrendo na minha frente. Meu pai foi um dos Crepusculares. Ele voltou, mas não era... não era ele. — Ela engoliu em seco. — Quando vejo um filme de terror, eu sei o que acontece, e sempre vou ficar bem quando acabar. Sei que as pessoas no filme são apenas atores, que vão embora para casa depois que tudo acaba. O sangue é falso e sai com água e sabão.
Os olhos de Jaime estavam sombrios e impenetráveis.
— Quase faz você acreditar que nenhuma daquelas coisas existe — disse ele. — Imagine se não existissem.
Ela deu um sorriso um pouco triste.
— Nós somos Caçadores de Sombras — disse ela. — Nós não temos que imaginar isso.

— As pessoas fazem qualquer coisa para fugir do dever de casa — falou Julian.
— Menos você — retrucou Emma, deitada, com as pernas no braço do sofá.
Como eles não podiam seguir Annabel até a igreja hoje, tinham decidido passar a tarde lendo os diários de Malcolm e estudando os desenhos de Annabel. Quando o sol começou a baixar, eles tinham uma quantidade sig-

nificativa de anotações sistematicamente organizadas em pilhas, por todo o chalé. Anotações sobre cronologia; quando Malcolm tinha se unido à família de Annabel, como eles (que dirigiam o Instituto da Cornualha) o adotaram quando ele era pequeno. A intensidade do amor de Annabel pela mansão Blackthorn, o lar ancestral dos Blackthorn nas colinas verdes de Idris, e como eles tinham brincado juntos na Floresta Brocelind. Quando Malcolm tinha começado a planejar o futuro deles e construído o chalé em Polperro, e como ele e Annabel esconderam o relacionamento, trocando todas as mensagens através do corvo de Annabel. Quando o pai dela descobrira a respeito deles, expulsara a filha da casa dos Blackthorn, e como Malcolm a encontrara na manhã seguinte, chorando sozinha na praia.

A partir daí Malcolm determinara que eles iam precisar de proteção da Clave. Ele ficara sabendo sobre a coleção de livros de feitiço no Instituto da Cornualha. E precisaria de um protetor poderoso, concluíra. Alguém com quem pudesse trocar o Volume Negro, que, por sua vez, manteria o Conselho longe deles.

Emma lia os diários em voz alta e Julian tomava notas. De vez em quando eles paravam, tiravam fotos das anotações e das perguntas com o celular e mandavam para o Instituto. Às vezes, eles recebiam novas perguntas e faziam um esforço para responder rápido; outras vezes, não recebiam nada. Uma vez, receberam uma foto de Ty, que se deparara com uma fileira inteira de primeiras edições de Sherlock Holmes na biblioteca e estava radiante. Em outra vez, receberam uma foto do pé de Mark e nenhum dos dois entendeu o motivo.

A certa altura, Julian se espreguiçou, foi até a cozinha e preparou para ambos sanduíches de queijo quente no imenso fogão de ferro que irradiava calor através do cômodo.

Isso é ruim, pensou ele, baixando o olhar para as mãos enquanto ajeitava os sanduíches nos pratos e se lembrava de que Emma gostava do pão sem a casca. Ele costumava fazer piada com isso. Pegou uma faca, o gesto mecânico, habitual.

Ele se imaginou fazendo isso todos os dias. Morando na casa que ele mesmo havia projetado; assim como esta, a casa teria vista para o mar. Um imenso estúdio onde ele poderia pintar. Um cômodo para Emma treinar. Ele se imaginou acordando todas as manhãs para encontrá-la ao lado dele ou sentada à mesa da cozinha, com o cereal matinal, cantarolando e erguendo o rosto para sorrir quando ele entrasse.

Uma onda de desejo — não apenas por pensar no corpo dela, mas pelo sonho dessa vida — o invadiu e quase o fez engasgar. Era perigoso sonhar, recordou-se. Tão perigoso quanto era para a Bela Adormecida em seu castelo, onde ela caíra em sonhos que a devoraram por um século.

Ele foi se juntar a Emma perto da lareira. Os olhos dela estavam brilhantes e Emma sorriu ao pegar o prato da mão dele.

— Sabe o que me preocupa?

O coração dele se contorceu lentamente no peito.

— O quê?

— Church — falou ela. — Ele está sozinho no Instituto de Los Angeles.

— Não, não está. Está cercado por Centuriões.

— E se um deles tentar roubá-lo?

— Então será punido adequadamente — falou Julian, aproximando-se um pouco mais do fogo.

— Qual é a punição adequada por se roubar um gato? — perguntou Emma enquanto mordia o sanduíche.

— No caso de Church, ter que ficar com ele — falou Julian.

Emma fez uma careta.

— Se tivesse casca neste sanduíche, eu as jogaria em você.

— Por que você não joga o sanduíche?

Ela pareceu horrorizada.

— E abrir mão deste queijo delicioso? Eu nunca, nunca abriria mão de um queijo delicioso.

— Foi mal. — Julian jogou outro pedaço de lenha no fogo. Uma bolha de felicidade cresceu em seu peito, doce e desconhecida.

— Não é todo dia que aparece um queijo gostoso assim — informou ela.

— Você sabe o que o tornaria ainda melhor?

— O quê? — Ele se sentou nos calcanhares.

— Outro sanduíche. — Ela ergueu o prato vazio, dando risada. Julian o pegou, e foi um momento totalmente comum, mas também foi tudo o que ele sempre quis e nunca se permitiu imaginar. Uma casa, com Emma; juntos, rindo perto de uma lareira.

A única coisa melhor do que isso seria seus irmãos e irmãs em algum lugar por perto, onde ele pudesse vê-los todos os dias, onde pudesse lutar com Livvy, assistir a filmes com Dru e ajudar Tavvy a aprender a atirar com a besta. Onde ele pudesse procurar animais com Ty, caranguejos-eremitas na beirada da água, escavando debaixo das próprias conchas. Onde ele pudesse preparar grandes jantares com Mark, Helen e Aline, e todos eles comeriam juntos, ao ar livre, sob as estrelas e o ar do deserto.

Onde ele pudesse ouvir o mar, assim como ele podia ouvir agora. E onde pudesse ver Emma, sempre Emma, a metade melhor e mais brilhante dele, que compensava sua falta de compaixão, que o forçava a reconhecer a luz quando ele só via a escuridão.

Mas todos eles teriam que estar juntos, pensou. Há muito tempo, os pedaços de sua alma tinham sido espalhados, e cada pedacinho vivia em um de seus irmãos. Menos o pedaço que vivia em Emma, que fora queimado e transformado em lar nela mesma pela chama da cerimônia *parabatai*, e pela pressão do próprio coração.

Mas isso era impossível. Uma coisa impossível que podia nunca acontecer. Mesmo se, por algum milagre, sua família passasse por tudo isso unida e ilesa — e se Helen e Aline pudessem voltar para eles —, mesmo nesse caso, Emma, sua Emma, um dia teria a própria família e a própria vida.

Ele se perguntava se seria o *suggenes* dela, se ele entraria com ela em seu casamento. Era o que costumava acontecer quando se era *parabatai*.

O pensamento o fez sentir como se estivesse sendo dilacerado por dentro com lâminas.

— Você se lembra — estava dizendo ela com a voz baixinha, provocadora — quando você falou que poderia trazer Church para dentro da sala de aula sem que Diana percebesse, e então ele te mordeu no meio da apresentação sobre Jonathan Caçador de Sombras?

— De jeito nenhum. — Julian se ajeitou no chão, com um dos diários à mão. O calor do ambiente, o cheiro de chá e pão queimado, o brilho da luz da lareira nos cabelos de Emma o estavam deixando sonolento. Ele se sentia tão intensamente feliz quanto se sentia infeliz, e ser puxado para aquelas duas direções tão diferentes simultaneamente o estava deixando esgotado.

— Você gritou — disse ela. — E então você falou para Diana que era porque estava muito empolgado por aprender.

— Tem algum motivo para você se lembrar de todas as coisas constrangedoras que acontecem comigo? — refletiu ele em voz alta.

— Alguém tem que se lembrar — falou Emma. As bochechas dela estavam rosadas com a luz da lareira. A pulseira de vidro no pulso de Julian cintilava, fria contra a bochecha, quando ele baixou a cabeça.

Ele temera que, sem Cristina aqui, eles fossem brigar e discutir. Temera que fossem ficar amargos um com o outro, mas, em vez disso, tudo estava perfeito. E ao seu modo, isso era muito pior.

A dor acordou Mark no meio da noite, a sensação de que seu pulso estava cheio de pregos.

Eles tinham ficado trabalhando na biblioteca até tarde: Magnus, ocupado com a receita do antídoto do feitiço de amarração e o restante lendo livros antigos sobre o Volume Negro. A combinação das lembranças do cristal de *alétheia* e as informações das anotações enviadas por Emma e Julian começava a criar um retrato mais completo de Annabel e Malcolm, porém, Mark não conseguia evitar se perguntar se aquilo estava fazendo algum bem. O que eles precisavam era do Volume Negro, e mesmo se sua história estivesse tecida no passado, será que ia ajudar os Blackthorn a encontrarem o livro no presente?

A parte boa é que ele tinha conseguido convencer Kieran a comer quase uma refeição inteira que Alec trouxera de uma cafeteria na Fleet Street, embora o outro tivesse passado o tempo inteiro dizendo que o suco não era suco e que chutney não existia.

— Não pode ser assim — dissera ele, fazendo cara feia para o sanduíche.

Agora ele estava dormindo, aninhado num cobertor amarrado debaixo da janela de Mark, a cabeça apoiada numa pilha de livros de poesia que ele tinha trazido da biblioteca. Quase todos eles tinham sido rabiscados na primeira página por um tal James Herondale, que anotara cuidadosamente seus versos favoritos.

O pulso de Mark latejou outra vez, e com a dor veio uma sensação de inquietação. *Cristina*, pensou ele. Eles mal tinham se falado aquele dia, evitando-se. Em parte, era por causa de Kieran, mas era ainda mais por causa do feitiço de amarração, da terrível realidade que se apresentava entre eles.

Mark ficou de pé com dificuldade e vestiu jeans e camiseta. Não conseguia dormir, não assim, preocupado com ela. Descalço, cruzou o corredor até o quarto dela.

Mas estava vazio. A cama estava arrumada, a coberta lisinha no lugar e a luz do luar refletia em cima dela.

Confuso, ele seguiu pelo corredor, deixando o feitiço de amarração conduzi-lo. Era como seguir a música de uma festa ao longe. Ele quase era capaz de ouvi-la: ela estava em alguma parte do Instituto.

Ele passou pela porta de Kit e ouviu vozes altas, e alguém riu... Ty. Mark pensou no modo como Ty parecera precisar dele quando ele voltara pela primeira vez, e agora isso tinha acabado: Kit tinha criado um tipo curioso de magia, complementando o que os gêmeos já possuíam num trio em equilíbrio. Ty não olhava mais para Mark da mesma forma, como se estivesse procurando alguém que o compreendesse.

O que era bom, pensou Mark ao descer dois degraus por vez na escada. Porque ele não tinha muito jeito para compreender quem quer que fosse. Ele nem mesmo compreendia a si mesmo.

Um corredor comprido o levou a duas portas duplas, pintadas de branco. Uma delas estava aberta. O interior era um cômodo imenso, empoeirado e com pouca iluminação.

Era evidente que o cômodo não era usado havia muitos anos, embora estivesse limpo, a não ser pela poeira. Lençóis brancos cobriam a maior parte dos móveis. Janelas em arco davam para um pátio e para a noite que cintilava com estrelas.

Cristina estava lá, no meio do cômodo, olhando para um dos candelabros. Havia uma fileira com três deles, apagados, porém reluzindo com as gotas de cristal.

Ele deixou a porta bater atrás de si e ela se virou. Não pareceu surpresa ao vê-lo. Ela usava um vestido simples preto, que parecia ter sido feito para alguém mais baixa do que ela, e seu cabelo estava preso no alto, longe do rosto.

— Mark. Não conseguiu dormir? — disse ela.

— Não muito bem. — Ele olhou, pesaroso, para o próprio pulso, embora a dor tivesse desaparecido agora que ele estava com Cristina. — Você também?

Ela fez que sim com a cabeça. Seus olhos brilhavam.

— Minha mãe sempre dizia que o salão de baile do Instituto de Londres era o mais bonito que ela já vira. — A menina olhou ao redor, para o papel de parede listrado eduardiano, as cortinas de veludo pesado, amarradas e deixando livre a visão da janela. — Mas ela deve ter visto o salão muito vivo e cheio de gente. Agora parece o castelo da Bela Adormecida. Como se a Guerra Maligna o tivesse envolvido com espinhos e desde então ele estivesse adormecido.

Mark esticou a mão, a ferida da amarração que contornava seu pulso como a pulseira de vidro marinho que contornava o pulso de Julian.

— Vamos acordá-lo — falou. — Dance comigo.

— Mas não tem música. — Ainda assim, ela oscilou um pouco na direção dele ao falar.

— Eu já dancei em muitas festas onde não havia flauta nem violino, onde havia somente a música do vento e das estrelas. Posso te mostrar.

Ela se aproximou dele, o pingente dourado no pescoço reluzindo.

— Que mágico — disse ela, e seus olhos estavam imensos, escuros e luminosos por causa da travessura. — Ou eu poderia fazer isso.

Ela sacou o celular do bolso e apertou alguns botões. A música saiu dos pequenos alto-falantes: não estava alta, mas Mark podia senti-la — não era uma música que ele conhecia, mas era rápida e vigorosa, latejando junto ao seu sangue.

Ele ofereceu as mãos. Pousando o celular no parapeito da janela, Cristina pegou as mãos dele, rindo enquanto ele a puxava para si. Seus corpos se tocaram uma vez, levemente, e ela girou para longe dele, forçando-o a acompanhá-la. Se ele tinha pensado que a conduziria, percebeu, estava errado.

Ele caminhou atrás dela enquanto Cristina se movimentava como fogo, sempre um pouco à frente dele, girando até seus cabelos se soltarem e flutuarem ao redor do rosto. Os candelabros brilhavam acima como chuva, e Mark segurou sua mão. Ele a rodopiou num círculo; ao virar, o corpo dela roçou no dele, e ele segurou seu quadril, puxando Cristina para si.

E agora ela estava em seus braços, movimentando-se, e em todos os pontos que os corpos deles se tocavam parecia nascer uma centelha. Todas as coisas saíram da mente de Mark, menos Cristina. A luz na pele morena, o rosto afogueado, o modo como a saia subia quando ela girava, permitindo que ele entrevisse as coxas macias que tanto havia imaginado centenas de vezes.

Ele a segurou pela cintura e ela requebrou para trás nos braços dele, flexível, os cabelos roçando o chão. Quando ela se ergueu outra vez, os olhos semicerrados, ele não conseguiu mais se conter. Puxou-a para si e a beijou.

Ela ergueu as mãos e se agarrou aos cabelos dele, os dedos puxando-o e trazendo-o para mais perto. Cristina tinha gosto de água fresca e límpida, e ele sorveu sua boca como se estivesse com muita sede. Seu corpo inteiro parecia um desejo desesperado. E quando ela se afastou dele, ele gemeu baixinho. Mas ela estava rindo e olhando para ele, dançando levemente para trás com as mãos esticadas. A pele de Mark parecia estar toda rígida; ele estava desesperado para beijá-la outra vez, para deixar suas mãos passearem por onde os olhos estiveram antes: deslizando pelas laterais de suas pernas compridas, sob a saia, ao longo da cintura, por suas costas, onde os músculos eram macios e longos nas laterais da coluna.

Ele a queria, e era um desejo muito humano; não era luz das estrelas e estranhamento, mas era o aqui e o agora. Ele foi até ela, buscando suas mãos.

— Cristina...

Ela congelou e, por um momento de temor, ele pensou que fosse por causa dele. Mas ela olhava além. Mark se virou e viu Kieran à porta, encostado no batente e olhando muito fixamente para os dois.

Mark se retesou. Em um momento atrasado de clareza, ele percebeu que fora estúpido, assustadoramente estúpido ter feito o que estivera fazendo. Mas nada disso era culpa de Cristina. Se Kieran descontasse nela...

Mas quando Kieran falou, estava animado.

— Mark — disse ele —, você realmente não tem ideia, tem? Você devia mostrar a ela o jeito certo de se fazer isso.

Ele caminhou até eles, um verdadeiro príncipe do Reino das Fadas em toda sua graça. Ele usava camiseta e calça brancas, e os cabelos negros caíam parcialmente sobre os ombros. Ele parou no meio do cômodo e estendeu uma das mãos para Cristina.

— Milady — falou, e fez uma mesura. — Poderia me conceder uma dança?

Cristina hesitou por um instante e então assentiu.

— Você não precisa fazer isso — murmurou Mark. Ela apenas lhe deu um olhar demorado, e então seguiu Kieran até o meio do salão.

— Agora — falou Kieran, e começou a se movimentar.

Mark não achava que já tivesse dançado com Kieran antes, não numa festa; eles sempre tinham tentado esconder o relacionamento diante do mundo maior do Reino das Fadas. E Kieran, se não pudesse dançar com o parceiro de sua escolha, não dançaria com ninguém.

Mas ele estava dançando agora. E se Cristina se movimentava como fogo, Kieran se movimentava como um raio. Após um instante de hesitação, Cristina o acompanhou — ele a pegou nos braços, a aparou e a ergueu com a força fácil das fadas, girando-a ao redor dele. Ela arfou, e seu rosto se iluminou com o prazer da música e do movimento.

Mark ficou onde estava, sentindo-se estranho e confuso na mesma medida. O que Kieran estava fazendo? O que ele estava pensando? Será que aquilo era algum tipo de advertência? Mas não parecia ser. Quanto será que Kieran tinha visto? O beijo ou só a dança?

Ele ouviu Cristina dando risada. Arregalou os olhos. Incrível. Ela e Kieran pareciam estrelas girando juntas, só se tocando pelas beiradas, porém explodindo numa chuva de faíscas e fogo quando entravam em contato. E Kieran estava sorrindo, sorrindo de verdade. Aquilo mudou o rosto dele e fez com que parecesse mais jovem do que realmente era.

A música terminou. Cristina parou de dançar e de repente pareceu tímida. Kieran ergueu a mão para tocar os longos cabelos escuros dela, jogando-os por cima do ombro para que ele pudesse se inclinar e beijá-la na bochecha. Ela arregalou os olhos de surpresa.

Somente então, quando ele se afastou, foi que olhou para Mark.

— Pronto — falou ele. — É assim que dança o sangue do Povo das Fadas.

— Acorde.

Kit gemeu e rolou. Ele finalmente tinha dormido, e sonhava com alguma coisa agradável, algo como estar numa praia com seu pai. Não que seu pai o tivesse levado à praia realmente, mas era para isso que os sonhos serviam, não era?

No sonho, o pai tocara seu ombro e dissera: *Eu sempre soube que você daria um bom Caçador de Sombras.*

Não importava que Johnny Rook preferisse ver o filho se tornando um assassino em série a ser um Nephilim. Fazendo um esforço para acordar, Kit se lembrou do sorriso do pai e da última vez que ele o vira, na manhã do dia em que os demônios de Malcolm Fade o tinham feito em pedaços.

— Você não me ouviu? — A voz que tirava Kit do sono se tornou mais urgente. — Acorde!

Kit abriu os olhos. O quarto estava tomado pelo brilho pálido da pedra de luz enfeitiçada, e uma sombra pairava acima da cama. Com a lembrança recente dos demônios Mantis no limite de sua consciência, Kit se levantou rápido.

A sombra recuou sem perda de tempo e por pouco não colidiu contra Kit. A pedra de luz enfeitiçada apontou para cima, iluminando Ty; seu cabelo escuro e macio estava bagunçado, como se ele tivesse rolado da cama e vindo para o quarto de Ty sem se pentear. Ele usava um moletom de capuz que Julian lhe dera antes de ir para a Cornualha, provavelmente metade por conveniência e metade para proporcionar consolo. O fio dos fones de ouvido saía do bolso e se enrolava no pescoço.

— Watson — falou. — Eu quero ver você.

Kit resmungou e esfregou os olhos.

— O quê? Que horas são?

Ty girou a pedra de luz enfeitiçada nos dedos.

— Você sabia que as primeiras palavras faladas ao telefone foram "Watson, venha aqui, quero ver você?"

— Mas era um Watson totalmente diferente — observou Kit.

— Eu sei — retrucou Ty. — Só achei interessante. — Ele puxou os fones de ouvido pelo fio. — Eu queria ver você mesmo. Ou, pelo menos, tem uma coisa que preciso fazer e preferiria que você viesse comigo. Na verdade, foi uma coisa que você disse que me deu a ideia de fazer a pesquisa.

Kit chutou as cobertas. De qualquer forma, tinha dormido usando as roupas do dia a dia, um hábito incutido durante a época em que seu pai estivera envolvido em negócios que deram errado, por isso eles dormiam totalmente vestidos por dias, para o caso de precisarem pegar as coisas e fugir apressados.

— Pesquisa? — perguntou ele.

— Está na biblioteca — falou Ty. — Posso mostrar antes de irmos. Se você quiser.

— Eu gostaria de ver.

Kit saiu da cama e meteu os pés nos sapatos, pegando um casaco antes de seguir Ty pelo corredor. Ele sabia que deveria estar exausto, mas havia alguma coisa na energia de Ty, no brilhantismo e na concentração de seu foco, que estimulavam Kit como cafeína. Isso o acordava por dentro com uma sensação de promessa, como se os momentos a sua frente de repente incluíssem infinitas possibilidades.

Na biblioteca, Ty cobrira uma das mesas com as anotações enviadas da Cornualha por Emma e Julian, além de cópias impressas dos desenhos de Annabel. Ainda parecia a mesma bagunça para Kit, mas Ty passava a pedra de luz enfeitiçada sobre as páginas com confiança.

— Lembra quando a gente estava conversando sobre como um corvo levava os recados entre Malcolm e Annabel? No barco? E você disse que não parecia confiável?

— Lembro — falou Kit.

— Isso me deu uma ideia — disse Ty. — Você é bom em me incitar ideias. Não sei por quê. — E deu de ombros. — De qualquer forma. Nós vamos para a Cornualha.

— Por quê? Vamos exumar a ave e interrogá-la?

— Claro que não.

— Isso foi uma piada, Ty... — Kit se calou, o impacto das palavras do outro menino o atingindo com atraso. — O quê? Vamos aonde?

— Eu sei que foi uma piada — falou Ty, pegando um dos desenhos impressos. — Livvy me falou que, quando as pessoas fazem piadas que não são engraçadas, a coisa mais educada a se fazer é ignorá-las. Não é verdade?

Ele parecia ansioso e Kit queria abraçá-lo, do mesmo jeito que tinha feito na outra noite, no telhado.

— Não, é verdade — respondeu ele, apressando-se atrás de Ty ao saírem da biblioteca. — É só que humor é subjetivo. Nem todo mundo concorda que as mesmas coisas são engraçadas, ou que não são.

Ty olhou para ele com simpatia sincera.

— Tenho certeza de que as pessoas acham você hilário.

— Com certeza. — Eles se apressavam na direção da escada, esgueirando-se nas sombras. Kit se perguntava por que estavam indo à Cornualha, mas isso não parecia ter importância. Ele sentia a agitação faiscando nas pontas dos dedos, a promessa de aventura. — Mas Cornualha, é sério? Como? E quanto a Livvy?

Ty não se virou.

— Não quero levá-la hoje.

Eles tinham chegado aos pés da escada. Uma porta dava para um imenso cômodo de pedra. A cripta de uma catedral. O soalho e as paredes eram feitos de imensas lajes de pedra escura, lixadas até ficarem lisas, e havia suportes de latão presos a colunas de pedra que, provavelmente, costumavam servir de suporte aos lampiões. Agora a luz vinha da pedra de luz enfeitiçada, jorrando através dos dedos em concha de Ty.

— O que estamos fazendo exatamente? — falou Kit.

— Lembra-se de quando fiquei na loja para conversar com Hypatia Vex? — perguntou Ty. — Ela me disse que tem um Portal permanente aqui embaixo. É antigo, talvez um dos primeiros existentes, criado mais ou menos em 1903. Ele só vai até o Instituto da Cornualha. A Clave não sabe dele ou não o controla.

— Um Portal que não é controlado? — falou Kit. Ty estava caminhando em volta do recinto, fazendo a pedra de luz enfeitiçada refletir nas paredes, em fissuras e cantos. — Isso não é perigoso?

Ty não disse nada. Tapeçarias compridas pendiam a intervalos nas paredes. Ele olhava atrás de cada uma delas, passando a luz acima e abaixo na parede. Ela refletia na pedra e iluminava o cômodo feito vaga-lumes.

— Por isso você não queria que Livvy viesse — falou Kit. — Porque é perigoso.

Ty se endireitou. Seu cabelo estava bagunçado.

— Ela já se machucou por minha causa — falou.

— Ty...

— Eu preciso encontrar o Portal. — Ty se inclinou na direção da parede, seus dedos tamborilando nela. — Eu olhei atrás de todas as tapeçarias.

— Que tal olhar *nelas*? — sugeriu Kit.

Ty lhe ofereceu um olhar demorado, pensativo, com uma pitada de surpresa. Kit captou apenas um lampejo dos olhos cinzentos quando o menino se virou outra vez para examinar as tapeçarias. Cada uma delas mostrava uma cena do que parecia uma paisagem medieval: castelos, muros de pedra compridos, torres e estradas, cavalos e batalhas. Ty parou diante de uma que mostrava uma cerca alta, no meio da qual se via uma abertura em arco. Através dela, via-se o mar.

Ele encostou a mão na peça, um gesto hesitante, desconfiado. Houve um brilho de luz. Kit avançou correndo quando a tapeçaria brilhou e se tornou reluzente e colorida como uma superfície oleosa.

Ty olhou outra vez para o desenho que ele segurava, então se virou, com a outra mão esticada para Kit.

— Não seja tão molenga.

Kit esticou a mão para ele. Seus dedos se fecharam em torno dos dedos de Ty, quentes e firmes mediante o aperto. Ty deu um passo adiante, para dentro do Portal, com as cores dividindo-se e voltando a se formar ao redor dele — ele já estava meio invisível — e sua mão apertou a de Kit, puxando-o atrás de si.

Kit segurou com firmeza. Mas em alguma parte do caos giratório do Portal, sua mão se soltou da de Ty. Um pânico irracional o invadiu e ele gritou algo bem alto — sem saber ao certo o quê —, antes que os ventos do Portal o girassem através de uma passagem e o cuspissem no ar frio, sobre um declive de grama úmida.

— Sim? — Ty estava de pé acima dele, com a pedra de luz na mão. O céu atrás dele era imponente e escuro, reluzindo com um milhão de estrelas.

Kit ficou de pé, encolhendo-se. Ele estava se acostumando a fazer viagens via Portal, mas ainda não gostava disso.

— O que foi? — O olhar de Ty não encontrou o de Kit, e sim se pôs a analisá-lo, como se à procura de algum machucado. — Você estava chamando meu nome.

— Estava? — Kit olhou ao redor. Gramados verdes inclinavam-se para três direções abaixo e aí se erguiam numa quarta ao encontro de uma imensa igreja cinza. — Acho que fiquei com medo de você se perder no Portal.

— Isso só aconteceu algumas vezes. Estatisticamente é muito improvável. — Ty ergueu a pedra de luz enfeitiçada. — Este é o Instituto da Cornualha.

Ao longe, Kit via o brilho do luar sobre a água negra. O mar. Acima deles, a igreja era um monte de pedra cinza com janelas negras quebradas e sem a porta da frente. A torre da igreja estocava os redemoinhos de nuvens, iluminada pela lua atrás dela. Ele assobiou entredentes.

— Há quanto tempo ele foi abandonado?

— Há poucos anos. Não havia Caçadores de Sombras suficientes para ocupar todos os Institutos. Não desde a Guerra Maligna. — Ty revezava o olhar entre o desenho em sua mão e os arredores. Kit notava os resquícios de um jardim destruído: ervas daninhas cresciam entre as roseiras mortas, a grama estava comprida demais, precisando ser aparada, o musgo cobria as dezenas de estátuas espalhadas ao redor do jardim, como vítimas de Medusa. Um cavalo empinava no ar ao lado de um menino com um pássaro empoleirado no pulso. Uma mulher de pedra segurava uma graciosa sombrinha. Minúsculos coelhos de pedra espreitavam entre as ervas daninhas.

— E nós vamos entrar? — perguntou Kit, desconfiado. Ele não gostava nadinha da aparência daquelas janelas escuras. — Não seria melhor vir durante o dia?

— Nós não vamos entrar. — Ty ergueu o desenho que havia trazido. Sob a luz enfeitiçada, Kit via um desenho a tinta do Instituto e de seus jardins, feito durante o dia. O local não mudara muito nos últimos duzentos anos. As mesmas roseiras, as mesmas estátuas. Mas era como se o desenho tivesse sido feito no inverno, quando os galhos das árvores eram esqueletos. — Aquilo que precisamos está aqui.

— Do que é que nós precisamos? — perguntou Kit. — Faça-me esse favor. Explique o que isso tem a ver com meu comentário casual sobre corvos não serem confiáveis.

— Que não seria confiável. A questão é que Malcolm não disse que o corvo estava vivo nem que era um corvo real. Nós só presumimos.

— Não, mas... — Kit fez uma pausa. Ele estivera prestes a dizer que não fazia sentido entregar seus recados a um corvo morto, mas alguma coisa na expressão de Ty o fez calar.

— Na verdade, faz mais sentido que eles simplesmente tivessem deixado recadinhos num esconderijo — falou Ty. — Um ao qual os dois pudessem ter acesso facilmente. — Ele cruzou a grama até a estátua do garoto com o pássaro no pulso.

Um pequeno choque percorreu Kit. Ele não sabia muito sobre aves, mas esta fora entalhada em pedra negra e reluzente. E parecia bastante com os desenhos que ele tinha visto de corvos.

Ty esticou o braço para passar os dedos no pássaro de pedra. Aí ouviu um clique e o rangido de dobradiças. Kit correu até o menino, bisbilhotando uma pequena abertura nas costas da ave.

— Tem alguma coisa aí dentro?

Ty balançou a cabeça.

— Está vazio. — Ele enfiou a mão no bolso, pegou um pedaço de papel dobrado e o deixou cair na abertura antes de fechá-la outra vez.

Kit parou de repente.

— Você deixou um bilhete.

Ty fez que sim com a cabeça. Ele tinha dobrado o desenho e guardado no bolso. Sua mão pendia solta junto à lateral do corpo, segurando a pedra de luz enfeitiçada: a luz tinha diminuído e a lua proporcionava iluminação suficiente para os dois enxergarem.

— Para Annabel? — perguntou Kit.

Ty hesitou.

— Não conte a ninguém — falou ele, finalmente. — Foi só uma ideia que eu tive.

— Isso foi sagaz — falou Kit. — Muito sagaz... Não creio que outra pessoa teria adivinhado sobre a estátua. Não creio que outra pessoa *poderia* ter feito isso.

— Mas isso pode não ter importância — falou Ty. — Nesse caso, eu teria falhado. E eu prefiro que ninguém saiba. — Ele começou a murmurar baixinho, daquele jeito que fazia às vezes.

— Eu vou saber.

Ty parou de murmurar.

— Não ligo — falou —, se for você.

Kit queria perguntar por que não, queria muito perguntar, mas era como se o próprio Ty não soubesse ao certo a resposta. E ele ainda estava murmurando, o mesmo fluxo suave de palavras que ficava em alguma parte entre um suspiro e uma canção.

— O que você está dizendo? — perguntou Kit, finalmente, sem saber se estava tudo bem em perguntar, mas incapaz de evitar a curiosidade.

Ty olhou para a lua através dos cílios. Eles eram grossos e escuros, quase infantis. E conferiam ao rosto dele uma aparência de inocência que o fazia parecer mais jovem — um efeito esquisito, o oposto de sua mente quase que assustadoramente sagaz. — São só palavras que eu gosto — falou ele. — Quando fico repetindo-as, minha mente fica... mais calma. Isso te incomoda?

— Não! — falou Kit rapidamente. — Eu só estava curioso para saber de quais palavras você gostava.

Ty mordeu o lábio. Por um momento, Kit pensou que o menino não fosse dizer nada.

— Não é o significado, é apenas o som — falou ele. — Vidro, gêmeo, maçã, sussurro, estrelas, cristal, sombra, canção. — Ele desviou o olhar de Kit, um vulto trêmulo no moletom com capuz grande demais, os cabelos negros absorvendo o luar sem refletir a claridade.

— Sussurro seria uma das minhas também — falou Kit. Ele deu um passo na direção do outro, tocando levemente o ombro dele. — Nuvem, segredo, estrada, furacão, espelho, castelo, espinhos.

— Espinhos negros, os Blackthorn — falou Ty, com um sorriso encantador, e Kit soube, naquele instante, que não importava o que ele tivesse andado dizendo a si sobre fugir nos últimos dias: tinha sido uma mentira. E talvez tivesse sido a mentira à qual Livvy andara reagindo, quando ela o interpelara com raiva diante da loja de magia aquele dia — o núcleo em seu próprio coração que lhe dissera que talvez ele ainda devesse ir embora.

Mas agora ele sabia que poderia tranquilizá-la. Ele não ia abandonar os Caçadores de Sombras. Ele não ia a parte alguma. Porque onde os Blackthorn estivessem, agora era o seu lar.

22

O mais maldito

Quando Emma acordou na manhã seguinte, descobriu que *não* se atara em um nó com Julian enquanto dormia. Já era um progresso. Talvez porque ela tivesse passado a noite inteira tendo pesadelos nos quais via o pai outra vez, e aí ele removia o rosto e revelava, por baixo, Sebastian Morgenstern.

— *Luke, eu sou seu pai* — murmurou ela, e ouviu Julian rindo baixinho. Ela cambaleou para fora da cama para procurar seu uniforme, de modo que não tivesse que vê-lo acordando daquele modo adorável, com olhos sonolentos e cabelos bagunçados. Ela se vestiu no escritório enquanto Julian tomava banho e se arrumava; eles se encontraram para um café da manhã rápido constituído de torrada e suco, e partiram para encontrar Annabel.

Era quase meio-dia e o sol estava alto no céu quando eles chegaram à Igreja de Porthallow — aparentemente, o conceito de *perto* para as pixies não era exatamente o que os humanos chamariam de "arredores". No entanto, Emma continuava a ouvir a voz alta da pixie em sua mente. *Muito, muito perto*, tinha dito. Não importava, ela não gostara nem um pouco de como soara aos seus ouvidos.

A igreja tinha sido construída sobre um penhasco acima de um promontório. O mar se estendia ao longe, um carpete de azul fosco. Nuvens, que pareciam pintadas, cruzavam o céu como uma bola de algodão que alguém tivesse partido e espalhado. O ar estava tomado pelo zumbido de abelhas e pelo perfume de flores silvestres tardias.

A região ao redor da igreja tinha crescido demais, mas o edifício propriamente dito estava bem conservado, apesar de abandonado. As janelas tinham sido cuidadosamente pregadas com tábuas de madeira e um aviso — MANTENHA DISTÂNCIA: PROPRIEDADE PARTICULAR — ENTRADA PROIBIDA — estava pregado na porta da frente. A uma pequena distância da igreja havia um cemitério, mal se viam suas lápides cinzentas e desbotadas pela chuva em meio à grama comprida. A única torre quadrada da igreja se lançava contra o céu num alívio solitário. Emma ajeitou Cortana nas costas e olhou para Julian, que franzia a testa para o celular dela.

— O que você está olhando? — perguntou ela.

— Wikipédia. "A Igreja de Porthallow se localiza acima do mar, no topo do penhasco em Talland, próximo a Polperro, na Cornualha. Segundo relatos, o altar da igreja data da época do Rei Marcos, da história de Tristão e Isolda, e foi construída na junção de Linhas Ley."

— A Wikipédia sabe sobre as Linhas Ley? — Emma pegou o telefone de volta.

— A Wikipédia sabe sobre tudo. Ela bem que poderia ser administrada por feiticeiros.

— Você acha que é isso que eles fazem o dia todo no Labirinto Espiral? Administrar a Wikipédia?

— Admito que é meio decepcionante.

Emma enfiou o celular no bolso apontou para a igreja.

— Então isto é outra convergência?

Julian balançou a cabeça.

— Uma convergência é onde todas as Linhas Ley na região se conectam. Isto é uma junção: duas Linhas Ley se cruzando. Ainda é um local poderoso. — Sob a forte luz do sol, ele tirou uma lâmina serafim do cinto, segurando-a junto à lateral do corpo conforme eles se aproximavam da entrada da igreja.

— Você sabe o que vai dizer a Annabel? — murmurou Emma.

— Não faço ideia — retrucou Julian. — Acho que vou... — Ele se calou. Havia alguma coisa em seus olhos: uma expressão perturbada.

— Tem alguma coisa errada? — perguntou Emma.

Eles tinham se aproximado das portas da igreja.

— Não — falou Julian, após um longo momento, e embora Emma notasse que ele não falava a verdade, deixou para lá. Ela sacou Cortana das costas, para o caso de precisar.

Julian empurrou as portas com o ombro. O pequeno ferrolho que as mantinha fechadas estourou e eles entraram, Julian alguns passos à frente de Emma. Estava um breu lá dentro.

— Arariel — murmurou ele, e sua lâmina serafim se iluminou como uma pequena fogueira, clareando o interior.

Uma arcada de pedra se estendia num dos lados da igreja, os bancos aninhados entre os arcos. A pedra era entalhada com delicados desenhos de folhas. A nave e o transepto, onde o altar costumava ficar, estavam em profunda sombra.

Emma ouviu Julian respirando fundo.

— Foi aqui que Malcolm ressuscitou Annabel — falou ele. — Eu me lembro por causa do cristal da vidência. Foi aqui que Arthur morreu.

— Tem certeza?

— Sim. — Julian baixou a cabeça. — *Ave atque vale*, Arthur Blackthorn. — Sua voz estava cheia de tristeza. — Você morreu bravamente e pela sua família.

— Jules... — Ela quis esticar a mão e tocá-lo, mas ele já havia se endireitado; qualquer tristeza que tivesse sentido agora estava disfarçada sob a capa de Nephilim.

— Não sei por que Annabel iria querer ficar aqui — falou ele, iluminando o interior da igreja com a luz de sua lâmina serafim. Estava cheio de poeira. — Não pode ser um lugar com boas lembranças para ela.

— Mas se ela estiver desesperada por um esconderijo...

— Veja. — Julian apontou o altar, apoiado sobre uma laje de granito com alguns centímetros de espessura. Tinha um tampo de madeira sobre a pedra, e alguma coisa branca reluziu contra a madeira. Um pedaço de papel dobrado, preso por uma faca.

O nome de Julian estava rabiscado nele, com uma letra escura e feminina.

Emma arrancou o papel e o entregou a Jules, que o abriu rapidamente, segurando-o onde ambos pudessem ler sob a luz da lâmina.

Julian,
Você pode considerar isso um teste. Se estiver aqui, lendo este bilhete, você fracassou.

Emma ouviu Julian prender a respiração. Eles continuaram lendo:

Eu disse às pixies que estava morando aqui, na igreja. Não é verdade. Eu não ficaria onde tanto sangue foi derramado. Mas eu sabia

que vocês não deixariam meu paradeiro em paz, que perguntariam às pixies onde eu estava, que iriam procurar por mim.
Apesar de eu ter pedido que não o fizessem.
Agora vocês estão aqui neste lugar. Eu preferiria que não estivessem, pois não fui a única criatura que Malcolm Fade e o sangue de seu tio ressuscitaram. Mas vocês tinham que ver o que o Volume Negro pode fazer.

Annabel

Cristina estava sentada no vão da janela da biblioteca, lendo, quando olhou para fora e viu um vulto escuro e familiar esgueirando-se pelos portões principais.

Ela havia passado horas na biblioteca, estudando obedientemente os livros nos idiomas que sabia melhor: espanhol, grego antigo, castelhano antigo e aramaico, em busca de citações do Volume Negro. Não que tivesse conseguido se concentrar.

Lembranças da noite anterior continuavam a incomodá-la em momentos estranhos, tipo quando ela estava passando o açúcar a Ty e quase o derrubou em seu colo. Será que ela realmente havia beijado Mark? Dançado com Kieran? *Gostado* de dançar com Kieran?

Não, pensou ela, precisava ser sincera consigo: ela havia gostado, sim. Tinha sido como cavalgar com a Caçada Selvagem. Ela sentira que saíra do próprio corpo, rodopiando em meio às estrelas e nuvens. Fora como nas histórias sobre as festas contadas por sua mãe quando Cristina era pequena, nas quais mortais se perdiam nas danças com as fadas e morriam na bela alegria daquilo.

Claro, depois todos eles simplesmente seguiram para seus respectivos quartos; Kieran, calmamente; Mark e Cristina, parecendo abalados. E Cristina permanecera ali um longo tempo, sem dormir, olhando para o teto e se perguntando em que tipo de encrenca havia se metido.

Ela pousou o livro, com um suspiro. Não ajudava em nada o fato de estar sozinha na biblioteca — Magnus ficava indo e voltando da enfermaria, onde Mark o ajudava a arrumar o equipamento para misturar a cura para o feitiço de amarração, e Dru estava ajudando Alec a tomar conta das crianças em um dos quartos vagos. Livvy, Ty e Kit tinham saído para pegar os ingredientes na loja de Hypatia Vex. Bridget a toda hora entrava e saía com bandejas de sanduíches e chá, resmungando que seus pés a estavam matando e que a casa estava mais cheia do que uma estação de trem. E Kieran... não estava em parte alguma.

Cristina crescera acostumada a uma certa quantidade de caos controlado em Los Angeles, mas se flagrara com saudade da tranquilidade do Instituto da Cidade do México, do silêncio do roseiral de sua mãe, e até das tardes oníricas que ela havia passado com Diego e, às vezes, com Jaime no Bosque de Chapultepec.

E ela sentia falta de Emma. Seus pensamentos eram um redemoinho de confusão — tudo era —, e ela queria que Emma estivesse aqui, para fazer tranças em seus cabelos, contar piadas sem graça e fazê-la rir. Talvez Emma fosse capaz de dar algum sentido ao que tinha acontecido na noite anterior.

Ela esticou a mão para pegar o telefone e então recuou. Não ia começar a mandar mensagens para Emma relatando todos os seus problemas, não quando eles estavam no meio de tanta coisa. Em vez disso, lançou um olhar resoluto pela janela... e viu Kieran cruzando o pátio.

Ele estava todo de preto. Ela não sabia onde havia arrumado as roupas, mas elas o faziam parecer uma sombra esguia debaixo do céu cinzento e chuvoso que tinha substituído o azul da manhã. Seu cabelo estava azul e preto, e as mãos, escondidas sob luvas.

Não havia nenhuma regra que impedisse Kieran de sair do Instituto; não de fato. Mas Kieran odiava a cidade, dissera Mark. Aço e ferro frio por toda parte. Além disso, era esperado que eles o mantivessem em segurança, e não que permitissem sua fuga antes de testemunhar diante da Clave. Era esperado que não deixassem nada acontecer a ele.

E talvez ele estivesse chateado. Ou mesmo com raiva de Mark, com ciúmes, embora não tivesse demonstrado nada disso na noite anterior. Cristina desceu do parapeito. Kieran já estava passando pela abertura do portão, rumo às sombras, onde ele pareceu cintilar e sumir, tal como as fadas faziam.

Cristina saiu em disparada da biblioteca. Pensou ter ouvido alguém chamá-la enquanto cruzava o corredor, mas não se preocupou em parar. Kieran era rápido, e ela o perderia.

Não havia tempo de parar e fazer a Marca do Silêncio, nem tempo para procurar sua estela. Ela desceu a escadaria correndo e pegou um casaco pendurado na entrada. Meteu os braços dentro dele e correu para o pátio.

Aí sentiu uma pontada no pulso. Era a dor alertando que Mark ficara para trás. Cristina a ignorou e seguiu Kieran pelo portão.

Talvez ele não estivesse fazendo nada errado, falou ela para si, tentando ser justa. Ele não era prisioneiro no Instituto. Talvez Mark estivesse ciente desta saída.

Kieran seguia apressado pela rua estreita, passando de sombra em sombra. Havia algo furtivo no modo como ele se movia. Cristina tinha certeza disso.

Ela se manteve junto à lateral da estrada enquanto o seguia. As ruas estavam desertas, úmidas com um salpico de chuva. Sem uma Marca de disfarce, Cristina estava totalmente consciente para não ser flagrada por um mundano; suas marcas estavam visíveis, e ela não tinha como saber ao certo se eles reagiriam de modo a alertar Kieran.

Ela temia porque em algum momento eles chegariam a uma rua mais movimentada, e aí ela seria vista. Seu braço fazia mais do que latejar agora; uma dor aguda lancetava ao redor dele, como se um arame de aço estivesse sendo apertado ao redor do pulso.

Ainda assim, conforme Kieran se embrenhava cada vez mais para o coração da cidade, as ruas pareciam ficar mais estreitas em vez de mais largas. As lâmpadas elétricas ficaram monofásicas. As pequenas cercas de ferro em torno das árvores desapareceram, e os galhos acima dela começaram a se tocar pelas estradas, formando um toldo verde.

Kieran caminhava com passo constante à frente dela, uma sombra entre sombras.

Finalmente eles chegaram a um bloco de edifícios de tijolos voltados para dentro, com as fachadas cobertas de hera e treliças verdes. No centro do bloco, via-se um pequeno trecho de folhagens urbanas comuns: algumas árvores, grama plana e bem cuidada, e uma fonte de pedra no meio. Cristina ouviu o borrifar das águas bem baixinho quando se esgueirou por trás de uma árvore, encostando-se no tronco, e então espiou ao redor de Kieran.

Ele tinha parado junto à fonte e um vulto de capa verde se aproximava dele lentamente, do lado mais distante do pequeno parque. Seu rosto era familiar. Ele tinha pele morena clara e olhos que brilhavam mesmo naquela escuridão. Suas mãos eram compridas e esguias; debaixo da capa, ele vestia um gibão bordado com a coroa partida da Corte Unseelie. Era Adaon.

— Kieran — falou ele, cansado. — Por que você me chamou?

Kieran fez uma pequena mesura. Cristina sentia a tensão dele. Era surpreendente que ela conhecesse Kieran o suficiente para saber quando ele estava tenso. Caso perguntasse, ela diria que ele era praticamente um desconhecido.

— Adaon, meu irmão — disse ele. — Preciso de sua ajuda. Preciso do seu conhecimento sobre feitiços.

O irmão de Kieran levantou uma sobrancelha.

— Se eu fosse você, meu pequeno moreno, eu não lançaria feitiços no mundo mundano. Você está entre Nephilim, e eles vão reprovar esse tipo de coisa, assim como os feiticeiros e bruxas deste lugar.

— Eu não quero lançar um feitiço. Eu quero desfazer um. Um feitiço de amarração.

— Ah — falou Adaon. — A quem o feitiço está amarrando?
— Mark — respondeu Kieran.
— *Mark* — repetiu Adaon, um pouco zombeteiro. — O que ele tem de tão especial para você se preocupar se ele está amarrado? Ou será que ele deveria estar amarrado somente a você?
— Eu não gostaria de algo assim — falou Kieran ferozmente. — Eu jamais iria querer isso. Ele deveria me amar livremente.
— Amarração não é amor, embora possa revelar sentimentos de outra forma enterrados. — Adaon pareceu pensativo. — Eu jamais imaginaria ouvi-lo falando assim, meu pequeno moreno. Quando era criança, você pegava o que queria sem pensar nas consequências.
— Ninguém permanece criança na Caçada Selvagem — falou Kieran.
— Uma pena você ter sido mandado embora — falou Adaon. — Teria dado um belo Rei depois de nosso pai, e a Corte amava você.
Kieran balançou a cabeça.
— Eu não queria ser Rei.
— Porque você teria que abrir mão de Mark — falou Adaon. — Mas todo rei abre mão de alguma coisa. É a natureza dos reis.
— Mas reis não estão em minha natureza. — Kieran inclinou a cabeça para trás e olhou para o irmão mais alto. — Acho que você daria um bom regente, irmão. Alguém para trazer a paz de volta às Terras.
— Isso não tem a ver só com o feitiço de amarração, não é? — falou Adaon. — Há algo mais. Nosso pai acredita que você se refugiou com os Caçadores de Sombras para escapar de sua ira; admito, imaginei o mesmo. Há algo mais?
— Poderia haver — falou Kieran. — Sei que você não vai agir contra nosso pai, mas também sei que você não é como ele, ou mesmo que considera seu governo justo. Se o trono estivesse vago, você o aceitaria?
— *Kieran* — falou Adaon. — Há coisas sobre as quais não falamos.
— Tem havido derramamento de sangue há tanto tempo, e nenhuma esperança — falou Kieran. — Não é só sobre a minha segurança. Você precisa acreditar nisso.
— O que está planejando, Kieran? — quis saber Adaon. — Em que tipo de encrenca você se meteu agora?
A mão de alguém cobriu a boca de Cristina. Outro braço a enlaçou, apertando-a. Ela dobrou o corpo em surpresa e sentiu o aperto afrouxar. Jogou a cabeça para trás, golpeou o rosto de alguém e ouviu um uivo de dor.
— Quem está aí? — Adaon girou, a mão no cabo da espada. — Apareça!
Alguma coisa se enterrou no pescoço de Cristina — uma coisa comprida e afiada. A lâmina de uma faca. Ela congelou.

* * *

— É melhor nós irmos — murmurou Emma. Ela não perguntou a Julian o que Annabel queria dizer. Desconfiava que ambos já soubessem.

Uma coisa escura e escorregadia brilhou no transepto, e se movimentava com fluidez grotesca. O cômodo pareceu escurecer. Emma franziu o nariz — de repente o cheiro de podre da presença demoníaca estava em toda parte, como se ela tivesse aberto uma caixa cheia de um pot-pourri horroroso.

A palidez do rosto de Julian realçava nas sombras. Ele amassou a carta e eles começaram a sair da igreja, com passos cuidadosos, a lâmina serafim oferecendo uma iluminação bruxuleante. Estavam a meio caminho da saída quando ouviram uma violenta pancada: as duas grandes portas da frente tinham se fechado com força.

Emma ouviu uma pixie rir, bem baixinho.

Eles se viraram quando o altar foi derrubado e atingiu o chão com uma pancada, espatifando-se.

— Você vai para a esquerda — sussurrou Emma. — Eu vou para a direita.

Julian se esgueirou sem fazer barulho. Emma ainda conseguia senti-lo ali, bem próximo. Durante o trajeto da cidade até a igreja eles tinham parado para marcar um ao outro, num lugar com vista para a Baía Talland e o oceano azul. Agora tais marcas pinicavam e ganhavam vida conforme Emma passava por um banco comprido e acompanhava a parede da igreja.

Ela chegou à nave. As sombras se acumulavam densamente aqui, mas a Marca de visão noturna estava cintilando e assim era mais fácil enxergar. Dava para ver o altar tombado, a imensa mancha de sangue seco que manchava o soalho de pedra. Havia a impressão sangrenta da mão de alguém numa das pilastras próximas. Parecia errado e horrível, assim, dentro de uma igreja; aquilo a fazia pensar num Instituto contaminado.

Pensar em Sebastian, derramando sangue no limiar da fortaleza dos Caçadores de Sombras em Los Angeles.

Ela se encolheu e, durante aquele breve lampejo de lembrança, seu foco se desviou. Alguma coisa brilhou na periferia de sua visão ao mesmo tempo que a voz de Julian explodiu aos seus ouvidos:

— *Emma, cuidado!*

Ela se jogou para o lado, longe da sombra bruxuleante, e aterrissou no altar revirado, girando para flagrar um horror ondulante erguendo-se à sua frente. Era preto e escarlate, cor de sangue — e *era* sangue, uma formação em vermelho coagulado e semissólido, com dois olhos brancos ardentes. As mãos da criatura terminavam em pontas planas, como a extremidade de uma pá, cada uma com uma única garra preta e curvada, projetando-se. As garras pingavam com uma gosma rala e luminosa.

A coisa falou. Sangue escorria de sua boca, uma fenda negra no rosto rubro.

— Eu sou Sabnock, de Thule. Como ousa ficar diante de mim, humana horrenda?

Emma ficou surpresa ao não ser chamada de Caçadora de Sombras — a maioria dos demônios conhecia os Nephilim. Mas ela não demonstrou.

— Isso é pessoal. Estou magoada — falou ela.

— Não compreendo suas palavras. — Sabnock deslizou na direção dela. Emma recuou para o altar. Sentia Julian em algum lugar atrás dela; sabia que ele estava ali sem nem precisar olhar.

— A maioria não compreende — continuou. — Ser sarcástica é um fardo.

— O sangue me trouxe até aqui — disse a coisa. — Sangue é o que eu sou. Sangue derramado no ódio e fúria. Sangue derramado no amor frustrado. Sangue derramado no desespero.

— Você é um demônio — falou Emma, empunhando Cortana, reta e equilibrada. — Eu não preciso realmente saber por que ou como. Eu só preciso que você volte ao lugar de onde veio.

— Eu venho do sangue e ao sangue retornarei — retrucou o demônio, e deu um salto, expondo os dentes e garras. Emma sequer tinha percebido que a coisa *tinha* dentes, mas lá estavam, como lascas de vidro vermelho.

Ela se jogou para trás, dando uma cambalhota para longe da criatura. A coisa atingiu o altar com o som de fluido batendo contra um objeto sólido. O mundo girou em torno de Emma quando ela se virou. Ela sentiu-se gelar terrivelmente até os ossos, a calma congelante da batalha que desacelerava tudo no mundo ao redor dela.

Ela aterrissou, pondo-se de pé. O demônio estava agachado na beirada do altar, grunhindo. A coisa saltou de novo e, desta vez, Emma a atingiu com um golpe rápido para cima.

Cortana não encontrou resistência. A lâmina deslizou pelo ombro da criatura; o sangue borrifou no pulso e no antebraço de Emma. Sangue viscoso, coagulado, podre. Ela engasgou quando a coisa rodopiou como um tornado, açoitando-a com a garra quase transparente. Ela e o demônio giraram pelo chão da igreja num tipo de dança, Cortana faiscando e brilhando. Era impossível ferir a coisa — os cortes e dilacerações simplesmente abriam um buraco temporário, como um entalhe na água, que se fechava imediatamente.

Ela não ousava desviar os olhos do demônio por tempo suficiente para procurar Julian. Sabia que ele estava ali, mas parecia que estava muito longe, como se tivesse ido para o outro lado da igreja. Ela também não conseguia enxergar a estrela faiscante e distante da lâmina serafim dele. *Jules*, pensou. *Uma ajudinha agora seria bom.*

Com um rosnado de frustração, o demônio atacou outra vez. Emma girou, um corte enérgico acima da cabeça do bicho, e o demônio uivou; ela conseguira quebrar alguns dos dentes da coisa, e uma dor aguda perfurou seu braço. Ela girou a espada, esmagando a cabeça do demônio, assimilando o prazer de seus gritos.

A luz explodiu no mundo. Emma cambaleou para trás, os olhos ardendo. Um quadrado se abria no telhado, bem acima deles, como o teto solar de um carro. Ela viu uma sombra contra o sol; Julian, empoleirado sobre um dos caibros mais altos da igreja, e então a luz do sol passou pela abertura e o demônio começou a queimar.

Enquanto queimava, a criatura guinchava. Com as bordas escurecendo, a coisa cambaleou para trás. O recinto fedia a sangue fervendo. Julian desceu dos caibros e aterrissou no altar: sua estela numa das mãos e a lâmina serafim na outra.

Emma esticou para ele a mão livre, a que não segurava Cortana. Ele sabia o que ela queria, nem foi preciso perguntar. A lâmina serafim traçou um arco no ar na direção dela como fogos de artifício. Emma a pegou, girou e cravou no demônio que queimava, já enfraquecido.

Com um último guinchar, a criatura desapareceu.

O silêncio que se seguiu foi impressionante. Emma arfou, suas orelhas zumbiam, e ela se virou para Jules.

— Isso foi *incrível*...

Jules saltou do altar, tirando a lâmina serafim suja de icor da mão dela. A peça já estava começando a se deformar, entupida de sangue demoníaco. Ele a jogou para o lado e pegou a mão de Emma, virando-a para que pudesse ver o arranhão comprido que ia das costas da mão até o antebraço.

Ele ficou totalmente pálido.

— O que foi que aconteceu? A coisa mordeu você?

— Não exatamente. Eu me cortei nos dentes dele.

Julian passou os dedos pelo braço dela, que estremeceu. Era um corte comprido e estreito, mas não era superficial.

— Está queimando? Pinicando?

— Eu estou bem — disse ela. — Jules, estou bem.

Ele a encarou por um momento. Seus olhos estavam ferozes e secos sob a luz abrupta que vinha de cima. Ele se afastou sem dizer mais nenhuma palavra e seguiu pela nave da igreja, em direção às portas.

Emma examinou a própria mão. A ferida era bem comum, pensou ela; seria necessário limpar, mas não era nada diferente dos ferimentos normais de combate. Enfiou Cortana outra vez na bainha e seguiu Julian para fora da igreja.

Por um momento, ela não o viu. Era como se ele tivesse desaparecido e só restasse a vista da igreja. Campos verdes desbotando a um tom apagado de azul: mar azul, céu azul, a bruma azulada das montanhas distantes.

Ela ouviu um grito, fino e baixinho, e correu na direção dele, na direção do cemitério onde lápides gastas e apagadas pelo tempo se inclinavam para a frente e para trás como um baralho de cartas espalhadas.

Ouviu-se um grunhido alto.

— Solte-me! *Solte-me!* — Emma girou e viu a grama se mexendo; a pixie menorzinha estava se retorcendo loucamente, presa ao solo por Jules, cuja expressão sombriamente fria causou calafrios em Emma.

— Você nos trancou lá dentro com aquela coisa — acusou Julian, o braço sobre o pescoço da pixie. — Não foi?

— Eu não sabia que aquilo estava lá! Não sabia! — guinchou a pixie, contorcendo-se no aperto dele.

— Que diferença faz? — protestou Emma. — Julian. — Não...

— Foi Necromancia o que aconteceu ali naquela igreja. Ela abriu um buraco entre as dimensões, que deixa um demônio passar por vez. Aquela coisa poderia ter estraçalhado a gente.

— Não sabia! — choramingou a pixie.

— Quem não sabia? — questionou Julian. — Porque eu vou apostar que *você* sabia.

A pixie amoleceu, molenga. Julian a prendeu com um joelho.

— A moça mandou dizer para vocês irem lá. Disse que vocês eram perigosos. Que matariam as fadas.

— Eu já devia saber — retrucou Julian.

— Está tudo bem, Julian — falou Emma. Ela sabia que a pixie não era a criatura inocente e infantil que aparentava ser. Mas vê-la se contorcendo e choramingando daquele jeito a deixava enjoada.

— Não está tudo bem. Você está ferida — falou Julian, e o tom frio em sua voz a fez se lembrar da expressão dele quando Anselm Nightshade foi levado. *Julian, você me assustou um pouco*, dissera ela à época.

Mas daí, Nightshade se revelara mesmo culpado. Clary confirmara.

— Deixe-o em paz! — Outra pixie se agitou fracamente na grama. Uma pixie do sexo feminino, a julgar pelas roupas e pelo comprimento do cabelo. Ela agitava as mãozinhas para Julian, em vão. — Ele não sabe de nada!

Julian não se mexeu. E encarou a fada com frieza. Parecia uma estátua de um anjo vingador, alguma coisa desprovida de expressão e compaixão.

— Não se aproxime da gente outra vez — falou. — Não fale disso para ninguém ou nós vamos achar você e fazer com que pague por isso.

A pixie assentiu desesperadamente. Julian ficou de pé e as fadas desapareceram como se o chão as tivesse engolido.

— Você precisava assustá-las tanto assim? — perguntou Emma, com um pouco de hesitação. Julian ainda carregava aquela expressão vazia e assustadora, como se seu corpo estivesse presente, mas a mente estivesse a milhares de quilômetros.

— Melhor assustadas do que criando problema. — Julian se virou para Emma. A cor estava voltando à sua pele. — Você precisa de um *iratze*.

— Está tudo bem. Não dói tanto assim e, além disso, eu quero limpar primeiro.

Iratzes eram capazes de cicatrizar qualquer ferida, mas às vezes isso significava selar uma infecção ou sujeira.

A preocupação cintilou nos olhos dele.

— Nesse caso, é melhor a gente voltar para o chalé. Mas primeiro preciso da sua ajuda com uma coisa.

Emma pensou no altar quebrado, no sangue derramado, e gemeu.

— Não diga limpar tudo.

— Nós não vamos limpar a igreja — falou Julian. — Nós vamos queimá-la.

Quem quer que estivesse segurando Cristina agora, era mais forte do que um mundano humano.

— Agora dê um passo à frente, e me obedeça — disse a voz atrás dela, ofegante, porém grave e confiante. Ela se viu empurrada para o centro do parque. Foi arrastada na direção da fonte e das duas fadas de pé ali. Ambas a fitaram; Kieran olhava para ela; o irmão dele, um pouco acima de sua cabeça.

— Erec — falou Adaon, com voz cansada. — O que você está fazendo aqui?

— Eu o segui. — A voz de Erec ecoou atrás de Cristina. Ela se lembrou dele com um lampejo de ódio, lembrou-se dele no Reino das Fadas, a faca de Julian colada no pescoço do sujeito assim como estava sendo feito contra ela agora. — Eu estava curioso quanto ao seu objetivo aqui. E também queria ver nosso irmão caçula.

— Solte-a — falou Kieran com um gesto para Cristina. Ele não ousou encará-la. — Ela não tem nada a ver com isso. É só uma Caçadora de Sombras espionando sem meu conhecimento.

— Você disse que ela não tem nada a ver com você — zombou Eric. — Não que não se importa com ela. — Uma dor quente e prateada faiscou no pescoço de Cristina. Ela sentiu a quentura do sangue escorrendo, e enrijeceu a coluna, recusando-se a se encolher.

— Deixe a garota em paz. — O rosto de Kieran era a máscara pálida de ódio. — Você quer os Nephilim atrás de você, Erec? Você é tolo? Eu *sei* que você é um torturador... você costumava me torturar. — Ele deu um passo na direção de Cristina e Erec. — Você se lembra? Você causou estas aqui. — Ele puxou a manga negra e frouxa, e Cristina viu as longas cicatrizes no braço. — E as cicatrizes nas minhas costas.

— Você era uma criança frouxa — disse Erec. — Frouxa demais para ser o filho de um rei. A bondade não tem lugar na corte de uma coroa partida. — Ele deu uma risadinha. — Além do mais, venho trazer notícias. Nosso pai enviou os Sete.

Kieran empalideceu ainda mais.

— Os Sete de Mannan? Enviou para onde?

— Para cá. Para o mundo mundano. A missão deles é recuperar o Volume Negro, agora que todos já sabem sobre a morte de Malcolm. E *vão* encontrá-lo. Antes de você.

— O Volume Negro não tem nada a ver comigo — falou Kieran.

— Mas tem a ver com nosso pai — falou Adaon. — Ele o quer desde que o Primeiro Herdeiro foi roubado.

— Há mais tempo do que ele odeia os Nephilim? — perguntou Kieran. Erec cuspiu.

— Os Nephilim que você tanto ama. São uma raça amaldiçoada. Você está se desgastando à toa, Kieran, quando poderia ser muito mais.

— Deixe-o em paz, Erec — falou Adaon. — O que você imagina que nosso Pai faria se Kieran voltasse para casa, além de matá-lo?

— Se nosso Pai estiver vivo para matar alguém.

— Chega de intriga! — rugiu Adaon. — Basta, Erec!

— Então deixe que ele prove que é leal! — Erec retirou a faca do pescoço de Cristina com um gesto abrupto; ela balbuciou e tossiu. Seu pulso era pura dor lancinante e as mãos de Erec pareciam braçadeiras de ferro em seus braços. Ele a empurrou, na direção dos irmãos, sem afrouxar o aperto. — Mate a Caçadora de Sombras — gritou para Kieran. — Adaon, dê-lhe sua arma. Atravesse o coração dela, Kieran. Mostre que você é leal e intercederei por você com nosso Pai. Você pode ser bem-vindo de volta à Corte em vez de ser morto ou exilado da Caçada.

Adaon levou a mão à lateral do corpo para pegar a espada, mas Kieran já a havia alcançado. Cristina lutou, esperneando, mas não conseguiu se desvencilhar de Erec. O terror a invadiu quando Kieran se aproximou dos dois, a lâmina das fadas reluzindo em sua mão, os olhos lisos como espelhos.

Cristina começou a rezar. *Anjo, mantenha-me em segurança. Raziel, ajude-me.* Ela permaneceu de olhos abertos. Não ia fechá-los. Senão, seria a morte de um covarde. Se o Anjo desejava que ela morresse agora, então ela morreria de pé, de olhos abertos como Jonathan Caçador de Sombras. Ela ia...

Os olhos de Kieran faiscaram minimamente, a cabeça inclinada para o lado. Ela acompanhou o movimento, compreendendo de repente quando ele ergueu a espada. Ele investiu... e ela abaixou a cabeça.

A espada cortou o ar com precisão acima dela. Alguma coisa quente, úmida e com cheiro cuproso espirrou em suas costas. Ela gritou e girou quando os braços de Erec a soltaram, a garganta dele cortada até a espinha, e então o corpo tombou sobre a trilha de seixos.

— Kieran — murmurou Adaon, horrorizado. Kieran ficou parado sobre o corpo de Erec, com a espada suja de sangue na mão. — O que foi que você fez?

— Ele a teria matado — falou Kieran. — E ela é minha... e Mark...

Cristina segurou-se na fonte para se firmar. Suas pernas estavam dormentes e a pontada em seu braço era como fogo.

Adaon avançou e tomou a espada da mão de Kieran.

— Iarlath não tinha seu sangue — falou. Ele parecia em choque. Imóvel. — Mas Erec tinha. Você será denunciado como assassino dos seus se alguém descobrir o que fez.

Kieran ergueu a cabeça. Seus olhos ardiam nos olhos do irmão.

— *Você* vai contar para eles?

Adaon puxou o capuz sobre o rosto. O vento tinha começado a soprar através da praça — uma rajada fria e cortante. A capa de Adaon balançava como asas.

— Vá, Kieran. Busque a segurança do Instituto.

Adaon se abaixou sobre o corpo de Erec. Estava contorcido num ângulo violento, o sangue escorrendo entre os seixos e a grama. Quando ele se ajoelhou, Kieran começou a caminhar para sair do parque... aí parou.

Lentamente, ele se virou e olhou para Cristina.

— Você não vem?

— Sim. — Ela ficou surpresa ao ouvir a firmeza na própria voz, mas seu corpo a traiu. Quando ficou de pé, a agonia percorreu seu braço até a lateral do corpo e ela se abaixou, arfando.

Um momento depois alguém a tocava, sem qualquer sutileza, ela sentiu que era erguida do chão. Sobressaltou-se — Kieran a pegara no colo e a estava carregando para fora do parque.

Ela deixou os braços penderem, sem saber o que mais fazer. Não conseguia falar. Apesar da dança da véspera, era estranho que Kieran a segurasse dessa maneira. Antes Mark estivera presente, mas agora eles estavam a sós.

— Não seja boba — falou Kieran. — Ponha seus braços em volta de mim. Não quero derrubar você e depois ter que explicar as coisas para Mark.

Ele a teria matado. E ela é minha... e Mark...

Ela se perguntava o que ele estivera pretendendo dizer. *Mark teria ficado zangado? Mark teria ficado decepcionado? Ela é minha amiga?*

Não, ele jamais pensaria em dizer algo assim. Kieran não gostava dela. Cristina tinha certeza disso. E talvez ele não tivesse dito nada daquilo. Suas lembranças estavam ficando confusas por causa da dor.

Eles passavam por uma rua onde as luzes pareciam mudar de gás para elétricas conforme seguiam. A iluminação piscava nas janelas acima. Cristina ergueu os braços e os colocou ao redor do pescoço de Kieran. Entrelaçou os dedos, mordendo o lábio devido à dor do feitiço de amarração.

O cabelo de Kieran fazia cócegas em seus dedos. Era macio, surpreendentemente macio. A pele dele também era incrivelmente delicada, mais do que a de qualquer humano, como a superfície de porcelana polida. Ela se lembrou de Mark beijando Kieran contra uma árvore no deserto, com as mãos em seus cabelos, puxando a gola do suéter para alcançar sua pele, seus ossos, seu corpo. E corou.

— Por que você me seguiu? — falou Kieran, rigidamente.

— Eu vi você pela janela da biblioteca — respondeu Cristina. — Pensei que estivesse fugindo.

— Saí para ver Adaon, como prometi que faria, só isso. Além do mais...

— Ele deu uma risada breve. — Aonde eu iria?

— As pessoas costumam fugir mesmo quando não têm para onde ir — disse Cristina. — É mais uma questão do quanto alguém consegue suportar no lugar onde se encontra.

Fez-se um longo silêncio, demorado o suficiente para que Cristina imaginasse que Kieran não pretendia responder. Então ele falou:

— Tenho a sensação de que fiz algum tipo de maldade com Mark. Não sei o que foi. Mas vejo isso em seus olhos quando ele me encara. Ele acha que está escondendo, mas não está. Embora possa mentir com a boca, ele jamais aprendeu a esconder a verdade em seus olhos.

— Você vai ter que perguntar a Mark — retrucou Cristina. Eles tinham chegado à rua que conduzia ao Instituto. Cristina via o pináculo do edifício erguendo-se ao longe. — Quando Adaon falou que, se você se tornasse Rei, teria que abrir mão de Mark, a quê ele se referia?

— No Reino das Fadas, um rei não pode ter um consorte humano. — Ele a encarou com aqueles olhos semelhantes a estrelas. — Mark mente sobre você. Mas eu vi o modo como ele te olha. Na noite passada, quando nós dançamos. Ele mais do que deseja você.

— Você... você se importa? — perguntou Cristina.

— Não com você — respondeu Kieran. — Pensei que fosse ligar, mas não me importo. Você tem um algo mais. Você é bonita, é gentil, e você é... boa. Não sei por que isso faria diferença. Mas faz.

Ele soou quase surpreso. Cristina nada disse. Seu sangue estava manchando a camisa de Kieran. Era uma visão surreal. O corpo dele estava quente, não frio como mármore, como ela sempre imaginara. Ele tinha um leve cheiro de noite e florestas, um aroma límpido, intocado pela cidade.

— Mark precisa de gentileza — falou Kieran, após uma longa pausa. — E eu também.

Eles chegaram ao Instituto e Kieran subiu os degraus rapidamente, parando no topo. Seus braços enrijeceram ao redor dela.

Cristina o encarou, confusa. Então ela compreendeu.

— Você não consegue abrir a porta — falou. — Você não é um Caçador de Sombras.

— É o que parece. — Kieran piscou para as portas, como se elas o tivessem surpreendido.

— E se você voltasse sem mim? — Cristina teve a vontade mais estranha de rir, embora nada até então tivesse sido engraçado, e o sangue de Erec ainda estivesse endurecendo suas roupas atrás. Ela se perguntava quantos banhos precisaria tomar até se sentir ao menos um pouco limpa. — Eu realmente teria imaginado que você seria mais precavido.

— Parece que assimilei um pouco da sua impulsividade humana — falou Kieran.

Ele falou como se estivesse chocado consigo. Com pena, Cristina começou a afrouxar os dedos no pescoço dele.

Ela esticou o braço para a porta, mas ela abriu por dentro. A luz brilhou na entrada e à soleira estava Mark olhando de um para o outro, atônito.

— Onde vocês estavam? — quis saber. — Pelo Anjo... Kieran, Cristina... — Ele esticou os braços como se fosse tomá-la do colo do outro.

— Está tudo bem — falou Cristina. — Eu consigo ficar de pé.

Kieran a colocou no chão delicadamente. A dor no braço dela começava a desaparecer, embora encarar o pulso de Mark — vermelho, inchado, com um círculo de sangue — a enchesse de culpa. Era tão difícil de acreditar, mesmo agora, que a dor que ela sentia também era dele; o sangue dela, o sangue dele.

Mark passou a mão pela manga dela, que já estava endurecida pelo sangramento de Erec.

— Todo este sangue... não é só do seu pulso... e por que você sairia, vocês dois...?

— Não é sangue dela — falou Kieran. — É do meu irmão.

Todos eles estavam à entrada agora. Kieran esticou a mão atrás de si e deliberadamente fechou as imensas portas da frente com uma pancada alta. Cristina ouvia passos, alguém se apressando para descer.

— Do seu irmão? — repetiu Mark. Nas roupas escuras de Kieran, o sangue mal era visível, mas Mark parecia olhar com mais atenção agora e notava os respingos de escarlate no pescoço e na bochecha dele. — Você quer dizer... Adaon?

Kieran pareceu atordoado.

— Eu fui encontrá-lo, falar do feitiço de amarração e de sua possível subida ao trono.

— E houve derramamento de sangue? Mas por quê? — Mark tocou levemente a bochecha de Kieran. — Se nós soubéssemos que poderia haver uma briga, jamais teríamos sugerido que você falasse com ele em nosso nome. E por que foi sozinho? Por que não me falou nem me levou com você?

Kieran fechou os olhos por um momento, virando a bochecha na mão em concha de Mark.

— Eu não queria colocar você em risco — respondeu em voz baixa.

Mark encarou Cristina nos olhos, por cima do ombro de Kieran.

— Não foi Adaon quem quis brigar — disse ela, esfregando o pulso. — Foi Erec.

Kieran abriu os olhos, delicadamente retirando a mão de Mark de seu rosto e em seguida entrelaçando seus dedos nos do outro menino.

— Ele deve ter seguido Adaon até nosso local de encontro — explicou. — Eu nem sequer tive a oportunidade de contar a Adaon nossos planos para ele e o trono. — Seus olhos ficaram sombrios. — Mark, tem uma coisa que você deve saber...

Magnus irrompeu no vestíbulo, com Alec atrás dele. Ambos ofegavam.

— O que está acontecendo? — perguntou Alec.

— Onde estão as crianças? — indagou Kieran. — Os pequenos, e o garotinho azul com chifrinhos?

Alec piscou.

— Bridget está tomando conta deles — falou. — Por quê?

— Explicarei mais detalhadamente quando puder — disse Kieran. — Por enquanto, vocês devem saber o seguinte: o Rei, meu pai, enviou os Sete Cavaleiros para encontrar o Volume Negro, e eles estão aqui, em Londres. Imagino que ele acredite que o paradeiro do Volume Negro seja conhecido por nós do Instituto. O perigo é grande. Por enquanto, estamos em segurança no interior dessas paredes, mas...

Mark empalidecera.

— Mas Livvy e Ty não estão no interior dessas paredes — disse ele. — Eles saíram com Kit para pegar os ingredientes para o feitiço de amarração. Estão em algum lugar na cidade.

Ouviu-se um balbucio, Alec perguntou alguma coisa abruptamente, Magnus fez um gesto. Mas a dor e o choque — não apenas dela, mas de Mark — acinzentaram a visão de Cristina, por mais que ela estivesse se esforçando para manter a consciência. Ela tentou dizer alguma coisa, mas as palavras desapareceram, tudo lhe escapando assim que ela desfaleceu nas sombras.

Ela não soube ao certo quem aparou sua queda, se Mark ou Kieran.

Nuvens de chuva tinham substituído o céu azul de Londres. Depois de pegar os ingredientes para Magnus com Hypatia, Ty, Kit e Livvy resolveram caminhar em vez de aguardar pelo barco na fila úmida e agitada.

Kit se divertia pisando nas poças da trilha do Tâmisa, a qual serpenteava como uma cobra de granito na lateral do rio. Eles tinham passado outra vez pela Torre de Londres, e Ty indicara o Portão dos Traidores, por onde antigamente criminosos condenados entravam para subir à torre, de encontro à decapitação.

Livvy suspirara.

— Eu queria que Dru estivesse com a gente. Ela teria gostado disso. Ultimamente ela mal sai do quarto.

— Acho que ela teme ser obrigada a tomar conta de alguém, se sair — falou Kit. Ele ainda não tinha uma impressão clara de Dru; estava mais para uma percepção borrada do rosto redondo, das bochechas coradas e de um monte de roupas pretas. Ela possuía os olhos dos Blackthorn, mas, em geral, eles estavam concentrados em outra coisa.

— Acho que ela está guardando algum segredo — falou Livvy. Eles tinham passado pela Ponte do Milênio, uma linha de ferro comprida que cruzava o rio, e estavam se aproximando de uma ponte mais desgastada, pintada em vermelho e cinza.

Ty estava murmurando sozinho, perdido nos pensamentos. Hoje o rio tinha a mesma cor dos olhos dele, um tipo de cinza metálico, com fragmentos prateados. A alça branca dos fones de ouvido estava em volta do pescoço, prendendo os cabelos pretos desgrenhados debaixo dela. O menino parecia confuso.

— Por que ela faria isso?

— É só um pressentimento — disse Livvy. — Não posso *provar*... — A voz falhou. Ela forçou a vista para enxergar ao longe, com a mão erguida para bloquear a luz acinzentada da tarde que batia em seu rosto. — O que é aquilo?

Kit acompanhou o olhar da menina e sentiu um calafrio. Havia algumas figuras se movimentando pelo céu, uma fileira de vultos em velocidade, delineados contra as nuvens. Três cavalos, distintos como esboços no papel, com três cavaleiros nas costas.

Ele olhou ao redor, agitado. Mundanos estavam por toda parte, prestando pouca ou nenhuma atenção aos três adolescentes de jeans e capas de chuva com capuz correndo com suas bolsas cheias de pós mágicos.

— A Caçada Selvagem? — falou Kit. — Mas por quê?

— Não acho que seja a Caçada Selvagem — retrucou Livvy. — Eles cavalgam à noite. Estamos em plena luz do dia. — Ela pôs a mão na lateral do corpo, onde pendiam as lâminas serafim.

— Não estou gostando nada disso — falou Ty, ofegante. Os vultos estavam incrivelmente próximos agora, deslizando pelo topo da ponte, inclinando-se para baixo. — Estão vindo na nossa direção.

Eles se viraram, mas era tarde demais. Kit sentiu a brisa desmanchar seu cabelo quando cavalos e cavaleiros passaram acima deles. Um instante depois, ouviu-se um estrondo quando os três aterrissaram ordenadamente ao redor de Kit, Livvy e Ty, impedindo a fuga.

Os cavalos tinham um tom de bronze faiscante e seus cavaleiros também tinham pele e cabelos cor de bronze. Além disso, usavam máscaras na metade do rosto, de um metal reluzente. Eles eram belos, estranhos e sobrenaturais, totalmente deslocados nas sombras da ponte enquanto os táxis aquáticos passavam nos arredores e a via zumbia com o trânsito.

Eram nitidamente fadas, mas não como as que Kit tinha visto antes, no Mercado das Sombras. Eram maiores e mais altos, e estavam armados, apesar dos éditos da Paz Fria. Cada um trazia uma espada imensa na cintura.

— Nephilim — falou um deles, com uma voz semelhante a geleiras se partindo. — Sou Eochaid dos Sete Cavaleiros, e estes são meus irmãos, Etarlam e Karn. Onde está o Volume Negro?

— O Volume Negro? — repetiu Livvy. Os três estavam espremidos junto ao muro da trilha. Kit percebeu que os passantes lançavam olhares curiosos, e ele sabia que era como se eles três estivessem olhando para o nada.

— Sim — falou Etarlam. — Nosso Rei está em busca dele. Vocês vão entregá-lo.

— Nós não estamos com ele — retrucou Ty. — E não sabemos onde está.

Karn deu uma risada.

— Vocês não passam de crianças, por isso estamos inclinados a ser tolerantes — falou. — Mas entendam uma coisa. Os Cavaleiros de Mannan têm feito o que o Rei Unseelie ordena há milhares de anos. Nesse meio-tempo, muitos caíram sob nossas lâminas, e não poupamos ninguém por nenhuma razão, nem por idade, fraqueza ou enfermidade. E não pouparemos ninguém agora. — Ele se inclinou sobre a crina do cavalo, e Kit notou que o animal tinha olhos de tubarão, escuros, achatados e mortais. — Ou vocês sabem onde está o Volume Negro, ou vocês serão prisioneiros úteis para incentivar quem sabe. O que vai ser, Caçadores de Sombras?

23

Céus de Fogo

— Ganhei de novo. — Jaime baixou as cartas: todas de copas. Ele sorriu em triunfo para Dru. — Não fique chateada. Cristina costumava dizer que eu tinha a sorte do diabo.

— Mas o diabo não teria azar? — Dru não se importava por perder para Jaime. Ele sempre parecia satisfeito, e ela não se importava de um jeito ou de outro.

Na noite anterior, ele dormira no chão, ao lado da cama dela, e quando ela acordara, rolara e ficara admirando a figura dele, com o peito inflado de felicidade. Durante o sono, Jaime parecia vulnerável e ficava ainda mais parecido com o irmão, embora agora ela o considerasse mais bonito do que Diego.

Jaime era um segredo, o segredo dela. Um feito importante da parte dela, mesmo que os outros não tivessem ideia da ocorrência dele. Ela sabia que ele estava numa missão importante, uma coisa sobre a qual não podia falar muito; era como ter um espião em seu quarto, ou um super-herói.

— Vou sentir sua falta — disse ele com franqueza, trançando os dedos e esticando os braços como um gato se espreguiça sob o sol. — Esse foi o maior descanso que já tive em muito tempo, e o mais divertido também.

— Nós podemos continuar amigos depois disso, certo? — perguntou ela. — Quero dizer, quando a sua missão acabar.

— Não sei quando ela vai acabar. — Uma sombra cruzou o rosto dele. Jaime mudava de humor muito mais rápido que o irmão: num minuto ele estava contente; logo em seguida, ficava triste; depois, pensativo, e então era capaz de rir durante cinco minutos seguidos. — Pode ser que demore. — Ele olhou para ela de esguelha. — Talvez você fique chateada comigo. Eu fiz você guardar um segredo da sua família.

— Eles guardam segredos de mim — falou ela. — Acham que sou jovem demais para saber alguma coisa.

Jaime franziu a testa. Dru sentiu uma pontadinha de preocupação — eles nunca tinham conversado sobre a idade dela; por que teriam que conversar? Mas normalmente as pessoas imaginavam que ela devia ter, pelo menos, uns 17 anos. Suas curvas eram bem mais acentuadas do que as das outras meninas da sua idade, e Dru estava acostumada a atrair os olhares dos garotos.

Mas até então Jaime não tinha olhado, ao menos não do jeito que os outros meninos costumavam olhar, como se tivessem algum direito sobre o corpo dela. Como se ela devesse ser grata por tanta atenção. E então ela se dera conta de que não queria desesperadamente que ele soubesse que ela só tinha 13 anos.

— Bem, Julian acha — emendou ela. — E Julian é meio que o responsável por tudo. A questão é que quando nós éramos menores, todos éramos só "as crianças". Mas depois que meus pais morreram, e Julian basicamente nos criou, nós nos dividimos em grupos. Eu virei a "mais nova", e de repente Julian era o mais velho, tipo, um pai.

— Sei como é — falou Jaime. — Diego e eu costumávamos brincar feito cachorrinhos quando éramos crianças. Então ele cresceu e decidiu que precisava salvar o mundo, aí começou a me dar ordens.

— Exatamente isso — falou ela. — É isso aí mesmo.

Ele esticou a mão e puxou a bolsa de lona de baixo da cama.

— Eu não posso ficar muito tempo mais — disse. — Mas antes de ir... tenho uma coisa para você.

Jaime tirou o laptop da bolsa. Dru ficou olhando para ele — não era sua intenção lhe dar um laptop, era? Ele levantou a tela, um sorriso se espalhando pelo rosto. Era tipo um sorriso de Peter Pan, que dizia que ele nunca ia parar com as traquinagens.

— Eu baixei *A Casa que Pingava Sangue* — falou. — Achei que podíamos ver juntos.

Dru bateu palmas e passou para o colchão ao lado dele. Ele se afastou e deu espaço suficiente para a menina. Ela ficou observando enquanto ele inclinava a tela para que ambos conseguissem ver. E aí finalmente conseguiu ler as palavras que davam voltas no braço dele, embora não soubesse o que significavam. *La sangre sin fuego hierve.*

— E sim — falou ele, quando as primeiras imagens começaram a aparecer na tela. — Espero que a gente seja amigo no futuro.

— Jules — chamou Emma, apoiando-se na parede da igreja. — Você tem certeza de que é uma boa ideia? Não parece sacrilégio incendiar uma igreja?

— Está abandonada. Deixou de ser sagrada. — Julian arregaçou as mangas do casaco. Ele estava se marcando com o símbolo de Força, de modo limpo e preciso, na parte interna do antebraço. Atrás dele, Emma via a curva da baía, a água batendo em ondas azuis contra a praia.

— Ainda assim... nós respeitamos todas as religiões. Toda religião paga dízimo aos Caçadores de Sombras e é assim que vivemos. Isso parece...

— Desrespeitoso? — Julian sorriu com pouco humor. — Emma, você não viu o que eu vi. O que Malcolm fez. Ele dilacerou o tecido do que fazia desta igreja um local sagrado. Ele derramou sangue e depois o sangue dele foi derramado. E quando uma igreja se torna um matadouro desse jeito, é pior do que se fosse outro tipo de construção. — Ele passou uma das mãos pelo cabelo. — Lembra o que Valentim fez com a Espada Mortal? Quando ele a levou da Cidade do Silêncio?

Emma assentiu. Todos conheciam a história. Era parte da história dos Caçadores de Sombras.

— Ele mudou sua aliança de angelical para infernal. Mudou do bem para o mal.

— E a igreja foi modificada também. — Ele inclinou a cabeça para trás e fitou a torre. — Por mais sacrossanto que o local tenha sido, agora é profano. E demônios continuarão sendo atraídos para ela, e continuarão passando por aqui e não vão ficar sossegados... eles vão para a aldeia. Serão um perigo para os mundanos que vivem lá. E para nós.

— Diga-me que não é só você querendo queimar a igreja porque deseja afirmar seu poder.

Julian deu um sorriso tranquilo para Emma — o tipo de sorriso que fazia todo mundo confiar nele e amá-lo, que o fazia parecer inofensivo. Esquecível até. Mas Emma enxergava sua verdadeira natureza até os ossos.

— Não acho que alguém queira saber das minhas afirmações de poder.

Emma suspirou.

— É um edifício de pedra. Não dá para simplesmente desenhar um símbolo de Fogo nele e esperar que acenda feito um fósforo.

Ele a fitou sem emoção.

— Eu lembro do que aconteceu no carro — falou ele. — Quando você me curou. Sei o que uma Marca é capaz de fazer quando retiramos energia um do outro.

— Você quer minha ajuda para isso?

Julian se virou de modo a encarar a parede da igreja, uma parede cinza de granito, pontuada por janelas cobertas com tábuas de madeira. A grama crescia descontroladamente ao redor dos pés deles, salpicada por dentes de leão. Ao longe, Emma ouvia os gritos das crianças na enseada.

Ele esticou a mão com a estela e desenhou na pedra da parede. O símbolo tremeluziu, minúsculas chamas lambendo suas beiradas. *Fogo.* Mas as chamas se apagaram rapidamente, absorvidas pela pedra.

— Ponha as mãos em mim — pediu Julian.

— O quê? — Emma não sabia ao certo se havia ouvido direito.

— Ajudaria se a gente se tocasse — falou ele, friamente. — Ponha as mãos nas minhas costas, sei lá, ou nos meus ombros.

Emma ficou de pé atrás dele. Ele era mais alto do que ela; erguer as mãos para os ombros dele significaria esticar o corpo numa posição estranha. E tão pertinho assim dele, ela sentia as costelas de Julian se expandindo quando ele respirava, via as minúsculas sardas na nuca dele, onde o vento tinha soprado o cabelo para o lado. Via o arco dos ombros largos que ia se estreitando até a cintura e o quadril, via o comprimento das pernas.

Ela colocou as mãos na cintura dele, como se estivesse na garupa de uma motocicleta, sob o casaco, porém sobre a camiseta. A pele dele era quente através do algodão.

— Muito bem — disse ela. Sua respiração deu uma leve soprada no cabelo dele; um calafrio lhe percorreu a pele. Ela podia *sentir*, e engoliu em seco.

— Vá em frente.

Emma semicerrou os olhos enquanto a estela arranhava a parede. Julian tinha cheiro de grama recém-aparada, o que não era exatamente uma surpresa, considerando que ele havia rolado no solo ao lutar com a pixie.

— Por que ninguém iria querer saber? — perguntou ela.

— Saber do quê? — Julian ergueu o braço. A camiseta subiu, e de repente Emma flagrou suas mãos na pele nua e tensa, sobre os músculos oblíquos. Ela prendeu a respiração.

— Das suas afirmações de poder, sabe, a respeito de qualquer coisa — falou Emma quando os pés dele voltaram a se firmar no chão. Agora ela estava enredando as mãos ao tecido da camiseta. Ela ergueu o olhar e viu um segundo símbolo de Fogo: este era mais profundo, mais escuro, e as chamas nas beiradas brilhavam com mais intensidade. A pedra ao redor dele começou a rachar...

E o fogo surgiu.

— Pode ser que não funcione — falou Emma, com o coração acelerado. Ela queria que funcionasse e, ao mesmo tempo, não queria. Suas Marcas deviam ser mais poderosas quando criadas juntas; esse era o caso para todos os *parabatai*. Mas havia um limite para tal poder. A menos que dois *parabatai* estivessem apaixonados. Do jeito que Jem falara, o poder deles naquela época poderia ser quase infinito — poderia crescer até destruí-los.

Julian não a amava mais; ela vira isso no modo como ele beijara aquela garota fada. Ainda assim, seria difícil ter que constatar isso.

Mas talvez fosse a melhor coisa para ela. Mais cedo ou mais tarde ela precisaria encarar a realidade.

Ela passou os braços ao redor de Julian, apertando-os sobre a barriga dele. O gesto fez o corpo dela pressionar o dele ainda mais, e o peito de Emma se moldou às costas dele. Ela o sentiu tenso de surpresa.

— Tente mais uma vez — falou ela. — Vá devagar.

Ela ouviu a respiração dele acelerar. Ele ergueu o braço e a estela começou a arranhar outro símbolo contra a pedra.

Instintivamente, as mãos de Emma subiram para o peito dele. Ela ouvia o deslizar da estela no atrito. A palma da mão se acomodou sobre o coração dele, que martelava e golpeava as costelas.

As batidas do coração de Julian. Nas centenas de milhares de outras vezes em que Emma ouvira ou sentira aquele ribombar, ela fora atingida como se o som fosse um trem expresso. Aos seis anos de idade, ela caíra de um muro no qual tentava se equilibrar e fora apartada por Julian; eles acabaram tombando juntos e ela ouvira as batidas de seu coração. Ela se lembrou da pulsação na garganta dele enquanto segurava a Espada Mortal no Salão do Conselho. Correndo pela praia, pondo os dedos no pulso e contando os batimentos cardíacos depois. O ritmo sincopado quando as batidas dos corações se igualaram durante a cerimônia *parabatai*. O som do sangue de Jules rugindo quando ele a carregou para longe do oceano. A batida constante daquele mesmo coração quando ela encostara a cabeça no peito dele naquela noite.

O corpo de Emma estremeceu com o poder da lembrança, e ela sentiu a energia daquele calafrio pulsando através dela, através de Julian, conduzindo a força do símbolo como um chicote pelo braço, pela mão, pela estela. *Fogo*.

Julian respirou fundo, deixando a estela cair; a ponta dela brilhava, vermelha. Ele recuou e Emma retirou as mãos dele; ela praticamente tropeçou, mas ele a segurou, puxando-a para longe do prédio e para o pátio da igreja.

Ofegantes, ambos ficaram observando: o símbolo que Julian desenhara tinha queimado e aberto caminho pelas pedras. A madeira sobre as janelas rachou e línguas de fogo alaranjadas surgiram.

    Julian olhou para Emma. O fogo faiscava e estalava nos olhos dele, mais do que um reflexo.

    — Nós fizemos isso — falou ele, a voz se elevando. — *Nós* fizemos isso.

    Emma o encarou. Ela apertava os braços dele, pouco acima dos cotovelos, a musculatura rija sob os dedos dela. Jules pareceu se iluminar de dentro para fora, ardendo de empolgação. Sua pele era quente ao toque de Emma.

    Os olhares de ambos se encontraram. E era Julian, seu Julian, sem persianas fechadas sobre sua expressão, nada a esconder, somente o brilho límpido de seus olhos e o calor de seu olhar. Emma sentia como se o coração estivesse rasgando seu peito. Ela ouvia o crepitar alto das chamas ao redor. Julian se aproximou, cada vez mais perto, estilhaçando a consciência dela da necessidade de mantê-lo distante, de qualquer outra coisa que não fosse ele.

    O som de sirenes ecoou nos ouvidos de Emma, o uivo da brigada do fogo, precipitando-se na direção da igreja. Julian se afastou apenas o suficiente para segurar a mão dela, e eles fugiram no momento em que o primeiro dos veículos chegou.

Mark não entendeu direito como todos entraram na biblioteca. Ele se lembrava vagamente de ter ido verificar Tavvy — que construía uma elaborada torre de blocos com Rafe e Max —, e então de bater à porta de Dru, que estava no próprio quarto e pouco inclinada a sair, o que parecia uma boa situação. Não havia razão para alarmá-la antes que fosse necessário.

    Ainda assim, Mark teria gostado de vê-la. Com Julian e Helen fora, e agora com Ty e Livvy em alguma parte de Londres, em perigo, ele se sentia como uma casa perdendo as fundações. Estava desesperadamente grato por Dru e Tavvy estarem em segurança, e também pelo fato de não estarem precisando dele neste momento. Ele não sabia como Julian tinha dado conta durante todos aqueles anos: como era esperado que ele fosse forte para as outras pessoas quando ele mesmo não sabia como ser forte para si. Ele sabia que era ligeiramente ridículo que ele, um adulto, estivesse desejando a companhia da irmã de 13 anos para fortalecer sua resolução, mas era isso. E ele se envergonhava disso.

    Mark estava ciente da presença de Cristina, falando rapidamente em espanhol com Magnus. De Kieran, inclinando-se em uma das mesas, com a cabeça pendendo para baixo: seu cabelo estava preto e roxo, como a parte mais escura da água. Alec voltou do corredor carregando uma pilha de roupas.

— São de Ty, Livvy e Kit — falou, estendendo-as para Magnus. — Peguei no quarto deles.

Magnus olhou para Mark.

— Nada ainda no telefone?

Mark tentou respirar profundamente. Ele tinha ligado para Emma e Julian, e tinha enviado mensagens, mas não obteve resposta. Cristina dissera ter recebido notícias de Emma enquanto estava na biblioteca, e que os dois pareciam bem. Mark sabia que Emma e Julian eram inteligentes e cuidadosos, e que não havia guerreira melhor do que Emma. Mas ainda assim, a preocupação apertava seu coração.

No entanto, ele precisava manter o foco em Livvy, Ty e Kit, que não tinha praticamente treino nenhum, e Livvy e Ty eram muito jovens. Ele tinha a noção de que era da mesma idade dos dois quando fora levado pela Caçada, mas mesmo assim, na visão dele ambos ainda eram crianças.

— Nada de Emma e Jules — disse ele. — Eu tentei falar com Ty dez, vinte vezes já. Sem resposta. — Ele engoliu em seco o medo. Havia milhões de motivos para Ty não pegar o telefone que não tinham a ver com os Cavaleiros.

Os Cavaleiros de Mannan. Embora ele soubesse que estava na biblioteca do Instituto de Londres, observando Magnus Bane distribuindo as roupas da pilha e começando o feitiço de rastreamento, parte dele estava no Reino das Fadas, ouvindo as histórias sobre os Cavaleiros, os assassinos sanguinários da Corte Unseelie. Eles dormiam debaixo de uma montanha até serem despertados, normalmente em épocas de guerra. Ele tinha ouvido dizer que também eram chamados Cães do Rei, pois assim que farejavam sua presa, podiam segui-la por quilômetros de mar, terra e céu a fim de ceifar suas vidas.

O Rei devia estar querendo muito o Volume Negro para envolver os Cavaleiros nisso. Em épocas remotas, eles haviam caçado gigantes e monstros. Agora estavam atrás dos Blackthorn. Mark sentiu o frio penetrá-lo.

Agora Mark ouvia Magnus falando baixinho; ele também explicava os Sete: quem eram e o que faziam. Alec dera a Cristina uma camiseta cinza que provavelmente era de Ty; ela a segurava, com um símbolo de Rastreamento nas costas da mão, mas balançava a cabeça mesmo enquanto apertava a peça de roupa.

— Não está funcionando — disse ela. — Talvez se Mark tentar... dê alguma coisa de Livvy para ele...

Um vestido preto de babados foi empurrado para as mãos de Mark. Ele não conseguia imaginar a irmã vestindo algo assim, mas supunha que aquela não era a questão. Ele o apertou com força, fazendo um desenho torto de um símbolo de Rastreamento nas costas da mão direita, tentando se lembrar do modo como Caçadores de Sombras faziam isso; o modo como eles limpavam a mente e alcançavam o nada, tentando encontrar a faísca da pessoa procurada no outro extremo da própria imaginação.

Mas nada havia ali. O vestido parecia uma coisa morta ao seu toque. Não tinha *Livvy* dentro dele. Não tinha Livvy em parte alguma.

Ele abriu os olhos, arfando.

— Não acho que isto vá funcionar.

Magnus pareceu confuso.

— Mas...

— Não são as roupas deles — falou Kieran, erguendo a cabeça. — Vocês não se lembram? As roupas foram emprestadas quando eles chegaram aqui. Eu os ouvi reclamando disso.

Mark jamais imaginaria que Kieran prestasse atenção suficiente ao que os Blackthorn diziam para gravar tais detalhes. Aparentemente, ele tinha mesmo prestado atenção.

Mas esse era o jeito dos Caçadores, não era? *Parecer que não prestava atenção, mas assimilar cada detalhe*, era o que Gwyn frequentemente dizia. *A vida de um Caçador pode depender do que ele sabe.*

— Não tem mesmo nada deles? — quis saber Magnus, com uma ponta de pânico na voz. — As roupas que eles vestiam quando chegaram aqui...

— Bridget jogou fora — falou Cristina.

— As estelas deles...

— Devem estar com eles — retrucou Mark. — As outras armas foram emprestadas. — O coração dele martelava. — Não tem nada que você possa fazer?

— Que tal viajar via Portal até o Instituto de Los Angeles? — sugeriu Alec. — Pegar alguma coisa deles de lá...

Magnus tinha começado a passear de um lado a outro.

— Neste momento, o Instituto está protegido contra viagens. Questões de segurança. Eu poderia procurar um novo feitiço, nós poderíamos mandar alguém para desmanchar o bloqueio sobre o Instituto da Califórnia, mas essas coisas levam tempo...

— Não há tempo — retrucou Kieran, se aprumando. — Deixe-me ir atrás das crianças. Juro pela minha vida que farei de tudo para encontrá-las — disse ele.

— *Não* — interveio Mark, um tanto furiosamente. Ele notou o olhar magoado que passou pelo rosto de Kieran. Mas não havia tempo para explicar nem esclarecer. — Diana...

— Está em Idris e não pode ajudar — falou Kieran. Mark tinha enfiado a mão no bolso. Seus dedos se fecharam em alguma coisa pequena, lisa e fria.

— Talvez seja hora de chamar os Irmãos do Silêncio — falou Magnus. — Sem nos importarmos com as consequências.

Cristina estremeceu. Mark sabia que ela estava pensando em Emma e Jules, na reunião da Clave em Idris, na ruína e no perigo que os Blackthorn enfrentavam. Uma ruína que aconteceria sob a responsabilidade de Mark. Algo que Julian nunca teria deixado acontecer. Desastres não ocorriam sob a responsabilidade de Jules — não aqueles que ele não podia consertar.

No entanto, Mark não podia pensar nisso. Todo seu pensamento, seu coração, estavam tomados de imagens do irmão e da irmã em perigo. E eles eram mais do que seu irmão e irmã naquele momento: ele compreendia enfim o que Julian sentia ao olhar para eles. Eles eram seus filhos, sua responsabilidade, e ele morreria para salvá-los.

Mark tirou a mão do bolso. A bolota dourada reluziu no ar quando ele a jogou. Ela bateu na parede diante dele e se partiu.

Cristina girou.

— Mark, o que é que você está...?

Não houve mudança visível na biblioteca, mas um perfume encheu o cômodo e, por um instante, foi como se eles estivessem de pé numa clareira no Reino das Fadas. Mark conseguia sentir o ar fresco, o solo e as folhas, a terra e as flores, a água tingida de cobre.

Kieran se retesou totalmente, os olhos tomados de uma mistura de esperança e medo.

— Alec — chamou Magnus, esticando uma das mãos. Sua voz foi menos uma advertência do que um tipo de necessidade crua. A estranheza do Reino das Fadas tinha entrado no cômodo e Magnus tomava providências para proteger quem amava. Alec, porém, não saiu do lugar, simplesmente ficou observando, os olhos azuis fixados quando uma sombra surgiu na parede oposta. Uma sombra projetada pelo nada.

Ela cresceu. A sombra de um homem, de cabeça abaixada e ombros largos, caídos. Cristina levou a mão ao pingente em seu pescoço e murmurou alguma coisa: uma oração, supôs Mark.

A luz no cômodo aumentou. A sombra já não era uma sombra mais. Tinha assumido cor e forma, e era Gwyn ap Nudd, com os braços cruzados sobre o peito largo e os olhos bicolores brilhando abaixo das sobrancelhas pesadas.

— Mark Blackthorn — falou ele, sua voz um estrondo. — Eu não lhe dei esta lembrança, nem ela deveria ser usada por você.

— Você está mesmo aqui? — quis saber Mark, fascinado. Gwyn parecia sólido o suficiente, mas se Mark olhasse com atenção, tinha a impressão de que poderia enxergar as beiradas das molduras da janela através do corpanzil dele...

— É uma Projeção — falou Magnus. — Saudações, Gwyn ap Nudd, escolta do túmulo, pai dos mortos. — Ele fez uma leve mesura.

— Magnus Bane — falou Gwyn. — Faz muito tempo.

Alec chutou Magnus no tornozelo — provavelmente, suspeitou Mark, para evitar que o feiticeiro fizesse qualquer comentário para dizer que nem fazia tanto tempo assim.

— Eu preciso de você, Gwyn — falou Mark. — *Nós* precisamos de você.

Gwyn se mostrou decepcionado.

— Se eu quisesse que você fosse capaz de me chamar quando lhe desse vontade, eu teria dado a bolota a *você*.

— Você veio até *mim* — disse Mark. — Veio até mim e pediu que eu ajudasse Kieran, e então eu o resgatei do Rei Unseelie, e agora os Cavaleiros de Mannan estão caçando meus irmãos e irmãs, que são apenas crianças.

— Eu carreguei uma quantidade incontável de corpos de crianças do campo de batalha — falou Gwyn.

Mark sabia que o grandalhão não pretendia ser cruel. Gwyn simplesmente tinha a própria realidade, de sangue, morte e guerra. Nunca houve uma época de paz para ele e para a Caçada Selvagem: em alguma parte do mundo, sempre havia guerra, e a missão deles era servi-la.

— Se você não ajudar — disse Mark —, então é melhor ser um servo do Rei Unseelie, protegendo seus interesses e planos.

— É *assim* que você tenta obter vantagens? — perguntou Gwyn baixinho.

— Ele não está tentando obter vantagens — retrucou Kieran. — O Rei, meu pai, quer iniciar uma guerra; se você não tomar posição contra ele, ele vai supor que você está a favor dele.

— A Caçada não fica ao lado de ninguém — falou Gwyn.

— E se você não agir agora, quem vai acreditar nesta afirmativa será justamente isso aí: ninguém — disse Mark.

— A Caçada pode encontrar Livvy, Ty e Kit — falou Cristina. — Vocês são os maiores rastreadores que o mundo já conheceu, muito mais grandiosos do que os Sete Cavaleiros.

Gwyn lhe deu uma olhada ligeiramente incrédula, quase como se não conseguisse acreditar que ela havia falado. Ele pareceu meio divertido e meio exasperado pelo elogio. Kieran, por outro lado, ficou impressionado.

— Muito bem — disse Gwyn. — Eu tentarei. Não prometo nada — emendou ele sombriamente, e desapareceu.

Mark ficou observando o local onde Gwyn desaparecera, a parede branca da biblioteca, sem marcas de sombras.

Cristina lhe deu um sorriso preocupado. Ela era sempre uma revelação, pensou ele. Gentil e sincera, mas extraordinariamente capaz de usar truques das fadas, se necessário. Suas palavras para Gwyn tinham soado absolutamente sinceras.

— Ele pode parecer relutante, mas se Gwyn diz que vai tentar alguma coisa, ele não deixará pedra sobre pedra — falou Magnus. Ele parecia exausto de um modo que Mark não se lembrava de já ter visto. Exausto e soturno. — Vou precisar da sua ajuda, Alec — falou ele. — Está na hora de tomarmos o Portal até a Cornualha. Precisamos achar Emma e Julian antes que os Cavaleiros os encontrem.

O relógio do Salão do Conselho tocava através do Gard, soando como o repicar de um imenso sino. Diana, tendo terminado seu relato minutos antes, cruzou as mãos sobre a mesa da Consulesa.

— Jia, por favor, diga alguma coisa — implorou.

A Consulesa se levantou do assento atrás da mesa. Ela usava um vestido fluido cujas mangas tinham arremate de brocado. As costas estavam muito rijas.

— Parece trabalho de demônios — falou ela com tensão na voz. — Mas não há demônios em Idris. Não desde a Guerra Mortal.

O Cônsul anterior tinha morrido nessa guerra. Jia permanecera no poder desde então, e nenhum demônio entrara em Idris. Mas demônios não eram os únicos seres a um dia almejar fazer mal aos Caçadores de Sombras.

— Helen e Aline saberiam se tivesse ocorrido atividade demoníaca em Brocelind — emendou Jia. — Há todos os tipos de mapas, cartas e instrumentos sensíveis na Ilha Wrangel. Elas viram quando Malcolm rompeu as barreiras de proteção em torno do Instituto e me informaram antes mesmo de você.

— Isso não foi obra de demônios — falou Diana. — Não tinha aquela sensação, o fedor dos demônios... Era a morte da natureza, uma praga na terra. Foi a... a mesma coisa descrita por Kieran em relação às Terras Unseelie.

Cuidado, falou Diana para si. Ela quase deixara escapar que Julian fora o agente da descrição. Jia seria uma aliada, ela torcia, mas ainda não tinha se mostrado uma. E ela continuava sendo parte da Clave — sua mais alta representante, na verdade.

Ouviu-se uma batida à porta. Era Robert Lightwood, o Inquisidor. Ele estava tirando as luvas de cavalgada.

— O que a Srta. Wrayburn disse é verdade — falou ele, sem preâmbulos. — Há um espaço atingido pela praga no centro da floresta, talvez a um quilômetro e meio da mansão Herondale. Os sensores confirmam que não há presença demoníaca.

— Você estava sozinho quando foi verificar? — quis saber Diana.

Robert pareceu ligeiramente surpreso.

— Havia outros comigo. Patrick Penhallow, alguns dos Centuriões mais jovens.

— Deixe-me adivinhar — falou Diana. — Manuel Villalobos.

— Não me dei conta de que deveria ser uma missão confidencial — falou Robert, erguendo as sobrancelhas. — A presença dele tem alguma importância?

Diana não disse nada, apenas fitou Jia, cujos olhos escuros estavam cansados.

— Espero que você tenha trazido algumas amostras, Robert — falou Jia.

— Patrick está com elas. Ele as está levando para os Irmãos do Silêncio agora. — Robert enfiou as luvas no bolso e olhou de soslaio para Diana. — Vale mencionar que pensei em sua solicitação e acredito que uma reunião do Conselho sobre os problemas da Tropa e do mensageiro das fadas seria útil.

Ele inclinou a cabeça para Diana numa despedida e deixou o cômodo.

— É melhor que ele traga Manuel e os outros — falou Jia em voz baixa. — Eles não podem negar o que viram, se chegar a esse ponto.

Diana se levantou da cadeira.

— O que você acha que eles viram?

— Eu não sei — falou Jia com sinceridade. — Você tentou usar sua lâmina serafim ou Marca quando estava na floresta?

Diana balançou a cabeça. Ela não revelara a Jia o que estivera fazendo em Brocelind ao amanhecer — certamente não que estivera num quase-encontro com uma fada, ainda por cima usando pijamas.

— Você vai argumentar que isto é um sinal da incursão da Corte Unseelie em nossas terras — falou Jia.

— Kieran disse que o Rei Unseelie não ia parar nas próprias terras. Que ele viria até as nossas. Por isso precisamos da ajuda da Rainha Seelie.

Diana sabia que isso era possível se eles encontrassem o Volume Negro, embora não o tivesse dito a Jia. Livrar-se da Tropa era importante demais.

— Eu li o arquivo que você me deu — emendou ela. — Acho que talvez você tenha se esquecido de retirar alguns papéis sobre o histórico de Zara.

— Oh, céus — falou Jia, sem inflexão.
— Você me deu aquela papelada porque sabia que era verdade — retrucou Diana. — Que Zara mentiu para o Conselho. Que se ela é considerada uma heroína, é por causa daquelas mentiras.
— Você pode provar isso? — Jia tinha ido até a janela. A forte luz do sol iluminava as rugas em seu rosto.
— Você pode?
— Não — respondeu Jia, ainda olhando através da vidraça. — Mas posso lhe dizer uma coisa que eu não deveria. Eu falei de Aline e Helen, e do que elas sabem. Algum tempo atrás, elas informaram que viram *alguma coisa* perturbando os mapas de Alicante, na região de Brocelind. Uma coisa muito estranha, pontos escuros, como se as próprias árvores estivessem praticando magia do mal. Nós cavalgamos por lá, mas não vimos nada... Talvez os trechos ainda não tivessem crescido o suficiente para ficarem visíveis. Foi descartado como sendo um mau funcionamento do equipamento.
— Elas terão que verificar de novo — falou Diana, mas seu coração estava agitado. Mais uma prova de que o Rei Unseelie era uma ameaça. Um perigo claro e presente para Idris. — Se os locais escuros corresponderem às áreas da praga, então eles devem vir para testemunhar... para mostrar à Clave...
— Devagar, Diana — falou Jia. — Andei pensando um bocado em você. Sei que há coisas que não está me contando. Razões pelas quais você tem certeza de que Zara não matou Malcolm. Razões pelas quais você sabe tanto sobre os planos do Rei Unseelie. Desde a primeira vez que convidei Julian Blackthorn e Emma Carstairs para o meu escritório, eles me confundiram e esconderam coisas da Clave. Assim como você está escondendo coisas agora. — Ela tocou a vidraça com os dedos. — Mas estou cansada. Da Paz Fria, que afasta minha filha de mim. Da Tropa e do clima de ódio que eles criam. O que você me oferece agora é um fio frágil para amarrar todas as nossas esperanças.
— Mas é melhor do que nada — falou Diana.
— Sim. — Jia se virou para ela outra vez. — É melhor do que nada.
Quando Diana saiu do Gard, alguns minutos depois, rumo à luz cinza e branca do dia, estava tomada pelo ânimo. Ela conseguira. Ia haver uma reunião; Kieran testemunharia; eles teriam chance de recuperar o Instituto, e talvez esmagar a Tropa.
Ela pensou em Emma e Julian, e no Volume Negro. Tanto peso em ombros tão jovens sendo forçados a suportá-lo. Ela se lembrou dos dois quando eram crianças, no Salão dos Acordos, suas espadas desembainhadas enquanto eles circulavam os Blackthorn menores, prontos a morrer por eles.

De soslaio, ela notou um brilho forte por um instante. Alguma coisa caiu no chão a seus pés. Ela ouviu algo esvoaçando acima, uma perturbação entre as nuvens pesadas. Ao se abaixar e rapidamente guardar no bolso a pequena bolota oca, ela já sabia de quem era a mensagem.

Ainda assim, esperou até metade do caminho até Alicante para ler. Gwyn devia ter alguma coisa séria a dizer para levar uma mensagem até ela no meio do dia, mesmo sob o disfarce da nuvem.

Dentro da bolota havia um pedaço de papel minúsculo com os seguintes dizeres:

Venha ao meu encontro agora, fora dos muros da cidade. É importante. As crianças Blackthorn estão em perigo.

Jogando fora a bolota, Diana desceu correndo a colina.

A chuva começou assim que Julian e Emma voltavam da Igreja de Porthallow, em silêncio. Ele parecia se lembrar perfeitamente do caminho, cortando através dos promontórios numa trilha que os conduziu diretamente para Warren.

Os banhistas na doca e nas piscinas sob Chapel Rock se apressavam para recolher suas coisas às primeiras gotas; as mães vestiam as roupas nas crianças relutantes em seus pequeninos trajes de banho; toalhas em cores fortes eram dobradas e os guarda-sóis, recolhidos.

Emma se lembrou de como seu pai adorava tempestades na praia. Ela se recordou dos momentos nos braços dele quando os trovões ribombavam acima da Baía de Santa Monica, e ele lhe dizia que, quando os relâmpagos atingiam a praia, transformavam areia em vidro.

Ela ouvia o rugido neste momento, mais alto do que o som do mar quando se erguia e começava a bater nas pedras dos lados do porto. Mais alto do que a própria respiração enquanto ela e Jules corriam pela trilha molhada e escorregadia até o chalé e entravam no exato instante em que o céu se abria e a água descia como a enxurrada de uma represa rachada.

Tudo dentro do chalé parecia quase assustador em sua mediocridade. A chaleira silenciosa no fogão. Xícaras, canecas de café e pratos vazios espalhados pelo tapete de retalhos diante da lareira. O moletom de Julian estava no chão, mesmo local onde Emma o afofara e transformara em travesseiro na noite anterior.

— Emma? — Julian estava encostado na bancada da cozinha. Gotas de água salpicavam seu rosto, e o cabelo estava cacheando do jeito que sempre acontecia quando estava úmido ou molhado. Ele tinha a expressão de alguém preparado para ouvir algo ruim, algum tipo de notícia horrível. — Você não disse nada desde que saímos da igreja.

— Você está apaixonado por mim — falou Emma. — Ainda.

O que quer que ele estivesse esperando, não tinha sido isso. Ele estava abrindo o zíper do casaco e suas mãos congelaram no meio do gesto, os dedos ainda esticados. Ela viu o movimento da garganta quando ele engoliu em seco, e ele falou:

— Do que você está falando?

— Eu pensei que você não me amasse mais — falou ela, tirando o casaco e esticando o braço para pendurá-lo junto à porta, mas as mãos tremiam tanto que a roupa caiu no chão. — Mas isso não é verdade, é?

Ela o ouviu inspirar fundo, lentamente.

— Por que está dizendo isso? Por que agora?

— Por causa da igreja. Por causa do que aconteceu. Nós incendiamos uma igreja, Julian, nós *derretemos pedra*.

Ele abriu o zíper com um puxão violento e jogou o casaco, com um estrondo no armário da cozinha. Por baixo do agasalho, a camisa estava úmida com suor e chuva.

— O que isso tem a ver com alguma coisa?

— Tem tudo a ver com... — Ela se calou, a voz estava muito trêmula. — Eu não entendo. Você não pode.

— Você tem razão. — Ele se afastou dela, deu meia-volta e, de repente, chutou com violência uma das canecas no chão. A louça voou e se espatifou contra uma parede. — Eu não entendo. Eu não entendo *nada* disso, Emma, não entendo por que, de repente, você decidiu que não me queria, que queria Mark, e depois decidiu que não queria ele também, e você o dispensou como se ele fosse um nada, na frente de todo mundo. Que diabos você está pensando...

— E por que você se importa? — ela quis saber. — Por que você se importa com meus sentimentos em relação a *Mark*?

— Porque eu precisava que você o amasse — falou Julian. Seu rosto tinha a cor das cinzas na lareira. — Porque se você me jogou fora e jogou fora tudo que nós tínhamos, era melhor que fosse por alguma coisa que significava *mais* para você, era melhor que fosse por alguma coisa real, mas talvez nada disso seja real para você...

— Não é real para *mim*? — A voz de Emma saiu com tanta força que sua garganta doeu. Era como se houvesse faíscas elétricas correndo sob suas veias e lhe dando choques, levando sua raiva a níveis cada vez mais altos; e ela não estava zangada com Jules, ela estava zangada consigo mesma, estava zangada com o mundo por fazer isso com eles, por fazer dela a única a saber, a guardiã de um segredo pernicioso, que a envenenava. — Você não sabe do que está falando, Julian Blackthorn! Você não sabe do que eu abri mão, quais são as minhas razões para qualquer coisa, você não sabe o que estou tentando fazer...

— O que você está *tentando* fazer? E quanto ao que você fez? E quanto a partir meu coração, o de Cameron e o de Mark? — Ele fez uma careta. — Ora, será que estou me esquecendo de alguém, outra pessoa cuja vida você quer destruir para sempre?

— Sua vida não está destruída. Você está vivo. Você pode *ter uma boa vida!* Você beijou aquela garota fada...

— Ela era uma *leanansídhe*! Uma transformadora! Eu pensei que ela fosse *você*!

— Oh. — Emma ficou parada por um momento, travada no meio do gesto. — Oh.

— Sim, *oh*. Você acha mesmo que eu ia me apaixonar por *outra* pessoa? — quis saber Julian. — Você acha que consigo fazer isso? Eu não sou você, eu não me apaixono toda semana por alguém diferente. Eu queria que não fosse você, Emma, mas é, sempre será você, então não me diga que minha vida não esta destruída quando você não sabe nada sobre isso!

Emma socou a parede. O gesso rachou num zigue-zague a partir do ponto de impacto. Ela sentiu a dor muito distante. Uma onda negra e turbulenta de desespero se ergueu, ameaçando dominá-la.

— O que você quer de mim, Jules? — perguntou. — O que você quer que eu *faça*?

Julian deu um passo para a frente; era como se seu rosto tivesse sido entalhado em mármore ou alguma coisa ainda mais dura, ainda mais inflexível.

— O que eu quero? — repetiu ele. — Quero que você saiba como é. Como é ser torturado o tempo todo, noite e dia, desejando desesperadamente o que você sabe que nunca deveria desejar, aquilo que sequer deseja você *de volta*. Saber como é entender que uma decisão tomada quando você tinha 12 anos significa que você nunca pode ter a única coisa que realmente te faria feliz. Eu quero que você sonhe com apenas uma coisa, e deseje só uma coisa e fique obcecada com uma única coisa assim como eu...

— Julian... — arquejou ela, desesperada para fazê-lo parar, para fazê-lo parar antes que fosse tarde demais.

— ...assim como *eu me sinto em relação a você*! — concluiu ele, as palavras cuspidas de modo quase selvagem. — Assim como eu me sinto em relação a você, Emma. — A raiva parecia ter abandonado o corpo dele; em vez disso, agora Julian tremia, como se incapaz de controlar o choque. — Eu pensei que você me amasse — falou, quase num sussurro. — Eu não sei como pude me enganar tanto.

O coração de Emma se partiu. Ela deu meia-volta, afastando-se do campo de visão dele, para longe da voz dele, longe da destruição de todos os planos cuidadosamente construídos. Ela agarrou a porta aberta — e ouviu Julian chamar seu nome, mas já havia se precipitado para fora do chalé, no meio da tempestade.

24
Legião

O cume do Chapel Cliff era uma torre em um redemoinho: rocha lisa erguendo-se para o céu, cercada em seus três lados por um caldeirão fervilhante de oceano.

O céu acima era cinzento, raiado de preto, pairando pesadamente sobre uma rocha acima da pequena cidade e do mar além dela. A maré estava alta no porto, erguendo os barcos pesqueiros até o nível das janelas das casas perto das docas. A pequena embarcação arremessava e virava sobre as cristas das ondas.

Mais ondas quebravam contra o penhasco, borrifando cristas espumosas no ar. Emma estava parada num redemoinho de vento e água, o cheiro do mar por toda parte, o céu explodindo e raios espetando as nuvens.

Ela abriu bem os braços. Era como se os relâmpagos estivessem explodindo através dela, irradiando nas rochas a seus pés, até a água que batia nas superfícies cinza-esverdeado, quase verticais contra o céu. Ao redor dela, pináculos de granito, os quais batizavam Chapel Cliff, erguiam-se como uma floresta de pedra, como as pontas de uma coroa. A rocha sob os pés dela estava escorregadia com o musgo úmido.

Durante toda a vida, ela sempre adorara tempestades — amava as explosões que rasgavam o céu, amava a ferocidade reveladora delas. Ela sequer pensara ao sair correndo do chalé, pelo menos não logicamente; estava desesperada para ir embora antes que começasse a contar a Julian tudo o que ele jamais poderia saber. Fazê-lo pensar que ela nunca o amara, que partira o coração de Mark, que não tinha sentimentos. Fazê-lo odiá-la se isso significasse conferir a ele uma vida longa e plena.

E talvez a tempestade fosse capaz de lavá-la e limpá-la, fosse capaz de lavar de suas mãos o que parecia ser o sangue do coração de ambos.

Emma desceu para a lateral do penhasco. A rocha começou a ficar mais escorregadia e ela parou para fazer uma nova marca de Equilíbrio. A estela escorregava sobre a pele molhada. No ponto mais baixo, ela via as cavernas e piscinas naturais cobertas pelas águas brancas ondulantes. Os raios estalavam contra o horizonte; ela ergueu o rosto para provar da chuva salgada e ouviu o som distante e sinuoso de uma corneta.

Virou a cabeça abruptamente. Ela já havia ouvido um som como aquele em outra ocasião, uma vez, quando a comitiva da Caçada Selvagem chegara ao Instituto. Não era um chifre humano. Soou novamente, profundo, frio e solitário, e ela ficou de pé, caminhando com dificuldade para voltar à trilha rumo ao topo do penhasco.

Viu nuvens semelhantes a imensos rochedos cinzentos colidindo no céu; onde elas se dividiam, passava uma luz dourada e fraca, iluminando a superfície agitada do oceano. Havia pontos negros no porto — pássaros? Não, eram grandes demais para serem aves marinhas e de qualquer forma nenhuma delas estaria ao ar livre com esse tempo.

Os pontos pretos vinham na direção de Emma. Estavam mais próximos agora, mais visíveis; não eram pontos mais. Ela conseguia enxergá-los agora: eram cavaleiros. Quatro cavaleiros, com capuz em bronze reluzente. Eles se lançavam pelo céu feito cometas.

Não eram da Caçada Selvagem. Emma percebeu isso no mesmo instante, mas sem entender como soube. Eram pouquíssimos e estavam silenciosos demais. A Caçada Selvagem cavalgava com um clamor feroz. Os cavaleiros de bronze deslizaram silenciosamente até ela, como se tivessem se formado nas nuvens.

Ela poderia correr de volta ao chalé, pensou. Mas isto os levaria até Julian, e eles tinham formado um ângulo para afastá-la da trilha de volta à casa de Malcolm. Os cavaleiros se moviam com velocidade incrível. Em segundos, estariam no penhasco.

Emma fechou a mão direita sobre o punho de Cortana e a desembainhou em seguida, praticamente sem pensar. Tocar a espada acalmou Emma e diminuiu as batidas de seu coração.

Eles voavam em círculos lá no alto. Por um momento, Emma ficou deslumbrada com a beleza curiosa daquelas criaturas — bem de perto, os cavalos mal pareciam reais, tão transparentes quanto vidro, formados por tufos de nuvem e umidade. Eles giravam no ar e mergulhavam como gaivotas atrás da presa. Quando os cascos batiam na terra sólida do penhasco, explodiam em cristas espumosas do oceano, cada cavalo causava um novo borrifo de água que desaparecia e deixava os quatro cavaleiros para trás.

E entre Emma e a trilha. Ela estava separada de tudo, menos do mar e do pequeno pedaço de rochedo atrás de si.

Os quatro Cavaleiros a encararam e ela firmou os pés. O cume era tão estreito que suas botas afundaram de cada lado da espinha do penhasco. Emma ergueu Cortana. A espada brilhou sob a luz da tempestade, a chuva escorrendo pela lâmina.

— Quem está aí? — gritou ela.

Os quatro vultos se movimentaram em uníssono, levando as mãos à cabeça para puxar cada um dos capuzes cor de bronze. Abaixo deles, mais brilho: eram três homens altos e uma mulher, e cada um deles usava uma máscara cor de cobre, com cabelos que pareciam fios metálicos, em tranças que pendiam até metade das costas.

A armadura deles era de metal: peitorais e manoplas gravadas por toda parte com desenhos de ondas e do mar. Os olhos que se fixaram nela eram cinzentos e penetrantes.

— Emma Cordelia Carstairs — falou um deles. Ele pronunciou o nome de Emma como se fosse num idioma estrangeiro, e a língua dele se embolou um pouco. — Muito bom encontrá-la.

— Na sua opinião — resmungou Emma. Ela continuava a apertar Cortana; cada uma das fadas (até onde ela sabia, eram fadas) à sua frente carregava um espadão, com os punhos visíveis sobre os ombros. Ela falou em voz alta:
— O que uma comitiva das Cortes das Fadas poderia querer comigo?

A fada ergueu uma sobrancelha.

— Diga a ela, Fal — pediu outra fada, com o mesmo sotaque forte. Alguma coisa no sotaque fazia eriçar os pelinhos dos braços de Emma, embora ela não fosse capaz de descrever o que era.

— Nós somos os Cavaleiros de Mannan — disse Fal. — Você vai ter ouvido falar de nós.

Não era uma pergunta. Emma queria desesperadamente que Cristina estivesse com ela. Era Cristina quem possuía vasto conhecimento sobre a cultura das fadas. Se as palavras "Cavaleiros de Mannan" tinham algum significado para os Caçadores de Sombras, Cristina saberia.

— Vocês fazem parte da Caçada Selvagem? — perguntou ela.

Consternação. Um resmungo baixinho vibrou entre os quatro e Fal se curvou para o lado e cuspiu. Uma fada com um queixo pontudo e expressão de desdém respondeu por ele:

— Eu sou Airmed, filho de Mannan — falou. — Nós somos filhos de um deus, compreende. Somos muito mais velhos do que a Caçada Selvagem, e muito mais poderosos.

Emma percebeu então qual era a peculiaridade no sotaque deles. Não era distância ou o fato de serem estrangeiros; era idade, uma idade assustadora, que se estendia até o início do mundo.

— Nós procuramos — disse Fal. — E nós encontramos. Nós somos responsáveis pelas buscas. Para buscar, estivemos acima e abaixo das ondas. Estivemos no Reino das Fadas, e nos domínios dos condenados, e nos campos de batalha e na escuridão da noite e na claridade do dia. Em todas as nossas vidas, houve uma única coisa que buscamos e não encontramos.

— Senso de humor? — sugeriu Emma.

— Ela devia calar a boca — falou a Amazona. — Você devia silenciá-la, Fal.

— Ainda não, Ethna — retrucou Fal. — Precisamos de suas palavras para saber a localização do que buscamos.

A mão de Emma agora estava quente e escorregadia no cabo de Cortana.

— O que é que vocês buscam?

— O Volume Negro — falou Airmed. — Nós buscamos o mesmo objeto que você e seu *parabatai*. O objeto que foi levado por Annabel Blackthorn.

Emma deu um passo involuntário para trás.

— *Vocês estão* procurando Annabel?

— Procurando o *livro* — falou o quarto Cavaleiro, com voz grave e rouca. — Diga-nos onde está e nós vamos deixá-la em paz.

— Eu não estou com o livro — retrucou Emma. — Nem Julian.

— Ela é uma mentirosa, Delan — falou a mulher, Ethna.

Ele deu um sorrisinho.

— Todos os Nephilim são mentirosos. Não nos trate como tolos, Caçadora de Sombras, ou vamos amarrar suas vísceras na árvore mais próxima.

— Experimentem — falou Emma. — Vou enfiar a árvore pela sua garganta até os galhos começarem a sair pela...

— Pelas orelhas? — Era Julian. Provavelmente tinha desenhado em si um símbolo de Silêncio porque Emma sequer ouvira sua aproximação. Ele estava empoleirado num galho úmido na lateral da trilha que levava ao chalé como se simplesmente tivesse aparecido ali, materializando-se em meio à chuva e às nuvens. Ele estava bem disposto, o cabelo molhado, uma lâmina serafim apagada na mão. — Tenho certeza de que você ia dizer orelhas.

— Com certeza. — Emma sorriu para ele; não podia evitar. Apesar da briga que tiveram, ele estava aqui, cuidando dela, sendo seu *parabatai*. E agora os Cavaleiros estavam cercados, encurralados entre os dois.

As coisas estavam melhorando.

— Julian Blackthorn. — Fal pronunciou o nome dele bem devagar, sem nem olhá-lo direito. — Os famosos *parabatai*. Ouvi dizer que os dois fizeram uma apresentação e tanto na Corte Unseelie.

— Tenho certeza de que o Rei não parou de nos elogiar — falou Julian.

— Ouçam, o que faz vocês pensarem que sabemos onde está Annabel ou o Volume Negro?

— Em todas as Cortes há espiões — falou Ethna. — Sabemos que a Rainha enviou vocês para encontrarem o livro. O Rei deve colocar as mãos nele antes que ela o faça.

— Mas nós prometemos à Rainha — disse Julian —, e uma promessa como essa não pode ser quebrada.

Delan rosnou e, de repente, sua mão estava no punho da espada. Seu movimento foi tão veloz que ele virou praticamente um borrão.

— Vocês são humanos e mentirosos — acusou. — Podem quebrar qualquer promessa que façam, e vão quebrar, assim que seus pescocinhos estiverem em jogo. Como agora. — Ele meneou o queixo na direção do chalé.

— Viemos atrás dos livros e da papelada do feiticeiro. Se vocês não nos revelarem nada, então simplesmente entreguem a coisa toda e iremos embora.

— Entregar a vocês? — Julian pareceu confuso. — Por que vocês não... — Os olhos dele encontraram os de Emma. Ela sabia o que ele estava pensando: *Por que eles não entraram e pegaram?* — Vocês não conseguem entrar, não é?

— As barreiras de proteção — confirmou Emma.

As fadas não disseram nada, mas dava para ver pelos maxilares travados de irritação que ela estava certa.

— O que o Rei Unseelie nos dará em troca pelo livro? — perguntou Julian.

— *Jules* — sibilou Emma. Como ele poderia estar tramando algo numa hora dessas?

Fal deu risada. Emma notou, pela primeira vez, que as roupas e armaduras das fadas estavam secas, como se a chuva não as atingisse. O olhar da fada para Julian estava cheio de desprezo.

— Vocês não têm vantagem aqui, filho dos espinhos. Dê-nos o que buscamos, ou quando encontrarmos o restante de sua família, vamos enfiar atiçadores quentes nos olhos de cada um, até nos olhos dos mais novinhos.

Tavvy. As palavras perfuraram Emma como uma flecha. Ela sentiu o impacto, sentiu o corpo estremecer e o frio a dominou, o gelo frio da batalha.

Ela avançou para Fal, baixando Cortana numa pancada cruel por cima do ombro.

Ethna gritou, e Fal se moveu mais rápido do que uma corrente no oceano, desviando-se do golpe de Emma. Cortana assobiou no ar. Houve um clamor quando as outras fadas pegaram suas espadas.

E um brilho quando a lâmina serafim de Julian explodiu em luz, iluminando a chuva. Fios brilhantes teceram ao redor de Emma enquanto a menina girava, defendendo-se de um golpe de Ethna. Cortana apartou a espada da fada com força suficiente para fazer Ethna cambalear para trás.

O rosto de Fal se contorceu de surpresa. Emma arfou, encharcada, inalando a água da chuva, mas sem sentir o impacto do frio. O mundo era um topo cinza, girando; ela correu na direção de um dos pináculos de rocha e a escalou.

— Covarde! — gritou Airmed. — Como ousa fugir?

Emma ouviu a risada de Julian quando ela chegou ao topo e pulou lá de cima. A descida lhe deu velocidade e ela atingiu Airmed com força suficiente para derrubá-lo no chão. Ele tentou rolar para longe, mas congelou quando ela bateu o punho de Cortana em sua têmpora. Ele engasgou com a dor.

— Cale a boca — sibilou Emma. — Não ouse tocar nos Blackthorn nem sequer mencione o nome deles...

— Solte-o! — gritou Ethna, e Delan pulou na direção deles e acabou sendo impedido por Julian e o varrer da lâmina serafim. O penhasco explodiu com luz, a chuva pareceu pender, imóvel, quando a lâmina baixou e bateu no peitoral do guerreiro fada.

E se estilhaçou. Ela quebrou como se fosse feita de gelo, e Julian foi lançado para trás pela força do ricochete, jogado contra as pedras e a areia úmida.

Delan gargalhou, indo até Julian. Emma abandonou Airmed e pulou atrás do guerreiro fada quando este levantou a espada acima de Jules e deu o golpe...

Julian rolou depressa para a direita, girou e enfiou uma adaga na pele desprotegida da panturrilha de Delan. O guerreiro fada gritou de dor e de raiva, girando para atingir o corpo de seu oponente com a ponta da espada. Mas Jules tinha se impulsionado para cima; estava de pé, com a adaga na mão.

De repente, uma luz desceu por entre as nuvens, e Emma viu as sombras no chão antes mesmo de se virar; alguém estava atrás dela. Ela se afastou no momento em que uma lâmina baixou, por pouco errando seu ombro. Deu meia-volta e viu Ethna atrás de si: Fal estava inclinado sobre Airmed no chão, ajudando-o a ficar de pé. Por um momento, eram apenas Emma e a mulher fada em guarda, e Emma segurou o punho de Cortana usando as duas mãos e girou.

Ethna correu, recuando, mas ela estava rindo.

— Sua Nephilim — zombou —, vocês se intitulam guerreiros, se marcam com seus símbolos de proteção e suas lâminas angelicais! Sem eles, vocês não seriam nada... E vocês ficarão sem eles em breve! Vocês não serão nada e nós tiraremos tudo de vocês! Tudo que vocês têm! *Tudo!*

— Você quer dizer isso outra vez? — perguntou Emma, esquivando-se por pouco da espada de Ethna com um giro. Saltou para um pedregulho, baixando os olhos. — A parte do *tudo*? Acho que não entendi da primeira vez.

Ethna rosnou e saltou atrás da menina. E por longos instantes foi apenas a batalha, o vapor luminoso da chuva, o mar quebrando e ribombando nas piscinas naturais abaixo do penhasco e tudo diminuindo de ritmo quando Emma jogou Ethna para o lado e foi atrás de Airmed e Fal, com a espada retinindo nas armas deles.

Eles eram bons: melhor que bons, rápidos e ofuscantemente fortes. Mas Cortana parecia uma criatura viva nas mãos de Emma. A raiva lhe dava poderes, uma corrente elétrica que percorria suas veias, conduzindo a espada em sua mão, martelando a lâmina contra as armas erguidas em desafio à dela, o retinir do metal abafando o som do mar. Ela sentia gosto de sal, sangue ou espuma do mar, não sabia ao certo. Os cabelos molhados açoitavam ao redor conforme ela rodopiava, e Cortana ia encontrando as espadas das fadas, golpe após golpe.

Uma risada feia cortou o sonho violento que a dominava. Ela ergueu o olhar e viu que Fal tinha feito Julian recuar até a beirada do penhasco, que tombava íngreme atrás dele; Julian estava enquadrado contra o céu cinzento, seus cabelos escuros colados à cabeça.

O pânico explodiu dentro dela. Emma tomou impulso a partir da lateral de uma superfície de granito, dando um chute que acertou solidamente o corpo de Airmed. A fada caiu para trás com um resmungo, e Emma correu, tendo uma imagem mental de Julian transpassado por uma espada ou derrubado da beirada do penhasco para se arrebentar nas pedras ou se afogar no redemoinho lá embaixo.

Fal ainda ria. Ele tinha desembainhado a espada. Julian deu mais um passo para trás.... e aí se abaixou, rápido e ágil, para pegar uma besta escondida atrás das pedras caídas. Ele a ergueu no ombro no momento em que Emma colidiu com Fal, com a espada desembainhada; ela não diminuiu a velocidade nem parou, simplesmente desferiu um golpe com Cortana, de ponta, bem entre as omoplatas do Cavaleiro.

Ela partiu a armadura do guerreiro e a atravessou. Emma sentiu a ponta varando com força do outro lado do corpo, rasgando o peitoral de metal.

Ouviu-se um guincho atrás de Emma. Era Ethna. Tinha jogado a cabeça para trás, agarrando os cabelos num gesto de desespero. Ela se lamentava numa língua que Emma não conhecia, mas percebia que a fada repetia o nome do irmão. *Fal, Fal.*

Ethna afundou de joelhos. Delan fez menção de apará-la, o rosto dele muito pálido e chocado. Com um rugido, Airmed ergueu a espada e avançou para Emma, que estava lutando para livrar Cortana do corpo murcho de Fal. Ela se retesou e puxou; a espada se soltou num jorro de sangue, mas não havia tempo para Emma se virar...

Julian disparou a flecha da besta. Ela assobiou pelo ar, um som mais baixo do que o da chuva, e atingiu a espada na mão de Airmed, arrancando-a de sua mão. Airmed uivou. Sua mão estava escarlate.

Emma se virou, firmando os pés, e ergueu a espada. Sangue e chuva desciam pela lâmina de Cortana.

— Quem quer brincar comigo? — gritou ela, e suas palavras foram deturpadas pelo vento e pela água. — Quem quer ser o próximo?

— Deixem-me matá-la! — Ethna lutava contra o aperto de Delan. — Ela matou Fal! Deixem-me cortar sua garganta!

Mas Delan balançava a cabeça e dizia alguma coisa, algo sobre Cortana. Emma deu um passo para a frente — se eles não precisariam vir a ela para serem mortos, ela iria atrás deles com prazer.

Airmed ergueu uma das mãos; Emma viu luz tremeluzir de seus dedos, um verde muito claro no ar cinzento. O rosto do guerreiro fada estava contorcido num esgar de concentração.

— *Emma!* — Jules a agarrou por trás antes que ela pudesse dar mais um passo, erguendo suas costas contra ele assim que a chuva explodiu nas formas de três cavalos, criaturas rodopiantes feitas de vento e espuma, resfolegando e batendo as patas no ar entre Emma e o restante dos Cavaleiros. Fal estava deitado, e seu sangue encharcava o solo da Cornualha quando seus irmãos e irmã saltaram sobre as costas nuas de seus corcéis.

Emma começou a tremer violentamente. Apenas um dos Cavaleiros parou por tempo suficiente para olhar para ela antes de os cavalos se lançarem no céu e se perderem por entre as nuvens e a chuva. Foi Ethna. Os olhos dela estavam homicidas, incrédulos.

Você matou uma criatura antiga e primitiva, seu olhar parecia dizer. *Prepare-se para a vingança igualmente antiga. Igualmente primitiva.*

— *Corram* — falou Livvy.

Era a última coisa que Kit esperara. Caçadores de Sombras não corriam. Foi isso que sempre lhe disseram. Mas Livvy disparou feito uma bala, faiscando pelo Cavaleiro na trilha diante dela, e Ty a seguiu.

Kit correu atrás deles. Passaram como um raio pelas fadas e entraram na multidão de pedestres na Trilha do Tâmisa. Kit se esforçava para acompanhar Livvy e Ty, embora estivesse ofegante, ao contrário das duas crianças.

Ele ouvia o ribombar atrás de si. Batidas de cascos. *Nós não conseguimos correr mais do que eles*, pensou, mas não tinha fôlego para dizê-lo. O ar cinzento, semelhante a chumbo, bateu pesadamente quando foi sorvido pelos seus pulmões. Os cabelos escuros de Livvy fluíram ao vento quando ela pulou um portão na grade que separava a trilha do rio.

Por um momento, ela pareceu ficar suspensa, os braços erguidos, o casaco balançando — e então ela planou e desceu, desaparecendo da vista. E Ty a seguiu, pulando de lado sobre o portão e desaparecendo ao cair.

Dentro do rio?, pensou Kit, confuso, mas não parou; seus músculos já estavam começando a apresentar aquela ardência agora um tanto familiar; sua mente se retesou e se concentrou. Ele agarrou o topo do portão e tomou impulso para cima e para além dele.

Kit caiu apenas alguns centímetros e aterrissou agachado numa plataforma de cimento que se estendia para dentro do rio Tâmisa, cercada por uma grade baixa de ferro quebrada em várias partes. Ty e Livvy já estavam lá, depois de tirar os casacos para liberar os braços, com as lâminas serafim na mão. Livvy jogou uma espada curta para Kit enquanto este se ajeitava e percebia por que ela havia corrido — não era uma fuga, mas eles precisavam de espaço para lutar.

E, com sorte, entrar em contato com o Instituto. Ty pegara o telefone e digitava no teclado mesmo com a lâmina serafim erguida, sua luz ardendo fracamente contra as nuvens.

Kit se virou no instante em que os três Cavaleiros voaram sobre o portão e se juntaram a eles, brilhando em bronze e dourado ao aterrissar. Suas espadas giravam livres com velocidade ofuscante.

— Detenham-no! — rosnou Karn, e seus dois irmãos se lançaram para cima de Ty.

Livvy e Kit agiram em uníssono, e se jogaram na frente de Tiberius. O borrão frio e duro da luta estava em cima de Kit, mas os Cavaleiros eram mais ágeis do que demônios, e mais fortes também. Kit girou a espada curta na direção de Eochaid, mas a fada não estava mais lá: pulara até o outro lado da plataforma. O Cavaleiro riu da expressão de Kit, e mais ainda quando

Etarlam deu um golpe que derrubou o celular da mão de Ty. O aparelho deslizou pelo concreto e caiu dentro do rio.

Uma sombra desceu sobre Kit, e ele reagiu sem perda de tempo, investindo sua espada. Ele ouviu um arfar e Karn caiu, gotas escuras de sangue salpicando o chão a seus pés. Kit avançou mais uma vez, atacando Eochaid, porém Livvy e Ty se adiantaram a ele, borrões de luz enquanto suas lâminas serafim cortavam o ar em torno dos Cavaleiros.

Mas apenas o ar. Kit não deixou de notar que as lâminas angelicais não pareciam cortar a armadura dos Cavaleiros, nem mesmo arranhar sua pele quando ele tentava fazer isso com a espada curta. Havia confusão no rosto de Ty e raiva no de Livvy quando ela apunhalou o coração de Eochaid com a lâmina serafim.

A arma se partiu do cabo, e a força do rebote a fez cambalear quase para dentro do rio. Ty girou ao olhar para ela — Eochaid ergueu sua espada e a golpeou num arco amplo na direção do menino —, e Kit disparou pela plataforma, derrubando Tiberius no chão.

A lâmina de Ty saiu voando e afundou no rio Tâmisa, fazendo um monte de gotas abrasadoras vir à superfície. Kit aterrissara sobre Ty, batendo a cabeça com força num pedaço de madeira que se projetava; ele sentiu que Ty tentava empurrá-lo e rolou ao ver Eochaid de pé acima dos dois.

Livvy lutava contra os outros dois Cavaleiros, combatendo-os desesperadamente, um redemoinho de armas reluzentes. Mas ela estava do outro lado da plataforma. Kit lutava para recuperar o fôlego, aí ergueu a espada...

Eochaid continuou firme, os olhos brilhando por trás das aberturas da máscara. As íris também tinham a cor do bronze.

— Eu conheço você — falou. — Conheço seu rosto.

Kit abriu a boca. Um segundo depois, Eochaid erguia a espada, dando um sorriso — e então uma sombra caiu sobre todos eles. O Cavaleiro ergueu o olhar e o espanto cruzou seu rosto quando um braço forte surgiu acima dele e o agarrou. Um segundo depois ele estava voando, gritando. Kit ouviu o barulho de algo caindo na água; o Cavaleiro tinha sido lançado dentro do rio.

Kit fez esforço para se sentar, com Ty ao lado dele. Livvy tinha se virado para encará-los, boquiaberta; os outros dois Cavaleiros estavam igualmente estupefatos, e suas espadas pendiam nas laterais do corpo enquanto aquela massa rodopiante e trovejante aterrissava no centro da plataforma.

Era um cavalo, e no dorso do cavalo estava Gwyn, imenso, em seu capacete e armadura semelhantes a uma casca de árvore. Foi o braço com a manopla que lançara Eochaid no rio — mas agora o Cavaleiro nadara de volta e estava subindo na plataforma, com movimentos lentos por causa da armadura pesada.

Agarrada à cintura de Gwyn, via-se Diana; seus cabelos escuros eram uma fartura de cachos, totalmente soltos, e seus olhos estavam arregalados.

Ty ficou de pé e Kit fez um esforço para se levantar também. Havia manchas de sangue na gola do casaco com capuz de Ty. Kit se deu conta de que não sabia se era dele mesmo ou do menino.

— *Cavaleiros!* — chamou Gwyn, com voz estrondosa. Via-se um corte imenso no braço de Eochaid, provavelmente devido a um golpe. — Parem.

Diana desceu do cavalo e cruzou a plataforma de concreto até onde o Cavaleiro estava saindo da água. Ela sacou a espada da bainha, girou-a e apontou diretamente para o peito dele.

— Não se mexa — falou.

O Cavaleiro se abaixou, com os dentes à mostra num rosnado silencioso.

— Isso não é da sua conta, Gwyn — falou Karn. — É um problema da Corte Unseelie.

— A Caçada Selvagem não obedece a lei alguma — retrucou Gwyn. — Nossa vontade é a vontade do vento. E minha vontade agora é afastar vocês destas crianças. Elas estão sob minha proteção.

— Elas são *Nephilim* — cuspiu Etarlam. — Arquitetos da Paz Fria, perversa e cruel.

— Vocês não são melhores do que isso — retrucou Gwyn. — Vocês são os cães de caça do Rei e nunca demonstraram compaixão.

Karn e Etarlam encararam Gwyn. Eochaid, se ajoelhando, pingava no concreto. O momento se estendeu feito borracha, e aquele tempo pareceu uma eternidade.

De repente, Eochaid ficou de pé e arfou, parecendo um tanto despreocupado com a espada de Diana, que o acompanhava com precisão.

— *Fal* — começou ele — está morto.

— Isso é impossível — comentou Karn. — Impossível. Um Cavaleiro não pode morrer.

Mas Etarlam soltou um grito de lamento alto, e sua espada caiu no chão ao mesmo tempo que a mão cobriu o peito.

— Ele se foi — lamentou ele. — Eu sinto. Nosso irmão se foi.

— Um Cavaleiro passou para as Terras das Sombras — disse Gwyn. — Vocês gostariam que eu tocasse o chifre berrante por ele?

Embora Gwyn tivesse parecido sincero na visão de Kit, Eochaid rosnou e gesticulou como se fosse atacar o Caçador, mas a espada de Diana beijou sua garganta assim que ele se mexeu, tirando sangue. Gotas grossas e escuras desceram pela lâmina.

— Chega! — falou Karn. — Gwyn, você pagará pela traição. Etar, Eochaid, para o meu lado. Vamos até nossos irmãos e irmã.

Diana baixou a espada quando Eochaid passou por ela, dando-lhe um safanão com o ombro, e se juntou aos outros dois Cavaleiros. Eles pularam da plataforma em direção ao ar, saltos longos que os levaram bem alto até eles segurarem as crinas dos cavalos de bronze reluzentes e se virarem para cavalgar.

Assim que eles se precipitaram acima da água, a voz de Eochaid ecoou nos ouvidos ressonantes de Kit:

Eu conheço você. Eu conheço seu rosto.

Emma estava tremendo quando eles voltaram ao chalé. Uma combinação de frio e reação tinha começado. O cabelo e as roupas estavam grudados nela, e ela desconfiava estar com a aparência de um rato afogado.

Ela apoiou Cortana contra a parede e, cansada, começou a tirar o casaco e os sapatos. Estava consciente de Julian trancando a porta atrás deles, consciente dos sons dele enquanto se movimentava pelo cômodo. E do calor também. Provavelmente ele acendera a lareira antes de sair.

Um instante depois, alguma coisa macia estava sendo colocada em suas mãos. Julian estava de pé, diante dela, com uma expressão indecifrável, oferecendo uma toalha de banho levemente puída. Emma a aceitou e começou a secar o cabelo.

Jules ainda estava usando as roupas úmidas, embora estivesse descalço e tivesse vestido um suéter seco por cima de tudo. A água reluzia nas pontas de seu cabelo, nas pontas dos cílios.

Emma pensou no retinir entre as espadas, na beleza do turbilhão da batalha, no mar e no céu. E se perguntou se era assim que Mark se sentira na Caçada Selvagem. Quando não havia nada entre você e os elementos era fácil se esquecer daquilo que o oprimia.

Ela pensou no sangue em Cortana, no sangue escorrendo em filetes de baixo do corpo de Fal, misturado à chuva. Eles tinham rolado o corpo para baixo de uma saliência rochosa, não queriam deixá-lo ali, exposto ao tempo, embora ele estivesse longe de se importar.

— Eu matei um dos Cavaleiros — dizia ela agora, num quase sussurro.

— Você teve que matar. — As mãos de Julian eram fortes em seu ombro, os dedos o apertavam. — Emma, foi uma luta até a morte.

— A Clave...

— A Clave vai entender.
— O Povo das Fadas não. O Rei Unseelie não vai.
O mais leve esboço de sorriso passou pelo rosto de Julian.
— De qualquer forma, eu não acho que ele goste da gente.
Emma respirou fundo, tensa.
— Fal tinha empurrado você contra a beirada do precipício — disse ela.
— Pensei que ele fosse te matar.
O sorriso de Julian desapareceu.
— Eu sinto muito — falou ele. — Eu tinha escondido a besta antes...
— Eu não sabia — retrucou ela. — É meu dever perceber o que está acontecendo com você em combate, entender, prever, mas eu não sabia. — Ela jogou a toalha de banho, que caiu no chão da cozinha. A caneca que Julian tinha quebrado antes se fora. Ele provavelmente limpou tudo.

O desespero borbulhava dentro dela. Nada que ela fizera tinha funcionado. Eles estavam exatamente no mesmo lugar de antes, mas Julian não sabia disso. Isso fora tudo que mudara.

— Eu fiz um esforço tremendo — murmurou ela.

O rosto dele se enrugou, confuso.

— No combate? Emma, você fez tudo que podia...

— Não no combate. Para fazer você não me amar. Eu tentei — disse ela.

Ela sentiu quando ele se retraiu, não tanto externamente, mas internamente, como se sua alma tivesse se encolhido.

— É tão terrível assim? O fato de eu amar você?

Ela havia recomeçado a tremer, embora não pelo frio.

— Foi a melhor coisa do mundo — disse ela. — E depois foi a pior. E eu nem sequer tive uma chance de...

Ela se calou. Ele balançava a cabeça, espalhando gotas de água.

— Você vai ter que aprender a conviver com isso — falou. — Mesmo que isso te deixe horrorizada. Mesmo que isso te deixe enojada. Assim como eu vou ter que aprender a conviver com os outros namorados porque, não importa como, nós somos para sempre, Emma, não importa como você queira chamar o que temos, nós *sempre* seremos nós.

— Não vai ter outros namorados — disse ela.

Ele a encarou, surpreso.

— Aquilo que você falou mais cedo, sobre pensar e ficar obcecado, e querer só uma coisa — acrescentou Emma —, é assim que eu me sinto em relação a você.

Ele ficou chocado. Ela ergueu as mãos e as colocou delicadamente nas bochechas dele, roçando os dedos na pele úmida. Dava para sentir a pulsação martelando no pescoço de Julian. Havia um arranhão no rosto dele, longo, que ia da têmpora ao queixo. Emma se perguntava se ele tinha acabado de adquiri-lo na briga ou se já estaria ali e ela não percebera por estar se esforçando para não olhar para ele. Ela se perguntava se um dia ele ia voltar a falar.

— Jules, diga alguma coisa, por favor.

As mãos dele apertaram os ombros de Emma convulsivamente. Ela arfou quando o corpo dele colou ao dela, empurrando-a para trás até suas costas tocarem a parede. Os olhos dele baixaram para os dela, absurdamente brilhantes, radiantes como vidro marinho.

— Julian — corrigiu ele. — Eu quero que você me chame de Julian. Só assim para sempre.

— Julian — falou ela, e então a boca de Julian pousou sobre a dela, seca e ardente, e o coração de Emma pareceu parar e recomeçar a bater, um motor embalado a uma velocidade impossivelmente alta.

Ela o apertou com o mesmo desespero, agarrando-se a ele enquanto ele sorvia a chuva de sua boca, os lábios se abrindo para prová-lo: cravo e chá. Ela tirou o suéter dele pela cabeça. Por baixo, era só uma camiseta, e o tecido fino e molhado não representou barreira alguma quando ele a encostou outra vez na parede. O jeans também estava molhado e colado ao corpo dele. Ela sentiu quanto ele a desejava, e ela o desejava na mesma medida.

O mundo se fora: havia apenas Julian; o calor de sua pele, a necessidade de ficar mais perto dele, de se encaixar nele. Todos os movimentos do corpo dele contra o dela enviavam raios pelas terminações nervosas de Emma.

— Emma. Meu Deus, Emma. — Ele enterrou o rosto no dela, beijando a bochecha, o pescoço, enquanto passava os polegares sob o cós do jeans e empurrava o tecido para baixo. Ela chutou o montinho úmido de pano. — Eu te amo tanto.

Era como se tivessem se passado mil anos desde a noite na praia. As mãos de Emma redescobriram o corpo dele, as partes duras, as cicatrizes grossas sob as palmas. Ele um dia fora tão magro — ela ainda conseguia enxergá-lo tal como ele tinha sido dois anos atrás, magricela e desengonçado. Ela o amava na época, mesmo que não se desse conta disso, ela o amara desde o centro dos ossos até a superfície da pele.

Agora esses mesmos ossos estavam vestidos e cobertos pela musculatura lisa, dura e sólida. Ela passou as mãos por baixo da camisa dele, reaprendendo-o, trilhando-o, enterrando a sensação e a textura dele em sua memória.

— Julian — disse ela. — Eu...

Eu te amo, era o que Emma ia dizer. *Nunca foi Cameron ou Mark, sempre foi você, sempre será você, você é como a medula para meus ossos, assim como as células que constituem nosso sangue*. Mas ele a interrompeu com um beijo vigoroso.

— Não — murmurou. — Não quero ouvir nada sensato, não agora. Não quero lógica. Eu quero isto.

— Mas você precisa saber...

Ele balançou a cabeça.

— Não preciso. — E esticou a mão, segurou a bainha da própria camiseta e a tirou. Seus cabelos úmidos pingaram nos dois. — Eu estou incompleto há semanas — falou ele, com voz entrecortada, e ela soube o quanto isso lhe custava: admitir a falta de controle. — Eu preciso ser inteiro outra vez, mesmo que não dure.

— Não pode durar — disse ela, encarando-o porque como poderia, se eles nunca poderiam manter o que tinham? — Isso vai partir nossos corações.

Ele segurou o pulso dela e levou a mão ao seu peito nu. Espalmou os dedos dela sobre o coração, que golpeava como um punho abrindo caminho socando o esterno.

— Pode partir meu coração — falou ele. — Deixe-o em pedacinhos. Eu te dou permissão.

O azul dos olhos de Jules quase tinha desaparecido atrás das bordas de suas pupilas dilatadas.

Antes, na praia, Emma não soubera o que estava acontecendo. Como a coisa ia ficar entre eles. Agora sabia. Havia coisas na vida que você não podia recusar. Ninguém tinha tanta força de vontade assim.

Ninguém.

Ela estava fazendo que sim com a cabeça, sem nem se dar conta.

— Julian, sim — falou. — Sim.

Ela o ouviu soltar um som quase angustiado. Então as mãos dele estavam em seu quadril e ele a ergueu de tal modo que Emma ficou encurralada entre o corpo dele e a parede. Parecia desesperado, como se fosse o fim do mundo, e ela se perguntava se haveria alguma vez em que não seria assim, em que seria suave, lento e silenciosamente terno.

Jules a beijou ferozmente e ela se esqueceu da delicadeza ou de qualquer desejo por isto. Só havia isso, ele murmurando o nome dela enquanto ambos tiravam e jogavam as roupas que precisavam ser tiradas e jogadas de lado. Ele estava arfando, uma leve camada de suor sobre a pele, os cabelos úmidos colados na testa; ele a ergueu mais, colando-se a ela tão depressa que seus corpos colidiram. Ela ouviu o gemido entrecortado se arrastando da garganta dele. Quando Jules ergueu o rosto, os olhos escuros de desejo, ela o fitou, com olhos arregalados.

— Você está bem? — murmurou ele.
Ela assentiu.
— Não pare.
A boca de Julian encontrou a dela, hesitante, as mãos dele trêmulas ao tocá-la. Emma sabia que ele estava lutando por cada segundo de controle. Ela queria lhe dizer que estava tudo bem, que estava tudo certo, mas a coerência a abandonara. Dava para ouvir as ondas lá fora, batendo brutalmente contra as rochas; ela fechou os olhos e o ouviu dizer que a amava, e então seus braços estavam em volta dele, envolvendo-o ao mesmo tempo que os joelhos dele cederam e eles caíram no chão, agarrando-se como sobreviventes de um navio encalhado em alguma praia distante e lendária.

Foi fácil localizar Tavvy, Rafe e Max. Eles tinham estado sob os cuidados de Bridget, que se divertia deixando-os chatear Jessamine até ela jogar as coisas fora das prateleiras altas, provocando, com isso, um sermão ao estilo "Não provoque os fantasmas", de Magnus.

Dru, por outro lado, não fora vista em parte alguma. Ela não estava mais no quarto, nem se escondendo na biblioteca ou na saleta, e as crianças também não a tinham visto. Provavelmente Jessamine poderia ter ajudado mais, mas Bridget informara que ela saíra do cômodo irritada, depois que as crianças se cansaram de perturbá-la e, além disso, ela só gostava de conversar com Kit.

— Dru não sairia do Instituto, sairia? — perguntou Mark. Ele percorria o corredor, abrindo as portas à esquerda e à direita. — Por que ela faria uma coisa dessas?

— Mark. — Kieran segurou o outro pelos ombros e o virou para que eles ficassem frente a frente. Cristina sentiu o pulso latejar, como se a aflição de Mark se transmitisse a ela através da amarração.

Claro, Mark e Kieran dividiam outro tipo de amarração. A amarração da experiência e da emoção compartilhada. Kieran segurava Mark pelos ombros, concentrando-se apenas nele, daquele jeito que as fadas faziam. Aos poucos, Mark foi relaxando, e um pouco da tensão abandonou seu corpo.

— Sua irmã está aqui — falou Kieran. — E nós vamos encontrá-la.

— Vamos nos separar e procurar — falou Alec. — Magnus...

Magnus ninava Max e cruzou o corredor com as outras duas crianças atrás de si. O restante concordou em se encontrar outra vez na biblioteca em vinte minutos. Cada um deles tinha um quadrante do Instituto para revistar. Cristina ficou com a parte oeste, o que a levou para o primeiro andar até o salão de baile.

Ela queria não ter ficado com essa parte; as lembranças da dança com Mark, e depois com Kieran, eram confusas e a distraíam. E ela não precisava de distrações agora; ela precisava encontrar Dru.

Ela foi para a escadaria... e congelou. Dru estava no patamar, toda vestida de preto, as tranças castanhas presas com fita preta. Ela voltou um rosto pálido e ansioso para Cristina.

— Eu estava esperando você — falou.

— Todo mundo está procurando você! — retrucou Cristina. — Ty e Livvy...

— Eu sei. Eu ouvi. Estava prestando atenção — falou Dru.

— Mas você não estava na biblioteca...

— Por favor, você tem que vir comigo. Não há muito tempo — interrompeu Dru.

Ela se virou e subiu correndo os degraus. Depois de um instante, Cristina a seguiu.

— Dru, Mark está preocupado. Os Cavaleiros são terrivelmente perigosos. Ele precisa saber que você está bem.

— Eu vou dizer a ele que estou bem daqui a um segundo — falou Dru. — Mas preciso que você venha comigo.

— Dru... — Elas chegaram ao corredor onde ficava a maior parte dos quartos vagos.

— Preste atenção — disse Dru. — Eu só preciso que você faça isso, está bem? Se você tentar gritar, chamando Mark, eu juro que tem lugares neste Instituto onde posso me esconder que vão fazer vocês levarem dias para me encontrar.

Cristina não conseguiu controlar a curiosidade.

— Como é que você conhece o Instituto tão bem?

— Você conheceria, se sempre que mostrasse a sua cara, tentassem fazer você tomar conta de alguém — falou Dru. Elas chegaram ao quarto de Dru. A menina ficou parada, hesitante, com a mão na maçaneta da porta.

— Mas nós olhamos no seu quarto — protestou Cristina.

— Estou dizendo — falou Dru. — Esconderijos. — Ela respirou fundo. — Muito bem. Você entra. Mas não surte.

O rosto pequenino de Dru estava controlado e determinado, como se ela estivesse tomando coragem para fazer algo desagradável.

— Está tudo bem? — perguntou Cristina. — Você tem certeza de que não prefere conversar com Mark no meu lugar?

— Não sou eu que quero conversar com você — falou a menina, e empurrou a porta. Cristina entrou, sentindo-se mais confusa do que nunca.

No início, ela só viu uma sombra, um vulto diante do parapeito da janela. Então ele ficou de pé e o coração dela foi parar na garganta.

Pele morena, cabelos pretos emaranhados, traços marcados, cílios longos. Os ombros levemente curvados dos quais ela se lembrava, e sobre os quais costumava comentar que sempre o faziam parecer como se ele estivesse andando contra uma ventania muito forte.

— Jaime — murmurou ela.

Ele esticou os braços e um instante depois ela o abraçava com força. Jaime sempre fora magro, mas agora ele parecia decididamente anguloso, com clavículas pontudas e cotovelos finos. Ele a abraçou também, com força, e Cristina ouviu a porta do quarto se fechar silenciosamente, bem como o estalo do trinco.

Ela recuou e olhou para o rosto de Jaime. A aparência dele era a mesma de sempre: olhos brilhantes, com uma pontada de travessura.

— Então — falou ele. — Você realmente sentiu minha falta.

Todas as noites em que ela ficara acordada, chorando por ele — porque ele estava desaparecido, porque ela o odiava, porque ele fora seu melhor amigo e ela odiava odiá-lo — explodiram. A palma da mão esquerda de Cristina estalou na bochecha dele, e logo ela estava lhe dando outros tapas, nos ombros dele, no peito, onde conseguisse alcançar.

— Ai! — Ele se contorceu e se afastou. — Isso dói!

— ¡Me vale madre! — Ela bateu nele outra vez. — Como você ousa desaparecer assim! Todo mundo estava preocupado! Eu pensei que talvez você estivesse morto. E agora você aparece, escondido no quarto de Drusilla Blackthorn... E, por sinal, se os irmãos dela descobrirem, pode se considerar morto...

— Não foi desse jeito! — Jaime girava os braços como se quisesse se proteger dos golpes dela. — Eu estava procurando você.

Ela pôs as mãos no quadril.

— Depois de todo esse tempo me evitando, de repente você me procura?

— Eu não estava te evitando — retrucou ele. E tirou um envelope amassado do bolso, estendendo-o para ela. Com uma pontada, Cristina reconheceu a letra de Diego.

— Se Diego quisesse me escrever, não precisaria mandar entregar a mensagem em mãos — disse ela. — O que ele pensa que você é, um pombo-correio?

— Ele não tem como escrever para você — explicou Jaime. — Zara fiscaliza toda a correspondência dele.

— Então você sabe sobre Zara — falou Cristina, pegando o envelope. — Há quanto tempo?

Jaime afundou contra uma grande escrivaninha de carvalho, as mãos apoiadas atrás da cabeça.

— Há quanto tempo eles estão noivos? Desde que vocês dois terminaram pela primeira vez. Mas não é um noivado de verdade, Cristina.

Ela se sentou na cama de Dru.

— Parecia bem genuíno.

Jaime passou uma das mãos pelos cabelos pretos. Ele se parecia só um bocadinho com Diego, talvez o formato da boca, o formato dos olhos. Jaime sempre fora brincalhão, e Diego, sério. Agora, magro e cansado, ele se assemelhava aos garotos melancólicos e estilosos que ficavam nas cafeterias de Colonia Roma.

— Eu sei que provavelmente você me odeia — disse ele. — E tem toda razão. Você acha que eu queria que o nosso lado da família tomasse o Instituto porque eu tinha gana de poder e não ligava para você. Mas a verdade é que eu tinha uma boa razão.

— Eu não acredito em você — falou Cristina.

Jaime fez um ruído impaciente.

— Não é autossacrifício, Tina — falou ele. — É Diego, não eu. Eu queria nossa família longe de problemas.

Cristina enterrou as mãos na colcha da cama.

— Que tipo de problemas?

— Você sabe que sempre tivemos ligação com as fadas — falou Jaime. — Este seu colar vem daí. Mas sempre foi mais do que isso. A maior parte não tinha importância até a Paz Fria. Então era esperado que nossa família entregasse tudo à Clave: todas as informações, tudo que as fadas já haviam lhes dado.

— Mas não foi o que fizeram — adivinhou Cristina.

— Eles não fizeram isso. Concluíram que a relação com as *hadas* era mais importante do que a Paz Fria. — Ele deu de ombros levemente. — Tem um bem de família. Ele possui um poder que nem eu entendo. Os Dearborn e a Tropa o exigiram, e nós lhes dissemos que só um Rosales poderia fazer o tal objeto funcionar.

Cristina compreendeu tudo com um choque forte.

— Por isso o noivado de mentira — falou. — Para que Zara pudesse pensar que ia se tornar uma Rosales.

— Exatamente — falou Jaime. — Diego fica ligado à Tropa. E eu... eu pego o bem de família e fujo. E assim Diego pode me culpar; "seu irmão caçula fugiu com ele". E o noivado se arrasta e eles não encontram nada.

— É esse seu único plano? — perguntou Cristina. — Adiar eternamente?

Jaime franziu a testa para ela.

— Não acho que você tenha avaliado direito o fato de que, muito corajosamente, tenho passado meses em fuga — falou ele. — Muito corajosamente.

— Nós somos Nephilim, Jaime. É nossa função sermos corajosos.

— Alguns de nós são melhores do que os outros — falou Jaime. — De qualquer forma, eu não diria que o plano todo é arrastar o noivado, não. Diego trabalha para descobrir quais são as fraquezas da Tropa. E eu trabalho para descobrir o que essa tal relíquia de família faz exatamente.

— Você não sabe?

Ele balançou a cabeça.

— Sei que ajuda a entrar no Reino das Fadas sem ser percebido.

— E a Tropa quer entrar no Reino das Fadas para começar uma guerra? — sugeriu Cristina.

— Isso faria sentido — disse Jaime. — Para eles, pelo menos.

Cristina ficou sentada na cama, em silêncio. Uma chuva havia começado lá fora. A água escorria pelo vidro da janela. Ela pensou na chuva sobre as árvores no Bosque, e em quando estivera sentada lá com Jaime, observando-o comer sacos de Dorilocos e lamber o sal dos dedos. E de conversar... conversar por horas, sobre tudo, literalmente, sobre o que eles fariam quando fossem *parabatai* e pudessem viajar para qualquer parte do mundo.

— Para onde você vai? — perguntou ela finalmente, tentando manter a voz calma.

— Não posso dizer. — Ele se afastou da mesa. — Não posso dizer a ninguém. Sou um bom artista da fuga, Cristina, mas só se nunca disser onde me escondo.

— Você não sabe, não é? — insistiu ela. — Você vai improvisar.

Ele deu um sorrisinho de lado.

— Ninguém me conhece melhor do que você.

— E Diego? — A voz de Cristina ficou trêmula. — Por que ele nunca me contou nada disso?

— As pessoas fazem coisas tolas quando amam — falou Jaime, com a voz de alguém que nunca tinha amado. — Além disso, eu pedi para ele não contar.

— E por que está me contando agora?

— Por dois motivos — falou ele. — No Submundo, estão dizendo que os Blackthorn vão enfrentar a Tropa. Se chegar a uma batalha, quero estar nela. Mande-me uma mensagem de fogo que eu virei. — Seu tom era solene. — E, em segundo lugar, para entregar o recado de Diego. Ele falou que talvez você estivesse zangada demais para ler. Mas eu tinha esperança de que agora... você não estivesse.

Ela baixou o olhar para o envelope na mão dele. Tinha sido dobrado e amassado muitas vezes.

— Eu vou ler — falou ela baixinho. — Não vai ficar, Jaime? Faça uma refeição com a gente. Você parece faminto.

Ele balançou a cabeça.

— Ninguém pode saber que estou aqui, Tina. Jure pelo fato de nossa pretensa relação *parabatai*.

— Isso não é justo — murmurou ela. — Além disso, Drusilla sabe.

— Ela não vai contar a ninguém... — começou Jaime.

— Cristina! — Era a voz de Mark, ecoando pelo corredor. — Cristina, onde você está?

De repente, os braços de Jaime estavam em volta dela, finos, porém fortes, envolvendo-a num abraço. Quando ele a soltou, ela tocou o rosto dele levemente. Queria dizer um milhão de coisas: *ten cuidado* mais do que qualquer coisa: se cuide, tome cuidado. Mas ele já estava se afastando dela, em direção à janela. Ele a abriu e saiu como uma sombra, desaparecendo na noite chuvosa.

25

Se Assustam e Suspiram

Gwyn não entraria no Instituto.

Kit não sabia se era por princípios ou preferência, mas, apesar do braço sangrando que encharcava a lateral da armadura, o líder da Caçada Selvagem apenas balançou a cabeça quando Alec o convidou cordialmente a entrar.

— Sou o líder do Instituto de Londres, embora temporariamente — explicou Alec. — Estou autorizado a convidar quem eu quiser.

— Não posso me demorar — objetou Gwyn. — Há muito a ser feito.

Tinha começado a chover. Alec estava no telhado com Mark, que cumprimentara Livvy e Ty com uma mistura de pavor e alívio. Os gêmeos ainda estavam de pé, perto do irmão, que havia abraçado os ombros de Livvy e segurava a manga de Ty.

Não havia ninguém para receber Kit daquele jeito. Ele estava discretamente isolado, observando. A cavalgada de volta do rio — Gwyn parecia ser capaz de fazer surgirem cavalos do ar tal como um mágico fazia moedas aparecerem — tinha sido um borrão; Ty e Livvy cavalgaram com Diana, e Kit acabara na garupa de Gwyn, agarrando-se desesperadamente ao cinto do grandalhão e se esforçando para não cair no Tâmisa.

— Não posso ficar muito tempo perto de todo esse ferro frio — falou Gwyn, e ele parecia realmente meio pálido, na opinião de Kit. — E vocês, Blackthorn, deveriam entrar no Instituto. Estão em segurança entre estas paredes.

— E quanto a Emma e Jules? — perguntou Livvy. — Pode ser que eles estejam por aí, os Cavaleiros poderiam estar atrás deles...

— Magnus saiu para encontrá-los — tranquilizou Alec. — Ele vai se certificar de que os dois estejam bem.

Livvy assentiu seriamente, mas ainda parecia preocupada.

— Podemos precisar de sua ajuda, Diana — falou Alec. — Vamos mandar as crianças para Alicante assim que Magnus retornar.

— Que crianças? — perguntou Diana. O tom de voz dela era suave e bem baixo; agora ela também estava rouca de cansaço. — Só as suas ou...

— Tavvy e Drusilla também — falou Alec. Ele fitou Livvy e Ty: Kit imaginava que ele preferia levar os gêmeos também, mas sabia que os dois nunca concordariam.

— Ah — falou Diana. — Posso sugerir que, em vez de ficar com o Inquisidor em Alicante, vocês fiquem comigo em Flintlock Street? Seria bom se a Tropa não soubesse que estão lá.

— Pensei a mesma coisa — falou Alec. — Melhor ficar fora do radar dos Dearborn e da sua laia, ainda mais pouco antes da reunião do Conselho. — Ele franziu a testa. — E, com sorte, seremos capazes de anular o feitiço de amarração de Mark e Cristina antes de nossa ida. Caso contrário, talvez eles não sejam capazes de...

— Um dos Cavaleiros foi morto — falou Kit.

Todos o encararam. Ele não sabia ao certo por que soltara a informação assim, do nada. O mundo parecia estar girando ao seu redor e coisas estranhas eram importantes.

— Vocês se lembram — disse ele. — Foi por isso que eles fugiram, no fim das contas. Um deles tinha morrido e os demais conseguiram pressentir. Talvez Julian e Emma tenham lutado contra eles e vencido.

— Ninguém consegue matar um Cavaleiro de Mannan — falou Gwyn.

— Emma conseguiria — disse Livvy. — Se Cortana...

Os joelhos de Kit cederam. Foi muito súbito e totalmente inesperado. Num instante, ele estava de pé e, no seguinte, ajoelhado numa poça fria, perguntando-se por que não conseguia se levantar.

— Kit! — gritou Diana. — Alec, ele bateu a cabeça durante a luta... disse que não estava doendo, mas...

Alec se aproximou depressa de Kit. Ele era mais forte do que parecia. Passou os braços em volta do menino, erguendo-o; Kit sentiu uma pontada quente na cabeça assim que se mexeu e um turbilhão cinza misericordioso o envolveu.

* * *

Mais tarde, eles estavam deitados na cama, sob a luz do crepúsculo, Emma com a cabeça no peito de Julian. Ela ouvia o coração dele bater através do tecido macio da camiseta.

Eles tinham enrolado o cabelo em toalhas, vestido roupas secas e se aninhado debaixo de uma camada de cobertores. Seus pés estavam entrelaçados; Julian acariciava os cabelos soltos dela, lenta e cuidadosamente.

— Diga-me — começou ele. — Você disse que tinha uma coisa da qual eu precisava saber, e eu te interrompi. — Ele fez uma pausa. — Diga-me agora.

Ela cruzou os braços no peito dele, apoiando o queixo ali. A curva do corpo dele em contato com o dela estava relaxada, mas sua expressão era mais do que curiosa: ela notava a intensidade nas profundezas dos olhos dele, a necessidade de saber. Para dar um sentido a todas as peças que não faziam sentido agora.

— Eu nunca namorei Mark — disse ela. — Foi tudo mentira. Eu pedi a ele para fingir e ele só aceitou porque tinha dito que me devia sua vida. Nunca foi de verdade.

Os dedos dele ficaram imóveis nos cabelos dela. Emma engoliu em seco. Precisava falar tudo logo, sem pensar se Julian a odiaria no final. Caso contrário, nunca seria capaz de terminar.

— Por que vocês fariam algo assim? — perguntou ele cautelosamente.

— Por que Mark concordaria em me magoar?

— Ele não sabia que estava magoando você — retrucou Emma. — Ele nunca soube que havia algo entre a gente... não até irmos ao Reino das Fadas. Então ele descobriu e me falou que precisávamos terminar. Foi por isso que acabei com tudo em Londres. Mark não se importou. A gente não sentia nada um pelo outro.

— Então Mark não sabia — disse ele. — Por que você fez isso? — Ele esticou uma das mãos. — Deixa pra lá. Eu sei a resposta: para que eu deixasse de amar você. Para nos separar. Eu sei até por que você escolheu Mark.

— Eu queria que tivesse sido outra pessoa...

— Se fosse outra pessoa, eu não teria odiado você — falou ele sem rodeios. — Ninguém mais teria sido capaz de me fazer desistir de você. — Ele se apoiou no cotovelo, baixando o olhar para ela. — Ajude-me a compreender — pediu ele. — Você me ama e eu te amo, mas queria destruir tudo. Estava tão determinada a ponto de envolver Mark na história, e eu sei que você nunca faria algo assim se não estivesse desesperada. Então o que foi que te deixou desesperada, Emma? Eu sei que é proibido se apaixonar pelo *parabatai*, mas não passa de uma Lei estúpida...

— Não é uma Lei estúpida — interrompeu ela.
Ele piscou. Seus cabelos já estavam secos.
— Não sei que tipo de informação você detém, Emma, mas é hora de me contar — falou ele baixinho.
Então ela o fez. Sem omitir nenhum detalhe, ela contou o que Malcolm dissera sobre a maldição *parabatai*, que ele estava demonstrando misericórdia ao matá-la; caso contrário, ela e Julian veriam a morte um do outro. Que os Nephilim odiavam o amor. Jem tinha confirmado isso para ela: o destino terrível dos *parabatai* que se apaixonavam; a morte e destruição que eles trariam para os seus. Que ela sabia que nenhum deles poderia se tornar mundano ou integrante do Submundo para romper aquele laço: que ser Caçador de Sombras fazia parte da alma e da pessoa que eles eram, que o exílio longe de suas famílias acabaria por destruí-los.

A luz da lareira lançava um brilho dourado escuro no rosto e nos cabelos de Julian, mas Emma conseguia notar como ele estava pálido, mesmo sob a luz indireta, além da seriedade que tinha dominado a expressão dele enquanto ela falava, como se as sombras estivessem ficando mais desagradáveis. Lá fora, chovia sem parar.

Quando ela terminou, ele ficou em silêncio por um longo tempo. A boca de Emma estava seca, como se tivesse engolido algodão. Finalmente, ela não conseguiu mais aguentar e se aproximou dele, jogando o travesseiro no chão.

— Jules...
Ele ergueu a mão.
— Por que você não me contou nada disso?
Ela o encarou com ar triste.
— Por causa do que Jem contou. Que descobrir que o que a gente tinha era proibido por um motivo justo só ia fazer piorar as coisas. Pode acreditar, saber o que eu sei não me fez te amar menos.

Os olhos dele tinham ganho um tom tão escuro de azul sob a pouca luz que estavam semelhantes aos de Kit.

— Então você decidiu me fazer te odiar — falou ele.
— Eu tentei — murmurou ela. — Não sabia mais o que fazer.
— Só que eu nunca poderia odiar você — falou ele. — Odiar você seria como odiar a ideia de que coisas boas já aconteceram no mundo. Seria como a morte. Eu pensei que você não me amasse, Emma. Mas nunca te odiei.

— E eu pensei que você não me amasse.

— E isso não fez diferença, fez? Nós ainda nos amávamos. Agora entendo por que você ficou tão perturbada com o que fizemos à Igreja de Porthallow.

Ela fez que sim com a cabeça.

— A maldição deixa você mais forte antes de torná-lo destrutivo.

— Fico contente por você ter me contado. — Ele tocou a bochecha dela, seus cabelos. — Agora sabemos que nada do que podemos fazer vai ser capaz de mudar o que sentimos um pelo outro. Vamos ter que encontrar uma solução.

Havia lágrimas no rosto de Emma, embora ela não se lembrasse de ter começado a chorar.

— Eu pensei que, se você deixasse de me amar, ficaria chateado só por um tempinho. E se eu ficasse triste para sempre, tudo bem. Por que você estaria bem e eu ainda seria sua *parabatai*. E se um dia você pudesse ser feliz, então eu poderia ser feliz também, por você.

— Você é uma idiota — falou Julian. Ele a abraçou e a embalou, os lábios nos cabelos dela, e murmurou do jeito que fazia quando Tavvy tinha pesadelos, dizendo que ela era corajosa por ter feito o que fez, que eles resolveriam tudo, que dariam um jeito. E embora Emma ainda não conseguisse enxergar uma saída para eles, ela relaxou contra o peito de Julian, permitindo-se sentir o alívio de ter compartilhado o fardo, mesmo que só por um momento.

— Mas não posso ficar zangado. Tem uma coisa que também preciso te contar.

Ela se afastou dele.

— O que é?

Ele estava mexendo na pulseira de vidro. Como Julian raramente expressava ansiedade de maneira visível, Emma sentiu seu coração palpitar.

— Julian — insistiu ela —, conte-me.

— Quando íamos para o Reino das Fadas — disse ele em voz baixa —, a puca me falou que, se eu entrasse nas Terras, encontraria alguém que saberia como quebrar o vínculo *parabatai*.

As batidas do coração de Emma se tornaram pancadas rápidas contra as costelas. Ela se sentou ereta.

— Você está dizendo que sabe como quebrar?

Ele balançou a cabeça.

— A puca disse a verdade; eu encontrei alguém que sabia como quebrá-lo. A Rainha Seelie, para ser preciso. E ela me disse que sabia que podia ser feito, mas não *como*.

— Isso faz parte do acordo da devolução do livro? — perguntou Emma. — Nós lhe damos o Volume Negro e ela diz como acabar com o vínculo?

Julian fez que sim com a cabeça. Estava olhando para a lareira.

— Você não me contou — disse ela. — Achava que eu não ia me importar?

— Em parte — falou ele. — Se você não quisesse romper a ligação, eu também não iria querer. Melhor ser seu *parabatai* do que nada.

— Jules... *Julian*...

— E tem mais — prosseguiu ele. — Ela me disse que teria um preço. *Claro, um preço. Sempre tem um preço quando as fadas estão envolvidas.*

— Que tipo de preço? — murmurou ela.

— Romper o vínculo significa usar o Volume Negro para cavar as raízes de todas as cerimônias *parabatai* — falou Julian. — Isso romperia nosso vínculo, sim. Mas também destruiria todas as ligações *parabatai* no mundo. Todas seriam destruídas. Não haveria mais *parabatai*.

Emma o encarou, chocada.

— A gente não pode fazer isso. Alec e Jace... Clary e Simon... E tantos outros...

— Você acha que não sei disso? Mas eu não podia deixar de te dizer. Você tem direito de saber.

Emma estava com dificuldade para respirar.

— A Rainha...

Uma pancada forte ecoou pelo cômodo, como se alguém tivesse soltado uma bombinha festiva. Magnus Bane apareceu na cozinha, enrolado num casaco preto longo, com a mão direita faiscando fogo azul e uma expressão irritada.

— Por que, em nome dos nove príncipes do inferno, nenhum de vocês atendeu o telefone? — quis saber.

Emma e Julian ficaram boquiabertos e, depois de um minuto, Magnus também abriu a boca.

— Meu Deus. Vocês estão...?

Ele não concluiu a pergunta. Não precisou.

Emma e Julian saíram da cama apressados. Ambos estavam praticamente vestidos, mas Magnus os encarava como se tivesse dado um flagrante.

— Magnus — falou Julian. Ele não completou a saudação dizendo que não era bem aquilo ou que Magnus tinha entendido errado. Julian não disse nada assim. — O que está acontecendo? Tem alguma coisa errada em casa?

Por um momento, pareceu que Magnus estava sentindo o peso da idade.

— *Parabatai* — falou, suspirando. — Sim, tem algo errado. Precisamos voltar ao Instituto. Peguem suas coisas e se preparem para partir.

Ele se recostou na bancada da cozinha e cruzou os braços. Vestia um sobretudo com um monte de camadas de capas curtas nas costas. Ele estava seco — devia ter viajado via Portal desde o interior do Instituto.

— Tem sangue na sua espada, Emma — falou, olhando para onde Cortana se apoiava na parede.

— Sangue fada — disse Emma. Julian vestia o suéter e passava os dedos pelo cabelo desgrenhado.

— Quando você diz sangue fada — emendou Magnus — se refere aos Cavaleiros, não é?

Emma viu Julian se assustar.

— Eles estavam atrás da gente... como você saberia?

— Eles não estavam atrás só de vocês. O Rei os enviou para encontrar o Volume Negro. E os instruiu a caçar todos vocês... todos os Blackthorn.

— Nos *caçar*? — quis saber Julian. — Alguém se machucou? — Ele cruzou o cômodo até onde Magnus estava, quase como se quisesse agarrar o feiticeiro pela camisa e sacudi-lo. — *Alguém da minha família se machucou?*

— Julian. — A voz de Magnus era firme. — Está tudo bem. Mas os Cavaleiros apareceram e atacaram Kit, Ty e Livvy.

— E eles estão bem? — insistiu Emma, ansiosa, calçando as botas.

— Sim... Recebi uma mensagem de fogo de Alec — falou Magnus. — Kit bateu a cabeça. Ty e Livvy, nem um arranhão. Mas tiveram sorte... Gwyn e Diana apareceram.

— Diana e Gwyn? Juntos? — Emma estava confusa.

— Emma matou um dos cavaleiros — falou Julian enquanto pegava o portfólio de Annabel e os diários de Malcolm e botava tudo na bolsa. — Nós escondemos o corpo no penhasco, mas provavelmente não devíamos ter deixado lá.

Magnus assobiou entre os dentes.

— Ninguém chegou a matar um dos Cavaleiros Mannan até então... bem, pelo menos não em toda a história que eu conheço.

Emma estremeceu, lembrando-se da sensação fria quando a lâmina entrara no corpo de Fal.

— Foi horrível.

— Os outros não foram embora para sempre — disse Magnus. — Eles vão voltar.

Julian fechou a bolsa dele e a de Emma.

— Então precisamos levar as crianças para um lugar seguro, onde os Cavaleiros não sejam capazes de encontrá-las.

— Nesse momento, o Instituto é o local mais seguro fora de Idris — falou Magnus. — Tem barreiras de proteção, e vou instalar outras.

— O chalé também está seguro — disse Emma, erguendo a bolsa sobre o ombro. Tinha o dobro do peso de antes, com o acréscimo dos livros de Malcolm. — Os Cavaleiros não podem se aproximar; eles disseram.

— Engenhoso da parte de Malcolm — disse Magnus. — Mas vocês ficariam presos caso permanecessem aqui, e não consigo imaginar que vocês aguentem ficar sem sair destas quatro paredes.

— Não — falou Julian, mas baixinho. Emma notou Magnus inspecionando o interior do chalé, a confusão de xícaras que eles não limparam, os sinais de que Julian cozinhara, o desalinho das cobertas na cama, os vestígios de fogo na lareira. Um lugar construído por e para duas pessoas que se amavam, mas que não podiam se amar, e que abrigara outras duas pessoas nas mesmas condições, duzentos anos depois. — Suponho que não.

Havia solidariedade nos olhos de Magnus quando ele fitou Julian e Emma outra vez.

— Todos os sonhos terminam quando acordamos — falou. — Agora venham, vou nos transportar via Portal para casa.

Dru observava a chuva escorrer pelas janelas do quarto. Lá fora, Londres era um borrão, o brilho dos postes se expandia na chuva e se transformava em dentes de leão amarelos, feitos de luz, empoleirados em postes de metal compridos.

Ela tinha ficado na biblioteca por tempo suficiente para dizer a Mark que estava bem, antes de ele ficar preocupado com Cristina e sair procurando por ela. Quando os dois voltaram, Dru sentiu uma pontada de medo no estômago. Tinha certeza de que Cristina ia contar... contar a todo mundo sobre Jaime, revelar o segredo dela, revelar o segredo *dele*.

A expressão de Cristina também não era tranquila.

— Posso conversar com você no corredor, Dru? — dissera.

Dru fez que sim com a cabeça e pousou o livro. De qualquer forma, não estava lendo mesmo. Mark tinha ido atrás de Kieran e das crianças, e Dru acompanhou Cristina até o corredor.

— Obrigada — falou Cristina, assim que a porta foi fechada. — Por ajudar Jaime.

Dru pigarreou. O agradecimento parecia um bom sinal. Pelo menos, era um sinal de que Cristina não estava furiosa. Talvez.

Cristina sorriu, e tinha covinhas. No mesmo instante, Dru desejou tê-las também. Será que tinha? Precisava verificar. Embora sorrir para si na frente do espelho parecesse um pouco estranho.

— Não se preocupe, não vou contar a ninguém que ele esteve aqui ou que você o ajudou. Não deve ter sido fácil lidar com ele como você fez.

— Eu não me importei — disse Dru. — Ele me deu atenção.

Os olhos escuros de Cristina se entristeceram.

— Ele costumava me dar atenção também.
— Ele vai ficar bem?— perguntou Dru.
— Acho que sim — falou Cristina. — Ele sempre foi esperto e cuidadoso.
— Ela tocou a bochecha de Dru. — Se tiver notícias dele, eu te aviso.

E foi isso. Dru voltara para o quarto, sentindo-se vazia. Sabia que deveria ter ficado na biblioteca, mas precisava ficar onde conseguisse pensar direito.

Ela se sentara na beirada da cama, balançando as pernas apaticamente. Queria que Jaime estivesse ali, para ela ter alguém com quem conversar. Queria conversar sobre o visível cansaço de Magnus, queria falar sobre o estresse de Mark, que ela se preocupava com Emma e Jules. Queria conversar sobre a saudade que sentia de casa, do cheiro do oceano e do deserto.

Chutou com mais força — e seu calcanhar colidiu contra alguma coisa. Ela se abaixou e viu, surpresa, que a bolsa de lona de Jaime ainda estava enfiada debaixo de sua cama. Puxou-a de baixo do colchão, tentando não derrubar seu conteúdo. Já estava aberta.

Ele deve tê-la enfiado ali com pressa quando Cristina entrou, mas por que a deixaria? Isso significava que ele planejava voltar? Ou será que simplesmente largara para trás coisas das quais não precisava?

Ela não queria bisbilhotar ou, pelo menos, foi o que disse a si depois. Não que ela precisasse saber se ele ia voltar. Foi só um acidente.

Dentro da bolsa havia um amontoado de roupas masculinas, um monte de jeans e camisetas, alguns livros, estelas extras, lâminas serafim ainda inativas, um canivete não muito diferente da arma de Cristina, e algumas fotografias. E mais alguma coisa, uma coisa que brilhava tão intensamente que, por um momento, ela pensou ser uma pedra de luz enfeitiçada — só que a iluminação era menos branca. A peça brilhava com uma cor dourada escura e fraca, como a superfície do oceano. Antes que percebesse, sua mão estava naquilo...

Então Dru sentiu como se tivesse levado um tranco e se desequilibrou, como se estivesse sendo sugada para dentro de um Portal. Puxou a mão de volta, mas já não estava tocando nada. Nem estava em seu quarto mais.

Dru estava no subsolo, em um longo corredor cavado na terra. As raízes das árvores cresciam para baixo, como aqueles fitilhos de embrulho de presente. O corredor se esticava de cada lado dela até as sombras que se aprofundavam de um jeito bem diferente das sombras acima do solo.

O coração de Dru estava latejando. Uma terrível sensação de irrealidade a sufocava. Era como se ela tivesse viajado através de um Portal, mas sem ideia de aonde fora, sem nenhum senso de familiaridade. Mesmo o ar naquele local tinha cheiro de alguma coisa estranha e sombria, um tipo de perfume que ela jamais sentira.

Dru esticou a mão automaticamente para pegar as armas no cinto, mas não havia nada ali. Tinha vindo totalmente despreparada, só de jeans e uma camiseta preta com estampa de gatos. Ela sufocou uma risada histérica e se recostou na parede do corredor subterrâneo, evitando a profundeza de sombras.

Luzes apareceram no fim do corredor. Dru ouvia vozes doces e altas ao longe. A conversa era como um chilrear de pássaros. *Fadas.*

Ela avançou cegamente na outra direção e quase caiu para trás quando a parede cedeu atrás de si e se transformou numa cortina de tecido. Tropeçou, passando pela cortina, e se viu num imenso cômodo de pedra.

As paredes eram quadrados de mármore verde, raiadas com grossas linhas negras. Alguns dos quadrados eram entalhados com desenhos dourados: um falcão, um trono, uma coroa dividida em dois. Havia armas no cômodo, enfileiradas em torno dos tampos de diferentes mesas — espadas e adagas de cobre e bronze, ganchos, lanças e maças de todos os tipos de metal, exceto de ferro.

Também havia um garoto no cômodo. Um garoto da idade dela, uns 13 anos, talvez. Ele tinha se virado quando ela entrou e agora a encarava com ar de espanto.

— Como ousa entrar neste quarto? — A voz era contundente e imperiosa.

Ele vestia roupas suntuosas, seda e veludo, e botas de couro pesadas. O cabelo era platinado, da cor da pedra de luz enfeitiçada. O corte era bem curtinho e um aro de metal claro enfeitava sua testa.

— Eu não pretendia entrar. — Dru engoliu em seco. — Eu só queria sair daqui. É tudo que eu quero — falou ela.

Os olhos verdes do menino arderam.

— Quem é você? — Ele deu um passo para a frente, pegando uma adaga da mesa ao seu lado. — Você é uma *Caçadora de Sombras*?

Dru empinou o queixo e o encarou também.

— Quem é *você*? — quis saber. — E por que é tão rude?

Para a surpresa dela, ele sorriu, e houve algo de familiar nisso.

— Eu me chamo Ash — disse ele. — Foi a minha mãe quem mandou você? — Ele parecia esperançoso. — Ela está preocupada comigo?

— Drusilla! — chamou uma voz. — Dru! *Dru!*

Dru olhou ao redor, confusa: de onde vinha a voz? As paredes do cômodo estavam começando a escurecer, a derreter e se misturar. O garoto com roupas suntuosas e rosto anguloso de fada olhou para ela, confuso, erguendo a adaga enquanto mais buracos começavam a se abrir ao redor de Dru: nas paredes, no piso. Ela gritou quando o chão cedeu, e caiu na escuridão.

Um turbilhão a capturou outra vez, o quase-Portal frio giratório, e então ela desabou na realidade do piso de seu quarto. Estava sozinha. Ela arfou e engasgou, tentando ficar de joelhos. Seu coração parecia que ia rasgar e abrir caminho pelo peito.

Sua mente girava — o pavor de estar no subsolo, o terror de não saber se um dia voltaria para casa, o pânico por estar num lugar estranho — e ainda assim as imagens escapavam dela, como se ela estivesse tentando segurar água ou vento. *Onde é que eu estive? O que foi que aconteceu?*

Ela se ergueu, ficando de joelhos, enjoada e nauseada. Piscou para afastar a tontura — havia olhos verdes em sua visão, olhos verdes — e viu que a bolsa de Jaime se fora. Sua janela estava aberta, o soalho, úmido debaixo da janela. Ele deve ter entrado e saído enquanto ela... não estava lá. Mas onde ela estivera? Não conseguia se lembrar.

— Dru! — falou a voz outra vez. A voz de Mark. E outra batida impaciente à porta. — Dru, você me ouviu? Emma e Jules voltaram.

— Muito bem — falou Diana, verificando as ataduras no braço de Gwyn pela última vez. — Eu queria poder te dar uma *iratze*, mas...

Ela se calou, sentindo-se ridícula. Ela é quem tinha insistido em ir para seus aposentos em Alicante para que pudesse enfaixar a ferida, e desde então Gwyn tinha ficado quieto.

Ele dera um tapa no flanco do cavalo depois que eles subiram na janela dela, fazendo-o voar para o céu.

Enquanto ele examinava o cômodo, os olhos bicolores assimilando todos os traços de sua vida — as canecas usadas de café, o pijama jogado num canto, a mesa manchada de tinta —, Diana se perguntava se havia tomado a decisão certa ao trazê-lo para cá. Durante tantos anos, deixara que tão poucas pessoas adentrassem seu espaço pessoal, mostrando apenas o que desejava mostrar, controlando cuidadosamente o acesso ao seu eu interior. Ela jamais imaginara que o primeiro homem que teria acesso ao seu quarto em Idris seria uma fada bela e curiosa, mas quando ele se encolheu violentamente ao sentar na cama, ela percebeu que havia tomado a decisão certa.

Diana trincara os dentes em solidariedade quando ele começou a tirar a armadura semelhante a casca de árvore. Seu pai sempre tivera o hábito de guardar ataduras extras no banheiro; mas quando ela voltou do banheiro com a gaze na mão, encontrou Gwyn sem camisa e carrancudo sobre o lençol amarrotado, os cabelos castanhos da mesma cor que as paredes de madeira. Sua pele era muitas tonalidades mais pálida, lisa e rija sobre ossos, que eram só um pouquinho estranhos.

— Eu não preciso que façam isso — disse ele. — Sempre enfaixei minhas próprias feridas.

Diana não respondeu, simplesmente começou a fazer um curativo. Sentada atrás dele, ela se deu conta de que aquilo era o máximo que ela já havia se aproximado fisicamente de Gwyn. Ela achou que a pele dele fosse ter a textura da casca de uma árvore, assim como sua armadura, mas não: parecia couro, do tipo mais macio, usado para fazer as bainhas das lâminas delicadas.

— Todos temos feridas que, às vezes, saram mais depressa se cuidadas por outra pessoa — falou ela, colocando de lado a caixa de ataduras.

— E quanto às suas feridas? — perguntou ele.

— Eu não me machuquei. — Ela ficou de pé, como se quisesse provar que estava bem, caminhando e respirando. Parte disso também era para colocar certa distância entre eles. Ela sentira seu coração falhando de um jeito pouco confiável.

— Você sabe que não foi o que eu quis dizer — falou ele. — Vejo como você cuida das crianças. Por que não se oferece simplesmente para dirigir o Instituto de Los Angeles? Você seria uma líder melhor do que Arthur Blackthorn jamais foi.

Diana engoliu, apesar da boca seca.

— Isso tem importância?

— Tem importância se eu quero conhecê-la — falou ele. — Eu a beijaria, mas você se afasta de mim; eu conheceria seu coração, mas você o esconde nas sombras. É porque você não me deseja nem gosta de mim? Porque, nesse caso, eu não voltarei a perturbá-la.

O tom de voz dele não tinha qualquer intenção de fazê-la sentir-se culpada, era só uma descrição do fato mesmo.

Se ele tivesse argumentado de maneira mais emocional, talvez ela nem respondesse. Mas tal como foi, ela se flagrou cruzando o cômodo e pegando um livro da prateleira perto da cama.

— Se acha que estou escondendo alguma coisa, então suponho que você esteja certo — falou. — Mas duvido que seja o que você pensa. — Ela empinou o queixo, pensando em sua homônima, a deusa e guerreira, que jamais precisava pedir desculpas. — Eu não fiz nada de errado. Não me envergonho; não tenho motivos para isso. Mas a Clave... — Ela suspirou. — Tome. Pegue isto.

Gwyn pegou o livro dela, a expressão solene.

— É um livro sobre leis — comentou ele.

Ela assentiu.

— As leis da investidura. Ela detalha as cerimônias pelas quais os Caçadores de Sombras assumem novas funções: o juramento de Cônsul, Inquisidor ou de diretor de um Instituto. — Diana se inclinou perto dele, abrindo o livro até uma página muito consultada. — Aqui. Quando você faz o juramento como diretor de um Instituto, você deve segurar a espada Mortal e responder às perguntas do Inquisidor. As perguntas são lei. Elas nunca mudam.

Gwyn assentiu.

— Qual das perguntas você não quer responder?

— Finja que você é o Inquisidor — falou Diana, como se ele nada tivesse dito. — Faça as perguntas, e vou responder como se estivesse segurando a Espada, com respostas sinceras.

Gwyn assentiu. Seus olhos estavam escuros de curiosidade e algo mais quando começou a ler em voz alta.

— Você é uma Caçadora de Sombras?

— Sim.

— Você nasceu Caçadora de Sombras ou Ascendeu?

— Eu nasci Caçadora de Sombras.

— Qual é o sobrenome de sua família?

— Wrayburn.

— E que nome lhe foi dado no nascimento? — perguntou Gwyn.

— David — respondeu Diana. — David Laurence Wrayburn.

Gwyn pareceu confuso.

— Eu não compreendo.

— Eu sou mulher — falou Diana. — Sempre fui. Sempre soube que era uma menina, independentemente do que os Irmãos do Silêncio disseram aos meus pais, independentemente da contradição do meu corpo. Minha irmã, Aria, também sabia. Ela disse que soube desde o primeiro momento em que falei minhas primeiras palavras. Mas meus pais... — Ela se calou. — Não é que eles fossem maus, mas não conheciam as opções. Disseram-me que eu deveria viver como eu mesma em casa, mas que em público eu deveria ser David. Ser o menino que eu sabia que não era. Ficar fora do radar da Clave.

"Eu sabia que seria viver uma mentira. Ainda assim, era um segredo que nós quatro guardávamos. No entanto, todos os anos meu desespero esmagador só fazia crescer. Eu me afastei das interações com outros Caçadores de Sombras da minha idade. A todo momento, dormindo ou acordada, eu me sentia ansiosa e desconfortável. Tinha medo de nunca ser feliz. Então completei 18 anos. Minha irmã tinha 19. Fomos juntas para a Tailândia, para o Instituto de Bangkok. Foi lá que eu conheci Catarina Loss.

— Catarina Loss — falou Gwyn. — Ela sabe. Que você é... que você... — Ele franziu a testa. — Perdoe-me. Não sei como dizer isso. Que seus pais lhe deram o nome David?

— Ela sabe — falou Diana. — Não sabia na época. Na Tailândia, eu vivia como a mulher que sou. Eu me vestia do jeito que sou. Aria me apresentava como sua irmã. Eu estava feliz. Pela primeira vez, me sentia livre, e escolhi um nome que abraçava essa liberdade. A loja de armas do meu pai sempre se chamara a Flecha de Diana, por causa da deusa da caça, que era orgulhosa e livre. Eu escolhi para mim o nome Diana. Eu sou Diana. — Ela respirou fundo, trêmula. — E então minha irmã e eu saímos para explorar uma ilha onde havia rumores sobre demônios Thotsakan. No fim das contas, não eram demônios, mas mortos-vivos, fantasmas famintos. Dezenas deles. Nós os enfrentamos, porém saímos machucadas. Catarina nos resgatou. Ela me resgatou. Quando acordei numa casinha não muito longe, Catarina tomava conta de nós. Eu sabia que ela vira meus ferimentos... que vira o meu corpo. Eu tinha conhecimento de que ela sabia...

— Diana — falou Gwyn com sua voz grave, e esticou uma das mãos. Mas Diana balançou a cabeça.

— Não — falou. — Ou não vou conseguir terminar. — Seus olhos ardiam com as lágrimas contidas. — Eu puxei as roupas em trapos para esconder meu corpo. Gritei pela minha irmã. Mas ela estava morta, tinha morrido enquanto Catarina cuidava dela. Então desmoronei completamente. Eu tinha perdido tudo. Minha vida estava destruída. Foi o que pensei. — Uma lágrima desceu pelo rosto dela. — Catarina cuidou de mim até eu recuperar a saúde e a sanidade. Fiquei naquele chalé com ela durante semanas. E ela foi conversando comigo. Ela ofereceu suas palavras, coisa que eu nunca tivera, como um presente. Foi a primeira vez que ouvi a palavra "transgênero". Aí comecei a chorar. Eu nunca tinha entendido até então o quanto você pode privar uma pessoa ao não lhe dar as palavras das quais ela necessita para se descrever. Como você pode saber se há outros como você quando nunca teve um termo para se referir a si? Eu sei que deve ter havido outros Caçadores de Sombras transgêneros, que eles devem ter existido no passado e que ainda existem agora. Mas não tenho como procurá-los e seria perigoso sair perguntando por aí. — Um lampejo de raiva contra a injustiça antiga tornou sua voz mais contundente. — Então Catarina me falou sobre a transição. Eu poderia viver como eu mesma, do jeito que precisava que fosse e ser reconhecida como quem eu sou. Eu sabia que era o que eu desejava.

"Fui com Catarina para Bangkok. Não como David, e sim como Diana. E não fui como Caçadora de Sombras. Morei com Catarina num pequeno apartamento. Contei aos meus pais sobre a morte de Aria e que agora eu era Diana: eles responderam dizendo que tinham comunicado ao Conselho que fora David quem morrera em batalha. E aí disseram que me amavam e compreendiam, mas que eu devia viver no mundo mundano agora, pois vinha consultando médicos mundanos e isso era contra a Lei.

"Era tarde demais para impedi-los. A Clave tinha sido comunicada que David havia morrido na ilha, combatendo mortos-vivos. Eles deram a David a morte da minha irmã, uma morte com honras. Eu queria que não tivessem mentido, mas se precisavam vestir branco pelo menino morto, mesmo que ele jamais tivesse existido, eu não poderia lhes negar isso.

"Catarina trabalhara como enfermeira durante anos. Ela conhecia a medicina mundana e me levou até uma clínica em Bangkok. Conheci outros iguais a mim lá. Eu não estava mais sozinha. Fiquei lá por três anos e não planejava voltar a ser Caçadora de Sombras. O que eu estava ganhando era precioso demais. Não podia me arriscar a ser descoberta, a ver meus segredos revelados, a ser chamada pelo nome de um homem, e a ver a pessoa que eu era ser renegada.

"Com o passar dos anos, Catarina me guiou através do procedimento médico mundano que me daria o corpo em cuja pele eu me sentia à vontade. Ela escondeu dos médicos os resultados incomuns dos meus exames, para que eles não ficassem confusos com meu sangue de Caçador de Sombras."

— Medicina mundana — repetiu Gwyn. — É proibido um Caçador de Sombras buscar tratamento médico mundano, não é? Por que Catarina simplesmente não usou magia para ajudar você?

Diana balançou a cabeça.

— Eu não ia querer isso — disse ela. — Um feitiço sempre pode ser desfeito por outro feitiço. Não quero que minha verdade seja algo que possa ser dissolvido por um feitiço casual ou ao passar pelo portão mágico errado. Meu corpo é *meu corpo*... o corpo no qual cresci até me tornar mulher, como todas as mulheres crescem em seus corpos.

Gwyn assentiu, embora Diana não soubesse dizer se ele realmente compreendia.

— Então é esse o seu medo — foi tudo que ele disse.

— Não temo por mim — falou Diana. — Temo pelas crianças. Enquanto eu for a tutora delas, sinto que posso protegê-las de algum modo. Se a Clave soubesse o que fiz, que fui atrás de médicos mundanos, eu acabaria na prisão sob a Cidade do Silêncio. Ou nas Basílias, se fossem misericordiosos.

— E seus pais? — A expressão de Gwyn era indecifrável. Diana queria que ele lhe desse algum tipo de sinal. Será que estava zangado? Será que ele ia zombar dela? A tranquilidade dele estava lhe causando palpitações. — Eles vieram atrás de você? Você deve ter sentido falta deles.

— Eu tinha medo de expô-los à Clave. — A voz de Diana falhou. — Sempre que falavam numa visita clandestina a Bangkok, eu os desencorajava. E então chegou a notícia de que eles tinham morrido, assassinados num ataque demoníaco. Catarina foi quem me contou. Eu chorei a noite toda. Não podia contar aos amigos mundanos sobre a morte dos meus pais; eles não entenderiam o fato de eu não poder voltar para casa para o funeral.

"Então veio a notícia da Guerra Mortal. E aí eu percebi que ainda era uma Caçadora de Sombras. Não poderia deixar Idris em perigo sem lutar. Voltei para Alicante e disse ao Conselho que eu era a filha de Aaron e Lissa Wrayburn. Porque afinal era verdade. Eles sabiam que eram um menino e uma menina, e que o menino havia morrido. Eu me apresentei como Diana. No caos da guerra, ninguém me questionou.

"Eu surgi na batalha como Diana. Lutei como eu mesma, com uma espada na mão e fogo angelical nas veias. E eu soube então que nunca poderia voltar a ser mundana. Entre meus amigos mundanos, eu precisava esconder a existência dos Caçadores de Sombras. Entre os Caçadores de Sombras, eu precisava ocultar que já havia feito uso da medicina mundana. Eu sabia que, de um modo ou de outro, teria que esconder uma parte de mim. Escolhi ser uma Caçadora de Sombras."

— Quem mais sabia de tudo isso? Além de Catarina?

— Malcolm sabia. Eu tenho que tomar um remédio para manter o equilíbrio dos hormônios no meu corpo. Normalmente, consigo as doses com Catarina, mas houve uma época em que ela não teve como fazê-lo e Malcolm ajudou. Depois disso, ele soube. Nunca mencionou diretamente, mas eu sempre tive consciência de que ele sabia. Que podia me machucar.

— Que ele podia machucá-la — murmurou Gwyn. A expressão dele era uma completa máscara. Diana ouvia o próprio coração latejando nos ouvidos. Era como se ela tivesse vindo até Gwyn com o coração nas mãos, cru e sangrando, e agora só estivesse esperando que ele pegasse as facas.

— Por toda a vida eu tentei encontrar meu lugar no mundo, e ainda procuro por ele — disse Diana. — Por isso tenho escondido coisas das pessoas que amo. E escondi isso de você. Mas nunca menti sobre minha verdade.

O que Gwyn fez em seguida surpreendeu Diana. Ele se levantou da cama, deu um passo para a frente e se ajoelhou diante dela. Fez isso graciosamente, do modo como um escudeiro se ajoelharia diante de um cavalheiro ou um cavalheiro faria diante de sua dama. Havia algo de antigo na essência do gesto, alguma coisa que remetia ao coração e à essência do Povo das Fadas.

— É como imaginei — disse ele. — Quando eu a vi sob as estrelas do Instituto, e vi o fogo em seus olhos, eu soube que você era a mulher mais corajosa a colocar os pés nesta terra. Só lamento que uma alma tão corajosa já tenha sido magoada pela ignorância e medo alheios.

— Gwyn...
— Posso abraçá-la? — perguntou ele.
Ela fez que sim com a cabeça. Não conseguia falar. E se ajoelhou diante do líder da Caçada Selvagem, permitindo que ele a tomasse nos braços largos, que acariciasse seus cabelos e murmurasse o nome dela naquela voz que ainda soava como o ribombar do trovão — mas que agora era um trovão ouvido dentro de uma casa fechada e calorosa, onde todos estavam em segurança.

Tavvy foi o primeiro a perceber o retorno de Emma e Julian quando eles voltaram através do Portal para a biblioteca do Instituto com Magnus. Ele ficara sentado no chão, desmontando sistematicamente alguns brinquedos antigos com a ajuda de Max. No momento em que Julian sentiu o chão sólido sob seus pés, Tavvy ficou de pé de um salto e correu para ele, colidindo como um trem que saíra dos trilhos.

— Jules! — exclamou ele, e Julian girou o irmão nos braços e o apertou num abraço ao mesmo tempo que Tavvy se agarrou a ele, balbuciando sobre o que vira, ouvira e fizera nos últimos dias. E aí Julian bagunçou os cabelos dele num cafuné e sentiu a tensão que ele nem sequer percebera estar carregando se esvair.

Na hora Cristina estava sentada com Rafe, conversando com ele baixinho em espanhol. Mark estava à mesa da biblioteca com Alec e (para surpresa de Julian) com Kieran, com montes de livros abertos diante deles.

Cristina se levantou num pulo e correu para abraçar Emma. Livvy entrou correndo no cômodo, Ty veio logo atrás dela, mais silencioso, e Julian pôs Tavvy no chão — que permaneceu ao lado de seu irmão mais velho, agarrado à perna dele — enquanto cumprimentava o restante da família numa confusão de abraços e exclamações.

Emma abraçava os gêmeos, uma visão que enviou um dardo de dor familiar pelas costelas de Julian. O medo da separação, de afastar aquilo que tinha sido feito para ficar junto: o sonho de sua família, Emma como sua parceira, as crianças sob a responsabilidade deles.

A mão de alguém tocou o ombro dele, arrancando-o da fantasia. Era Mark, que o encarou com inquietação.

— Jules?

Claro. Mark não tinha percebido que Julian sabia a verdade sobre ele e Emma. Ele parecia preocupado, esperançoso, como um cachorrinho que vinha pedir comida, mas que temia ser escorraçado da mesa.

Eu fui tão ruim assim?, Julian se perguntou, com a culpa atravessando-o. Mark sequer soubera ou sequer imaginara que Julian amasse Emma. E ficara horrorizado ao descobrir. Mark e Emma se amavam, mas não era amor romântico, que de fato era o desejado por Julian. O coração dele se encheu de ternura por ambos, por tudo do qual eles haviam aberto mão para protegê-lo, por estarem dispostos a serem odiados por ambos se fosse preciso.

Ele puxou Mark para um canto do cômodo. O burburinho das saudações prosseguia ao redor quando Julian baixou a voz.

— Eu sei o que vocês fizeram — disse ele. — Sei que você nunca namorou Emma de verdade. Agradeço por isso. Sei que foi por minha causa.

Mark parecia surpreso.

— Foi ideia de Emma — falou.

— Ah, acredite, eu sei. — Julian pôs a mão no ombro do irmão. — E você fez um bom trabalho com as crianças. Magnus me contou. Obrigado.

O rosto de Mark se iluminou, o que fez o coração de Julian doer mais ainda.

— Eu não... quero dizer, eles se meteram numa tremenda encrenca...

— Você os amou e os manteve vivos — falou Julian. — Algumas vezes, isso é o melhor que se pode fazer.

Julian puxou o irmão num abraço apertado. Mark fez um som abafado de surpresa antes de seus braços envolverem Julian, quase deixando-o sem fôlego. Julian sentia o coração do irmão martelando contra o dele, como se o mesmo alívio e alegria estivessem pulsando através do sangue compartilhado.

Depois de um instante, eles se separaram.

— Então você e Emma...? — começou Mark, meio hesitante. Mas antes que Julian pudesse responder, Livvy se jogara para cima deles, conseguindo de algum modo abraçar Julian e Mark ao mesmo tempo, e a conversa acabou em risadas.

Ty se aproximou mais timidamente, sorrindo e tocando Julian no ombro, e depois na mão, como se quisesse ter certeza de que ele realmente estava lá. A expressão tátil às vezes significava tanto para Ty quanto sua capacidade de absorção visual.

Mark estava dizendo a Emma que Dru ainda estava no quarto, mas que em breve ela viria. Magnus tinha ido atrás de Alec, e os dois conversavam em voz baixa perto da lareira. Apenas Kieran ficou onde estava, tão silencioso e imóvel à mesa que poderia muito bem ter se passado por uma planta decorativa. Ao vê-lo, porém, uma lembrança lampejou na mente de Julian, que olhou ao redor procurando pelos cabelos louros e pela expressão sarcástica.

— Onde está Kit?

Uma onda de explicações simultâneas se seguiu: a história dos cavaleiros na beira do rio, o modo como Gwyn e Diana os salvaram, o machucado de

Kit. Emma descreveu os quatro Cavaleiros que eles encontraram na Cornualha, mas foi Julian quem contou em detalhes o modo como Emma eliminara um deles, o que gerou uma boa quantidade de exclamações.

— Eu nunca ouvi falar de alguém que tivesse matado um Cavaleiro — falou Cristina, correndo até a mesa para pegar um livro. — Mas alguém deve ter feito isso.

— Não. — Era Kieran, com voz baixa e firme. Havia alguma coisa no timbre que fez Julian se lembrar da voz do Rei Unseelie. — Nunca mataram. Só houve sete, os filhos de Mannan, e eles já existem quase desde o começo dos tempos. Deve ter alguma coisa muito especial em você, Emma Carstairs.

Emma corou.

— Não tem.

Kieran ainda estava fitando Emma com curiosidade. Ele vestia jeans e um suéter cor de creme. Para uma fada, ele parecia assustadoramente humano, até você olhar realmente seu rosto e notar sua estrutura óssea esquisita.

— Como foi matar uma coisa tão antiga?

Emma hesitou.

— Foi como... você já segurou gelo por tanto tempo que o frio machucou sua pele?

Depois de uma pausa, Kieran assentiu.

— É uma dor mortal.

— Foi assim.

— Então estamos em segurança aqui — disse Julian para Magnus, em parte para evitar mais perguntas sobre o Cavaleiro morto. — No Instituto.

— Aqui os Cavaleiros não têm como nos alcançar. Há barreiras para afastá-los — disse Magnus.

— Mas Gwyn conseguiu pousar no telhado — falou Emma. — Então o Povo das Fadas pode não estar completamente bloqueado...

— Gwyn é da Caçada Selvagem. Eles são diferentes. — Magnus se abaixou para pegar Max, que dava risadinhas e puxava o cachecol dele. — Além disso, eu dobrei as barreiras em torno do Instituto desde esta tarde.

— Onde está Diana? — perguntou Julian.

— Ela voltou para Idris. Disse que tem que manter Jia e o Conselho felizes e calmos, e esperando que a reunião aconteça sem dificuldades.

— Mas nós não temos o Volume Negro — disse Julian.

— Bem, ainda temos um dia e meio para encontrar Annabel — falou Emma.

— Sem sair dos limites destas paredes consagradas? — falou Mark. Ele estava sentado no braço de uma das poltronas. — Nós meio que estamos encurralados.

— Não sei se os Cavaleiros sabem que eu e Alec estamos aqui — falou Magnus. — Ou talvez nós possamos recorrer a Gwyn.

— O perigo parece bem grave — disse Emma. — Nós não íamos nos sentir bem, pedindo esse tipo de ajuda.

— Bem, vou voltar para Idris com as crianças... certamente posso ver o que fazer de lá. — Alec se lançou numa poltrona perto de Rafe e bagunçou o cabelo escuro do menino.

Talvez Alec pudesse entrar na mansão Blackthorn, pensou Julian. Ele estava exausto, com os nervos à flor da pele depois de um dos melhores e piores dias de sua vida. Mas a *mansão* provavelmente era o local na Terra que Annabel mais amava. Sua mente começou a assinalar as possibilidades.

— Annabel se importava com a mansão Blackthorn — falou. Não a Casa dos Blackthorn, aqui em Londres... nessa época ainda não pertencia à família. A de Idris. Ela a adorava.

— Então você acha que ela poderia estar lá? — falou Magnus.

— Não — retrucou Julian. — Ela odeia a Clave, odeia os Caçadores de Sombras. Está com medo demais para ir até Idris. Eu só estava pensando que, se ela estivesse em perigo, se estivesse ameaçada, talvez revelasse onde está se escondendo.

Dava para ver que Emma se perguntava por que ele não mencionava que tinha visto Annabel na Cornualha; ele se fazia a mesma pergunta, mas seus instintos lhe diziam para guardar segredo por mais um tempo.

— Você está sugerindo que queimemos a mansão? — perguntou Ty, com as sobrancelhas quase chegando na linha do couro cabeludo.

— Estranhamente, você não seria a primeira pessoa a ter *essa* ideia — resmungou Magnus.

— Ty, não fale com tanta empolgação — disse Livvy.

— Piromania me interessa — respondeu o menino.

— Acho que você tem que queimar uma boa quantidade de prédios antes de poder se considerar um maníaco por fogo de verdade — falou Emma. — Acho que, antes disso, você é só um entusiasta.

— Acho que causar um grande incêndio em Idris vai atrair uma atenção que nós não queremos — falou Mark.

— *Eu* acho que não temos muitas opções — disse Julian.

— E eu acho que a gente devia comer — falou Livvy apressadamente, dando tapinhas na barriga. — Estou *faminta*.

— Nós podemos discutir o que sabemos, sobretudo, em relação a Annabel e ao Volume Negro — falou Ty. — Podemos reunir nossas informações.

Magnus deu uma olhadela breve para Alec.

— Depois de comermos, precisamos mandar as crianças para Idris. Diana está esperando do outro lado para nos ajudar a manter o Portal aberto, e não quero que ela espere demais.

Era uma gentileza da parte dele, pensou Julian, falar como se mandar as crianças para Alicante fosse um favor que Magnus estivesse fazendo a Diana e não uma precaução para protegê-las. Tavvy saiu saltitando, juntamente a Rafe e a Max, até a sala de jantar, e Julian sentiu uma pontada, percebendo o quanto seu irmão caçula tinha sentido falta de ter amigos da idade dele, mesmo que não tivesse se dado conta disso.

— Jules? — Ele baixou o olhar e viu que Dru caminhava ao seu lado. O rosto dela estava pálido sob a luz enfeitiçada no corredor.

— Sim? — Ele resistiu à vontade de afagar as bochechas dela ou de puxar suas tranças. Ela havia deixado de gostar disso aos dez anos.

— Eu não quero ir para Alicante — falou. — Quero ficar aqui com você.

— Dru...

Ela aprumou os ombros.

— Na Guerra Maligna, você era mais jovem do que eu — falou. — Tenho 13 anos. Você pode mandar os bebês para onde for seguro, mas não eu. Sou uma Blackthorn, assim como você.

— E Tavvy também.

— Ele tem *sete* anos. — Dru suspirou, trêmula. — Você me faz sentir como se eu não fizesse parte desta família.

Julian parou no mesmo instante. Dru parou com ele e ambos ficaram observando enquanto os outros seguiam para a sala de jantar. Julian ouvia Bridget dando bronca em todos; aparentemente, ela estivera aguardando todos para jantar havia horas, embora nunca tivesse lhe ocorrido ir atrás deles e chamá-los.

— Dru — falou. — Você realmente quer ficar?

Ela fez que sim com a cabeça.

— Quero muito.

— Então não precisa dizer mais nada. Pode ficar com a gente.

Ela se jogou nos braços dele. Dru não era do tipo que gostava de abraçar, e por um momento Julian ficou surpreso demais para se mexer; então pôs os braços em volta da irmã e a apertou contra o fluxo de lembranças. Dru bebê, dormindo em seus braços, dando os primeiros passos, rindo quando Emma a segurava acima da água na praia, mal molhando os dedos dos pés.

— Você é o coração desta família, bebê — falou ele com aquele tom de voz que só os irmãos e irmãs já tinham ouvido. — Eu te juro. Você é o nosso coração.

* * *

De algum modo Bridget conseguira arranjar frango frio, pão, queijo, vegetais e torta de banana e caramelo. Kieran ficou beliscando os vegetais enquanto o restante do grupo conversava e relatava o que sabia.

Emma se sentou ao lado de Julian. De vez em quando, os ombros deles esbarravam ou as mãos colidiam na hora em que iam pegar alguma coisa. Cada toque enviava uma onda de faíscas pelos dois, como uma pequena explosão de fogos de artifício.

Ty, com os cotovelos sobre a mesa, assumira a conversa, explicando como ele, Kit e Livvy tinham encontrado o cristal de *alétheia* e as lembranças contidas nele.

— Duzentos anos atrás, Malcolm e Annabel invadiram o Instituto da Cornualha — explicou ele, e suas mãos graciosas cortavam o ar enquanto ele falava. Alguma coisa parecia diferente em Ty, pensou Julian, mas como o menino podia ter mudado tanto nos poucos dias em que ele estivera ausente?

— Eles roubaram o Volume Negro, mas foram pegos.

— Nós sabemos por que eles o queriam? — perguntou Cristina. — Não vejo como necromancia poderia ter ajudado os dois.

— Eles planejavam trocá-lo com outra pessoa, ao que parece — falou Emma. — O livro não era para eles. Em troca, alguém prometera conceder proteção contra a Clave.

— Era uma época em que o relacionamento entre uma Caçadora de Sombras e um Integrante do Submundo poderia significar sentença de morte para ambos — falou Magnus. — Proteção teria sido uma oferta bastante atraente.

— Eles não foram tão longe assim — falou Ty. — Foram pegos e jogados na prisão na Cidade do Silêncio, e o Volume Negro foi tirado deles e devolvido ao Instituto da Cornualha. E então uma coisa estranha aconteceu. — Ele franziu a testa. Ty não gostava de não entender as coisas. — Malcolm desapareceu e deixou Annabel ser interrogada e torturada.

— Ele não teria feito isso por vontade própria — falou Julian. — Ele a amava.

— As pessoas podem trair, mesmo aqueles que amam — falou Mark.

— Não, Julian tem razão — falou Emma. — Eu odeio Malcolm mais do que odeio qualquer outra pessoa, mas ele nunca teria abandonado Annabel. Ela era a vida dele.

— E ainda assim foi o que aconteceu — disse Ty.

— Eles torturaram Annabel para obter informações até ela praticamente enlouquecer — disse Livvy. — Então eles a libertaram para voltar à família.

E quando a mataram, disseram a todos que ela se tornara Irmã de Ferro. Mas isso não é verdade.

Julian sentiu um bolo na garganta. Pensou nos desenhos de Annabel, na leveza deles, na esperança, no amor pela mansão Blackthorn em Idris e por Malcolm.

— Avancem quase cem anos — disse Emma. — Malcolm vai até o Rei Unseelie. Ele descobriu que Annabel não se tornara Irmã de Ferro, que ela fora assassinada. Ele está disposto a uma vingança sangrenta. — Ela fez uma pausa, passando os dedos pelos cabelos, ainda embaraçados pelo vento e pela chuva da Cornualha. — O Rei Unseelie explica como ressuscitar Annabel, mas tem uma pegadinha... Malcolm precisa do Volume Negro para isso e agora não está com ele. Está no Instituto da Cornualha. Ele invadiu uma vez e não ousa fazer isso de novo. Então fica ali até os Blackthorn que dirigem o Instituto se mudarem para Los Angeles e o levarem junto.

Os olhos de Ty se iluminaram.

— Certo. E Malcolm vê sua oportunidade quando Sebastian Morgenstern ataca, e aí pega o livro. Ele começa a ressuscitar Annabel e finalmente consegue.

— Só que ela está furiosa com ele e o mata — disse Emma.

— Quanta ingratidão — falou Kieran.

— Ingratidão? — repetiu Emma. — Ele era um assassino. Ela estava certíssima em matá-lo.

— Ele pode ter sido um assassino — falou Kieran —, mas parece que se tornou um por causa dela. Ele matou para dar a vida a ela.

— Talvez ela não quisesse vida — falou Alec, dando de ombros. — Ele nunca perguntou o que ela queria, perguntou?

Como se sentisse a atmosfera tensa à mesa, Max começou a choramingar. Com um suspiro, Alec o pegou e levou para fora do cômodo.

— Tenho certeza de que é útil saber tudo isso — falou Magnus. — Mas por acaso isso nos aproxima do Volume Negro?

— Talvez se tivéssemos mais tempo e os Cavaleiros não estivessem atrás de nós — falou Julian.

— Acho — falou Kieran lentamente, com o olhar vago — que foi meu pai.

Aparentemente era o dia para pronunciamentos surpreendentes. Todos o fitaram outra vez. Para surpresa de Julian, foi Cristina quem falou:

— Como assim, foi o seu pai?

— Acho que era ele quem queria o livro tantos anos atrás, quando Malcolm o roubou pela primeira vez — falou Kieran. — Ele é a ameaça que conecta tudo isso. Ele queria o livro antes e quer agora.

— Mas por que você acha que ele o queria antes? — falou Julian. Ele manteve a voz baixa e gentil, e Emma compreendera como a voz conduzindo-a-testemunha.

— Por causa de uma coisa que Adaon disse. — Kieran baixou os olhos para as próprias mãos. — Ele falou que meu pai queria o livro desde que o Primeiro Herdeiro foi roubado. É uma antiga história das Fadas, o roubo do primogênito do meu pai. Aconteceu há mais de duzentos anos.

Cristina parecia chocada.

— Eu não percebi que era isso que ele queria dizer.

— O Primeiro Herdeiro. — Os olhos de Magnus não pareciam focar em nada. — Eu ouvi a história ou ouvi falar dela. O primogênito não foi apenas sequestrado, foi assassinado.

— É o que dizem — falou Kieran. — Talvez meu pai quisesse usar necromancia para ressuscitar a criança. Eu não poderia falar das motivações dele, mas pode ser que ele tenha oferecido proteção a Fade e Annabel nas Terras Unseelie. Nenhum Caçador de Sombras poderia tocar neles caso estivessem a salvo no Reino das Fadas.

Emma deixou o garfo cair, fazendo barulho.

— O príncipe do cabelo pretensioso está certo.

Kieran piscou.

— Do que foi que você me chamou?

— Só estou provocando — falou Emma, com um aceno. — E eu falei que você estava certo. Aproveite, porque duvido que volte a dizer isso.

Magnus assentiu.

— O Rei é um dos poucos seres nesta Terra que poderia ter sequestrado Malcolm das prisões da Cidade do Silêncio. Vai ver não queria que o outro revelasse seu vínculo ao Conselho.

— Mas por que ele não levou Annabel também? — perguntou Livvy com o garfo cheio de torta a meio caminho da boca.

— Talvez porque Malcolm o tivesse decepcionado ao ser pego — falou Mark. — Talvez ele quisesse punir os dois.

— Mas Annabel podia ter dito a eles — falou Livvy. — Ela podia ter dito que Malcolm estava trabalhando para o Rei.

— Não se ela não soubesse — disse Emma. — Não havia nada nos diários de Malcolm que mencionasse para *quem* ele estava roubando o livro, e aposto que ele também não contou para Annabel.

— Eles a torturaram — falou Ty —, e ainda assim ela não soube dizer quem era simplesmente porque não fazia ideia. Deve ter sido verdade.

— Isso explica por que Malcolm foi até o Rei Unseelie quando descobriu que Annabel não era uma Irmã de Ferro, que tinham mentido para ele — falou Julian. — Porque ele *o conhecia*.

— Então antes o Rei queria o livro para necromancia — falou Cristina.

— Agora ele quer para poder destruir os Caçadores de Sombras?

— Nem toda necromancia ressuscita os mortos. — Magnus fitava a taça de vinho perto do prato como se houvesse algum tipo de segredo escondido em suas profundezas. — Um momento — falou, e pegou Rafe da cadeira ao lado dele, virando-se para Tavvy. — Você quer vir com a gente? E brincar com Alexander e Max?

Depois de uma olhadela para Julian, Tavvy fez que sim com a cabeça. O grupo deixou o cômodo, e Magnus fez um gesto de que voltaria logo.

— Isso é só uma reunião — falou Emma. — Primeiro, nós temos que fazer o Conselho acreditar que a Corte Unseelie é uma ameaça iminente. Neste momento, eles não conseguem distinguir as fadas boas das más, nem estão interessados em tentar.

— E é aí que entra o testemunho de Kieran — falou Mark. — E há algumas evidências: a praga que Diana disse que viu na Floresta Brocelind e o relatório dos Caçadores de Sombras, que afirmaram ter lutado contra um bando de fadas, mas que suas armas não funcionaram.

— Não é muita coisa — falou Livvy. — Sobretudo, se considerarmos Zara e aquele bando nojento de fanáticos. Eles *vão* tentar tomar o poder nessa reunião. Vão tentar tomar o Instituto. E não poderiam se importar menos com uma vaga ameaça das fadas.

— Posso fazer a Clave temer o meu pai — falou Kieran. — Mas todos nós somos necessários para fazê-los entender que, se eles não querem uma nova era de trevas, devem abandonar seus sonhos de prolongar a Paz Fria.

— Sem registros de feiticeiros — falou Ty. — Sem botar licantropes em acampamentos.

— Os integrantes do Submundo que têm cadeira no Conselho sabem sobre a Tropa — falou Magnus, voltando sem as crianças. — Se, na verdade, a questão de quem dirige o Instituto de Los Angeles se reduzir ao voto, eles terão que trazer Maia e Lily, além de mim. Nós temos o direito de votar. — Ele se jogou na cadeira à cabeceira da mesa.

— Ainda são apenas três votos, mesmo se vocês votarem contra a Tropa — falou Julian.

— É um negócio arriscado — concordou Magnus. — De acordo com Diana, Jia não quer Zara dirigindo o Instituto de Los Angeles tanto quanto nós. Vai ser difícil desacreditá-la. Por causa da mentira sobre ter matado Malcolm, ela é bem popular agora.

Emma resmungou baixinho. Cristina afagou a mão dela.

— Enquanto isso, o que temos é a promessa de que a Rainha lutará conosco contra uma ameaça na qual provavelmente o Conselho não vai acreditar, e, mesmo assim, só se ela pegar um livro que atualmente nós não temos e que nem teríamos permissão de entregar a ela caso o tivéssemos — falou Magnus.

— Nossa barganha com a Rainha Seelie é nosso problema — falou Julian.

— Neste momento, podemos dizer que ela se mostrou disposta a cooperar nas circunstâncias corretas. Kieran está autorizado a jurar que ela vai ajudar. Ele não precisa entrar em detalhes.

— Irmão, você pensa como uma fada — observou Mark num tom que fez Julian se perguntar se isso era bom ou não.

— Talvez o Rei queira ressuscitar um exército de mortos — falou Dru, esperançosa. — Quero dizer, é um livro de necromancia.

Magnus suspirou, batendo uma unha contra sua taça pensativamente.

— Necromancia tem a ver com fazer magia que usa a energia da morte para fortalecê-la. Toda magia precisa de combustível. A energia da morte é um combustível incrivelmente poderoso. Também é incrivelmente destrutivo. A destruição da terra que você viu no Reino das Fadas, a praga em Brocelind, são as cicatrizes deixadas por uma magia terrível. A pergunta permanece... qual é o objetivo derradeiro?

— Você quer dizer que ele precisa de mais energia para espalhar esses feitiços — falou Julian. — Os feitiços nos quais Malcolm ajudou, que anulam a magia dos Caçadores de Sombras.

— Eu quero dizer que, por natureza, sua magia é angelical — falou Magnus. — Vem da luz, da energia e da vida. O oposto disso é o Sheol, o inferno ou como vocês queiram chamá-lo. A ausência de luz e vida. De qualquer tipo de esperança. — Ele tossiu. — Quando o Conselho votou pela Paz Fria, estava votando por uma época que nunca existiu. Assim como a Tropa quer que tudo volte a uma Época de Ouro, quando os Caçadores de Sombras caminhavam pelo mundo como deuses, e integrantes do Submundo e mundanos se curvavam diante deles. — Todos o encararam. Este era um Magnus Bane que as pessoas raramente viam, pensou Julian. Um Magnus que fora abandonado pela alegria e otimismo corriqueiro. Um Magnus que se lembrava das trevas, de tudo que vira ao longo dos séculos: morte e perda; o mesmo Magnus que Julian vira no Salão dos Acordos, quando tinha 12 anos, implorando em vão ao Conselho que não aprovasse a Paz Fria, sabendo que o fariam. — O Rei quer a mesma coisa. Unir dois reinos que sempre foram separados, mas que em sua mente já foram uma terra só. Nós temos que impedir o Rei, mas de um modo que ele somente esteja fazendo o que a Tropa faria. E que, temos que torcer, a Clave não faria.

— Você quer dizer que isso é vingança? — perguntou Julian.

Magnus deu de ombros.

— É o redemoinho — retrucou. — Vamos torcer para conseguirmos pará-lo.

26

Que Caminha em Sombra

Emma estava sentada na cama de Cristina, escovando os cabelos da amiga. Estava começando a entender por que sua mãe gostava tanto de escovar seus cabelos quando ela era uma garotinha: havia algo de estranhamente tranquilizador nos cachos sedosos e escuros escorregando entre seus dedos, no movimento repetitivo da escova.

Acalmava a dor em sua cabeça, em seu peito. Uma dor que não parecia só dela, mas de Julian também. Ela sabia o quanto ele odiava dizer adeus a Tavvy, mesmo se fosse para o bem do menino, e agora sentia um vazio dentro de si no que dizia respeito à separação de Julian do irmãozinho caçula.

Estar com Cristina ajudava. Emma contara tudo o que acontecera na Cornualha enquanto fitava, preocupada, o pulso da amiga e esfregava um creme mundano, chamado Savlon, nas marcas da amarração. Cristina sentiu dor e reclamou que ardia, e entregou a escova de cabelo a Emma, dizendo-lhe para fazer alguma coisa realmente útil.

— Então alguma coisa ajuda com a amarração? — perguntou Emma. — Tipo, se Mark viesse para cá e se deitasse em cima de você, a dor desapareceria?

— Sim — falou Cristina, com a voz um pouco abafada.

— Bem, é muita falta de consideração da parte dele não fazer isso, se você quer saber.

Cristina deu um pequeno gemido que soou como "Kieran".

— Certo, Mark tem que fingir que ainda se importa com Kieran. Acho que ficar em cima de você não ajudaria muito.

— Ele se importa com Kieran — falou Cristina. — É só que... Acho que ele se importa comigo também. — Ela se virou um pouco para olhar para Emma. Seus olhos estavam arregalados, sombrios e preocupados. — Eu dancei com ele. Com Mark. E nós nos beijamos.

— Isso é bom! Isso é bom, certo?

— Foi, mas então Kieran apareceu...

— O quê?

— Mas ele não estava zangado, apenas disse a Mark que ele deveria dançar melhor, e dançou comigo. Foi como dançar com o fogo.

— Uau, estranho e sexy — falou Emma. — Talvez isso seja mais estranho e sexy do que eu consigo lidar.

— Não é estranho!

— É, sim — insistiu Emma. — Você está caminhando para o poliamor, e com fadas. Ou algum tipo de guerra.

— Emma!

— Poliamor sexy com fadas — falou Emma animadamente. — Eu posso dizer que te conheci antes disso.

Cristina gemeu.

— Ótimo. E quanto a você e Julian? Vocês têm um plano depois do que aconteceu na Cornualha?

Emma suspirou e largou a escova. Era um objeto lindo ao estilo vitoriano, com corpo em prata. Ela se perguntou se estivera no cômodo quando Cristina chegara ali ou se ela o encontrara em outra parte do Instituto. O quarto de Cristina em Londres já tinha sinais de sua personalidade: os quadros estavam limpos e endireitados, ela havia encontrado uma colcha colorida para sua cama em algum lugar do prédio e o canivete pendia num gancho junto à lareira.

Emma começou a trançar o cabelo de Cristina, enrolando as grossas mechas entre os dedos.

— Nós não temos um plano — falou. — É sempre a mesma coisa. Nós estamos juntos e nos sentimos invencíveis. E então começamos a nos dar conta de que ainda são as mesmas opções e que todas são ruins.

Cristina parecia perturbada.

— São sempre as mesmas opções, não é? Nos separarmos ou não sermos mais Caçadores de Sombras.

Emma tinha terminado a trança. Ela apoiou o queixo no ombro de Cristina, pensando no que Julian tinha descoberto com a Rainha Seelie. A terrível possibilidade de acabar com todos os laços entre os *parabatai*. Mas era uma coisa terrível demais para sequer se verbalizar.

— Eu costumava pensar que a distância física de Julian ajudaria — disse ela. — Mas agora não acho que ajudaria. Nada ajudou. Acho que não importa aonde eu vá ou por quanto tempo, eu sempre iria me sentir assim.

— Alguns amores são fortes, como cordas. Eles amarram você — falou Cristina. — A Bíblia diz que o amor é mais forte do que a morte. Eu acredito nisso.

Emma virou-se para olhar com atenção no rosto da amiga.

— Cristina — falou —, tem alguma outra coisa acontecendo, não tem? Alguma coisa com Diego ou Jaime?

Cristina baixou o olhar.

— Não posso dizer.

— Deixe-me ajudar — falou Emma. — Você é sempre tão forte para com todo mundo. Deixe-me ser forte por você.

Ouviu-se uma batida à porta. As duas ergueram o olhar em surpresa. *Mark*, pensou Emma. Havia alguma coisa na expressão de Cristina. Devia ser Mark.

Mas era Kieran.

Emma congelou devido à surpresa. Embora ela tivesse se acostumado um pouco a ter Kieran por perto, ele ainda fazia os pelinhos dos braços dela se eriçarem de tensão. Não que ela o culpasse, em particular, pelo que ela sofreu nas mãos de Iarlath. Mas vê-lo ainda trazia tudo de volta: o sol quente, o som do chicote, o cheiro cuproso do sangue.

Era verdade que ele parecia bem diferente agora. Os cabelos pretos estavam um pouco mais selvagens, mais desarrumados, mas, fora isso, ele carregava uma estrutura incongruentemente humana vestindo aquela calça jeans. Os cabelos desalinhados escondiam as orelhas pontudas, embora os olhos negros e prateados ainda fossem surpreendentes.

Ele fez uma pequena mesura, cortês.

— Miladies.

Cristina pareceu confusa. Era evidente que ela também não esperava a visita.

— Eu vim falar com Cristina, se ela permitir — emendou Kieran.

— Vá em frente — disse Emma. — Fale.

— Acho que ele quer falar comigo a sós — disse Cristina, num sussurro.

— Sim — falou Kieran. — É o que peço.

Cristina olhou para Emma.

— Vejo você de manhã então?

Humpf, pensou Emma. Vinha sentindo falta de Cristina e agora uma fada insolente a estava expulsando do quarto de sua amiga. Kieran mal lhe dispensara uma olhadela quando ela levantara e seguira para a porta.

Ao passar por ele, Emma parou, o ombro quase tocando o dele.

— Se você fizer alguma coisa para magoá-la ou chateá-la — disse ela, numa voz tão baixa que duvidava que Cristina pudesse ouvir —, vou arrancar suas orelhas e transformar em chaveirinhos. Entendeu?

Kieran a encarou com aqueles olhos de céu noturno, indecifráveis como nuvens.

— Não — falou ele.

— Deixe-me soletrar para você — retrucou Emma abruptamente. — Eu a amo. Não mexa com ela.

Kieran enfiou as mãos longas e delicadas nos bolsos. Ele parecia pouco natural em suas roupas modernas. Era como ver Alexandre, o Grande de jaqueta e calça de couro.

— É fácil amá-la.

Emma o encarou com surpresa. Não era isso que ela estivera esperando que ele respondesse. *É fácil amá-la.* Nene agira como se o conceito fosse bizarro. Mas, no fim das contas, o que o Povo das Fadas sabia sobre o amor?

— Você gostaria de se sentar? — perguntou Cristina. Então ela se perguntou se estava se transformando em sua mãe, que sempre dizia que a primeira coisa a se fazer era oferecer um assento ao convidado. *Mesmo se for um assassino?*, perguntara-se Cristina. *Sim, mesmo um assassino*, insistira sua mãe. *Se você não queria oferecer uma cadeira ao assassino, não deveria tê-lo convidado, em primeiro lugar.*

— Não — falou Kieran.

Ele se movimentava pelo quarto, as mãos nos bolsos e uma linguagem corporal inquieta. Não era tão diferente de Mark, pensou Cristina. Ambos se movimentavam como se tivessem energia retida sob a pele. Ela se perguntava como seria conter tanto movimento e ainda assim ser obrigado a permanecer imóvel.

— Milady — falou ele. — Por causa do que lhe jurei na Corte Seelie, há uma ligação entre nós. Acho que você sentiu sua força.

Cristina fez que sim com a cabeça. Não era o mesmo vínculo encantado que ela possuía com Mark. Mas de qualquer forma, estava lá, uma energia reluzente quando eles dançavam, quando conversavam.

— Acho que essa força pode nos ajudar a fazer algo juntos que eu não poderia fazer sozinho. — Kieran se aproximou da cama, tirando a mão do bolso. Alguma coisa reluziu em sua palma. Ele a esticou para Cristina, e ela viu a bolota que Mark tinha usado antes para chamar Gwyn. Tinha uma leve reentrância, mas estava inteira, como se tivesse sido fechada outra vez.

— Você quer chamar Gwyn de novo? — Cristina balançou a cabeça. Seus cabelos se soltaram totalmente da trança frouxa, caindo sobre as costas. Ela viu Kieran fitar a bolota. — Não. Ele não vai interferir novamente. Você quer chamar outra pessoa do Reino das Fadas. Seu irmão?

— Como eu pensei. — Ele inclinou a cabeça levemente. — Você adivinha exatamente as minhas intenções.

— E você consegue fazer isso? A bolota não chama apenas Gwyn?

— A magia é bastante simples. Lembre-se, você não tem o sangue que pode lançar feitiços, mas eu tenho. Ela deveria trazer uma Projeção do meu irmão até nós. Vou perguntar a ele sobre os planos do meu pai. Também vou perguntar se ele pode impedir os Cavaleiros.

Cristina admirou-se.

— Será que alguém pode parar os Cavaleiros?

— Eles são servos da Corte e estão sob seu comando.

— Por que você está me contando isso? — perguntou ela.

— Porque para chamar meu irmão, devo chegar ao Reino das Fadas com a mente — explicou Kieran. — E seria mais seguro, caso eu quisesse manter minha mente intacta, ter uma conexão aqui com o mundo. Alguma coisa... alguém... para me manter ancorado enquanto busco meu irmão.

Cristina se levantou da cama. De pé, ela era apenas um pouco mais baixa do que Kieran. Seus olhos estavam no mesmo nível da boca do príncipe fada.

— Por que eu? Por que não Mark?

— Eu já pedi o suficiente de Mark — retrucou ele.

— Talvez — disse ela —, mas mesmo que isso seja verdade, não creio que seja toda a verdade.

— Alguns de nós têm sorte suficiente de conhecer toda a verdade sobre qualquer coisa. — Ela sabia que Kieran era jovem, mas notou um lampejo de algo antigo em seus olhos quando ele falou: — Você poderia pôr a mão na minha?

Ela lhe deu a mão cujo pulso trazia a marca vermelha da amarração com Mark. De alguma forma, elas pareceram se encaixar. Os dedos dele se fecharam ao redor dos dela, frios e secos, leves como o toque de uma folha.

Com a outra mão, Kieran jogou a bolota dourada contra a parede ao lado da cornija da lareira.

Por um momento, fez-se silêncio. Cristina podia ouvir a respiração entrecortada dele. Parecia estranho para uma fada — tudo que faziam estava tão distante da emoção humana comum, que era esquisito ver Kieran arfando.

Mas então ela se lembrou de quando os braços dele a envolveram, da pancada irregular de seu coração. Eles eram carne e sangue, afinal, não eram? Ossos e músculos, assim como Caçadores de Sombras eram. E a chama do sangue angelical também ardia neles...

A escuridão se espalhou pela parede como uma mancha. Cristina respirou fundo, e a mão de Kieran apertou a dela. A escuridão se deslocou e se agitou, tremulou e voltou a ganhar forma. A luz dançou dentro dela, e Cristina notou o céu noturno multicolorido do Reino das Fadas. E, no interior da sombra, uma sombra mais escura. Um homem, enrolado numa capa escura. Quando a escuridão clareou, Cristina notou o sorriso dele antes de qualquer outra coisa, e seu coração quase parou.

Era um sorriso formado pela metade do rosto de um esqueleto; de um lado, belo; do outro, mortal. A capa que o envolvia era negra e trazia a insígnia de uma coroa partida. Ele se ergueu, ereto e largo, e deu seu sorriso de lado para Kieran.

Eles não tinham convocado Adaon. Era o Rei Unseelie.

— Não. NÃO! — chorou Tavvy, o rosto enterrado no ombro de Julian. Ele tinha recebido a notícia de que ia para Idris com Alec, Max e Rafe de um jeito pior do que Mark esperara. Será que todas as crianças choravam desse jeito, como se tudo no mundo estivesse destruído e seus corações estivessem partidos, mesmo as notícias de uma breve separação?

Não que Mark culpasse Tavvy, claro. Era apenas que ele sentia como se seu próprio coração estivesse sendo despedaçado dentro do peito ao ver Julian andar para cima e para baixo no cômodo, com o irmãozinho nos braços enquanto Tavvy soluçava e batia nas costas dele.

— Tavs — falou Julian com voz suave, a voz que Mark mal conseguia associar ao garoto que derrotara o Rei Unseelie dentro da própria corte botando uma faca na garganta de um príncipe. — Só vai ser por um dia, no máximo, dois. Você vai ver os canais em Alicante, o Gard...

— Você fica sempre indo embora — disse Tavvy, engasgado, contra a frente da camisa do irmão. — Você não pode ir embora outra vez.

Julian suspirou. Aí abaixou o queixo e roçou a bochecha nos cachos indisciplinados do irmão. Por cima da cabeça do irmão, seus olhos encontraram os de Mark. Não havia culpa neles, nem autopiedade; só uma terrível tristeza.

Ainda assim Mark sentia como se a culpa estivesse esmagando suas costelas. *Se ao menos* eram palavras vãs, dissera Kieran, quando Mark especulara se os dois teriam se encontrado um dia se ele nunca tivesse se juntado à Caçada. Mas ele não conseguia deter o fluxo de *se ao menos* agora: se ao menos ele tivesse sido capaz de ficar com sua família, se ao menos Julian não tivesse precisado ser mãe, pai e irmão de todos os irmãos pequenos, se ao menos Tavvy não tivesse crescido à sombra da morte e da perda. Talvez então, cada separação não parecesse a última.

— Não é sua culpa — falou Magnus, que tinha aparecido silenciosamente ao lado de Mark. — Você não pode evitar o passado. Nós crescemos com as perdas, todos nós, a não ser aqueles que têm muita sorte.

— Não posso evitar de desejar que meu irmão tivesse sido um daqueles com muita sorte — falou Mark. — Você entende.

Magnus olhou para Jules e Tavvy. O garotinho tinha chorado muito e estava agarrado ao irmão mais velho, com o rosto amassado contra o ombro de Julian. Os ombros pequenos estavam caídos, exaustos. — Qual dos irmãos?

— Os dois — falou Mark.

Magnus esticou a mão e, com dedos curiosos, tocou a ponta de flecha reluzente enrolada no pescoço de Mark.

— Eu conheço este material — disse ele. — Esta ponta de flecha já esteve na arma de um soldado da Guarda do Rei da Corte Unseelie.

Mark a tocou — fresca, fria, lisa sob seus dedos. Inflexível, como o próprio Kieran.

— Kieran me deu.

— É preciosa — falou Magnus. Ele se virou quando Alec o chamou, aí deixou o pingente cair novamente contra o peito de Mark.

Alec estava de pé, com Max nos braços e Rafe ao lado, juntamente a uma bolsinha com suas coisas. Mark se deu conta de que Alec tinha mais ou menos a idade que Mark teria se ao menos nunca tivesse sido sequestrado pela Caçada. Ele se perguntava se teria sido tão maduro quanto Alec parecia, tão controlado, tão capaz de cuidar de outras pessoas assim como de si.

Magnus beijou Alec e bagunçou o cabelo dele com carinho infinito. Ele se abaixou, beijou Max também, e Rafe, e se esticou para começar a criar um Portal. A luz faiscou entre seus dedos e o ar diante dele pareceu brilhar.

Tavvy tinha afundado num montinho de desesperança contra o peito de Julian. Jules o apertava, os músculos dos braços tensos, e murmurava palavras tranquilizadoras. Mark queria ir até eles, mas não parecia conseguir mexer os pés. Mesmo em sua infelicidade, eles pareciam uma unidade perfeita que não precisava de mais ninguém.

O pensamento melancólico desapareceu um minuto depois, quando a dor lancinou o braço de Mark. Ele agarrou o pulso, os dedos encontrando a dor agonizante, o sangue escorregadio. *Tem alguma coisa errada*, pensou ele, e depois: *Cristina*.

Ele correu. O Portal estava crescendo e brilhava no centro do cômodo; através da porta semiformada, Mark viu o esboço das torres demoníacas enquanto disparava para o corredor.

Alguma sensação em seu sangue lhe dizia que ele estava se aproximando de Cristina durante a corrida, mas, para sua surpresa, a dor no pulso não diminuía. Pulsava cada vez mais forte, como a luz de aviso de um farol.

A porta do quarto dela estava fechada. Ele a arrombou com o ombro sem se dar ao trabalho de testar a maçaneta. A porta se abriu e Mark caiu, metade do corpo para dentro.

Ele engasgou e os olhos arderam. O quarto cheirava a queimado — alguma coisa orgânica, feita de folhas mortas ou frutas poderes.

Estava escuro. Seus olhos se adaptaram rapidamente e ele distinguiu Cristina e Kieran de pé perto da cama. Cristina apertava o canivete. Uma sombra imensa pairava acima deles — não, não era uma sombra, percebeu Mark ao se aproximar. Era uma Projeção.

Uma Projeção do Rei da Corte Unseelie. Ambos os lados do rosto dele pareciam brilhar com um humor pouco natural — o lado belo e real, e o esqueleto asqueroso, sem carne.

— Você pensou em evocar seu irmão? — zombou o Rei, com o olhar em Kieran. — E pensou que eu não sentiria você no Reino das Fadas, procurando um dos seus? Você é um tolo, Kieran, e sempre foi.

— O que você fez com Adaon? — O rosto de Kieran estava pálido. — Ele não sabia de nada. Não fazia ideia do que eu planejava.

— Não se preocupe com os outros — falou o Rei. — Preocupe-se com sua vida, Kieran Filho do Rei.

— Já tenho sido Kieran Caçador por muito tempo — falou Kieran.

O rosto do Rei ficou sombrio.

— Você deveria ser Kieran Traidor — falou. — Kieran Mentiroso. Kieran Matador dos Seus. Todos são nomes melhores para você.

— Ele agiu em legítima defesa — falou Cristina abruptamente. — Se não tivesse matado Erec, teria acabado morto. E ele agiu para me proteger.

O Rei lançou um breve olhar de desprezo a Cristina.

— E isso em si é um ato de traição, menina tola — falou. — Colocar as vidas dos Caçadores de Sombras acima das vidas do próprio povo... o que poderia ser pior?

— Vender o próprio filho à Caçada Selvagem por medo de que as pessoas gostassem mais dele do que de você — falou Mark. — Isso é pior.

Cristina e Kieran olharam para ele, espantados; era evidente que não ouviram quando ele entrara. O Rei, porém, não demonstrou surpresa alguma.

— Mark Blackthorn — falou. — Mesmo em sua escolha de amantes, meu filho gravita para os inimigos de seu povo. O que isto diz sobre ele?

— Que ele conhece melhor do que você quem é o povo dele? — perguntou Mark. Muito deliberadamente, ele virou as costas para o Rei. Na Corte, teria sido uma ofensa digna de enforcamento. — Temos que nos livrar dele — falou, em voz baixa, para Kieran e Cristina. — Devo chamar Magnus?

— Ele é só uma Projeção — falou Kieran. Seu rosto estava emaciado. — Ele não pode nos machucar. Nem pode ficar aqui para sempre. É um esforço para ele, acho.

— Não vire as costas para mim! — rugiu o Rei. — Acha que não sei quais são seus planos, Kieran? Acha que não sei que você planeja se impor e me trair perante o Conselho Nephilim?

Kieran desviou o rosto, como se não pudesse suportar olhar para o pai.

— Então pare de fazer o que sei que você está fazendo — falou, a voz trêmula. — Negocie com os Nephilim. Não entre em guerra contra eles.

— Não há negociação com mentirosos — grunhiu o Rei. — Já fizeram isso, e farão outra vez. Eles vão mentir e derramar o sangue de nosso povo. E assim que tiverem acabado com você, acha mesmo que o deixarão viver? Que vão tratá-lo como um deles?

— Eles me trataram melhor do que meu próprio pai. — Kieran empinou o queixo.

— Trataram? — Os olhos do Rei estavam obscuros e vazios. — Eu tirei algumas lembranças de você, Kieran, quando você veio à minha Corte. Devo devolvê-las?

Kieran pareceu confuso.

— Que uso você poderia ter para minhas lembranças?

— Alguns de nós conhecem seus inimigos — falou o Rei.

— Kieran — chamou Mark. A expressão nos olhos do Rei fez o medo se revirar no fundo do estômago de Mark. — Não dê ouvidos. Ele só quer te magoar.

— E o que você quer? — exigiu saber o Rei, virando-se para Mark. Apenas o fato de que Mark conseguia enxergar através dele, podia ver o esboço da cama de Cristina, de seu guarda-roupa, através da estrutura transparente do corpo dele, é que o impedia de correr até o atiçador e atacar o Rei. Se ao menos...

Se ao menos o Rei tivesse sido algum tipo de pai, se ao menos não tivesse jogado o filho para a Caçada como um osso a um bando de lobos famintos, se ao menos ele não tivesse ficado complacentemente sentado enquanto Erec torturava Kieran...

Mas será que Kieran seria muito diferente? Será que teria menos medo de perder amor, estaria menos determinado a esperar por ele a todo custo, mesmo que isso significasse prender Mark na Caçada com ele?

Os lábios do Rei se curvaram, como se ele lesse os pensamentos de Mark.

— Quando olhei nas lembranças de meu filho — falou —, eu vi você, Blackthorn. Filho de Lady Nerissa. — Seu sorriso era maligno. — Sua mãe morreu de tristeza quando seu pai a abandonou. Os pensamentos do meu filho eram metade sobre você, metade sobre perder você. Mark, Mark, Mark. Eu me pergunto o que haveria de tão poderoso em sua linhagem a ponto de encantar as pessoas e fazê-las de bobas?

Uma ruguinha surgira entre as sobrancelhas de Kieran. *Perder você.* Kieran não se lembrava de ter perdido Mark. O medo frio no estômago de Mark se espalhara por suas veias.

— Quem não sabe amar não compreende — falou Cristina, virando-se para Kieran. — Nós vamos proteger você. Não vamos permitir que ele lhe faça mal por testemunhar no Conselho.

— Mentiras — falou o Rei. — Bem-intencionadas, talvez, mas ainda assim, mentiras. Se você testemunhar, Kieran, não haverá lugar nesta Terra ou no Reino das Fadas que manterá você a salvo de mim e de meus guerreiros. Vou caçá-lo para sempre, e quando encontrá-lo, você desejará ter morrido pelo que fez a Iarlath, a Erec. Não há tormento que você possa imaginar que eu não vá infligir a você.

Kieran engoliu em seco, mas sua voz se manteve firme.

— Dor é apenas dor.

— Ah — falou o pai —, há todo tipo de dor, meu pequeno moreno. — Ele não se mexeu nem fez o gesto típico dos feiticeiros quando lançavam magias, mas Mark sentiu que a atmosfera pesava no cômodo, como se a pressão do ar tivesse aumentado.

Kieran arfou e cambaleou como se tivesse sido baleado. Ele alcançou a cama, agarrando seu pé para evitar escorregar no chão. O cabelo caiu sobre os olhos, mudando de azul para preto e branco.

— Mark? — Ele ergueu o rosto lentamente. — Eu me lembro. *Eu me lembro.*

— Kieran — sussurrou Mark.

— Eu disse a Gwyn que você tinha violado uma lei do Reino das Fadas — falou Kieran. — Pensei que eles apenas trariam você de volta à Caçada.

— Em vez disso, puniram minha família — falou Mark. Ele sabia que Kieran não tinha intenção de que aquilo acontecesse, não previra aquilo. Mas ainda doía dizer essas palavras.

— Por isso você não estava usando sua flecha de elfo. — Os olhos de Kieran se fixaram num ponto abaixo do queixo de Mark. — Você não me queria. Você me mandou embora. Você me odiava e deve me odiar agora.

— Eu não odiava você — falou Mark. — Kier...

— Ouça o que ele diz — murmurou o Rei. — Ouça suas mentiras.

— Então por quê? — falou Kieran. Ele se afastou de Mark, só um passinho para trás. — Por que você mentiu para mim?

— Pense nisso, criança — falou o Rei. Era como se ele estivesse se divertindo. — O que eles querem de você?

Kieran respirou fundo.

— Testemunho — falou ele. — Que eu testemunhe diante do Conselho. Você... você planejou isso, Mark? Essa mentira? Todos no Instituto sabem? Sim, devem saber. Eles devem saber. — Seus cabelos ficaram negros como petróleo. — E a Rainha também sabe, imagino. Ela planejou me fazer de bobo com você?

A agonia em seu rosto era excessiva; Mark não tolerava olhar para aquilo, para Kieran. Foi Cristina quem falou com ele:

— Kieran, não — interveio ela. — Não foi assim...

— E você sabia? — Kieran lançou um olhar para ela que dificilmente parecia menos traído do que o olhar dirigido a Mark. — Você também sabia?

O Rei deu uma risada. Então a raiva invadiu Mark, uma fúria cega, e ele pegou o atiçador da lareira. O Rei continuou rindo enquanto o menino ia até ele, erguia o atiçador e dava um impulso...

O objeto bateu contra a bolota dourada, que se encontrava na grade diante da lareira, transformando-a em pó. A risada do Rei se calou abruptamente; ele dirigiu um olhar de puro ódio a Mark e desapareceu.

— Por que você fez isso? — quis saber Kieran. — Estava com medo das outras coisas que ele poderia me contar?

Mark jogou o atiçador contra a grade com uma pancada alta.

— Ele lhe devolveu suas lembranças, não foi? Então você sabe de tudo.

— Tudo, não — falou Kieran, e sua voz falhou e se calou; Mark pensou nele pendurado pelas algemas de espinhos na Corte Unseelie, e em como o mesmo desespero transparecia nos olhos dele agora. — Eu não sei como planejou isso, quando você decidiu que mentiria para mim para conseguir o que queria. Não sei o quanto ficou enojado toda vez que precisava tocar em mim, fingir me querer. Não sei quando você planejava me contar a verdade. Depois que eu testemunhasse? Você planejou zombar e rir de mim perante todo o Conselho ou esperar até que estivéssemos a sós? Você contou a todos que tipo de monstro eu sou, egoísta e sem coração...

— Você não é um monstro, Kieran — interrompeu Mark. — Não há nada de errado com seu coração.

Havia apenas mágoa nos olhos de Kieran quando ele encarou Mark através do pequeno espaço que os separava.

— Isso não pode ser verdade — disse ele — porque você era meu coração.

— Pare. — Era Cristina, sua voz baixa e preocupada, porém firme.

— Deixe Mark explicar...

— Estou cheio das explicações humanas — falou Kieran, saindo do quarto e batendo a porta.

O último pedaço do Portal reluzente desapareceu. Julian e Magnus estavam de pé, quase ombro a ombro, observando Alec e as crianças até elas desaparecerem.

Com um suspiro, Magnus jogou a ponta do cachecol sobre o ombro e cruzou o cômodo para encher uma taça com o vinho do decantador, que repousava obedientemente sobre uma mesa perto da janela. Era quase noite, o céu acima de Londres tinha a cor das pétalas de amor-perfeito.

— Quer um pouco? — perguntou para Julian, tampando outra vez o decantador.

— Provavelmente eu deveria ficar sóbrio.

— À vontade. — Magnus pegou a taça de vinho e a examinou; a luz que brilhava através dela tornava o líquido vermelho rubi.

— Por que você está nos ajudando tanto? — perguntou Julian. — Quero dizer, sei que somos uma família adorável, mas ninguém é tão adorável assim.

— Não — concordou Magnus, com um esboço de sorriso. — Ninguém é.

— Então?

Magnus tomou um gole e deu de ombros.

— Jace e Clary me pediram — disse ele —, Jace é o *parabatai* de Alec, e eu sempre tive um sentimento paternal em relação a Clary. São meus amigos. E há pouca coisa que eu não faça pelos meus amigos.

— E é só isso mesmo?

— Talvez você me lembre alguém.

— Eu? — Julian estava surpreso. As pessoas raramente diziam isso dele.

— Quem é que faço você lembrar?

Magnus balançou a cabeça sem responder.

— Há muitos anos — falou —, tive um sonho recorrente sobre uma cidade inundada em sangue. Torres feitas de ossos e sangue correndo pelas ruas feito água. Pensei depois que era sobre a Guerra Maligna e, de fato, o sonho desapareceu nos anos seguintes à guerra. — Ele esvaziou a taça e a apoiou.

— Mas, ultimamente, tenho voltado a sonhar. Não consigo evitar pensar que algo está próximo.

— Você os avisou — disse Julian. — O Conselho. No dia em que decidiram exilar Helen e abandonar Mark. No dia em que decidiram pela Paz Fria. Você disse quais seriam as consequências. — Ele se recostou na parede. — Eu só tinha 12 anos, mas me lembro disso. Você falou: "O Povo das Fadas há muito odeia os Nephilim por sua severidade, e vocês vão receber em troca algo além de ódio." Mas eles não ouviram, não é?

— O Conselho queria represália — disse Magnus. — Não viram que represália engendra mais represália. "Pois quem semeia vento colherá tempestade."

— Isso é da Bíblia — disse Julian. Ele não tinha crescido convivendo com tio Arthur se não tivesse aprendido mais citações clássicas do que jamais conseguiria usar. — Mas então há uma diferença entre represália e vingança — emendou ele. — Entre punir os culpados e punir aleatoriamente. — "Justamente nós livramos a terra dos inimigos humanos, que carregam o inferno como modelo em suas almas".

— Suponho que se possa encontrar uma citação para justificar qualquer coisa — falou Magnus. — Olha... eu não fofoco para a Clave, por mais que os feiticeiros do Mercado das Sombras possam pensar o contrário. Mas conheci *parabatai*, dezenas deles, como eles devem ser, e você e Emma são diferentes. Não consigo imaginar que, se não fosse pelo caos da Guerra Maligna, eles ao menos teriam permitido a vocês continuar com isso.

— E agora, por causa de uma cerimônia que supostamente deveria nos unir para sempre, temos que descobrir como nos separar — falou Julian amargamente. — Nós dois sabemos disso. Mas com os Cavaleiros por aí...

— Sim — falou Magnus. — Vocês são obrigados a ficar juntos por enquanto.

Julian soltou o ar entre dentes.

— Só confirme uma coisa para mim — falou. — Não tem um feitiço para acabar com amor, tem?

— Tem alguns encantamentos temporários — respondeu Magnus. — Eles não duram para sempre. O amor verdadeiro e as complexidades do coração e da mente humanas ainda estão além de grande parte da magia. Talvez um anjo ou um Demônio Maior...

— Então Raziel poderia fazer — disse Julian.

— Eu não contaria com isso — falou Magnus. — Você realmente pesquisou sobre isso? Feitiços para acabar com o amor?

Julian fez que sim com a cabeça.

— Você *é* impiedoso — falou Magnus. — Até com você mesmo.

— Eu pensei que Emma não me amasse mais — falou Julian. — E ela pensou a mesma coisa sobre mim. Agora nós sabemos a verdade. Não é simplesmente que seja proibido pela Clave. É amaldiçoado.

Magnus se encolheu.

— Eu me perguntei se você sabia disso.

Julian sentiu o frio tomar conta dele. Então não havia chance de ser um erro de Jem. Não que ele realmente achasse que pudesse ser.

— Jem contou para Emma. Mas ele não falou exatamente como funcionava. O que aconteceria.

Houve um leve tremor na mão de Magnus quando ele esfregou os olhos.

— Dê uma olhada na história de Silas Pangborn e Eloisa Ravenscar. Há outras também, embora os Irmãos do Silêncio façam o possível para evitar estardalhaço. — Os olhos felinos estavam injetados. — Primeiro, você enlouquece — falou ele. — Torna-se irreconhecível como ser humano. Depois, se torna um monstro, não é mais capaz de distinguir amigo de inimigo. Quando sua família correr para salvá-lo, você arrancará seus corações do peito.

Parecia que Julian ia vomitar.

— Isso... eu nunca machucaria minha família.

— Você não vai saber quem são eles — disse Magnus. — Não vai distinguir amor e ódio. E vai destruir o que estiver ao redor, não porque quer, não mais do que uma onda batendo quer destruir as rochas sobre as quais quebra. Você fará isso porque não vai saber não fazer. — Ele olhou para Julian com uma solidariedade remota. — Não importa se suas intenções são ruins ou boas. Não importa que o amor seja uma força positiva. A magia não toma nota das pequenas preocupações humanas.

— Eu sei — falou Julian. — Mas o que podemos fazer? Não posso me tornar mundano ou integrante do Submundo e abandonar minha família. Isso mataria a mim e a eles. E não ser mais uma Caçadora de Sombras seria como suicídio para Emma.

— Há o exílio — falou Magnus. Seu olhar era insondável. — Vocês ainda seriam Caçadores de Sombras, mas perderiam um pouco de sua magia. É isso que o exílio significa. É a punição. E como a magia *parabatai* é uma das mais preciosas e mais arraigadas no que vocês são, o exílio mata seu poder. Todas as coisas que a maldição intensifica: o poder que os símbolos dão a vocês, a capacidade de sentir o que o outro está sentindo ou saber se está machucado; o exílio retira essas coisas. Se eu compreendo magia, e acho que compreendo, então isso significa que o exílio diminuiria incomensuravelmente a velocidade da maldição.

— E exílio também significaria me separar das crianças — falou Julian, em desespero. — Talvez eu nunca voltasse a vê-las. Eu poderia muito bem me tornar mundano. Pelo menos, eu poderia tentar me esgueirar por aí e talvez vê-los de longe. — A amargura corroía sua voz. — As condições do exílio são determinadas pelo Inquisidor e pela Clave. Ficaria totalmente fora do nosso controle.

— Não necessariamente — falou Magnus.

Julian o encarou fixamente.

— Acho melhor você me dizer exatamente do que está falando.

— Que você só tem uma opção. E que não vai gostar dela. — Magnus fez uma pausa, como se esperasse que Julian se recusasse a ouvir, mas este não disse uma palavra. — Muito bem — falou Magnus. — Quando você for a Alicante, conte tudo ao Inquisidor.

— Kit...

Uma coisa fria tocou sua têmpora, empurrando o cabelo para trás. Sombras cercavam Kit, sombras nas quais ele enxergava rostos conhecidos e desconhecidos: o rosto de uma mulher de cabelos claros, a boca formando a letra de uma canção; o rosto de seu pai, o semblante irritado de Barnabas Hale, Ty olhando para ele através de cílios tão grossos e negros quanto a fuligem que cobria as ruas de Londres num romance de Dickens.

— Kit.

O toque frio se tornou um tapa. Suas pálpebras se abriram lentamente e ele reconheceu o teto da enfermaria do Instituto de Londres. Reconheceu a estranha mancha em formato de árvore na parede de gesso, a vista dos telhados para além da janela, o ventilador girando suas pás preguiçosas acima de sua cabeça.

E, pairando acima, um par de ansiosos olhos azul-esverdeados. Livvy, com os cabelos castanhos compridos em cachos embaraçados. Ela suspirou, aliviada, enquanto franzia a testa.

— Desculpe — falou. — Magnus disse para sacudir você de tantas em tantas horas, para garantir que sua concussão não ficasse pior.

— Concussão? — Kit se lembrou do telhado, da chuva, de Gwyn e Diana, do céu cheio de nuvens deslizando e se afastando dele quando ele caiu. — Como é que eu arrumei uma concussão? Eu estava bem.

— Aparentemente, isso acontece — disse ela. — Pessoas batem a cabeça e só percebem que é sério quando desmaiam.

— Ty? — falou ele, e começou a se sentar, o que foi um erro. O crânio doía como se alguém tivesse batido nele com um cassetete. Trechos e fragmentos de lembranças lampejaram no fundo dos seus olhos: as fadas nas armaduras de bronze apavorantes. A plataforma de concreto perto do rio. A certeza de que eles iam morrer.

— Pronto. — Ela pôs a mão no pescoço dele para apoiá-lo. A borda de alguma coisa fria tocou em seus dentes. — Beba isto.

Kit engoliu. A escuridão diminuiu e a dor foi embora com ela. Ele ouviu o canto outra vez, na parte mais profunda de tudo que ele esquecera. *A história em que eu te amo, ela não tem fim.*

Quando abriu os olhos de novo, a vela perto da cama tinha derretido. Porém, havia luz no quarto — Ty estava sentado ao lado da cama, uma pedra de luz enfeitiçada na mão, encarando as pás giratórias do ventilador.

Kit tossiu e se sentou direito. Desta vez, doeu um pouco menos. Sua garganta parecia lixa.

— Água — pediu.

Ty desviou o olhar das pás do ventilador. Kit percebera antes que Ty gostava de olhar para elas, como se o movimento gracioso o agradasse. O menino encontrou a jarra d'água e um copo, e o entregou.

— Você quer mais água? — perguntou, depois que a sede de Kit esvaziara a jarra. Ele tinha trocado de roupa desde a última vez em que Kit o vira. Mais das coisas antiquadas do depósito. Camisa de listras finas, calça preta. Parecia que ele fazia parte de algum anúncio publicitário antigo.

Kit balançou a cabeça e apertou o copo com força. Uma estranha sensação de irrealidade o dominara — aqui estava ele, Kit Rook, em um Instituto, com uma pancada na cabeça dada por fadas imensas por ele ter defendido os Nephilim.

Seu pai teria se envergonhado. Mas Kit não sentia nada além da noção de que fizera a coisa certa. A sensação de que o pedaço que sempre faltara em sua vida, que o deixara inquieto e ansioso, tinha sido devolvido a ele por obra do acaso e do destino.

— Por que você fez aquilo? — perguntou Ty.

Kit se ergueu, apoiando-se nos braços.

— Por que eu fiz o quê?

— Na hora em que eu saí da loja de magia, e você e Livvy estavam discutindo. — O olhar cinzento de Ty pousou num ponto próximo à clavícula de Kit. — Vocês estavam falando de mim, não estavam?

— Como você sabia que nós estávamos discutindo? — perguntou Kit.

— Você escutou?

Ty balançou a cabeça.

— Eu conheço Livvy — disse. — Sei quando ela está zangada. Sei tudo que ela faz. Ela é minha gêmea. Eu não sei de nada disso quando é com outra pessoa, mas sei quando é com ela. — Ele deu de ombros. — A discussão era a meu respeito, não era?

Kit assentiu.

— Todo mundo sempre tenta me proteger — falou Ty. — Julian tenta me proteger de tudo. Livvy tenta evitar que eu me decepcione. Ela não quer que eu saiba que você pode ir embora, mas eu sempre soube disso. Jules e Livvy têm dificuldade em imaginar que eu cresci. Que talvez eu entenda que algumas coisas são temporárias.

— Você se refere a mim — falou Kit. — Que eu sou temporário.

— Ir embora ou ficar é sua escolha — disse Ty. — Em Limehouse, pensei que talvez fosse ir embora.

— Mas e quanto a você? — falou Kit. — Eu pensei que você fosse para a Scholomance. E eu nunca poderia ir para lá. Nem tenho treinamento básico.

Kit pousou o copo d'água. No mesmo instante, Ty o pegou e começou a girá-lo nas mãos. Era feito de vidro leitoso, áspero do lado de fora, e ele parecia gostar da textura.

Ty estava em silêncio e, nesse silêncio, Kit pensou nos fones de ouvido do garoto, a música em seus ouvidos, nas palavras sussurradas, no jeito como ele tocava as coisas com total concentração: pedras lisas, vidro áspero, seda, couro e linho com textura. Havia pessoas no mundo, ele sabia, que achavam que seres humanos como Ty faziam essas coisas sem motivo — porque eram inexplicáveis. Malucas.

Kit sentiu uma onda de raiva atravessá-lo. Como elas conseguiam entender que tudo o que Ty fazia tinha uma razão? Se uma sirene de ambulância retumbava nos ouvidos, você os cobria. Se alguma coisa acertava você, você se dobrava para se proteger da dor.

Mas nem todos sentiam e ouviam da mesma maneira. Ty ouvia tudo duas vezes mais alto e rápido que todo mundo. Os fones de ouvido e a música, Kit sentia, eram amortecedores: eles abafavam não apenas outros sons, mas também sentimentos que, de outra forma, seriam intensos demais. Eles o protegiam da dor.

Ele não conseguia deixar de se perguntar como seria viver tão intensamente, sentir as coisas tanto assim, ter o mundo piscando em cores e barulhos fortes demais. Quando cada som e sentimento era elevado à enésima potência, só fazia sentido se acalmar concentrando toda a energia em algo pequeno, que você podia dominar: uma quantidade imensa de limpadores de canos para desemaranhar, a superfície áspera de um vidro entre seus dedos.

— Não quero dizer a você para não ir para a Scholomance, se é isso mesmo o que você quer — falou Kit. — Mas eu só diria que nem sempre tem a ver com pessoas tentando te proteger ou sabendo o que é melhor para você, ou pensando que sabem. Às vezes, elas simplesmente sabem que sentiriam sua falta.

— Livvy sentiria minha falta...

— Sua família inteira sentiria — disse Kit. — Eu sentiria sua falta.

Era um pouco como pular de um penhasco, muito mais assustador do que qualquer vigarice que Kit já tivesse cometido para o pai, qualquer integrante do Submundo ou demônio que ele já tivesse encontrado. Ty ergueu o olhar, surpreso, esquecendo o copo nas mãos. Ele estava corando. Era muito visível contra sua pele clara.

— Você sentiria?

— Sim — falou Kit —, mas, como eu disse, não quero impedir você de ir se realmente quiser...

— Eu não quero — falou Ty. — Mudei de ideia. — Ele pousou o copo. Não foi por sua causa. É porque a Scholomance parece estar cheia de babacas.

Kit explodiu numa gargalhada. Ty ficou ainda mais espantado do que quando Kit dissera que sentiria falta dele. Mas, depois de um segundo, ele também começou a rir. Os dois estavam rindo, Kit dobrado sobre os cobertores, quando Magnus entrou no quarto. O feiticeiro olhou para os dois e balançou a cabeça.

— Que bagunça — falou, e foi até a bancada onde ficavam os funis e tubos de vidro arrumados. Ele deu um olhar satisfeito aos dois. — Não que alguém aqui provavelmente se importe, mas o antídoto para o feitiço de amarração está pronto. Não devemos ter dificuldade em partir para Idris amanhã.

Cristina sentia como se um tornado tivesse soprado em seu quarto. Ela pousou o canivete na cornija e se virou para Mark.

Ele estava reclinado na parede, os olhos arregalados sem focar em nada. Ela se lembrava de um livro antigo que tinha lido quando era criança. Nele, havia um garoto com olhos de cores diferentes, um cavaleiro nas Cruzadas. Um olho para Deus, dizia o livro, e outro para o diabo.

Um garoto que fora dividido, parte bom e parte mau. Assim como Mark fora dividido entre fadas e Nephilim. Ela via a batalha correndo nele agora, embora toda a sua raiva fosse para si mesmo.

— Mark — começou ela. — Não é...

— Não diga que não é minha culpa — falou ele inexpressivamente. — Eu não poderia suportar, Cristina.

— Não é apenas sua culpa — disse ela. — Todos nós sabíamos. É tudo nossa culpa. Não foi a coisa certa a fazer, mas nós tínhamos poucas opções. E Kieran te tratou mal.

— Ainda assim, eu não devia ter mentido para ele.

Uma rachadura escura e irregular no gesso da parede de Cristina, saliente através da tinta, era o único sinal do que tinha acontecido. Isto, e a bolota dourada esmagada na lareira.

— Só estou dizendo que, se você pode perdoá-lo, você também deveria ser capaz de se perdoar — falou ela.

— Você pode vir aqui? — falou Mark com uma voz meio abafada.

Ele estava de olhos fechados e cerrava e abria os punhos. Ela quase tropeçou para chegar até ele do outro lado do cômodo. Ele pareceu sentir a aproximação dela; sem abrir os olhos, esticou a mão e a agarrou com um aperto de quebrar os ossos.

Cristina baixou o olhar. Ele agarrava a mão dela com tanta força que deveria ter machucado, mas tudo que ela viu foram as marcas ao redor dos pulsos deles. Com os dois assim bem pertinho, elas desapareciam quase totalmente.

Ela sentiu outra vez o mesmo que sentira naquela noite no salão de baile, como se o feitiço de amarração tivesse amplificado a proximidade dele para outra coisa, uma coisa que arrastava sua mente de volta àquela colina no Reino das Fadas, a lembrança de ser amarrada a Mark.

A boca de Mark encontrou a dela. Ela o ouviu gemer: ele a beijava com força e desesperadamente; era como se fogo se derramasse pelo corpo de Cristina, transformando sua luz em cinzas.

Ainda assim, ela não conseguia esquecer Kieran beijando Mark na frente dela, enérgica e deliberadamente. Parecia que agora ela não conseguia pensar em Mark sem pensar em Kieran também. Não conseguia encarar os olhos azul e dourado sem enxergar preto e prata.

— Mark — falou ela colada aos lábios dele. As mãos dele estavam nas dela, agitando seu sangue ao ponto de um calor suave. — Esse não é o jeito certo de se forçar a esquecer.

Ele se afastou dela.

— Eu quero abraçar você — falou. — Quero muito. — Ele a soltou lentamente, como se o movimento fosse um esforço. — Mas não seria justo. Nem com você, nem com Kieran, nem comigo. Não agora.

Cristina tocou as costas da mão dele.

— Você tem que ir atrás de Kieran e acertar as coisas entre vocês. Ele é uma parte importante demais de você, Mark.

— Você ouviu o que o Rei disse. — Mark deixou a cabeça cair contra a parede. — Ele vai matar Kieran por testemunhar. Vai caçá-lo para sempre. Isso é culpa nossa.

— Ele concordou com isso...

— Sem saber a verdade! Ele concordou porque pensava que me amava e que eu o amava...

— E isso não é verdade? — perguntou Cristina. — E mesmo que não fosse, ele simplesmente não esqueceu que vocês brigaram. Ele esqueceu o que ele fez. Esqueceu o que ele te deve. Esqueceu a própria culpa. E isso faz parte do motivo pelo qual ele está tão zangado. Não com você, mas com ele mesmo.

A mão de Mark apertou a dela.

— Agora nós devemos um ao outro, Kieran e eu — falou ele. — Eu o coloquei em perigo. O Rei Unseelie sabe que ele planeja testemunhar. Ele jurou caçar Kieran. Cristina, o que nós vamos fazer?

— Tentar mantê-lo em segurança — falou ela. — Testemunhando ou não, o Rei não vai perdoá-lo. Precisamos encontrar um lugar onde Kieran ficará protegido. — Ela empinou o queixo assim que teve uma ideia. — Eu sei exatamente onde. Mark, nós temos que...

Eles ouviram uma batida à porta. Afastaram-se um do outro assim que a porta foi aberta; ambos esperavam que fosse Kieran, e a decepção de Mark ficou evidente quando Magnus apareceu.

O feiticeiro trazia dois frascos gravados de metal e ergueu uma sobrancelha ao ver a expressão do menino fada.

— Eu não sei quem vocês esperavam que fosse, e lamento não ser essa pessoa — falou secamente. — Mas o antídoto está pronto.

Cristina tinha imaginado que uma sensação de alívio tomaria conta dela. Em vez disso, ela não sentiu nada. Tocou a mão esquerda até o pulso machucado e olhou para Mark, que fitava o chão.

— Não tenham pressa em me agradecer ou coisa assim — falou Magnus, dando um frasco a cada um. — Expressões profusas de gratidão só me deixam constrangido, embora presentes em dinheiro sempre sejam bem-vindos.

— Obrigada, Magnus — falou Cristina, corando. Ela destampou o frasco: um odor amargo e obscuro subiu dele, como o cheiro de *pulque*, uma bebida da qual Cristina nunca gostara.

Magnus estendeu uma das mãos.

— Só bebam quando estiverem em cômodos separados — falou ele. — Na verdade, vocês deveriam passar, pelo menos, as próximas horas longe um do outro para que o feitiço possa agir corretamente. Todos os efeitos devem ter passado até amanhã.

— Obrigado — falou Mark, dirigindo-se à porta. Ele parou e olhou para Cristina. — Eu concordo com você — disse ele. — Sobre Kieran. Se tiver alguma coisa que você possa fazer para garantir a segurança dele... faça.

Aí saiu sem fazer barulho, com passos suaves como os de um gato. Magnus olhou para a parede rachada, e então para Cristina.

— Devo saber de alguma coisa? — perguntou ele.

Cristina suspirou.

— Uma mensagem de fogo pode ultrapassar as barreiras de proteção que você criou?

Magnus fitou a parede outra vez, balançou a cabeça e falou:

— Melhor você me dar a mensagem. Eu a enviarei.

Ela hesitou.

— Eu não vou lê-la — emendou o feiticeiro, irritado. — Juro.

Cristina pousou o frasco, pegou papel, caneta e a estela, e rabiscou uma mensagem com uma assinatura de símbolo, antes de dobrá-la e entregar a Magnus, que assobiou baixinho ao ver o nome do destinatário no topo.

— Você tem certeza?

Ela assentiu com uma resolução que não sentia.

— Absoluta.

27

Apenas por Anjos Doentes

— Emma. — Julian bateu à porta. Pelo menos, tinha certeza de que era a porta de Emma. Ele nunca tinha entrado no quarto dela no Instituto de Londres. — Emma, você está acordada? Sei que está tarde.

Ele a ouviu dizer que podia entrar, com voz abafada através da porta grossa de madeira. Dentro, o quarto era bem parecido com o dele, pequeno, com pesados blocos de mobília de aparência vitoriana. A cama era sólida, com dossel e cortinas de seda.

Emma estava deitada sobre as cobertas, vestindo uma camiseta desbotada e calça de pijama. Ela rolou de lado e sorriu para ele.

Uma sensação esmagadora de amor o atingiu como um soco no peito. O cabelo dela estava preso para o alto de um jeito bagunçado, e ela estava deitada sobre um cobertor amarrotado, com um prato de bolos ao lado. Julian teve que parar no meio do quarto por um momento e recuperar o fôlego.

Ela acenou animadamente para ele com uma torta.

— Banana com caramelo — disse ela. — Quer um pouco?

Ele poderia ter cruzado o cômodo em alguns passos. Poderia ter abraçado Emma, rodopiado e tomado seu corpo. Poderia ter dito a ela o quanto a amava. Se eles fossem qualquer outro casal, seria fácil assim.

Mas para eles nada jamais seria fácil.

Ela o fitava, confusa.

— Está tudo bem?

Ele assentiu, um pouco surpreso com os próprios sentimentos. Normalmente conseguia se controlar melhor. Talvez fosse a conversa que tivera com Magnus. Talvez isso lhe tivesse dado esperança.

Mas se havia uma coisa que a vida tinha ensinado a Julian, era que não existia nada mais perigoso do que a esperança.

— *Julian* — falou ela, pousando a torta e espanando as migalhas dos dedos. — Você poderia, por favor, dizer alguma coisa?

Ele pigarreou.

— Precisamos conversar.

Ela gemeu e caiu pesadamente contra os travesseiros.

— Ai, isso não.

Julian se sentou junto ao pé da cama enquanto Emma limpava as cobertas, pondo de lado a comida e algumas coisas que estivera olhando: ele viu uma fotografia antiga de uma menina segurando uma arma que parecia Cortana, e outra de quatro meninos com roupas eduardianas ao lado de um rio.

Quando ela terminou, esfregou outra vez as mãos e virou o rosto sério para ele.

— Quando vamos ter que nos separar? — perguntou ela. Sua voz tremia um pouco. — Assim que a reunião em Alicante acabar? O que vamos dizer às crianças?

— Eu conversei com Magnus — disse Julian. — Ele falou que nós deveríamos ir atrás do Inquisidor.

Emma arquejou de incredulidade.

— O *Inquisidor*? Tipo, o líder do Conselho que faz as Leis?

— Eu tenho certeza de que Magnus sabe quem é o Inquisidor — falou Julian. — É o pai de Alec.

— Ele sugeriu isso como um tipo de ameaça? Tipo, ou nós nos apresentamos para Robert Lightwood ou ele faz isso por nós? Mas Magnus não faria isso... não consigo vê-lo fazendo algo assim. Ele é leal demais.

— Não é isso — falou Julian. — Magnus quer nos ajudar. Ele se lembra de outros *parabatai* como nós e... ele comentou que nenhum *parabatai* jamais pediu ajuda à Clave.

— Porque é a Lei da Clave...!

— Mas isso não é problema — falou Julian. — Nós podemos lidar com a Lei. É a maldição, a razão aliás pela qual a Lei existe... mesmo que a Clave não saiba dela. Mas *nós* sabemos.

Emma simplesmente ficou olhando para ele.

— Todos os outros *parabatai* temiam a Lei mais do que a maldição — falou Julian. — Ou eles se separaram, deixaram a Clave, ou esconderam o que estava acontecendo até serem pegos ou até a maldição matá-los. Magnus disse que nós seríamos os primeiros, e que isso serviria para alguma coisa com Robert. E ele comentou outra coisa também. Robert foi exilado porque esteve no Círculo anos atrás. O exílio suspendeu temporariamente sua ligação com seu *parabatai*. Magnus disse que Alec contou sobre isso... que o vínculo foi interrompido de tal forma que Robert sequer percebeu que seu *parabatai* estava morto.

— Exílio? — A voz de Emma tremeu. — Exílio significa a Clave mandar você embora... você não tem escolha...

— Mas é o Inquisidor que escolhe os termos do exílio — falou Julian. — Robert foi quem decidiu que Aline poderia ficar com Helen quando ela foi exilada; a Clave foi contra.

— Se um de nós tem que ser exilado, serei eu — falou Emma. — Ficarei com Cristina no México. Você é indispensável para as crianças. Eu não.

Sua voz era firme, mas os olhos reluziam com lágrimas. Julian sentiu a mesma onda de amor desesperado que sentira antes, ameaçando dominá-lo, e a sufocou.

— Eu também odeio a ideia de nos separarmos — falou Julian, passando a mão pelo cobertor; a textura áspera era reconfortante contra os dedos. — O modo como eu te amo é fundamental para mim, Emma. É quem eu sou. Não importa o quanto a gente esteja longe um do outro.

O brilho nos olhos dela se tornou líquido. Uma lágrima escorreu pela bochecha. Ela nem se mexeu para limpá-la.

— Então...?

— O exílio vai enfraquecer o vínculo — disse ele, tentando manter a voz firme. Ainda havia uma parte dele que odiava a ideia de não ser o *parabatai* de Emma, apesar de tudo, e que também odiava a ideia do exílio. — Magnus tem certeza disso. O exílio fará algo que a separação não pode fazer, Emma, porque o exílio é encantamento profundo dos Caçadores de Sombras. A cerimônia de exílio diminui parte de suas habilidades de Nephilim, sua magia, e ter um *parabatai* é parte dessa magia. Significa que a maldição será adiada. Significa que podemos ter tempo... e que eu posso ficar com as crianças. Caso contrário, eu teria que deixá-las. A maldição não machuca só a gente, Emma, ela machuca as pessoas ao nosso redor. Não posso ficar perto das crianças achando que poderia representar algum tipo de ameaça para elas.

Ela assentiu lentamente.

— Se isso nos dá tempo, então o quê?

— Magnus prometeu usar tudo o que tem para descobrir como quebrar o vínculo ou acabar com a maldição. Uma coisa ou outra.

Emma ergueu a mão para esfregar a bochecha molhada, e ele viu a longa cicatriz no antebraço dela. A qual estivera ali desde que ele a entregara Cortana em um quarto em Alicante, cinco anos atrás. *Como nós deixamos nossas marcas um no outro*, ele pensou.

— Eu odeio isso — murmurou ela. — Odeio a ideia de ficar longe de você e das crianças.

Ele queria segurar a mão dela, mas se controlou. Se Julian se permitisse tocar nela, poderia fraquejar e desmoronar, e ele precisava se manter forte, racional e esperançoso. Fora ele quem dera ouvidos a Magnus, ele quem concordara com isso. Dependia dele.

— Eu também odeio isso — falou. — Se houvesse um jeito de eu ser exilado, eu faria isso, Emma. Ouça, nós só concordaremos se as condições forem favoráveis, se o período de exílio for curto, se você puder morar com Cristina, se o Inquisidor prometer que nenhuma desonra será acrescida ao sobrenome de sua família.

— Magnus acredita realmente que Robert Lightwood estará assim tão disposto a nos ajudar? A basicamente nos deixar ditar as condições de nosso exílio?

— Ele realmente acredita nisso — retrucou Julian. — Não disse o porquê exatamente... talvez porque antigamente Robert tenha sido exilado, ou porque seu *parabatai* morreu.

— Mas Robert não sabe sobre a maldição.

— E não precisa saber — disse Julian. — O simples fato de estar apaixonado já infringe a Lei antes mesmo de a maldição ser desencadeada. E a Lei diz que nós temos que ser separados ou ter nossas Marcas arrancadas. Isso não é bom para a Clave. Eles precisam de Caçadores de Sombras, certamente tão bons quanto você. Sem dúvida, ele vai *querer* uma solução que mantenha você como Nephilim. E, além disso... nós temos uma vantagem.

— Qual vantagem?

Julian respirou fundo.

— Nós sabemos como cortar o vínculo. Estamos agindo como se não soubéssemos, mas nós sabemos.

Emma enrijeceu.

— Porque nós não podemos sequer *cogitar* a ideia — disse ela. — Não é algo que pudéssemos fazer um dia.

— Ainda assim, existe — disse Julian. — Nós ainda a conhecemos.

Ela esticou a mão e agarrou a frente da camiseta de Julian. O aperto era incrivelmente forte.

— Julian — falou Emma. — Seria um pecado *imperdoável* usar qualquer que fosse a magia mencionada pela Rainha Seelie. Nós não apenas estaríamos magoando Jace e Alec, Clary e Simon. Mas também todas as pessoas que não conhecemos... destruindo a única coisa que é tão fundamental para eles quanto você me amar e eu te amar...

— *Eles* não são *a gente* — falou Julian. — Isso não envolve apenas a mim e a você, envolve as crianças. A minha família. A nossa família.

— Jules. — O desânimo em seus olhos era evidente. — Eu sempre soube que você faria qualquer coisa pelas crianças. Nós sempre dissemos que faríamos. Mas quando falamos *qualquer coisa*, ainda nos referimos ao fato de que há coisas que *não* faríamos. Você não sabe disso?

Julian.

Você me assusta.

— Sim, eu sei disso — falou ele, e ela relaxou um pouco. Seus olhos estavam arregalados. Ele queria beijá-la ainda mais do que antes, em parte, porque ela era Emma, e isso significava que era boa, sincera e ponderada.

Irônico, na verdade.

— É só uma ameaça — emendou ele. — Vantagem. Não faríamos isso, mas Robert não precisa saber.

Emma soltou a camiseta dele.

— É uma ameaça grande demais — falou ela. — Destruir os *parabatai* tal qual conhecemos poderia rasgar o tecido inteiro dos Nephilim.

— Nós não vamos destruir nada. — Ele tomou o rosto dela nas mãos. A pele era macia contra suas palmas. — Nós vamos consertar tudo isso. Vamos ficar juntos. O exílio vai nos dar o tempo de que precisamos para descobrir como romper o vínculo. Se pode ser feito do modo da Rainha Seelie, pode ser feito de outro modo. A maldição é como um monstro em nosso encalço. Isso vai nos dar espaço para respirar.

Ela beijou a palma dele.

— Você fala com tanta certeza.

— Eu tenho certeza — retrucou ele. — Emma, tenho certeza absoluta.

Sem aguentar nem mais um minuto, ele a puxou para seu colo. Emma deixou o peso cair contra o corpo dele, o rosto aninhado na curva do pescoço. Ela passeou os dedos pela gola da camiseta, justamente onde a pele tocava o algodão.

— Você sabe por que eu tenho certeza? — murmurou ele, beijando a têmpora de Emma, a bochecha, que tinha gosto de sal. — Porque quando este universo nasceu, quando explodiu em sua existência em fogo e glória, tudo que estava fadado a existir foi criado. Nossas almas são feitas desse fogo e dessa glória, dos átomos dela, dos fragmentos das estrelas. As almas de todo mundo são, mas eu acredito que as nossas, a sua e a minha, foram feitas a partir da poeira da mesma estrela. Por isso, nós sempre fomos atraídos um para o outro, feito ímãs, durante toda a vida. Todas as nossas partes são feitas de uma coisa só. — Ele a abraçou com mais força. — Emma, seu nome significa *universo*, sabe? — disse ele. — Isso não prova que estou certo?

Ela soluçou e deu uma risadinha, aí ergueu o rosto e o beijou com vontade. O corpo dele sobressaltou-se, como se tivesse tocado uma cerca eletrificada. A mente dele ficou vazia, apenas o som da respiração dos dois ao ouvido, o toque dela em seus ombros, o sabor dela em seus lábios.

Ele não conseguiu resistir; ainda abraçados, ele rolou de lado e a levou consigo de tal modo que eles se deitaram atravessados sobre a colcha. As mãos dele se enfiaram debaixo da camisa gigantesca dela, passando pela cintura, os polegares trilhando pelas curvas dos quadris. Eles ainda estavam se beijando. Julian se sentia exposto, aberto; todas as terminações nervosas jorrando desejo. Ele lambeu o açúcar dos lábios dela e Emma gemeu.

Tudo em relação a isso ser proibido estava errado, pensou ele. Ninguém formava um par melhor do que ele e Emma. Ele quase sentia como se a conexão deles estivesse cauterizada em suas Marcas *parabatai*, atraindo-os um para o outro, amplificando cada sensação. Só de ele entrelaçar os dedos nas mechas macias dos cabelos dela, seus ossos pareciam se transformar num líquido fervente. Quando ela se arqueou contra ele, Julian pensou que talvez fosse mesmo morrer.

E então ela se afastou, respirando fundo, de modo entrecortado. Emma tremia.

— Julian... não podemos.

Ele girou e se afastou dela. Era como ter um membro arrancado. As mãos dele afundaram no cobertor, apertando forte o suficiente para doer.

— Emma — falou ele. Isso foi tudo que ele *conseguiu* dizer.

— Eu quero — falou ela, apoiando-se em um dos cotovelos. Seu cabelo era uma bagunça loura emaranhada e sua expressão era séria. — Você tem que saber que eu quero. Mas enquanto ainda formos *parabatai*, não podemos.

— Isso não vai me fazer te amar mais ou de modo diferente — falou ele, com voz rouca. — Eu te amo de qualquer jeito. Te amo mesmo que a gente nunca se toque.

— Eu sei. Mas é como provocar o destino. — Ela esticou a mão para acariciar o rosto e o peito dele. — Seu coração está batendo tão rápido.

— Sempre bate — falou ele — quando é você. — Ele a beijou, um beijo que aceitava que hoje não haveria mais do que beijos. — Só você. Ninguém além de você.

Era verdade. Ele nunca desejara ninguém antes de Emma, e ninguém depois dela. Quando ele era mais novo, houve vezes em que isso o intrigou; ele era um adolescente, deveria estar cheio de anseios, desejos e vontades precoces, não deveria? Mas ele nunca quis *ninguém*, nunca fantasiou, sonhou ou desejou, de forma alguma.

E então houve um dia na praia, em que Emma dera uma risada perto dele e soltara a presilha de seus cabelos, as mechas fluindo em seus dedos e contra suas costas como luz do sol líquida.

O corpo inteiro de Julian reagira. Ele se lembrava disso mesmo agora, a dor violenta, como se alguma coisa mortal o tivesse atacado. Aquilo o fez entender por que os gregos acreditavam que o amor era uma flecha que transpassava seu corpo e deixava um rastro ardente de desejo.

Em francês, amor à primeira vista era *coup de foudre*. O raio. O fogo em suas veias, o poder destruidor de um milhão de volts. No caso de Julian, não fora amor à primeira vista: ele sempre a amara. Mas só naquele momento se dera conta disso.

E depois, ele desejou. Ah, como ele desejou. E ansiou pela época em que pensava estar perdendo alguma coisa ao não desejar, porque o desejo era como mil vozes cruéis que murmuravam que ele era um tolo. Foi apenas seis meses depois da cerimônia *parabatai*, e este fora o maior erro que ele cometera, e totalmente irrevogável. E depois disso, sempre que ele via Emma, era como uma faca em seu peito, mas uma faca cuja dor ele acolhia. Uma lâmina cujo punho ele segurava junto ao próprio coração, e nada nem ninguém poderia ter tirado isso dele.

— Durma — falou. Ele a acomodou em seus braços, e ela se aninhou contra ele, fechando os olhos. Sua Emma, seu universo, sua lâmina.

— Sabe — falou Diana —, é exatamente o que pensamos que fosse.

A lua negra e prateada brilhava sobre a Floresta Brocelind quando Jia Penhallow saiu do círculo de árvores cinzentas e grama queimada com a praga. Ao fazer isso, a lâmina serafim em sua mão ardeu com a luz, como se um interruptor tivesse sido ligado.

Ela voltou para dentro do círculo. A lâmina serafim escureceu.

— Eu mandei fotos para Kieran — comentou Diana, olhando para o rosto soturno da Consulesa. — Eles... Kieran disse ter visto o mesmo tipo de círculos de praga nas Terras Unseelie. — A maior parte do que Kieran tinha visto recentemente nas Terras Unseelie fora o interior de uma cela.

Jia estremeceu.

— É terrível ficar de pé neste círculo — falou ela. — É como se o solo fosse feito de gelo, e desespero estivesse no ar.

— Esses círculos — emendou Diana — estão nos locais que Helen e Aline disseram que estavam escuros no mapa, não é?

Jia não precisou olhar e fez que sim com a cabeça.

— Eu não queria envolver minha filha nisso.

— Se ela e Helen puderem estar presentes durante a reunião do Conselho, podem se apresentar como candidatas para o Instituto.

Jia não falou nada.

— É o que Helen quer desesperadamente — falou Diana. — O que as duas querem. O melhor lugar para estar nem sempre é o mais seguro. Ninguém fica satisfeito numa prisão.

Jia pigarreou.

— O tempo que levaria para o Conselho aprovar a solicitação... Portais para a Ilha Wrangel são estritamente regulados... a reunião teria acabado...

— Deixe isso comigo — falou Diana. — Na verdade, quanto menos você souber, melhor.

Diana não conseguia acreditar que acabara de dizer *quanto menos você souber, melhor* para a Consulesa. Concluindo que era improvável dizer uma frase melhor de despedida, ela se virou e se afastou da clareira.

Dru sonhou com túneis subterrâneos divididos por raízes semelhantes aos nós dos dedos inchados de um gigante. E sonhou com um quarto cheio de armas reluzentes e um menino de olhos verdes.

Ela acordou e viu a luz fraca da aurora iluminando a cornija, onde uma adaga de caça dourada, gravada com rosas, prendia um bilhete à madeira.

Para Drusilla, obrigado por toda a ajuda. Jaime

Em algum momento da noite, Kit acordou, a *iratze* ardendo suavemente em seu braço. A enfermaria estava acesa com uma luz amarela e quente, e, para além da janela, ele via os telhados de Londres, sólidos e vitorianos sob a lua minguante.

E ouvia a música. Rolando para o lado, Kit viu Ty dormindo na cama ao seu lado, com os fones de ouvido, o som fraco de uma sinfonia vindo deles.

Uma lembrança roçou a beira da consciência de Kit. Ele, muito pequeno, com gripe, febril à noite, e alguém dormia ao seu lado na cama. Seu pai. Deve ter sido. Quem mais poderia ser além do pai?, mas a certeza o abandonou.

Não. Ele não ia pensar nisso. Tinha sido uma parte de sua infância; agora ele era um menino que tinha amigos que dormiriam ao seu lado se ele ficasse doente. Não importava quanto isso iria durar, ele iria agradecer por isso.

As portas altas do Santuário eram feitas de ferro e entalhadas com um símbolo que Cristina conhecia desde seu nascimento, as quatro letras interligadas de Clave, Conselho, Pacto e Cônsul.

As portas se abriram silenciosamente para um cômodo amplo. Ela aprumou a coluna quando entrou, lembrando-se do Santuário no Instituto da Cidade do México. Quando era criança, ela brincara ali algumas vezes, desfrutando da imensidão do espaço, do silêncio, dos azulejos lisos e frios. Todo Instituto tinha um Santuário.

— Kieran? — murmurou ela, avançando. — Kieran, você está aqui?

O Santuário de Londres tornava os Santuários da Cidade do México e de Los Angeles diminutos, tanto pelo tamanho quanto pela imponência. Como um imenso baú do tesouro em mármore e pedra, cada superfície parecia brilhar. Não havia janelas, para a proteção dos convidados vampiros: a luz vinha de algumas tochas de luz enfeitiçada. No centro do cômodo, erguia-se uma fonte; nela, encontrava-se um anjo de pedra. Seus olhos eram buracos abertos dos quais rios de água jorravam feito lágrimas e caíam na bacia abaixo. Palavras estavam inscritas ao redor da base: A FONTE PURO PURA DEFLUIT AQUA.

Uma fonte pura dá água pura.

Tapeçarias prateadas pendiam das paredes, embora seus desenhos tivessem desbotado com o passar do tempo. Entre duas pilastras imensas, um círculo de cadeiras altas, de espaldar reto, estava tombado para os lados, como se alguém as tivesse derrubado num ataque de fúria. Havia almofadas espalhadas pelo soalho.

Sem fazer barulho, Kieran saiu de trás da fonte. Seu queixo estava empinado desafiadoramente, os cabelos no tom negro mais escuro que Cristina já vira. Mesmo o clarão das tochas de luz enfeitiçada parecia afundar neles e desaparecer sem refletir em suas mechas.

— Como foi que você conseguiu abrir as portas? — perguntou Cristina, olhando para trás, para os calços de ferro. Quando se virou outra vez, Kieran tinha erguido as mãos com as palmas abertas: elas estavam cheias de marcas escuras vermelhas como se ele tivesse segurado atiçadores muito quentes.

O ferro queima.

— Isso lhe agrada? — falou Kieran. Ele ofegava. — Aqui estou eu, em sua prisão de ferro Nephilim.

— Claro que não me agrada. — Ela franziu a testa para ele. Não podia deixar de ouvir a voz baixa em seu interior que perguntava por que ela viera. Ela não fora capaz de se controlar... continuava pensando em Kieran sozinho, traído e perdido. Talvez fosse o laço entre eles, ao qual ele se referira quando estivera no quarto dela. Mas ela sentira a presença e a infelicidade dele como um murmúrio no fundo de sua mente, até resolver sair para procurá-lo.

— O que você é para Mark? — quis saber ele.

— Kieran — disse ela. — Sente-se. Vamos nos sentar e conversar.

Ele a encarou, tenso e cauteloso. Como um animal na floresta, pronto para fugir caso ela se mexesse.

Cristina se sentou lentamente sobre as almofadas espalhadas. Aí alisou a saia, dobrando as pernas debaixo do corpo.

— Por favor — disse ela, esticando a mão e indicando a almofada à sua frente, como se o convidasse para o chá. Ele se acomodou nela como um gato se ajeitando, os pelos eriçados pela tensão. — A resposta é: eu não sei. Não sei o que sou para Mark ou o que ele é para mim — falou.

— Como pode ser assim? — falou Kieran. — Nós sentimos o que sentimos. — Ele baixou o olhar para as mãos. Eram mãos de fada, com juntas compridas, cheias de cicatrizes com muitos cortes pequenos. — Na Caçada — disse ele —, era real. Nós nos amávamos. Dormíamos lado a lado, respirávamos o ar um do outro e nunca nos separávamos. Sempre foi real. Nunca foi falso. — Ele olhou para Cristina com ar desafiador.

— Eu nunca achei isso. Sempre soube que era real — retrucou ela. — Eu vi como Mark olhava para você. — Ela entrelaçou as mãos para que não tremessem. — Você conhece o Diego?

— Aquele bonitão idiota — falou Kieran.

— Ele não é idiota, não que isso importe — emendou Cristina apressadamente. — Quando eu era jovem, eu o amei muito, e ele me amou. Houve uma época em que nós estávamos sempre juntos, como você e Mark. Depois, ele me traiu.

— Mark falou disso. No Reino das Fadas, ele teria sido morto por tal desrespeito a uma dama de sua posição.

Cristina não tinha muita certeza do que Kieran considerava sua "posição".

— Bem, o resultado disso foi que passei a achar que o que nós possuíamos nunca fora real. Doeu mais pensar nisso do que pensar que ele simplesmente deixara de me amar... pois eu tinha deixado de amá-lo desse jeito também. Nós crescemos e esquecemos o que tivemos. Mas isso é uma coisa natural e acontece com frequência. É muito mais doloroso acreditar que seu amor sempre foi uma mentira.

— E no que mais eu devo acreditar? — quis saber Kieran. — Quando Mark está disposto a mentir para mim por causa da Clave que ele despreza...

— Ele não fez isso pela *Clave* — disse Cristina. — Você andou ouvindo alguma coisa que os Blackthorn disseram? Isso é pela família dele. A irmã dele está no exílio porque é parte fada... Isso tudo é para trazê-la de volta.

A expressão de Kieran estava sombria. Ela sabia que família pouco significa para ele, abstratamente falando; era difícil culpá-lo por isso. Mas os Blackthorn, em todo seu realismo concreto, seu amor completo, confuso e sincero uns pelos outros... será que ele via isso?

— Então você não acredita mais que seu amor pelo garoto Rosales tenha sido uma mentira? — perguntou ele.

— Não foi uma mentira — disse ela. — Diego tem os motivos dele para fazer o que está fazendo agora. E quando faço um retrospecto, é com prazer pela felicidade que tivemos. As coisas ruins não podem importar mais do que as boas, Kieran.

— Mark me disse — falou ele — que quando vocês foram ao Reino das Fadas, a puca que guarda o portão prometeu a cada um que vocês encontrariam algo desejado ali. O que foi que você desejou?

— A puca me disse que me seria dada uma chance de botar um fim na Paz Fria — falou Cristina. — Foi por isso que concordei quando ficou decidido que cooperaríamos com a Rainha.

Kieran a encarou e balançou a cabeça. Por um momento, ela pensou que ele a considerava tola, e sentiu um aperto no coração. Ele esticou a mão para tocar o rosto dela. Os dedos deslizavam leves como plumas, com a suavidade do cálice de uma flor.

— Quando jurei fidelidade a você na Corte da Rainha — falou ele —, foi para chatear e deixar Mark com raiva. Mas agora acho que tomei uma decisão mais sábia do que poderia ter imaginado.

— Você sabe que nunca vou obrigá-lo a manter aquele juramento, Kieran.

— Sim. E é por isso que digo que você não é nada como pensei que seria — falou ele. — Eu vivi nesse mundinho da Caçada Selvagem e das Cortes das Fadas, mas você me faz sentir que o mundo é maior e cheio de possibilidades. — Ele baixou a mão. — Eu nunca conheci alguém tão generoso em seu coração.

Era como se o rosto de Cristina estivesse em brasas.

— Mark também é todas essas coisas — falou ela. — Quando Gwyn veio nos contar que você estava em perigo no Reino das Fadas, Mark foi ao seu resgate imediatamente sem se importar com o preço disso.

— Foi gentileza sua me dizer isso — falou ele. — Você sempre foi gentil.
— Por que está dizendo isso?
— Porque você poderia ter tirado Mark de mim, mas não o fez.
— Não — retrucou Cristina. — É como você disse a Adaon; você não iria querer o amor de Mark se ele não viesse espontaneamente. Nem eu. Eu não faria pressão nem o influenciaria. Se você acha que eu iria querer, e que ia funcionar se eu quisesse... então você não me conhece de modo algum. Nem conhece Mark. Não como ele realmente é.

Os lábios de Kieran se entreabriram. Ele não se manifestou, no entanto, porque as portas do Santuário se abriram e Mark havia entrado.

Ele estava todo vestido de preto e parecia exausto. O anel vermelho em torno de seu pulso atraiu o olhar de Cristina; involuntariamente, ela tocou o próprio pulso, a pele que estava cicatrizando.

— Eu a segui até aqui — falou ele para Cristina. — Ainda sobrou feitiço de amarração suficiente para me permitir fazer isso. Imaginei que você estaria aqui com Kieran.

Kieran nada disse. Ele parecia um príncipe fada num quadro.

— Milorde Kieran — disse Mark formalmente —, podemos conversar?

Agora os dois pareciam um quadro, ambos ajoelhados, os cabelos de Cristina escondendo seu rosto. Kieran, diante dela, era um estudo em contrastes de preto e branco. Por um momento Mark permaneceu de pé à entrada do Santuário, simplesmente observando-os, e a sensação era de que seu coração estava se comprimindo dentro do peito.

Ele realmente tinha uma quedinha por cabelos escuros, pensou.

Nesse momento, ele ouviu Cristina dizer seu nome e percebeu que estava escutando atrás da porta. Entrar no Santuário era como entrar num lugar frio, hostil: havia ferro por toda parte. Kieran deve ter sentido também, embora sua expressão não desse sinal disso. Não dava sinal, em absoluto, de que ele estivesse sentindo qualquer coisa.

— Milorde Kieran — falou Mark —, podemos conversar?

Cristina ficou de pé.

— É melhor eu ir.

— Não precisa. — Kieran se inclinara para descansar entre as almofadas espalhadas. Fadas não mentiam com suas palavras, mas mentiam com o rosto e as vozes, com os gestos. Nesse momento, alguém que olhasse para Kieran imaginaria que ele nada sentia além de tédio e aversão.

Mas ele não fora embora. Ele ainda estava no Instituto. Mark se apegava a isso.

— Eu tenho que ir — falou Cristina. — Mark e eu não devemos ficar perto um do outro até o feitiço de amarração se esgotar por completo.

Mas quando Cristina seguiu para a porta, Mark se aproximou dela. As mãos de ambos roçaram uma na outra. Será que ele a achara bonita quando a conhecera? Ele se lembrava de ter acordado ao som de sua voz, de vê-la sentada no chão de seu quarto com a faca na mão. Como ele ficara grato por ela ser alguém que ele nunca conhecera antes da Caçada, alguém que não teria expectativas em relação a ele.

Ela o olhou uma vez e se foi. Agora Mark estava a sós com Kieran.

— Por que você está aqui? — quis saber Kieran. — Por que se rebaixar diante de alguém que você odeia?

— Eu não odeio você. Nada disso foi porque eu odeio você ou porque queria magoar você. Eu estava zangado com você... claro que estava. Você não consegue entender o porquê?

Kieran não encontrou o olhar de Mark.

— É por isso que Emma não gosta de mim — falou. — Nem Julian.

— Iarlath açoitou os dois. As chicotadas que ele deu em Emma teriam matado um humano mundano.

— Eu me lembro — falou Kieran tristemente —, e ainda assim parece distante. — Ele engoliu em seco. — Eu sabia que estava perdendo você. Eu tinha medo. Havia mais coisas também. Iarlath insinuara que você não estaria a salvo no mundo dos Caçadores de Sombras. Que eles planejavam atraí-lo somente para executá-lo com alguma acusação fraudulenta. Eu fui tolo em acreditar. Agora sei disso.

— Oh — falou Mark. O conhecimento se desdobrou nele, a percepção misturada ao alívio. — Você achou que estivesse salvando a minha vida.

Kieran assentiu.

— Mas não faz diferença. O que eu fiz foi errado.

— Você terá que pedir desculpas pessoalmente a Emma e a Julian — falou Mark. — Mas de minha parte, Kieran, você está perdoado. Você voltou quando não precisava fazer isso... você nos ajudou a salvar Tavvy...

— Quando busquei refúgio aqui, estava cego pela raiva — falou Kieran. — Só conseguia pensar que você tinha mentido para mim. Eu pensei que você tivesse ido à Corte para me salvar porque... — Sua voz falhou. — Porque você me *amava*. Não suporto pensar em minha própria estupidez.

— Eu te amo — falou Mark. — Mas não é um tipo de amor fácil ou sereno, Kier.

— Não como o que você sente por Cristina.

— Não, não como o que sinto por Cristina — falou Mark.

Os ombros de Kieran caíram um pouco.

— Fico feliz por você admitir — disse ele. — Acho que não poderia tolerar uma mentira agora. Quando eu te amei pela primeira vez, eu sabia que amava algo que podia mentir. E falei para mim mesmo que isso não teria importância. Mas faz mais diferença do que eu imaginava.

Mark diminuiu a distância entre eles. Não tinha certeza se Kieran se afastaria dele, mas o outro não se mexeu. Mark se aproximou até restarem apenas centímetros entre os dois, até Kieran arregalar os olhos, e então Mark se ajoelhou, o mármore frio em sua pele.

Era um gesto que ele já havia visto, na Caçada e em festas. Uma fada se ajoelhava para outra. Sem submissão, mas um pedido de desculpas. *Me perdoe*. Os olhos de Kieran eram como dois grandes pratos.

— Isso importa — falou Mark. — Eu queria não poder mentir, desse modo você acreditaria em mim: todos esses dias eu não deixei de demonstrar minha afeição porque estava zangado com você, ou enojado. Eu desejava você da mesma forma que desejava na Caçada. Mas eu não podia estar com você, tocar você, com tudo isso obscurecido por mentiras. Não teria parecido verdadeiro nem sincero. E eu nem mesmo ficaria com a sensação de estar sendo escolhido por você porque, para escolher verdadeiramente, nós temos que ter conhecimento verdadeiro.

— Mark. — Kieran suspirou.

— Eu não te amo como amo Cristina. Eu te amo como eu amo *você* — falou Mark e abaixou a cabeça. — Eu queria que você pudesse ver meu coração. Então você entenderia.

Ouviu-se um farfalhar. Kieran tinha caído de joelhos também, na mesma altura de Mark.

— Você teria me dito isso? — perguntou ele. — Depois que eu testemunhasse?

— Sim. Eu não poderia suportar isso de outra forma.

Kieran semicerrou os olhos. Mark podia ver as olheiras em preto e prata sob as pálpebras dele, decoradas com cílios escuros. Seu cabelo tinha clareado quase para uma cor de estanho.

— Eu acredito em você. — Ele abriu as pálpebras, fitando diretamente os olhos de Mark. — Você sabe por que confio em você?

Mark balançou a cabeça. Dava para ouvir a água caindo na fonte atrás deles, lembrando-o de mil rios que eles navegaram juntos, mil torrentes ao lado das quais eles dormiram.

— Por causa de Cristina — falou Kieran. — Ela nunca teria concordado com um plano desonroso. Entendo que vocês estavam tentando ajudar sua família, sua irmã. Entendo por que estavam desesperados. E acredito que você não teria me iludido por mais tempo do que o necessário. — De repente, alguma coisa atrás de seus olhos pareceu muito familiar. — Eu vou testemunhar — falou.

Mark começou:

— Kieran, você não...

Kieran segurou o rosto de Mark. Seu toque era delicado.

— Não estou fazendo isso por você — falou ele. — Isso será o que farei por Emma e pelos outros. Então aquela dívida será paga. Você e eu, nossas dívidas já estão pagas. — Ele se inclinou e roçou os lábios nos de Mark, que queria buscar o beijo, o calor, a familiaridade. Ele sentiu a mão de Kieran em seu peito, sobre a flecha de elfo que pendia ali, abaixo da clavícula. — Nós estaremos quites.

— *Não* — murmurou Mark.

Mas Kieran já estava de pé, o calor de suas mãos se fora da pele de Mark. Seus olhos estavam escuros, o corpo inteiro tenso. Mark ficou de pé num pulo para exigir que Kieran explicasse o que quisera dizer com *quites* — e então no mesmo momento um barulho terrível cortou o ar.

Era um barulho que vinha de fora do Instituto, embora de não muito longe. Nem um pouco longe. Uma lembrança lampejou na mente de Mark, de observar, montado em seu cavalo, uma floresta destruída por um raio. O fogo lampejava debaixo dele, a pancada de galhos e troncos semelhante a gritos em sua mente.

Kieran inspirou abruptamente. Seus olhos tinham ficado distantes e sem foco.

— Eles chegaram — falou. — Estão próximos.

Uma pancada tirou Emma de seu sono e dos braços de Julian. Uma pancada que não era bem uma pancada; de início, ela pensou que soara como dois carros batendo na estrada, o guinchar dos freios e a explosão de vidro. Parecia vir de lá de fora; ela se ergueu de um pulo e disparou pelo quarto até a janela.

Havia cinco deles no pátio, reluzindo em bronze sob o sol da manhã, tanto os cavalos quanto os cavaleiros. Os corcéis pareciam metálicos, seus olhos cobertos com seda cor de bronze, os cascos reluzindo com um brilho forte. As fadas montadas neles eram tão reluzentes e belas quanto, suas armaduras sem junções visíveis, de tal modo que parecia bronze líquido. Seus rostos tinham máscaras, seus cabelos eram longos e metálicos. De alguma forma, aqui no coração de Londres, elas pareciam mais assustadoras do que da primeira vez em que Emma as vira.

Julian estava acordado agora, sentado na beira da cama, pegando o cinto de armas que estava pendurado na parede, acima do criado-mudo.

— Eles vieram — disse ela. — São os Cavaleiros.

Todos correram para a biblioteca, exceto Kit e Bridget, conforme fora instruído por Magnus. Cristina, Ty, Livvy e Magnus já estavam lá quando Emma entrou num rompante, empunhando Cortana.

Julian estava alguns passos atrás dela. Eles tinham concordado que era melhor não parecer que haviam dormido juntos

Todos estavam de pé diante das janelas, e as cortinas tinham sido abertas para oferecer uma visão livre do pátio e da frente do Instituto. Magnus se inclinava contra a vidraça, o braço estendido, a mão espalmada no painel, a expressão sinistra. Ele tinha olheiras e parecia preocupantemente exausto e emaciado.

Mark e Kieran entraram quando Emma encaixou a espada nas costas e se apressou para as janelas. Julian se esgueirou ao lado dela e fitou através do vidro.

Os cinco Cavaleiros não tinham se movido do pátio. Permaneceram onde estavam, feito estátuas. Seus cavalos não tinham rédeas nem arreios, nada para segurá-los. Estavam todos com as espadas desembainhadas, esticadas à frente como uma fileira de dentes reluzentes.

Kieran passou por Mark, cruzando o cômodo até a janela e, depois de um instante, Mark o seguiu. Eles formaram uma fila: os Caçadores de Sombras, o feiticeiro e o príncipe fada, todos fitando sombriamente o pátio. Kieran estava silencioso e parecia enjoado, os cabelos brancos, da cor de ossos.

— Eles não podem entrar no Instituto — falou Ty.

— Não — falou Magnus. — As barreiras os mantêm longe.

— De qualquer forma, nós deveríamos ir embora assim que pudermos — falou Kieran. — Não confio nos Cavaleiros. Eles vão dar um jeito de entrar.

— Nós temos que entrar em contato com Alicante — falou Livvy. — Fazê-los abrir o lado deles do Portal para sairmos daqui.

— Não podemos fazer isso sem revelar que os Cavaleiros estão aqui... e o motivo de estarem — falou Julian. — Mas... ainda podemos ir para outro lugar via Portal, mesmo se não formos diretamente para Idris. — Ele olhou de lado para Magnus.

— A questão é: não posso criar o meu lado do Portal agora — falou Magnus, com algum esforço. — Precisamos aguardar umas poucas horas. Eu exauri minha energia... não esperava ter que curar Kit ou mandar Alec e as crianças embora.

Fez-se um silêncio medonho. Nunca ocorrera a nenhum deles que havia coisas que Magnus não era capaz de fazer. Que ele tinha fraquezas, como todo mundo.

— Tem um Portal na cripta — falou Ty. — Mas só vai até o Instituto da Cornualha.

Ninguém perguntou como ele sabia disso.

— Mas aquele Instituto está abandonado — falou Julian. — Provavelmente, as proteções são mais fortes aqui.

— Estaríamos simplesmente trocando de Instituto para Instituto — falou Magnus. — Ainda estaríamos presos e com proteções mais fracas. E, acreditem, eles seriam capazes de nos seguir. Nunca houve caçadores mais grandiosos do que os Cavaleiros de Mannan.

— E quanto a Catarina Loss? — falou Livvy. — Ela nos tirou do Instituto de Los Angeles.

Magnus respirou fundo, trêmulo.

— As mesmas barreiras que afastam os Cavaleiros também evitam que alguém tente fazer um Portal do lado de fora.

— E quanto à Rainha Seelie? — perguntou Emma. — Talvez ela estivesse disposta a nos ajudar a combater os Cavaleiros?

— A Rainha não está do nosso lado — falou Julian. — Ela só está do lado dela.

Fez-se um longo silêncio, interrompido por Magnus.

— Eu tenho que reconhecer. Nunca pensei que Jace e Clary seriam superados em suas escolhas insanas e autodestrutivas, mas vocês todos são páreo duro.

— Eu realmente não tenho nada a ver com isso — observou Kieran rigidamente.

— Acho que você descobrirá que muitas decisões ruins o trouxeram até aqui, meu amigo — disse Magnus. — Muito bem, tem algumas coisas que posso fazer para tentar aumentar minha energia. Vocês... todos vocês... esperem aqui. E não façam nada idiota.

Ele saiu do cômodo, caminhando com as pernas compridas, cobertas com tecido preto, e xingando baixinho.

— Ele está ficando cada vez mais parecido com Gandalf — falou Emma, observando-o sair. — Quero dizer, um Gandalf mais jovem e gostoso, mas eu fico esperando ele começar a coçar a longa barba branca e resmungar sombriamente.

— Pelo menos, ele está disposto a nos ajudar — disse Julian. Seu olhar se aguçou. Um Cavaleiro passava pelos portões. O sexto cavaleiro, com uma estrutura um pouco menor, um jorro de cabelos cor de bronze. *Ethna*, pensou Emma. A irmã.

Então seus pensamentos se dissolveram num zumbido de choque. Um pequeno vulto estava apoiado nas costas do cavalo de bronze, à frente dela. Uma garotinha humana, de cabelos pretos curtos. Ela balançava fracamente na mão da mulher fada, mas estava piscando, o rosto contorcido de terror. Não devia ter mais do que quatro anos — usava legging com uma estampa alegre de abelhas e tênis rosa-choque.

Na outra mão, Ethna segurava uma adaga, cuja ponta encostava na nuca da garotinha.

Julian ficara rígido como mármore, com o rosto branco. Vozes se ergueram em torno de Emma no cômodo, mas eram só ruído. Ela não conseguia distinguir as palavras. Olhava para a garotinha, e em sua mente via Dru, Tavvy, e até Livvy e Ty; todos eles já tinham sido pequenos e indefesos assim.

E Ethna era forte. Tudo que ela precisava fazer era empurrar a adaga, e então decapitaria a criança.

— Afastem-se da janela — falou Julian. — Pessoal, afastem-se da janela. Se eles não acharem que estamos vendo, é menos provável que machuquem a garotinha.

A mão dele estava no braço de Emma. Ela cambaleou, recuando junto aos outros. Podia ouvir Mark protestando. Eles deviam descer, ele estava dizendo. Lutar contra os Cavaleiros.

— Nós não podemos — falou Julian, angustiado. — Seremos massacrados.

— Eu matei um deles antes — falou Emma. — Eu...

— Mas eles tinham baixado a guarda. — A voz de Julian a alcançou parcialmente distorcida pelo choque. — Eles não esperavam... não achavam que fosse possível... desta vez eles estarão preparados...

— Ele tem razão — falou Kieran. — Às vezes, o coração mais cruel fala a maior verdade.

— O que quer dizer? — Mark corou, a mão direita apertando o próprio pulso; Emma percebeu remotamente que a marca do feitiço de amarração tinha sumido da pele dele e da de Cristina também.

— Os filhos de Mannan nunca tinham sido derrotados — falou Kieran.

— Emma foi a primeira a matar um deles. Eles pegaram a criança para nos atrair para fora porque sabem que nos terão em seu poder quando fizermos isso.

— Eles vão matá-la — disse Emma. — É um *bebê*.

— Emma... — Julian esticou a mão para sua *parabatai*. Emma podia ler o rosto dele. Julian faria qualquer coisa, arriscaria qualquer coisa, por sua família. Não havia nada nem ninguém que ele não sacrificaria.

Por isso, tinha que ser ela.

Ela correu. Ouviu Julian gritando seu nome, mas logo ela estava do lado de fora da biblioteca; bateu a porta atrás de si e disparou pelo corredor. Ela já estava de uniforme e já tinha Cortana; desceu os degraus correndo, passou pela entrada e irrompeu pelas portas principais do Instituto.

Aí viu o borrão de bronze que eram os Cavaleiros, antes de se virar e puxar as portas para que se fechassem, tirando a estela do bolso. Entalhou um símbolo de Fechamento nelas assim que ouviu as pancadas surdas de corpos acertando o outro lado, vozes gritando para que ela não fosse imprudente, que abrisse as portas, que abrisse, *Emma*...

Ela guardou a estela no bolso, ergueu Cortana e desceu os degraus.

28

Triste Alma

— É ela! — gritou Ethna, com a voz encorpada e doce. Ela puxou a criança para mais perto de si e ergueu a lâmina em sua mão. — Esta é a assassina de Fal.

— Era um combate — falou Emma. — Ele teria me matado. — Ela olhou para os outros Cavaleiros, enfileirados e virados para ela; uma fila de estátuas sinistras. — Eu imaginava que guerreiros saberiam a diferença.

— Você deveria morrer como seus pais — sibilou um dos outros Cavaleiros, Delan. — Torturada e retalhada com facas, como eles foram.

O coração de Emma acelerou no peito. O temor pela garotinha ainda estava lá, mas a raiva estava começando a se misturar a ele.

— Soltem a menina — falou. — Soltem-na e podem lutar comigo. Vinguem-se em mim, se quiserem.

Emma podia ouvir batidas nas portas atrás de si. Em pouco tempo elas seriam abertas; ela não tinha ilusão de que o símbolo de fechamento os trancaria para sempre. Suas Marcas agora tinham um poder surpreendente, por causa de Julian — mas ele seria um rival em sua capacidade.

Emma ergueu Cortana, o sol da manhã deslizando sobre a lâmina feito manteiga derretida.

— Eu matei seu irmão com esta espada — disse ela. — Você quer vingança? Solte a garotinha e eu lutarei contra você. Ameace-a por mais um minuto e voltarei para dentro do Instituto. — Seus olhos passearam de um Cavaleiro a outro. Ela pensou nos pais, nos corpos deles, nus e abandonados na praia para as gaivotas bicarem. — Nós despojamos o corpo de Fal — mentiu. — Tiramos sua armadura, quebramos sua espada e o abandonamos para os ratos e corvos...

Ethna soltou um guincho alto e empurrou a garotinha para longe. A menina caiu no chão — Emma arfou —, mas se equilibrou e correu, soluçando, para a estrada. Apenas uma vez ela olhou para trás, a boquinha muito aberta no rosto manchando de lágrimas enquanto disparava pelo portão e desaparecia.

O alívio invadiu Emma. A menina estava salva.

E então Ethna avançou, os cascos de seu cavalo silenciosos na pedra do pátio. Ela era como uma lança pelo ar, silenciosa e mortal; Emma dobrou os joelhos e saltou, usando a altura dos degraus e a força da queda para dar ímpeto ao balanço da espada.

As lâminas retiniram em pleno ar. O choque fez tremer os ombros de Emma. O braço de Ethna se abriu; Emma caiu agachada e impulsionou a espada de novo, mas a mulher fada já havia se jogado das costas do cavalo. Agora ela estava de pé e ria; os outros Cavaleiros tinham desmontado também. Seus cavalos desapareceram, como se tivessem sido absorvidos pelo ar enquanto os filhos de Mannan se lançavam contra Emma, com as armas erguidas.

Emma se levantou, e Cortana descreveu um amplo arco acima de sua cabeça, acertando cada espada em separado — a cena remeteu a dedos deslizando sobre as teclas de um piano, tocando uma nota por vez.

Mas foi por pouco. A última espada, de Delan, pegou o ombro de Emma. Ela sentiu o uniforme rasgar e a pele arder. Outra cicatriz para somar ao mapa delas.

Emma girou, e Ethna estava bem atrás dela. A guerreira segurava duas espadas curtas, bronze reluzindo, e golpeou Emma com uma e depois com a outra. Emma pulou para trás, quase em cima da hora. Se não estivesse usando uniforme, ela sabia, estaria morta, com as vísceras espalhadas na laje. Ela sentiu o casaco se rasgar e, mesmo no frio da batalha, uma ponta quente de medo desceu por sua espinha.

Isso era impossível. Ninguém poderia enfrentar os seis Cavaleiros. Ela fora louca de tentar, mas então pensou nos pezinhos com tênis cor-de-rosa e não se arrependeu. Nem mesmo quando virou e se deparou com três Cavaleiros bloqueando o caminho de volta ao Instituto.

A porta do Instituto tinha parado de balançar. *Que bom*, pensou Emma. Os outros deveriam ficar em segurança lá dentro; era a coisa mais prudente a se fazer, a coisa inteligente.

— Seus amigos abandonaram você — zombou um dos Cavaleiros, bloqueando o caminho dela. Seu cabelo de bronze era curto e cacheado, e lhe dava a aparência de um *kouros* grego. Ele era adorável. Emma o odiava com todas as forças. — Renda-se agora e nós lhe daremos uma morte rápida.

— Eu poderia me dar uma morte rápida, se quisesse isso — falou Emma, com a espada em riste para manter as outras três fadas afastadas. — Surpreendentemente.

Ethna a encarava com expressão severa. Os outros Cavaleiros — ao menos, Airmed reconhecia Emma — murmuravam; ela captou as últimas poucas palavras de uma frase: "...é a espada, como eu falei."

— Marcas não podem nos machucar — disse Airmed. — Nem lâminas serafim.

Emma mergulhou para Ethna. A mulher fada rodopiou, cruzando as lâminas num golpe rápido como um açoite.

Emma deu um salto. Era um movimento que ela havia praticado repetidas vezes com Julian na sala de treinamento, usando uma barra que eles elevavam um pouquinho todos os dias. As lâminas passaram sob os pés dela e, no fundinho de sua mente, ela viu Julian, com os braços erguidos para segurá-la.

Julian. Ela pousou do outro lado de Ethna, girou e enfiou sua arma nas costas da fada.

Ou tentou, pelo menos. Ethna se virou, e a lâmina rasgou a armadura de bronze, abrindo um talho na lateral. Ela guinchou e cambaleou para trás, e Emma puxou Cortana para soltá-la, o sangue respingando da lâmina sobre a laje.

Emma ergueu a espada.

— Esta é Cortana — arfou, com o peito subindo e descendo. — Do mesmo aço e da mesma têmpera que Joyeuse e Durendal. Não há nada que Cortana não possa cortar.

— Uma arma de Wayland, o Ferreiro — gritou o Cavaleiro com os cachos de bronze e, para surpresa de Emma, havia medo em sua voz.

— Silêncio, Karn — gritou um dos outros. — Ainda assim, é só uma arma. Mate-a.

O belo rosto de Karn se contraiu. Ele ergueu a arma, um imenso machado de batalha, e correu para Emma; ela ergueu Cortana...

E a porta da frente do Instituto se abriu com força, expelindo Caçadores de Sombras.

Julian. Emma o viu primeiro, um borrão de uniforme, espada e cabelos escuros. Em seguida, Mark, Cristina. Kieran, Ty, Livvy. E Kit, que provavelmente viera da enfermaria, pois parecia ter vestido o uniforme por cima do pijama. Pelo menos ele calçava botas.

Eles fizeram os Cavaleiros recuarem nos degraus; primeiro, Julian e Mark, com as espadas reluzindo nas mãos. Nenhum deles trazia lâminas serafim, Emma viu — eles tinham pegado somente armas com lâminas simples, sem marcas, próprias para matar integrantes do Submundo. Kieran também trazia uma, cujo pomo e punho brilhavam com ouro e prata em vez de aço.

Um dos Cavaleiros soltou um rugido de raiva ao ver o príncipe fada.

— Traidor! — rosnou.

Kieran fez uma pequena mesura.

— Eochaid — falou, como se o saudasse. — E Etarlam. — Ele piscou para o sexto Cavaleiro, que fizera uma expressão de desagrado. — É bom vê-los.

Eochaid partiu para cima dele. Kieran abaixou-se, meio agachado, girando a espada com uma leveza e prática que surpreenderam Emma.

O tinir de suas lâminas parecia indicar o início de uma batalha muito maior. Julian e Mark tinham obrigado os Cavaleiros a sair dos degraus no momento da surpresa de sua aparição. Agora os outros caíam sobre eles, caçando-os e atacando-os com as armas. Mark, que trazia uma espada reta de fio duplo, foi atrás de Delan; os gêmeos atacaram Airmed, enquanto Cristina, mais do que furiosa, avançou para Etarlam.

Julian avançou em meio ao borrão do combate, golpeando para as laterais e abrindo caminho até Emma. De repente, seus olhos se arregalaram: *Atrás de você!*

Ela girou. Era Ethna, com o rosto deformado numa máscara de ódio. Suas armas faziam um movimento de tesoura; Emma ergueu Cortana bem na hora, e as lâminas duplas de Ethna se fecharam sobre ela com força selvagem.

E se partiram.

A mulher fada arfou, surpresa. Um segundo depois, ela cambaleava para trás, com as mãos no ar. Julian desviou seu curso e pulou atrás dela, mas outra arma estava tomando forma em sua mão; desta vez, uma espada curva, semelhante à *shamshir* persa.

A espada de Julian bateu na de Ethna. Emma sentiu a colisão entre as armas bifurcando-se nela como um raio. De repente, tudo estava acontecendo muito rápido: Julian girava graciosamente, afastando-se da lâmina, mas sua ponta o encontrou no alto do braço. Emma sentiu a dor do golpe, a dor de seu *parabatai*, assim como ela sentira a espada dele atingindo a de Ethna. Ela se lançou para os dois, mas Eochaid se ergueu à sua frente, e a ponta da espada dele se precipitou para o rosto dela, um borrão prateado cortando o ar.

Ela caiu de lado, longe. Eochaid uivou, um som zangado e brutal, e girou, afastando-se dela e atacando selvagemente o vulto que viera por trás dele, cuja arma lhe cortara o ombro. O sangue manchava a armadura de bronze do guerreiro.

Era Kieran. Seu cabelo, um emaranhado de mechas brancas e pretas, grudadas com sangue na têmpora. As roupas estavam manchadas de vermelho, o lábio cortado. Ele encarou Emma, com a respiração pesada.

Eochaid pulou em cima dele, e os dois começaram a lutar selvagemente. O mundo pareceu um tumulto de lâminas tinindo: Emma ouviu um grito e viu Cristina lutando para chegar até Kit, que fora derrubado por Delan. Os Cavaleiros tinham se aglomerado nos degraus para bloquear as portas do Instituto. Julian mantinha Ethna afastada; os gêmeos lutavam, com as costas coladas, tentando golpear e abrir caminho pelos degraus junto a Mark.

Emma começou a acotovelar cegamente até Kit, uma frieza em seu coração. Os Cavaleiros eram ferozes demais, fortes demais. Eles não se cansariam.

Delan estava de pé acima de Kit, com a lâmina alta no ar. Kit se arrastava para trás com os cotovelos. Uma espada brilhou na frente de Emma; ela a derrubou com Cortana e ouviu alguém xingar. Delan fitava Kit atentamente, como se o rosto do menino guardasse um mistério.

— Quem é você, menino? — quis saber o Cavaleiro, com a lâmina imóvel.

Kit limpou o sangue do rosto. Havia uma adaga perto dele nas lajes, mas fora do alcance de sua mão.

— Christopher Herondale — falou ele, os olhos brilhando arrogantemente. Ele *era* um Caçador de Sombras, pensou Emma, de verdade; nunca imploraria pela própria vida.

Delan bufou.

— *Qui omnia nomini debes* — falou, e fez menção de golpear com a espada justamente quando Emma se abaixou e rolou para debaixo da lâmina, com Cortana brilhando e cortando o pulso de Delan.

O guerreiro fada gritou, um uivo que ecoou com ira e dor. O ar estava tomado por uma névoa de sangue. A mão de Delan bateu no chão, ainda segurando a espada; um segundo depois, Kit estava de pé, pegando a arma, com os olhos ardentes. Emma estava ao lado dele e, juntos, eles começaram a encurralar Delan; o sangue salpicando as lajes enquanto ele se retirava.

Mas o guerreiro estava rindo.

— Matem-me se pensam que podem — zombou. — Mas olhem ao redor. Vocês já perderam.

Kit tinha a lâmina erguida e apontada diretamente para a garganta de Delan.

— Olhe você — falou ele com voz firme. — Eu vou acertar.

Emma olhou em volta. Airmed tinha imprensado Ty e Livvy contra uma parede. Ethna tinha a arma na garganta de Julian. Etarlam forçara Cristina a ficar de joelhos. Mark a encarava, horrorizado, mas não podia se mexer; Eochaid estava com a espada apontada contra as costas dele, justamente onde poderia partir a coluna.

Karn estava de pé no topo da escadaria, com a espada desembainhada e um sorriso no rosto adorável e cruel.

Emma engoliu em seco. Kit xingava baixinho para ninguém ouvir. Karn falou e seus dentes brilharam, brancos, com o sorriso:

— Entreguem o Volume Negro. Nós deixaremos vocês irem embora.

Kieran ficou imóvel, olhando de Mark para Cristina.

— Não lhe deem ouvidos! — gritou. — Os Cavaleiros são magia selvagem... eles podem mentir.

— Nós não estamos com o livro — falou Julian com voz firme. — Nunca estivemos. Nada mudou.

Ele parecia calmo, mas Emma enxergava por baixo de sua superfície, atrás dos olhos. Ela ouvia o ribombar do coração de Julian. Ele olhava para ela, para Mark, Ty e Livvy e estava mortalmente apavorado.

— Você está pedindo algo que não podemos fazer — continuou Julian. — Mas talvez a gente possa negociar. Podemos prometer a vocês que levaremos o livro assim que o encontrarmos...

— Suas promessas nada significam — rosnou Ethna. — Vamos matá-los agora e mandar um recado à Rainha, que os truques dela não serão tolerados!

Karn deu risada.

— Sábias palavras, irmã — falou ele. — Preparem suas lâminas...

A mão de Emma apertou Cortana. Sua mente girava — ela não podia matar todos eles, não podia evitar o que iam fazer, mas, pelo Anjo, ela ia levar alguns consigo...

Os portões do pátio se abriram. Não estavam trancados, mas agora foram abertos com tal força que, apesar do peso, saíram voando e bateram nos muros de pedra, chacoalhando como correntes partidas.

Além do portão, havia nevoeiro — denso e incongruente com um dia tão ensolarado. O cenário violento no pátio permanecia em suspenso, preso pelo choque, quando o nevoeiro clareou e uma mulher entrou no terreno.

Ela era magra e de altura mediana, seus cabelos eram castanho-escuros e desciam até a cintura. Usava uma combinação rasgada por cima de uma saia comprida, que não tinha um bom caimento, e botas curtas. A pele nua dos braços e ombros proclamava que se tratava de uma Caçadora de Sombras, com cicatrizes de Caçadora de Sombras. A Marca da Visão decorava a mão direita dela.

Ela não trazia armas. Em vez disso, abraçava um livro — um volume antigo, encadernado em couro, riscado e gasto. Um pedaço de papel dobrado estava preso entre duas páginas, como um marcador. Ela ergueu a cabeça e olhou firmemente diante de si, para a cena no pátio; sua expressão não era de surpresa, como se não estivesse esperando por outra coisa.

O coração de Emma começou a latejar. Já tinha visto aquela mulher, embora fosse uma noite escura na Cornualha. Ela a conhecia.

— Eu sou Annabel Blackthorn — falou a mulher num tom nítido e constante, com um leve sotaque. — O Volume Negro é meu.

Eochaid xingou. Ele tinha um rosto cruel, com ossos finos, semelhante a uma águia.

— Vocês mentiram para nós — rosnou ele para Emma e os outros. — Disseram que não faziam ideia de onde o livro estava.

— Não faziam mesmo — falou Annabel, ainda com o mesmo autocontrole. — Malcolm Fade estava em poder dele, e eu o tirei de seu cadáver. Mas ele é meu e sempre foi meu. Pertencia à biblioteca da casa na qual cresci. O livro sempre foi propriedade dos Blackthorn.

— No entanto — falou Ethna, embora estivesse olhando para Annabel com um respeito duvidoso, um que só era devido aos mortos-vivos, desconfiava Emma —, você o dará a nós ou vai encarar a ira do Rei Unseelie.

— O Rei Unseelie — murmurou Annabel. Seu rosto era plácido de um modo que dava arrepios em Emma. Certamente ninguém poderia ficar plácido nesta situação, ao menos não alguém que não fosse louco? — Dê-lhe lembranças. Diga que eu sei o nome dele.

Delan empalideceu.

— Sabe *o quê*? — Saber o verdadeiro nome de uma fada conferia a qualquer um que o soubesse poder sobre o dono do nome. Emma não conseguia imaginar o que significava para o Rei ter seu nome revelado.

— O nome dele — falou Annabel. — Malcolm foi muito próximo dele durante muitos anos. Ele aprendeu o nome do monarca. Eu também sei. Se vocês não saírem agora e retornarem ao Rei com meu recado, direi o nome a todos do Conselho. Direi a todos os integrantes do Submundo. O Rei não é amado. Ele vai achar os resultados muito insatisfatórios.

— Ela mente — falou Airmed, os olhos fendidos de gavião.

— Arrisque-se com o Rei então — falou ela. — Deixe-o descobrir quem são os responsáveis pela divulgação de seu nome.

— Seria mais fácil silenciar *você* — falou Etarlam.

Annabel não se mexeu quando ele avançou para ela, erguendo a mão livre, como se quisesse acertá-la no rosto. Ele investiu, e ela segurou o pulso dele, com a mesma leveza de uma debutante segurando o braço de seu parceiro durante uma dança.

E então ela o arremessou. Ele cruzou o pátio e bateu numa parede, a armadura fazendo um estrondo. Emma arfou.

— Etar! — gritou Ethna. Ela correu para o irmão, abandonando Jules... e congelou. A espada curva estava se erguendo da mão dela. Ela esticou o braço para pegá-la, mas a arma flutuava acima de sua cabeça. Mais gritos vieram dos outros Cavaleiros: suas espadas estavam sendo retiradas de suas mãos, flutuando acima de suas cabeças. Ethna encarou Annabel com raiva. — Sua idiota!

— Não foi ela — ouviu-se uma voz à entrada. Era Magnus Bane, que se apoiava pesadamente no ombro de Dru. A menina parecia sustentá-lo de alguma forma. Fogo azul faiscava dos dedos da mão livre do feiticeiro. — Magnus Bane, Alto Feiticeiro do Brooklyn, ao seu dispor.

Os Cavaleiros trocaram olhares. Emma sabia que eles poderiam criar armas facilmente, mas qual seria a vantagem disso, se Magnus simplesmente as tiraria de suas mãos? Seus olhos se estreitaram; os lábios sorriram.

— Isso ainda não acabou — falou Karn, e ao mesmo tempo olhou para o outro lado do pátio, diretamente para Emma. *Isso não acabou entre nós.*

Em seguida, ele desapareceu, e os Cavaleiros restantes o seguiram. Em um instante, estavam lá; no outro, tinham ido embora, deixando de existir como estrelas sumindo do céu. As espadas bateram no chão com o retinido alto de metal contra pedra.

— Olha só! — murmurou Kit. — Espadas grátis.

Magnus soltou um grunhido baixinho e cambaleou para trás; Dru o segurou, com preocupação nos olhos arregalados.

— Entrem agora. Todos vocês.

Eles fizeram um esforço para obedecer, quem saíra ileso parou para ajudar os feridos, embora nenhum dos ferimentos fosse grave. Emma encontrou Julian sem nem precisar olhar para ele — seus sentidos *parabatai* ainda zumbiam, a consciência interior do corpo dela sabendo que Jules havia se cortado e precisaria de cura. Ela passou o braço em torno dele da maneira mais delicada possível, e ele se encolheu. Seus olhares se encontraram e ela soube que ele pressentia seu machucado, o corte no alto do ombro.

Ela queria abraçá-lo, limpar o sangue do rosto, beijar suas pálpebras cerradas. Mas sabia o que isso ia parecer. Ela se conteve, com um controle que doía ainda mais do que o ferimento.

Julian apertou as mãos dela e se afastou, relutante.

— Eu tenho que ir atrás de Annabel — disse ele em voz baixa.

Emma se assustou. Ela quase tinha se esquecido de Annabel, que ainda estava ali, no meio do pátio, com o Volume Negro abraçado ao peito. Os outros estavam parados em volta dela, sem saber o que fazer — era evidente que, depois de terem passado todo o tempo procurando por Annabel, ninguém imaginara que ela iria até eles.

Julian também parou antes de alcançá-la, hesitando, decidindo como quebrar o silêncio. Perto dele, Ty estava de pé entre Livvy e Kit, e todos fitavam Annabel como se ela fosse uma aparição e realmente não estivesse lá.

— Annabel. — Era Magnus. Ele cambaleara, descendo os degraus até o último; agora a mão estava leve sobre o ombro de Dru, embora houvesse olheiras de cansaço abaixo de seus olhos. Ele parecia triste, aquele tipo de tristeza infinita que nascia de uma época, de uma vida, que Emma sequer poderia nem imaginar. — Oh, Annabel. Por que você veio até aqui?

Annabel tirou o pedaço de papel dobrado de dentro do Volume Negro.

— Eu recebi uma carta — falou, com uma voz tão suave que mal se ouvia.

— De Tiberius Blackthorn.

Só Kit não pareceu surpreso. Ele pôs a mão no braço de Ty enquanto o outro menino examinava o chão furiosamente.

— Havia alguma coisa nela — falou Annabel. — Eu tinha pensado que a mão do mundo se virara contra mim, mas, ao ler a carta, imaginei que houvesse uma chance de não ser assim. — Ela empinou o queixo no gesto característico e desafiador dos Blackthorn, que sempre partia o coração de Emma.

— Eu vim falar com Julian Blackthorn sobre o Volume Negro dos Mortos.

— Tem uma pessoa morta-viva em nossa biblioteca — falou Livvy. Ela estava sentada numa das camas compridas da enfermaria. Todos tinham se reunido lá; todos, menos Magnus, que se fechara na biblioteca com Annabel. Eles recebiam Marcas, medicamentos e eram limpos. Havia uma pequena pilha crescente de panos ensanguentados sobre o balcão.

Ty estava na mesma cama que Livvy, com as costas apoiadas na cabeceira. Como sempre depois de uma batalha, notara Emma, ele se recolhia um pouco, como se precisasse se recuperar do barulho e do choque. Ty torcia alguma coisa entre os dedos em movimentos rítmicos regulares, embora Emma não pudesse ver o que era.

— Não é a nossa biblioteca — falou ele. — É de Evelyn.

— Ainda assim, é estranho — retrucou Livvy. Nem ela nem Ty se machucaram no combate, mas Kit se ferira e ela estava terminando uma *iratze* nas costas dele. — Pronto — disse, dando um tapinha em seu ombro, e ele vestiu a camiseta, retraindo-se.

— Ela não é uma morta-viva, não exatamente — disse Julian. Emma lhe dera uma *iratze*, mas parte dela sentira medo de desenhar símbolos nele, então ela parara e, em vez disso, enfaixara o ferimento. Ele tinha um longo corte que ia até o braço, e, mesmo depois de ter vestido a camisa, as ataduras eram visíveis através do tecido. — Ela não é um zumbi, nem um fantasma.

Um dos copos de água sobre a mesinha de cabeceira caiu com uma pancada.

— Jessamine não gostou disso — falou Kit.

Cristina riu. Ela também não estava machucada, mas segurava o pingente no pescoço enquanto observava Mark cuidar dos ferimentos de Kieran. Caçadores se curavam rápido, Emma sabia, mas também se machucavam facilmente, ao que parecia. Um mapa preto-azulado se espalhava pelas costas e ombros dele, e uma das maçãs do rosto estava escurecendo. Segurando um pano que Cristina tinha umedecido para ele, Mark limpava o sangue delicadamente.

A flecha de elfo brilhou no pescoço de Mark. Emma não sabia exatamente o que estava acontecendo entre Mark, Kieran e Cristina — Cristina fora excepcionalmente relutante em explicar —, mas sabia que Kieran tinha entendido a verdade sobre a relação dele e de Mark. Ainda assim, Kieran não pedira a flecha de elfo de volta, então já era alguma coisa.

Ela percebeu, com um pequeno sobressalto de surpresa, que torcia para as coisas se ajeitarem entre eles. Torcia que não fosse deslealdade para com Cristina. Mas não sentia raiva de Kieran mais — ele podia ter cometido um erro, mas já pagara por ele muitas vezes desde então.

— Onde Jessamine estava mais cedo? — perguntou Julian. — Ela não devia proteger o Instituto?

Outro copo quebrado.

— Ela disse que não pode sair do Instituto, que só pode proteger seu interior — Kit fez uma pausa. — Não sei se deveria repetir o restante do que ela disse. — Depois de um momento, ele sorriu. — Obrigado, Jessamine.

— O que foi que ela disse? — perguntou Livvy, pegando a estela.

— Que sou um verdadeiro Herondale — falou Kit. Ele franziu a testa. — O que o cara metálico disse para mim quando falei meu nome? Ele falou em idioma das fadas?

— Curiosamente, era latim — disse Julian. — Um insulto. Uma coisa que Marco Antônio disse a César, "você, menino, que tudo deve a um nome". Ele estava dizendo que o outro nunca teria sido alguma coisa se não tivesse sido César.

Kit pareceu irritado.

— Eu sou um Herondale há umas três semanas — falou. — E nem sei ao certo o que consegui com isso.

— Não preste muita atenção ao que as fadas dizem — retrucou Kieran. — Elas vão irritar você do jeito que puderem.

— E isso inclui você? — perguntou Cristina, com um sorriso.

— Claro — respondeu Kieran, sorrindo também, mas bem de leve.

A amizade deles era a mais esquisita que Emma já vira, pensou ela.

— Estamos nos desviando do assunto — falou Livvy. — *Annabel Blackthorn* está em nossa biblioteca. Isso é estranho, não é? Alguém mais acha estranho?

— Por que isso é mais estranho do que vampiros? — perguntou Ty, visivelmente perplexo. — Ou licantropes?

— Bem, claro que *você* não pensaria isso — falou Kit. — Foi você quem falou para ela vir.

— Sim, sobre isso — começou Julian. — Há alguma razão em especial para você não ter contado a nenhum de nós...

Ty foi salvo do castigo do irmão quando a porta da enfermaria foi aberta. Era Magnus. Emma não gostou nada da aparência dele: ele parecia sinistramente pálido, com olheiras, movimentos rígidos, como se estivesse cheio de hematomas. Sua boca era uma linha comprimida.

— Julian — chamou ele —, se você puder me acompanhar.

— Para quê? — perguntou Emma.

— Eu tentei conversar com Annabel — falou Magnus. — Pensei que ela poderia estar disposta a se abrir com alguém que não fosse um Caçador de Sombras, se tivesse a opção, mas ela é teimosa. É educada, mas diz que só falará com Julian.

— Ela não se lembra de você? — perguntou Julian, levantando-se.

— Ela se lembra de mim — falou Magnus. — Mas como amigo de Malcolm. E ela não é a maior fã dele atualmente.

Ingrata, Emma se lembrou do que Kieran dissera. Mas ele estava em silêncio agora, abotoando outra vez a camisa rasgada, os olhos machucados baixos.

— Por que ela não quer falar com Ty? — perguntou Livvy. — Foi ele quem mandou a mensagem.

Magnus deu de ombros como se dissesse *Eu não sei*.

— Muito bem, já volto — falou Julian. — Estamos indo para Idris assim que for possível; pessoal, peguem qualquer coisa que possam precisar levar com vocês.

— A reunião do Conselho é hoje à tarde — falou Magnus. — Terei força para criar um Portal daqui a algumas horas. Esta noite vamos dormir em Alicante.

Ele parecia aliviado com isso. O feiticeiro e Julian foram para o corredor. Emma pretendia ficar para trás, mas não conseguiu — saiu correndo atrás deles antes que a porta se fechasse.

— Jules — falou ela. Ele já estava seguindo pelo corredor com Magnus; ao ouvir a voz dela, ambos se viraram.

Ela não poderia ter feito isso na enfermaria, mas era só Magnus, e ele já sabia. Ela foi até Julian e passou os braços em volta dele.

— Tome *cuidado* — falou. — Ela já nos mandou para uma armadilha naquela igreja. Isso poderia ser uma armadilha também.

— Eu estarei lá, bem à porta da biblioteca — falou Magnus, desanimado.

— Estarei pronto para intervir. Mas, Julian, em nenhuma circunstância, você deve tentar tomar o Volume Negro dela, mesmo que ela não o esteja segurando. Está preso a Annabel com uma magia muito poderosa.

Julian fez que sim com a cabeça, e Magnus desapareceu pelo corredor, deixando-os a sós. Por longos momentos, eles ficaram abraçados em silêncio, deixando a ansiedade se dissipar: o temor pelo outro no combate, o medo pelas crianças, a preocupação com o que iria acontecer em Alicante. Julian estava quente e sólido nos braços dela, com a mão traçando uma linha suave em suas costas. Ele tinha cheiro de cravo, como sempre, além de antisséptico e bandagens. Emma sentiu o queixo dele cutucar seu cabelo enquanto os dedos desenhavam pelas costas da camiseta.

N-Ã-O-S-E-P-R-E-O-C-U-P-E.

— Claro que estou preocupada — falou Emma. — Você viu o que ela fez com Etarlam. Você acha que pode convencê-la a simplesmente lhe dar o livro?

— Eu não sei — falou Julian. — Saberei quando conversar com ela.

— Annabel tem mentido tanto — retrucou Emma. — Não prometa nada que não possamos cumprir.

Ele beijou a testa dela. Seus lábios roçando na pele dela, sua voz tão baixinha que ninguém que não o conhecesse tão bem quanto Emma compreenderia.

— Vou fazer o que tiver que fazer — falou.

Ela sabia que ele falava a sério. Não havia mais nada a dizer; ela ficou observando-o, com olhos preocupados, seguir pelo corredor, em direção à biblioteca.

* * *

Kit estava em seu quarto arrumando os escassos pertences quando Livvy entrou. Ela havia se arrumado para a viagem a Idris, uma saia comprida preta e uma blusa branca de gola arredondada. Seu cabelo estava solto.

Ela olhou para Ty, sentado na cama de Kit. Eles estavam conversando sobre Idris e o que Ty se lembrava do lugar. "Não é como qualquer lugar", dissera ele a Kit, "mas quando você chega lá, vai se sentir como se já tivesse estado lá."

— Ty-Ty — chamou Livvy. — Bridget falou que você pode pegar um dos livros antigos de Sherlock Holmes da biblioteca e *ficar* com ele.

O rosto de Ty se iluminou.

— Qual deles?

— O que você quiser. Você escolhe. Só se apresse; vamos assim que pudermos, foi o que Magnus disse.

Ty correu para a porta, pareceu se lembrar de Kit e girou outra vez.

— Podemos conversar mais tarde — falou, e disparou pelo corredor.

— Só um livro. *Um!* — gritou Livvy atrás dele com uma risada. — Ai! — Ela esticou a mão para mexer em alguma coisa em sua nuca, e franziu o rosto, irritada. — Meu colar ficou preso no cabelo...

Kit esticou a mão para soltar a fina corrente de ouro. Um medalhão pendia dela, beijando a curvatura da garganta. Ao se aproximar, ele sentiu cheiro de flor de laranjeira.

Os rostos deles estavam muito perto um do outro, e a curva pálida da boca de Livvy, próxima à dele. Os lábios dela eram rosa-claros. A confusão se agitou em Kit.

Mas foi Livvy quem balançou a cabeça.

— Não devíamos, Kit. Sem beijos. Quero dizer, nós só fizemos isso uma vez, de qualquer forma. Mas não acho que seja assim que a gente deva ficar.

O colar se soltou. Kit recuou as mãos rapidamente, confuso.

— Por quê? — perguntou ele. — Eu fiz alguma coisa errada?

— Nem um pouco. — Ela olhou para ele por um momento, com olhos sábios e pensativos; havia uma felicidade branda em Livvy que atraía Kit, mas não romanticamente. Ela estava certa, e ele sabia. — Está tudo bem. Ty até disse que acha que nós devíamos ser *parabatai*, depois que tudo se resolver.

— O rosto dela se iluminou. — Espero que você vá à cerimônia. E você sempre será meu amigo, certo?

— Claro — falou ele, e somente depois parou para pensar que ela havia falado *meu amigo* e não *nosso amigo*, dela e de Ty. Neste momento, ele estava apenas aliviado por não estar magoado ou chateado com a decisão dela. Em vez disso, sentia uma expectativa agradável de passar pela reunião do

Conselho e ir para casa, de volta a Los Angeles, onde poderia começar seu treinamento com a ajuda dos gêmeos nas partes difíceis. — Sempre amigos.

Julian sentiu uma pontada de apreensão no estômago ao entrar na biblioteca. Parte dele meio que esperava que Annabel tivesse desaparecido ou que estivesse flutuando ao redor das pilhas de livros como um fantasma de cabelos compridos num filme de terror. Certa vez, ele tinha visto um filme no qual o fantasma de uma garota rastejava para fora de um poço, com o rosto pálido escondido atrás de uma bagunça de cabelos escuros e úmidos. A lembrança lhe dava calafrios mesmo agora.

A biblioteca estava bem iluminada por fileiras de luminárias verdes. Annabel estava sentada à mesa mais comprida, com o Volume Negro diante dela, as mãos entrelaçadas no colo. Os cabelos eram compridos e escuros, e escondiam parte do rosto, mas não estavam úmidos e não havia nada evidentemente estranho. Ela parecia... comum.

Ele se sentou diante dela. Magnus devia ter trazido alguma coisa para ela vestir do depósito: ela usava um vestido simples azul, um pouco curto nas mangas. Jules imaginava que Annabel tivesse mais ou menos 19 anos quando morreu, vinte, talvez.

— Foi um truque e tanto aquele que você fez — falou ele — com o bilhete na igreja. E o demônio.

— Eu não imaginava que você fosse incendiar a igreja. — O sotaque acentuado estava no fundo de sua voz, a estranheza de um modo de falar há muito antiquado. — Você me surpreendeu.

— E você me surpreendeu, vindo aqui — falou Julian. — E dizendo que só falaria comigo. Você nem mesmo gosta de mim, eu acho.

— Eu vim por causa disto. — Ela retirou o papel dobrado do livro e o estendeu a ele. Seus dedos eram compridos, as juntas estranhamente disformes. Ele se deu conta de que, mais uma vez, estava procurando evidências de que os dedos dela tinham sido quebrados, mais de uma vez, e que os ossos acabaram cicatrizando fora do lugar. Os restos visíveis de tortura. Ele se sentiu um pouco enjoado ao pegar a carta e abrir.

Para: Annabel Blackthorn

Annabel,
Talvez você não me conheça, mas nós somos parentes. Meu nome é Tiberius Blackthorn.

Minha família e eu estamos procurando pelo Volume Negro dos Mortos. Nós sabemos que você está com ele, porque meu irmão Julian viu você tirá-lo de Malcolm Fade.
Não estou culpando você. Malcolm Fade não é nosso amigo. Ele tentou machucar nossa família, até destruir, se pudesse. Ele é um monstro. Mas a questão é que nós precisamos do livro agora. Precisamos dele para salvar nossa família. Nós somos uma boa família. Você ia gostar, se nos conhecesse. Tem eu — eu vou ser detetive. Tem Livvy, minha gêmea, que sabe lutar com espada, Drusilla, que adora coisas assustadoras, e Tavvy, que adora que leiam histórias para ele. Tem Mark, que é parte fada. Ele é um cozinheiro excelente. Tem Helen, que foi exilada para guardar as barreiras de proteção, mas não porque tenha feito alguma coisa errada. E tem Emma, que não é uma Blackthorn, mas é como se fosse nossa irmã postiça.
E tem Jules. Talvez você goste mais dele. É ele que toma conta de todos nós. Ele é a razão de estarmos todos bem e ainda juntos. Não acho que ele saiba que a gente sabe, mas a gente sabe. Às vezes, ele pode nos dizer o que fazer ou para não ouvir, mas ele faria qualquer coisa por nós. As pessoas dizem que não temos sorte porque não temos pais. Mas acho que elas é que não têm sorte por não terem um irmão como o meu.

Julian teve que parar de ler. A pressão no fundo de seus olhos crescera a uma intensidade arrasadora. Ele queria abaixar a cabeça sobre a mesa e começar a derramar lágrimas pouco viris e dignas — pelo menino que ele tinha sido aos 12 anos de idade, medroso e apavorado, cuidando dos irmãos e irmãs menores e pensando: *Eles são meus agora.*
Por eles, por sua fé neles, pela expectativa de que o amor dele fosse se provar incondicional, de que ele não precisaria ouvir que também era amado porque claro que era. Ty pensou nisso e provavelmente pensou que era óbvio. Mas ele mesmo jamais imaginara.
Ele se obrigou a ficar em silêncio e a manter o rosto inexpressivo. Pousou a carta na mesa para que o tremor da mão se tornasse menos visível. Faltava pouco para acabar.

Não pense que estou pedindo para você fazer um favor sem receber nada em troca. Julian pode ajudar você. Ele pode ajudar qualquer pessoa. Não é possível que você queira ficar correndo e se escondendo. Eu sei o que aconteceu a você, o que a Clave e o Conselho fizeram. As coi-

sas agora são diferentes. Deixe a gente explicar. Deixe a gente mostrar que você não tem que ser exilada, nem ficar sozinha. Você não tem que nos dar o livro. Nós só queremos ajuda.
Estamos no Instituto de Londres. Sempre que você quiser vir, será bem-vinda.
Atenciosamente,
Tiberius Nero Blackthorn

— Como ele sabe o que aconteceu comigo? — Annabel não parecia aborrecida, somente curiosa. — O que o Inquisidor e os outros fizeram comigo?

Julian ficou de pé e cruzou o cômodo até a estante onde o cristal de *alétheia* estava pousado. Ele o trouxe de volta e o entregou a ela.

— Ty encontrou isto na Casa dos Blackthorn — explicou. — Aqui estão as lembranças de alguns dos seus... julgamentos... na câmara do Conselho.

Annabel ergueu o cristal até o nível dos olhos. Julian nunca vira a expressão de alguém olhando para um cristal de *alétheia*. Os olhos dela se arregalaram, indo de um lado a outro enquanto observava a cena diante dela. As bochechas coraram, os lábios tremeram. A mão dela começou a estremecer incontrolavelmente e ela jogou o cristal para longe; ele bateu na mesa, fazendo um entalhe na madeira, sem quebrar.

— Oh, Deus, não há misericórdia? — falou ela com voz vazia. — Será que nunca haverá misericórdia ou esquecimento?

— Não enquanto houver injustiça. — O coração de Julian batia com força, mas ele sabia que não dava sinais de sua agitação. — Sempre vai doer enquanto eles não pagarem pelo que fizeram a você.

Ela ergueu os olhos para o menino.

— O que é que você quer dizer?

— Venha comigo para Idris — falou Julian. — Testemunhe diante do Conselho. E vou fazer o possível para que você tenha justiça.

Ela ficou pálida e oscilou levemente. Julian esticou a mão para ela e parou; talvez ela não quisesse ser tocada.

E parte dele também não queria tocá-la. Ele a vira quando ela era um esqueleto, unificada por uma frágil teia de tendões e pele amarelada. Ela parecia real, sólida e viva agora, mas ele não conseguia evitar a sensação de que sua mão atravessaria a pele e chegaria aos ossos esfarelados embaixo.

Ele retirou a mão.

— Você não pode me oferecer justiça — falou. — Você não pode me oferecer nada que eu queira.

Julian sentiu tudo esfriar, mas não conseguia negar a agitação faiscando por suas terminações nervosas. De repente, ele viu o plano diante de si, a estratégia, e a agitação anulou até mesmo a frieza do fio da navalha sobre o qual ele caminhava.

— Eu nunca disse a ninguém que você estava na Cornualha — falou.

— Mesmo depois da igreja. Eu guardei seu segredo. Pode confiar em mim.

Ela o encarou com olhos arregalados. É por isso que ele fizera aquilo, pensou Julian. Tinha guardado a informação para si como uma possível vantagem, mesmo quando não soubera ao certo se um dia haveria um momento no qual ele pudesse fazer uso dela. A voz de Emma sussurrou em sua mente.

Julian, você me assusta um pouco.

— Eu quero mostrar uma coisa a você — falou Julian, retirando do casaco um papel enrolado. Ele o entregou a Annabel, do outro lado da mesa.

Era um desenho que ele fizera de Emma, em Chapel Cliff, o mar quebrando aos pés dela. Ele tinha gostado do modo como havia capturado a expressão melancólica no rosto dela, o mar denso como tinta lá embaixo, o sol fraco, cinza e dourado, em seus cabelos.

— Emma Carstairs, minha *parabatai* — falou Julian.

Annabel ergueu os olhos sérios.

— Malcolm falava dela. Dizia que era teimosa. Ele falava de todos vocês. Malcolm tinha medo de você.

Julian estava espantado.

— Por quê?

— Ele dizia o mesmo que Tiberius. Dizia que você faria qualquer coisa por sua família.

Você tem um coração cruel. Julian afastou as palavras que Kieran lhe dissera. Ele não podia se distrair. Era importante demais.

— O que mais você pode dizer deste desenho? — falou ele.

— Que você a ama — falou Annabel. — Com toda a sua alma.

Não havia nenhum tipo de desconfiança no olhar dela; *parabatai* deviam amar uns aos outros. Julian poderia ver o prêmio, a solução. O testemunho de Kieran era uma peça do quebra-cabeça. Isso os ajudaria. Mas a Tropa rejeitaria qualquer aliança com as fadas. Annabel era a chave para destruir a Tropa e garantir a segurança dos Blackthorn. Julian podia ver a imagem de sua família a salvo, com Aline e Helen de volta, diante dele como uma cidade cintilante sobre uma colina. Ele seguia até ela, sem pensar em mais nada.

— Eu vi seus desenhos e pinturas — disse ele. — A partir deles, dava para dizer o que você amava.

— Malcolm? — perguntou ela, com as sobrancelhas erguidas. — Mas isso foi há muito tempo.

— Não Malcolm. A mansão Blackthorn. Em Idris. Onde você morava quando era criança. Todos os seus desenhos dela estão *vivos*. Como se você pudesse vê-la em sua mente. Tocá-la. Estar lá em seu coração.

Ela pôs o desenho sobre a mesa. Ficou em silêncio.

— Você pode ter isso de volta — falou. — A casa, tudo. Eu sei por que você fugiu. Você achava que, se a Clave pegasse você, eles a castigariam e machucariam outra vez. Mas prometo que isso não vai acontecer. Eles não são perfeitos, estão longe disso, mas são uma nova Clave e um novo Conselho. Há integrantes do Submundo no nosso Conselho.

Os olhos dela se arregalaram.

— Magnus disse isso, mas eu não acreditei.

— É verdade. E o casamento entre um integrante do Submundo e um Caçador de Sombras não é ilegal mais. Se nós a levarmos diante da Clave, eles não apenas não machucarão você, eles vão reintegrá-la. Você será uma Caçadora de Sombras outra vez. Você poderia morar na mansão Blackthorn. Nós a daríamos a você.

— Por quê? — Ela ficou de pé e começou a passear. — Por que fariam tudo isso por mim? Pelo livro? Porque eu não vou dá-lo a você.

— Porque você precisa ficar diante do Conselho e dizer que matou Malcolm — falou ele. Ela havia deixado o Volume Negro sobre a mesa, à frente dele. E ainda caminhava sem olhar para ele. Lembrando-se da advertência de Magnus (*em nenhuma circunstância, você deve tentar tomar o Volume Negro dela, mesmo que ela não o esteja segurando*), Julian o abriu cautelosamente, deu uma olhada em uma página com letras pequenas e ilegíveis. Uma ideia começava a crescer em sua mente, como uma flor cautelosa. Ele enfiou a mão no bolso.

— Que eu matei Malcolm? — Ela girou e o encarou. Ele tinha sacado o celular do bolso, mas desconfiava que aquilo nada significasse para ela, provavelmente ela já havia visto mundanos andando com telefones celulares, mas jamais pensaria neles como uma câmera. Na verdade, uma câmera nada significaria para ela.

— Sim — falou. — Pode acreditar, você será recebida como heroína.

Ela recomeçara a andar. Os ombros de Julian doíam. A posição na qual ele estava, as mãos ocupadas e inclinado para a frente, era estranha. Mas se isso funcionasse, compensaria a dor.

— Tem uma pessoa que está mentindo — disse ele. — Levando o crédito pela morte de Malcolm. Ela está fazendo isso para poder controlar um

Instituto. O *nosso* Instituto. — Ele respirou fundo. — O nome dela é Zara Dearborn.

O nome eletrificou Annabel, conforme ele suspeitava que faria.

— Dearborn — sussurrou ela.

— O Inquisidor que torturou você — falou Julian. — Os descendentes dele não são melhores. Todos eles estão lá agora, levando seus cartazes, intimidando os integrantes do Submundo, intimidando quem se coloca contra a Clave. Eles trariam uma escuridão terrível sobre nós. Mas você pode provar que são mentirosos. Desacreditá-los.

— Sem dúvida, você poderia contar-lhes a verdade...

— Não sem revelar como eu sei. Eu vi você matando Malcolm no cristal de vidência da Rainha Seelie. Estou contando isso porque estou desesperado; se você ouviu Malcolm falando da Paz Fria, deve saber que o contato com as fadas é proibido. O que eu fiz seria considerado traição. Eu aceitaria o castigo por isso, mas...

— Seus irmãos e irmãs não suportariam — completou ela por ele. Annabel se virou justamente quando ele se afastava do livro. Os olhos dela se pareciam mais com os de Livvy ou de Dru? Eram verde-azulados e infinitos. — Eu vejo que as coisas não mudaram muito. A Lei ainda é dura e ainda é a Lei.

Julian notava o ódio na voz dela, e sabia que agora ela estava sob seu controle.

— Mas a Lei pode ser contornada. — Ele se inclinou sobre a mesa. — Nós podemos enganá-los. E intimidá-los. Forçá-los a encarar suas mentiras. Os Dearborn vão pagar. Estarão todos lá: a Consulesa, o Inquisidor, todos que herdaram o poder que foi deturpado quando eles machucaram você.

Os olhos dela brilharam.

— Você vai fazê-los reconhecer isso? O que fizeram?

— Sim.

— E em troca...?

— O seu testemunho — respondeu ele. — Isso é tudo.

— Você quer que eu o acompanhe até Idris? Que fique diante da Clave e do Conselho, e do Inquisidor, como fiz antes?

Julian assentiu.

— E se eles me chamarem de louca, se declararem que estou mentindo ou sob pressão de Malcolm, você vai me defender? Vai insistir que estou sã?

— Magnus estará com você a cada etapa do caminho — falou Julian. — Ele pode ficar ao seu lado no estrado. Pode protegê-la. Ele é o representante dos feiticeiros no Conselho, e você sabe o quanto ele é poderoso. Você pode confiar nele, mesmo que não confie em mim.

Não era uma resposta de verdade, mas ela a aceitou. Julian sabia que ela aceitaria.

— Eu confio em você — falou, admirada. Então se aproximou e pegou o Volume Negro, abraçando-o contra o peito. — Por causa da carta do seu irmão. Era sincera. Eu não tinha imaginado um Blackthorn honesto antes. Mas senti a verdade no modo como ele te ama. Você deve ser digno de tal amor e confiança, para tê-lo inspirado em alguém tão verdadeiro. — Os olhos dela estavam fixos nele. — Eu sei o que você quer. Do que precisa. E ainda assim, agora que vim até você, você não o pediu nem sequer uma vez. Isso deve significar alguma coisa. Embora tenha falhado no meu julgamento, agora eu entendo. Você estava agindo pela sua família. — Ele a notou engolindo em seco, os músculos se movimentando no pescoço fino, cheio de cicatrizes. — Você jura que se eu lhe der o Volume Negro, vai mantê-lo escondido do Senhor das Sombras? Vai usá-lo apenas para ajudar sua família?

— Juro pelo Anjo — falou Julian. Ele conhecia o poder de um juramento pelo Anjo, e Annabel também saberia. Mas ele falava apenas a verdade, afinal de contas.

Seu coração martelava com pancadas rápidas e poderosas. Ele estava ofuscado pela luz do que poderia imaginar, do que a Rainha poderia fazer para eles se ele entregasse o Volume Negro a ela: *Helen, Helen poderia voltar para casa, e Aline, e a Paz Fria poderia acabar.*

E a Rainha sabe. Ela sabe...

Ele controlou o pensamento. Podia ouvir a voz de Emma, um murmúrio no fundo de sua mente. Um aviso. Mas Emma era boa em seu coração: sincera, objetiva, péssima mentirosa. Ela não compreendia a brutalidade da necessidade. A incondicionalidade do que ele faria por sua família. Não havia fim para sua profundidade e extensão. Era total.

— Muito bem — falou Annabel. Sua voz era forte, enérgica. Ele podia ouvir os penhascos inquebrantáveis da Cornualha no sotaque dela. — Eu vou com você até a Cidade de Vidro e falarei perante o Conselho. E, se eu tiver meu reconhecimento, então o Volume Negro será seu.

29

Ultima Thule

O sol brilhava em Alicante.

Na primeira vez em que Emma fora a Idris, tinha sido em pleno inverno, frio como a morte, e havia morte por todos os lados: seus pais tinham acabado de ser assassinados e a Guerra Maligna tinha arrasado a cidade. Eles não puderam enterrar os corpos dos Caçadores de Sombras mortos nas ruas com rapidez suficiente, e os cadáveres foram sendo empilhados no Salão como brinquedos jogados fora.

— Emma. — Julian caminhava pelo longo corredor do Gard, cheio de portas, cada uma levando ao escritório de uma autoridade diferente. Alternando-se entre as portas, havia janelas que deixavam passar a luz forte do fim do verão, e tapeçarias que representavam eventos marcantes na história dos Caçadores de Sombras. A maioria tinha pequenas etiquetas de tecido no topo, contendo sua descrição: A BATALHA DO DIQUE, A ÚLTIMA BATALHA DE VALENTIM, O COMPROMISSO DE PARIS, O LEVANTE. — Você se lembra...?

Ela se lembrava. Eles tinham ficado de pé neste exato local, cinco anos antes, ouvindo Lucian Graymark e Jia Penhallow discutindo o exílio de Mark e Helen, antes de Emma irromper e começar a berrar com eles. Fora uma das poucas vezes em que ela vira Julian perder o controle. Ainda ouvia a voz dele em sua mente, mesmo agora. *Você prometeu que a Clave jamais abandonaria Mark enquanto ele estivesse vivo, você prometeu!*

— Como se eu pudesse esquecer — falou ela. — Foi aqui que dissemos à Consulesa que queríamos ser *parabatai*.

Julian tocou a mão de Emma. Foi apenas um roçar de dedos; ambos sabiam que alguém poderia aparecer a qualquer momento.

A viagem a Alicante tinha sido difícil; Magnus conseguira criar o Portal, embora isso parecesse ter tirado o restante de sua energia de um modo que deixara Emma apavorada. Quando o redemoinho familiar de luzes se formara, o feiticeiro estava de joelhos, e foi preciso se apoiar em Mark e Julian para se erguer.

Ainda assim, ele dispensara todas as preocupações e informara que eles precisavam passar rapidamente pelo Portal. Idris possuía barreiras de proteção e a viagem via Portal era uma questão complexa, pois alguém tinha que estar do outro lado para recebê-los. Agora era duplamente complexa porque Kieran estava com eles e, embora Jia tivesse dispensado temporariamente as proteções antifadas no Gard, a janela para uma viagem segura era um tanto curta.

E ainda por cima o Portal deixara Annabel em pânico.

Ela nunca tinha visto um antes e, apesar de tudo o que havia passado, apesar da terrível magia que vira Malcolm infligir, a visão do redemoinho de caos no interior da abertura a fez gritar.

No fim, depois que todos os Caçadores de Sombras entraram no Portal, ela foi com Magnus, apertando o Volume Negro nas mãos, o rosto escondido no ombro do feiticeiro.

Só para chegar do outro lado e se vir confrontando uma multidão de membros do Conselho e a Consulesa em pessoa. Jia empalidecera ao ver Annabel e falou, com voz admirada:

— É ela mesmo?

Magnus encarara a Consulesa por um momento.

— Sim — respondeu com firmeza. — É. É e*la*.

Ouviu-se um balbucio de perguntas. Emma não podia culpar os membros do Conselho. Umas poucas perguntas foram feitas a Julian quando ele saíra da biblioteca, dizendo a Magnus e Emma que o aguardavam, que Annabel iria com eles para Idris.

Enquanto ele delineava seu plano, Emma dera uma olhada na expressão de Magnus. O feiticeiro vinha fitando Julian com uma mistura de espanto, respeito e algo semelhante a um leve horror.

Mas provavelmente era mera surpresa. Afinal, Magnus parecera suficientemente otimista e de imediato começara a enviar uma mensagem de fogo a Jia, avisando-a sobre o que esperar.

Emma tinha puxado Julian para o lado enquanto partículas azuis saíam dos dedos do feiticeiro.

— E quanto ao livro? — sussurrara. — E quanto à Rainha?

Os olhos de Julian brilharam.

— Se isso funcionar, Annabel nos dará o Volume Negro — retrucara ele também aos sussurros, fitando a porta da biblioteca como se Annabel, atrás dela, fosse a resposta a todas as suas orações. — E se não funcionar... eu tenho um plano para isso também.

No entanto, Emma não tivera a chance de perguntar qual era o plano: Annabel saiu da biblioteca, assustada e tímida. E parecia ainda mais assustada agora que o tumulto irrompia a sua volta: Kieran atraiu um pouco da atenção ao se apresentar como representante da Rainha Seelie, enviado para falar em nome da Corte Seelie ao Conselho dos Caçadores de Sombras. Ele era esperado, mas conversas agitadas pipocaram mesmo assim.

— Ergam novamente as barreiras — falou a Consulesa, inclinando a cabeça para Kieran. Sua expressão era educada, mas a mensagem era clara: embora Kieran estivesse ali para ajudar, todas as fadas de puro sangue continuariam a ser tratadas com extrema desconfiança pela Clave.

Mark e Cristina foram para o lado de Kieran, de modo protetor, enquanto Magnus conversava baixinho com a Consulesa. Após um momento, ela assentiu, e apontou para Emma e Julian.

— Se vocês querem conversar com Robert, vão em frente — falou ela. — Mas sejam breves... a reunião é daqui a pouco.

Quando se dirigiu aos escritórios do Gard junto a Julian, Emma não se surpreendeu ao ver que Livvy, Ty, Kit e Dru ladeavam Annabel de modo protetor. Ty, sobretudo, erguia o queixo, as mãos em punhos. Emma se perguntou se ele se sentia responsável por Annabel por causa da carta que a trouxera até eles, ou se ele sentia algum tipo de afinidade com todos aqueles que eram vistos pela Clave como "fora da normalidade".

Uma porta se abriu.

— Vocês podem entrar agora — falou um guarda. Era Manuel Villalobos, usando o uniforme de Centurião. O sobressalto de surpresa ao vê-los foi rapidamente disfarçado por um sorriso afetado. — Que prazer inesperado — falou ele.

— Não viemos vê-lo — falou Julian. — Embora seja bom saber que você está abrindo portas para o Inquisidor atualmente. Ele está?

— Deixe-os entrar, Centurião — chamou Robert, e foi toda a permissão da qual Emma precisava para empurrar Manuel e seguir pelo corredor. Julian a acompanhou.

O pequeno corredor terminava no escritório do Inquisidor. Ele estava sentado à mesa, praticamente o mesmo desde a última vez que Emma o vira no Instituto de Los Angeles. Um homem grande, que só agora começava a exibir as marcas da idade — os ombros estavam um pouco curvados, os cabelos escuros densamente entrelaçados pelo cinza —, Robert Lightwood era uma figura imponente atrás da imensa mesa de mogno.

O cômodo praticamente não tinha mobília, além da mesa e de duas cadeiras. Havia uma lareira apagada, e acima da cornija pendia uma das séries de tapeçarias exibidas no corredor lá fora. Esta se chamava A BATALHA DE BURREN. Vultos vestidos de vermelho com vultos de preto — Caçadores de Sombras e Crepusculares — e, acima da luta, podia-se ver um arqueiro de cabelos escuros, de pé num rochedo inclinado, segurando um arco e flecha. Para qualquer um que o conhecesse, estava bem nítido que era Alec Lightwood.

Emma se perguntava que pensamentos cruzavam a mente de Robert Lightwood ao sentar todos os dias em seu escritório e olhar para o retrato do filho, um herói de uma batalha agora famosa. Orgulho, sem dúvida, mas também devia haver algum tipo de admiração pelo fato de que ele criara essa pessoa — essas pessoas, na verdade, pois Isabelle Lightwood também se destacava no departamento do heroísmo — que se tornara tão feroz e incrível por si só.

Um dia Julian teria esse orgulho, pensou ela, de Livvy, Ty, Tavvy e Dru. Mas os pais dela jamais tiveram uma chance de sentir isso. Emma nunca tivera uma oportunidade de deixá-los orgulhosos. Ela sentiu a onda familiar de amargura e ressentimento, pressionando o peito.

Robert fez um gesto para que eles se sentassem.

— Ouvi dizer que vocês queriam falar comigo. Espero que isso não signifique algum tipo de distração.

— Distração do quê? — perguntou Emma, ajeitando-se na cadeira pouco confortável e antiquada.

— Do que quer que vocês estejam tramando. — Ele se recostou. — Então o que é?

O coração de Emma pareceu disparar. Será que isso era uma boa ideia ou uma ideia terrível? Era como se tudo nela a estivesse blindando contra esse momento, contra a ideia de que ela e Julian teriam que espalhar seus sentimentos sob os pés da Clave para que fossem pisoteados.

Ela observou Julian quando ele se inclinou para a frente e começou a contar. Ele parecia absolutamente calmo ao falar da amizade inicial entre eles, da afeição de um pelo outro, da decisão de ser *parabatai*, resultante da Guerra Maligna e da perda de seus pais. Ele fazia soar como uma decisão racional

— como se não fosse culpa de alguém; quem poderia tê-los culpado, algum deles? A Guerra Maligna atingira a todos com perdas. Ninguém poderia ser culpado por negligenciar os detalhes. Por confundir seus sentimentos.

Os olhos de Robert Lightwood começaram a se arregalar. Ele ouvia em silêncio enquanto Julian falava dos sentimentos crescentes de um pelo outro. De como eles tinham se dado conta do que sentiam separadamente, de que lutaram em silêncio, confessaram suas emoções e aí finalmente decidiram buscar a ajuda do Inquisidor e até o exercício da Lei.

— Nós sabemos que infligimos a Lei — concluiu Julian —, mas não foi intencional nem estava sob o nosso controle. Tudo o que queremos é a sua ajuda.

Robert Lightwood ficou de pé. Emma via as torres de vidro pela janela, reluzindo como estandartes ardentes. Ela mal podia acreditar que naquela mesma manhã eles tinham combatido os Cavaleiros no pátio do Instituto de Londres.

— Ninguém nunca havia me perguntado se poderia ser exilado até agora — falou ele, finalmente.

— Mas você mesmo se exilou certa vez — retrucou Julian.

— Sim — concordou Robert. — Com minha mulher, Maryse, e Alec, quando ele era bebê. E por uma boa razão. O exílio é solitário. E para alguém tão jovem quanto Emma... — Ele os encarou. — Alguém mais sabe sobre vocês?

— Não. — A voz de Julian era calma e firme. Emma sabia que ele estava tentando proteger aqueles que supusessem ou acabassem sabendo sobre a relação... Mas aquilo a enervava de qualquer forma, o modo como ele conseguia soar tão absolutamente sincero quando estava mentindo.

— E você tem certeza? Não é só uma paixonite ou apenas... Sentimentos *parabatai* podem ser bem intensos. — Robert pareceu constrangido ao juntar as mãos atrás das costas. — É fácil confundi-los.

— Nós temos certeza absoluta do que é — falou Julian.

— A medida habitual seria a separação, não o exílio. — Robert olhou de um para o outro como se ainda não conseguisse acreditar no que estava diante dele. — Mas vocês não querem isso. Dá para ver. Vocês não teriam vindo até mim se achassem que eu poderia oferecer apenas as medidas tradicionais: separação, retirada das Marcas.

— Não podemos arriscar violar a Lei, bem como sofrer as punições que isso implica. — A voz de Julian ainda estava tranquila, mas Emma notava os nós dos dedos dele muito brancos de tanto apertar os braços da cadeira. — Minha família precisa de mim. Meus irmãos e irmãs ainda são pequenos e não têm os pais. Eu os criei e não posso abandoná-los. Isso está fora de cogitação. Mas Emma e eu não podemos confiar em nós mesmos para mantermos distância um do outro.

— Então vocês querem ser separados pela Clave — falou Robert. — Vocês querem exílio, mas não querem esperar para serem descobertos. Vocês vieram a mim para escolher qual de vocês vai embora e por quanto tempo, e qual a punição da Clave, dirigida por mim, será decidida.

— Sim — retrucou Julian.

— E embora não esteja dizendo isso, acho que vocês desejam o que o exílio fará por vocês — disse Robert. — Ele vai enfraquecer o vínculo. Talvez vocês achem que assim será mais fácil deixar de amar um ao outro.

Nem Emma nem Julian falaram. Ele estava incomodamente perto da verdade. Julian não tinha expressão; Emma tentava domar a sua para combinar com a dele. Robert tamborilava as pontas dos dedos.

— Nós só queremos poder ser *parabatai* normais — falou Julian, finalmente, mas Emma podia captar as palavras implícitas sob as audíveis: *Nós nunca vamos desistir um do outro, nunca.*

— É um pedido e tanto. — Emma fez um esforço para ouvir raiva, reprovação ou desconfiança na voz do Inquisidor, mas o tom dele era neutro. Isso a assustou.

— Você teve um *parabatai* — falou ela, em desespero. — Não teve?

— Michael Wayland. — O tom de Robert era glacial. — Ele faleceu.

— Eu sinto muito. — Emma tinha conhecimento do fato, mas sua solidariedade era sincera. Ela conseguia imaginar poucas coisas mais terríveis do que a morte de Julian.

— Aposto que ele iria gostar que você nos ajudasse — falou Julian. Emma não fazia ideia se ele falava por conhecer Michael Wayland ou apenas por intuição, aquela capacidade muito peculiar de interpretar a expressão dos olhos alheios, de captar a verdade no modo como franziam a testa ou sorriam.

— Michael teria... sim — murmurou Robert. — Ele teria. Pelo Anjo. O exílio será um fardo pesado para Emma. Posso tentar limitar as condições da punição, mas você ainda perderá um pouco de seus poderes Nephilim. Você precisará de permissão para entrar em Alicante. Não poderá usar algumas Marcas. Lâminas serafim não acenderão para você.

— Eu tenho Cortana — falou Emma. — É tudo de que preciso.

Havia tristeza no sorriso de Robert.

— Se houver uma guerra, você não poderá lutar. Foi por isso que meu exílio foi suspenso. Porque Valentim retornou e a Guerra Mortal começou.

A expressão de Julian era tão rígida que suas bochechas pareciam se erguer como lâminas de faca.

— Não aceitaremos o exílio a menos que Emma possa manter alguns dos poderes Nephilim para ficar em segurança — falou. — Se ela se machucar por causa desse exílio...

— O exílio é ideia sua — falou Robert. — Vocês têm certeza de que serão capazes de se desapaixonar?

— Sim — mentiu Julian. — A separação seria o primeiro passo, de qualquer forma, não seria? Nós só estamos pedindo uma pequena segurança extra.

— Eu já ouvi coisas... — falou Robert. — A Lei contra a paixão entre *parabatai* existe por uma razão. Não sei qual, mas creio que é importante. Se eu achasse que vocês sabiam do que se trata... — Ele balançou a cabeça. — Mas vocês não devem saber. Eu poderia falar com os Irmãos do Silêncio...

Não, pensou Emma. Eles já tinham se arriscado muito, mas se Robert soubesse da maldição, estariam em maus lençóis.

— Magnus disse que você nos ajudaria — falou ela, baixinho. — Disse que nós poderíamos confiar em você e que você compreenderia e manteria segredo.

Robert ergueu o olhar para a tapeçaria que pendia sobre a cornija. Para Alec. Ele tocou o anel Lightwood em seu dedo; um gesto provavelmente inconsciente.

— Eu confio em Magnus. E devo muita coisa a ele — falou.

Seu olhar estava distante. Emma não sabia ao certo se ele estava pensando no passado ou refletindo sobre o futuro; ela e Julian ficaram sentados rigidamente enquanto ele pensava. Finalmente, falou:

— Muito bem. Deem-me uns dias... Vocês dois permanecerão em Alicante enquanto resolvo a questão da cerimônia de exílio, e devem ficar em casas separadas. Preciso ver a boa-fé de evitar um ao outro. Ficou claro?

Emma engoliu em seco. A cerimônia de exílio. Ela torcia para que Jem pudesse estar lá: eram os Irmãos do Silêncio que presidiam as cerimônias, e muito embora Jem não fosse um deles mais, ele estivera em sua cerimônia de *parabatai* com Julian. Se ele pudesse estar presente, ela se sentiria um pouco menos solitária.

Emma podia ver na expressão de Julian: ele parecia sentir o mesmo que ela, como se alívio e medo estivessem em guerra dentro dele.

— Obrigado — falou ele.

— Obrigada, Inquisidor — ecoou ela, e Robert pareceu surpreso. Ela desconfiava que ninguém jamais lhe agradecera uma sentença de exílio.

* * *

Cristina nunca tinha estado no Salão do Conselho do Gard antes. Era um cômodo em formato de ferradura, com fileiras de bancos indo até um estrado levemente elevado; um segundo andar no balcão incluía mais bancos e assentos, erguidos bem acima dos outros. Acima do estrado, pendia um imenso relógio dourado, lindo, com delicados arabescos e uma frase em latim repetida ao longo da beirada, ULTIMA THULE. Atrás do estrado havia uma incrível parede de janelas, exibindo uma vista de Alicante abaixo. Ela se ergueu um pouquinho, na ponta dos pés, para ver as ruas sinuosas, os talhos azuis dos canais, as torres demoníacas erguendo-se como agulhas transparentes contra o céu.

O Salão estava começando a encher. Annabel e Kieran tinham sido levados para uma sala de espera, junto com Magnus. Os outros puderam entrar mais cedo e ocuparam duas fileiras de bancos na frente. Ty, Kit e Livvy estavam sentados, conversando. Dru sentou-se quieta e sozinha, parecendo perdida nos pensamentos. Cristina estava indo na direção dela quando sentiu um tapinha leve no ombro.

Era Mark. Ele se vestira cuidadosamente para a visita ao Conselho, e ela sentiu uma pontada ao olhar para ele — ele estava tão belo nas roupas antiquadas e engomadas, como uma fotografia antiga maravilhosamente colorida. O colete e o casaco escuro lhe caíam bem, e ele tinha penteado os cabelos louros para que cobrissem as pontas das orelhas.

Ele até se barbeara e ganhara com isso um pequeno corte no queixo, o que era ridículo porque Mark não tinha pelos faciais, por assim dizer. Ele olhava para Cristina como um garotinho querendo causar uma boa impressão no primeiro dia de aula. O coração dela se solidarizou com ele — Mark se importava demais com a boa opinião de um grupo de pessoas que tinha concordado em abandoná-lo à Caçada Selvagem, apesar dos apelos de sua família, simplesmente por ser quem era.

— Você acha que Kieran vai ficar bem? — perguntou Mark. — Um enviado da Corte deveria ser tratado com mais honra. Em vez disso, praticamente correram para erguer outra vez as barreiras depois que chegamos.

— Ele vai ficar bem — tranquilizou Cristina. Kieran e Mark, pensou ela, eram mais fortes do que os outros poderiam acreditar, talvez porque eles tivessem ficado tão vulneráveis na Caçada. — Embora eu não consiga imaginar que Annabel seja de muita conversa. Pelo menos, Magnus está com eles.

Mark deu um sorriso tenso quando um murmúrio baixinho percorreu o cômodo. Os Centuriões tinham chegado, paramentados. Usavam os uniformes em vermelho, cinza e prata, com os broches prateados à vista. Cada um trazia um bastão de *adamas* sólido. Cristina reconheceu alguns de Los Angeles, como Samantha, amiga de Zara, com o rosto fino e irritante, e Rayan, olhando ao redor com expressão preocupada.

Zara liderava a procissão, com a cabeça erguida; a boca era um talho de vermelho intenso. Os lábios se curvaram, com nojo, ao passar por Mark e Cristina. Mas por que Diego não estava ao lado dela? Será que não tinha vindo com eles? Mas não, ele estava lá, quase no fim da fila, pálido e cansado, mas definitivamente presente.

Ele parou na frente de Mark e Cristina enquanto os outros Centuriões passavam.

— Recebi seu recado — falou para Cristina, em voz baixa. — Se é o que você quer...

— Que recado? — perguntou Mark. — O que está acontecendo?

Zara apareceu ao lado de Diego.

— Uma reunião — falou. — Que bonitinho. — Ela sorriu para Cristina. — Tenho certeza de que todos ficarão satisfeitos em saber que tudo está indo muito bem em Los Angeles depois que vocês foram embora.

— Muito impressionante da sua parte ter matado Malcolm — falou Mark. Seus olhos reluziam, fixos. — Parece que resultou num grande progresso. Merecido, tenho certeza.

— Obrigada. — Zara deu uma risadinha baixa e pôs a mão no braço de Diego. — Oh — falou, com um entusiasmo marcadamente artificial. — Veja!

Outros Caçadores de Sombras entraram no recinto. Uma mistura de idades, jovens e velhos. Alguns vestiam uniformes de Centuriões. A maioria usava uniforme ou roupas comuns. O que era incomum era o fato de que traziam placas e cartazes. REGISTREM TODOS OS FEITICEIROS. O SUBMUNDO DEVE SER CONTROLADO. VIVA A PAZ FRIA. APROVEM O REGISTRO. Entre eles, via-se um homem de cabelos castanhos, impassível, com um tipo de rosto insípido, o tipo de rosto do qual você jamais conseguiria se lembrar de fato. Ele piscou para Zara.

— Meu pai — falou ela orgulhosamente. — O Registro foi ideia dele.

— Que cartazes *interessantes* — falou Mark.

— É maravilhoso ver as pessoas expressando sua visão política — falou Zara. — Claro que a Paz Fria realmente criou uma geração de revolucionários.

— É raro uma revolução pedir menos e não mais direitos para as pessoas — retrucou Cristina.

Por um momento, a máscara de Zara caiu e Cristina enxergou através da educação fingida, a voz e a postura de garotinha ofegante. Havia algo frio por trás daquilo tudo, algo desprovido de calor, empatia ou afeição.

— Pessoas. Quais pessoas? — perguntou ela.
Diego segurou o braço da menina.
— Zara. Vamos nos sentar.
Mark e Cristina os observaram em silêncio.

— Espero que Julian esteja certo — falou Livvy, fitando o estrado vazio.

— Normalmente ele está — retrucou Ty. — Não sobre tudo, mas sobre esse tipo de coisa.

Kit se acomodou entre os gêmeos, o que significava que os dois conversavam por cima dele. Ele não sabia ao certo como terminara naquela posição. Não que ele se importasse ou mesmo notasse no momento. Estava chocado e praticamente calado — uma coisa que nunca tinha acontecido — diante de onde se encontrava: Alicante, o coração da terra natal dos Caçadores de Sombras, fitando as lendárias torres demoníacas.

Ele se apaixonara por Idris à primeira vista. Não esperava isso de modo algum.

Era como entrar num conto de fadas. E não do tipo ao qual ele se acostumara no Mercado das Sombras, onde as fadas eram outro tipo de monstro. E sim do tipo que ele vira na tevê e nos livros quando era pequeno, um mundo de castelos magníficos e florestas luxuriantes.

Livvy piscou para Kit.

— Você está com aquela expressão.

— Que expressão?

— Você ficou impressionado com Idris, Sr. Nada Me Impressiona.

Kit não ia fazer uma coisa dessas.

— Eu gosto do relógio — falou ele, apontando.

— Tem uma lenda sobre o relógio. — Ela meneou as sobrancelhas para ele. — Por um segundo, quando ele bate as horas, os portões do Paraíso se abrem. — Livvy suspirou, uma rara melancolia cruzando seu rosto. — Até onde sei, o Paraíso é apenas o Instituto sendo nosso outra vez. E todos indo para casa.

Isso surpreendeu Kit; ele andara pensando sobre a viagem a Idris como o fim da aventura caótica deles. Eles voltariam a Los Angeles e ele começaria a treinar. Mas Livvy tinha razão: as coisas não estavam garantidas. Ele olhou para Zara e seu círculo imediato, erguendo seus cartazes feios.

— Ainda tem o Volume Negro também — falou Ty. Ele estava todo formal, com o cabelo arrumado de um jeito que não costumava usar; Kit estava acostumado a vê-lo com roupas casuais, casaco de capuz e jeans, e belo; o Ty que parecia mais velho o deixava meio constrangido. — A Rainha ainda o quer.

— Annabel vai dá-lo a Jules. Acredito na capacidade dele de encantar qualquer um para conseguir qualquer coisa — falou Livvy. — Ou enganar qualquer um. Mas sim, eu queria que eles não tivessem realmente que se encontrar com a Rainha depois disso. Não gosto dela.

— Acho que tem um ditado sobre isso — falou Kit. — Alguma coisa sobre pontes e atravessá-las quando você chegar lá.

Ty ficara rígido, como um cão de caça que avistou uma raposa.

— Livvy.

Ela acompanhou o olhar dele, e Kit fez a mesma coisa. Aproximando-se deles em meio à multidão, vinha Diana, com um sorriso aberto e a tatuagem de carpa brilhando em uma das bochechas escuras.

Com ela, viam-se duas jovens, de vinte e poucos anos. Uma se parecia muito com Jia Penhallow; ela também tinha cabelos escuros e um queixo decidido. A outra se parecia incrivelmente com Mark Blackthorn, até os cabelos louros e cacheados e as orelhas pontudas. As duas estavam embrulhadas em roupas quentes, que não condiziam com a época, como se tivessem vindo de um clima frio.

Kit se deu conta de quem eram um momento antes de o rosto de Livvy se iluminar como o sol.

— Helen! — gritou ela, e correu para os braços da irmã.

O relógio no Salão do Conselho bateu através do Gard, indicando que todos os Nephilim deveriam comparecer à reunião.

Robert Lightwood insistira em conduzir Julian de seu escritório até o cômodo onde Magnus, Kieran e Annabel estavam à espera. Infelizmente para Emma, isso significava que ela deveria ter Manuel como seu acompanhante até o Salão do Conselho.

Emma desejara poder ter um momentinho a sós com Julian, mas isso não ia acontecer. Eles trocaram um olhar decepcionado antes de se separarem.

— Ansiosa para a reunião? — perguntou Manuel. Suas mãos estavam nos bolsos. O cabelo louro escuro engenhosamente bagunçado. Emma ficou surpresa por ele não estar assobiando.

— Ninguém fica ansioso para reuniões — falou Emma. — Elas são um mal necessário.

— Oh, eu não diria *ninguém* — falou Manuel. — Zara adora reuniões.

— Ela parece ser a favor de todas as formas de tortura — murmurou Emma.

Manuel deu meia-volta, caminhando de costas pelo corredor. Eles estavam em uma das maiores passagens construídas após o incêndio do Gard na Guerra Maligna.

— Você já pensou em fazer parte dos Centuriões?
Emma balançou a cabeça.
— Eles não deixam você ter um *parabatai*.
— Eu sempre imaginei que era meio que uma questão de compaixão, você e Julian Blackthorn — falou Manuel. — Quero dizer, olhe só para você. Você é gata, habilidosa, é uma Carstairs. Já Julian... ele passa o tempo todo com crianças pequenas. É um velho de 17 anos.
Emma se perguntou o que aconteceria se ela atirasse Manuel pela janela. Provavelmente atrasaria a reunião.
— Só estou dizendo. Mesmo que você não queira ir para a Scholomance, a Tropa poderia ter utilidade para alguém como você. Nós somos o futuro. Você verá. — Os olhos dele brilharam. Por um momento, não estavam se divertindo nem brincando. Era o brilho do fanatismo real e fez Emma se sentir vazia por dentro.
Eles tinham alcançado as portas do Salão do Conselho. Ninguém estava à vista; Emma esticou a perna e puxou os pés de Manuel. Ele caiu num borrão e bateu no chão; no mesmo instante, se ergueu nos cotovelos, furioso. Ela duvidou que o tivesse machucado, exceto talvez no que dizia respeito à dignidade dele — e essa fora mesmo a intenção.
— Obrigada pela oferta — falou ela —, mas se me juntar à Tropa significa ter que passar minha vida presa numa montanha com um bando de fascistas, vou preferir viver no passado.
Emma o ouviu sibilar alguma coisa não muito bonita em espanhol enquanto passava por cima dele e entrava no Salão. Aí fez uma nota mental de perguntar a tradução à Cristina quando tivesse a oportunidade.

— Você não precisa ficar aqui, Julian — falou Jia com firmeza.
Eles estavam num cômodo imenso com uma janela que dava para a Floresta Brocelind. Era um salão surpreendentemente enfeitado; Julian sempre pensara no Gard como um lugar com pedras escuras e madeira pesada. Este cômodo tinha papel de parede de brocado e mobília dourada estofada com veludo. Annabel sentou-se numa cadeira antiquada, parecendo pouco à vontade. Magnus estava recostado na parede e parecia entediado. Parecia exausto também — suas olheiras estavam quase negras. E Kieran estava de pé, junto à janela, com a atenção fixa no céu e nas árvores.
— Eu gostaria que ele ficasse comigo — falou Annabel. — Ele é a razão de eu ter vindo.
— Todos nós agradecemos o fato de você estar aqui, Annabel — falou Jia.
— E levamos em conta suas experiências ruins com a Clave. — Ela falava com

voz calma. Julian se perguntou se Jia manteria a voz tão calma se tivesse visto Annabel ressuscitar dos mortos, coberta de sangue, e apunhalar Malcolm no coração.

Kieran se desviou da janela.

— Nós conhecemos Julian Blackthorn — falou ele para Jia, e soava muito mais humano a Julian do que quando se encontraram pela primeira vez, como se o sotaque do Reino das Fadas estivesse desaparecendo. — Nós não conhecemos você.

— Você se refere a você e Annabel? — perguntou Jia.

Kieran fez um gesto expressivo de fada, que pareceu incluir todo o cômodo.

— Estou aqui como mensageiro da Rainha — continuou ele. — Annabel Blackthorn está aqui por suas próprias razões. E Magnus está aqui porque lida com todos vocês por causa de Alec. Mas não pense que isso torna uma boa ideia você sair dando ordens por aí.

— Annabel é uma Caçadora de Sombras — começou Robert.

— E eu sou um príncipe do Reino das Fadas — falou Kieran. — Filho do Rei, príncipe da Corte Gelada, guardião do Frio Caminho, Caçador Selvagem e Espada da Hoste. Não me aborreçam.

Magnus pigarreou.

— Ele tem razão.

— Quanto a Alec? — falou Robert, erguendo uma sobrancelha.

— Falando de maneira mais generalizada — falou Magnus. — Kieran é um integrante do Submundo. Annabel teve um destino pior do que a morte nas mãos da Clave porque se importava com o Submundo. Lá fora, no Salão do Conselho, está a Tropa. Hoje é o dia de eles tomarem poder. Evitar que eles façam isso é mais importante do que estipular regras sobre onde Julian deveria ou não ficar.

Jia olhou para Magnus por um instante.

— E você? — perguntou ela, surpreendentemente gentil. — Você é um integrante do Submundo, Bane.

Magnus deu de ombros lentamente, cansado.

— Ah. Eu, eu sou... — falou ele.

O copo que segurava caiu de sua mão, bateu no chão e quebrou, e um instante depois Magnus desabou junto. Ele pareceu se dobrar como papel, e sua cabeça bateu na pedra com uma pancada feia.

Julian correu para ele, mas Robert já o segurara pelo braço.

— Vá até o Salão do Conselho — falou. Jia estava ajoelhada ao lado do feiticeiro, com a mão em seu ombro. — Traga Alec.

Ele soltou Julian, que saiu correndo.

***

Emma se esforçou para ir até o Salão do Conselho, num estado de horror entorpecido. Qualquer prazer que ela já tivera por dar um pontapé na bunda de Manuel tinha se desvanecido. O cômodo inteiro parecia um redemoinho de gritos feios e cartazes agitados: TORNEM A CLAVE PURA, CONTENÇÃO DE LICANTROPES É A RESPOSTA e CONTROLEM O SUBMUNDO.

Ela passou, empurrando uma aglomeração de pessoas, com Zara no centro, e ouviu alguém dizer: "Dá para *acreditar* que você teve que matar aquele monstro do Malcolm Fade sozinha, depois que a Clave falhou!?" Ouviu-se um coro de concordância. "Mostra o que acontece quando se deixa os feiticeiros fazerem o que querem", falou outra pessoa. "Eles são muito poderosos. Não tem sentido prático."

Emma não conhecia a maioria dos rostos no recinto. Imaginava que talvez devesse conhecer uma quantidade maior deles, mas os Blackthorn tinham uma vida isolada e raramente saíam do Instituto de Los Angeles.

Entre o grupo de rostos desconhecidos, ela avistou Diana, alta e régia como sempre, caminhando entre a multidão. Apressando-se atrás dela viam-se dois vultos familiares. Aline e Helen, ambas com bochechas rosadas, enroladas em imensos casacos e xales. Deviam ter acabado de chegar da Ilha Wrangel.

Agora Emma conseguia enxergar os outros Blackthorn: Livvy, Ty e Dru estavam se levantando e correndo para Helen, que se abaixou de braços abertos e os envolveu com força.

Helen estava ajeitando o cabelo de Dru para trás e abraçava os gêmeos, com lágrimas escorrendo pelo rosto. Mark também estava lá, indo na direção da irmã, e Emma observou, com um sorriso, quando eles se jogaram num abraço. De certo modo, doía — ela nunca teria isso com seus pais, nunca os abraçaria ou apertaria as mãos deles outra vez —, mas era um tipo bom de dor. Mark ergueu a irmã do chão, e Aline observou, sorridente, os dois se abraçarem.

— Manuel Villalobos está mancando — observou Cristina. Ela havia se aproximado de Emma e passara os braços em volta dela, apoiando o queixo no ombro da amiga. — Foi você?

— Talvez — murmurou Emma. E ouviu Cristina dar uma risadinha.

— Ele estava tentando me convencer a me juntar à Tropa.

Ela se virou e apertou a mão da amiga.

— Nós vamos tirá-los de lá. Eles não vão vencer, certo? — Ela olhou para o pingente de Cristina. — Diga que o Anjo está do nosso lado.

Cristina balançou a cabeça.

— Estou preocupada — falou ela. — Preocupada por Mark, por Helen... e por Kieran.

— Kieran é uma testemunha-chave para a Clave. A Tropa não pode tocar nele.

— Ele é um príncipe do Reino das Fadas. Tudo que eles odeiam. E eu acho que não tinha entendido o *quanto* eles o odeiam até chegarmos aqui. Não vão querer que Kieran fale e, com certeza, não vão querer que o Conselho lhe dê ouvidos.

— Por isso nós estamos aqui, para fazê-los ouvir — começou Emma, mas Cristina olhava para algo atrás dela, com uma expressão de surpresa. Emma se virou e viu Diego, milagrosamente longe de Zara, chamando Cristina até uma fileira de assentos vazios.

— Eu tenho que ir e conversar com ele — falou a menina. Aí apertou o ombro de Emma, parecendo esperançosa de repente. Emma desejou-lhe boa sorte e Cristina desapareceu na multidão, deixando a outra procurando por Julian.

Emma não viu seu *parabatai* em parte alguma. Mas viu um grupo tenso de Caçadores de Sombras, Mark entre eles, e o súbito lampejo prateado de armas. Samantha Larkspear tinha sacado uma lâmina de aparência terrível. Emma foi na direção das vozes elevadas, já esticando a mão para pegar o punho de Cortana.

Mark amava todos os irmãos e irmãs, nenhum mais do que outros. Ainda assim, Helen era especial. Ela era *como ele* — metade fada, atraída para suas tentações. Helen até dizia conseguir se lembrar da mãe, Nerissa, embora Mark não lembrasse.

Ele pôs a irmã no chão, bagunçando os cabelos claros dela. O rosto dela... ela parecia diferente, mais velha. Não devido a rugas ao redor dos olhos ou à pele áspera, apenas num certo arranjo de seus traços. Ele se perguntou se ela teria dado nomes às estrelas como ele costumava fazer: *Julian, Tiberius, Livia, Drusilla, Octavian*. E ela teria acrescentado mais uma, coisa que ele jamais fizera: *Mark*.

— Eu gostaria de falar com você sobre Nene, a irmã de nossa mãe — falou.

Havia um eco da formalidade das fadas na voz dela quando respondeu:

— Diana me falou que você a encontrou no Reino das Fadas. Eu sabia dela, mas não onde poderia ser encontrada. Nós deveríamos conversar a respeito dela e outras questões urgentes. — Ela ergueu o olhar e suspirou, tocando a bochecha dele. — Como, por exemplo... Quando foi que você ficou tão alto?

— Acho que aconteceu enquanto estive na Caçada. Devo me desculpar?

— Absolutamente. Eu estava preocupada... — Ela deu um passo para trás e o fitou zombeteiramente. — Acho que devo a Kieran, Filho do Rei, um agradecimento por ter cuidado de você.

— Assim como eu devo a Aline, por cuidar de você.

Ao ouvir isso, Helen sorriu.

— Ela é a luz dos meus dias. — A menina olhou para o relógio grande acima do estrado. — Temos pouco tempo agora, Mark. Se tudo sair como esperamos, teremos uma eternidade para ficarmos juntos. Mas de um jeito ou de outro, Aline e eu permaneceremos esta noite em Alicante, e, pelo que Jia falou, você também. Isso nos dará uma oportunidade de conversar.

— Isso depende de como for hoje à noite, não é? — Uma voz aguda os interrompeu. Era Samantha Larkspear. Mark lembrou vagamente que Samantha tinha um irmão muito parecido com ela.

A menina usava uniforme de Centurião e trazia um cartaz que dizia: FADA BOA É FADA MORTA. Havia uma mancha do que parecia tinta preta na parte de baixo do cartaz.

— Incisivo — falou Mark. Mas Helen empalidecera de choque ao ler tais palavras.

— Depois da votação desta tarde, se for permitido à escória como vocês permanecer em Alicante, eu ficaria muito surpresa — falou Samantha. — Aproveitem enquanto podem.

— Você está falando com a mulher da filha da Consulesa — disse Aline, as narinas inflando. — Preste atenção ao que fala, Samantha Larkspear.

Samantha fez um barulho estranho, sibilando e engolindo, e esticou a mão para o cinto de armas, fazendo brilhar uma adaga com um punho largo de soco inglês. Mark pôde ver o irmão dela, igualmente pálido e com cabelos escuros, avançando até eles através da multidão. Helen pôs a mão na lâmina serafim do cinto. Agindo instintivamente, Mark esticou a mão para o próprio quadril, tenso diante da violência.

Kit ergueu o olhar quando sentiu a mão de Julian em seu ombro.

Ele tinha afundado na cadeira, passando a maior parte do tempo admirando Alicante pela grande janela de vidro atrás da coisa de madeira que parecia um palco, na frente do cômodo. Ele deliberadamente evitara olhar para Livvy e Ty quando cumprimentaram a irmã. Algo naquele grupo sólido dos Blackthorn se abraçando e exclamando um para o outro o lembrava exatamente do quanto ele não era um deles, de um modo que ele não tinha sido lembrado desde Los Angeles.

— Sua irmã está aqui — falou para Julian. E apontou. — Helen.

Julian olhou para os irmãos rapidamente; Kit tinha a sensação de que ele já sabia. Ele parecia tenso e faiscando pelas extremidades, como fio desencapado.

— Eu preciso que você faça uma coisa — falou. — Alec está guardando as portas do lado direito do Salão. Vá atrás dele e o leve até Magnus. Diga-lhe que Magnus está nos aposentos de hóspede da Consulesa; ele vai saber onde ficam.

Kit impulsionou as pernas para fora da cadeira diante de Julian.

— Por quê?

— Apenas confie em mim. — Julian se aprumou. — Finja que foi ideia sua, como se você precisasse que Alec mostrasse alguma coisa ou ajudasse a encontrar alguém. Não quero despertar a curiosidade de ninguém.

— Você não está *mesmo* pensando em brigar no meio do Salão do Conselho, está? — perguntou Emma. — Quero dizer, considerando que isso seria ilegal e tudo o mais. — Ela estalou a língua nos dentes. — Não é uma boa ideia, Samantha. Guarde esta adaga.

O pequeno grupo — Helen, Aline, Mark e Samantha — se virou para olhar para Emma como se ela tivesse aparecido num passe de mágica. Todos estiveram irritados demais para notar sua aproximação.

O relógio dourado acima deles começou a badalar imperativamente. A multidão começou a se afastar; os Caçadores de Sombras buscavam lugares vazios nas fileiras de frente para o estrado. Dane Larkspear, que se aproximava da irmã, tinha parado no meio de uma passagem; Emma ficou surpresa ao ver que Manuel estava bloqueando o caminho dele.

Talvez Manuel também não achasse que um Centurião brigando no chão do Salão do Conselho seria uma grande ideia. Zara estava olhando na direção deles também, a boca vermelha era uma linha irritada.

— Não imponha sua autoridade para cima de mim, Aline Penhallow — falou Samantha, mas guardou a adaga outra vez na bainha. — Não quando você está casada com esta... esta *coisa*.

— Você desenhou isso? — interrompeu Emma, apontando para o borrão no cartaz de Samantha? — Era para ser uma fada morta?

Com certeza era. O desenho tinha braços, pernas e asas de libélula ou coisa assim.

— Impressionante — falou Emma. — Você tem talento, Samantha. Talento de verdade.

Samantha parecia surpresa.

— Você acha?

— Meu Deus, não — falou Emma. — Agora vá se sentar. Zara está acenando para você.

Samantha hesitou e então se virou, afastando-se. Emma segurou a mão de Helen e começou a caminhar para o longo banco onde os Blackthorn estavam. O coração dela estava martelando. Não que Samantha fosse perigosa, mas se eles tivessem começado alguma coisa e os outros amigos de Zara se juntassem, poderia ter rendido uma briga de verdade.

Aline e Mark estavam um em cada lado dos bancos. Helen segurava o braço de Emma.

— Eu me lembro disso — falou ela em voz baixa. As pontas dos dedos roçaram a cicatriz que Cortana tinha feito uns anos atrás, quando Emma apertara a lâmina junto ao corpo depois da morte dos pais.

Fora Helen quem estivera ali quando Emma acordara em um mundo onde seus pais não mais existiriam, embora tivesse sido Julian quem colocara a espada nos braços dela.

Mas agora Cortana estava em suas costas. Agora era a chance de eles consertarem os erros do passado — os erros cometidos pela Clave contra Helen, Mark e aqueles como eles, os erros que a Clave cometera contra os Carstairs ao ignorar suas mortes. Isso fazia com que saber do exílio próximo doesse ainda mais, a ideia de que ela não estaria com os Blackthorn quando eles estivessem finalmente reunidos.

Elas aceleraram o passo ao se aproximar dos outros Blackthorn, e lá estava Julian, de pé, entre os irmãos. Seus olhos encontraram os de Emma. Ela podia ver, mesmo com a distância entre eles, que os olhos dele tinham ficado quase negros.

Ela sabia, sem nem precisar perguntar: tinha algo muito errado.

Era difícil acompanhar Alec Lightwood. Ele era mais velho do que Kit, tinha pernas mais compridas e começara a correr no momento que Kit lhe dissera que Magnus precisava dele.

Kit não tinha certeza se a mentira de que ele queria que Alec lhe mostrasse o Gard iria resistir caso alguém os parasse. Mas ninguém fez isso; as badaladas altas ainda soavam, e todos se apressavam em direção ao Salão do Conselho.

Quando eles irromperam nos aposentos de pé-direito alto da Consulesa, encontraram Magnus deitado em um longo sofá. Kieran e Annabel estavam na extremidade oposta do cômodo, observando como gatos que tinham acabado de conhecer um novo ambiente.

Jia e Robert estavam de pé junto ao sofá; Alec correu até ele e seu pai se afastou e pôs uma mão em seu ombro.

Alec parou, o corpo inteiro tenso.

— Solte-me — falou.

— Ele está bem — retrucou Robert. — Irmão Enoch esteve aqui. Sua magia está esgotada, e ele, enfraquecido, mas...

— Eu sei o que há de errado com ele — falou Alec, passando pelo Inquisidor. Robert observou o filho se ajoelhar ao lado do longo sofá. Ele tirou o cabelo de Magnus da testa e o feiticeiro se mexeu e murmurou. — Há algum tempo ele não está bem — falou Alec, meio que para si apenas. — Sua magia tem se esgotado muito rápido. Eu falei para ele ir até o Labirinto Espiral, mas não houve tempo.

Kit ficou observando. Já tinha ouvido falar de Magnus mesmo antes de conhecê-lo, claro; Magnus era famoso no Submundo. E quando ele finalmente conheceu Magnus, o feiticeiro era tão cheio de energia cinética, um redemoinho de sagacidade sarcástica e fogo azul. Não lhe ocorrera que Magnus poderia estar doente ou cansado.

— Não tem jeito de fazer com que ele melhore? — perguntou Annabel. Ela vibrava com a tensão, as mãos agitadas junto às laterais do corpo. Ele notou, pela primeira vez, que ela não tinha um dos dedos da mão direita. Ele não tinha olhado para ela com atenção antes. Ela lhe dava calafrios. — Eu... eu preciso dele.

De maneira admirável, Alec não perdeu a paciência.

— Ele tem que descansar — falou ele. — Nós podemos adiar a reunião...

— Alec, não podemos — falou Jia delicadamente. — É óbvio que Magnus deveria descansar. Annabel, vamos cuidar de você. Eu juro.

— Não. — Annabel se encolheu contra a parede. — Eu quero Magnus comigo. Ou Julian. Chamem Julian.

— O que está acontecendo? — Kit reconheceu a voz antes mesmo de ver Zara à entrada. Seu batom parecia um talho rijo de sangue contra a pele clara. Ela olhava para Magnus, o canto da boca curvado num sorriso afetado. — Consulesa — falou, e fez uma mesura pra Jia. — Todos estão reunidos. Será que eu deveria dizer que a reunião vai atrasar?

— Não, Srta. Dearborn — falou Jia, alisando suas vestes bordadas. — Obrigada, mas não precisamos que você lide com isso por nós. A reunião vai acontecer conforme planejado.

— Dearborn — repetiu Annabel. O olhar dela estava fixo em Zara. Seus olhos não demonstravam emoção, e brilhavam como os de uma serpente. — Você é uma Dearborn.

Zara olhou meramente confusa, como se estivesse se perguntando quem Annabel poderia ser.

— Zara é uma defensora importante da restrição dos diretos dos integrantes do Submundo — falou Jia em tom neutro.

— Nós estamos interessados na segurança — retrucou Zara, evidentemente irritada. — É isso.

— É melhor nós irmos — falou Robert Lightwood. Ele ainda olhava para Alec, mas Alec não estava olhando para ele; estava sentado ao lado de Magnus, a mão na bochecha do feiticeiro. — Alec, se precisar de mim, mande alguém me chamar.

— Mandarei Kit — falou Alec, sem olhar.

— Voltarei para buscá-lo — disse Robert para Kieran, que permanecera em silêncio perto da janela, quase uma sombra entre as sombras do cômodo.

Kieran assentiu.

Robert apertou o ombro de Alec brevemente. Jia esticou a mão para Annabel que, após encarar Zara por um momento, acompanhou a Consulesa e o Inquisidor para fora do cômodo.

— Ele está doente? — perguntou Zara, olhando para Magnus com um interesse distante. — Não achei que feiticeiros adoecessem. Não seria engraçado se ele morresse antes de você? Quero dizer, considerando-se que ele é imortal, você deve ter achado que seria o contrário.

Alec ergueu a cabeça lentamente.

— O quê?

— Bom, quer dizer, Magnus é imortal e você, sabe, *não é* — explicou ela.

— Ele é imortal? — A voz de Alec soou mais fria do que Kit jamais ouvira. — Eu queria que você tivesse me dito isso antes. Eu teria voltado no tempo e encontrado um belo marido mortal para envelhecer comigo.

— Bem, isso seria melhor, não é? — falou Zara. — Então vocês poderiam envelhecer e morrer na mesma época.

— Na mesma época? — repetiu Alec. Ele mal se mexeu ou levantou a voz, mas sua raiva parecia encher o cômodo. A própria Zara começou a ficar desconfortável. — Como você sugeriria que a gente organizasse isso? Pulando de um penhasco juntos quando um de nós começasse a se sentir doente?

— Talvez. — Zara parecia amuada. — Você há de convir que sua situação é uma tragédia.

Alec ficou de pé e nesse momento era o famoso Alec Lightwood do qual Kit tanto ouvira falar, o herói das batalhas passadas, o arqueiro com mira mortal.

— É isso que eu quero e foi o que escolhi — falou. — Como você ousa me dizer que é uma tragédia? Magnus nunca fingiu, nunca tentou me enganar para que eu achasse que seria fácil, mas escolher Magnus foi uma das coisas mais fáceis que já fiz na vida. Todos temos um tempo de vida, Zara, e nenhum de nós sabe se será longo ou breve. Com certeza, até você sabe disso. Acredito que tenha sido sua intenção ser rude e cruel, mas duvido muito que você também *quisesse* parecer idiota.

Ela corou.

— Mas se você morrer de velhice e ele viver para sempre...

— Então ele estará junto com Max, e nós dois ficaremos felizes por isso — falou Alec. — E eu serei uma pessoa com uma sorte imensa porque haverá alguém que sempre se lembrará de mim. Que sempre vai me amar. Magnus não vai ficar de luto para sempre, mas até o fim dos tempos, ele vai se lembrar de mim e me amar.

— O que te dá tanta certeza disso? — perguntou Zara, com uma ponta de incerteza na voz.

— Porque ele é três mil vezes o ser humano que você nunca vai ser — respondeu Alec. — Agora saia daqui antes que eu ponha a vida dele em risco ao acordá-lo para que ele transforme você em lixo. Uma coisa que combinaria com a sua personalidade.

— Oh! — falou Zara. — Que *grosseria*!

Kit pensou que era mais do que grosseria. Pensou que Alec realmente achava aquilo. E meio que torcia para Zara testá-lo. Em vez disso, ela foi até a porta e parou ali, olhando para trás com desprezo.

— Ora, Alec — continuou ela. — A verdade é que Caçadores de Sombras e integrantes do Submundo não *devem* ficar juntos. Você e Bane são uma desgraça. Mas você não consegue ficar satisfeito com o fato da Clave ter permitido a você perverter sua linhagem angelical. Não. Você tem que forçar isso para cima da gente.

— Sério? — falou Kieran, que Kit quase esquecera que estava lá. — Vocês *todos* têm que dormir com Magnus Bane? Que excitante para vocês.

— Cale a boca, bosta de fada — falou Zara. — Você vai ver. Escolheu o lado errado, você, esses Blackthorn, Jace Herondale e aquela vaca ruiva, Clary. — Ela ofegava, o rosto corado. — Vou me divertir vendo todos vocês afundarem — falou e saiu, rebolando.

— Ela falou mesmo "perverter sua linhagem angelical"? — perguntou Alec, parecendo estupefato.

— Bosta de fada — ponderou Kieran. — Como diria Mark, isso é novidade.

— Inacreditável. — Alec se sentou outra vez ao lado do sofá, puxando os joelhos para perto do corpo.

— Nada do que ela disse me surpreendeu — falou Kieran. — É assim que eles são. Foi assim que a Paz Fria os fez. Temendo o novo e o diferente, e cheios de ódio glacial. Zara Dearborn pode parecer ridícula, mas não cometa o erro de subestimá-la e de subestimar a Tropa. — Ele voltou a olhar para a janela. — Ódio como esse pode destruir o mundo.

— Esse é um pedido muito estranho — falou Diego.
— É você quem está num relacionamento de mentira — falou Cristina.
— Tenho certeza de que já te pediram coisas mais estranhas.
Diego riu, mas não com muito humor. Eles estavam sentados a uma fileira dos Blackthorn no Salão do Conselho. O relógio tinha parado de bater anunciando o começo da reunião e o recinto estava cheio, embora o estrado ainda estivesse vazio.
— Fico feliz que Jaime tenha lhe contado — falou ele. — Por puro egoísmo. Eu poderia jurar que você me odiava, mas não que me desprezasse.
Cristina suspirou.
— Não sei se alguma vez eu realmente te desprezei — falou.
— Eu devia ter contado mais coisas — disse ele. — Queria manter você a salvo, e neguei a mim mesmo que a Tropa e seus planos eram problema seu. Só tarde demais eu soube que tinham projetos para o Instituto de Los Angeles. E errei em relação a Manuel, como qualquer um. Confiei nele.
— Eu sei — falou Cristina. — Não culpo você de nada. Eu... Durante muito tempo, fomos Cristina-e-Diego. Um casal, juntos. E quando acabou, me senti pela metade. Quando você voltou, pensei que poderíamos ser como antes, e eu tentei, mas...
— Você não me ama mais daquele jeito — completou ele.
Ela parou por um instante.
— Não. Não amo. Não daquele jeito. Era como tentar voltar a um lugar na sua infância do qual você lembrava como perfeito. Sempre vai ter mudado porque você mudou.
O pomo de Adão de Diego se movimentou quando ele engoliu.
— Não posso te culpar. Agora também não gosto muito de mim.
— Talvez isso pudesse te ajudar a gostar um pouco mais de você mesmo. Seria uma grande gentileza, Diego.
Ele balançou a cabeça.
— Confio em você. Imagino que tenha pena de uma fada perdida.
— Não é pena — falou Cristina. Ela olhou para trás; Zara tinha deixado o cômodo alguns instantes antes e não tinha voltado ainda. Mas Samantha olhava para ela com cara feia, aparentemente acreditando que Cristina estava

tentando roubar o noivo de Zara. — Eles me assustam. E o matarão depois que ele testemunhar.

— A Tropa é assustadora — falou Diego. — Mas a Tropa não são os Centuriões nem todo Centurião é como Zara. Rayan, Divya, Gen são boas pessoas. Como a Clave, é uma organização que tem um câncer em seu coração. Uma parte do corpo está doente e a outra, sadia. Nossa missão é descobrir um meio de matar a doença sem destruir todo o corpo.

As portas do Salão do Conselho se abriram. A Consulesa, Jia Penhallow, entrou, com as vestes escuras salpicadas de prateado se agitando ao redor.

O cômodo, que antes estivera cheio de conversa animada, afundou em murmúrios. Cristina se recostou quando a Consulesa começou a subir os degraus até o estrado.

— Obrigada a todos por virem em tão pouco tempo, Nephilim. — A Consulesa estava diante de um pequeno púlpito de madeira, com a base decorada com a insígnia do símbolo com as 4 letras. Agora em seus cabelos havia um cinza do qual Emma não se recordava, e rugas nos cantinhos dos olhos. Não devia ser fácil ser a Consulesa numa época de guerra silenciosa. — A maioria de vocês sabe sobre Malcolm Fade. Ele foi um de nossos aliados mais próximos, ou foi o que pensamos. Ele nos traiu há algumas semanas, e mesmo agora ainda estamos descobrindo os terríveis e sangrentos crimes que ele cometeu.

Para Emma, o burburinho que se seguiu se assemelhou à precipitação da maré. Ela queria que Julian estivesse ao seu lado para que ela pudesse esbarrar no ombro dele ou apertar sua mão, mas — conscientes da instrução do Inquisidor —, eles tinham se sentado em extremidades opostas do longo banco depois que ele lhe contara que Magnus tinha sofrido um colapso.

— Eu prometi a Annabel que Magnus ficaria com ela — dissera ele baixinho, sem querer que os Blackthorn mais jovens ouvissem e entrassem em pânico. — Eu lhe dei a minha palavra.

— Você não poderia ter imaginado. Pobre Magnus. Não havia meio de saber que ele estava doente.

Mas ela se lembrou de si mesma, dizendo: *Não prometa nada que não possamos cumprir.* E sentiu um calafrio percorrer seu corpo.

— Talvez vocês não saibam que há uma história maior para a traição de Fade — prosseguiu Jia. — Em 1812, ele se apaixonou por uma Caçadora de Sombras, Annabel Blackthorn. A família dela reprovou a ideia de casamento com um feiticeiro. No fim, ela foi assassinada... por outros Nephilim. Malcolm ouvira dizer que ela se tornara Irmã de Ferro.

— Por que eles não o mataram também? — gritou alguém da multidão.

— Ele era um feiticeiro poderoso, um bem valioso — retrucou Jia. — No fim, ficou decido que eles o deixariam em paz. Mas quando ele descobriu o que realmente aconteceu a Annabel, perdeu a cabeça. E então ele passou o último século buscando vingar-se dos Caçadores de Sombras.

— Milady. — Era Zara, empertigada e muito cerimoniosa; tinha acabado de passar pelas portas do Salão e estava parada na passagem. — A senhora nos conta essa história como se quisesse que sentíssemos compaixão pela caçadora e pelo feiticeiro. Mas Malcolm Fade era um monstro. Um assassino. A paixão dele por uma menina não pode servir de pretexto para o que fez.

— Creio que há diferença entre um pretexto e uma explicação — falou Jia.

— Então por que estamos ouvindo essa explicação? O feiticeiro está morto. Espero que não seja uma tentativa de extrair reparações do Conselho. Ninguém associado a esse monstro merece qualquer recompensa por sua morte.

O olhar de Jia era como o fio de uma lâmina.

— Entendo que você tenha estado muito ativa ultimamente nos negócios do Conselho, Zara — falou. — Mas isso não significa que possa interromper a Consulesa. Vá se sentar.

Após um instante, Zara se sentou, a expressão irritada. Aline fez um gesto de comemoração dando um soquinho discreto no ar.

— Muito bem, mãe — murmurou.

No entanto, alguém já se levantara para assumir o lugar de Zara. Seu pai.

— Consulesa — falou ele —, não somos ignorantes; disseram que esta reunião envolveria um testemunho importante que teria impacto para a Clave. Não é hora de apresentar a testemunha? Se, de fato, ela existe?

— Ah, ela existe, sim — falou Jia. — É Annabel. Annabel Blackthorn.

Agora o murmúrio que se espalhava pelo recinto era como uma onda se quebrando. Um instante depois, Robert Lightwood apareceu, com uma expressão sombria. Atrás dele, vinham dois guardas e, entre os dois, caminhava Annabel.

A menina parecia muito pequenina no estrado, ao lado do Inquisidor. O Volume Negro pendia de uma tira em suas costas, o que a fazia parecer ainda mais jovem, como uma garotinha a caminho da escola.

Um sibilo invadiu o recinto. *Morta-viva*, ouviu Emma. *Impura*. Annabel se encolheu contra Robert.

— Isso é um ultraje — balbuciou o pai de Zara. — Será que todos não sofremos o suficiente com a sujeira corrosiva dos Crepusculares? Você ainda tem que trazer esta *coisa* até nós?

Julian ficou de pé num salto.

— Os Crepusculares não são mortos-vivos — falou, virando o rosto para o Salão. — Eles foram Transformados pelo Cálice Infernal. Annabel é exatamente quem era em vida. Ela foi torturada por Malcolm, mantida num estado semivivo durante anos. E ela quer nos ajudar.

— Julian Blackthorn — zombou Dearborn. — Minha filha me contou sobre você. Seu tio era louco, toda a sua família é louca, somente um louco acharia isso uma boa ideia...

— Não fale assim com ele. Ele é meu parente — falou Annabel, e sua voz soou nítida e forte.

— Blackthorn — falou Dearborn. — Parece que todos são loucos, mortos ou as duas coisas!

Se ele tinha esperado ouvir uma risada, não foi o que obteve. O salão permaneceu silencioso.

— Sente-se — falou a Consulesa friamente a Dearborn. — Parece que sua família tem um problema com o modo como os Nephilim devem se comportar. Se você me interromper de novo, será retirado do Salão.

Dearborn se sentou, mas os olhos brilhavam com raiva. Ele não era o único. Emma examinou o recinto rapidamente e viu grupos de olhares odiosos dirigidos ao estrado. Ela engoliu seu nervosismo; Julian abrira caminho até a passagem e estava de pé, virado para a parte da frente do salão.

— Annabel — falou, com voz baixa e encorajadora. — Conte-lhes sobre o Rei.

— O Rei Unseelie — falou Annabel suavemente. — O Senhor das Sombras. Ele tinha um pacto com Malcolm. É importante que todos vocês saibam disso porque mesmo agora ele planeja destruir todos os Caçadores de Sombras.

— Mas o Povo das Fadas é fraco! — Um homem numa *gandora* bordada se ergueu, com os olhos escuros brilhando de preocupação. Cristina murmurou no ouvido de Emma que o sujeito era o diretor do Instituto de Marrakech. — Anos de Paz Fria os enfraqueceram. O Rei não pode ter esperança de se opor a nós.

— Não em um conflito de exércitos iguais — falou Annabel em sua voz baixa. — Mas o Rei usou o poder do Volume Negro e aprendeu como destruir o poder dos Nephilim. Como anular as Marcas, as lâminas serafim e pedras de luz enfeitiçadas. Vocês lutariam contra as forças deles com poder semelhante ao dos mundanos...

— Isso não pode ser verdade! — Era um homem magro, de cabelos escuros, que Emma se lembrava de ter visto numa discussão anterior sobre a Paz Fria há muito ocorrida. Lazlo Balogh, diretor do Instituto de Budapeste. — Ela está mentindo.

— Ela não tem motivo para mentir! — Agora Diana estava de pé também, com os ombros aprumados, numa postura de combate. — Lazlo, dentre todas as pessoas...

— Srta. Wrayburn. — A expressão do húngaro endureceu. — Creio que todos nós sabemos que *você* deveria se afastar desta discussão.

Diana congelou.

— Você confraterniza com fadas — emendou ele, fazendo barulho ao abrir e fechar a boca para falar. — Você tem sido *observada*.

— Oh, pelo Anjo, Lazlo — falou a Consulesa. — Diana não tem nada a ver com isso, seu único azar é discordar de você!

— Lazlo tem razão — falou Horace Dearborn. — Os Blackthorn são simpatizantes das fadas e traidores da Lei...

— Mas não somos mentirosos — falou Julian, e sua voz era aço rematado por gelo.

Dearborn mordeu a isca.

— E o que isso quer dizer?

— Sua filha não matou Malcolm Fade — falou Julian. — Foi Annabel.

Zara se levantou com um pulo, feito uma marionete que teve as cordas puxadas.

— Isso é mentira — guinchou ela.

— Não é mentira — falou Annabel. — Malcolm me ressuscitou dos mortos. Ele usou o sangue de Arthur Blackthorn para fazer isso. E por essa razão, e por ter me torturado e me abandonado, eu o matei.

Agora o salão explodia. Gritos ecoavam nas paredes. Samantha e Dane Larkspear se puseram de pé, agitando os punhos. Horace Dearborn urrava que Annabel era uma mentirosa, que todos os Blackthorn eram.

— Chega! — gritou Jia. — Silêncio!

— *La Spada Mortale*. — Uma mulher baixinha, de pele morena, se ergueu de um assento perto dos fundos. Ela usava um vestido simples, mas seu colar grosso reluzia com a pedraria. Seus cabelos eram de um cinza escuro e iam praticamente até os quadris, e sua voz trazia autoridade suficiente para cortar o barulho no recinto.

— O que você disse, Chiara? — quis saber Jia. Emma conhecia o nome. Chiara Malatesta, diretora do Instituto de Roma, na Itália.

— A Espada Mortal — falou Chiara. — Se há alguma dúvida se esta pessoa... se é que se pode chamar assim... está dizendo a verdade, faça-a segurar Maellartach. Assim podemos acabar com as discussões inúteis a respeito da veracidade de suas declarações.

— Não. — Os olhos de Annabel percorreram o cômodo, em pânico. — A Espada não...

— Vejam, ela está mentindo — falou Dane Larkspear. — Ela teme que a Espada revele a verdade!

— Ela teme a Espada porque foi torturada pelo Conselho! — falou Julian. Ele se dirigiu ao estrado, mas dois guardas do Conselho o agarraram e o mantiveram no lugar. Emma começou a se levantar, mas Helen a empurrou com firmeza de volta no banco

— Ainda não — murmurou.— Isso só vai piorar as coisas... Ela precisa ao menos tentar.

Mas o coracao de Emma estava disparado. Julian ainda estava sendo impedido de se aproximar do estrado. Todas as terminações nervosas no corpo dela guincharam quando Robert Lightwood se afastou e retornou, trazendo uma coisa comprida, pontuda e prateada. Uma coisa que reluzia feito água negra. Ela viu... ela *sentiu*... Julian inspirou fundo; ele tinha segurado a Espada Mortal antes e conhecia a dor que ela causava.

— Não façam isso! — falou ele, mas sua voz foi sufocada pelo volume de outras vozes, o clamor no recinto quando vários Caçadores de Sombras ficaram de pé, esticando-se para entrever o que se passava.

— Ela é uma criatura morta-viva nojenta! — gritou Zara. — Deveria ser morta de uma vez, não ficar diante do Conselho!

Annabel empalideceu. Emma sentia a tensão de Julian, sabia o que ele estava pensando: se Magnus estivesse aqui, poderia explicar; Annabel *não* era uma morta-viva. Ela fora trazida à vida outra vez. Era uma Caçadora de Sombras viva. Magnus era um integrante do Submundo no qual a Clave confiava, um dos poucos. Nada disso aconteceria se ele tivesse conseguido participar da reunião.

Magnus, pensou Emma, *oh, Magnus, espero que você esteja bem. Queria que você estivesse com a gente.*

— A Espada vai determinar se Annabel pode testemunhar — falou Jia, com voz firme, que reverberou até o fundo do cômodo. — É a Lei. Fiquem em seus lugares e deixem a Espada Mortal trabalhar.

A multidão silenciou. Os Instrumentos Mortais eram o poder mais elevado que os Caçadores de Sombras conheciam, além do próprio Anjo. Até mesmo Zara se calou.

— Leve o tempo que precisar — falou Robert para Annabel. A compaixão no rosto dele surpreendeu Emma. Ela se lembrava de vê-lo forçando a lâmina nas mãos de Julian, e Julian tinha apenas doze anos à época. Ela ficara zangada com Robert por um longo tempo depois disso, embora Julian mesmo parecesse não guardar ressentimentos.

Annabel arfava como um coelho assustado. Ela olhava para Julian, que assentia de modo encorajador, e então esticou as mãos lentamente.

Quando ela pegou a Espada, um tremor passou por seu corpo, como se ela tivesse tocado uma cerca elétrica. O rosto ficou tenso, mas ela ergueu a espada, ilesa. Jia soltou o ar com visível alívio. A Espada tinha provado: Annabel era uma Caçadora de Sombras. O Salão permaneceu em silêncio, enquanto todos observavam.

A Consulesa e o Inquisidor deram um passo para trás, dando espaço a Annabel. Ela estava de pé, no centro do estrado, uma figura solitária com um vestido do tamanho errado.

— Qual é o seu nome? — perguntou Robert, com o tom de voz enganosamente suave.

— Annabel Callisto Blackthorn — falou com a respiração ofegante.

— E com quem você está nesse estrado?

Os olhos azuis-esverdeados dispararam desesperadamente entre eles.

— Eu não conheço vocês — murmurou ela. — Vocês são a Consulesa e o Inquisidor... mas não os que eu conhecia. Você é nitidamente um Lightwood, mas... — Ela balançou a cabeça antes de seu rosto se iluminar. — Robert — falou. — Julian o chamou de Robert.

Samantha Larkspear riu, debochada, e alguns outros, que portavam cartazes, se juntaram a ela.

— Não sobrou muito cérebro para dar uma evidência decente!

— *Silêncio!* — rugiu Jia. — Srta. Blackthorn, você sabia... você foi amante de Malcolm Fade, Alto Feiticeiro de Los Angeles?

— Ele era apenas um feiticeiro quando o conheci, sem cargo. — A voz de Annabel tremeu. — Por favor. Pergunte-me se eu o matei. Não posso suportar muito mais do que isso.

— O que nós discutimos aqui não é escolha sua. — Jia não parecia aborrecida, mas Annabel visivelmente se encolheu.

— Isso é um erro — murmurou Livvy para Emma. — Eles só precisam perguntar sobre Malcolm e acabar logo com isso. Não podem transformar num interrogatório.

— Vai ficar tudo bem — falou Emma. — Vai, sim.

Mas o coração dela estava disparado. Os outros Blackthorn observavam com visível tensão. Do outro lado, Emma via Helen apertando os braços da cadeira. Aline esfregava o ombro da esposa.

— Pergunte — falou Julian. — Apenas pergunte, Jia.

— Julian. Chega — falou Jia, mas se virou para Annabel, os olhos escuros com expectativa. — Annabel Callisto Blackthorn, você matou Malcolm Fade?

— Sim. — O ódio se cristalizou na voz de Annabel. — Eu o cortei. Eu o observei sangrar até morrer. Zara Dearborn não fez nada. Ela está mentindo para todos vocês.

Um suspiro percorreu o salão. Por um momento, Julian relaxou e os guardas que o seguravam afrouxaram o aperto. Zara, com o rosto vermelho, abriu espaço na multidão.

Graças ao Anjo, pensou Emma. *Agora eles terão que ouvir.*

Annabel encarou o recinto, com a Espada na mão, e, por um momento, Emma entendeu por que Malcolm se apaixonara. Ela parecia orgulhosa, satisfeita, bela.

Alguma coisa passou pela cabeça dela e se espatifou no atril. Uma garrafa, Emma imaginou — e os caquinhos se espalharam. Ouviu-se um suspiro, depois, uma risadinha, e então outros objetos começaram a voar — a multidão parecia estar arremessando o que tivesse nas mãos.

Não a multidão toda, percebeu Emma. Era a Tropa e seus apoiadores. Não eram muitos — mas era o suficiente. E seu ódio era maior do que todo o recinto.

Os olhares de Emma e Julian se encontraram; ela viu o desespero nele. Eles esperavam um desfecho melhor. Mesmo depois de tudo que passaram, por alguma razão, esperavam um desfecho melhor.

Era verdade que muitos Caçadores de Sombras agora estavam de pé, gritando para que a Tropa parasse. Mas Annabel se encolhera, de joelhos, a cabeça baixa e as mãos ainda segurando a Espada. Ela não tinha erguido as mãos para se proteger dos objetos que voavam para ela — estes se espatifavam no chão, no atril e na janela: garrafas e sacos, moedas e pedras, e até relógios e pulseiras.

— Parem! — gritou Julian, e a raiva fria com que ele berrou foi suficiente para chocar e silenciar pelo menos alguns. — Pelo Anjo, esta é a *verdade*. Ela está dizendo a verdade! Sobre Malcolm, sobre o Rei Unseelie...

— Como vamos saber? — sibilou Dearborn. — Quem disse que a Espada Mortal funciona nesta... nesta *coisa*? Ela está putrefata...

— Ela é um monstro — gritou Zara. — É uma conspiração para tentar nos arrastar para uma guerra contra a Corte Unseelie! Os Blackthorn não se importam com nada além de suas mentiras e de seus irmãos fada imundos!

— Julian. — Annabel arfou, com a Espada Mortal tão apertada em suas mãos que o sangue começou a aparecer em sua pele onde ela segurava a lâmina. — Julian, me ajude... Magnus... onde está Magnus...

Julian lutou contra o aperto dos guardas. Robert apressou-se, com as mãos grandes esticadas.

— Chega — falou.— Venha comigo, Annabel...

— Deixe-me em paz! — Com um grito rouco, Annabel se encolheu para longe dele, erguendo a lâmina. Emma se lembrou súbita e friamente de duas coisas:

A Espada Mortal não era apenas um instrumento de justiça. Era uma arma.

E Annabel era uma Caçadora de Sombras, com uma arma nas mãos.

Como se não pudesse acreditar no que estava acontecendo, Robert deu outro passo na direção de Annabel, esticando a mão para ela, como se ele pudesse acalmá-la, convencê-la. Ele abriu a boca para falar e ela ergueu a espada entre eles.

A arma rasgou as vestes de Robert Lightwood e abriu seu peito.

Kit se sentia como alguém que tinha entrado por engano no quarto de outra família em um hospital e não tivesse mais como sair. Alec estava ao lado de Magnus e ocasionalmente tocava seu ombro ou dizia alguma coisa em voz baixa. Kieran fitava a janela, como se pudesse se transportar através do vidro.

— Você quer... quer dizer, alguém deveria contar às crianças? Max e Rafe? — perguntou ele finalmente.

Alec ficou de pé e cruzou o cômodo, onde um jarro de água encontrava-se sobre uma mesinha lateral. Ele se serviu de um copo.

— Agora não — falou ele. — Eles estão a salvo na cidade com a minha mãe. Não precisam... Magnus não precisa... — Ele tomou a água. — Eu tinha esperança de que ele melhorasse e não tivéssemos que contar nada a eles.

— Você disse que sabia que havia algo errado com ele — falou Kit. — É... perigoso?

— Eu não sei — falou Alec. — Mas sei de uma coisa. Não é só ele. Tem outros feiticeiros também. Tessa e Jem têm procurado uma causa ou cura, mas ela também está doente...

Ele se calou. Podia-se ouvir um rugido abafado, um som semelhante a ondas se erguendo, prestes a quebrar. Alec empalideceu.

— Já ouvi esse som antes — falou. – Alguma coisa está acontecendo. No Salão.

Kieran se afastou do parapeito com um gesto único, fluido.

— É a morte.

— Pode não ser — falou Kit, apurando a atenção.

— Sinto o cheiro de sangue — falou Kieran. — E ouço gritos. — Ele subiu no parapeito e puxou uma das cortinas. Pegou a barra da cortina, que tinha um capitel com ponta afiada e pulou para o soalho, brandindo-a como se fosse uma lança. Seus olhos preto e prata brilharam. — Não estaremos desarmados quando eles vierem.

— Vocês devem ficar aqui. Os dois. Vou descobrir o que está acontecendo — falou Alec. — Meu pai...

A porta se abriu de repente. Kieran lançou a barra da cortina. Diego, que tinha acabado de aparecer à entrada, se abaixou quando a barra voou, acertando a parede, onde ficou presa.

— ¿*Que chingados?* — falou Diego, parecendo confuso. — Que diabos foi isso?

— Ele acha que você está aqui para nos matar — falou Kit. — É verdade?

Diego revirou os olhos.

— As coisas deram errado no Salão — falou.

— Alguém se machucou? — perguntou Alec.

Diego hesitou.

— Seu pai... — começou ele.

Alec pousou o copo e cruzou o cômodo até Magnus. Ele se abaixou e o beijou na testa e na bochecha. Magnus não se mexeu, simplesmente continuou a dormir pacificamente, os olhos felinos fechados.

Kit o invejou.

— Fiquem aqui — falou Alec para Kit e Kieran. Então se virou e saiu do quarto.

Diego olhou para ele sombriamente. Kit estava um pouco enjoado. Tinha a sensação de que, o que quer que tivesse acontecido ao pai de Alec, era grave.

Kieran arrancou a barra da cortina da parede e apontou para Diego.

— Você já deu seu recado — falou. — Agora vá. Eu protegerei o menino e o feiticeiro.

Diego balançou a cabeça.

— Estou aqui para pegar você. — Ele apontou para o próprio Kieran. — Para levá-lo até a Scholomance.

— Não vou a lugar algum com você — retrucou Kieran. — Você não tem moralidade. Trouxe desonra a Lady Cristina.

— Você não tem ideia do que aconteceu entre mim e Cristina — emendou Diego, com voz gélida. Kit notou que Diego Perfeito parecia um pouco menos perfeito agora. Suas olheiras eram profundas e tinham um tom violeta, e a pele morena estava pálida. O cansaço e a tensão enrijeciam seus traços delicados.

— Diga o que quiser das fadas — falou Kieran. — Não temos desprezo maior do que aquele nutrido por quem trai um coração que lhe foi dado.

— Foi Cristina quem me pediu para vir aqui e levar você à Scholomance — falou ele. — Se você se recusar, *você* é quem vai desonrar os desejos dela.

Kieran o encarou, com a testa franzida.

— Você está mentindo.

— Não estou — falou Diego. — Ela temia por sua segurança. O ódio da Tropa está fora de controle e o Salão virou um caos. Você ficará a salvo se vier comigo, mas não posso prometer mais nada.

— Como eu estaria seguro na Scholomance, com Zara Dearborn e seus amigos?

— Ela não estará lá — falou Diego. — Ela, Samantha e Manuel planejam ficar aqui, em Idris, no coração do poder. Poder é tudo o que eles sempre desejaram. A Scholomance é um local de estudo pacífico. — Ele estendeu a mão. — Venha comigo. Por Cristina.

Kit ficou olhando para a mão de Diego, prendendo a respiração. Foi um momento muito estranho. Agora ele aprendera o suficiente sobre os Caçadores de Sombras para entender o que significava o fato de Diego ser um Centurião, e quais leis ele estava violando ao se oferecer para levar Kieran a Scholomance. E ele conhecia o suficiente do orgulho do Povo das Fadas para saber o que Kieran estava aceitando ao concordar.

Ouviu-se outro estrondo do lado de fora.

— Se você ficar aqui — falou Kit cautelosamente —, e a Tropa atacar, Mark e Cristina vão querer proteger você. E eles poderiam se machucar ao fazer isso.

Kieran pousou a barra da cortina no chão, olhando para Kit.

— Diga a Mark aonde eu fui — falou a fada. — E agradeça a Cristina.

Kit assentiu. Diego inclinou a cabeça antes de dar um passo para a frente e segurar Kieran de um jeito estranho pelo braço. Com a outra mão, ele apertou o broche *Primi Ordines* em seu uniforme.

Antes que Kit pudesse falar, Diego e Kieran desapareceram, um redemoinho de luz brilhante riscando o ar onde eles haviam estado.

Os guardas avançaram quando Jia se esticou para segurar o corpo de Robert, que desmoronava. O rosto da Consulesa era a máscara do horror, e ela tombou de joelhos, pegando em seguida a estela e talhando uma *iratze* no braço mole do Inquisidor.

O sangue dele se espalhava ao redor de ambos, uma poça escarlate que se movia lentamente.

— *Annabel*. — A voz de Julian foi simplesmente um profundo murmúrio de choque. Emma praticamente conseguia enxergar o abismo de culpa e censura que se abria aos pés dele. Ele começou a lutar freneticamente contra as mãos dos guardas que o seguravam. — Soltem-me, soltem-me...

— Para trás! — gritou Jia. — Todos vocês, para trás! — Ela estava ajoelhada ao lado de Robert, as mãos encharcadas com o sangue dele conforme tentava talhar o símbolo de cura em sua pele.

Dois outros guardas subiram os degraus e pararam, inseguros, ao ouvir as palavras dela. Annabel, com o vestido azul manchado de sangue, segurava a Espada diante de si como uma barreira. O sangue do Inquisidor já estava penetrando na lâmina, como se ela fosse uma rocha porosa absorvendo água.

Julian se libertou de seus captores e pulou para o estrado ensanguentado. Emma ficou de pé num salto, e Cristina agarrou a parte de trás de sua camiseta, mas em vão: ela já estava subindo pelo encosto estreito do banco.

Graças ao Anjo por todas as horas que ela perdera treinando no caibro da sala de treinamento, pensou Emma, e correu, pulando da extremidade do banco para a passagem. Vozes gritaram por causa dela e para ela, um estrondo semelhante a ondas; ela as ignorou. Lentamente, Julian se pôs de pé e encarou Annabel.

— Afaste-se! — gritou ela, balançando a Espada Mortal. A arma parecia brilhar, pulsar até, nas mãos de Annabel, ou seria pura imaginação de Emma? — Fique longe de mim!

— Annabel, pare — pediu Julian calmamente, com as mãos erguidas para mostrar que estavam vazias... *Vazias, como?* Emma bufou; onde estava a espada, onde estavam as armas dele? Os olhos dele estavam arregalados e sinceros. — Isso só vai piorar as coisas.

Annabel dava soluços roucos.

— Mentiroso. Afaste-se, afaste-se de mim.

— Eu nunca menti para você...

— Você disse que eles me dariam a mansão Blackthorn! Você falou que Magnus ia me proteger! Mas olhe! — Ela abriu bem o braço e fez um gesto indicando todo o recinto. — Para eles, eu sou *putrefata*... sou desprezada, uma criminosa...

— Você ainda pode voltar. — A voz de Julian estava admiravelmente firme. — Baixe a Espada.

Por um momento, Annabel pareceu hesitar. Emma estava aos pés dos degraus do estrado; ela viu Annabel afrouxar o aperto no punho da Espada Mortal...

Jia se pôs de pé. Suas vestes estavam úmidas com o sangue de Robert, a estela frouxa em sua mão.

— Ele está morto — falou.

Foi como girar uma chave numa jaula para libertar seus ocupantes: os guardas avançaram pelos degraus e pularam na direção de Annabel, com as armas desembainhadas. Ela girou com rapidez inumana, atingindo-os, e a Espada rasgou o peito de ambos. Ouviram-se gritos quando eles desmoronaram e Emma subiu os degraus correndo, desembainhando Cortana antes de saltar na frente de Julian.

De onde estava, ela via todo o Salão do Conselho. Estava o caos. Algumas pessoas fugiam pelas portas. Os Blackthorn e Cristina estavam de pé, esforçando-se para chegar ao estrado, embora uma fileira de guardas tivesse aparecido para controlá-los. Enquanto Emma observava, Livvy passou por baixo do braço de um dos guardas e começou a abrir caminho até eles. Um espadão reluzia em sua mão.

Emma olhou outra vez para Annabel. De perto, era evidente que alguma coisa estalara nela. A menina não tinha expressão, seus olhos estavam mortos e desconexos. O olhar de Annabel pousou além de Emma. Alec irrompera pelas portas e agora encarava o estrado — seu rosto era uma máscara de dor e choque.

Emma desviou o olhar dele quando Annabel pulou para cima de Julian feito um gato, sua espada cortando o ar diante dela. Em vez de erguer Cortana para barrar o golpe, Emma se jogou para o lado, derrubando Julian no soalho encerado do estrado.

Por um momento, ele estava colado a ela; os dois estavam juntos, corpo a corpo, e ela sentiu a força de seu *parabatai* fluindo através dela. A Espada Mortal desceu outra vez e eles pularam e se afastaram, redobrados em sua força, quando a lâmina talhou a madeira a seus pés.

O salão estava tomado pelos gritos. Emma pensou ter ouvido Alec chamar por Robert: *Papai, por favor, papai*. Ela pensou na tapeçaria que Robert tinha em seu escritório. Pensou em Isabelle. E girou com Cortana na mão, e a lateral da lâmina bateu em Maellartach.

As espadas estremeceram. Annabel recuou a arma e, de repente, seus olhos eram quase selvagens. Alguém gritava por Julian. Era Livvy, escalando a lateral do estrado.

— Livvy! — gritou Julian. — Livvy, saia daqui...

Annabel girou outra vez, e Emma ergueu Cortana, interrompendo o golpe e aproximando-a, batendo sua espada contra a de Annabel com toda a força do corpo, juntando as lâminas com um retinido ensurdecedor.

E a Espada Mortal se partiu.

Rachou ao longo da lâmina e sua ponta praticamente se separou do restante. Annabel guinchou e cambaleou para trás, fluido negro jorrando da espada quebrada como seiva de uma árvore derrubada.

Emma desmoronou sobre os joelhos. Era como se a mão que segurava Cortana tivesse sido atingida por um raio. Seu pulso retinia e um zumbido soou por todos os seus ossos, fazendo o corpo tremer. Ela agarrou o punho da espada com a mão direita, entrando em pânico, desesperada para não deixá-la cair.

— Emma! — Julian segurava o próprio braço rigidamente, notou Emma, pois ele também se ferira.

O zumbido estava diminuindo. Emma tentou ficar de pé, mas cambaleou; mordeu o lábio com frustração. Como seu corpo ousava traí-la.

— Estou bem... bem...

Livvy arquejou ao ver a Espada Mortal destruída. Ela havia alcançado o topo do estrado; Julian esticou a mão e Livvy jogou seu espadão para ele. Ele a pegou com firmeza e se virou para encarar Annabel, que fitava a arma quebrada em sua mão. A Consulesa também vira o que acontecera e seguia na direção deles.

— Acabou, Annabel — falou Julian. Ele não parecia triunfante, parecia exausto. — Acabou.

Annabel grunhiu baixinho pela garganta e avançou. Julian ergueu sua arma, mas Annabel passou por ele, os cabelos negros voando. Seus pés deixaram o chão e, por um momento, ela ficou verdadeiramente bela, uma Caçadora de Sombras em toda a sua glória florescente, pouco antes de aterrissar com leveza no soalho de madeira da beirada do estrado e enfiar a lâmina quebrada no coração de Livvy.

Livvy arregalou os olhos. Sua boca formou um O, como se ela estivesse admirada ao descobrir algo pequeno e surpreendente, como um ratinho na bancada da cozinha. Um vaso de flores derrubado, um relógio de pulso quebrado. Nada grande. Nada terrível.

Annabel deu um passo para trás, ofegante. Agora não estava tão bela mais. O vestido, o braço, estavam encharcados de vermelho e negro.

Livvy ergueu a mão e, admirada, tocou o cabo que se projetava de seu peito. Suas bochechas ficaram vermelhas.

— Ty? — murmurou ela. — Ty, eu...

Seus joelhos enfraqueceram sob o peso dela e Livvy bateu as costas com força no chão. A lâmina parecia um inseto feio e imenso agarrado ao seu peito, um mosquito de metal sugando o sangue que escorria da ferida, vermelho, misturado ao negro da espada, espalhando-se no chão.

Na passagem do Salão do Conselho, Ty ergueu o olhar, e seu rosto adquiriu a cor das cinzas. Emma não fazia ideia se ele podia vê-los através do enxame de gente — se podia ver a irmã e o que acontecera —, mas as mãos dele voaram para o peito, pressionando o coração. Ele caiu de joelhos, silenciosamente, assim como Livvy tinha feito, e desmoronou.

Julian emitiu um ruído. Um ruído que Emma não saberia descrever, não era um som humano como um uivo ou um grito. Era como se algo tivesse sido arrancado de dentro dele, como se algo brutal tivesse rasgado seu peito. Ele deixou cair o espadão que Livvy se arriscara para levar até ele, caiu de joelhos e rastejou em direção à irmã, puxando-a para seu colo.

— Livvy, Livvy, minha Livvy — murmurou ele, aninhando-a, afastando febrilmente os cabelos manchados de vermelho do rosto da menina. Havia *tanto* sangue. Ele ficou coberto em segundos; o sangue encharcara as roupas de Livvy e ensopara até os sapatos. — *Livia.* — Suas mãos tremiam; ele pegou uma estela e a pôs no braço da irmã.

O símbolo de cura desapareceu tão rapidamente quanto ele o desenhou.

Emma sentiu como se alguém tivesse dado um soco em seu estômago. Havia ferimentos que estavam além do poder de uma *iratze*. As Marcas de Cura só desapareciam da pele quando havia veneno oculto — ou quando uma pessoa já estava morta.

— Livia. — A voz de Julian se ergueu, falhando e se despedaçando em si mesma como uma onda quebrando bem longe no mar. — Livvy, meu bebê, por favor, meu amor, abra os olhos, é Jules, estou aqui com você, estarei aqui sempre com você, por favor, *por favor*...

A escuridão explodiu no fundo dos olhos de Emma. A dor em seu braço se fora; ela não sentia nada além de ódio. Ódio que apagava o restante do mundo, exceto a visão de Annabel encolhendo-se contra o atril, fitando Julian, que embalava o corpo morto da irmã. O que ela fizera.

Emma girou e foi até Annabel. Não havia outro lugar aonde a garota pudesse ir. Os guardas tinham formado um círculo ao redor do estrado. O restante do cômodo era uma massa furiosa e confusa.

Emma torcia para Ty estar inconsciente. Torcia para ele não estar vendo nada daquilo. Em algum momento ele acordaria, e o horror para o qual o gêmeo de Livvy despertaria foi o que a impeliu.

Annabel cambaleou para trás. Seu pé escorregou e ela caiu no chão. Aí ergueu a cabeça quando Emma assomou para cima dela. Seu rosto era puro medo.

Emma ouviu a voz de Arthur em sua mente. *Piedade é melhor do que vingança.* Mas a voz dele foi mais baixa do que o murmúrio de Julian ou os soluços de Dru.

Ela baixou Cortana, fatiando o ar com a lâmina — mas assim que a arma rasgou o ar, uma fumaça escura irrompeu da janela atrás de Annabel. Tinha a força de uma explosão, uma onda violenta que jogou Emma para trás. Quando ela fez um esforço para ficar de joelhos, viu um vulto se movendo no interior da fumaça; o brilho do ouro, o clarão de um símbolo marcado em sua mente: uma coroa, partida ao meio.

A fumaça desapareceu, e Annabel se foi com ela.

Emma curvou o corpo sobre Cortana, abraçando a lâmina contra si, e sua alma se corroeu de desespero. Ao redor, ela ouvia vozes se elevando no recinto, gritos e grunhidos. Via Mark recurvado sobre Ty, que desmoronara no chão. Os ombros de Mark tremiam. Helen tentava abrir espaço na multidão para se aproximar dos dois. Dru estava no chão, soluçando com o rosto entre as mãos. Alec se deixara cair contra as portas do Salão, fitando a destruição.

E ali, diante dela, estava Julian, com olhos e ouvidos fechados para qualquer coisa que não fosse Livvy, o corpinho aninhado no dele. Ela parecia um floco de cinzas ou de neve frágil, alguma coisa inconstante que fora soprada para os braços dele acidentalmente: a pétala de uma flor fada, a pluma branca da asa de um anjo. O sonho de uma garotinha, a lembrança de uma irmã esticando os bracinhos: *Julian, Julian, me pega no colo.*

Mas a alma, o espírito que a tornava Livvy, não estava lá mais: era algo que se fora para um lugar distante e intocável, mesmo enquanto Julian corria as mãos pelos cabelos dela repetidas vezes e implorava para que ela acordasse e olhasse para ele só mais uma vez.

Lá no alto do Salão do Conselho, o relógio dourado começou a badalar as horas.

Agradecimentos

Vou citar as suspeitas de sempre: Holly Black, Maureen Johnson, Leigh Bardugo, Kelly Link, Robin Wasserman e Sarah Rees Brennan, por me darem apoio emocional e narrativo. Um agradecimento especial a Jon Skovron e Anya DeNiro, pela luz-guia. Obrigada a Erin, Alyssa, Katie, Manu, Rò & Virna, Julia, Mariane, Thiago, Raissa, Artur e Laura, por me fazerem sorrir. A Cathrin Langner, por lembrar de tudo, e a Viviane Hebel e Gloria Altozano Saiz, pela ajuda com o espanhol. E obrigada a Karen, no nosso aniversário de dez anos, e a Russ e Danny, agentes especiais. Meu amor e meu agradecimento a meus pais e, em especial, a Jim Hill. A Emily Houk, por ir ao infinito e além. E a Josh, como sempre, *Aimer, ce n'est pas se regarder l'un l'autre, c'est regarder ensemble dans la même direction**.

*Nota do editor:
"Amar não é olhar um para o outro; é olhar, juntos, na mesma direção". Antoine de Saint-Exupéry.

Marca de Caim

Capacidade

Escudo elemental

Escudo elemental do fogo

O que retorna

Comungar com a Natureza

Estudo/Scholomance

Poesia (preditor/Catullus)

Graça

Invocar a família

Escudo elemental da poeira

Escudo elemental do vento

Irmãos do Silêncio

Mensagem de fogo
(Ignis Nuntius)

Nobre

Exultante

Controle de natalidade/Sanger

Antiveneno

Escudo elemental da água

Abrigo

Antídoto

Respirar
(embaixo d'água)

Escudo Elemental
do ar

Escudo Elemental
do tempo

Dormir agora

Conexão Psíquica

Vigília

Energia

Escudo elemental
da mente

Escudo elemental
do coração

Amor-próprio

Invocar arma

Autoconfiança

Exilado

Reanimar

Consolo

Escudo elemental da terra

Autoridade

Evitado

Fogo Celestial

ARTISTA: VAL FREIRE; ARTE COPYRIGHT © 2017 DE CASSANDRA CLAIRE, LLC

Este livro foi composto na tipologia Minion Pro,
em corpo 11/14, e impresso em papel offwhite
no Sistema Cameron da Divisão Gráfica
da Distribuidora Record.